RIVE GAUCHE

Né en 1955 en Vendée, Pierre Bordage est l'auteur de plus d'une cinquantaine de romans et recueils de nouvelles, dont la trilogie *Les Guerriers du silence*, vendue à plus de 50 000 exemplaires. Il a été récompensé par de nombreux prix, comme le Grand Prix de l'Imaginaire, le prix Julia-Verlanger, le prix Paul-Féval de littérature populaire, le prix Tour-Eiffel, le prix Cosmos ou encore le Prix polar des lecteurs du Livre de Poche pour *Porteurs d'âmes*.

Paru au Livre de Poche :

Les Chemins de Damas

Le Feu de Dieu

PIERRE BORDAGE

Rive Gauche

L'ATALANTE

Carte : Louise Gobinet.

RIVE GAUCHE
L'UNIVERS DE *MÉTRO 2033*
une création originale de Dmitry Glukhovsky.

ISBN : 978-2-253-10704-0 – 1re publication LGF

Petit état des lieux

Je suis retourné hier dans la pièce où mon lointain ancêtre a entassé des centaines de livres sauvés de la destruction. Mon père, et son père avant lui, prétendaient qu'en cet endroit étaient conservés les ultimes et précieux vestiges de la civilisation qui nous a précédés. Chacun des ouvrages serrés sur les étagères nous raconte la vie des êtres humains avant la Catastrophe et nous donne un aperçu de ce que nous expérimenterons lorsque le temps sera venu du retour à la surface.

J'ai allumé l'une des milliers de bougies disposées dans un placard aux portes coulissantes et exclusivement destinées à la lecture. Si les autres apprenaient que notre logement de Sorbonne dissimule un tel stock de crache-flammes aux lueurs tremblotantes et de boîtes d'allumettes, ils tenteraient immédiatement de nous en dépouiller afin de les revendre à prix d'or dans tout Rive Gauche. Je suis le seul à connaître l'existence de ce trésor. Avant de mourir, mon père m'a fait solennellement jurer de n'en parler à personne, pas même à ma future épouse. Je ne pourrai, je ne devrai, révéler le secret qu'à mon fils aîné qui, lorsqu'il aura appris à lire et écrire, sera chargé à son tour de veiller sur les livres et de transmettre le secret à son propre fils. Que se passera-t-il si tu n'as que des filles ? pourraient me rétorquer certains. Le cas ne s'est jamais présenté jusqu'à présent (notre lignée compte, selon mes estimations, plus de vingt générations), et, si une telle rupture se produisait, je suppose que nous n'aurions pas d'autre choix que de nous ajuster. Mais inutile de spéculer, il faut d'abord que je rencontre la femme qui me plaise, à défaut qui me convienne, et que nous ne soyons stériles ni l'un ni l'autre.

En attendant, j'ai décidé de poursuivre le récit commencé par mes ancêtres afin de sauvegarder notre histoire. Il servira de témoignage pour les générations futures. L'oubli semble être un phénomène inéluctable que mes aïeux et moi-même tentons désespérément d'enrayer. Les Métrolites n'ont pas connu d'autre environnement que Métro 2033, ou Rive Gauche, cet univers ténébreux de galeries, de couloirs et de stations. On pourrait me repartir que, comme j'y suis également né, je n'ai pas non plus de comparaison possible. C'est oublier les précieux livres et leurs somptueuses images où se dévoilent des paysages nimbés de lumières éblouissantes, des ciels et des perspectives infinies aux couleurs éclatantes, des végétations bigarrées, extravagantes, des océans aux eaux transparentes. La plupart des Métrolites ignorent que leurs ancêtres ont un jour été chassés de ces endroits merveilleux, un épisode qui, dans la religion de l'Élévation, porte le nom de faute originelle. Ils ne se doutent pas que le mythe du retour à la surface recouvre une réalité ancienne qui s'estompe peu à peu de leur mémoire. Ils ne font pas le rapprochement entre les élévations, ces châtiments que j'estime pour ma part cruels, voire barbares (bien qu'instructifs), et la Catastrophe qui a poussé les êtres humains à se réfugier dans le ventre de la terre. Les changements constatés depuis quelques générations, en augmentation constante, devraient pourtant les inciter à penser que Métro 2033 n'est pas l'habitat naturel de l'être humain. Ainsi sont apparus les nycts, qui voient dans l'obscurité comme si elle était éclairée par des flammes perpétuelles ; les taups, qui, pratiquement aveugles, ne distinguent pas grand-chose à plus de cinq pas devant eux mais développent une ouïe très fine ; les vibs, dont les cheveux et les poils poussent démesurément à la façon d'antennes capables de détecter le moindre mouvement, le moindre frôlement, des centaines de pas à la ronde ; les dvinns, des enfants dotés d'une énorme tête, qui visualisent des scènes se déroulant plusieurs centaines, voire plusieurs milliers de pas plus loin, ou encore dans un temps décalé. Les mutations sont apparues simultanément dans les statiopées et les stations indépendantes, preuve qu'elles ne sont pas dues à l'eau, à l'air, à la nourriture, à la consanguinité ou aux animaux, mais au besoin vital d'adaptation à un environnement hostile.

Rive Gauche compte actuellement dix statiopées

et seize stations indépendantes. Si vous lisez ces lignes et que, par chance, vous n'êtes pas familier de Métro 2033, sachez qu'une statiopée est constituée de plusieurs stations agglomérées, entre deux et neuf, tandis que les stations indépendantes, comme leur nom l'indique, n'appartiennent à aucun groupement.

La statiopée principale est Montparnasse, ou Élévation, la plus peuplée et la plus centrale de Rive Gauche, siège également de la religion de l'Élévation. Elle rassemble Gare, Pasteur, Gaîté, Quinet, Vavin, Dame-des-Champs, Bienvenüe, Falguière et Placide. Elle est traditionnellement liée aux statiopées 4P (Pernety, Plaisance, Porte-de-Vanves, les potagers) et Versailles (Porte-de-Versailles, Convention, Vaugirard).

La deuxième par ordre d'importance est Italie, ou Petite-Chine, qui réunit Place, Gobelins, Marcel, Campo-Formio, Tolbiac, Maison-Blanche et Porte-d'I. Son influence et sa puissance font de plus en plus d'ombre à Montparnasse depuis qu'elle a passé des accords avec les statiopées de Villejuif et d'Ivry. Par Mairie-d'Ivry, elle a maintenant un accès direct au RER C, dont on ne connaît pas la longueur exacte mais qui semble prometteur pour le développement des élevages et des potagers.

Nous recensons ensuite Maubourg (École-Militaire, Tour) ; Odéon (Germain-des-Prés, Mabillon, Sulpice, Odéon, Sorbonne, Michel) ; Bac (Orsay, Assemblée, Solferino, Rue, Babylone) ; Baloubouffe (Balard, Lourmel, Boucicaut, Félix-

Faure), principal fournisseur de Rive Gauche en poissons, crustacés, mollusques et autres créatures aquatiques.

L'autonomie des stations isolées dépend en grande partie de la bonne volonté de leurs puissantes voisines. Certaines d'entre elles se sont d'ailleurs d'elles-mêmes placées sous la protection de statiopées qui ne tarderont pas à les amalgamer. Censier, par exemple, a demandé à Italie de la protéger contre les pillards de Monge. Duroc, point de passage obligé vers l'ouest de Rive Gauche, reverse une grande partie des énormes profits de son péage à la géante Montparnasse.

N'oublions pas les bandes nomades, qui n'appartiennent à aucun groupement ni à aucune station. Les uns, pillards, vivent de rapines, mènent une guerre incessante contre les milices et sont systématiquement condamnés à l'élévation lorsqu'ils sont capturés. Les Armuriers, quant à eux, fouillent les sous-sols à la recherche des armes et des munitions abandonnées dans des pièces généralement protégées et difficiles à percer – autre preuve, s'il en était besoin, de l'héritage légué par la civilisation de la surface. Ils revendent également diverses fournitures tels l'essence pour alimenter les générateurs électriques et des objets précieux comme les briquets, les allumettes, les cigarettes, les bougies, les lampes à huile, les piles, l'alcool récupérés dans des entrepôts souterrains dans lesquels ils sont les seuls à pouvoir se faufiler. Les Armuriers sont en général bien accueillis bien qu'ils n'observent aucune des règles qui régissent l'ensemble des populations de Rive Gauche. La liberté est leur seule loi, l'aventure, leur unique croyance. Ils s'avèrent utiles en tout cas, peut-être pas autant que les cultivateurs qui s'occupent des champignonnières et des potagers, ni autant que les éleveurs de rats, d'insectes, de vers, de poissons ou de crustacés, mais ils contribuent à leur façon au mieux-être général.

La population croît rapidement. Trop rapidement. On procrée de plus en plus jeune, quinze ans pour les garçons et treize ans pour les filles. Je ne dispose d'aucune statistique officielle, mais une enquête personnelle auprès de plusieurs familles m'a permis d'établir une moyenne de six enfants par couple, le maximum étant de seize et le minimum de deux. Les bouches affamées sont donc de plus en plus nombreuses, et je ne suis pas certain que nous ayons la capacité de produire suffisamment de nourriture pour les rassasier toutes. Se pose également le problème de l'eau, pour l'instant résolu grâce aux immenses citernes découvertes en plusieurs endroits de Rive Gauche, mais les premières mesures limitant la consommation ont été prises un peu partout. Baloubouffe, Invalides, Michel, Jussieu, Marcel, les communautés installées sur les bords de la Seine, réfléchissent à un système de conduits récupérant une partie de l'eau du fleuve et la déversant après filtration dans les bassins des différentes communautés, mais les travaux s'annoncent extraordinairement compliqués et les dirigeants craignent de nouvelles inondations.

Quant à moi, je ne révélerai ni mon nom ni mon domicile. Imaginons qu'une personne malintentionnée ayant de vagues notions de lecture tombe sur ce carnet et découvre l'endroit où j'habite, il se hâtera de s'introduire chez moi afin de piller mes réserves de bougies et d'allumettes (je doute qu'il soit motivé par la revente des livres, la majeure partie de la population est analphabète). À ceux qui me jugent égoïste, je répliquerai que mes aïeux et moi faisons œuvre de salut public autant que les cultivateurs, autant que les éleveurs, parce que l'être humain n'est pas qu'un ventre à combler, que, lorsque surviendra l'irrépressible besoin de nourriture intellectuelle et spirituelle, nos carnets permettront à nos frères et sœurs de prendre connaissance de leur histoire et de relier tous les fils.

« Dans quel âge es-tu ?

— Encore dans l'enfance, j'ai pas de poils et pas de nichons. Et toi ?

— J'en sais k'dal. J'dirais, quand j'zyeute les miens, de poils, qu'j'suis dans l'adolescence. Comment tu t'appelles ?

— Plaisance.

— Comme la station ?

— Tout pareil. C'est là où je suis née. Ma mère est morte en m'expulsant. J'étais sa neuvième. Mon père m'a revendue aux Armuriers dès que j'ai su marcher.

— Il savait que tu étais une nyct ?

— Évidemment ! Une nyct vaut beaucoup plus cher. Et toi, c'est quoi, ton nom ?

— Juss. Mais les autres d'la bande, ils m'appellent Face de Rat, à cause d'mon nez pointu.

— Je le trouve pas si pointu que ça.

— Il s'arrond avec le temps. Tu vois tout c'qu'y a devant toi ?

— Je vois par exemple les lettres sur la plaque là-bas, mais j'sais pas les lire.

— Y a bien cinquante pas, pourtant. Et pas une foutue flamme. Moi, j'vois même pas la plaque.

— T'es un taup ?

— Juste un gars moyen. Le genre qui voit moyen, qui entend moyen, qui capte moyen, qui d'vine k'dal. J'suis juste un fouineur, bon pour repérer les parkings et les anciennes réserves.

— Y a longtemps que t'es armurier ?

— D'puis tout le temps. Comme toi, j'leur ai été vendu tout gosse. J'aime bien c'te station, même si elle est en bout de ligne.

— Mairie-d'Ivry ?

— Ouais. Plus loin, elle donne sur des escaliers moitié défoncés qui mènent au RER C. J'aimerais bien l'explorer jusqu'au bout, celui-là.

— T'es ouf ! On sait pas ce qu'il y a dedans. Des bêtes féroces peut-être.

— Elles m'font pas peur. Tu sais que j'en ai vu une, une fois ?

— Une bête féroce ?

— Tu vois Och, le chat de la bande ? Eh ben,

c'était un chat en vingt fois plus balèze, blanc avec des rayures grises.

— Il t'a vu ?

— Il m'a senti plutôt. J'ai eu juste le temps de m'faufiler dans un tuyau d'ma largeur. Le gros chat, eh ben, il a pas pu me suivre. Heureusement parce que j'ai zyeuté ses crocs, ils étaient deux fois plus longs que mon bras.

— Tu charries, hein ?

— Pas du tout. C'était à Cluny. Il avait certainement traversé la Seine à la nage.

— Tu veux dire qu'il venait de Rive Droite ?

— Y a des chances.

— Tu crois, toi, que Rive Droite est habitée par des monstres ?

— J'sais pas. Le meilleur moyen de savoir, ça s'rait d'y aller.

— T'es ouf !

— Les gens racontent partout qu'les affreux d'Rive Droite vont débouler un de ces quatre à Rive Gauche et nous massacrer. Le meilleur moyen d'éviter ça, ce serait d'les espionner avant, d'connaître leurs points forts et leurs points faibles.

— C'est cette bonne femme, là, Madone de Bac, qui raconte partout qu'ils vont nous massacrer. Je l'aime pas, celle-là.

— Elle dit qu'elle va rassembler les populations de Rive Gauche pour unir leurs forces, en cas de guerre, contre celles d'Rive Droite. J'trouve que c'est plutôt une bonne idée. Mais c'est pas demain la veille : les gens d'Élévation et de Petite-Chine peuvent pas se saquer.

— Ça veut dire quoi, Chine ?

— Aucune idée. J'croyais que c'était… Enfin, t'es trop jeune.

— Hé, je suis une armurière, comme toi !

— T'es juste une apprentie pour le moment. Quand tu auras grandi, qu'tu pourras plus passer dans les trous de rats, là, tu s'ras une vraie armurière.

— Tu es marié ?

— T'es guedine ! J'suis bien trop jeune pour me passer la corde au cou.

— Ça veut dire quoi ?

— J'sais pas au juste, mais les vieux disent toujours ça quand ils parlent de mariage.

— Moi, je veux bien me marier avec toi. Tu m'attendras ?

— Ça dépendra de comment tu deviendras. Pour l'instant, t'as la tête de quelqu'un qui risque de devenir jolie, et j'veux bien m'déclarer ton protecteur en attendant. Même si j'ai pas d'trop bons yeux, j'peux facilement buter quelqu'un à trente pas avec ça.

— Où t'as eu ce flingue ?

— C'est le Daub qui me l'a donné quand j'ai trouvé mon premier arsenal. Y a au moins trente balles là-dedans.

— Il me fait peur, le Daub.

— Normal qu'il t'fasse peur, c'est le chef. J'l'ai vu arracher avec ses dents la langue d'un gars qui lui avait désobéi. Il avait la bouche tout en sang. L'autre est pas mort, mais on l'a plus jamais entendu. Le

Daub, c'est pas l'plus mauvais, y a encore pire que lui, dans le clan.

— Qui ?

— Scorpion Blanc. Lui, faut vraiment pas le chercher, il d'vient fou furieux, il est capable de te briser les os un à un avec une pierre pointue.

— Il y en a d'autres ?

— Roc. Sa spécialité, c'est de couper la… enfin, le truc des hommes et d'le fourrer dans la bouche ou dans l'œil de celui qu'il vient d'mutiler. Pas beau à voir.

— Bah, depuis que j'ai vu un retour d'élévation, rien me paraît plus vraiment moche.

— T'as raison. Rien n'est plus dégueulasse que d'zyeuter ces cadavres à moitié cramés.

— T'y crois, toi, au retour à la surface ?

— Tu rigoles ! C'est juste des fables pour les mioches.

— Pourquoi on y va jamais, à la surface ?

— Elle est pas faite pour nous. On s'rait pas cap de vivre là-haut. Y a des monstres invisibles qui se logent dans ton corps et qui te bouffent de l'intérieur sans qu'tu t'en rendes compte. L'air est irrespirable, l'eau imbuvable, la bouffe immangeable. Sans compter la chaleur, bien plus forte que les braises. Crois-moi, on est à l'abri, dans Métro 2033.

— Pourquoi 2033 ?

— T'en poses, de ces questions ! D'après Aure, y avait p't-être deux mille trente-trois habitants au début. P't-être que c'étaient deux mille trente-trois stations. P't-être aussi qu'un keum a balancé deux mille trente-trois au hasard et qu'c'est resté, les gens sont parfois zarbes.

— Y a quelqu'un, là-bas.

— Où ça ? J'vois k'dal…

— Tout au fond du tunnel. On dirait… Roc.

— Put, t'as raison, c'est Roc.

— Pourquoi il se balade tout nu ?

— Ah ben, merde, il est couvert de sang. Il a dû s'battre et châtrer l'autre.

— Je crois plutôt que c'est lui qui est… blessé à l'endroit que tu disais tout à l'heure.

— Put de Rive Droite, on lui a coupé la… le…

— Il est tombé, il bouge plus…

— En v'là un qui f'ra plus peur à personne en tout cas. »

1

Madone de Bac

Madone examinait les hommes qui s'étaient portés volontaires pour lui servir de gardes du corps. Jeunes et costauds pour la plupart, il leur manquait probablement la méchanceté, le vice et la méfiance propres aux combattants aguerris. De la rame rouillée et hissée sur le quai qui lui servait de logement, elle avait une vue imprenable sur la surface ténébreuse de la Seine qui emplissait la partie centrale de la galerie. Éclairés par des lumignons épars, les quais, les couloirs, les escaliers de la station Orsay se couvraient d'habitations aux matériaux aussi disparates que la toile, la corde, le bois et la tôle.

Orsay était indépendante quand Madone était née ; indépendante, autrement dit fragile, soumise aux caprices de la statiopée de Bac, d'autant qu'elle jouissait d'un accès privilégié à la Seine sur lequel lorgnait sa puissante voisine. Lorsque Madone avait pris le contrôle de la station, à l'issue d'une insurrection baptisée Sang pour Sang, elle avait demandé et obtenu son rattachement à Bac. Elle avait dû d'abord réduire au silence la frange de ses partisans qui considéraient cette annexion comme une traîtrise, puis, une fois admise dans le Conseil de la statiopée, elle avait peu à peu imposé l'idée que, pour davantage d'efficacité, la gouvernance ne devait reposer que sur un seul symbole, une seule voix, une seule personne. On avait retrouvé le corps d'Emblé, premier président de Bac, élu par trois voix contre deux, à demi dévoré par les rats dans une galerie de Rue peu de temps après son avènement. On avait donc procédé à un nouveau vote et, bien que seule femme du Conseil, Madone l'avait emporté par quatre voix contre une. Elle avait alors mis en place son grand projet : une seule entité fédérant l'ensemble des statiopées et stations de tout Rive Gauche. La Fédération garantirait selon elle une meilleure répartition des ressources et des espaces, et, surtout, des troupes unies qui permettraient à Rive Gauche de se défendre plus efficacement contre les éventuelles incursions des tribus sauvages de Rive Droite. Les six stations et statiopées des bords du fleuve, Baloubouffe, Javel, Invalides, Orsay, Michel et Jussieu, redoutaient depuis toujours une invasion massive des populations vivant de l'autre côté de la Seine. Certes, il paraissait difficile, voire impossible, de traverser les passages submergés entre les deux rives, mais bon nombre d'histoires colportées par les errants et les pêcheurs, toutes plus effrayantes les unes que les autres, affirmaient que des monstres mi-humains mi-aquatiques surgissaient des profondeurs de l'eau pour dévorer hommes, femmes et enfants.

Mitch, le capitaine des gardes, s'approcha de Madone.

« Une trentaine d'hommes, annonça-t-il. Ça me paraît un peu juste. »

Elle prit le temps de l'observer à la lueur de la lampe à huile qu'il tenait à bout de bras. Ses cheveux d'un blond très clair, son visage fin, ses yeux presque entièrement blancs, sa prestance malgré un uniforme en peau de rat usé et mal taillé, contrastaient avec les traits grossiers et l'allure pataude des hommes qui se tenaient en rangs derrière lui, armés de fusils, de pistolets, de piques ou de simples coutelas.

« Trente hommes déterminés valent mieux que cent moyennement motivés, capitaine », murmura-t-elle avec un sourire.

Il rapprocha les lèvres de son oreille pour lui glisser :

« J'ai peur pour toi, ma reine.

— Je ne suis pas ta reine, mais ta présidente, répliqua-t-elle à voix basse.

— Tu resteras à jamais ma reine, Madone.

— Je reconnais que ton sceptre sait parfois se montrer digne de celui d'un roi, capitaine. »

Elle appuya son propos d'un sourire grivois qui gonfla Mitch d'orgueil.

« Nous devrions peut-être remettre la tournée à plus tard, reprit-il à voix haute. Le temps pour moi d'étoffer votre escorte.

— Hors de question. »

Le ton de Madone n'admettant aucune réplique, le capitaine acquiesça d'une brève inclination de la tête. Ils prévoyaient d'entamer leur périple par Invalides, Varenne, François-Xavier et Duroc, quatre stations indépendantes qui leur serviraient de galop d'essai avant de se lancer à la conquête de l'influente statiopée Montparnasse, appelée également Élévation. Ils gagneraient ensuite MPG, Baloubouffe, les 4P, Versailles, Odéon, et, en dernier, Petite-Chine et ses satellites, Villejuif et Ivry, les plus pénibles d'accès, et probablement les plus difficiles à convaincre. Madone ne rendrait sans doute pas visite à la totalité des stations indépendantes, mais, si elle parvenait à rallier les communautés les plus puissantes à son point de vue, les autres finiraient par leur emboîter le pas.

« Ino me remplacera pendant mon absence, ajouta Madone. Elle est fiable et connaît les dossiers aussi bien que moi.

— Le Conseil d'Élévation et les autres dirigeants ne te feront aucun cadeau », releva Mitch avec une moue.

Madone lui décocha un regard venimeux. Il la trouva extraordinairement séduisante en dépit de ses sourcils froncés et de ses lèvres crispées. Sa longue chevelure d'une couleur indéfinissable, entre blond et roux, s'écoulait en torrents sur ses épaules et une partie de son dos. Il aimait se plonger tout entier dans ses yeux d'un bleu très pâle et promener ses mains sur sa peau d'une douceur et d'une blancheur exquises. Il lui tardait de redécouvrir les précieux trésors dissimulés sous son élégante tenue de voyage – veste et pantalon en tissu reconditionné, chemisier clair, bottines en cuir de porc.

« Personne ne m'a jamais fait de cadeau, grogna-t-elle. Les cadeaux, je me les offre moi-même. »

On disait d'elle qu'elle avait égorgé de sa main les anciens dirigeants d'Orsay avant de jeter leurs corps dans le fleuve, qu'elle avait réuni ses opposants au projet d'adhésion pour mieux les piéger, qu'elle avait commandité l'assassinat du premier président de Bac, mais Mitch n'accordait aucune importance à ces racontars, pas seulement parce qu'il partageait de temps à autre sa couche, mais parce que, dans ses discours et dans ses actes, elle semblait sincèrement attachée à la notion de légalité.

« Avons-nous pris suffisamment de tickets, ma... dame ?

— Dix mille suffiront largement à couvrir nos besoins, répondit-elle avec une mine plus enjouée.

— Espérons. Nous risquons d'attirer tout ce que Rive Gauche compte de pillards et d'égorgeurs. »

Les réserves de Bac s'élevaient à cinq millions de tickets au dernier inventaire, provenant essentiellement du tannage des peaux, de la réfection des tissus usagés et du commerce des poissons élevés dans les bassins d'Orsay.

« Il faudrait pour ça qu'ils en soient avertis.

— Ils s'en douteront, argumenta Mitch. Une escorte de trente hommes ne peut se balader dans tout Rive Gauche sans disposer d'une confortable cagnotte. Péages, logements, nourriture, pots-de-vin, tout coûte de plus en plus cher.

— N'oublie pas que je suis présidente de Bac, et qu'à ce titre le gîte et le couvert me seront gracieusement fournis par mes pairs. »

Le capitaine secoua la tête et marmonna :

« Tu ne seras plus rien une fois sortie des limites de Bac. Il ne s'agit pas de rencontres officielles. À leurs yeux, tu ne seras qu'une intrigante qui essaie de prendre le pouvoir sur l'ensemble de Rive Gauche. »

Ils se mirent en chemin juste avant l'extinction des lumignons et s'engagèrent dans la succession de galeries sèches qui menait à Assemblée, quinze hommes placés en tête de la petite colonne, Madone et Mitch se tenant au milieu, tandis que l'autre moitié de la troupe fermait la marche.

Les logements d'Assemblée, plus haute et plus vaste qu'Orsay, s'agglutinaient autour de plusieurs rames centrales imbriquées les unes dans les autres dont certaines reposaient dans la fosse centrale. L'eau de la Seine n'arrivait pas jusqu'à la station, pourtant proche du fleuve. Les flammes des bougies accrochées aux cloisons, aux plafonds et aux bords des quais éclairaient en abondance les sentiers entre les habitations. Parfois, les rayons mouvants de lampes torches balayaient les cloisons de toile ou les parois légèrement incurvées où se devinaient, partiellement effacés, les vestiges de dessins et de lettres.

« Nos amis d'Assemblée ne respectent pas vraiment les restrictions de lumière, maugréa Mitch.

— Il faudra pourtant qu'ils s'y habituent, gronda

Madone. Et vite, si on ne veut pas rapidement être à court de bougies, de piles ou d'allume-feu. Nous n'avons pas le droit de laisser nos enfants dans l'obscurité.

— Quelle importance ? Ils seront tous devenus nycts dans deux ou trois générations…

— Ils oublieront qu'ils sont êtres de lumière, ils renonceront au grand retour à la surface.

— Bah, le retour à la surface n'est qu'une fable, un rêve… »

La petite troupe traversa Assemblée sans encombre et prit la direction d'Invalides.

« À propos d'enfants, reprit Mitch à voix basse, tu ne comptes pas en avoir ?

— Avec toi ?

— Par exemple.

— Mon rôle n'est pas d'être mère, mais d'unifier Rive Gauche.

— Les deux ne sont pas incompatibles…

— Je n'aurai pas d'énergie à consacrer à des enfants.

— Une reine sans héritier, ça n'existe pas.

— Dois-je encore te rappeler, Mitch, que je ne suis pas reine, seulement présidente ? »

Elle ponctua sa déclaration d'un rire cristallin qui vrilla les nerfs du capitaine. Ils franchirent le palier le plus éloigné avant de s'engager dans l'escalier qui donnait sur la galerie menant à Invalides. Les bougies et les autres sources lumineuses se faisaient désormais rarissimes. De chaque côté du chemin se devinaient les taches claires des habitations misérables, des bâches tendues par des ficelles qui n'offraient aux familles aucune intimité, aucune sécurité. Des mains implorantes et des visages grimaçants émergeaient sans cesse de la pénombre.

« On ne s'arrête pas ! glapit Mitch. Si quelqu'un vous empêche d'avancer, dégagez-le. »

Ils n'eurent cependant pas d'autre choix que de s'immobiliser lorsque, au milieu du passage, une femme vêtue de haillons se jeta dans les pieds des premiers membres de l'escorte.

« J'veux jacter à la présidente !

— De quelle présidente tu parles ? rétorqua un garde.

— D'la Madone, celle qu'vous conduisez à Élévation.

— Comment tu connais ça ?

— Tout l'monde parle que d'ça ! J'l'attendais.

— Qu'est-ce que tu lui veux ? »

La femme se redressa, échevelée, pâle, édentée, et son regard blanc sembla transpercer les premiers rangs de la colonne.

« J'sais qu'vous êtes là, m'dame ! cria-t-elle.

— Qu'est-ce que tu me veux ? » cria Madone avant que Mitch ait eu le temps d'intervenir.

La femme se releva et, d'une allure titubante, fendit les rangs de l'escorte. Les gardes s'écartèrent pour la laisser passer.

Mitch se saisit de son pistolet, l'arma et le pointa sur l'intruse.

« T'approche pas plus. »

La femme se campa fièrement sur ses jambes et

le toisa d'un regard insolent avant de fixer la présidente.

« Ma fille est une dvinn, m'dame. Elle a vu qu'vous alliez au d'vant d'graves emmerdes.

— Pas besoin de ta fille pour le savoir, grommela le capitaine.

— Vous connaissez certains dangers parce que vous êtes soldat, poursuivit la femme, peu impressionnée. Mais ma fille, elle, elle perçoit ceux qu'vous pouvez pas d'viner.

— Moi, ce que je d'vine, pouilleuse, c'est ton corps tout maigre par les trous de tes frusques ! »

La saillie de Mitch déclencha une salve de rires alentour, poussés non seulement par ses hommes mais également par les miséreux qui ne perdaient pas une miette de la conversation.

« J'vous supplie d'l'emmener avec vous, m'dame, proposa la femme sans se démonter.

— Tu crois peut-être qu'on va s'encombrer de ton monstre, pauvre guedine ! vitupéra le capitaine.

— Mon monstre, comme tu dis, soldat, elle peut vous sauver la couenne.

— Elle n'a pas pu sauver la tienne, en tout cas. Allez, on avance, on a déjà trop perdu de temps. »

L'escorte se reforma et s'apprêta à repartir.

« Attendez ! » lança Madone d'une voix forte.

Elle fixa attentivement la femme en haillons avant de lui adresser la parole :

« Pourquoi veux-tu te séparer de ta fille ?

— J'ai la maladie des os mous, m'dame, j's'rai plus d'ce monde dans très peu d'temps. »

À peine avait-elle prononcé ces mots que la femme s'affaissa sur le sol, et Madone se rendit compte que le simple fait de se dresser devant elle lui avait réclamé un effort surhumain.

« Elle pourra vous être utile. Vous aurez qu'à la nourrir et empêcher les autres d'la maltraiter.

— Quel âge a ta fille ?

— J'dirais qu'elle est entre la p'tite enfance et l'enfance.

— Comment s'appelle-t-elle ?

— Ionale.

— Tu peux me la présenter ? »

Mitch se pencha vers Madone pour lui murmurer :

« On ne va quand même pas s'encombrer de ça ? »

Elle ne lui répondit pas, elle ne le regarda même pas ; l'indifférence était la pénitence qu'il redoutait par-dessus tout. La femme s'adressa à un homme qui se tenait au milieu des miséreux, en grande partie occulté par l'obscurité.

« Va m'la chercher, Quin. »

L'homme revint quelques instants plus tard en traînant par la main une minuscule silhouette. Madone tira sa lampe d'une poche de sa veste, l'alluma et la braqua sur la fillette.

« Tout doux, m'dame, la lumière brutale lui blesse les yeux », protesta la femme.

La présidente baissa le rayon de la lampe de manière à éclairer de façon indirecte l'enfant dont la tête, ronde, encadrée de cheveux épars, était disproportionnée par rapport au reste du corps. On aurait dit le chef d'un adulte posé sur le corps d'un enfant apprenant à marcher.

« Elle peut parler ? demanda Madone à la mère, toujours allongée.

— Posez-lui donc la question… »

La présidente s'accroupit en face de la fillette et, réprimant tant bien que mal le sentiment de dégoût et de rejet qui se déployait dans tout son corps, s'immergea entièrement dans ses yeux profondément enfoncés sous ses arcades saillantes. Elle eut l'impression fugace de contempler un crâne aux orbites creuses illuminé par une flamme intérieure intense.

« Tu parles ?

— Depuis longtemps, madame.

— Comment t'appelles-tu ?

— Ionale, madame. »

La voix posée et la diction parfaite d'Ionale contrastaient étrangement avec les mouvements désordonnés de ses lèvres et de sa langue, dont la pointe rosâtre s'immisçait sans cesse entre les rangées de ses minuscules dents.

« Ta mère prétend que, selon toi, je cours au-devant de graves dangers.

— Oui, madame. Vous parlerez devant des assemblées, mais personne ne vous écoutera, ils auront recruté des gens pour vous tuer.

— Tu as ce genre de visions longtemps à l'avance ?

— Ça dépend, madame. Des fois, longtemps, des fois, très peu de temps avant.

— Pourquoi suis-je l'objet de tes visions ?

— Parce que j'ai perçu que vous entrepreniez une œuvre importante et que je me suis concentrée sur vous. »

Madone se redressa, partagée entre la répulsion que lui inspirait la fillette et la fascination que suscitait en elle son pouvoir de divination – pouvoir qui devait encore être confirmé. Elle avait à plusieurs reprises entendu parler des dvinns, mais l'occasion ne s'était jamais présentée d'en rencontrer une, au point qu'elle avait commencé à douter de leur existence.

Mitch revint à la charge.

« Votre curiosité est-elle satisfaite, madame la présidente ? Peut-on maintenant se remettre en chemin ?

— J'vous la vends pas, m'dame, gémit la femme en se redressant sur les coudes. J'veux juste que vous m'promettiez d'pas la laisser s'faire bouloter par les rats. Moi partie, y aura plus personne pour s'occuper d'elle. Même pas ce foutu Quin : il a déjà peur de pisser tout seul.

— Elle nous ralentirait, grommela encore le capitaine.

— Elle peut marcher ? s'enquit Madone. Je veux dire : marcher vite et longtemps.

— J'peux pas vous l'promettre, m'dame, vu qu'on est jamais sorties d'Assemblée. J'sais par contre qu'elle a une sacrée dose de courage. »

Madone réfléchit encore un instant, même si elle avait déjà pris sa décision. Mitch avait raison : c'était une folie de s'encombrer d'une gamine qui nécessitait une attention de tous les instants, mais ses perceptions pourraient servir dans le dangereux périple entrepris par la présidente et son escorte, sans compter qu'ils auraient à tout moment la possibilité de s'en débarrasser, si elle ne se montrait d'aucune utilité.

« D'accord, nous l'emmenons avec nous. »

La femme eut encore la force d'agripper la main de Madone et de la baiser avec une ferveur dérangeante.

« Vous êtes bien sûre de vous, madame la présidente ? » intervint Mitch.

Elle le toisa d'un regard d'où était absente toute complicité, toute bienveillance.

« Absolument certaine, capitaine. »

Il s'appliqua à maîtriser sa voix parsemée d'éclats de fureur.

« Qui va s'en occuper ?

— Nous chercherons à Invalides une jeune fille qui se chargera d'elle.

— Il faudra la payer.

— Trente tickets pour la durée du voyage sur une réserve de dix mille.

— Pas la peine de le crier sur les toits.

— Tu m'agaces par moments, capitaine. »

Madone se détourna et s'accroupit de nouveau devant Ionale.

« Tu veux bien venir avec nous ? »

La fillette ne marqua qu'une brève hésitation avant de signifier son accord d'un mouvement de tête, puis, sans attendre l'ordre de départ ni jeter un regard à sa mère, elle se dirigea d'une allure trottinante vers l'escalier qui plongeait dans les entrailles de Métro 2033.

« Adieu, ma fille », balbutia la femme allongée qui, comme brusquement vidée de ses forces, s'étala de tout son long, la face contre le béton, secouée de spasmes et de sanglots.

Les cycles d'Invalides différaient de ceux de Bac. Chaque statiopée, chaque station avait sa manière de compter le temps. Pour Madone, l'unification de Rive Gauche n'irait pas sans un rythme commun à l'ensemble de ses habitants. Elle avait convoqué tout ce que Bac comptait de personnalités, ou considérées comme telles, pour approfondir le sujet. À l'issue d'une dizaine de réunions, ils s'étaient accordés sur une solution à la fois simple et pratique : si le projet de Fédération de la présidente se concrétisait, les cycles de Bac, basés sur une antique horloge mécanique surnommée Tictac et régulièrement remontée par le gardien des aiguilles, seraient imposés à tout Rive Gauche. Le temps de travail équivalait à un peu plus d'un tour complet de la petite aiguille, du neuf au dix, et le temps de repos à un peu moins du tour suivant, du dix au huit. On éteignait les bougies et les lampes à la fin du travail et on les rallumait à la fin du repos.

Le Conseil d'Invalides n'avait pas, quant à lui, établi de distinction entre veille et sommeil. Chacun de ses habitants travaillait et se reposait à son gré, si bien qu'une activité incessante animait la station, particulièrement du côté de la galerie-port, où les pêcheurs, ceux qui rentraient de leur sortie sur l'eau sombre de la Seine et ceux qui partaient, se croisaient à longueur de temps.

Ionale avait suivi la cadence de l'escorte sans problème jusqu'à Invalides, un bon point pour elle, même si la station n'était distante d'Assemblée que d'environ mille pas. Ils avaient marché dans des galeries plongées dans une obscurité totale, n'allumant leurs lampes que pour escalader les éboulis qui les obstruaient par endroits ou pour franchir le cours d'eau qui traversait le passage peu de temps avant d'entrevoir les premières lueurs d'Invalides. Un garde avait dû porter la fillette avec une réticence évidente, l'eau étant trop profonde pour elle. La hâte avec laquelle il l'avait reposée de l'autre côté aurait eu quelque chose de comique si elle n'avait pas révélé l'aversion viscérale des Métrolites pour les enfants mutants, pourtant de plus en plus nombreux. Sur les cent dernières naissances dans la statiopée Bac par exemple, on recensait quinze nycts, treize taups et six vibs, soit plus d'un tiers des nouveau-nés. La plupart des mutants seraient vendus aux Armuriers et autres errants qui, eux, avaient besoin de ces êtres à la vue, à l'ouïe ou à la sensibilité aiguisées pour les prévenir des dangers guettant à chaque pas dans les interminables galeries désertes, les catacombes, les carrières, les parkings et autres confins où ils s'aventuraient en quête de bougies, d'allumettes, briquets, de lampes, de piles, d'outils, de gaz, de bidons d'huile ou d'essence, d'armes, de tissus, de cigarettes, d'alcool, bref, de tout ce qui se marchandait à prix d'or sur les marchés de Rive Gauche.

Un attroupement se forma devant l'escorte dans l'un des couloirs d'accès à la station, hostile, à en croire les regards haineux qui brillaient sur un fond de pénombre. Mitch glissa la main dans la poche de son uniforme et empoigna la crosse de son pistolet dont il déverrouilla le cran de sûreté.

« Nous sommes indépendants ! vociféra une voix grave. Et nous le resterons !

— Retourne chez toi, traînée de Bac ! renchérit une voix féminine.

— Jamais Invalides s'ra annexée comme Orsay par les pourris de Bac ! »

Les gardes des premiers rangs hésitant à repousser les plus vindicatifs, le capitaine rejoignit à grands pas l'avant de la colonne.

« Ne les laissez surtout pas s'exciter ! »

Joignant le geste à la parole, il frappa d'un violent coup de poing l'un des protestataires les plus menaçants, puis il en poussa un deuxième en direction du quai. L'homme chancela entre les toiles des abris de fortune et tomba un peu plus loin dans la partie centrale et creuse de la station.

« Quelqu'un d'autre ? » rugit Mitch en braquant d'une main le faisceau de sa lampe, de l'autre son pistolet, sur le groupe qui bloquait le couloir.

Le rayon extirpa de l'obscurité des visages ravinés, des bras et des mains déformés, des vêtements de tissu et de peau en lambeaux. Madone se dirigea à son tour vers la tête de la colonne, suivie d'Ionale.

« Restez en arrière, madame la présidente. »

Elle continua d'avancer et ne s'arrêta qu'une fois parvenue à hauteur de Mitch. Elle avait entendu dire juste avant de partir qu'une épidémie de sorbonnielle avait frappé une partie de la population d'Invalides, or les hommes et les femmes éclairés par la lampe du capitaine semblaient présenter tous les symptômes de la maladie, visages hachés de rides profondes, bras tordus, doigts recroquevillés.

« Depuis combien de temps êtes-vous atteints de la sorbonnielle ? » demanda-t-elle.

Ses vis-à-vis se consultèrent du regard avant qu'une femme réponde :

« Assez longtemps.

— Pourquoi m'empêchez-vous de passer ?

— Nous refusons qu'Invalides perde son indépendance, grogna un homme.

— Quelle importance ? La maladie ne vous laisse que peu de temps à vivre. »

Elle attendit que ses paroles tracent leur chemin dans leurs esprits pour ajouter :

« Elle vous en laisserait peut-être davantage si nous mettions en commun toutes nos connaissances, particulièrement dans le domaine de la santé.

— On veut pas être sous la loi des pourris de Bac.

— Pourquoi dites-vous qu'ils sont pourris ? »

L'homme frappé par le poing de Mitch essuya son nez en sang d'un revers de manche avant de déclarer :

« Les gens de Bac disent qu'ils sont plus aussi libres qu'avant, qu'on leur limite maintenant l'éclairage et que…

— Que se passe-t-il ici ? »

La voix, puissante, avait transpercé la pénombre. Un homme fendit le groupe obstruant le couloir et apparut dans le faisceau lumineux de la lampe de Mitch. Grand, décharné, visage encadré d'une longue barbe, chevelure clairsemée, yeux aux iris délavés, vêtu d'un ensemble de cuir de très bonne facture.

« Bonjour, ou bonsoir, Valid », lança Madone.

L'interpellé la dévisagea avec un sourire qui souligna à la fois sa maigreur et son obséquiosité.

« Bienvenue dans notre modeste station, présidente Madone. On m'avait prévenu que vous étiez sur le point de commencer la tournée de présentation de votre projet de Fédération.

— Vous êtes ma première étape.

— Quel honneur ! »

Madone désigna les hommes et les femmes déployés devant elle.

« Je constate en tout cas que vous n'avez pas oublié de m'envoyer un comité d'accueil. »

Valid feignit la surprise et l'indignation avec un naturel confondant.

« Qu'allez-vous imaginer ? Ce sont de simples habitants de notre station qui ont pris l'initiative d'aller à votre rencontre. Ici, chacun est libre d'exprimer son opinion.

— Ce ne sont pas de simples habitants, conseiller, mais des malades de la sorbonnielle.

— Vous avez donc appris qu'une épidémie a frappé notre communauté…

— Les gens atteints d'une maladie mortelle ne prennent pas l'initiative, en général, de signifier de manière aussi virulente le fond de leur pensée à un responsable de passage.

— Le malheur rend parfois amer. Et imprudent. »

Les yeux de Valid se posèrent sur Ionale, qui se tenait un pas en retrait de Madone.

« Vous voyagez avec une dvinn, présidente ?

— Sa mère mourante me l'a confiée à la sortie d'Assemblée.

— Vous êtes la charité faite femme. D'aucuns vous auraient fermement déconseillé de vous encombrer d'une telle charge pour un périple aussi long, aussi dangereux. »

Le regard de Valid chercha celui de Mitch, qui s'abstint d'approuver les propos du conseiller d'Invalides.

« Une charge peut se révéler une chance, qui sait ? Je ne suis pas en visite officielle, mais votre Conseil accepterait-il de me recevoir ? »

Valid s'inclina.

« Naturellement, présidente. Nous n'avons rien à refuser à la dirigeante d'une statiopée amie. Mes deux confrères nous attendent déjà dans la salle du Conseil. Suivez-moi, je vous y conduis. »

Le conseiller éparpilla d'un simple geste le groupe de protestataires, puis s'éloigna en direction du centre de la station, suivi des quinze premiers gardes. Avant de leur emboîter le pas, Ionale tira sur le bas de la veste de Madone.

« Qu'est-ce que tu veux ? » s'enquit la présidente en se retournant.

La dvinn lui fit comprendre qu'elle souhaitait lui parler discrètement. Madone soupira avant de s'accroupir et de placer sa tête à hauteur de celle de la fillette. La pointe de la langue d'Ionale s'agita un petit moment entre ses lèvres entrouvertes.

« Cet homme et ses deux amis, ils ont l'intention de vous empoisonner, madame. »

Bien que chuchotés, ses mots avaient résonné avec une puissance inouïe aux oreilles de Madone.

« Tu en es certaine ? souffla-t-elle.

— Quelqu'un leur a dit de le faire.

— Qui ?

— Un homme. Tout vieux, tout ridé. Il porte des habits dorés.

— Il habite ici, à Invalides ?

— Non, madame, ils se sont rencontrés ailleurs, dans une grande salle. »

La voix agacée de Mitch les interrompit.

« Qu'est-ce qu'on attend, madame ? Le conseiller nous attend. »

Avant de se relever, Madone caressa le front d'Ionale du dos de la main, un geste qui ne déclencha en elle aucune répulsion.

« Ne le faisons plus attendre, capitaine. »

2

Scorpion blanc

La mort de Roc, une légende pour les Armuriers de Rive Gauche, avait frappé de stupeur la bande du Daub. Ses tueurs lui avaient réservé le traitement qu'il infligeait lui-même à ses victimes, mais, comme il lui restait un peu de vie lorsqu'ils l'avaient relâché, il avait encore eu la force de franchir une distance de plusieurs centaines de pas depuis Pierre-Curie pour rendre son dernier souffle dans une galerie à demi obstruée de Mairie. Il ressemblait à un gros crapaud victime d'un chat facétieux lorsque le faisceau de la lampe de Juss l'avait éclairé : yeux exorbités, joues gonflées, bouche dilatée et empourprée d'où saillait une curieuse langue flasque et cylindrique, corps massif maculé de taches de sang déjà coagulées, plaie béante entre les cuisses, diverses estafilades et contusions indiquant un combat acharné avant son supplice.

« Zyeute pas, avait conseillé Juss à Plaisance, la petite nyct qui l'avait choisi comme protecteur.

— Trop tard, ça fait un bail que je le vois.

— Ah ouais, c'est vrai qu'toi, t'as pas besoin d'lampe pour zyeuter… »

Pour que des Métrolites osent s'en prendre à un homme aussi redouté que Roc, il fallait qu'ils fassent preuve d'un sacré courage, ou qu'ils soient très nombreux, ou encore que les chefs d'une puissante organisation, les mandars de Petite-Chine par exemple, aient décidé d'exterminer les bandes errantes de Rive Gauche. Quelque temps auparavant, le Daub avait déclaré que certains réclamaient à cor et à cri l'élévation pour ceux qui n'appartenaient à aucune statiopée ni à aucune station. La fin tragique de Roc n'était peut-être que le coup de semonce d'une guerre totale contre les Armuriers et les autres clans.

« Y a pas de hasard, grogna le Daub tandis que Scorpion Blanc et Enti enveloppaient le cadavre de Roc dans une couverture trouée et puante. L'endroit et le moment ont été bien choisis. On s'retrouve dans la station la plus excentrée de Rive Gauche, on est obligés de repasser par P'tite-Chine pour retourner dans les catacombes et les carrières. L'occasion est trop belle de s'débarrasser d'nous. Il leur suffit d'nous tendre un piège à Porte-d'I, ou à Maison-Blanche. »

Le Daub promena un regard las sur les membres de sa bande regroupée autour de la dépouille de Roc, une vingtaine d'hommes, quatre femmes, trois chiens au pelage mité, un chat vaguement dressé, un vib aux cheveux hérissés, deux taups aux yeux minuscules et deux nycts. Pas vraiment de quoi résister aux milices de Petite-Chine, qu'il avait lui-même équipées en kalaches dénichées dans l'un des grands éboulements des environs de Denfert – la logique aurait voulu qu'il les fourgue au Conseil de Montparnasse ou au pasteur d'Élévation, tous les deux proches de Denfert, mais un émissaire de Petite-Chine lui en avait offert le double, le genre de proposition qui ne se refuse pas.

Juss leva la main.

« Qu'est-ce tu veux, Face de Rat ? aboya le Daub.

— J'me disais... »

Juss regrettait déjà son initiative, la discrétion étant l'une des clefs de la survie dans la bande du Daub. Il puisa un surcroît de courage dans le regard bienveillant et envoûtant de Plaisance.

« Pourquoi on s'mettrait pas à l'abri dans RER C jusqu'à c'que les choses se tassent ? J'connais un passage à demi obstrué à partir de Mairie. On en profiterait pour l'explorer, on trouverait p't-être des trucs intéressants. »

Le Daub s'approcha de lui d'une allure pesante. Un sourire indéchiffrable flottait sur ses lèvres, ses énormes bras saillaient de son gilet de cuir comme des racines noueuses, ses yeux crachaient des flammes sous ses sourcils longs et emmêlés.

« T'es d'mèche avec ceux qui ont torturé Roc, ma parole, gronda-t-il en se lissant les cheveux et la barbe. Tu veux nous renvoyer à la surface ? On sait pas c'qui traîne dans les RER.

— Justement, comme on sait pas, autant aller voir », insista Juss malgré la moue désapprobatrice de

Plaisance. Il désigna le corps de Roc enroulé dans la couverture. « C'qu'on sait, c'est qu'l'air du coin n'est plus très sain pour nous, et qu'y a du danger à traverser Petite-Chine.

— Tu peux m'dire c'qu'on bouffera là-dedans, Face de Rat, où c'est qu'on dormira ? Et si, par hasard, on trouve des trucs, à qui on les vendra ? »

Enhardi par la discussion avec le Daub, qui l'aurait étalé d'un coup de poing en cas de désaccord flagrant, Juss put enfin reprendre sa respiration et sa voix descendit des hauteurs où elle s'était perchée pour retrouver une tonalité plus grave.

« Pour les trucs à vendre, suffirait d'entreposer tout c'qu'on trouve dans une planque. Pour la bouffe, on n'a qu'à se servir à Mairie et emporter des réserves avec nous, sans compter c'qu'on peut trouver sur place. Pour dormir, on organisera des tours de garde, comme quand on passe du temps dans les carrières. Et, si y a des bestioles, on les accueillera avec ça. » Il tira son pistolet et le brandit au-dessus de sa tête. « Pis on les f'ra rôtir et on récupérera leurs peaux. »

Il se tut, à la fois enivré et effrayé d'avoir parlé aussi longtemps et avec autant de conviction.

« T'sais quoi, p'tit foireux, tu dis des fois qu'des conneries, et vaut mieux pour tout l'monde qu'tu gardes ton claque fermé. »

Le poing du Daub se serra et tous s'attendirent à ce qu'il s'abatte telle une pierre sur le crâne de Face de Rat. Plaisance se blottit contre son protecteur comme pour le soutenir dans l'épreuve. Scorpion Blanc, l'exécuteur des basses œuvres, guettait avec avidité le signal du chef lui ordonnant de s'occuper de l'inconscient qui avait bravé son autorité devant la bande. Ses longs cheveux d'une blancheur immaculée tressautaient sur ses épaules comme des serpents furieux, ses yeux rouge sombre semblaient sur le point de jaillir de leurs orbites sous ses arcades saillantes.

« Mais t'es un bon fouineur, Juss, et cette fois, t'as bien fait d'l'ouvrir, reprit le Daub. J'crois qu't'as eu une riche idée. On dégottera p't-être dans RER C un passage qui nous ramènera dans une station plus accueillante que P'tite-Chine.

— Rien nous prouve qu'les gars d'Petite-Chine nous guettent à Porte-d'I pour nous flinguer », objecta Enti.

Le Daub se tourna vers l'intervenant et lui décocha un regard froid, quasi minéral.

« Ça, tu vois, c'est c'qui différencie les chefs des autres. Faut toujours qu'on ait un coup d'avance. Si on s'rend Porte-d'I et qu'les milices nous tombent dessus, ça s'ra trop tard pour nous. Mais, si on s'planque pendant quelque temps dans RER C, et même si on trouve pas un passage pour une autre station, ils finiront par baisser leur garde et on pourra les surprendre. »

Enti garda entrouverte la bouche qu'il avait large et encadrée de lèvres fines comme des lames, mais il s'abstint de répondre et se contenta de hocher la tête.

« T'es sûr de toi pour le passage qui mène à RER C ? demanda le Daub à Juss.

— La dernière fois qu'on a mis les pieds à Mairie,

j'l'ai exploré jusqu'à me r'trouver dans une station que j'connaissais pas.

— Comment tu sais qu'c'est RER C ?

— M'a semblé r'connaître le signe sur un panneau.

— Tu vas nous y conduire avant que les foireux de Petite-Chine aient l'envie d'venir nous chercher ici. J'te préviens, j't'arracherai moi-même la langue avec les dents si tu nous plantes.

— Qu'est-ce qu'on fait du corps de Roc ? » intervint Scorpion Blanc.

Le Daub réfléchit quelques instants.

« Donnez-le à bouffer aux rats. Comme ça, ils seront bien gras, si un jour ils finissent à leur tour dans nos ventres.

— J'espère qu'un de ces quatre on pourra rendre leurs tickets aux enculés qui lui ont fait ça !

— C'est un juste retour des choses, Scorpion, comme pour les rats : il en a fourré un max, des queues et des couilles, dans les bouches d'ceux qui ont eu la mauvaise idée de l'contrarier. »

En bon fouineur, Juss ne mit pas longtemps à retrouver l'entrée du passage qui menait à RER C, d'une part parce qu'il avait un excellent sens de l'orientation, d'autre part parce que le Daub n'était pas du genre à faire des promesses en l'air et qu'il valait mieux ne pas le décevoir lorsqu'il vous menaçait, en cas d'échec, de vous arracher la langue. Il ne serait pas venu à l'esprit d'Urier, l'armurier qui avait cru malin de défier le chef en public, d'affirmer le contraire : non seulement il avait perdu l'usage de la parole, mais il était désormais privé de tous les agréments que pouvait offrir ce petit bout de chair curieux et sensible s'agitant sans cesse à l'intérieur de la bouche, agréments que Juss avait expérimentés quelque temps auparavant avec une femme de Gobelins.

Le passage n'avait pas la forme régulière d'une galerie ni d'un couloir ; c'était plutôt une faille qui s'était formée dans un recoin de Mairie et avait éventré la terre à coups de zigzags plus ou moins amples. Si les premières centaines de pas ne présentèrent aucune difficulté particulière, ils ne tardèrent pas à tomber sur un éboulis dont Juss ne se rappelait pas qu'il était aussi imposant. Il resserra la sangle de sa lampe frontale pour escalader les pierres et rechercher le boyau qu'il avait parcouru la dernière fois. Plaisance et Arc, le chien fouineur, l'accompagnèrent tandis que le reste de la bande attendait au pied de l'éboulis.

« Ça semble bouché par là. T'aurais dû remuer sept fois ta langue dans ta bouche avant de la perdre, Face de Rat ! »

Des éclats de rire recouvrirent la voix de Scorpion Blanc. Une boule enfla dans le ventre de Juss, qui se demanda s'il ne s'était pas trompé. Sûr qu'il passerait un sale moment s'ils étaient obligés de rebrousser chemin. Il essuya d'un revers de main les gouttes de sueur qui perlaient à son front et s'insinuaient dans ses yeux. Arc gravissait la pente avec sûreté et légèreté, flairant chaque recoin, cherchant les courants d'air qui indiqueraient la présence d'une trouée. Il avait déjà sauvé à plusieurs reprises le Daub et ses hommes coincés par l'effondrement soudain d'une paroi ou d'une voûte.

Le chien disparut un peu plus haut, comme happé par une crevasse.

« Arc ! »

Juss l'entendit encore pousser un jappement bref, aigu, puis le silence redescendit sur les lieux.

« Qu'est-ce qui s'passe là-haut ? » glapit le Daub.

Le fouineur ne répondit pas, il pressa l'allure pour arriver à hauteur d'Arc. Le rayon de sa lampe dévoila, étalé dans un creux, le pelage tacheté et figé du chien.

« Arc... »

Il lui sembla percevoir un mouvement un peu loin.

« Scorpion », souffla Plaisance derrière lui.

Il dirigea le faisceau vers le haut. Son sang se gela. Un scorpion blanc aussi long que son avant-bras se dressait sur une pierre plate, son énorme dard recourbé tendu comme un arc au-dessus de lui.

« Surtout, bouge plus », lâcha-t-il dans un souffle.

Plaisance s'était déjà plaquée contre la pente, respiration suspendue, essayant tant bien que mal de maîtriser ses tremblements. Juss se souvint que les scorpions et leurs semblables à huit pattes inspiraient une terreur sans nom à la petite nyct. Il s'efforça de rester parfaitement immobile malgré la tension soudaine de ses muscles et une violente envie de prendre la fuite. Le scorpion sanctionnerait le moindre mouvement de sa part d'une attaque foudroyante, imparable. Comme Arc, son venin ne lui laisserait que le temps d'un dernier souffle.

« Hé, là-haut, qu'est-ce qui s'passe ? » insista le Daub.

Juss se garda de répondre. Sensible aux vibrations, le tueur blanc riposterait immédiatement à ce qu'il considérerait comme une agression.

« Tu t'fous d'ma gueule, petit foireux ? M'oblige pas à aller t'chercher ! Ou j't'étripe.

— Laisse-moi t'le ramener par la peau des couilles ! » hurla une deuxième voix, celle d'Enti, sans doute.

Les pinces du scorpion s'ouvraient et se refermaient lentement, comme si elles broyaient un invisible adversaire. La sueur dégoulinait en abondance sur le front de Juss, de véritables rigoles qui s'infiltraient dans ses yeux, sillonnaient sur son nez, ses joues, son menton, s'écoulaient dans son cou, dévalaient son torse, son ventre. Si seulement il avait pu sortir son flingue, il aurait réduit en bouillie la bestiole cuirassée qui lui interdisait le passage. Un peu plus bas que lui, Plaisance évacuait sa terreur galopante à coups d'expirations sifflantes. Le scorpion se déplaça à une vitesse telle qu'il donna l'impression de voler d'un endroit à l'autre sans avoir effectué le moindre mouvement. Juss le localisa juste au-dessus de lui, puis l'animal s'éclipsa de nouveau pour réapparaître trois pas plus loin, entre deux pierres, l'entrée de son nid peut-être.

« Tu l'auras voulu, Face de Rat, je monte te chercher, rugit le Daub.

— Apprends-lui l'respect, à ce p'tit enculé ! » ajouta une voix, celle de Vern, probablement.

La main de Juss se rapprocha avec une lenteur crispante de la poche de sa veste. Il ne quitta pas le tueur blanc des yeux lorsqu'il extirpa son arme du bout des doigts, qu'il referma la paume sur la crosse, déverrouilla du pouce le cran de sûreté et glissa son index dans le pontet. Puis, sans tenir compte des bruits qui retentissaient en contrebas et faisaient planer un danger mortel sur Plaisance et lui, il plaça sa main à hauteur de son visage, dirigea le canon du flingue vers le scorpion, visa et pressa la détente. La détonation retentit comme un fracas des profondeurs, un éclair sabra les recoins de pénombre, des éclats de pierre dégringolèrent en pluie autour de lui. Le fouineur dut encore attendre que se dispersent les écharpes de fumée et de poussière pour constater que l'ombre blanche s'était évanouie entre les deux pierres. N'en demeurait qu'une vague trace claire à l'endroit où avait frappé la balle.

« T'es guedin, ou quoi ? s'égosilla le Daub.

— Un scorpion blanc, répondit Juss sans se retourner. Il a tué Arc. »

Il s'élança vers l'endroit où s'était tenu l'implacable tueur blanc quelques instants plus tôt.

« Put de Rive Droite ! cracha le Daub.

— Attention ! cria Plaisance. Il n'est peut-être pas mort. »

Juss franchit précautionneusement la courte distance, mais, au fond de lui, il n'avait aucun doute sur la précision de son tir. Il ne fut pas surpris de découvrir le scorpion à demi déchiqueté et enseveli sous les éclats de pierre. La balle, qui lui avait pulvérisé la tête et le haut du corps, avait laissé intactes ses quatre pattes postérieures et sa terrible queue, dont l'aiguille translucide, d'une longueur de deux pouces, paraissait particulièrement redoutable vue de près. Juss se saisit avec délicatesse du monstre et le souleva. La moitié déchiquetée resta soudée par quelques bouts de carapace à la partie intacte, et le tueur le plus craint de Rive Gauche apparut dans toute sa dimension, plus grand que le fouineur ne l'avait d'abord estimé, un bon demi-pas de longueur sans doute.

« Put de Rive Droite, sacré morceau ! apprécia le Daub, pratiquement arrivé à hauteur de Plaisance. C'est son nid, là-haut ? »

Juss dirigea le rayon de la lampe vers les pierres et discerna des mouvements en dessous, comme un grouillement. Il entrevit alors des formes minuscules et transparentes qui se déplaçaient dans tous les sens.

« Y a même des petits.

— Faut les écrabouiller !

— Y a qu'à les cramer.

— Pas une bonne idée, mon gars. Ils sont résistants au feu. Attends-moi, j'arrive. »

Le Daub se hissa aux côtés de Juss et évalua du regard le tueur blanc qu'il tenait toujours en main.

« Jamais vu d'plus grand bestiau qu'çui-là !

— Ça fait chier pour Arc, soupira Juss. C'était un bon chien.

— Il en avait plus pour longtemps, il d'venait aveugle, il avait d'plus en plus d'mal à marcher, et il pissait du sang. Au moins, il aura eu une fin propre et nette, pas comme Roc. »

Le Daub pointa à son tour sa torche frontale sur le nid, puis il dégagea les grosses pierres et en saisit une plus petite pour écraser les formes transparentes qui continuaient de s'affoler dans leur abri, subitement transformé en piège mortel.

« J'comprends maintenant pourquoi tu m'répondais pas, ajouta-t-il en poursuivant son hécatombe. Tu s'rais mort, si tu avais ouvert ton claque.

— Ça aurait p't-être mieux valu plutôt que d'perdre ma langue et mes tripes... »

Le Daub s'interrompit et fixa son interlocuteur d'un air indéchiffrable avant d'éclater de rire.

« T'es insolent, Face de Rat, mais ta langue est bien trop précieuse pour qu'on t'l'arrache. »

Il pointa l'index sur Plaisance, toujours prostrée contre les pierres.

« Toi et la pisseuse, j'crois qu'vous formez un bon tandem. La mort de Roc annonce des lendemains difficiles, et on aura besoin de tout l'monde dans les temps à venir, on aura besoin d'un bon fouineur et de son assistante nyct. »

Il se pencha vers Juss pour ajouter, à voix basse :

« J'le dis qu'à toi et j'te demande d'garder le secret absolu là-dessus : je regrette d'avoir eu c'coup de colère contre Urier, d'lui avoir coupé la langue. J'en ai fait un homme diminué, malheureux qui peut plus… enfin… qui est, en tout cas, moins efficace pour le reste du groupe. On a besoin de solidarité, d'union sacrée, pour survivre, mais ça, tout l'monde est pas prêt à l'entendre dans c'te foutue bande, il faut encore qu'j'leur montre sans cesse qui est le put de chef. »

Il écrasa les derniers petits du scorpion blanc avant de reboucher le nid avec les grosses pierres.

« Ça f'ra quelques salopards en moins. Donne-moi donc la bestiole pour qu'je la montre aux autres. Sinon, ils comprendront pas pourquoi j't'ai pas étripé. »

Après que Juss lui eut remis le scorpion blanc, le Daub entama sa descente avec une souplesse étonnante pour un homme de son âge et de sa corpulence.

« Trouve-nous un passage, Juss. T'as vu juste : y a qu'ça qui nous permettra d'nous en tirer », reprit-il sans relever la tête.

L'orifice du boyau faisait à peine la largeur d'un homme. Plaisance se proposa de passer la première parce que, comme elle était plus menue, elle risquait moins d'être coincée en plein milieu du passage. En outre, les piles pouvaient à tout moment tomber en rade et elle n'avait pas besoin de lampe.

« T'as pas peur de tomber sur un autre scorpion ? lui demanda Juss.

— Tu sais ce qu'on dit : si tu tombes deux fois de suite sur un tueur blanc, c'est que tu as la poisse et plus aucune chance de survivre dans Rive Gauche. »

Elle s'engouffra la tête la première. Juss attendit qu'elle ait parcouru quelques pas pour s'y introduire à son tour. Il lui fallut se contorsionner pour franchir l'étranglement de départ, puis le passage s'élargit et devint nettement plus facile à négocier. La lumière mouvante de sa lampe éclairait Plaisance, qui le précédait de cinq ou six pas. Si la nyct craignait les araignées et leurs cousins, elle n'avait pas peur d'affronter les étroits boyaux formés par les effondrements et les glissements de terrain. Certains armuriers, en revanche, finissaient par perdre tous leurs moyens après avoir rampé sur des centaines et des centaines de pas pour buter sur un cul-de-sac. Ils paniquaient à l'idée de manquer tout à coup d'air, au point que Juss avait dû à deux reprises retourner dans un boyau pour y récupérer un homme et une femme incapables de rebrousser chemin.

« Claustro », avait diagnostiqué Aure.

Étant donné qu'on ne pouvait pas leur faire confiance, on chassait impitoyablement les claustros, et ceux qui ne l'étaient pas évitaient à tout prix de retarder le groupe lors du franchissement d'un passage étranglé. Aure soignait divers maux avec des champignons, des racines, des sangsues et des décoctions dont il valait mieux ne pas connaître la composition, mais elle n'avait aucun remède contre la claustro.

« Un des vestiges hérités de nos ancêtres qui vivaient à la surface, en pleine lumière, affirmait-elle. Ils considéraient l'obscurité et l'étroitesse comme des menaces. »

L'imprudent qui la questionnait sur les origines du monde endurait un long moment ses explications et ses théories sur le sujet. Juss en avait retenu que les Métrolites étaient les descendants de Terriens qui avaient longtemps habité la surface avant de se réfugier dans les profondeurs du sol à la suite de la Catastrophe. La surface étant devenue invivable, ils s'étaient planqués dans Métro 2033 en attendant de pouvoir remonter et de vivre à nouveau sous les rayons de Soleil et de Lune, d'immenses lampes suspendues à une gigantesque voûte qui dispensaient un éclairage permanent. Juss n'accordait que peu de crédit aux légendes terriennes racontées çà et là dans Rive Gauche. Elles servaient de socle à la cruelle religion de l'Élévation, dont les servants enfermaient les condamnés dans des cages en fer, les exposaient à la surface et les redescendaient un long moment plus tard pour examiner les infâmes bouillies de chair carbonisée qui subsistaient des corps des suppliciés, preuve que les Métrolites n'avaient rien à espérer d'un environnement aussi détestable. Il avait un jour demandé à Aure si elle connaissait la signification du chiffre 2033. Elle avait répondu, avec un sérieux qui allongeait bizarrement son nez et son menton, qu'il s'agissait du nombre d'ancêtres rescapés de la Catastrophe, les premiers Métrolites.

« On y est ! » cria Plaisance.

Elle disparut à l'extrémité du boyau. Lorsque Juss s'en extirpa à son tour, elle l'accueillit avec un large sourire qui exprimait un enthousiasme débordant doublé d'une certaine fierté.

« Dire que c'est toi qui as trouvé cet endroit ! » s'exclama-t-elle.

Le boyau donnait sur une immense station étayée par des piliers cylindriques et séparée en trois parties, une centrale, encadrée par deux fosses rectilignes, où se dressait une cage aux cloisons fracassées, et deux latérales délimitées par des murs lézardés. Le faisceau de la lampe révéla une forme énorme et immobile au milieu d'une fosse.

« Put de Rive Droite, une rame ! » s'extasia Juss.

Une rame d'au moins cent pas de long, une rame en bon état dont la rouille et la poussière ne parvenaient pas à masquer entièrement les couleurs bleu, blanc et rouge. La trouille ne lui avait pas permis d'entrevoir cette merveille la dernière fois qu'il était venu. Un escalier s'élevait dans le coin de la station qu'éclaira furtivement sa lumière frontale. Un éboulement l'avait enseveli et n'avait laissé de lui que quelques marches et un pan de rampe.

« Reste là, Plaisance, je vais prévenir les… »

Un miaulement interrompit Juss.

« Och », fit la nyct avant que Juss ait eu le temps de capturer le pelage tigré et les yeux jaune pâle du chat des Armuriers dans le halo de sa lampe.

Le petit félin vint se frotter en ronronnant contre les jambes de Plaisance, qui s'accroupit pour le caresser. Dressé à détecter et capturer les rats, Och se montrait de plus en plus paresseux au fur et à mesure qu'il avançait en âge, de plus en plus rusé pour feindre un minimum d'activité, mais il y avait bien longtemps que les Armuriers ne comptaient plus sur lui pour leur fournir leur pitance, alors que lui, en revanche, dépendait entièrement d'eux pour manger à sa faim.

« Comme on est les premiers à la découvrir, on en fera notre base, déclara le Daub. Faudra juste condamner le boyau quand on aura trouvé un passage vers une station qui f'ra pas partie de Petite-Chine.

— C'est bien la preuve que les légendes de la surface ont un fond de vérité, intervint Aure.

— Pas l'moment d'la ramener avec tes conneries, Aure, grogna Scorpion Blanc. C'est bien beau tout ça, mais ça nous dit pas où on va trouver à bouffer.

— Moi j'dirais plutôt qu'ça prouve que tout c'qui existait avant était déjà dans Métro 2033, argumenta Vern. Les gens ont toujours vécu ici, jamais à la surface. La Catastrophe, elle a frappé Métro. La surface, elle a toujours été plus brûlante que le cul de Talie.

— Qu'est-ce que t'en sais, toi ? riposta Talie. T'y as jamais mis les pieds, dans mon cul.

— Ben, heureusement, j'suis vraiment pas chaud pour m'cramer la queue, persifla Vern.

— Laisse donc le cul de Talie tranquille, put de Rive Droite ! grogna Enti.

— Ah, un de tes visiteurs les plus assidus ! gloussa Vern. Fais donc voir ta queue, Enti, j'suis sûr qu'elle est plus noire et pelée qu'un rat dans les braises.

— Fais gaffe qu'la tienne finisse pas dans ta bouche, comme celle de Roc ! siffla Enti.

— Ma bouche est pas assez grande pour qu'tu puisses l'y fourrer, rétorqua Vern. Et l'cul de Talie, pas assez grand non plus pour l'accueillir.

— T'es qu'un grand vantard, Vern ! ricana Talie.

— Tu l'sauras jamais, vu qu'j'prendrai jamais le risque d'me frotter à…

— La ferme, vous tous ! gronda le Daub. Moi, j'dis qu'Juss nous a dégoté un bel endroit et qu'on va en faire notre quartier. On consolidera la station, on y entreposera nos marchandises, et puis on pourra mettre nos familles à l'abri.

— D'la famille, faudrait déjà en avoir, objecta Ill.

— J'parle des enfants qu'on fabriquera, expliqua le Daub.

— Alors, c'est fini, les grands discours sur la liberté ? protesta Scorpion Blanc. Sur l'errance ?

— La liberté, c'est d'avoir un coin à nous, d'le protéger et qu'personne ne vienne nous dire c'qu'on a à faire à l'intérieur, martela le Daub. Mais, si vous choisissez l'errance, personne ne vous l'interdira. De même que d'avoir un coin à nous nous empêchera pas d'explorer Rive Gauche pour y déterrer des trucs laissés par le monde d'avant. D'continuer notre boulot d'armurier, quoi !

— Regarde-nous, lança Vern. Quatre femmes, dont une t'est réservée, une à Scorpion Blanc, une à Enti, pour une vingtaine d'hommes, plus une poignée de gamins plus ou moins mutants. C'est pas avec un cheptel aussi maigre qu'on fonde un élevage.

— Des femmes, vous en trouverez à l'extérieur,

affirma le Daub. Et puis d'autres viendront nous rejoindre, et aussi des hommes, des gosses.

— T'as changé, Daub, insinua Scorpion Blanc. P't-être que le temps est aussi venu de changer de chef.

— Tu connais la procédure, Scorpion, lâcha le Daub. J'ai jamais refusé un combat à mort.

— Il faut une majorité pour pouvoir lancer un défi, avança Juss.

— Ferme ton claque, Face de Rat ! beugla Scorpion Blanc. On t'a déjà dit que tu ouvrais trop souvent ta grande gueule de…

— Juss a raison, coupa Irie. C'est la loi des Armuriers.

— C'est parce que tu laisses le Daub fourrer ton gros cul qu'tu t'crois autorisée à parler d'la loi des Armuriers ? insinua Enti.

— Tout le monde la connaît, la loi, se défendit Irie.

— Moi, j'dis qu'la loi, elle appartient au plus fort, brailla Enti. Comme ton cul ! Et si Scorpion Blanc s'montre le plus fort, alors on vivra sous sa loi.

— Faudra déjà l'prouver, qu'il est le plus fort, tonna le Daub.

— J'en ai bien l'intention, Daub ! siffla Scorpion Blanc.

— Toi aussi, tu as changé, mon frère, releva le Daub.

— Prépare-toi au combat… mon frère, grommela Scorpion Blanc.

— Y a des traîtres parmi nous, gronda le Daub.

Des foireux qui cherchent à nous diviser pour mieux nous abattre.

— Prépare-toi, au lieu de gémir comme une vieille femme qui vient de perdre sa dernière dent, répéta Scorpion Blanc.

— Si c'est vraiment ton choix, Scorpion, soupira le Daub. Quelle arme ?

— J'prendrai la barre de fer, répondit Scorpion Blanc.

— En ce cas, j'opte pour le poignard », conclut le Daub.

3

Le pasteur et le Conseil

« Une délégation du Conseil parnassien demande audience, Éclat céleste.

— Que veulent-ils, encore ?

— Ils ne souhaitent s'entretenir qu'avec votre auguste personne. »

Parn, le pasteur d'Élévation, évacua son irritation d'une longue et bruyante expiration. Un hurlement l'avait tiré de son sommeil et, depuis, il n'avait pas recouvré la plénitude de ses moyens, comme si son esprit n'avait pas complètement réintégré son corps. Il était sorti, furieux, de la rame qui lui était entièrement réservée et avait interpellé l'un des servants logés dans les abris disséminés sur le quai. L'un d'eux lui avait expliqué que le cri inopportun avait été proféré par un condamné sur le point d'effectuer son élévation.

« Ne peuvent-ils donc s'élever avec dignité ? avait grommelé le pasteur. Faudra-t-il qu'on leur coupe la langue avant de les expédier à la surface ? Ou faudra-t-il que nous nous installions dans une rame plus éloignée de Départ ? »

Il n'avait qu'une envie : souffler les bougies de sa chambre, retourner dans son lit et se rendormir jusqu'à ce qu'il ait recouvré une parfaite coordination entre son esprit et son corps. Le Conseil parnassien, qui s'était largement appuyé sur l'organisation d'Élévation pour devenir la statiopée la plus puissante de Rive Gauche, s'efforçait désormais par tous les moyens de saper son influence, et le pasteur Parn devait garder les idées claires pour anticiper les manœuvres de ses interlocuteurs, aussi retors et venimeux que des scorpions blancs.

« Les conseillers ne se contenteraient-ils pas d'une simple audience préliminaire avec vous, Augir ? »

Le secrétaire se fendit de la courbette protocolaire qui lui servait de porte de secours chaque fois qu'il était sur le point de contrarier son supérieur.

« Dois-je leur signifier que vos occupations vous contraignent à remettre l'entrevue à plus tard, Éclat céleste ? »

Le pasteur, tenté dans un premier temps d'accepter la proposition de son bras droit, s'accorda un temps de réflexion. Il laissa errer son regard par l'entrebâillement des rideaux d'une vitre du wagon d'audience. Les flammes des lustres suspendus, qu'on descendait, pour les allumer et les éteindre, par un système complexe de cordes et de poulies, accrochaient leurs lumières tremblantes et ambrées aux murs et à la voûte du quai. Les bougies au sol révélaient les entrées des abris où s'agitaient des silhouettes d'hommes et de femmes vaquant à leurs activités, ou encore les petits groupes déambulant dans les allées, tous vêtus de la robe blanche des servants d'Élévation. Une armée disciplinée dont les rangs grossissaient sans cesse et qui inquiétait le Conseil parnassien, doutant que ses milices, pourtant lourdement armées, aient la capacité de contenir cette multitude fanatisée si Parn et les siens décidaient de lui déclarer la guerre. Le rapport de force était en train de s'inverser, raison pour laquelle, sans doute, le Conseil avait accepté qu'Élévation devienne le deuxième nom officiel de Montparnasse.

« Je vais les recevoir, répondit enfin le pasteur. Au moins pour savoir ce qu'ils ont dans le ventre. »

La modestie apparente du sourire d'Augir ne masquait qu'imparfaitement sa profonde satisfaction. Parn se demanda pour la millième fois à quel jeu se livrait son secrétaire. Choisi pour son intelligence, son énergie et son érudition, Augir brûlait également d'une ambition dévorante qui, si elle avait jusqu'alors parfaitement servi les intérêts d'Élévation, risquait tôt ou tard de se retourner contre le pasteur, d'autant qu'il exerçait une forte attraction sur les fidèles, sur les femmes en particulier, séduites par sa prestance, sa voix caressante, ses traits harmonieux et ses manières délicates. Il avait établi sa résidence dans Gare, la station la plus longue, la plus large et la plus populeuse de Montparnasse, au prétexte que, vivant dans le cœur de la statiopée, il se tiendrait ainsi au plus près des aspirations du peuple parnassien. Parn le soupçonnait en réalité de maintenir une certaine distance avec son supérieur pour pouvoir conspirer à sa guise. Il n'avait pas eu à se plaindre jusqu'alors des manœuvres de son secrétaire, mais sa méfiance n'avait cessé de s'accroître à l'encontre d'Augir. Sans doute fallait-il mettre cette tendance paranoïaque sur le compte de l'âge ou encore sur la tension permanente engendrée par l'exercice du pouvoir, mais il ne pouvait s'empêcher de penser que son second plaçait un à un ses pions afin de lui prendre sa place.

« Ils vous attendent dans le wagon des audiences, Éclat céleste.

— Vous étiez donc si sûr de vous pour les inviter à s'installer sans attendre mon accord ?

— J'ai pu mesurer à maintes reprises votre intelligence et votre sagesse.

— Je ne suis pas sensible aux flatteries comme vous semblez l'être vous-même, monsieur le secrétaire.

— Ne prenez pas pour des flatteries les simples marques de mon admiration et de mon affection, Éclat céleste. »

Parn ressentit le froid glacial du poison dans les paroles mielleuses de son interlocuteur et se dit qu'il ferait réellement preuve de sagesse s'il se débarrassait le plus rapidement et le plus discrètement possible de son encombrant secrétaire.

« Assisterez-vous à l'audience ?

— Si vous n'y voyez pas d'inconvénient, Éclat

céleste, mes nombreuses obligations me contraignent à vous fausser compagnie.

— Il faudra quand même que nous prenions le temps de parler, monsieur le secrétaire. Les occasions se font de plus en plus rares.

— Il en sera fait selon vos désirs. »

Augir s'inclina et sortit avec la discrétion d'une ombre.

Le pasteur passa quelques instants plus tard dans le wagon des audiences, revêtu de son habit officiel, une dalmatienne pourpre ornée de dorures et d'incrustations diverses, reliques, selon la croyance, des temps d'avant la Catastrophe. Il avait refusé en revanche de se coiffer de la tiare céleste, trop petite à son goût pour son large crâne dégarni. La dalmatienne suffirait à donner le minimum de solennité requis à l'audience.

Trois conseillers avaient pris place dans le wagon éclairé par une multitude de bougies qui répandaient une odeur familière de cire. Il reconnut immédiatement deux d'entre eux : Otre, une femme mûre, pour ne pas dire blette, dont le visage pointu et les yeux perpétuellement en mouvement évoquaient une ratte en train de surveiller ses petits, et Lix, un jeune conseiller élu depuis peu et souvent débordé par une fougue maladroite. Lorsque son regard se posa sur le troisième, Parn ne parvint pas à retenir une moue de surprise et de répulsion. L'enfant qui avait pris place dans le fauteuil du milieu n'était ni un garçon ni une fille, ou peut-être une association malheureuse des deux. Sa tête, énorme, coiffée de cheveux épars, ne donnait aucun indice sur son genre, pas davantage que son corps atrophié, ni d'ailleurs que sa tenue, la tunique en cuir sans manches usuelle du Conseil parnassien. Sa monstruosité fit l'effet au pasteur d'une souillure, d'une insulte lancée à la face des humains de Métro 2033. Il faillit tourner les talons, outré que le Conseil lui ait dépêché une telle abomination, mais il en appela à toute sa volonté pour conserver la maîtrise de ses pensées et de ses réactions. Deux jeunes servants l'aidèrent à s'installer sur le trône ouvragé posé sur une estrade d'où il pouvait dominer ses visiteurs.

« Que me vaut l'honneur de cette visite impromptue ? »

La conseillère Otre se tendit dans son fauteuil, comme si elle s'apprêtait à sauter à la gorge du chef suprême d'Élévation.

« Le Conseil parnassien nous a mandatés pour vous poser quelques questions, Éclat céleste.

— Des questions ? Auriez-vous l'intention de me soumettre à un… interrogatoire ? »

Le pasteur accompagna ses propos d'un sourire vaguement menaçant.

« Loin de nous cette idée. Il s'agit de préciser quelques points qui nous permettront, nous en sommes certains, d'améliorer nos relations et dont l'ensemble de la population parnassienne tirera profit.

— Nous n'agissons que dans l'intérêt commun, renchérit Lix en agitant les mains. Montparnasse est la statiopée principale de Rive Gauche et, à ce titre, elle est observée avec une attention particulière par les autres communautés. D'où la nécessité de présenter une parfaite union entre les forces qui la composent.

— Vous voulez dire : le Conseil et Élévation, précisa le pasteur.

— Ce sont bien entendu les deux principales, approuva Otre. On peut également citer la ligue commerçante, le syndicat des potagers de 4P et la guilde des éleveurs. »

Parn subodora que le Conseil avait obtenu des garanties auprès de ceux qu'elle venait de citer et qu'il se sentait maintenant assez fort pour renégocier les accords passés quelque temps auparavant avec Élévation. Il se demanda pourquoi Augir ne l'avait pas averti des manœuvres des dirigeants de Montparnasse. Avaient-ils réussi à déjouer les réseaux de surveillance ? Ou bien le secrétaire s'était-il ligué avec eux pour le renverser du trône pastoral ?

« Vous ne m'avez pas fait l'honneur de me présenter la personne qui vous accompagne, reprit-il d'un ton enjoué.

— Nous manquons à tous nos devoirs, Éclat céleste, s'empressa Otre. Voici Ésia, membre du Conseil depuis peu. Nous l'avons amenée afin qu'elle puisse assister à sa toute première audience. »

Le pasteur retint la question qui lui brûlait les lèvres – n'y at-il donc plus d'hommes et de femmes sains, normaux, pour représenter le peuple parnassien ? – et observa l'être monstrueux figé dans son fauteuil. Il ne parvint pas à capter son regard : ses yeux étaient enfoncés si profondément dans leurs orbites qu'il n'en apercevait que les lueurs, un peu comme des éclats de bougies au fond de crevasses.

« Soyez donc la bienvenue, Ésia. »

Parn pensait, en même temps qu'il prononçait ces paroles, qu'Élévation devait prendre des mesures d'urgence pour lutter contre le fléau des mutations qui gangrenait la société parnassienne, et probablement les populations des autres statiopées. La seule façon d'enrayer le phénomène était de condamner impitoyablement à l'élévation tout être présentant des malformations à la naissance. Si on n'agissait pas dans les plus brefs délais, Rive Gauche tout entière serait bientôt peuplée de caricatures d'êtres humains. Il se promit de mettre le sujet à l'ordre du jour lors de la prochaine assemblée des servants.

« Ésia ne parle pas toujours au moment opportun, précisa Otre. Elle intervient seulement quand elle le décide et pour des motifs qui lui paraissent essentiels.

— Elle est donc une femme ? releva le pasteur.

— Elle n'est encore qu'une enfant, mais, oui, elle est dotée de tous les attributs d'une femme. Elle pourra même porter des enfants. »

Parn se demanda quel genre de rejetons pourrait mettre au monde un être aussi abject, une perspective qui déclencha en lui une humeur sombre, un mélange d'impatience, de colère et de dégoût. Il refoula une brusque envie de suspendre l'audience et de convoquer sur-le-champ une assemblée extraordinaire.

« Vous souhaitiez donc me poser des questions ?

— Avez-vous entendu parler de Madone ? » commença Lix après avoir consulté Otre du regard.

Le pasteur, lui dont le crâne avait toujours été dégarni, admira l'épaisseur des cheveux bouclés du conseiller.

« La folle de Bac ? Qui ne la connaît pas ? N'avait-elle pas l'intention d'entreprendre une tournée pour présenter son projet de Fédération ?

— Elle est passée de l'intention à l'action, Éclat céleste. »

Parn en était informé, comme de tout ce qui se tramait d'important dans Rive Gauche, mais feindre l'ignorance lui permettait d'entendre la version du Conseil et, peut-être, de percevoir entre les mots les intentions cachées de ceux qu'il considérait comme ses adversaires les plus retors.

« Selon nos renseignements, elle visitera les stations d'Invalides, de Varenne, François-Xavier et Duroc avant d'arriver à Montparnasse, reprit Lix. Elle est accompagnée d'une trentaine de gardes, une bien maigre escorte pour un périple aussi dangereux.

— Vous auriez tort de vous fier à leur seul nombre, objecta le pasteur. Dans des espaces étroits de Rive Gauche, une trentaine d'hommes bien armés et déterminés peuvent bloquer un passage pendant un très long temps.

— Quel accueil comptez-vous réserver à cette femme, Éclat céleste ? »

Parn retint le sourire qui ne demandait qu'à éclore sur ses lèvres. Lui n'ignorait rien des desseins du Conseil parnassien à propos de Madone : certains dirigeants de la statiopée la plus influente de Rive Gauche, refusant de se dissoudre dans une organisation globale et de perdre ainsi leurs privilèges, projetaient de l'éliminer d'une façon ou d'une autre. Élévation n'essaierait pas de les en dissuader. Le pasteur et les siens avaient beau partager la vision unificatrice de la folle de Bac, ils s'opposaient en tout point sur la méthode et sur la finalité.

« Élévation n'est concernée en rien par Madone, répondit-il. C'est une affaire politique, et nous ne nous intéressons qu'au salut des âmes. Nous ne la recevrons ni à titre officiel ni à titre privé.

— Des rumeurs courent pourtant, qui prétendent que vos services ont pris récemment contact avec elle », insinua Otre.

Parn reporta un petit moment son attention sur Ésia, silencieuse et immobile dans son fauteuil. Il eut la très nette impression qu'elle tentait de pénétrer dans son esprit. Appartenait-elle à la catégorie des mutants appelés les dvinns ? Il ne leur avait pas accordé la moindre importance jusqu'alors, pensant que leur réputation de clairvoyants ne reposait que sur l'avidité de leurs parents et la crédulité des Métrolites, mais la présence de l'un d'eux dans la salle d'audience le troublait tout à coup.

« Les rumeurs ne sont pas des faits, conseillère. Cependant, si elles avaient un fond de vérité, sachez que les services dont vous parlez auraient pris une initiative malheureuse sans m'en informer. Et qu'en ce cas ils seraient accusés de trahison et immédiatement traduits devant notre tribunal. Élévation n'a aucun lien avec Madone de Bac, je vous en donne ma parole. »

Lix s'inclina.

« Nous souhaitions seulement nous en assurer, Éclat céleste.

— Eh bien, en ce cas, vous ne verrez aucun inconvénient à ce que nous mettions fin à l'audience.

— Aucun. Nous vous remercions de nous avoir reçus à l'improviste. »

Le pasteur s'inclina à son tour avant de claquer des mains afin que les deux jeunes servants viennent l'aider à se relever et à descendre de l'estrade. Il accompagna du regard les membres du Conseil jusqu'à la sortie du wagon. Il ne leur pardonnerait pas de sitôt d'avoir introduit un monstre dans son espace personnel, comme s'ils avaient voulu le souiller et, à travers lui, l'ensemble d'Élévation. Puis, tandis qu'il se rendait dans le vestibule pour passer des vêtements moins empesés, il songea à la visite prochaine de la folle de Bac, l'occasion pour lui de prendre une première petite revanche sur ces hypocrites du Conseil.

« Dis-nous ce que tu as perçu en lui, Ésia. »

C'était d'Otre qu'était venue l'idée de recourir aux services d'Ésia lors des rencontres avec les personnalités influentes de Montparnasse, il lui revenait donc de convaincre les huit autres membres du Conseil de la pertinence de son initiative. Elle-même avait mis au monde l'un de ces enfants aux têtes disproportionnées et, même s'il était mort peu de temps après sa naissance, elle avait continué à s'intéresser au phénomène des dvinns. Le rejet qu'ils suscitaient la révoltait. Les réactions du pasteur d'Élévation quelques instants plus tôt, yeux arrondis par l'horreur, lèvres crispées, regards brûlants de haine, la confortaient dans l'idée que les dvinns et les autres mutants deviendraient bientôt de parfaits boucs émissaires pour les Métrolites. Il fallait donc démontrer au plus vite que leur difformité n'était pas le résultat d'une malédiction ou d'une régression, mais le fruit d'une inéluctable évolution.

Assise face aux neuf membres du Conseil parnassien, Ésia ne bougeait pas. Impossible de savoir si elle réfléchissait ou si elle dormait, aucune expression n'était lisible sur son visage ni dans ses yeux. On pouvait même douter qu'elle eût compris les paroles d'Otre.

« Je savais que ce n'était pas une bonne idée », gronda Lej, le doyen du Conseil, un homme émacié, ridé, qui n'avait gardé de sa chevelure qu'une mince couronne grise autour de son crâne.

Comme toujours, il portait sous la tunique sans manches en cuir noir du Conseil des vêtements sertis d'ornements dorés dont, par coquetterie ou par prudence, il refusait catégoriquement de révéler la provenance.

« Elle est peut-être impressionnée, plaida Otre. Donnons-lui un peu de temps.

— Nous nous sommes passés de dvinn jusqu'à maintenant, nous continuerons de nous en passer. »

La voix éraillée de Lej s'était envolée comme un oiseau criard et fatigué dans l'immense salle entièrement vitrée du Conseil. L'éclairage des bougies transformait les visages en une ronde de masques cuivrés flottant sur un fond de pénombre. En contrebas, les lumières révélaient par fragments les habitations basses disséminées dans les halls et les couloirs, les familles prenant leurs repas devant les entrées de leurs demeures, les dormeurs allongés sur les couchettes hautes fixées sur les parois, les étals des marchands, les cercles de joueurs regroupés autour de tables basses ou de billots, les promeneurs vêtus de peaux de rats, de tissus ravaudés ou des tuniques blanches d'Élévation, les miliciens reconnaissables à leurs uniformes de cuir épais.

« Comment s'est passée l'audience ? s'enquit Lej.

— Le pasteur prétend qu'Élévation n'a noué aucun contact avec Madone, et il nous est impossible de savoir s'il était sincère, répondit Lix.

— On ne sait jamais rien de ses intentions, de toute façon. » Le doyen secoua la tête d'un air dépité. « Les servants sont pires que les rats : quand on commence à remarquer leur présence, c'est qu'ils ont déjà colonisé tout l'espace, et il est trop tard pour s'en débarrasser. Nous n'aurions pas dû essayer de les amadouer en leur confiant les exécutions publiques des criminels de la statiopée, nous avons perdu dans l'affaire une grande partie de notre autonomie judiciaire.

— Je ne crois pas de toute façon que le pasteur ait l'intention de soutenir Madone, avança Lix. Ils ont tous les deux le même projet : prendre le pouvoir absolu sur Rive Gauche.

— Une alliance de circonstance n'empêchera pas le plus fort, ou le plus malin, d'éliminer son rival une fois parvenu à ses fins. C'est pourquoi je dis et répète que nous devons éliminer Madone.

— Nous en ferions une martyre, objecta Otre. Sa réputation va bien au-delà des frontières de Bac. Les Métrolites de tout Rive Gauche attendent sa venue. Certains lui vouent déjà un véritable culte. Si nous la tuons, nous risquons d'être débordés par la colère des populations.

— À moins que… »

Lej marqua un long silence afin d'aiguiser l'attention de ses interlocuteurs.

« … que nous profitions des circonstances pour faire d'une pierre deux coups, reprit-il en détachant chaque syllabe.

— Comment ? demanda Lix.

— En détournant la colère suscitée par la mort de Madone sur Élévation. »

Comme les autres membres du Conseil ne réagissaient pas, le doyen se fendit d'un soupir agacé avant de préciser :

« Nous ferons croire que l'assassinat de Madone a été commis par un fanatique d'Élévation. Il suffit de recruter des tueurs expérimentés, de les affubler de tuniques blanches, de leur ordonner de hurler un couplet à la gloire d'Élévation au moment du crime, des formules du genre : “le temps est venu d'accomplir ton retour à la surface, Madone, louée soit Élévation, gloire à notre pasteur", puis, une fois leur besogne accomplie, de les réduire au silence.

— Je ne partage pas cette conception du pouvoir, protesta Otre.

— Nos adversaires, eux, ne s'embarrasseront pas de principes.

— Ce n'est pas une raison pour se comporter comme eux.

— Alors nous sommes condamnés à disparaître. Pas seulement nous, mais le système des Conseils. Rive Gauche deviendra une fédération gouvernée par une seule personne ou un espace fanatique entièrement dévoué à son pasteur. Certains Métrolites seront alors en danger : les errants, les mutants, les insoumis, les infidèles... C'est vrai, je vous demande de vous salir les mains, de les tremper dans le sang et dans la boue du mensonge, mais, si nous restons arc-boutés sur nos principes, le sang et la boue nous déborderont et emporteront en grand nombre nos frères et nos sœurs de Rive Gauche, et nous nous accuserons amèrement de ne pas avoir fait tout ce qui était en notre pouvoir pour prévenir ce massacre. En quoi ta "conception du pouvoir" les aura-t-elle aidés, Otre ? »

Otre se leva et se dirigea vers Ésia, qu'elle rassura d'une caresse sur le front et d'un sourire, avant de se retourner et de toiser le doyen dont le visage, sculpté par la lumière ambrée d'une bougie, lui parut tout à coup démoniaque.

« Ce que tu proposes n'est pas honorable, Lej. Nous devons emprunter des voies légales pour contrer les manœuvres du pasteur ou de Madone. Comment pourrions-nous exiger des populations un comportement décent, si nous ne sommes pas nous-mêmes irréprochables ?

— Être irréprochable, c'est gouverner pour le bien du plus grand nombre, c'est faire en sorte que tout le monde puisse cohabiter en paix, pas seulement dans l'espace de Montparnasse, mais dans toutes les autres statiopées et stations de Rive Gauche, c'est couper la tête des scorpions avant qu'ils grandissent et deviennent de redoutables tueurs blancs, c'est neutraliser sans pitié ceux qui menacent l'équilibre. »

Lej s'était à son tour levé et approché d'un panneau de verre par lequel il observait les mouvements sur les halls et les quais. Montparnasse ne connaissait jamais de repos. Elle palpitait et bruissait en permanence, et personne, ni dans le Conseil ni dans la population, ne réclamait une régulation du temps comme celles déjà en vigueur dans les statiopées de Bac et de Tour-Maubourg. Lej jugeait saugrenue l'idée de vouloir imposer une mesure du temps, qu'il considérait comme une aliénation de la liberté individuelle, la première marche d'un escalier qui conduisait à l'enfermement, à la soumission. À Montparnasse, le temps s'écoulait sans contrainte. La vie d'un individu se divisait en sept âges, prime âge, enfance, adolescence, jeunesse, force de l'âge, maturité et vieillesse (également appelée « préparation au retour à la surface »), chacun était libre de travailler et de se reposer à sa guise, et la population s'en accommodait parfaitement.

« Le Conseil étant au complet, nous sommes en mesure de régler cette question par un vote, reprit Lej.

— Quelle question ? » releva Otre.

Lej s'éloigna de la cloison de verre et s'avança au milieu de la salle, entre les sièges des conseillers et celui d'Ésia.

« Je vais donc la formuler de façon officielle, et un peu brutale, je le crains : devons-nous, oui ou non, organiser l'exécution de Madone pour protéger les intérêts de Montparnasse et détourner l'éventuelle colère des Métrolites sur le pasteur et les fidèles d'Élévation ?

— N'oublie pas que la règle de la majorité aux deux tiers t'oblige à obtenir un minimum de six voix pour emporter le scrutin », rappela Anv, le responsable de séance.

Lej acquiesça d'un hochement de tête. Anv écarta les bras avant de prononcer les paroles d'usage.

« Nous allons maintenant examiner la question posée par Lej, doyen du Conseil. Je vais d'abord vous la rappeler afin qu'il n'y ait aucun...

— Pas la peine ! grogna Saille, une femme dans la force de l'âge à la peau si pâle que le tracé de ses veines se dessinait avec une netteté surprenante. On l'a parfaitement comprise.

— Dans ce cas, si quelqu'un souhaite exprimer son opinion en faveur ou en défaveur de la proposition, qu'il s'en acquitte maintenant. Il sera trop tard quand le vote proprement dit aura commencé. »

Otre n'insista pas. De nature prudente, Lej n'avait pas lancé la procédure sans s'être assuré de recueillir les six voix imposées par la règle des deux tiers. Personne d'autre ne désirant prendre la parole, preuve d'entente préalable chez ces bavards impénitents, Anv écarta une nouvelle fois les bras et les tint cette fois un long moment en croix pour donner un minimum de solennité à l'instant.

« La femme qui vient ne doit pas être tuée. »

Ils se regardèrent pour savoir qui avait prononcé ces mots, puis Otre fut la première à reporter son attention sur Ésia qui, pourtant, n'avait pas bougé sur sa chaise. La dvinn éclairée par une bougie mourante ressemblait à l'une de ces statues de pierre à demi enfouies dans les décombres de certains recoins de la statiopée.

« La femme qui vient ne doit pas être tuée. »

Plus de doute cette fois : les mots qui avaient retenti avec une clarté saisissante dans la pièce avaient correspondu au mouvement des lèvres d'Ésia.

« Pourquoi dis-tu cela, Ésia ?

— Parce qu'elle... parce qu'elle... parce... »

Sa voix s'étrangla dans la gorge de la dvinn. Otre se précipita près d'elle et lui prit la main.

« Ésia ? »

Mais, malgré ses efforts visibles pour reprendre empire sur elle-même, Ésia ne parvint plus à proférer le moindre son.

« Qu'est-ce qui lui prend ? demanda Lej d'un ton rogue.

— Elle réagit comme la plupart des dvinns, expliqua Otre. Elle se bloque lorsque l'émotion est trop forte. Il faut qu'elle se sente en parfaite confiance pour s'exprimer.

— C'est avec ce genre de recrue que tu comptes combattre les crapauds d'Élévation ? »

Otre n'essaya même pas d'argumenter. Ésia ne parlerait plus, ressentant l'hostilité de Lej et des autres membres du Conseil comme elle avait ressenti l'agressivité du pasteur quelques instants plus tôt.

« Sans vouloir empiéter sur les prérogatives du responsable de la séance, je suggère que nous passions au vote », poursuivit le doyen.

4

Le rat foudroyé

« Vous ne mangez pas, madame la présidente ? »

Valid, assis aux côtés de Madone, avait pratiquement terminé son assiette tandis qu'elle n'avait pas encore touché à la sienne. Le Conseil d'Invalides avait pourtant mis les petits plats dans les grands : outre les poissons et crustacés qui reposaient en abondance sur leurs lits d'algues et de baies blanches cultivées dans le potager de la station, on avait servi du rat rôti accompagné d'insectes grillés et de champaris.

« Je suis désolée de ne pas honorer votre banquet, Valid, mais mon estomac refuse d'accepter quelque nourriture que ce soit. »

Elle mourait de faim pourtant, et le fumet des plats la faisait saliver, mais la voix d'Ionale continuait de retentir en elle comme une alarme – *cet homme et ses deux amis ont l'intention de vous empoisonner, madame* – et, seule face aux cinq membres du Conseil d'Invalides, elle se devait de déployer la plus grande prudence. Ils ne lui avaient pas paru hostiles lorsqu'elle leur avait présenté son projet de Fédération Rive Gauche. Ils l'avaient écoutée avec une attention qui n'était pas seulement polie et avaient posé, à la fin de son exposé, des questions tournant principalement autour du rôle attribué à chacun dans la nouvelle organisation. Madone leur avait répondu que les membres des anciens Conseils deviendraient les administrateurs de la Fédération, dont une partie serait élue par la population et l'autre nommée par la présidence. Il s'agissait de tirer, comme une toile d'araignée, des fils qui convergeraient vers le centre du dispositif afin d'apporter des améliorations à l'ensemble de Rive Gauche sur les plans de la répartition des espaces et des ressources, de la sécurité contre les pillages et les éventuelles incursions des bandes de Rive Droite, de la santé, de la cohésion sociale et de l'homogénéité chronobiologique. Ils avaient hoché la tête avec la gravité de circonstance, puis ils étaient passés dans une autre salle où les attendait le festin.

Étant donné que les serveuses, de jeunes femmes vêtues de robes grises et de tabliers noirs, présentaient les mêmes plats à chacun des convives, les risques d'empoisonnement étaient minimes, pour ne pas dire nuls, et pourtant Madone refusait d'ingurgiter la moindre bouchée. Il lui fallait apprendre à maîtriser ses appétits, ses besoins, ses pulsions, si elle voulait aller jusqu'au bout de son périple et réaliser son grand projet. Ne pas se précipiter dans les pièges que lui tendait son corps, ne pas se jeter sur la nourriture lorsqu'elle avait faim, ni sur l'eau lorsqu'elle avait soif. La plupart de ces précautions s'avéreraient sans doute inutiles, mais à aucun moment elle ne pourrait se permettre de transgresser la règle qu'elle s'était fixée.

Attirée par un mouvement, elle aperçut un rat qui rôdait entre les chaises en quête de nourriture. Personne ne lui prêtait attention. Probablement était-il à demi apprivoisé, à en croire son obésité et son intrépidité. Voulant en avoir le cœur net, Madone saisit un morceau de poulpe dans son assiette, feignit de le porter à sa bouche, puis, après s'être assurée que personne ne lui prêtait attention, elle le laissa tomber à ses pieds. Le rat se jeta immédiatement dessus, le dévora en deux coups de mâchoires, se redressa et agita frénétiquement ses pattes antérieures pour en réclamer un autre. Elle l'observa en espérant qu'il ne présenterait aucun symptôme d'empoisonnement et qu'elle pourrait enfin honorer le dîner servi en son honneur, mais, au bout de quelques instants, une substance blanche s'écoula de la gueule du rongeur, qui s'agita encore un moment avant de s'effondrer sur le sol et de se figer après une série de soubresauts désespérés.

La respiration de Madone se suspendit. Le mollusque provenait pourtant du plat proposé par la serveuse aux six convives. Elle avait vu ses voisins en ingurgiter, et même le conseiller assis à sa droite, un homme de forte corpulence, s'en empiffrer sans retenue. Elle sentit le poids d'un regard sur sa tempe et sa joue gauches. Valid la dévisageait avec une attention qui aiguisait encore son visage acéré.

« Que se passe-t-il, madame ? Vous êtes devenue toute pâle. »

Elle désigna le rat pétrifié entre leurs chaises.

« Certaine compagnie m'incommode, monsieur le conseiller. »

Elle n'avait pas parlé fort, mais son ton coupant provoqua immédiatement un silence intrigué autour de la table. Valid se pencha sur le côté et observa le rongeur avant de relever la tête et de dire :

« Je suis sincèrement désolé, madame la présidente, je ne pensais pas que la présence de Cic vous dérangerait. Comprenez, cet animal s'invite à nos repas depuis si longtemps qu'il nous est devenu familier et que nous avons fini par l'adopter.

— La compagnie des rats ne me dérange pas, répondit Madone d'une voix toujours aussi tranchante. Ce qui me dérange, monsieur, ce sont les gens qui les empoisonnent. »

L'attaque, soudaine, frontale, décontenança le conseiller, qui se ressaisit au prix d'un violent effort sur lui-même.

« Ridicule, madame, qui voudrait empoisonner un rat ?

— Le rat n'était sans doute pas la cible visée.

— Qui d'autre ? »

Madone enfonça son regard dans celui de Valid.

« Vous le savez très bien. En le niant, vous offenseriez mon intelligence.

— Comment aurions-nous pu empoisonner une

personne assise à cette table sans empoisonner les autres convives ? »

Madone saisit son assiette et la plaça dans celle, vide, du conseiller.

« Il vous sera facile de montrer que j'affabule, monsieur le conseiller. Il vous suffit de goûter au contenu de cette assiette. »

Valid déglutit à plusieurs reprises, cherchant visiblement une façon de se sortir du piège qui se refermait sur lui.

« Vos insinuations sont intolérables, madame. Je ne suis pas votre larbin, je n'ai aucun ordre à recevoir de vous. Il existe une multitude de causes pour expliquer la mort soudaine d'un rat. »

Un courant d'air parcourut la salle et souffla plusieurs bougies, réduisant tout à coup la visibilité. La rumeur d'Invalides s'échouait dans le silence de plus en plus dense. Les senteurs diffusées par les bâtons parfumés masquaient la puanteur posée comme un couvercle sur les lieux. La station ne disposant d'aucun système de traitement des excréments, ses habitants les recueillaient dans des seaux qu'ils allaient jeter dans une galerie réservée à ce seul usage et qu'on purgeait de temps en temps avec de l'eau amenée par tuyaux de la Seine. Le projet de Madone prévoyait la collecte et l'élimination systématiques des déchets organiques, une partie étant affectée aux potagers et champignonnières, et l'autre acheminée jusqu'aux anciennes carrières et catacombes.

« Ma requête est pourtant simple, reprit Madone

tandis que les conseillers échangeaient des regards perplexes. Je demande seulement à ce que quelqu'un goûte au contenu de mon assiette, auquel je n'ai pas touché, pour démontrer l'inanité de mes accusations.

— Vos propos résonnent comme... une insulte », gronda le conseiller corpulent assis à la droite de la présidente.

Madone se leva et fixa un à un les quatre hommes et la femme installés à la table. Se basant sur la divination d'Ionale, qui lui avait affirmé que trois d'entre eux au moins avaient trempé dans le projet de l'assassiner, elle jugea hors de cause la femme et l'homme le plus âgé, qui semblaient sincèrement pris au dépourvu.

« Qu'allez-vous faire, maintenant ? siffla-t-elle. Appeler vos miliciens ? Tirer vos poignards ? »

Elle n'avait plus peur d'eux. Depuis qu'elle était en âge de se battre, elle avait affronté moult adversaires acharnés à sa perte et appris à les jauger rapidement. Valid et ses pairs n'étaient pas du genre à se charger des basses besognes, ils n'auraient jamais le courage d'accomplir par le fer la tâche qu'ils avaient confiée au poison, contrairement à elle, qui n'avait jamais hésité à plonger une lame dans une chair palpitante.

« Je suppose que vous ne me répondrez pas davantage si je vous demande qui est le vieil homme aux vêtements dorés avec lequel vous avez ourdi ce complot. »

Valid et ses deux comparses gardaient la tête

baissée tandis que les regards de la femme et du vieil homme volaient de l'un à l'autre avec une stupeur mêlée d'indignation.

« Ed, tu ne m'as pas dit l'autre fois que vous alliez voir quelqu'un à Montparnasse ? » demanda la femme à l'homme assis à sa droite, nettement plus jeune qu'elle et que les autres membres du Conseil.

Ed ne réagit pas, mais Madone constata que l'intervention de sa voisine l'avait fortement contrarié. Elle devina également que ces deux-là entretenaient des rapports qui allaient bien au-delà d'une simple relation de travail. Elle jugea le moment opportun de prendre congé, de rassembler ses hommes et de quitter Invalides sans attendre. Le Conseil disposait sans doute de complices qu'il ne lui fallait pas laisser le temps de contacter. Le moment n'était pas venu de régler les comptes. Il lui suffisait pour l'instant de savoir que, partout où elle irait, on essaierait de l'éliminer et, surtout, qu'elle disposait en la personne d'Ionale d'une dvinn fiable, une véritable bénédiction dans la période trouble qu'elle s'apprêtait à traverser.

« Je vous conseille de nettoyer vous-mêmes votre merde avant mon retour. »

Ayant prononcé ces mots d'un ton détaché, elle sortit de la pièce sans jeter le moindre coup d'œil en arrière.

« Put de Rive Droite, ils auraient pu te tuer », grogna Mitch.

Elle l'avait réveillé en plongeant directement

la main dans son pantalon et en empoignant son membre, qui s'était rapidement durci entre ses doigts. Comme chaque fois qu'elle se sortait d'une situation périlleuse, elle avait éprouvé le besoin urgent d'être pénétrée sans caresse préliminaire, dans un mélange de douleur et de plaisir qui accentuait sa sensation de se sentir vivante. À l'issue d'une étreinte aussi brève que violente, ils s'étaient retrouvés pantelants, étourdis, l'un contre l'autre. Elle lui avait alors raconté la réception au Conseil, le banquet et la tentative d'empoisonnement.

« Je vais les égorger, ces rats !

— Inutile. Ils finiront par s'entre-tuer eux-mêmes.

— Comment tu as deviné qu'il ne fallait rien manger ?

— Quelqu'un d'autre que moi l'a deviné. Quelqu'un dont c'est le don.

— La dvinn ?

— Une excellente recrue : elle m'avait prévenue de ne pas toucher à la nourriture. C'est pourquoi j'ai eu l'idée d'en refiler au rat. Il est mort presque aussitôt après avoir avalé son bout de poulpe.

— Ils auraient pu te tuer !

— Tu l'as déjà dit. Je connais les hommes. Ceux-là en sont incapables. Mais ils ont sans doute recruté des exécuteurs. Nous devons repartir sans attendre, avant le branle-bas de combat.

— On a de quoi les accueillir, ces bouffeurs de merde !

— J'ai besoin de tout mon monde, Mitch. Ce

n'est pas le moment de perdre des hommes. Et puis, la vengeance est un plat qui se mange froid.

— Tu m'excites, ma reine, j'ai de nouveau envie de toi.

— Déjà au garde-à-vous, capitaine ? Il faudra patienter, grosse brute, tu m'as déchirée.

— Je croyais que…

— Ne t'inquiète pas, c'est ce que je voulais, ce dont j'avais besoin. Va réveiller les autres, on part.

— À tes ordres, ma reine.

— Et si tu me trouves quelque chose à manger, je suis preneuse. Je crève de faim.

— Des restes de notre repas, ça ira ?

— N'importe quoi pourvu que ce ne soit pas empoisonné. »

Ils se rassemblèrent rapidement et prirent la direction de Varenne, très proche d'Invalides. Des abris provisoires et disposés de façon anarchique encombraient la courte galerie qui reliait les deux stations. Comme ils n'avaient pas jugé nécessaire d'allumer les lampes à huile ou à pile, ils heurtèrent les cordes tendues dans tous les sens et s'attirèrent les insultes des occupants des constructions éphémères. La puanteur devenait ici très lourde, presque insupportable, et Madone en comprit la raison lorsqu'elle aperçut, au fond de la fosse centrale, des gens accroupis en train de soulager leurs intestins.

« Ces animaux croupissent dans leur propre merde, marmonna Mitch. Comme des putain de porcs.

— Tu as déjà vu des porcs, capitaine ? releva Madone.

— À Versailles. J'en ai même mangé.

— C'est aussi bon qu'on le prétend ?

— Un délice, madame la présidente. À s'en lécher les doigts. »

Elle n'en avait jamais goûté, pas même en tant que présidente de Bac. Son prix exorbitant réservait la consommation de la viande de porc aux Métrolites qui en avaient les moyens. Elle rapportait en tout cas une véritable fortune à la statiopée Versailles, particulièrement aux grossistes de Convention, qui prélevaient des commissions exorbitantes sur chaque transaction, le genre d'abus auquel la Fédération mettrait fin en régulant les cours des produits alimentaires de façon à ce que tout le monde puisse manger à sa faim. Madone s'assurait régulièrement qu'Ionale suivait le train assez soutenu imprimé par l'escorte. À sa grande surprise, la dvinn, dotée d'une résistance peu commune pour une enfant de cet âge, ne trahissait aucun signe de fatigue. Il fallait d'ailleurs un corps vigoureux pour supporter une tête deux fois plus grosse et lourde que la normale. Elle donnait l'impression de trottiner pendant que les adultes marchaient, mais elle n'émettait aucune plainte, se contentant de s'asseoir et de rester immobile quand la petite troupe observait une pause. Avant de partir, Madone l'avait chaleureusement remerciée pour lui avoir sauvé la vie. La fillette n'avait pas eu la moindre réaction, comme si les mots n'étaient pas parvenus à atteindre son esprit.

La galerie était habitée jusqu'à Varenne, si bien qu'il était impossible de déterminer la limite entre les deux stations qui formaient de fait un embryon de statiopée. Varenne était de toute façon une entité minuscule et surpeuplée qui serait tôt ou tard contrainte de s'allier à une voisine plus puissante et mieux organisée. Ils rencontrèrent des difficultés grandissantes à traverser le quai. Les hommes des premiers rangs de l'escorte durent par endroits donner du pied et du poing pour se frayer un passage. Les halos tremblotants des bougies éparses, suspendues ou posées sur des pierres, dévoilaient par endroits des pans de murs couverts d'un carrelage blanc et fendillé. Les fenêtres éclairées des deux rames du Conseil se découpaient un peu plus loin sur le fond d'obscurité. Des miliciens en gardaient l'entrée, armés de pistolets sans doute achetés à prix d'or aux Armuriers. Une odeur âpre, quasiment la même qu'à Invalides, submergeait les lieux et accentuait l'impression de délabrement, de misère, de désespoir dégagée par la station sur laquelle les ténèbres paraissaient inexorablement resserrer leur emprise. Madone était persuadée que, privés de lumière, les humains perdraient définitivement l'espoir et se transformeraient en animaux, ou choisiraient de se laisser dépérir. Un sentiment d'urgence la suffoqua : ne voyaient-ils pas, Valid et ses pairs, et tous ceux qui avaient trempé dans la tentative d'empoisonnement, qu'il fallait maintenant ranimer la flamme jusqu'à ce que l'air à la surface devienne respirable ? Qu'il fallait associer les intelligences et les ressources pour entretenir une lueur d'espoir dans le cœur de chaque Métrolite ?

Deux miliciens se dressèrent devant eux tandis qu'ils passaient devant la rame. Mitch agrippa la crosse de son pistolet et se tint prêt à dégainer.

« Qui c'est, Madone ? aboya un milicien.

— C'est moi, répondit-elle, au grand désespoir du capitaine.

— Rive Droite, ma reine, attends que je puisse juger de la situation avant de te présenter », lui glissa-t-il à l'oreille.

Elle s'avança vers l'avant de la petite colonne, suivie d'Ionale, sans tenir compte de l'intervention de Mitch.

Le milicien la dévisagea avec un soupçon d'irritation avant de s'incliner.

« Le Conseil de Varenne veut vous rencontrer, m'dame. »

Madone sollicita du regard Ionale, qui ne réagit pas.

« J'accepte avec plaisir. Puis-je emmener ma fille ? »

Le milicien reporta son attention sur la fillette et demeura quelques instants indécis.

« Comme vous voulez, m'dame. »

Il pivota sur lui-même et se dirigea vers l'une des entrées de la rame. Madone lui emboîta le pas après avoir pris la dvinn par la main.

« Attendez-nous ici, capitaine. »

Elle n'eut pas besoin de se retourner pour percevoir la désapprobation de Mitch.

Le Conseil de Varenne se limitait à deux personnes, une vieille femme et un homme dans sa prime jeunesse. Les rides profondes qui striaient le front et les joues de la femme offraient un contraste radical avec le visage altier de l'homme, aussi lisse et blême qu'une carapace de scorpion blanc. Ils avaient pris place sur des chaises modestes placées en face de deux autres sièges vides. Elle avait rassemblé son épaisse chevelure grise en un chignon strict d'où s'échappaient quelques mèches rebelles et passé une ample robe aux couleurs et aux formes enfuies. Lui portait une tunique en peau de rat parfaitement taillée et des cheveux blonds coupés très court. Aucun ornement n'égayait le wagon éclairé par une seule bougie, aussi lugubre que le reste de la station.

Les yeux de la vieille femme restèrent un long moment dardés sur les visiteuses. Madone connaissait la conseillère de Varenne de réputation, mais ne l'avait encore jamais rencontrée.

« Je suis…

— Ière, conseillère de Varenne.

— Vous me connaissez ?

— Je me dois de connaître les dirigeants des stations proches de Bac.

— Bien sûr. À ce propos, nous sommes navrés d'être séparés de vous par Invalides. Autrement, nous aurions demandé depuis longtemps notre rattachement à Bac. »

Malgré le léger tremblement de sa voix, Ière parlait d'une voix forte et claire. De même, les voiles vitreux tendus devant ses yeux n'empêchaient pas son regard d'être vif, pénétrant.

« Je vous connais moi aussi, évidemment, reprit-elle. En revanche, je ne connais pas la jeune fille qui vous accompagne.

— Ionale, ma fille.

— Je ne savais pas que vous aviez une fille.

— Sa mère mourante me l'a confiée depuis peu, et je l'ai adoptée.

— Elle a des pouvoirs de dvinn ?

— Il semblerait. »

Ière marqua un temps de silence, son attention entièrement concentrée sur Ionale. Le jeune homme restait immobile et silencieux, comme un enfant puni. Le bras de la vieille femme se tendit tout à coup vers lui.

« Lui, c'est Urm, mon petit-fils, j'essaie de lui inculquer l'art de la gouvernance. Pas facile : il a la tête dure. » Elle replia son bras. « J'ai eu vent de votre projet, présidente, et je voulais simplement vous dire, avant que vous affrontiez les serpents du Conseil de Montparnasse, que je l'approuve, mieux, que je le soutiens. Sans une fédération regroupant l'ensemble de Rive Gauche, une petite station sans ressources comme la nôtre, coincée entre les charognards d'Invalides et les bandits de François-Xavier, serait rapidement transformée en mouroir. Les ténèbres nous engloutissent peu à peu. Les Varennois mangent n'importe quoi, y compris de la chair humaine, boivent n'importe quelle eau sans la filtrer, n'ont plus le courage de s'éloigner pour chier et pisser, font des tas de gosses à peine devenus adolescents, se battent à mort pour le moindre bout d'espace, n'ont plus de perspective, plus d'avenir. Bref, il est temps qu'un espoir nouveau vienne leur redonner le goût de vivre, et vous incarnez cet espoir, Madone, vous êtes la seule à proposer une véritable alternative au système archaïque des statiopées et au fanatisme galopant d'Élévation. » Un sourire s'esquissa sur les lèvres rainurées d'Ière. « Qu'en dit notre jeune dvinn ? »

Les lèvres et la pointe de la langue d'Ionale s'agitèrent un court instant sans qu'elle prononce le moindre son.

« Je pense que vous dites la vérité, madame, finit-elle par répondre.

— Évidemment que je dis la vérité, jeune fille ! grogna la vieille femme. À mon âge, on n'a plus de temps à perdre avec les mensonges.

— Mais tous n'acceptent pas la vérité, madame, poursuivit la dvinn. Parce qu'ils ont peur.

— Peur ? De quoi ?

— De l'obscurité perpétuelle, madame.

— Et pourquoi en auraient-ils peur ?

— Parce que leurs corps, leurs âmes gardent les traces de la vie de leurs ancêtres qui vivaient à la surface, dans la lumière.

— Tu es une adepte de la théorie de la surface ? Comme ces crétins d'Élévation ?

— Je sais parce que j'ai vu, madame.

— Tu es montée à la surface ?

— Oh non, madame, je serais morte si j'étais allée là-haut. J'ai vu dans mon esprit. »

Les battements des bras d'Ionale rythmaient ses propos, ses jambes tressautaient sur son siège, ses pieds se balançaient en cadence.

« Il y a une grande lumière, elle fait mal aux yeux, et puis des couleurs que je ne connais pas, d'immenses étendues d'eau, des plantes de toutes les couleurs, et aussi des formes claires et silencieuses qui filent au-dessus de ma tête dans un vide immense… »

La fillette se tut, comme exténuée tout à coup, ou comme si elle se rendait compte qu'elle en avait trop dit.

« C'est rare qu'elle parle autant, précisa Madone, rompant le silence qui avait suivi la tirade de la dvinn.

— Comment savoir quelle est la part d'imagination dans ses déclarations ? » Ière se tourna vers son petit-fils. « Qu'en penses-tu, toi, Urm ? »

Les yeux du jeune homme passèrent de l'une à l'autre des visiteuses avant de revenir se poser sur la vieille femme.

« Comment le saurais-je, si tu ne le sais pas, grand-mère ? » finit-il par répondre.

Ière hocha la tête d'un air satisfait.

« Une excellente réponse. Certains se seraient empressés de dire n'importe quoi pour ne pas passer pour des ignorants. Il n'y a pourtant aucun mal à avouer son ignorance. On peut remplir le vide, pas ce qui est déjà encombré d'une illusion de plein.

Il est impossible, par exemple, d'échanger avec un adepte d'Élévation.

— Vous ne semblez pas porter Élévation dans votre cœur », releva Madone.

La vieille femme s'absorba un moment dans ses pensées avant de se fendre d'un long soupir.

« Ce crapaud de pasteur m'a pris deux enfants, reprit-elle. Xav, le père d'Urm, qui est devenu servant et occupe un poste important dans l'organisation, et Aube, ma plus jeune fille, dont il a fait l'une de ses esclaves sexuelles. Comment, comment peut-on partager la couche d'un homme dont le passe-temps favori est d'expédier des êtres humains à la surface pour les redescendre ensuite plus grillés que des rats à la broche ?

— Votre fils n'a pas cherché à récupérer votre petit-fils ? »

Ière poussa un cri rauque semblable au coassement d'un crapaud d'égout.

« Il a même envoyé une dizaine d'hommes de main pour le reprendre, des servants je pense. Nous les avons accueillis comme il se devait. Ils pourrissent quelque part dans la fosse commune de la station. Depuis, plus de nouvelles. Mais je m'attends sans cesse à une nouvelle tentative de sa part, et nous…

— Ils viennent ! » cria soudain Ionale.

Les regards d'Ière, de Madone et d'Urm convergèrent, interloqués, vers la fillette.

« Qui vient ? demanda la présidente.

— Des hommes en blanc, nombreux, ils brandissent des armes que je ne connais pas, des sortes de fusils avec de drôles de formes recourbées en dessous.

— On dirait qu'elle parle de kalaches, intervint Urm.

— Rive Droite, je ne comprends rien à ce que tu racontes ! s'impatienta la vieille femme.

— De fusils d'assaut, des armes redoutables qui tirent par rafales.

— Comment le sais-tu ?

— J'ai mes propres réseaux de renseignements, grand-mère. Une bande d'armuriers a trouvé une réserve de kalaches dans les catacombes de Denfert et en a revendu une partie à Élévation, une autre au Conseil de Montparnasse et une troisième aux mandars de Petite-Chine.

— Quelle chance avons-nous, si nous engageons le combat ?

— Strictement aucune en terrain découvert : nous serions balayés en un rien de temps.

— Que suggères-tu ? »

Urm se leva et se dirigea vers la dvinn, devant laquelle il s'agenouilla.

« Peux-tu me dire combien ils sont ? »

La langue d'Ionale s'agita comme un serpent furieux entre ses lèvres entrouvertes.

« Je n'arrive pas à les compter.

— Plus proches de trente, de cinquante, de cent ?

— Plus que cinquante.

— Ils sont loin ? »

La fillette secoua la tête à plusieurs reprises.

« Tout près. Tout près. »

Urm se redressa.

« Je ne vois qu'une solution, grand-mère. »

D'un geste de la main, la vieille femme l'invita à continuer.

« Le plan Ren. »

Bien qu'elle s'efforçât de demeurer impassible, les traits de la vieille femme se décomposèrent.

« Tu es sûr de toi ? murmura-t-elle d'une voix blanche.

— Ils ne viennent pas seulement pour me reprendre, mais pour nettoyer la station de ses occupants et la transformer en satellite d'Élévation afin de contrôler toute la ligne entre Montparnasse et Invalides. Nous devons les noyer comme des rats lorsqu'ils seront entre François-Xavier et Varenne.

— Le plan Ren n'a jamais été mis en œuvre. Nous risquons de noyer également de nombreux Varennois, tu en es conscient ?

— Tu m'as appris qu'entre deux maux, il fallait choisir le moindre… »

Ière s'absorba un court instant dans ses pensées, très intenses, à en croire les éclats de ses yeux, puis elle baissa la tête en signe d'acquiescement.

« Si votre plan est de noyer la voie entre Varenne et François-Xavier, ça signifie que mon escorte et moi sommes coincées ici », protesta Madone.

Urm la fixa avec dureté. Le jeune homme qui lui avait semblé effacé quelques instants plus tôt révélait tout à coup sa détermination, voire son inflexibilité.

« Ce sera provisoire, madame. L'eau se retirera

rapidement. Et je vois deux avantages à cet état de fait. »

Il se rendit près de sa grand-mère, lui prit les mains et les baisa avec ferveur.

« Deux avantages, disiez-vous ?

— Élévation sait probablement que vous êtes à Varenne. Ils feraient d'une pierre deux coups en vous éliminant en même temps que la population de la station. Vous serez donc protégée par le plan Ren. Le deuxième avantage, c'est qu'une fois l'eau retirée, nous récupérerons les kalaches et les munitions, nous les remettrons en état si nécessaire, et nous en donnerons la moitié à votre escorte ; ce sera notre contribution à votre grand œuvre. »

Madone s'inclina pour rendre hommage à la clairvoyance et à la générosité de son interlocuteur. La voix d'Ionale déchira une nouvelle fois le silence qui ensevelissait le wagon presque entièrement submergé par les ténèbres.

« Ils approchent. »

5

Combats à mort

Le Daub et Scorpion Blanc s'étaient installés au centre du cercle de dix pas de diamètre formé par les membres de la bande des Armuriers et délimité par des bougies allumées. Comme le prévoyait la loi, les deux adversaires devaient s'affronter entièrement nus afin de ne leur laisser aucune possibilité de planquer des armes dans leurs fringues, et, bien que le prétendant n'eût pas obtenu la majorité légale, ni même n'eût essayé de l'obtenir, ils avaient décidé de respecter la règle de la nudité pour qu'aucune suspicion n'entache l'issue du combat.

Enti énonça les deux autres règles :

« Le combat est un combat à mort. L'premier des deux qu'aura tué l'autre s'ra déclaré vainqueur. Si l'un d'eux essaie d's'enfuir, alors les quatre hommes qui ont été tirés au sort avant le début du combat l'abattront comme un sale rat. »

Les quatre qu'il désignait se tenaient alignés d'un

côté du cercle, fusils d'assaut déjà épaulés, comme un peloton d'exécution attendant les ordres.

« L'arme choisie par le prétendant, Scorpion, est la barre de fer, celle choisie par le défendant, Daub, le poignard. »

Juss observa les spectateurs autour de lui. Rien qu'à voir leurs têtes dans la lumière pourtant incertaine des bougies, il sut qui espérait la victoire du prétendant et qui soutenait le défendant. L'angoisse tordait le visage déjà flétri d'Irie, tandis que les yeux d'Aure, sans doute persuadée que Scorpion Blanc viendrait à bout de son adversaire, brillaient d'excitation. Une grande majorité des hommes prenaient visiblement le parti du Daub, d'abord par crainte de Scorpion Blanc et de son âme damnée, Enti, et aussi parce que, habitués au commandement de leur chef actuel, ils n'étaient guère enclins au changement. Talie, elle, lançait des regards menaçants à Vern qui l'avait insultée en public lors de leur arrivée dans la nouvelle station, lui signifiant qu'il regretterait amèrement ses outrages une fois que Scorpion et Enti auraient pris le contrôle des Armuriers.

« Combattants, prêts ? aboya Enti. Exécuteurs, prêts ? »

Le prétendant et son rival levèrent leurs armes au-dessus de leurs têtes, les hommes tirés au sort inclinèrent légèrement leurs fusils.

« Attendez ! cria le Daub.

— Qu'est-ce qu'y a, Daub ? cracha Enti. T'as les j'tons ? Ou t'aimes pas t'balader les couilles à l'air ?

— J'répète c'que j'ai dit l'autre fois... »

Le Daub prit le temps de fixer chacun de ceux qui constituaient le cercle. Sa peau sombre, velue, couturée de cicatrices, contrastait avec celle de Scorpion, très pâle, parfaitement lisse, comme recouverte de cire de bougie. Les muscles du prétendant paraissaient plus affûtés, plus toniques, que le corps massif et lourd du défendant.

« On aura besoin de tout l'monde dans les temps à venir, et j'suis prêt à laisser ma place à Scorpion si une majorité s'prononce pour lui, déclara le Daub.

— On t'l'a déjà dit, Daub, on n'en veut plus, d'tes votes ! Le plus fort l'emporte, c'est la nouvelle loi, point final. Soit t'acceptes le combat, soit j'ordonne aux exécuteurs de t'farcir de plomb. »

Juss se retint *in extremis* d'ouvrir sa grande gueule, comme il en avait trop souvent l'habitude. Il n'aimait ni Scorpion Blanc ni Enti, et il avait la nette impression qu'avec ces deux-là à sa tête, la bande des Armuriers disparaîtrait rapidement des souterrains de Rive Gauche. Il lança un coup d'œil à Plaisance debout à ses côtés et lut la même inquiétude dans le regard de la nyct. Les deux chiens survivants se tenaient également dans le cercle et, assis sur leurs pattes arrière, semblaient suivre les événements avec attention. Seul Och le chat, allongé sur le toit de la rame, se désintéressait de ce qui se passait en contrebas.

Daub acquiesça d'un hochement de tête qui arracha un sourire à Enti.

« Que le combat commence. »

Scorpion Blanc ne prit pas le temps d'observation

habituel, il bondit droit devant et abattit la barre de fer à une vitesse foudroyante sur son adversaire. Le Daub se décala d'un pas sur le côté, pas assez rapidement toutefois pour esquiver la barre, d'une longueur d'un pas et demi, qui lui frappa le haut de l'épaule. Il ploya sous la puissance du coup tandis qu'un sinistre craquement indiquait que ses os avaient cédé et qu'il ne pouvait plus désormais se servir de son côté droit. Aure laissa échapper une exclamation de joie, Irie blêmit et se mordit la lèvre inférieure jusqu'au sang, Juss fut parcouru de frissons glacés, les larmes vinrent aux yeux de Plaisance.

Scorpion tourna comme un fauve autour du Daub à demi fléchi, le bras droit tombant comme une manche vide le long de sa hanche et de sa jambe pliée.

« Tu sais quoi, Daub, je vais t'faire la même chose qu'ils ont fait à Roc, avec ton propre poignard, fredonna le prétendant d'une voix étrangement douce et flûtée. On te clouera à la rame, on foutra l'camp de cette station et on reprendra l'errance, comme ça a toujours été chez les Armuriers, parce que, put de Rive Droite ! on est des êtres libres, on va pas s'enterrer comme des putain de Métrolites dans leurs trous à rats ! J'te laisserai avec la bite et les couilles dans la bouche pour leur montrer, aux bâtards qui entreront dans cette station, qui sont les vrais seigneurs de Rive Gauche, sûrement pas ces vers de conseillers, ces affameurs de Convention ou ces crapauds de servants. »

Tout en pérorant, il décrivait des cercles concentriques autour du Daub, qui s'affaissait de plus en plus, peinant visiblement à tenir sur ses jambes.

« Tu parles beaucoup trop, grogna le défendant d'une voix rauque.

— Qu'est-ce tu veux, tu m'inspires. Devant toi, j'retrouve l'âme d'un... »

Le bras gauche du Daub se détendit d'un seul coup comme la lanière d'un fouet, avec une promptitude stupéfiante pour un homme qui paraissait si mal en point quelques instants plus tôt. Son poignard se ficha jusqu'à la garde au travers de la cuisse de Scorpion. Le prétendant voulut riposter, mais ses appuis se dérobèrent et il s'effondra lourdement sur le béton de la station, laissant échapper la barre de fer dans sa chute. Ses longs cheveux blancs se déployèrent avec douceur sur ses épaules à la façon d'un drap mortuaire. Le Daub ne lui laissa pas le temps de se relever. Il arracha le poignard de la plaie, faisant jaillir une fontaine de sang, puis il posa la pointe de la lame sur le cou de son rival.

« Qu'est-ce t'en dis, Scorpion ? J't'égorge, puis j'te coupe ton attirail pour t'le fourrer dans la bouche ? Ou bien on arrête les conneries et j'te rends à Aure pour qu'elle soigne ta blessure ?

— T'as... gagné, Daub, gémit Scorpion Blanc. C'est... bon... j'm'incline. »

Le Daub se releva, le torse et le bassin couverts du sang de son adversaire, l'épaule et le bras droits en capilotade. Juss adressa un regard joyeux à Plaisance, qui lui répondit d'un sourire. Les autres exprimaient presque tous le même soulagement, la même allégresse. Seuls les exécuteurs gardaient leurs fusils pointés devant eux, comme s'ils ne s'étaient pas rendu compte que le combat s'était achevé sans vainqueur ni vaincu, se soldant seulement par des retrouvailles entre deux vieux amis et une réconciliation générale. Déjà Aure s'était précipitée vers Scorpion Blanc avec un linge qu'elle découpait en larges et longues bandes.

« On avait dit combat à mort, vitupéra Enti.

— TU l'avais dit, corrigea le Daub. Ni lui ni moi on n'en avait envie.

— La loi…

— La loi, tu t'en sers quand elle t'arrange, Enti ! J'me d'mande d'ailleurs c'que tu cherches au juste. »

Puis, remarquant les quatre exécuteurs toujours alignés et leurs fusils levés, le Daub ajouta :

« Détendez-vous, vous autres. Y a plus d'combattants. Y en aura plus jamais, d'ailleurs. »

Les quatre hommes ne baissèrent pas les canons de leurs armes.

« Qu'est-ce qui vous prend, les gars ?

— Ils ont pas été vraiment tirés au sort, coassa Enti. Ils n'obéiront qu'à moi seul. »

L'échange entre les deux hommes déclencha une alarme dans l'esprit de Juss. Il chercha Plaisance du regard, la repéra quelques pas plus loin : elle aidait Aure à soigner Scorpion Blanc.

« Je guettais seulement le bon moment, les bonnes conditions, reprit Enti avec un sourire vénéneux.

— Les bonnes conditions pour quoi ?

— En finir avec l'engeance des Armuriers.

— T'es qui exactement ?

— Tu m'l'aurais demandé plus tôt, si t'avais été un vrai chef. »

Le Daub parut se plonger quelques instants dans ses réflexions avant de se mettre à hurler :

« Planquez-vous, tous ! Déployez-vous dans l'obscurité, vite !

— Feu à volonté ! » glapit Enti.

Le Daub se rua en direction des tireurs, comme pour dresser le rempart de son corps entre les balles et les membres de sa bande. Il courut sur une dizaine de pas avant d'être fauché par la grêle, de perdre l'équilibre et de rouler sur le sol de la station. Irie poussa un cri désespéré avant qu'une fleur pourpre s'épanouisse sur son front, une autre sur sa poitrine, et qu'elle bascule en arrière. Juss courut vers Plaisance, la saisit par le bras et l'entraîna derrière lui en direction de la faille par laquelle ils étaient arrivés. Des balles sifflèrent et miaulèrent autour d'eux. Ils sautèrent dans la fosse centrale, puis, protégés par la rame criblée d'impacts, ils se hissèrent sur le quai opposé, là où s'ouvrait l'entrée du passage.

La voix d'Enti domina les crépitements des armes et les cris des blessés.

« Dézinguez-moi tous ces trous du cul ! »

Juss et Plaisance patientèrent un petit moment, le cœur battant, avant de se lancer dans la traversée de l'espace dégagé, heureusement plongé dans l'obscurité. Des balles soulevaient des gerbes d'étincelles sur le métal de la rame. L'aboiement d'un chien se brisa net tandis que les rafales des fusils d'assaut s'espaçaient.

« Ils ont leur compte ! cria quelqu'un.

— Faut s'en assurer. » La voix d'Enti. « Fusées ! »

Des détonations et des sifflements retentirent, deux fusées éclairantes éblouirent l'ensemble de la station de leurs éclats rougeoyants. Juss et Plaisance se plaquèrent au sol au pied du mur de la station, à environ quinze pas de l'étroite entrée de la faille.

« Bouge plus », souffla-t-il.

La lumière rouge flotta un moment au-dessus de leurs têtes avant de décliner. Les pensées déferlaient comme une multitude de rats paniqués dans la tête de Juss. Il se souvint du jour où Enti et trois de ses potes, pourchassés par les miliciens d'une station, Monge peut-être, avaient rejoint la bande, peu de temps avant l'arrivée de Plaisance. Il ne s'agissait pas d'une trahison de la part d'Enti, mais d'une infiltration, d'un plan minutieusement préparé. Sans doute travaillait-il pour le compte du Conseil d'une statiopée importante, ou pour les dingues d'Élévation, ou encore pour une bande rivale. Toujours est-il que le Daub et les siens avaient été éliminés en un rien de temps. Juss comprenait maintenant pourquoi il ressentait depuis le début une méfiance viscérale pour Enti. Ce fils de put avait semé la zizanie en poussant Scorpion Blanc à défier le Daub, une occasion rêvée pour placer ses complices comme exécuteurs et liquider les Armuriers rassemblés sans défense. Un silence sépulcral baignait désormais la station de nouveau plongée dans le noir, de temps à autre troublé par les gémissements déchirants d'un chien blessé et les brèves rafales tirées à bout portant sur un agonisant.

« M'a semblé voir quelqu'un de l'autre côté, fit une voix.

— T'es sûr ? feula Enti.

— Sûr, non, mais j'crois bien.

— Fusée ! »

Juss se tourna vers Plaisance, allongée à ses côtés.

« À mon signal, on fonce vers l'entrée du passage. Prête ? »

La nyct acquiesça d'un clignement des paupières.

« On y va ! »

Au moment où ils se relevaient, une détonation déchiqueta le silence et une lumière rouge illumina la partie de la station où ils se trouvaient.

« Là ! Ils sont deux !

— Qu'est-ce vous attendez pour les flinguer, put de Rive Droite ! »

Les crépitements des fusils précédèrent de peu les sifflements et les impacts des balles émiettant le carrelage blanc du mur.

« Vite ! » haleta Juss.

Arrivé le premier à l'entrée de la faille, il se retourna pour attendre Plaisance malgré la panique qui le poussait à se jeter dans l'étroit boyau. Elle courait penchée vers l'avant, la tête rentrée dans les épaules, semant des petits cris dans son sillage, traquée par les balles qui miaulaient et rebondissaient autour d'elle.

Juss la prit par la main lorsqu'elle arriva près de

lui, la projeta de toutes ses forces dans l'ouverture, puis s'y glissa lui-même avec la vivacité d'un scorpion. Elle avait perdu l'équilibre et roulé plus loin sur le sol inégal du passage. Il la releva et la força à le suivre malgré la douleur qui lui tiraillait manifestement une jambe. La lumière de la fusée qui les éclairait encore un peu faiblit, puis s'éteignit ; une obscurité totale ensevelit le boyau.

« Passe devant, murmura Juss. Tu pourras zyeuter et m'prévenir, si y a des obstacles. »

La fillette obtempéra sans proférer une plainte.

« Ta jambe, ça va ? »

Elle s'enfonça dans l'étroit boyau aussi vite que le lui permettaient ses contusions. Les voix d'Enti et de ses complices résonnèrent un moment derrière eux, un peu comme ces roulements effrayants qu'on entendait de temps à autre dans certaines galeries, puis elles se turent définitivement. Juss en déduisit que les tueurs avaient renoncé à les poursuivre, soit parce qu'un brouillon d'homme et une gamine ne représentaient aucun intérêt à leurs yeux, soit parce que le rapport de force s'inversait dans les passages non sécurisés, où un tandem constitué d'une nyct et d'un jeune fouineur avait un avantage certain sur des adultes plus corpulents et moins lestes. La situation n'était pas brillante pour autant. Un garçon et une fillette errants qui n'appartenaient pas à une bande étaient des proies idéales pour les trafiquants de chair humaine. Juss n'avait pas perdu son pistolet dans leur fuite, mais son arme ne les protégerait pas contre les hommes surarmés qui pullulaient dans les statiopées. En outre, ils n'avaient pas un ticket, pas de quoi s'acheter de la nourriture, encore moins des munitions, des vêtements ou des lampes de poche.

« Ça va, Plaisance ?

— J'ai peur, Juss.

— Faut pas. J'suis ton protecteur, oublie pas.

— Je pensais pas qu'Enti ferait une chose pareille. »

Leurs voix s'entrelaçaient et restaient un long moment en suspension au-dessus de leurs têtes.

« Une saloperie de taup ! Il est v'nu pour nous dégommer.

— Pourquoi il voulait nous dégommer ?

— Pas lui, j'pense. Ceux pour qui il travaillait. Comment va ta jambe ?

— Elle traîne un peu, mais ça ira. Qu'est-ce qu'on a fait de mal ?

— Y a des gens qu'aiment pas les errants. Ces put de Rive Droite d'Élévation par exemple.

— Pourquoi ils nous aiment pas ?

— Parce qu'on est libres, tu comprends ? On fait c'qu'on veut quand on veut, et ça débecte ceux qui pensent qu'on doit leur rende des comptes. On est les derniers seigneurs de Rive Gauche, comme l'a dit Scorpion pendant le combat.

— Ah, voilà l'éboulis où tu as tué le scorpion blanc.

— Pourvu qu'y en aient pas d'autres. Remarque, ce s'rait plus simple…

— Qu'est-ce qui serait plus simple ?

— Rien, rien, avance… »

Une grande animation ébouriffait Petite-Chine, la statiopée probablement la mieux éclairée de tout Rive Gauche. Les guirlandes de lumignons suspendus éclairaient les moindres recoins du quartier Porte-d'I. Juss se demandait chaque fois si les mandars, les gouvernants, disposaient d'une réserve illimitée de bougies, de chandelles et de lampes à huile, ou bien s'ils en connaissaient les secrets de fabrication. Les abris superposés se déployaient sur les quais et dans les galeries en désordre. Les odeurs se répartissaient en couches successives plus ou moins supportables, tout dépendait si on se rapprochait ou s'éloignait du sol. Les plus lourdes restaient posées sur les dalles de béton, les plus légères s'envolaient vers les voûtes, raisons pour lesquelles, sans doute, les habitants les plus riches occupaient les abris les plus hauts. C'était une constante chez les humains, Juss l'avait constaté à maintes reprises : s'ils gagnaient des fortunes, ils s'arrangeaient aussitôt pour s'installer dans un logement élevé, comme pour se rapprocher de la surface. Il tenait fermement la main de Plaisance, qu'il n'était pas question de lâcher dans une telle cohue. Son autre main restait plongée dans une poche de sa veste, refermée sur la crosse de son flingue.

Les habitants de Petite-Chine ressemblaient beaucoup au reste de la population de Rive Gauche, même peau claire, mêmes visages ronds, mais bon nombre d'entre eux s'en différenciaient par la forme des yeux et des paupières, parfois si lourdes qu'elles ne laissaient paraître que de minces fentes oculaires, comme des rideaux empesés tirés sur des fenêtres. Certains passages qui reliaient les quartiers entre eux, Maison-Blanche, Tolbiac, Gobelins, Italie, Campo-Formio et Porte-d'I, étaient entièrement consacrés au commerce. On y trouvait tout ce dont un Métrolite pouvait avoir besoin, des armes à feu ou blanches, des munitions, des bidons d'essence, des peaux, des tissus, des vêtements, des chaussures, des bougies, des allumettes, des cigarettes, des couteaux, des ustensiles de cuisine, des assiettes, des matelas bourrés de cheveux ou de mousse séchée, des onguents miraculeux, de l'alcool de baies blanches, des champignons de plaisir, des flasques de sang et de bave de crapaud réputés pour leurs effets aphrodisiaques, des crèmes fonçant la peau, des phallus de pierre porte-chance, des sculptures de dieux oubliés aux gros ventres, des fioles de venin de serpent de vase ou, plus chères mais plus efficaces, de scorpion blanc, des algues fermentées cultivées dans de gigantesques carrières accessibles depuis les quartiers de Tolbiac et de Maison-Blanche, des racines censées donner vigueur et courage, des rouleaux de corde qui servaient à tendre les toiles des abris, des tapis fabriqués à partir de poils de chiens ou de chats sauvages, et bien d'autres produits encore. Les objets les plus recherchés, les plus rares, comme les feuilles souples où s'exposaient des déesses nues et dorées au réalisme saisissant, se vendaient plus de cent tickets l'unité, une véritable fortune. Un homme de Campo-Formio avait une fois montré à Juss l'une de ces femmes à la somptueuse chevelure couleur de flamme de bougie et aux courbes fascinantes. Elle l'avait obsédé longtemps, comme si elle s'était évadée des pages pour s'incruster dans son esprit. Pas un poil, pas une tache, pas un bouton ne souillait sa peau qui semblait aussi douce que le ventre d'une grenouille. Quant à la faille entre ses cuisses, aux bords légèrement enflés et nacrés de rose, elle évoquait l'entrée d'un paradis dans lequel il ne serait jamais admis, même si le regard entêtant de la déesse le poursuivait dans ses rêves comme une invitation permanente. Les Armuriers refourguaient régulièrement leurs marchandises aux négociants de Petite-Chine et dépensaient aussitôt leurs tickets dans les tripots où l'alcool de baies blanches coulait à flots. Qu'on eût envie d'une femme, d'un homme ou d'un enfant, on pouvait satisfaire n'importe lequel de ses fantasmes dans ces établissements contrôlés par les mandars. C'est ainsi que Juss avait connu sa première femme quand le Daub l'avait estimé assez grand pour toucher un salaire. Elle lui avait coûté presque l'intégralité de sa paie toute fraîche, mais qu'était-ce, trente tickets, pour connaître, aux dires des gars de la bande, l'incomparable plaisir de la baise ? La femme n'avait rien en commun avec la déesse des pages, peau molle, grasse, suintante, regard vide, cannelure brunâtre qui ressemblait plutôt à la gueule d'un crapaud planqué dans un buisson de poils noirs. Lorsqu'il était entré en elle, avec la crainte sournoise d'être déchiqueté par une double rangée de dents cachées, son plaisir s'était échappé de son bas-ventre à la vitesse d'un serpent dérangé et s'était traduit par un bref éblouissement, un hoquet de surprise, des saccades incontrôlables, un gémissement stupide, puis il s'était senti vide, froid, comme dépouillé d'une grande partie de sa vitalité, et la femme enfin souriante lui avait donné une petite tape sur la joue, sans doute pour lui signifier qu'il était devenu un homme. Il avait regretté ses trente tickets et s'était promis que, la prochaine fois…

Il n'y aurait pas de prochaine fois. Plaisance et lui devaient d'urgence se trouver une planque et se nourrir s'ils voulaient subsister dans un environnement aussi hostile.

Ils laissèrent Porte-d'I derrière eux et se dirigèrent vers Maison-Blanche. Les couloirs d'accès, surpeuplés eux aussi, étaient éclairés par une débauche de flammes identique à celle de la station. Des hommes allongés à même le sol ou sur des couvertures dépliées dormaient les yeux bandés. Un peu partout, assis sur des pierres ou de petits bancs de bois, d'autres jouaient aux cartes en se passant, avec une étrange solennité, une pipe qu'un tuyau souple reliait à un récipient.

L'un des joueurs, un individu aux cheveux gris, aux rides profondes, aux dents noircies, aux yeux plissés et aux épaules voûtées, héla Juss avec un sourire béat :

« Mignonne, la petite ! Combien tu veux pour qu'elle me donne un p'tit moment de plaisir ? »

Juss se souvint d'un conseil de Vern : la meilleure façon de se débarrasser des habitants de Petite-

Chine était de leur faire croire qu'on était en affaire avec les mandars, qui leur inspiraient une trouille monumentale.

« Une autre fois, répondit-il. J'la conduis au palais des mandars.

— Elle doit pas avoir beaucoup de valeur, si elle a que toi comme escorte, répliqua l'homme.

— Le Daub me fait confiance. »

Il avait espéré que le nom du chef de la bande des Armuriers suffirait à rabattre le caquet de son interlocuteur, mais celui-ci, défoncé, à en croire ses yeux exorbités et striés de filaments sanguins, revint à la charge.

« J'te donne vingt tickets, j'la garde un moment avec moi, j'te la rends, et après tu vas la livrer au palais, si tu veux. »

Les doigts de Juss se crispèrent sur la crosse et le pontet de son pistolet. Plaisance lui lança un regard suppliant. À lui de prouver maintenant qu'il n'était pas seulement son protecteur par les mots.

« Trente tickets, insista l'homme qui vivait, à en croire ses vêtements en tissu et en peau de rat bien coupés, dans une certaine opulence, contrairement à ses compagnons de jeu couverts de haillons et nettement plus jeunes que lui. C'est mon dernier prix.

— J'dois la conduire intacte au mandar qui l'a commandée, affirma Juss.

— Il s'appelle comment, ce mandar ? »

Juss tenta de remettre un peu d'ordre dans ses pensées affolées. Les bougies disposées autour des joueurs grésillaient en crachant de temps à autre des nuées d'étincelles qui s'évanouissaient dans les zones obscures.

« J'en sais rien, c'est pas moi qui ai négocié, j'suis juste chargé d'la conduire à l'entrée du palais. »

Le regard de l'homme se durcit tout à coup, se chargea de menaces.

« Arrête de te foutre de ma gueule, sale petit guowé. Amène-moi cette fille tout de suite, m'oblige pas à aller te la prendre moi-même. »

Le sang de Juss se figea. Il n'avait aucune aide à attendre des autres joueurs, probablement les hommes de main de son interlocuteur, qui le fixaient avec cet éclat particulier, à la fois féroce et minéral, provoqué par l'hézao, le mélange d'algues et de champignons séchés que fumait une grande partie de la population de Petite-Chine. Il se pencha vers Plaisance et lui glissa au creux de l'oreille :

« Prépare-toi à courir. »

La nyct ne réagit pas, mais il vit, à la clarté instable des bougies, qu'une détermination farouche tendait ses traits.

« Qu'est-ce tu complotes, morveux ? gronda l'homme aux cheveux gris.

— J'ai rendez-vous avec le mandar, répéta Juss. Maintenant. »

Plaisance et lui se lancèrent dans une course effrénée en direction de Tolbiac, louvoyant entre les autres groupes de joueurs, les cordes et les toiles des abris.

« Rattrapez-les ! mugit l'homme aux cheveux gris. Vingt tickets à celui qui me les ramène tous les deux ! »

Des ombres se relevèrent et grouillèrent autour des deux fugitifs, mais, l'hézao ayant émoussé leurs réflexes et leur coordination, Juss et la nyct parvinrent à s'engouffrer dans le couloir qui donnait sur la galerie en direction de Tolbiac.

« Cinquante tickets ! »

Les échos de la voix de l'homme aux cheveux gris résonnaient dans l'ensemble de la station et déclenchaient un branle-bas de combat général.

« Le jeune guowé et la fille ! Arrêtez-les ! Cinquante tickets ! »

Juss entrevit des mouvements devant eux, près de la bouche d'accès au quai, trop loin pour qu'il puisse discerner les détails.

« Ils vont nous barrer le passage, haleta Plaisance.

— Je vais le dégager... »

Il tira son pistolet de sa poche sans cesser de courir, butant sur des corps allongés et des ustensiles, le déverrouilla et pressa la détente. La détonation et la chute d'un premier corps déclenchèrent un mouvement de panique, des bougies se renversèrent, enflammèrent les cordes, les toiles, les structures en bois, embrasèrent les abris environnants, les vêtements de silhouettes affolées prirent feu à leur tour et propagèrent l'incendie tout le long du couloir, des seaux et des bassines d'eau furent jetés sur les flammes sans parvenir à les éteindre, les habitants s'égaillèrent dans tous les sens pour échapper au piège dévorant qui se refermait sur eux. Une lumière vive et grondante emplissait maintenant le passage. Juss et Plaisance couraient au milieu d'hommes, de femmes et d'enfants surpris dans leur sommeil, nus ou parés de leurs seuls sous-vêtements. C'était désormais un flot tumultueux qui se ruait vers la sortie du couloir, qui renversait et piétinait les indécis, les gosses en bas âge, les faibles, les traînards.

Juss et Plaisance débouchèrent enfin sur le quai encore épargné par la panique, sautèrent dans la fosse centrale et, enjambant les dormeurs allongés en travers des rails, filèrent en direction de la galerie éclairée par des lampes à huile disposées tous les vingt pas, l'une des rares qui ne sacrifiaient pas au rituel du commerce. Sans ralentir l'allure, ils esquivèrent les groupes épars alertés par le tumulte, puis, exténués, ils s'arrêtèrent dans une partie du tunnel un peu moins fréquentée où ils purent enfin reprendre leur souffle. Les lueurs de l'incendie léchaient de temps à autre les parois et la voûte, les hurlements des habitants cernés par le feu s'échouaient dans le silence inquiétant des tunnels étroits et inhabités entre les stations.

« Tous ces gens, ils vont mourir à cause de moi, bredouilla Plaisance.

— À cause de moi, tu veux dire ! souligna Juss. J'aurais pas dû tirer. Mais si j'l'avais pas fait, t'aurais fini dans les pattes de ce salopard de put de Rive Droite.

— Faudra bien qu'j'y passe un jour...

— Dis pas ça, Plaisance. T'es encore dans l'enfance. Ces gars-là sont des pervers. T'y passeras quand ton heure s'ra venue, quand tu l'auras décidé, avec celui qu't'auras choisi. T'es une errante, pas une esclave ou une bonniche, oublie jamais qu't'es d'la race des seigneurs. »

Plaisance leva sur lui des yeux où luisait un profond désespoir, comme des flammes en perdition sur le fond d'obscurité effleuré par les lueurs lointaines et tremblantes de l'incendie.

« Qu'est-ce qu'on va devenir, Juss ? »

Il baissa la tête pour dissimuler une brusque envie de pleurer. Put de Rive Droite, quand abandonnerait-il enfin les vestiges de l'enfance pour entrer de plain-pied dans l'âge adulte ?

« J'te promets qu'on va survivre », parvint-il à murmurer tandis qu'une larme s'échappait d'un coin de son œil et roulait sur sa joue.

Cordeur

Les hommes ne pourraient pas vivre sans légendes. C'est plus fort qu'eux, il faut toujours qu'ils mêlent le surnaturel, ou le mystère, à leur réalité, et plus leur existence est difficile, plus ils invoquent les dieux et les créatures aux pouvoirs extraordinaires, plus ils s'inventent des ennemis monstrueux. Une façon d'embellir leur quotidien dont ils ne pourraient pas supporter la cruauté s'ils pensaient qu'il n'y avait rien en deçà de l'obscurité permanente de Métro 2033, rien d'autre que ces plafonds bas, ces tunnels étroits, ces quais surpeuplés, ces structures sociales tyranniques ou étouffantes, cette absence de perspectives spatiales, temporelles, spirituelles.

L'absence de repères chronologiques a fini par détraquer les Métrolites. L'alternance du jour et de la nuit, la succession des saisons rythmaient la vie des hommes de la surface, mais les ténèbres règnent ici en souverains absolus, immuables, la température ne varie guère, il n'y a jamais de pluie, de neige, de canicules, de glace, de tempêtes. Les grondements qui retentissent de temps à autre dans les tunnels ne sont pourtant pas des cris poussés par des monstres terrifiants guettant leurs proies dans le ventre de la terre, mais les échos des fracas des orages éclatant à la surface. De même, il est possible d'entrevoir le jour dans certains recoins non sécurisés de Rive Gauche où je me suis rendu. Il ne s'agit que d'une clarté pâle se faufilant entre les différentes couches qui nous séparent de la surface, mais, si on l'observe assez longtemps, on se rend compte qu'elle faiblit peu à peu jusqu'à s'estomper entièrement et qu'elle réapparaît un long moment plus tard, faible d'abord, puis de plus en plus claire jusqu'à son prochain déclin. Bien peu ont la patience de rester sur place un temps suffisamment long pour vérifier que le cycle se reproduit continuellement. J'ai aussi pu constater qu'une végétation particulière se développe là où se pose la lumière, poussant directement sur les parois de terre et de roche. Sa couleur, d'un vert profond inconnu dans Métro 2033, m'a enchanté l'âme. Je n'avais jamais rien vu d'aussi beau, d'aussi éclatant, d'aussi émouvant. Les larmes me sont venues aux yeux. Ce vert m'a rappelé certaines images dans les livres, mais, outre qu'elles y sont un peu fanées, le privilège de le contempler en vrai, de voir les feuilles et les tiges frissonner au gré des imperceptibles souffles d'air, m'a laissé un souvenir incomparable.

Nul besoin de légendes, donc, la réalité recèle des merveilles accessibles à celui qui consacre une partie de son temps et de son énergie à les chercher. Mais les humains, qui cèdent facilement à la paresse et au découragement, préfèrent se réfugier dans les mondes illusoires pour donner de faux sens à leurs existences. Peut-être leur instinct grégaire les pousse-t-il également à s'agréger autour de croyances communes pour consolider leurs communautés. C'est ainsi que sont nées les religions de la surface, censées unir les hommes et responsables d'une grande partie des désastres qui ont conduit les survivants de l'humanité décimée à rejoindre les rats dans les profondeurs de la Terre. Nous nous hâtons bien entendu de reproduire les mêmes erreurs, preuve, s'il en était encore besoin, que les humains ressentent le besoin fondamental d'adopter des pensées et des pratiques communes, de s'enfermer dans une sorte de prison collective dont ils peuvent toucher du doigt les murs et le plafond. La liberté, justement, abolit les prisons. Elle se présente comme un vide effrayant au captif qui s'aperçoit soudain que la porte de sa geôle n'est pas fermée à clef. Lui qui était parvenu à définir un espace exigu et rassurant se sent désemparé dans un ciel sans limite et sans repère. Il prie son dieu ou ses entités supranaturelles de bien vouloir lui renvoyer les clefs afin qu'il puisse enfin refermer la porte et ne plus être pris de vertige devant ce vide inquiétant.

La religion d'Élévation, qui se propage dans tout Rive Gauche comme une épidémie foudroyante, apporte les clefs, *ses* clefs, à tous ceux qui aspirent à refermer la porte. Le décor du cachot n'est pas tout à fait identique, les dieux Soleil et Lune ont remplacé les anciennes idoles, l'espoir d'une vie meilleure *post mortem* a pris la forme d'une éventuelle élévation vers la surface, les prêtres ou les prêtresses des cultes précédents se sont changés en pasteur et servants, les rituels et prières ont subi quelques modifications, mais les mécanismes, eux, restent strictement les mêmes, basés sur les quatre ances habituelles – reconnaissance, espérance, souffrance, obéissance –, exploitant les mêmes terreurs ancestrales et les mêmes aspirations à se dissoudre dans un ensemble fermé. Élévation détourne les peurs de ses adeptes sur un premier ennemi fantasmé, les terribles et monstrueux conquérants de Rive Droite, sur un deuxième ennemi quotidien, les incroyants et les mutants qui fréquentent les mêmes stations, les mêmes tunnels, et leur fournit une solide raison de vivre – de mourir, devrais-je dire – avec le mythe du retour à la surface et l'espoir suprême de l'élévation.

Rive Gauche sera bientôt tout entière contaminée par les servants. À cette tendance que je pressens inexorable, je ne pourrais opposer qu'une seul ance : connaissance, mais je me retrouverais bien seul dans ce combat, et je dois ici confesser ma peur incommensurable à l'idée d'être enfermé nu dans une cage et exposé à la surface, un lieu ravagé par les radionucléides (je ne sais pas exactement ce qu'est un radionucléide, mais ce mot évoque un monstre pire que toute une armée de conquérants de Rive Droite) et autres fléaux redoutables. J'avoue également qu'Élévation présente à mes yeux un intérêt scientifique, mais discutable, comme vous allez pouvoir en juger : Bil, un homme de Placide, me tient régulièrement informé de l'état des corps ramenés à

Montparnasse après avoir été exposés le temps rituel à la surface – temps que, à l'aide d'un antique tictac dont le mécanisme fonctionne encore, j'ai converti en unités chronologiques utilisées par l'humanité avant sa chute, soit cinq jours de vingt-quatre heures. Comme Bil occupe le poste de cordeur dans le hall Départ, il est aux premières loges pour observer les corps des condamnés et m'en faire chaque fois un rapport détaillé.

« Aucune amélioration constatée, m'sieur. Toujours les mêmes viandes ravagées, bouffées jusqu'à l'os, les mêmes trous dans les poitrines, dans les bassins, dans les jambes, les mêmes crânes éclatés, les mêmes peaux noircies... Tenez, pour vous dire, le dernier d'ceux qu'on vient de redescendre, la surface s'est acharnée sur...

— Sur quoi, Bil ?

— J'sais pas qui vous êtes au juste, ce que j'peux vous dire ou pas.

— Je te paie pour tout me dire.

— Justement, à propos d'ça...

— Quoi, encore ?

— Je m'marie bientôt avec Erce.

— Félicitations.

— J'voudrais lui offrir un beau cadeau pour l'occasion.

— Tu as une idée de ce que tu veux lui offrir ?

— Un abri tout neuf en hauteur. Mais, put de Rive Droite, ça en coûte, des tickets ! J'ai déjà mis d'côté, mais y a pas tout à fait assez.

— Il te manque combien ?

— Trois cents tickets.

— Je veux bien faire un effort pour la circonstance. Cent cinquante tickets, ce sera mon cadeau de mariage. Tu comptes t'installer où ?

— Tout près d'mon boulot.

— Je croyais que les environs de place Départ étaient réservés aux fidèles d'Élévation ?

— C'est la réalité, m'sieur.

— Tu t'es converti ?

— Il le fallait, ou ils allaient r'filer mon boulot à quelqu'un d'chez eux. Et pis, Erce est une fidèle, pas question qu'elle s'donne à un mécréant.

— Vous allez vous marier selon le rituel d'Élévation ?

— Ce s'ra une grande fête. Dix mariages prévus pendant la même cérémonie.

— Tu m'avais pourtant dit que tu n'aimais pas les servants.

— On dit des choses, pis des fois on dit autre chose. Erce vaut bien ça, de toute façon.

— Et pour nous, est-ce que… ça change quelque chose ?

— Rive Droite non, m'sieur ! Si vous continuez d'me payer, j'continuerai de vous causer des condamnés. J'peux vous poser une question ?

— Tu peux toujours.

— Pourquoi vous faites ça ? J'veux dire, pourquoi vous avez besoin d'connaître l'état d'ces corps ?

— Pour la même raison que les servants, Bil : les cadavres des condamnés sont les témoins de l'état de la surface. Des témoins malheureux, morts dans d'atroces souffrances, mais des témoins fiables. Lorsque l'un de ceux que tu redescendras sera resté intact, le temps sera venu de remonter. Si un tel événement se produit avant ma mort, je ne veux surtout pas le manquer.

— Vous croyez qu'c'est vraiment mieux, à la surface ? Erce me dit qu'c'est un endroit magique.

— Plus que tu ne le crois.

— Comment vous l'savez ?

— Je garde pour moi quelques-uns de mes secrets, si tu n'y vois pas d'inconvénient. De quoi voulais-tu me parler un peu plus tôt ? Tu disais que la surface s'était acharnée sur…

— C'qui faisait de lui un homme, m'sieur. Y avait plus qu'un trou à la place. Comme les…

— Les quoi ?

— Rien. Erce s'rait pas contente, si elle m'entendait parler comme ça.

— Les joies anticipées du mariage, Bil.

— Vous l'êtes pas, vous, marié ?

— Je n'ai pas encore trouvé l'épouse qui me convienne.

— À moins que vous n'aimiez mieux les hommes…

— Même pas. Je prends mon temps, voilà tout.

— Vous êtes quand même un peu bizarre, avouez.

— Nous sommes tous un peu bizarres dans Métro 2033, tu ne trouves pas ?

— Si vous le dites… J'sais même pas comment vous vous appelez.

— Tu n'as qu'à m'appeler Zar. Quand a lieu la prochaine descente ?

— J'enverrai mon gars vous prévenir des prochaines élévations. Vous aurez juste à m'attendre au même endroit à la fin du temps rituel.

— Parfait, et encore félicitations, Bil.

— Merci, m'sieur, enfin, Zar… Zar, ça m'plaît bien, comme nom ! »

6

Aube

« Sais-tu ce que signifie ton nom ? »

Parn caressa du dos de la main l'épaule d'Aube, allongée à ses côtés. Le pasteur était souvent d'humeur docte après leur étreinte quotidienne qui tenait davantage du combat furieux que de la danse synchronisée des corps. Il la possédait comme s'il avait l'intention de la fendre en deux, avec une frénésie qui ne cessait de s'accroître jusqu'à ce qu'il se tende et que, après un couinement dérisoire et une série de spasmes rageurs, il s'abatte sur elle de tout son poids en soufflant comme un chien bulter.

« Eh bien ?

— Aucune idée, Éclat céleste. »

Elle l'aurait su, elle se serait bien gardée de l'avouer. Elle s'appliquait toujours à lui donner l'impression qu'il lui enseignait quelque chose. Elle avait appris depuis sa tendre enfance à ménager la susceptibilité des gens importants, ou qui se pensaient importants, telle sa propre mère, qui n'aimait rien tant que de se servir de ses connaissances pour humilier ses interlocuteurs ou ses proches.

« Tu n'es donc pas consciente que ton nom évoque un phénomène magnifique ? reprit le pasteur.

— Non, Éclat céleste. »

Parn écrasa d'un revers de main les rigoles qui dévalaient son torse et son ventre enrobés d'une épaisse couche de graisse. Sa transpiration abondante et son odeur âpre auraient rebuté Aube si elle ne s'était pas agrippée à l'idée que ces désagréments n'étaient que provisoires. La perspective des bouleversements à venir l'aidait à se plier à toutes ses exigences. Lorsqu'elle accueillait dans sa bouche le sexe noueux, heureusement court et fin, de son auguste amant, geste qui lui inspirait un dégoût incommensurable, elle se répétait en boucle que cette mascarade prendrait bientôt fin, elle imaginait le moment où elle trancherait ce ridicule bout de chair à l'aide d'un poignard et le lui enfoncerait à son tour dans la gorge.

« L'aube, c'est la fin de la nuit et la naissance du jour à la surface, l'instant où les êtres vivants s'éveillent.

— Où avez-vous appris cela, Éclat céleste ?

— Mon prédécesseur me l'a transmis. Tout comme son prédécesseur lui avait transmis les splendeurs de la surface, l'éclat de Soleil, l'air chargé de parfums. »

La semence visqueuse et froide du pasteur dégouttait entre les cuisses d'Aube. Une complice lui avait heureusement fourni une fiole emplie d'un liquide au goût atroce dont elle buvait une gorgée avant de se rendre dans la rame du chef suprême d'Élévation. La potion éliminait tout risque de conception. Parn ne parlait jamais des enfants qu'il avait eus avec ses favorites précédentes, mais Aube avait appris qu'il en comptait une bonne quinzaine qui vivaient sous bonne garde avec leurs mères dans une rame située à Dame-des-Champs. Elle n'aurait pas supporté qu'une réplique de cet homme grandisse dans son ventre.

« J'espère tant recevoir la grâce et m'élever dans cette vie à la surface », fredonna-t-elle.

Parn s'étira comme un gros chat, faisant craquer le matelas bourré de mousses séchées.

« Évidemment que tu t'élèveras ! Vivante ou morte. Et tu ouvriras tes yeux sur des merveilles. »

Aube lui effleura l'arête du nez, le cou, le torse, le ventre, et glissa les doigts dans le pli de son aine. Elle obtint ce qu'elle voulait quelques instants plus tard, il se mit à se tortiller sur le lit pour l'inciter à descendre plus bas et raviver son désir. Elle n'était pas pressée d'être une nouvelle fois secouée comme un raton tombé entre les griffes d'un chat furieux, mais il fallait qu'elle éclaircisse un point qui la préoccupait depuis qu'un visiteur avait fait irruption dans sa chambre et l'avait tirée sans ménagement de son sommeil.

« Mon frère Xav est venu me réveiller pour me dire qu'il partait à Varenne reprendre son fils. Je crains que ma mère ne lui réserve le même accueil qu'à la troupe envoyée la première fois.

— On ne sait pas ce que sont devenus nos

hommes, grogna Parn. Elle les retient peut-être prisonniers.

— Ma mère est une femme féroce, Éclat céleste. Elle n'a pas l'habitude de s'embarrasser de bouches inutiles.

— N'aie pas d'inquiétude pour ton frère, il est bien accompagné. Occupe-toi plutôt de moi. »

Aube accentua ses caresses, puis, après avoir tiré un premier gémissement au pasteur, elle suspendit ses gestes.

« Varenne n'est pas une station aussi faible que vous le pensez, Éclat céleste.

— La troupe commandée par ton frère la nettoiera de ses éléments indésirables pour qu'elle devienne une colonie d'Élévation. De cette façon, nous prendrons François-Xavier et Duroc en tenaille et nous contrôlerons la ligne jusqu'à Invalides. De là, nous pourrons nous occuper des statiopées Bac et Tour-Maubourg.

— J'aurai l'esprit enfin tranquille lorsque vous m'apporterez la tête de ma mère.

— Les enfants vénèrent leurs mères, d'habitude. Tu lui en veux à ce point ? »

Aube secoua sa longue chevelure brune comme pour égailler ses pensées. Les souvenirs des humiliations quotidiennes, publiques ou privées, infligées par la grande dame de Varenne surgissaient des profondeurs de sa mémoire. On avait eu beau lui répéter que les châtiments et les privations étaient destinés à la renforcer, à la préparer à l'exercice difficile du pouvoir, elle n'avait gardé de ces traitements que leurs aspects avilissants, mortifiants, autant de blessures profondes qui n'avaient jamais cicatrisé. Combien de fois avait-elle souillé ses sous-vêtements et traversé une pièce sous les regards goguenards des invités en essayant maladroitement de cacher de ses mains les taches s'épanouissant sur sa robe ?

« Si c'est ça que tu veux, je te ferai apporter sa tête sur un plateau, je te le promets », déclara le pasteur.

Aube resta immobile, à genoux sur le lit, au bord des larmes. Il lui prit la main et la posa d'autorité sur son sexe à demi redressé avec une absence de délicatesse qui la ramena brutalement à la réalité.

« Tu sais quelle est la meilleure façon de me remercier. »

Elle se pencha pour gober son bout de chair sillonné de grosses veines noirâtres et trépignant d'impatience qui continua de grandir et durcir dans sa bouche. Une violente envie la traversa de le lui arracher avec les dents. Elle se ressaisit : le temps de la revanche se présenterait bientôt, et la tête du pasteur accompagnerait celle de sa mère sur le plateau déposé à ses pieds.

Aube patientait dans la salle d'attente où deux servants et une servante, cette dernière jeune et gracieuse, occupaient les autres sièges. Les flammes grésillantes de deux bougies enfoncées dans des anneaux métalliques fixés aux cloisons et débordants de cire vacillaient, et les ténèbres exploitaient leur agonie pour envahir l'espace et avaler les formes.

Aube avait pris le temps de passer chez elle, un logement spacieux à deux niveaux situé place Départ, et demandé à la servante mise à sa disposition de lui préparer un bain. Elle bénéficiait, privilège rare, d'un bac en fer personnel, dans lequel elle ne pouvait pas tout à fait s'allonger, et d'une permission exceptionnelle de tirer de l'eau autant de fois qu'elle le souhaitait au réservoir situé à une vingtaine de pas de chez elle et gardé en permanence par des servants armés. La servante emplissait le bassin posé sur un socle ovale et surélevé sous lequel étaient glissés des chauffe-eau, des briques à combustion lente faites d'un mélange de graisse, de papier et d'algues séchées, qui réchauffaient peu à peu le contenu du grand récipient. Aube était restée un long moment dans le bain dont la température avait sans cesse augmenté, au point de devenir presque insupportable. Elle avait espéré que l'eau brûlante la laverait de la boue qui lui souillait le corps et l'âme, mais elle s'était sentie toujours aussi sale en sortant du bassin, une sensation qui ne l'avait pas quittée jusqu'à son arrivée à Gare et ses couloirs surpeuplés.

La porte qui donnait sur le bureau du secrétaire s'ouvrit et livra passage à un homme âgé dont le regard se promena un petit moment sur les quatre visiteurs avant de s'arrêter sur Aube.

« Monsieur le secrétaire vous attend, servante. »

Elle se leva et lui emboîta le pas.

Le secrétaire Augir se redressa et l'accueillit d'un sourire chaleureux lorsqu'elle entra dans la pièce éclairée, contrairement à la salle d'attente, par une multitude de bougies renforcées par une lampe à huile suspendue au plafond. D'un geste du bras, il congédia le servant âgé, qui sortit aussitôt par une autre porte située derrière une table où s'amoncelaient un tas de vieux documents en papier. Augir appréciait le luxe, à en juger par les tapis moelleux, les lourdes tentures, les tableaux anciens et les objets précieux qui encombraient le sol, les plafonds et les cloisons. Il invita la jeune femme à s'asseoir dans l'un des deux fauteuils rembourrés en face de son bureau.

« Comment se porte notre cher pasteur ? »

Sa voix douce, mélodieuse, contrastait avec celle, bourrue, rocailleuse, de Parn. De même, ses mains longues paraissaient infiniment délicates comparées aux doigts épais et courts du chef suprême d'Élévation. Tout d'ailleurs respirait la distinction chez le secrétaire, les traits fins, presque féminins, les sourcils bien dessinés, le corps svelte, les cheveux et la barbe taillés avec soin, les vêtements parfaitement coupés, le ton mesuré.

« Trop bien à mon goût, répondit Aube.

— Toujours cette vigueur légendaire qu'on lui prête ? »

Aube acquiesça d'un mouvement de tête à la fois résigné et courroucé.

« J'ai de plus en plus de mal à le supporter… »

Le front d'Augir se plissa et ses yeux se chargèrent de réprobation.

« N'oubliez jamais que vous êtes en mission, Aube. » Sa voix était devenue tranchante. « Je me doute que vous ne passez pas toujours des moments agréables, mais vous devez garder à l'esprit que la cause pour laquelle vous œuvrez outrepasse l'intérêt individuel.

— Je suis seulement impatiente d'assister au changement, Augir. »

Le secrétaire lui avait octroyé une grande faveur en l'autorisant à l'appeler par son nom quand les autres devaient, pour s'adresser à lui, utiliser les formules d'usage, Votre Grâce ou Votre Éminence.

« Nous le sommes tous. Nous agirons le moment venu.

— Quand ce moment viendra-t-il ? »

Elle connaissait la réponse à cette question, et elle répondit en son for intérieur en même temps qu'il disait :

« Bientôt. »

Il marqua un long silence, les yeux fixés sur une bougie dont la flamme crachait une épaisse fumée noire.

« A-t-il abordé le sujet de Madone ?

— Nous avons seulement parlé de l'expédition contre Varenne conduite par mon frère Xav, et du contrôle de la ligne jusqu'à Invalides.

— Il s'approprie une stratégie que je lui ai entièrement suggérée, soupira Augir. Elle m'a été inspirée par un jeu très ancien qui se pratique encore à Petite-Chine, le go. Il s'agit de placer ses pions sur les points clefs et d'envelopper l'adversaire. Invalides est un point clef. Tout comme Porte-de-Vanves, Versailles, Balard et Javel. Une stratégie où le hasard n'a pas de place. Madone est un élément hasardeux. Un germe de chaos. Parn veut la rencontrer pour la manipuler et l'utiliser contre le Conseil. Je pense, au contraire, que nous devons l'éliminer au plus vite. Elle se trouve actuellement à Varenne, chez votre mère. Le pasteur a chargé votre frère de la ramener vivante, mais j'ai pu glisser quelques-uns de mes hommes dans la troupe qu'il commande.

— La craignez-vous à ce point ? Elle n'est qu'une femme seule accompagnée d'une maigre escorte. »

Augir se leva et se rendit près d'une vitre dont il écarta la tenture pour observer le quai animé. Des groupes de servants équipés d'armes à feu, les redoutables hussards entièrement dévoués au secrétaire, reconnaissables à leurs longues barbes et à leurs brassards noirs, gardaient les portes de la rame dont la moitié était réservée à l'usage exclusif d'Augir et l'autre moitié à son personnel, soignants, goûteurs cuisiniers, serviteurs, coursiers.

« Sa popularité s'est déjà propagée, je ne sais comment, dans tout Rive Gauche. Et la seule façon d'arrêter l'incendie est de montrer sa tête à tous ceux qui croient en son projet de Fédération. Elle morte, les gens dont l'esprit est déjà familiarisé à l'idée de regroupement n'auront plus qu'une seule alternative : Élévation. Comme nous tiendrons les points clefs, nous donnerons le coup de grâce au système des Conseils et aux mandars en Petite-Chine, et Rive Gauche ne sera plus gouvernée que par un seul homme, le chef suprême d'Élévation.

— Autrement dit : vous », traduisit Aube.

Le regard indéchiffrable d'Augir fondit sur elle à la vitesse d'un scorpion sur sa proie.

« Si telle est la volonté des dieux Lune et Soleil de la surface. Un pasteur occupe pour l'instant le trône d'Élévation.

— Vous êtes originaire de Montparnasse ?

— Pourquoi cette question ?

— Pour mieux connaître l'homme en qui j'ai placé ma confiance. »

Le secrétaire, visiblement touché par les mots de la jeune femme, ressembla un bref instant à un enfant écrasé de fierté par le compliment de l'un de ses parents. Parn avait raison sur un point lorsqu'il parlait – pour s'en moquer, la plupart du temps – de son second : Augir se montrait trop sensible à la flatterie.

« Je suis né à Pierre-Curie. J'y ai vécu cinq ans, jusqu'à la mort de mon père, aubergiste, tué par un errant sous l'emprise de l'alcool de baies. Ma mère s'est prostituée pour continuer à nous nourrir, mes deux sœurs et moi. Elle m'a ensuite confié à Ienv, un servant expérimenté qui, après avoir officié longtemps dans la station, s'en retournait à Élévation où il était rappelé pour de nouvelles fonctions. Il m'a pris sous son aile et, comme il est devenu le bras droit du secrétaire de l'époque, avant le règne de Parn, il m'a initié aux rouages de la machine de plus en plus complexe qu'est devenue Élévation. C'est Ienv, par exemple, qui a obtenu du Conseil que le châtiment des criminels, l'élévation, nous soit entièrement confié, nous permettant ainsi d'occuper une partie de l'espace judiciaire de la statiopée. En remerciement de ses bons et loyaux services, Parn l'a condamné à un retour prématuré à la surface sitôt son accession au trône suprême. Notre pasteur ne supporte pas de partager les mérites avec quelqu'un d'autre, raison pour laquelle nous devrons agir avant qu'il décide mon exécution.

— Vos sœurs, votre mère sont toujours vivantes ?

— Elles se sont toutes élevées. L'une de mes sœurs est morte d'une morsure de crapaud venimeux, ma mère a été emportée par une épidémie de sorbonnielle, on a retrouvé le corps mutilé de ma deuxième sœur dans la grande galerie entre Pierre-Curie et Porte-d'I.

— Désolée. »

Augir balaya l'air d'un ample geste du bras, faisant au passage vaciller plusieurs flammes.

« Ne le soyez pas. Elles étaient sorties depuis bien longtemps de ma mémoire. Quant à moi, j'ai franchi une à une les étapes qui conduisent au siège de secrétaire du pasteur en me basant sur les conseils d'Ienv. Et, croyez-moi, la concurrence est rude, féroce.

— Je n'ai aucun doute à ce sujet.

— Quand revoyez-vous le pasteur ?

— Je ne sais pas au juste. Sans doute quand sa vigueur légendaire sera revenue, et, comme je suis son actuelle favorite, ça veut dire bientôt. »

Une grimace déforma les lèvres du secrétaire, comme s'il ressentait une douleur soudaine.

« Courage, Aube, votre calvaire prendra fin très bientôt. »

Les deux derniers mots avaient résonné dans l'esprit de la jeune femme avant qu'il ait eu le temps de les prononcer.

Elle avait à peine quitté Gare qu'une jeune fille vêtue de peaux la rattrapa, marcha un temps à ses côtés et murmura, sans la regarder :

« Le petit Ed vous demande. »

Aube continua de marcher comme si de rien n'était, s'assura d'un rapide coup d'œil par-dessus son épaule que personne ne la suivait et bifurqua, au bout du couloir, vers le passage qui menait à Edgar-Quinet. Elle ne comprenait toujours pas pourquoi son interlocutrice du Conseil avait choisi cette station pour leurs rencontres secrètes. Le chemin qu'il fallait emprunter était le plus encombré et le plus mal famé de toute la statiopée, au point qu'on n'y voyait que très peu de servants, trois d'entre eux ayant été agressés, torturés et écorchés vifs quelque temps plus tôt. Les miliciens eux-mêmes rencontraient les pires difficultés à maintenir un semblant d'ordre. En outre, l'obscurité régnait sans partage dans certains recoins, et, comme elle n'était pas nyct, elle ne parvenait qu'à percevoir de vagues mouvements dans les replis de ténèbres. Elle avait réclamé une lampe de poche et une arme de poing successivement à Parn, à Augir, au Conseil, tous ceux qui se disputaient ses services, ils lui avaient répondu avec une belle unanimité que ces accessoires coûtaient des fortunes et qu'elle n'en avait pas vraiment besoin, la statiopée étant relativement sûre. Elle se munissait donc, comme à chacune de ses sorties solitaires, d'un couteau dont elle avait trempé la fine lame dans de la graisse de rat additionnée de venin de scorpion blanc et d'une mèche d'algue séchée qui s'enflammait grâce à un système de pierres frottées par une mollette provoquant des nuées d'étincelles. Elle avait également enfilé une combinaison de cuir épais, mal tanné, encore imprégnée de son odeur animale dont la principale qualité était d'offrir une bonne résistance aux pointes en fer et autres armes blanches en circulation dans les couloirs. Elle en serait quitte pour un nouveau bain lorsqu'elle rentrerait chez elle, mais, comme sa consommation d'eau était illimitée, elle n'hésitait pas à revêtir son armure de peau dont la puanteur avait fini par devenir rassurante.

« Viens par là, ma jolie ! J'ai une grande soif d'amour et des tickets pour boire tout mon saoul. »

La voix avait jailli d'un côté de la galerie, et les rires qui l'avaient accompagnée indiquaient que le petit groupe se composait de trois ou quatre hommes. Sans leur accorder le moindre regard, elle glissa la main sur le manche de son poignard tout en pressant le pas.

« Pas bien aimable, cette salope de put de Rive Droite ! reprit la voix. Si on allait lui apprendre la politesse, les gars. »

Elle accéléra encore l'allure. Elle ne discernait toujours pas les lueurs lointaines qui balisaient les quais d'Edgar-Quinet. Le petit groupe s'était ébranlé, les claquements des semelles sur les rails en fer prenaient une résonance assourdissante dans le silence de la galerie. La panique montait en elle comme un poison violent, lui coupant le souffle et lui tétanisant les muscles. La voix de la maîtresse femme de Varenne s'éleva en elle.

Sois toujours prête à combattre, ma fille, et plus encore parce que tu as une fente et pas une misérable queue entre les cuisses, tu dois être plus forte qu'eux...

Les servants d'Élévation commandés par son frère allaient fermer à jamais le cloaque putride qui servait de bouche à celle qui se prétendait sa mère.

Ils n'enfantent pas, ils ne savent pas ce qu'est la douleur, fais semblant de te soumettre, si tu ne peux pas faire autrement...

Comment un ventre aussi détestable avait-il pu l'accueillir ?

Exploite le moindre moment de répit pour les poignarder dans le dos, leur arracher les veines du cou avec les dents ou avec les ongles, ou leur tordre les bourses...

Aube ralentit, consciente tout à coup que, si elle continuait à fuir, elle allait mourir à peu près en même temps que sa mère. Elle devait vivre, vivre à tout prix, au moins pour avoir la joie de contempler la tête exsangue de celle qu'elle rejetait de tout son être. Elle expulsa sa panique d'une longue expiration, s'arrêta et se retourna pour affronter ses poursuivants. Elle fut presque déçue de discerner seulement trois silhouettes pâles avançant côte à côte vers elle, trois hommes qui parsemaient leurs expirations sifflantes de grognements et de ricanements. Elle ne pouvait pas encore voir s'ils étaient armés.

« Allume-la, Utu, qu'on zyeute vraiment comment elle est.

— Put de Rive Droite, tu sais combien ça coûte, les piles ? Moi, ça m'suffit d'sentir ma queue dans son fourreau chaud et humide.

— Juste un peu, quoi, pas longtemps. J'ai envie d'zyeuter sa tronche avant d'la troncher ! »

Content de sa trouvaille, l'homme éclata d'un rire tonitruant qui s'acheva en une toux grasseyante.

« D'ac, Vry, mais j'passe en premier, alors.

— Ça m'paraît correct ! »

Un rayon éclaboussa les ténèbres avec une violence stupéfiante. Éblouie, Aube baissa la tête, mais des particules de lumière continuèrent de danser dans ses yeux.

« Put de Rive Droite, une vraie beauté qu'on a dénichée là ! Une princesse ! Jamais j'aurais cru qu'j'en aurais une comme ça ! »

Elle posa la main sur son front pour adoucir la luminosité de la lampe qui, munie d'une ampoule sur les deux faces, éclairait également les trois hommes. Leurs haillons de peaux et de tissus, leurs visages ravagés par le mauvais alcool de baies, les désignaient comme des pauvres hères, des errants. Comment étaient-ils entrés en possession d'une telle lampe ? Avaient-ils tué quelqu'un pour la lui voler, l'avaient-ils récupérée sur un cadavre, dérobée dans un logement, à l'étal d'un marchand ?

« Ça y est, les gars, vous l'avez bien zyeutée ?

J'éteins, ou cette lampiotte vaudra plus qu'dalle quand j'déciderai d'la r'vendre. »

Un déclic retentit, l'obscurité retomba sur les lieux, et Aube eut besoin d'un petit moment pour que ses yeux se réhabituent aux ténèbres.

« Tu t'montres bien gentille avec nous, princesse, ou on s'fâche. Le résultat sera le même, sauf qu'à la fin t'auras encore toutes tes dents et t'auras pas perdu trop d'sang. »

Elle les laissait se griser de mots. Même s'ils n'avaient pas l'air courageux ni vigoureux, elle se méfiait de leurs réactions. C'étaient des hommes résistants, durs au mal, imprévisibles, un peu comme ces insectes qui paraissent inoffensifs et qui se révèlent plus durs à tuer qu'un chat enragé.

« Tu t'déshabilles ou on s'en charge ? »

L'un des trois s'était approché d'elle et lui avait soufflé son haleine fétide en pleine face. Elle réprima un haut-le-cœur. Il brandissait un objet fin et rouillé, sans doute l'une de ces tiges de fer au bout aplati qui servaient à serrer les vis des anciennes machines.

« Je m'en charge, répondit-elle avec un calme qui la surprit elle-même.

— À la bonne heure, princesse est une p'tite fille obéissante. »

Elle dégrafa les attaches en os du haut de sa combinaison, glissa de nouveau la main dans sa poche, tout en continuant de dévoiler sa poitrine, et agrippa le poignard.

« Put de Rive Droite, Utu, rallume donc cette fichue lampe, qu'on lui zyeute les nibes !

— J'les vois bien comme il faut, moi !

— Toi, forcément, t'es moitié nyct !

— Fais-lui son affaire, Utu, puisque t'es l'premier ! J'te tiens ta lampe pendant c'temps. »

L'homme qui brandissait la tige en fer s'écarta d'un pas pour laisser passer son acolyte.

« T'en mets un temps à t'foutre à poil ! »

Des effluves chauds et alcoolisés environnèrent Aube. Les battements de son cœur lui semblaient résonner d'une extrémité à l'autre de la galerie. Tous sens aux aguets, elle attendait le moment propice, qui se présenta lorsque son agresseur entreprit de baisser son pantalon. Elle le frappa sur le côté du cou, d'un geste circulaire aussi rapide que précis. Le choc lui endolorit le bras jusqu'à l'épaule.

N'aie aucune pitié, ma fille, ils n'en auront pas pour toi…

L'homme resta un instant immobile, les mains crispées sur la ceinture de son pantalon, puis il vomit un flot de sang avant de s'affaisser sur le flanc. Elle serra fermement le poignard jusqu'à ce qu'il s'arrache de la plaie.

Laisse les plaintes et les pleurs aux faibles, garde la tête froide. Si tu tombes entre leurs pattes, cherche le défaut de leur cuirasse, saigne-les comme des porcs. Compris, ma fille ? Cesse de pleurnicher, je préfère mille fois que tu me haïsses plutôt que tu te soumettes…

Elle n'attendit pas que les deux autres reprennent leurs esprits, elle fondit sur le plus proche et lui planta le poignard entre les cuisses. Il tenta de riposter à l'aide de sa tige en fer, mais la douleur et l'effroi l'empêchèrent d'achever son geste.

« Put de Rive Droite, elle m'a... »

Elle se décala d'un bond sur le côté et lui creva un œil, maintenant sa lame enfoncée jusqu'à ce qu'il bascule vers l'arrière et s'effondre de tout son poids. Quant au troisième, tétanisé comme un rat devant un serpent de vase, il n'esquissa aucun geste pour se défendre et elle lui transperça la poitrine avec une facilité déconcertante. Elle eut l'impression que sa dernière exhalaison résonnait comme un soupir de soulagement. La lampe s'échappa de sa main lorsqu'il heurta les rails. Elle la ramassa et la leva au-dessus de sa tête comme un trophée acquis de haute lutte. Elle décela des présences autour d'elle, des ombres silencieuses, des rôdeurs attirés par les bruits de la lutte et pressés de fouiller les cadavres des vaincus.

Elle pressa de l'index l'interrupteur de la lampe. Le faisceau puissant révéla devant elle une bonne trentaine d'hommes et de femmes aux corps décharnés et aux yeux brillants, les uns en guenilles, les autres complètement nus. Ils s'écartèrent de chaque côté de la galerie pour lui ouvrir un passage, n'ayant ni la force ni la volonté de l'affronter. Ils voulaient simplement s'abattre sur les cadavres avant les rats, pour les dépouiller de leurs frusques, de leurs chaussures, de tout ce qui représentait une valeur à leurs yeux. Sans doute les plus affamés n'hésiteraient-ils pas à prélever un bras, une jambe, les viscères, qu'ils emporteraient pour les dévorer à l'abri de la convoitise des autres.

Aube éteignit la lampe et traversa leurs rangs sans encombre, respirant le plus lentement possible pour ne pas inhaler leurs miasmes. Le sang de ses agresseurs maculant sa combinaison de cuir répandait une odeur doucereuse.

L'odeur de la mort.

Elle respirerait bientôt l'odeur du sang de sa mère, l'odeur de sa mort. Elle se sentit plus vivante que jamais.

7

Pièges

« Bientôt. »

Urm, une quinzaine de miliciens varennois, Madone, Mitch et une partie de l'escorte s'étaient postés sur un pont de bois qui surplombait la fosse centrale et les deux quais près de l'entrée de la galerie reliant Varenne à François-Xavier. Quelques instants plus tôt, les miliciens avaient chassé sans ménagement les habitants de la section la plus proche du pont sans leur laisser le temps de rassembler leurs effets personnels ni de démonter leurs abris, puis d'épais panneaux aussi hauts que les murs avaient surgi des parois et, coulissant avec lenteur dans un insupportable concert de grincements, s'étaient déployés pour former une digue qui fermait tous les accès à la station, y compris la fosse centrale des rails.

Ière avait invité Madone à rester près d'elle jusqu'à la fin des opérations, mais la présidente, curieuse de voir comment Varenne comptait s'y prendre pour repousser la troupe nombreuse et supérieurement armée d'Élévation, avait décliné l'offre et confié la garde d'Ionale à la conseillère, qui non seulement n'avait pas paru vexée par son refus, mais avait exprimé son approbation par un sourire complice.

« Vous ne pourriez pas devenir une bonne dirigeante si vous n'aimiez pas vous tremper dans la fureur et le sang des batailles… »

Madone devait admettre que la vieille femme l'avait évaluée avec une redoutable acuité. Elle n'avait cessé de livrer bataille sitôt entrée dans l'âge adulte, contre ses propres frères, contre les anciens conseillers d'Orsay, contre Emblé, le premier président de Bac, contre ses partisans qui voulaient venger sa mort, contre des groupes manipulés par ses opposants, et elle s'était toujours tenue au premier rang, n'hésitant pas à se servir elle-même des armes à feu ou des armes blanches pour frapper ses ennemis. Il ne lui serait pas venu à l'idée d'attendre, assise dans une pièce, qu'on vienne lui annoncer le résultat d'un affrontement. Non seulement le sang et la fureur ne l'effrayaient pas, mais ils la galvanisaient, chaviraient ses sens, abolissaient ses peurs et ses lassitudes.

Les crépitements des fusils d'assaut et les cris d'épouvante ou d'agonie rythmaient la progression des servants dans le tunnel. Des silhouettes affolées surgirent dans les halos lumineux des trois grosses lampes fixées au parapet du pont et braquées sur la galerie, et tambourinèrent à coups de poing sur la digue de bois en suppliant qu'on leur ouvre.

« Maintenant ! » cria Urm.

Deux miliciens abaissèrent un levier imposant qui saillait d'une niche creusée en haut de la paroi. Un bruit sourd enfla démesurément jusqu'à devenir assourdissant. Madone distingua des mouvements sous la voûte du tunnel : de grandes trappes tombaient à la verticale et libéraient de véritables cataractes dans un fracas effrayant. L'eau recouvrit rapidement le sol de la galerie. Bien qu'imparfaitement étanches, les digues protégeant la plus grande partie de la station la retenaient suffisamment pour qu'elle continue de monter. Les quais furent bientôt inondés, puis elle avala, à une vitesse sidérante, les hommes, les femmes et les enfants massés devant les digues, atteignit bientôt les piles de pierres sur lesquelles reposait le pont.

Mitch posa la main sur l'avant-bras de Madone.

« Cette satanée flotte va finir par nous noyer nous aussi, glapit-il.

— La hauteur des digues et du pont est calculée », répliqua calmement Urm.

L'eau s'arrêta enfin de monter et le silence retomba sur la station, bercé par les clapotis.

« Ne devrait-elle pas s'écouler par l'autre extrémité de la galerie ? s'étonna Madone.

— C'est la raison pour laquelle j'ai attendu, expliqua Urm, toujours aussi placide. Une autre digue, semblable à celles-ci, ferme la galerie cinq ou six cents pas plus loin, juste avant qu'elle soit sous le contrôle de François-Xavier. Je voulais m'assurer que les servants étaient bien entrés dans la nasse avant d'ouvrir les réservoirs.

— Qui l'a fermée, la digue dont tu parles ? » s'enquit Mitch.

Urm désigna de l'index le levier abaissé par le milicien quelques instants plus tôt.

« Le même mécanisme qui commande celles d'ici.

— Vous étiez certain qu'il fonctionnerait ? » Madone fixait le levier avec une attention décuplée par sa peur rétrospective. « Vous avez dit que vous ne l'aviez encore jamais utilisé…

— Bien que confiant dans le génie de nos ancêtres varennois, je n'en étais absolument pas certain, madame.

— Tu penses que tous ces rats de servants ont été noyés ? » insista Mitch.

Un sourire teinté d'arrogance affleura sur les lèvres pleines d'Urm.

« Nous le saurons quand l'eau nous ramènera les corps, capitaine. Ceux des servants et ceux, malheureusement, des Varennois piégés. Si elle nous les ramène. »

Ils se penchèrent tous sur le parapet du pont pour scruter, à la lumière des lampes, la surface ondulante et scintillante de l'eau. Quelques instants plus tard, un milicien s'exclama :

« En voilà un ! »

Un corps dérivait en effet sur le faible courant, enveloppé dans une tenue blanche indiquant sa condition de servant. Urm l'observa avec une attention soutenue avant de commander à un milicien muni d'une longue pique de pousser le noyé dans sa direction.

« Je vous présente Xav, mon père », déclara-t-il lorsque le cadavre déjà gonflé d'eau passa devant lui avant de disparaître un court instant sous l'arche du pont.

« Le problème du plan Ren, c'est qu'il ne pouvait être déclenché qu'une seule fois, expliqua Ière. Nos ancêtres utilisaient un système complexe de tuyaux pour acheminer directement l'eau de la Seine, mais nous en avons perdu les secrets. Avec des seaux, il nous faudrait des milliers d'hommes et un temps fou pour remplir les réservoirs, et les crabes d'Élévation reviendront trop rapidement refermer leurs pinces sur Varenne. »

Ni ses traits ni ses yeux n'avaient trahi le moindre soupçon d'émotion quand Urm lui avait annoncé, d'un ton neutre, la présence, parmi les cinquante servants noyés à Varenne, de son fils Xav. En guise d'oraison funèbre, elle avait prononcé d'une voix neutre ces quelques mots : « Les imbéciles meurent comme des imbéciles avec les imbéciles. »

« L'eau ne va pas finir par inonder les autres couloirs de Varenne ? s'inquiéta Mitch.

— Il y aura sans doute quelques débordements, répondit Urm. Mais elle s'écoulera tranquillement par la fosse centrale et se dispersera dans les profondeurs avant même d'arriver à François-Xavier. Nous fouillerons ensuite la galerie à la recherche des fusils d'assaut et des munitions abandonnés par les servants, nous les remettrons en état au besoin, et, comme je vous l'avais promis, nous vous en donnerons la moitié. Nous pourrons enfin rouvrir les digues.

— Nous sommes donc coincés pour un long moment », soupira Madone.

Le regard d'Ière fondit sur la présidente.

« Notre compagnie vous déplaît à ce point ?

— Il ne s'agit pas de cela, vous le savez bien, Ière, mais du long périple qui m'attend.

— Croyez-en mon expérience, il faut savoir parfois perdre du temps pour mieux en gagner.

— De toute façon, vous n'avez pas le choix, renchérit Urm. L'accès à François-Xavier est pour l'instant coupé. »

On aménagea deux chambres pour Madone et Ionale, non pas dans l'une des rames du Conseil, toutes les deux inondées, mais dans un logement en hauteur sur le quai auquel on accédait par un escalier tournant. Mitch insista pour être installé juste en dessous d'elles de manière à pouvoir les protéger à tout instant, faveur qu'Urm lui accorda d'assez mauvaise grâce. Les membres de l'escorte furent quant à eux répartis dans les couloirs en fonction des places disponibles. Un repas frugal de champignons, d'algues et de rat bouilli fut servi sur une table dressée près des rames et entourée d'un cordon de miliciens. L'eau continuait de s'écouler par les interstices des digues, mais jamais elle ne déborda de la fosse centrale ni n'inonda les quais.

Ière raconta l'histoire du plan Ren, ce dispositif conçu et mis en place par le Conseil de Varenne dirigé à l'époque par un certain Ren. Cette histoire se déroulait avant la formation de la première statiopée, Montparnasse. Varenne était alors en guerre permanente avec ses voisines François-Xavier, Duroc, Falguière et Pasteur. Assaillie à trois reprises par les troupes coalisées de François-Xavier et de Duroc, elle avait réussi à repousser les envahisseurs après des combats furieux et au prix de lourdes pertes. Cependant, comme elle était la dernière station de la ligne avant d'accéder à Invalides et à l'eau de la Seine, elle restait une cible prioritaire pour ses adversaires.

Ren résolut donc d'exploiter la proximité avec le fleuve pour mettre au point un procédé qui utiliserait l'eau comme principal moyen de défense. Il passa des accords avec Invalides, qui avait tout intérêt à ce que les velléités conquérantes des autres stations se brisent sur Varenne, et il élabora un système pour noyer en cas d'urgence la galerie entre Varenne et François-Xavier. Un réseau de tuyaux souples basé sur le principe des vases communicants déversait automatiquement l'eau de la Seine dans les immenses réservoirs creusés au-dessus de la voûte à mesure que ceux-ci se vidaient, soit par évaporation, soit en raison des fuites. Des digues coulissantes, solides et relativement étanches actionnées par un mécanisme complétèrent le dispositif.

« Il n'a servi qu'une seule fois avant nous, lors d'une attaque massive des troupes coalisées de

François-Xavier et de Duroc : elles ont été prises au piège et entièrement noyées. Cette victoire légendaire, surnommée Seine vengeresse, a valu une longue période de tranquillité à Varenne, qui n'a plus jamais recouru au plan Ren jusqu'à cette dernière expédition des crapauds d'Élévation. »

Madone fut ensuite priée de présenter son grand projet de Fédération aux invités du Conseil, le capitaine de la milice de la station, les représentants des commerçants, l'éleveur de rats, le couple de cultivateurs de champaris, le récupérateur de cire et la responsable des réserves d'allumettes, de piles, d'ampoules, d'essence et d'huile. Il apparut vite évident que la seule façon de contrecarrer la volonté hégémonique d'Élévation était de rassembler l'ensemble des Conseils au sein d'une même entité, de mettre en commun les ressources, puis de les répartir en fonction des besoins. La Fédération, garante des équilibres, veillerait à ce que chaque Métrolite soit décemment logé, mange à sa faim et puisse se déplacer en parfaite sécurité d'un point à l'autre de Rive Gauche. Ses auditeurs accueillirent avec enthousiasme l'exposé de Madone. Eux qui s'étaient toujours sentis en danger dans leur petite station isolée rêvaient d'appartenir à une structure plus vaste, coordonnée et protectrice, seule façon de combattre le chaos et la résignation qui gagnaient inexorablement du terrain. Ils refusaient de toutes leurs forces d'être contrôlés par les fanatiques d'Élévation, convaincus que le joug des servants se révélerait nettement plus lourd à porter que l'actuel fléau de la misère et du désespoir. Le culte d'Élévation représentait exactement le contraire de ce pour quoi la station avait toujours combattu, l'indépendance, la liberté.

Quelqu'un demanda à Madone comment avait réagi le Conseil d'Invalides à son discours. Elle consulta Ionale, assise en face d'elle, du regard et interpréta le sourire de la dvinn comme une invitation à la franchise.

« Ils ont tenté de m'empoisonner, répondit-elle. Je pense qu'ils tenaient leurs instructions d'une autre organisation, secrète ou publique, probablement située à Montparnasse, puissante en tout cas. J'essaierai de faire toute la lumière sur leurs complicités.

— Soyez prudente, intervint Ière. Ils seront nombreux et déterminés, ceux qui essaieront de vous éliminer. »

La vieille femme garda la tête penchée quelques instants, comme plongée dans ses réflexions, puis leva les yeux sur Urm.

« Il serait peut-être judicieux que... »

Les lèvres remuèrent un temps sans qu'elle émette le moindre son.

« ... que mon petit-fils et quelques-uns des meilleurs miliciens de Varenne vous accompagnent, reprit-elle.

— Votre générosité vous honore, madame, mais je ne puis accepter votre offre, objecta aussitôt Madone, prenant Urm de vitesse. Varenne risque à tout moment les représailles d'Élévation, et vous avez besoin de tout votre monde. »

Ière tendit le bras par-dessus la table et désigna le capitaine de la milice.

« Rang ici présent a toute notre confiance. Il dirigera les opérations en cas d'attaque. Et vous savez pertinemment que trois ou quatre éléments de moins ne changeront pas grand-chose à l'affaire. Tandis que, pour votre périple, un renfort de quelques unités peut s'avérer d'un grand secours. Qu'en penses-tu, Urm ? »

Le jeune homme fixa tour à tour Madone, Ionale, Ière et les autres convives avant de se prononcer.

« Je suis partagé, grand-mère. Une partie de moi aspire à rester à Varenne, une autre partie souhaite participer au grand œuvre de Madone. J'aurai des regrets si je reste, j'aurai des regrets si je pars.

— Le mieux en ce cas est de s'engager sur la voie la plus exaltante, la plus glorieuse. Les regrets seront peut-être plus forts, plus douloureux, quelle importance ? Crois-tu que ta seule présence suffira à inverser le cours de la bataille si Élévation nous dépêche une nouvelle troupe ? »

Les yeux d'Urm se tournèrent de nouveau vers Madone. Ils brillaient avec une intensité étonnante, brûlante. Un feu incandescent l'embrasait sous ses apparences hautaines. Elle pensa simultanément qu'avec ses connaissances politiques et son autorité naturelle, il ferait une excellente recrue pour sa petite troupe. Sa présence à ses côtés ouvrait des perspectives stimulantes, vertigineuses également, mais elle n'avait jamais eu peur de marcher au bord des précipices.

« Cette aventure t'apprendra beaucoup sur le cœur des êtres humains, poursuivit Ière. Je pense que le moment est venu de t'affranchir de Varenne, de moi, d'avoir de Métro 2033 une vision globale. Sans compter que tu seras peut-être plus utile à Montparnasse qu'ici : si l'opportunité se présente là-bas de prendre Élévation au dépourvu et de lui porter des coups décisifs, tu seras mieux placé pour ne pas la manquer. »

Urm ferma les yeux, comme s'il se retirait en lui-même. Madone ne put s'empêcher de redouter une réponse négative de sa part. Elle se traita aussitôt d'idiote. La proposition d'Ière avait déclenché en elle une sarabande de pensées effervescentes qui submergeaient les digues de sa raison. L'absence de Mitch à ce repas officiel, bien qu'irrecevable sur le strict plan protocolaire, l'arrangeait, dans le fond. Elle ne serait pas parvenue à supporter son air soupçonneux et ses reproches muets.

« Je partirai avec Madone, déclara enfin Urm. Auparavant, je m'assurerai que la station sera bien protégée pendant mon absence. »

Une joie incontrôlable, sauvage, se diffusa dans le corps de Madone comme un poison délicieux. Jusqu'à la fin du repas, hébétée, incapable de reprendre empire sur elle-même, elle dériva sur un courant qui l'emportait loin de la table, loin de la station, loin de la Fédération.

Peu de temps après s'être couchée, elle reçut comme elle s'y attendait la visite de Mitch.

« Ma reine ? » chuchota-t-il.

Elle réprima un soupir. Elle n'avait pas envie de lui en cet instant. Avait-elle eu vraiment envie de lui une seule fois depuis qu'ils étaient devenus amants ? Ou lui avait-elle ouvert ses cuisses seulement parce qu'elle éprouvait parfois le besoin urgent, tyrannique, presque névrotique, d'être transpercée, malmenée, éventrée par un soc ?

« Pas maintenant, Mitch », murmura-t-elle.

Débordant de désir, il s'allongea contre elle sur le matelas grésillant.

« Pourquoi ?

— Je suis fatiguée, et Ionale dort dans la chambre d'à côté.

— On sera discrets. »

Des ronflements et divers bruits indéfinissables peuplaient le silence. Les rares bougies encore allumées ne parvenaient pas à tenir en respect les ténèbres qui recouvraient la station. Varenne n'avait pas imposé de réglementation officielle pour les cycles veille/sommeil, mais ses habitants, qui s'étaient plus ou moins accordés sur la nécessité de respecter le repos d'autrui, se couchaient pratiquement tous en même temps.

« N'insiste pas. »

Il glissa sa main sous les vêtements de Madone et chercha fébrilement ses seins ; elle le repoussa avec fermeté.

« Pas maintenant, j'ai dit. »

Il souffla bruyamment à trois reprises.

« Est-ce que ça a un rapport avec le fait que le

petit-fils de la conseillère nous accompagne pour la suite du voyage ? »

Évidemment qu'il y en avait un.

« Qu'est-ce que tu racontes ? C'est seulement une suggestion de sa grand-mère. Une bonne idée, d'ailleurs. Plus nous serons nombreux, mieux ça sera.

— Il n'avait pas l'air content, quand je lui ai demandé si je pouvais occuper le logement juste en dessous du tien.

— Qu'est-ce que tu vas imaginer ? Il est à peine sorti de l'enfance.

— Il n'avait pas l'air d'un enfant sur le pont, et il ne te regarde pas comme une mère… »

Madone soupira à son tour.

« Est-ce que tu veux bien me laisser dormir, Mitch ? Je suis fatiguée.

— Mon sceptre meurt d'envie de rendre hommage à sa reine.

— J'en suis flattée, capitaine, mais il attendra sagement que je sois disposée à le recevoir. »

Elle lui tourna le dos. Il se releva et sortit de la chambre. Elle l'entendit avec soulagement descendre l'étroit escalier. Elle se jugea superficielle, incohérente, stupide de s'encombrer de tout ce fatras émotionnel pendant qu'elle entreprenait une démarche décisive pour l'avenir de Rive Gauche. Les désirs, les sentiments obscurcissaient son esprit, brouillaient sa clairvoyance, affaiblissaient sa vigilance. Elle se promit de ne plus se laisser manipuler par ce besoin pathétique de se sentir exister dans le regard des hommes.

Deux périodes de sommeil et trois repas se succédèrent jusqu'à ce que l'eau eût pratiquement disparu derrière les digues de bois. Une vingtaine de miliciens munis de lampes descendirent alors sous les ordres de Rang dans la galerie pour récupérer les armes abandonnées par les servants. Ils rapportèrent plus de soixante kalaches, une trentaine de sacs emplis de chargeurs, une quinzaine de lampes de poche, neuf poignards, deux dagues et une masse d'armes à la tête hérissée de clous. Ils comptèrent également plusieurs dizaines de cadavres, criblés de balles ou noyés, restés accrochés aux parois ou encore coincés dans les rails, dont treize servants, ce qui portait leurs pertes au nombre de soixante-trois. Une fois le butin rapporté dans la station, on étala les armes, les munitions et les lampes sur les toits des rames pour les laisser sécher. On prit le temps de nettoyer et de graisser les kalaches et leurs chargeurs, on vérifia chaque lampe, puis, comme convenu, les armes furent réparties entre les Varennois, les membres de l'escorte de Madone et les cinq miliciens désignés par Urm pour l'accompagner. On remonta ensuite le levier pour rouvrir les digues, qui réintégrèrent en grinçant leurs gaines creusées dans les parois.

Ière, les personnalités qui avaient pris part au dîner officiel et de nombreux habitants de la station s'étaient rassemblés sur le quai pour saluer la petite troupe sur le départ. Urm étreignit un long moment sa grand-mère avant de rejoindre ses hommes dans les rangs de l'escorte. Seules quelques bougies ayant été allumées, la station baignait dans la pénombre.

Ière saisit les mains de Madone et les pressa avec ferveur.

« Je souhaite de tout mon cœur que votre entreprise soit couronnée de succès. Puissiez-vous rassembler les Métrolites et transformer Rive Gauche en un endroit où il fait bon vivre, au moins en un lieu de paix. »

La conseillère posa ensuite ses paumes sur la tête de la dvinn.

« Continue de bien veiller sur elle, petite.

— Je n'y manquerai pas, madame.

— Brave fille. Partez maintenant, une longue marche vous attend. »

Madone s'inclina devant la vieille femme.

« Rive Gauche a besoin de femmes comme vous, Ière.

— Oh ! ne dites pas cela devant ma fille Aube, si d'aventure vous la croisez à Montparnasse ! À ses yeux, je suis une mère épouvantable et une piètre conseillère. Si elle et mon crétin de fils ont choisi de rejoindre Élévation, c'est principalement pour se venger de moi. Allez, maintenant. »

Ière se détourna à la fois pour dissimuler l'émotion qui la saisissait et pour signifier que l'entretien était clos.

L'escorte se mit en marche en direction de François-Xavier. Mitch plaça les hommes armés de kalaches, miliciens et gardes du corps, aux premiers rangs, puis, pour bien montrer à Urm qui commandait, il exigea de ce dernier qu'il se tienne en queue d'escorte afin de protéger leurs arrières, tandis que lui-même prenait place au milieu du détachement aux côtés de Madone et d'Ionale. Le petit-fils d'Ière exécuta les ordres sans broncher ni exprimer le moindre agacement, ni, d'ailleurs, accorder le moindre regard à Madone, qui se demanda tout à coup si elle n'avait pas totalement imaginé l'intérêt du jeune Varennois à son égard.

Ils s'engagèrent dans la galerie. Un homme marchait en tête en braquant devant lui une lampe allumée dont le faisceau révélait les parois encore suintantes d'humidité et quantité d'autres traces de la présence récente de l'eau. Leurs pieds s'enfonçaient par endroits dans des flaques de boue. Les vantaux des trappes pendaient toujours de la voûte à la verticale. Certains réservoirs n'avaient pas vomi que de l'eau, mais de la terre et des pierres qui barraient toute la largeur du passage.

« Attention ! cria l'homme de tête. Y a des bestioles sous les pierres.

— Quel genre ? demanda Mitch.

— Genre gros crabes blancs.

— Ne vous faites pas pincer, surtout, certains sont venimeux. »

Un à un, les hommes des premiers rangs franchirent l'obstacle, éloignant les crabes les plus proches à coups de crosse.

« Pas la peine d'en avoir peur, lança Urm arrivé à hauteur de Madone et d'Ionale.

— Moi je dis qu'il faut s'en méfier, riposta Mitch en lui décochant, par-dessus son épaule, un regard furibond.

— Ils ne sont pas venimeux, mais les gens le croient parce qu'ils ont des pinces, comme les scorpions.

— Tu es un spécialiste ? »

L'agressivité de Mitch laissa Urm de marbre.

« Je connais quelqu'un qui élève des crabes et des crevettes à Victor, capitaine. À sa connaissance, il n'existe pas de crustacés venimeux, pas dans Métro en tout cas.

— Faut quand même s'en méfier », répéta Mitch.

Ils reprirent leur formation initiale après avoir escaladé plusieurs éboulis. Ionale refusa d'être portée et gravit avec agilité les pentes pourtant glissantes sans trahir la moindre frayeur à la vue des crabes, croque-morts silencieux et blêmes qui s'affairaient près des cadavres partiellement ensevelis.

Ils recensèrent, parmi ces derniers, quatre servants qui n'avaient pas été comptabilisés. Le plan Ren en avait donc éliminé soixante-sept, une perte cinglante pour Élévation, dont la vengeance se montrerait probablement à la hauteur de l'humiliation subie. Madone devait agir avant que le pasteur et les siens déclenchent les représailles contre Varenne, prévenir au plus vite le Conseil de Montparnasse afin de placer la petite station sous la protection de la statiopée. Seule la menace d'une intervention de la milice parnassienne dissuaderait les servants de lancer une nouvelle expédition. La présidente ne s'attarderait donc pas à François-Xavier, ni à Duroc. De toute façon, le Conseil de Duroc, qui s'enrichissait considérablement avec le péage exorbitant dû par tout voyageur désirant continuer sur la ligne, avec la bénédiction de Montparnasse intéressée aux bénéfices, ne lui prêterait pas une oreille favorable. La Fédération interdirait aux stations placées sur des axes stratégiques de Rive Gauche d'en tirer un quelconque profit. Les lignes seraient entièrement gratuites. Duroc n'accepterait pas facilement la perte d'un tel privilège et s'opposerait de toutes ses forces au programme de Madone. Le scrutin à la majorité relative serait la seule façon d'obtenir la subordination des stations réfractaires. Si le projet recueillait plus de cinquante pour cent des voix, elles n'auraient pas d'autre choix que de se soumettre, sans quoi elles seraient mises au pas par la milice unifiée de Rive Gauche. Les seize stations indépendantes représentaient chacune une voix, les dix statiopées, selon leur importance, entre deux et six voix. Le total des voix se montant à cinquante-quatre en tout, vingt-huit votes seraient nécessaires pour concrétiser le projet de Fédération. Madone pouvait compter pour l'instant sur deux statiopées, Bac, évidemment, et Tour-Maubourg, ainsi que sur quatre ou cinq stations, Varenne, Commerce, Charles-Michels, Javel et peut-être Volontaires, dont le Conseil lui avait envoyé des émissaires, soit dix voix en tout, bien loin de la majorité. C'était la raison pour laquelle elle était partie à la rencontre des Conseils, surtout ceux des stations indépendantes, qui redoutaient en permanence les agressions de leurs voisines plus puissantes ou des bandes errantes et n'avaient pas les moyens de se défendre. Une fois les stations isolées de son côté, hormis Duroc, de toute façon déjà annexée par Montparnasse, il lui suffirait de convaincre deux ou trois statiopées moyennes, Odéon peut-être, les 4P ou encore Villejuif, pour faire basculer le scrutin de son côté.

« Hé, c'est quoi, ce truc ? »

L'homme de tête avait braqué le rayon de sa lampe sur une sorte de grille en mouvement. Un bruit de frottement avait retenti quelques instants plus tôt et peu à peu enflé jusqu'à devenir assourdissant. Derrière la grille se devinait la forme sombre d'un petit véhicule monté sur des roues en fer qui crissaient sur les rails. Deux silhouettes debout à l'arrière se baissaient et se relevaient pour actionner un levier qui la propulsait vers l'avant.

« Attention ! cria l'homme de tête. Y a des put de Rive Droite de pics sur cette grille ! Ils vont nous embrocher.

— La draisine de François-Xavier ! s'exclama Urm. Un membre du Conseil me l'avait montrée, une fois.

— Ils t'ont pas montré comment l'arrêter ? glapit Mitch. On va tous y passer si elle continue ! »

Les pics, longs, effilés, se dressaient à chaque croisement des barres de fer qui formaient la grille, si serrés qu'il était impossible de passer au travers. De même, la draisine ainsi cuirassée occupait la largeur de la galerie sans laisser le moindre espace sur les côtés. Elle frottait de temps en temps sur les pierres des parois en abandonnant des gerbes d'étincelles dans son sillage.

Elle n'était plus qu'à une cinquantaine de pas. Elle prenait encore de la vitesse. Le grincement des roues sur les rails emplissait le tunnel et s'apparentait au grondement d'un monstre surgi des profondeurs. Madone serra la main tremblante d'Ionale nichée dans la sienne. François-Xavier avait certainement passé un accord avec Élévation pour lui barrer le chemin en cas d'échec de la troupe de servants. Pour quel bénéfice ?

Elle chercha désespérément une solution.

Fuir ?

La draisine, trois fois plus rapide qu'eux, ne leur laisserait pas le temps de regagner les quais de Varenne.

Se plaquer au sol ?

Les pics du bas de la grille les transperceraient comme des rats rôtis à la broche.

Quoi faire ?

Sa respiration se suspendit. Il lui parut incongru, révoltant, de finir sa vie dans de telles circonstances. Elle croisa le regard affolé de Mitch, puis celui, d'une intensité inouïe, d'Urm.

Quoi faire ?

La dvinn lui tira brusquement la main.

« Tu as une idée, Ionale ? »

8

Le corridor des gigoteurs

La position n'était pas confortable. Maintenu à environ quatre pas du sol, Juss ne pouvait agiter que les jambes, ses bras étant prisonniers de la corde serrée autour de son torse. On l'avait accroché comme l'un de ces rats qu'on vidait de leur sang avant de les embrocher. Deux miliciens avaient passé la corde dans un crochet rivé à la voûte, dont ils s'étaient servis comme d'un levier pour le soulever et le maintenir en l'air. Le temps qui s'était écoulé depuis lui avait paru parfois court, parfois interminable. Les nombreux passants ne lui jetaient pas le moindre regard, pas davantage qu'ils n'accordaient d'intérêt aux autres hommes suspendus le long du couloir comme des animaux de boucherie. Ils ne s'attardaient pas dans les parages, craignant probablement de subir le même sort.

Juss n'avait obtenu aucune explication lorsque plusieurs miliciens, vêtus d'uniformes en peau de rat sertie de pièces métalliques, les avaient cernés,

Plaisance et lui, pendant qu'ils parcouraient la galerie entre Tolbiac et Italie, le cœur de la statiopée. Ils s'étaient saisis de lui et l'avaient entraîné dans ce couloir tandis que deux d'entre eux s'éloignaient avec la nyct. Les cris de Plaisance lui avaient déchiré le cœur. Il s'était débattu comme un beau diable, mais, deux fois plus costauds que lui, ils l'avaient facilement neutralisé et lui avaient confisqué son flingue. Il leur avait demandé ce qu'ils voulaient, pourquoi ils l'arrêtaient, ils n'avaient pas répondu, ils avaient choisi un emplacement vide et enroulé une longue corde autour de son torse avant de le hisser à quatre pas du sol. Les gigotements forcenés de ses jambes avaient eu pour seul effet le resserrement douloureux de ses entraves. De même, ses hurlements avaient résonné en pure perte.

« Ta gueule, guowé, avait craché le prisonnier le plus proche de lui. Les mimbs ne reviendront que quand ton tour sera venu.

— Mon tour de quoi ?

— Du jugement des mandars.

— Mais j'ai rien…

— C'est jamais un hasard quand les mimbs mettent quelqu'un dans le corridor des gigoteurs, guowé. »

Juss avait compris que l'intervention des miliciens avait un lien avec les événements qui s'étaient déroulés un peu plus tôt à Maison-Blanche. Il s'était demandé comment les mandars en avaient été informés avant même que Plaisance et lui aient eu le temps d'arriver à Italie. Puis, l'une après l'autre, les dernières lueurs s'étaient éteintes, l'obscurité était retombée sur le couloir, de temps à autre perforée par le rayon d'une lampe ou effleurée par la flamme d'une bougie, et il avait sombré dans un gouffre de désespoir.

« On va tous y passer ! avait braillé un prisonnier. Ils vont nous embrocher vivants avant de nous faire tourner au-dessus de braises brûlantes et de nous jeter à leurs porcs.

— Ferme-la ! avait glapi un autre. Pas la peine d'en rajouter.

— T'as peur pour ton petit cul, mon joli ? T'étais le mignon d'un mandar, pas vrai ? Cette fois, c'est pas avec son dard qu'il te fourrera, mais avec une tige métallique bien effilée qui va te remonter jusqu'à la gorge !

— Voilà ce que c'est de fricoter avec les mandars, avait coassé une autre voix. Quand tu tombes en disgrâce, t'as le droit à un traitement de faveur. »

Des rires aux éclats de sanglots s'étaient envolés dans le silence. Les sombres pensées de Juss s'étaient tournées vers Plaisance. Quel sort les mandars, réputés pour leur cruauté, lui destineraient-ils ? Grossirait-elle les rangs des enfants vendus à prix d'or pour satisfaire les désirs obscènes des Métrolites pervers pullulant dans Rive Gauche ? Serait-elle réservée au seul usage de l'un des dirigeants de Petite-Chine ? Juss avait fini par s'endormir malgré l'inconfort de sa situation et les multiples douleurs s'éveillant dans son corps engourdi.

Des bruits le réveillèrent. Des mimbs, éclairés par des torches puissantes, s'affairaient à descendre deux prisonniers à l'autre extrémité du couloir. Ces derniers peinaient à tenir sur leurs jambes flageolantes, et les miliciens les exhortaient à marcher plus vite en les frappant à l'aide des crosses de leurs fusils d'assaut. Juss se demanda furtivement s'ils étaient armés des kalaches que leur avait vendues le Daub. Tenaillé par la soif et la faim, il était également torturé par une impérieuse envie de pisser. L'odeur d'urine, les flaques au sol dévoilées par les halos de lampes et les taches sur leurs vêtements l'informaient que certains prisonniers avaient cédé à la pression tyrannique de leurs vessies. Il résistait de toutes ses forces, même si la brûlure s'étendait maintenant à tout son bas-ventre, agrippé aux paroles du Daub, qui affirmait qu'un gars qu'est pas capable de se retenir de pisser n'est pas non plus capable de surmonter la douleur ou la peur.

Il s'assoupit encore et fut cette fois réveillé par une sensation d'humidité entre ses cuisses. Il serra les dents et verrouilla son bas-ventre pour interrompre la miction, un effort qui l'épuisa. Il se rendit alors compte que quatre mimbs avançaient dans sa direction. Deux d'entre eux vinrent se placer sous lui tandis que les deux autres déroulaient l'extrémité de la corde qui le maintenait en l'air. Ils le descendirent sans ménagement. Il ne put garder l'équilibre lorsqu'il reprit contact avec le sol et il s'affala comme un animal nouveau-né qui essaie pour la première fois de se dresser sur ses pattes.

« Debout, guowé, le mandar t'attend, grogna un mimb.

— Pas de chance pour toi, il est d'mauvais poil aujourd'hui, ricana un autre.

— J'dirais plutôt qu'il est en grande forme, renchérit un troisième. Déjà trois condamnations à mort ! »

Juss parvint à se relever malgré ses bras entravés et à rester campé sur ses jambes tremblantes. Ils le libérèrent enfin de la corde avant de le pousser vers la sortie du couloir. Ils franchirent d'autres passages, dont un escalier aux marches métalliques qui descendait presque à pic vers une immense surface plane peuplée d'une multitude bruyante. Les mimbs se frayèrent un chemin au milieu de la foule, éloignant à coups de crosse ceux qui ne s'écartaient pas assez vite, et se dirigèrent vers une allée bordée de parois de verre, un endroit où Juss était venu à plusieurs reprises avec les Armuriers. Les flammes des bougeoirs et des lampes à huile éclairaient des salles dans lesquelles officiaient les mandars ou leurs représentants. Dans chacune d'elles des hommes ou des femmes se tenaient, têtes baissées, face à un juge assis derrière un bureau. De ces tribunaux alignés tout le long du couloir, rarissimes étaient ceux qui ressortaient innocents. Les sentences les plus légères allaient de l'amende d'un montant minimum de cent tickets à une affectation pour une durée indéterminée à la collecte des déchets organiques de la statiopée et à leur acheminement dans les carrières ou dans les potagers. Les peines les plus lourdes variaient de l'amputation d'un membre – une main pour le vol, un pied pour un délit de fuite, les organes sexuels pour un viol – à la mort par empalement pour un crime ordinaire et à la mort précédée de l'écorchement vif pour les crimes commis contre les mandars ou des membres de leurs familles. D'autres paroles du Daub revinrent à la mémoire de Juss : *« entre me r'trouver d'vant un juge de Petite-Chine et dans un nid de scorpions blancs, j'préfère encore, et de loin, les scorpions »*. Les scènes qui se succédaient derrière les vitrines accaparaient son attention et lui permettaient d'oublier la faim, la soif et son envie de pisser, de plus en plus douloureuse. Au bout du couloir éclairé à profusion par les yeux éblouissants et fixes de projecteurs se dressait le palais des mandars, une construction de pierre et de verre à la façade embrasée, comme en proie à un incendie perpétuel. Les odeurs de cire et d'huile brûlée ne parvenaient pas à masquer les relents de cuisine, de pourriture et d'excréments recouvrant les lieux. C'était dans un couloir identique à celui-ci que Juss avait connu sa première femme, à cette différence près que les vitrines n'accueillaient pas des tribunaux, mais des bordels.

Les mimbs se dirigèrent vers l'entrée d'une salle et discutèrent un petit moment avec leurs collègues qui en gardaient l'entrée avant d'ouvrir la porte et de pousser leur prisonnier à l'intérieur. L'air glacial avec lequel l'homme assis derrière le bureau accueillit Juss ne présageait rien de bon. Ses yeux, étonnamment ronds et clairs pour un habitant de Petite-Chine, le dévisageaient sans le moindre soupçon de bienveillance. Il s'ingéniait à dissimuler sa calvitie sous un tapis de longs cheveux noirs rassemblés au-dessus de son oreille et savamment rabattus sur le haut de son crâne. Il portait la tenue officielle des mandars ou de leurs représentants, une veste de tissu gris au col orné d'un liseré rouge et aux boutons dorés. Les mimbs se répartirent au fond de la pièce tandis que Juss se tenait devant le bureau, les mains croisées sur son bas-ventre, cuisses et fesses serrées pour empêcher sa vessie de déborder.

« Voici donc le petit guowé qui a tué un homme d'une balle et qui, en s'enfuyant, a déclenché un incendie qui a ravagé Maison-Blanche en faisant trente-deux morts », déclara le juge.

Sa voix, bien qu'à peine un murmure, resta un long moment en suspension au-dessus de la tête de Juss. La rumeur de Petite-Chine s'échouait dans la salle, assourdie, comme étouffée par le silence inattendu baignant les lieux.

« Trente-trois morts, reprit le juge. Ils sont très rares, les criminels capables d'une telle performance. »

Les gloussements des mimbs ponctuèrent ses propos. Juss se mordit la lèvre inférieure pour endiguer une stupide montée de larmes.

« Nous ne voulons pas de désordre dans Petite-Chine. Les germes de chaos, nous les détruisons sans pitié. Sans une discipline de fer, nous ne pourrions pas maintenir la paix et la cohérence dans notre statiopée dont la population ne cesse de croître. Tes actes, guowé, méritent mille fois la mort. Une mort très lente pour que les familles de ceux que tu as tués aient le temps de contempler ton agonie. Et, crois-moi, nos exécuteurs sont experts pour faire durer le plaisir. Ils t'écorcheront par petits bouts, ils découperont ton corps morceau par morceau en commençant par les moins vitaux, ils dénuderont tes nerfs pour les arroser de cire chaude, et tes cris résonneront d'un bout à l'autre de Petite-Chine pour rappeler à chacun ce qu'il en coûte de transgresser la loi. Qu'as-tu à dire pour ta défense ?

— J'ai… pas voulu ça », bredouilla Juss.

Larmes et urine s'échappèrent de son corps en même temps que les mots. Il ne chercha pas à retenir quoi que ce soit cette fois, vaincu, résigné, mortifié. Le regard du juge resta un long moment fixé sur son bassin.

« Tu as tenu plus longtemps que les autres, guowé. » Son ton était désormais plus léger, presque guilleret. « D'habitude, les gens se sont déjà oubliés lorsqu'ils se présentent devant moi. Si tu résistes aussi bien à la torture, tu nous offriras un beau spectacle. Tu disais que tu n'avais pas voulu ça…

— J'étais avec Plaisance, la petite nyct qu'je protège… » Parler redonna un peu de courage à Juss et dissipa en partie sa honte. « Un homme m'a proposé vingt tickets pour passer un moment avec elle. J'ai refusé. On s'est enfuis. Il a crié qu'il filerait cinquante tickets à celui qui nous rattraperait et nous ramènerait à lui. Tout l'monde s'est mis à cavaler autour de nous. J'ai pris peur et j'ai tiré. J'croyais tirer en l'air. Les gens ont paniqué et ont couru dans tous les sens. Ça a pris feu quelque part. Plaisance et moi, on s'est sortis des flammes et on est partis vers Tolbiac. Puis ceux-là… (il désigna du pouce les mimbs alignés derrière lui) nous ont chopés, ils ont emmené Plaisance j'sais pas où, et moi, ils m'ont pendu comme un rat dans c'couloir. Comment… comment vous avez su aussi vite ?

— Nous avons d'excellents systèmes de renseignements, guowé. Ne compte pas sur moi pour te les révéler.

— Quelle importance, de toute façon, puisque j'vais mourir. »

Un sourire froid étira les lèvres du juge.

« Tu as la langue bien pendue.

— Ça m'a valu pas mal de gnons et d'engueulades dans la bande du Daub… »

Le juge se renversa contre le dossier de sa chaise comme pour mieux observer le prévenu. La lumière de la lampe à huile pendue au plafond faiblissait peu à peu, mais les éclairages en provenance du couloir s'invitaient par la vitre et prenaient le relais.

« Quel était ton rôle chez les Armuriers ?

— Pourquoi vous m'demandez ? Vous avez l'air de tout savoir sur moi.

— Réponds.

— J'suis… J'étais fouineur, un d'ceux qui explorent les nouveaux passages. J'ai même découvert une nouvelle station intacte, à partir de Mairie. Une station de RER C.

— Tu saurais y retourner ?

— Évidemment. J'formais un super tandem avec Plaisance. Y a aussi ce put de Rive Droite d'Enti et ses potes qui savent où c'est. Ils ont flingué toute la bande, sauf nous deux. »

Le juge posa de nouveau ses coudes sur le bureau et se pencha vers Juss.

« Au nom de l'organisation des mandars, je te condamne à la mort lente, guowé. La sentence sera exécutée à la sortie de ce tribunal. »

Il marqua un long silence pour laisser le temps à ses paroles de s'imprimer dans l'esprit de son interlocuteur. Le verdict n'eut pas d'effet immédiat sur Juss, à part une vague nausée, comme si le mandar avait parlé de quelqu'un d'autre.

« Il y aurait peut-être une autre solution, marmonna ce dernier.

— Quelle solution ?

— Tu reprends ton ancien travail. Sauf qu'à partir d'aujourd'hui, tu travailles pour nous. »

Le juge passa sa paume sur les cheveux rabattus par-dessus son crâne.

« Pour commencer, tu conduiras mes hommes à la nouvelle station que tu as découverte. Ensuite, tu essaieras de trouver d'autres passages pour explorer toute la ligne du RER C. Si tu tentes de t'enfuir, nous te reprendrons où que tu ailles et tu recevras le châtiment auquel je viens de te condamner. Qu'en dis-tu ? »

Il fallut un peu de temps à Juss pour prendre conscience qu'on lui offrait un sursis inespéré, donc la possibilité de survivre et de fausser compagnie plus tard aux hommes des mandars.

« Est-ce que… vous pourriez m'rendre Plaisance, la nyct ? J'ai besoin de ses yeux dans certains passages. »

Le juge exprima sa contrariété d'un plissement des lèvres.

« Elle plaît beaucoup à quelqu'un de ma connaissance. Il est prêt à me l'acheter mille tickets. De mon côté, je ne souhaite pas contrarier mon ami, un homme très influent.

— Elle peut vous rapporter beaucoup plus, si elle reste avec moi.

— Comment ?

— Elle a pas besoin d'lampe pour voir dans l'obscurité. Avec ses yeux, j'multiplie les chances de découvrir d'autres stations, d'autres caches d'armes, et plein d'autres choses qu'on peut trouver dans les ruines de Métro 2033.

— Tu peux certainement y parvenir sans elle, guowé. »

Juss posa les mains sur le bureau et se pencha à son tour vers le juge.

« Si vous m'la redonnez, j'vous devrai cinq mille tickets.

— Comment me les rembourseras-tu ?

— J'les prendrai là où je pourrai, mais j'vous les rendrai, parole ! »

Le juge considéra Juss avec un certain amusement.

« On sait ce que vaut la parole d'un guowé.

— Vous l'avez vous-même dit : vous m'reprendrez où qu'je sois. Qu'est-ce qu'vous risquez ? Si j'vous les rends pas, vous aurez juste à vous venger sur moi.

— Je vais réfléchir à ta demande. Les mimbs te conduiront dans tes nouveaux quartiers, où tu auras la possibilité de prendre un bain et de changer de vêtements. Je t'y rejoindrai plus tard. La séance est levée. »

Le juge frappa le bois du bureau du plat de la main, puis d'un geste ordonna aux mimbs et à Juss de sortir.

Les miliciens occupaient un quartier des Gobelins. Contraints au célibat jusqu'à ce qu'on leur octroie leur retraite, un petit pécule et la permission de fonder une famille, ils formaient une armée redoutable, parfaitement disciplinée. Inspirant une grande crainte à la population de la statiopée, les mimbs maintenaient un ordre implacable sous la férule des mandars qui, sans eux, auraient rencontré des difficultés insurmontables à régler les conflits incessants entre les marchands, les trafiquants et les errants de tout poil alléchés par l'activité florissante de Petite-Chine.

Les quatre miliciens qui avaient conduit Juss dans leurs quartiers l'avaient installé dans l'une des immenses tentes dressées dans un large couloir et lui avaient attribué une cellule individuelle équipée d'un lit de camp et d'un placard métallique. Puis, après une halte bienvenue dans les toilettes équipées de seaux et de sciure d'os, ils l'avaient entraîné dans une deuxième tente où étaient entreposés les uniformes, les chaussures, les armes et les lampes. Là, on lui avait remis des sous-vêtements de tissu, un pantalon et une veste faits de peaux de rats et de bouts de métal, des bottes, une minuscule lampe de poche et un poignard à la lame sinueuse. Une fois équipé, il était passé dans un compartiment de la tente où l'attendaient un bassin en métal empli d'eau chaude, un drap propre et du savon qui répandait une odeur indéfinissable, un mélange improbable de graisse, de poisson et d'alcool.

Lui qui ne prisait que moyennement l'eau s'y prélassa avec un plaisir infini jusqu'à ce que le responsable des bains s'engouffre dans le compartiment en vitupérant :

« Tu vas pas y passer toute ta vie, guowé ! Y en a d'autres qu'attendent. »

Il sortit à regret du bassin, s'essuya et s'habilla. Les sous-vêtements grattaient un peu, la veste, le pantalon et les bottes se révélèrent un peu trop grands, mais il apprécia d'enfiler une tenue propre et sèche. Il revint ensuite dans sa cellule, s'allongea sur le lit et, brisé par son long séjour dans le couloir des gigoteurs, il oublia sa faim et s'endormit comme une masse.

Une sensation de pression sur le visage le ramena subitement du pays des songes. Debout devant le lit de camp, éclairé par la lampe à huile qu'il tenait à bout de bras, le juge l'observait.

« Bien nettoyé, guowé, bien reposé ? »

Encore trop endormi pour émettre le moindre son, Juss hocha la tête.

« Tant mieux, parce que nous partons immédiatement pour Mairie.

— Nous ? bredouilla Juss. Ça veut dire qu'vous v'nez aussi ?

— Que penses-tu de Ta Li comme nom de la nouvelle station ?

— Ta Li ? C'est bien, comme nom, ça m'plaît.

— Tant mieux, parce que c'est le mien. » Un sourire égaya le visage habituellement austère du juge. « Il est d'usage de baptiser une nouvelle station du nom de celui qui la découvre. Officiellement, guowé, c'est moi qui la découvrirai. Tu n'y vois pas d'inconvénient, j'espère. Comment t'appelles-tu ?

— Juss.

— On ne pourrait décemment appeler une station Juss, tu ne crois pas ?

— J'm'en fiche, monsieur, Ta Li, c'est très bien. Vous avez des nouvelles de Plaisance ? »

Le juge se renfrogna.

« Je négocie avec mon ami mandar. C'est un peu… compliqué. J'espère t'en dire davantage à notre retour. »

Juss refoula encore une fois les larmes qui lui embuaient les yeux.

« J'ai faim, soupira-t-il.

— Ces idiots ne t'ont pas encore donné à manger ? Je vais te faire préparer un repas avant de partir. »

Le cuisinier lui apporta des rouleaux, fourrés les uns de viande de rat, de champaris et de pousses de soja, les autres de crevettes, de crabe et d'algues, qu'il dévora en quelques coups de mâchoires, les accompagnant d'une boisson au goût étrange présenté comme du thé d'herbes séchées.

Ta Li donna le signal du départ aux douze mimbs de l'escorte, tous armés de kalaches et équipés de lampes de poche. Le trajet pour Mairie, située en bout de ligne, étant assez long, ils marchèrent d'un train soutenu jusqu'à Italie, où ils furent ralentis par la densité de la population, au point que le juge ordonna aux miliciens de dégager le passage à coups de pied et de crosse. Quelques protestations s'élevèrent çà et là, qui se turent rapidement lorsque les mimbs surgirent de la pénombre et foncèrent tout droit sur les contestataires. Ils sortirent sans encombre d'Italie et franchirent Tolbiac, Maison-Blanche, Porte-d'I et Pierre-Curie, la première station de la statiopée Mairie, avec la même facilité. Juss guida ensuite la troupe jusqu'à l'entrée du passage qui menait à la nouvelle station.

« Tu veux nous faire croire qu'on peut passer par là ? siffla Ta Li, soudain tendu, en braquant le rayon de sa torche sur la faille.

— C'est c'qu'ont fait les Armuriers. J'passe devant. Si vous êtes claustro, vous avez qu'à m'suivre de près et garder les yeux rivés sur moi. »

Juss n'attendit pas l'approbation du juge pour se glisser dans le passage. Il alluma sa lampe minuscule et, surpris par la puissance de son faisceau, progressa rapidement entre les parois hérissées de rochers et de racines mortes.

« Pas si vite, guowé ! » souffla Ta Li qui lui avait emboîté le pas.

Il arriva devant l'éboulis où il avait tué le grand scorpion blanc et attendit le reste de la troupe.

« On est bloqués ? haleta le juge.

— Il y a une musse, là-haut. Pas large, mais les plus costauds des armuriers ont pu s'en sortir. L'autre fois, j'suis tombé sur un scorpion blanc, un balèze. Si Plaisance avait pas été avec moi, il m'aurait piqué et j'serais plus là pour vous parler. C'est grâce à elle que j'ai pu l'tuer. Et puis le Daub a écrabouillé tous les p'tits qu'on a trouvés dans son nid. C'est bien d'avoir avec soi une nyct, et aussi un chien capable d'les repérer de loin.

— Tu auras tout ce que tu veux, si tu nous conduis à la station. »

Juss gravit avec agilité la pente de l'éboulis, s'immobilisa quelques instants à l'endroit approximatif où s'était tenu le scorpion lors de leur dernière visite, prit le temps d'éclairer les pierres une à une, puis, rassuré, il gagna l'orifice de la musse tout en haut du monticule et s'y glissa.

« La voie est libre ! » cria-t-il au juge et aux miliciens.

Une fois l'étroit boyau franchi, le passage ne présentait plus aucune difficulté jusqu'à la station. Les odeurs de décomposition qui paressaient dans l'air immobile rappelèrent soudain à Juss qu'il allait bientôt se retrouver au milieu des corps des armuriers en train de pourrir. Il s'avança dans la station sans attendre le juge et les mimbs et se rendit compte qu'il avait commis une erreur lorsqu'un faisceau éblouissant l'emprisonna et qu'il entrevit plusieurs silhouettes autour de lui.

« Tiens, tiens, Face de Rat est de retour ! »

Une telle frayeur s'était emparée de lui qu'il ne reconnut pas tout de suite la voix pourtant familière qui avait retenti dans son dos.

« Face de Rat est revenu se j'ter dans la gueule du gros chat ! »

Une bordée de rires, de miaulements, de grognements s'égailla sous la voûte.

« T'as perdu la pisseuse ? Dommage, on lui aurait bien fait sa fête ! »

La voix fêlée d'Enti.

« Hé, mais t'es fringué comme un mimb de Petite-Chine ? Où t'as récupéré ça ?

— Maintenant », gronda une autre voix.

Plusieurs faisceaux convergèrent soudain vers Enti et ses trois acolytes, les éclairant brutalement. Ils s'aperçurent qu'ils étaient cernés par une douzaine d'hommes braquant sur eux des kalaches.

« Pas un geste, aboya Ta Li. Ou mes hommes ouvrent immédiatement le feu. Viens près de moi, guowé. »

Juss s'offrit le plaisir d'une grimace à destination d'Enti avant d'aller se placer à côté du juge.

« Laissez tomber vos armes, très lentement, très doucement. »

Les exécuteurs du Daub et des siens obtempérèrent, posant leurs fusils au sol avec d'infinies précautions.

« Qu'est-ce que vous foutez dans ma station ? aboya le juge.

— On croyait que c'te station appartenait à personne, répondit Enti.

— Pourquoi vous en êtes-vous pris à l'un des nôtres ?

— Face de Rat ? C'était un ancien de la bande du Daub qu'on a été, disons, obligés de liquider. Une vraie langue de put, ce morveux ! Si vous l'avez recruté, c'est pas une bonne affaire. »

Le juge balada le rayon de sa torche sur l'ensemble de la station. L'absence de cadavres visibles étonna Juss.

« Les corps ? cria-t-il. Où est-ce qu'vous les avez mis ?

— Ils sont là », dit Ta Li d'un ton sinistre.

Il éclairait les corps mutilés suspendus sur le côté de la rame. Enti et ses acolytes s'étaient amusés à poser la tête d'une femme sur le corps d'un homme, à mettre des mains à la place des pieds, à placer les yeux dans des endroits insolites, à inciser les cadavres du haut en bas pour les vider de leurs organes… Juss eut à peine le temps de se pencher sur le côté pour éclabousser le sol des aliments qu'il avait mangés quelques instants plus tôt.

« Pourquoi avez-vous fait ça ? demanda le juge, les mâchoires serrées.

— Fallait bien passer l'temps, répondit Enti.

— Pourquoi êtes-vous restés ici ?

— On comptait trouver d'autres passages vers d'autres stations.

— Pour qui travaillez-vous ? »

Enti garda cette fois le silence.

Ta Li tira un pistolet de la poche intérieure de sa veste, le déverrouilla, le pointa sur le petit groupe et tira sans sommation. L'un des acolytes d'Enti, Ill peut-être, s'effondra sur le sol, touché au milieu du front.

« Pour qui travaillez-vous ? » répéta le juge.

N'obtenant toujours pas de réponse, il pressa de nouveau la détente. Un deuxième complice d'Enti s'affaissa, frappé au cou, Rag sans doute.

« Élévation, cracha Enti.

— Vous aviez l'intention de conduire les servants dans cette station ? »

Le silence d'Enti équivalait cette fois à un aveu.

« Que vous ont-ils promis en échange ?

— Un énorme paquet de tickets et de beaux logements à Montparnasse.

— Ce sont eux qui vous ont ordonné de massacrer la bande des Armuriers ?

— Ils ont déclaré la guerre aux errants et aux mutants.

— Aux mandars également, je suppose ? Vous avez déjà prévenu Élévation de l'existence de cette station ? »

Enti hésita quelques instants avant de secouer la tête.

« J'le crois pas, intervint Juss. Ils étaient cinq quand ils ont massacré le Daub et les Armuriers. À mon avis, le cinquième est partir prévenir les servants. »

Ta Li leva une autre fois son pistolet, s'avança et tira à bout portant sur le troisième acolyte d'Enti avant de tendre son arme, brûlante, à Juss.

« Ma sentence est la mort pour ces rats. Je te charge d'exécuter le dernier, guowé. »

9

Les cages

Ésia n'avait plus prononcé un mot depuis son apparition au Conseil. Elle restait prostrée dans le fauteuil qui lui était réservé dans le bureau d'Otre. Situé dans le cœur de Gare au croisement de deux couloirs, le luxueux logement de la conseillère donnait d'un côté sur une petite place marchande en permanence éclairée, de l'autre sur une immense cavité ténébreuse qui résultait probablement d'un effondrement de terrain, une fosse de plusieurs dizaines de pas de profondeur surnommée le Trou d'Enfer, jugée dangereuse et condamnée par une palissade de cinq ou six pas de hauteur.

Otre avait espéré qu'une intervention d'Ésia dissuaderait les membres du Conseil d'ourdir la mort de Madone ou, au moins, les inciterait à en discuter, mais la dvinn était restée bloquée au milieu de sa phrase, et Lej avait sauté sur l'occasion pour la discréditer et obtenir les six voix nécessaires à l'adoption de la résolution. Quant à la méthode choisie pour assassiner Madone, Lej et ses complices n'avaient fourni aucune explication. Sans doute estimaient-ils qu'ils n'avaient plus de comptes à rendre au Conseil à partir du moment où ce dernier avait entériné leur projet. Une grande part de fourberie entrerait probablement dans le choix des moyens, Lej étant expert dans l'art de poser ce genre de responsabilités sur d'autres épaules que les siennes. À en croire son discours lors de la dernière réunion, il avait prévu de détourner la colère populaire sur Élévation, en s'appuyant sur les agents infiltrés du Conseil parmi les servants (mais elle le soupçonnait de se livrer lui-même à un double jeu au profit du pasteur). Si son plan réussissait, le mérite lui reviendrait d'avoir éliminé une rivale dangereuse et amoindri l'influence du pasteur et des siens.

Otre avait été l'une des seules, la seule peut-être, à exprimer sa volonté de rencontrer Madone, dont elle connaissait le programme général, mais qu'elle aurait aimé entendre pour se forger une opinion directe de celle qu'on surnommait familièrement la présidente ou, plus grossièrement, la folle de Bac. Elle avait beau être membre du Conseil depuis une bonne vingtaine d'élections, elle n'avait aucune certitude sur la meilleure manière de gouverner. Le système des Conseils élus présentait selon elle autant d'inconvénients que d'avantages. Les scrutins à la majorité relative ou absolue entraînaient d'incessants conflits en fonction des groupes représentés par les uns ou les autres ; ils engendraient également des alliances mouvantes qui paralysaient les résolutions d'intérêt général ; ils favorisaient la corruption, le double langage, la méfiance et le contrôle. Lej rejetait avec virulence, par exemple, la régulation du temps proposée par Madone destinée à renforcer la cohérence de Rive Gauche parce qu'elle allait, selon lui, à l'encontre des libertés fondamentales, mais surtout parce qu'elle conduirait tôt ou tard à l'unification des statiopées et stations de Métro 2033. Il préférait s'opposer à l'inexorable mouvement vers le rassemblement, afin de conserver coûte que coûte ses petits privilèges.

Un soupir de découragement s'échappa des lèvres d'Otre, qui lança un coup d'œil courroucé à la dvinn, toujours immobile dans son fauteuil. Elle avait misé sur la fillette pour amener les éternels indécis du Conseil à reconsidérer leur point de vue, mais Ésia s'était refermée à peine entrouverte, un fiasco qui avait suscité chez la conseillère une colère sourde mêlée de rancune. Elle n'avait pas pu s'empêcher de traiter intérieurement la dvinn de sale petit monstre, de donner raison à tous ceux qui voulaient éradiquer les mutants de Rive Gauche, puis elle avait pensé à son propre fils, mort peu de temps après sa naissance, cet horrible bout de sa propre chair qu'elle avait d'abord refusé de montrer au père de l'enfant, un commerçant à la vigueur débordante décédé de la sorbonnielle quelque temps après l'accouchement, et sa compassion maternelle avait pris le pas sur son irritation. Elle avait de nouveau montré son affection à Ésia et tenté de lui redonner confiance, une tâche ardue, la fillette s'étant retirée très loin en elle-même comme chaque fois qu'elle se sentait rejetée.

La conseillère ne sortait de chez elle que pour les réunions du Conseil ou des raisons très précises. Elle n'aimait pas déambuler dans les galeries et les couloirs de la statiopée. Elle se sentait oppressée dans ces espaces délimités par les parois et les voûtes, paniquait à l'idée que toutes les lumières s'éteignent en même temps et l'abandonnent dans une obscurité totale. Elle ne laissait à personne le soin de remplacer les bougies qui brûlaient en continu dans son logement, profitant des avantages offerts par son statut de conseillère. Elle se réveillait régulièrement pour contrôler l'état des crache-flammes et des lampes à huile et s'arrangeait pour que jamais l'obscurité ne s'invite chez elle en maîtresse absolue. Ses deux assistantes, mot qu'elle employait pour ne pas dire servantes ou domestiques, s'occupaient du reste, repas, vaisselle, linge, ménage, bains, évacuation des déchets organiques, réception des invités… Elle leur remettait, tous les cycles de quinze repas, une poignée de tickets dont elles pouvaient, s'il leur en restait, garder le surplus après les courses.

Otre avait bien entendu développé son propre réseau de renseignements, constitué principalement de jeunes femmes qui se montraient souvent plus douées que les hommes pour recueillir de précieuses informations. Elle en avait placé dans l'entourage des conseillers les plus influents, Lej en premier, Lix, Anv, Saille, et aussi quelques-unes près du pasteur et du secrétaire général d'Élévation. Elle rémunérait ses

« petites souris » en avantages qui ne lui coûtaient rien personnellement : des quantités supplémentaires d'eau, des logements préférentiels, des bougies, des allumettes, voire des lampes, un poste important pour un proche ou encore des arbitrages bienveillants dans les innombrables litiges qui opposaient les habitants de Montparnasse. Elle ne les recevait jamais à son domicile, leur donnant au besoin rendez-vous dans d'autres stations. Ces rencontres clandestines la contraignaient à se rendre dans ces endroits qu'elle détestait par-dessus tout, galeries mal famées, recoins nauséabonds, couloirs transformés en égouts, mais c'était le prix à payer pour être avertie en toute discrétion des intrigues qui se nouaient dans la statiopée. Bien qu'avisée depuis longtemps des intentions de Lej et de ses complices pour ce qui concernait Madone, elle n'avait pas trouvé d'autre parade qu'une intervention d'Ésia, estimant naïvement que la fascination exercée par les dvinns sur la plupart des Métrolites suffirait à contrecarrer leurs manœuvres. Elle cherchait maintenant un autre moyen de les tenir en échec, mais elle n'entrevoyait aucune possibilité et commençait à désespérer. Par sa faute, par la faute d'Ésia, par la faute de Lej, le beau projet de Madone allait être anéanti avant d'avoir été porté à la connaissance de tous.

« Ils l'ont prise », s'exclama tout à coup la dvinn.

Otre s'assura qu'il n'y avait personne dans la pièce d'à côté avant de se rendre près d'Ésia.

« De qui parles-tu ? souffla-t-elle, en proie à une vive inquiétude. Madone ?

— De la femme que tu as rencontrée il y a peu de temps à Edgar-Quinet.

— Aube ? Qui l'a prise ?

— Celui chez qui tu m'as emmenée l'autre fois. »

Ésia grimaçait, comme si le simple fait de parler représentait une souffrance insupportable. La conseillère arracha un crache-flammes du bougeoir et le rapprocha du visage de la fillette. La lueur tremblotante révéla les fines gouttes de transpiration qui perlaient sur le front et l'arête du nez de la dvinn.

« Parn ? Le pasteur ?

— L'homme qui n'aime pas les dvinns.

— Il n'est pas le seul. Qu'a-t-il fait d'Aube ?

— Il l'a enfermée dans une cage en fer.

— Il sait qu'elle travaille pour moi ?

— Je ne sais pas. Il a dit qu'il allait l'élever. »

La dernière réponse d'Ésia glaça le sang d'Otre.

« On doit à tout prix la sortir de là.

— Des hommes vêtus de blanc gardent l'entrée de la salle où on a mis sa cage…

— Sans doute la salle des condamnés, les malheureux qu'on va bientôt monter à la surface. »

La fillette blêmit et se mit à trembler.

« Elle ne pourra pas vivre à la surface. Des flammes invisibles et terribles la dévoreront. »

La conseillère posa sa main sur celle, glacée, de la dvinn.

« Calme-toi, Ésia, je vais tout faire pour essayer d'empêcher ça. »

Aucun espoir ne subsistait pour Aube. Les servants l'avaient entièrement dévêtue et bouclée dans l'une de ces terribles cages aux épais barreaux de fer utilisées pour les cérémonies d'élévation. Quatre autres cages environnaient la sienne. Trois d'entre elles renfermaient des hommes, deux jeunes et un plus âgé, la quatrième contenait une femme et son enfant, un mutant, à en croire les longs poils raides dressés autour de sa tête, s'élevant aussi bien de son front, de ses joues, de son nez, de son menton, que du sommet ou de l'arrière de son crâne.

« Ils vont nous élever en même temps que c'put de Rive Droite de mutant ! grogna l'homme âgé.

— Bah, on est pas en si mauvaise compagnie, lança l'un des deux jeunes prisonniers en désignant Aube d'un coup de menton. Dommage qu'on fasse connaissance dans c't'endroit ! Pourquoi ces rats de servants ont foutu une jolie fille comme toi dans une cage ? »

Aube hésita, puis elle se dit que parler évacuerait une partie de sa tension et l'aiderait à passer le temps. Ses pensées l'emmenaient sans cesse à la surface et, si elle n'avait aucune idée de ce qui l'attendait là-haut, elle présumait qu'on y passait de sales moments avant de mourir, ayant eu un bref aperçu des corps redescendus dans leurs cages.

« Ils se sont servis de moi, puis ils se sont aperçus que je travaillais pour d'autres maîtres et m'ont condamnée. »

Elle avait prononcé ces mots d'un ton détaché, mais ils avaient réveillé les fortes émotions qui l'avaient secouée lorsqu'une petite troupe s'était subitement introduite chez elle et, sans lui laisser le temps de passer un vêtement plus décent que sa courte chemise de nuit, l'avait escortée jusqu'à la rame de Parn. Le pasteur l'avait considérée d'un air où l'incrédulité le disputait à la férocité, puis il lui avait empoigné les cheveux et l'avait tirée sur une bonne dizaine de pas sur le sol métallique du wagon.

« J'avais placé toute ma confiance en toi, servante Aube, et voici comment tu me remercies : en allant rapporter mes faits et gestes, pire, mes pensées intimes, à mon ennemi le plus redoutable. »

Elle s'était abstenue de répondre qu'elle travaillait pour Augir depuis bien plus longtemps que pour lui. C'était même le secrétaire qui lui avait ordonné de séduire Parn, les confidences sur l'oreiller étant selon lui les moins contrôlées, donc les plus sincères et les plus précieuses. Elle y avait consenti, non pas qu'elle fût une adepte du culte d'Élévation, mais elle était à peu près certaine que sa mère, la grande dame de Varenne, aurait rapidement vent de son « ascension » et recevrait la nouvelle comme une terrible humiliation.

Parn lui avait plaqué durement le visage sur le sol métallique rugueux.

« Dommage, Aube, je te vouais une affection sincère, je pensais que tu deviendrais l'une des figures majeures d'Élévation, j'avais imaginé que toutes les femmes se reconnaîtraient en toi. Quelle déception. »

Parn avait congédié tous les servants d'un geste du bras, puis, quand ils s'étaient retrouvés tous les deux seuls dans le wagon déserté, il lui avait arraché sa chemise de nuit et s'était allongé sur elle pour lui murmurer, au ceux de l'oreille :

« Ce corps que j'ai tant désiré sera très bientôt exposé à la surface. Lorsque je le reverrai, il ne m'inspirera plus que du dégoût et de la pitié. Tu t'élèveras en pleine fleur de l'âge, Aube, tu ne seras plus qu'un morceau de chair carbonisé, de la pourriture indigne d'être jetée aux rats. »

Il avait ensuite baissé son pantalon et l'avait pénétrée d'un coup puissant et précis.

« Tu travaillais pour qui d'autre ? » demanda le jeune homme enfermé dans la cage voisine, le visage collé aux barreaux.

Même si les grosses bougies suspendues au mur ne dispensaient qu'un éclairage parcimonieux, Aube changea de position pour soustraire le maximum de son intimité au regard avide de son interlocuteur. Ses mouvements ranimèrent la douleur assoupie semée entre ses cuisses par le soc rugueux du pasteur.

« Ça n'a plus d'importance, finit-elle par murmurer. Et vous tous, pourquoi êtes-vous là ?

— Moi, parce que j'ai cogné un servant jusqu'à c'que sa mère puisse plus l'reconnaître, se vanta le captif de la cage la plus lointaine.

— Moi, parce que j'ai volé un stock de bougies chez un richard de Dame-des-Champs, répondit l'homme âgé.

— Moi, parce que j'ai tué mes parents, déclara

le voisin d'Aube. Faut dire que c'étaient des put de Rive Droite de sales cons ! »

Ils se tournèrent tous vers la femme et son enfant vib, dont les regards volèrent de l'un à l'autre tels des grillons d'élevage dans leurs clapiers. L'enfant sursauta, comme s'il recevait des coups, la femme le serra contre elle et le berça.

« Qu'est-ce qu'il a ? demanda l'homme âgé.

— Il ressent, à l'intérieur de lui, des chocs ou des souffrances que nous ne pouvons pas percevoir, expliqua la femme d'une voix craintive.

— Pourquoi avez-vous été condamnés ? » insista Aube.

La femme se mordit les lèvres pour ne pas éclater en sanglots.

« Mon mari... Il m'a rejetée parce que j'ai accouché d'un mutant.

— Ce n'est pas un crime, pas encore en tout cas.

— Il m'a accusée de vouloir l'empoisonner. Des témoins sont venus affirmer que j'avais acheté une fiole de venin de scorpion. Il les a payés. Comme il a payé le juge. J'ai été condamnée à l'élévation.

— Et votre fils ? »

Des larmes s'échappèrent des yeux de la femme.

« Le juge a dit qu'on ne devait pas le séparer de sa mère. Qu'il subirait donc le même sort.

— Jamais entendu quelque chose d'aussi dégueulasse, gronda le voisin d'Aube. Ils mérit'raient qu'on les pende avec leurs propres tripes, ces pourris !

— Ouais, en attendant, ce sont nos tripes qui vont bientôt pourrir », grommela l'homme âgé.

Une question hantait Aube. Comment le pasteur avait-il été averti de son double jeu ? Quelqu'un l'avait trahie. Très peu nombreux étaient ceux qui connaissaient les réseaux clandestins du secrétaire Augir, passé maître dans l'art de la discrétion. La douleur qui montait de son bas-ventre lui rappelait qu'elle ne subirait plus jamais les assauts brutaux de Parn, mais, ainsi que le disait la grande dame de Varenne, la souffrance a l'incontestable mérite de prouver aux êtres humains qu'ils sont toujours vivants. Aube avait jusqu'alors regardé la mort comme une abstraction, une issue lointaine qui ne la concernait pas. Sa jeunesse ne s'embarrassait pas de questionnements sur l'après, une obsession qu'elle laissait volontiers aux personnes âgées et aux adeptes des différents cultes de Métro 2033. Cependant, l'échéance s'étant rapprochée à grande vitesse, elle redoutait tout à coup de perdre conscience d'elle-même une fois que la surface l'aurait transformée en bouillie de chair calcinée, de se diluer dans un néant sans couleur, sans saveur, sans odeur, de devenir une ombre, aussi inconsistante qu'un vague souvenir dans l'esprit de ceux qui l'avaient connue. Elle n'entrevoyait qu'un avantage à cet effacement : sa mère ne l'attendrait pas dans l'après comme un hibou des carrières guettant sa proie, la grande dame de Varenne ne laisserait pas de trace elle non plus. Elle se demanda ce qu'était devenu son neveu Urm, un garçon qu'elle aimait bien en dépit d'une certaine rigidité héritée de sa grand-mère. Quant à son frère aîné, Xav, Aube n'éprouvait pour lui qu'une indifférence souveraine, comme si elle avait anticipé l'oubli qui, de toute façon, engloutirait chaque être vivant.

Une odeur âpre s'éleva dans la salle presque entièrement conquise par l'obscurité, plusieurs des grosses bougies s'étant éteintes, étouffées par leur propre cire. Aube prit conscience qu'elle était depuis très longtemps aux prises avec une féroce envie de vider sa vessie, dont les débordements intempestifs lui avaient valu tant de mortifications autrefois. Elle jugea dérisoire d'être encore sous la coupe de sa mère dans ces circonstances et elle cessa de lutter. Sa miction ne vint pas tout de suite, d'abord parce que son corps rechignait à se détendre, ensuite parce que le regard insistant du jeune homme de la cage voisine la perturbait. Lui ne se gênait pas pour exhiber le gourdin noueux qui se balançait, menaçant, entre ses cuisses. Il brandissait l'étendard de sa virilité jusque dans ses derniers instants, comme une preuve ultime de son appartenance au clan tout-puissant des hommes. Elle lui tourna le dos, se dirigea à quatre pattes vers le coin le plus obscur de la cage, s'accroupit et, enfin, urina avec un indicible soulagement.

Bil avait longtemps hésité avant d'accepter la proposition de la conseillère Otre, mais deux cents tickets, pour lui qui allait bientôt épouser Erce, étaient une aubaine qui ne se refusait pas, d'autant que la conseillère avait promis de l'appuyer pour l'attribution d'un logement haut de gamme dans le cœur de Montparnasse. Certes, personne n'avait encore entrepris l'intervention qu'elle lui demandait, personne n'avait essayé de sauver quelqu'un de l'élévation, mais le déroulement de la cérémonie offrait quelques opportunités qu'il pourrait sans doute exploiter. Il devrait seulement déployer une grande prudence s'il ne voulait pas subir le sort des malheureux qu'il expédiait à la surface. Il avait prévenu Zar, le type un peu fêlé qui le payait pour lui décrire en détail les cadavres récupérés après leur exposition, que la prochaine élévation concernerait cinq personnes, six, si on comptait l'enfant mutant condamné avec sa mère. Zar était une source régulière de revenus non négligeable. Avec le salaire que lui versait Élévation, cent tickets à la fin de chaque cérémonie, Bil s'en sortait bien pour quelqu'un dont le travail, consistant à soulever des cages à l'aide d'un système de poulies, ne nécessitait aucune connaissance particulière ni aucune aptitude, si ce n'était la vigueur d'un homme dans la force de l'âge. Il lui avait fallu, en contrepartie, adhérer au culte d'Élévation, une conversion qui ne lui avait posé aucun problème ; il acceptait de croire n'importe quel servant et prier n'importe quel dieu du moment que la religion en question lui garantissait sécurité et prospérité. Pour un natif de Gaîté, une station méprisée par les autres habitants de Montparnasse au prétexte qu'elle concentrait tous les vices de Rive Gauche, il s'estimait gâté par la vie, davantage que ses parents en tout cas, tous les deux poignardés lors d'un règlement de comptes entre bandes rivales, davantage que sa jeune sœur également, torturée par un pervers avant d'être abandonnée dans une galerie infestée de rats. Livré à lui-même alors que ses poils d'adolescent n'avaient pas encore commencé à pousser, il avait dû se battre chaque instant pour le moindre morceau de nourriture, pour la moindre goutte d'eau, pour le moindre bout de chandelle, pour le moindre ticket. Les circonstances l'avaient entraîné à devenir cordeur juste avant que les élévations soient confiées aux servants, un métier qui lui convenait : il ne vomissait pas tripes et boyaux lorsqu'il descendait les corps ravagés par le feu de la surface, ni lorsqu'il nettoyait les barreaux et les planchers métalliques des excréments et des bouts de chair collés au fer ; bref, ses employeurs, d'abord le Conseil parnassien, puis l'organisation d'Élévation, semblaient parfaitement satisfaits de son travail. Il avait de surcroît croisé la route d'Erse, une femme plantureuse comme il les appréciait, et ils avaient rapidement projeté de se marier pour pouvoir enfin consommer cet amour qui ne lui échauffait pas que le cœur.

Comme chaque fois qu'il entrait dans la salle des condamnés, Bil ne put s'empêcher de crier :

« Ça va, là-dedans ? C'est pour maintenant, l'élévation. Préparez-vous au grand voyage. Il y a déjà beaucoup de monde pour vous voir partir. Faudrait surtout pas les décevoir. »

Sa voix vibra un long moment dans l'obscurité. Il alluma deux lampes à huile qu'il suspendit à des crochets, puis il observa les prisonniers. Il s'attarda un moment sur la fille qu'il devait délivrer, une vraie beauté ; jamais il n'avait élevé une femme aussi magnifique. Quelle faute avait-elle donc commise ? Est-ce qu'on ne devait pas tout pardonner à une créature aussi extraordinaire ? Est-ce qu'elle ne valait pas les splendeurs décrites dans les psaumes du retour à la surface ? Il se demanda quel était son lien avec la conseillère Otre : familial, politique, financier ? Ou faisait-elle partie de ces femmes qui n'étaient attirées que par d'autres femmes ? Elle plaisait en tout cas aux hommes, à en croire les réactions des deux jeunes prisonniers enfermés dans les cages d'à côté. Ils ne cherchaient pas à dissimuler l'intérêt qu'ils lui portaient. Bil se dit qu'une belle occasion s'offrait à lui d'obtenir de la prisonnière une petite gratification en échange de sa délivrance. Pourquoi n'en profiterait-il pas un peu ? Erce n'en saurait rien, et la fugitive n'irait pas porter plainte contre lui. Lorsqu'il s'approcha de sa cage, une odeur âpre lui emplit les narines. Elle avait beau ressembler à une déesse descendue parmi les mortels, elle croupissait comme ses compagnons de captivité dans sa propre urine. Bil n'y prêtait plus attention : l'odeur était indissociable des condamnés en partance pour la surface, quels que soient leur âge, leur milieu, leur sexe ou leurs croyances.

« Pourquoi t'es là, toi ? demanda-t-il à la jeune femme.

— Ça te servirait à quoi de le savoir ? répliqua-t-elle en restant recroquevillée sur elle-même.

— À rien, j'étais curieux, v'là tout.

— Tu n'es pas curieux des autres ? »

La pointe de la langue de Bil se promena sur sa lèvre inférieure.

« Ben non, juste de toi. »

Il se rapprocha des barreaux et lui fit signe d'approcher. Elle hésita. Il avait peut-être seulement l'envie de mieux la contempler en l'obligeant à se mettre debout. Elle finit par se relever et s'avancer vers lui. Elle eut la nette impression de répandre une odeur pestilentielle des lieues à la ronde, mais il ne parut pas incommodé, du moins son visage ne trahit pas la moindre répulsion.

« Tiens-toi prête, reprit-il à voix basse. J'vais essayer d'te sortir de là. Pas par le haut, hein ! »

Il parsemait ses mots de petits couinements de rat. Elle ne savait pas ce qui lui déplaisait le plus chez lui – ses cheveux gras taillés à la serpe, ses traits rudes, ses joues blêmes et ravinées, son énorme cou, ses doigts courtauds aux ongles noirs, ses dents cariées, son ventre proéminent, ses vêtements en peaux de rats mal tannées dont certaines étaient encore ornées de leurs queues, son haleine putride ou encore sa voix qui semblait traverser un lit de cailloux –, toujours est-il qu'elle dut lutter pour ne pas se reculer le plus vite et le plus loin possible de lui.

« Pourquoi ferais-tu ça ? chuchota-t-elle. Tu ne me connais pas.

— D'autres te connaissent, qu'ont pas envie qu'tu t'élèves si jeune et si… euh, appétissante. »

D'autres ? Augir ? Le secrétaire aurait-il enfin le courage de s'opposer ouvertement à son supérieur ?

Otre ? Aube ne croyait pas la conseillère prête à prendre des risques insensés pour organiser l'évasion de l'une de ses petites souris.

« Peu importe, poursuivit Bil. Tu passeras la dernière. J'élèverai ta cage, puis j'la laisserai en suspension quand elle aura disparu aux yeux des fidèles. Faudra qu'tu restes calme jusqu'à c'que j'intervienne. Compris ? »

Se demandant encore si elle n'était pas engluée dans un mauvais rêve, Aube acquiesça d'un baissement des paupières.

« Après, on verra…

— On verra quoi ? »

Un sourire odieux affleura sur les lèvres épaisses du cordeur.

« Pour ma p'tite récompense, j'veux dire… »

C'était tout vu : elle trancherait la gorge de cet homme avec les dents plutôt que d'être souillée par lui. Elle se contenta de lui adresser un regard indéchiffrable puis retourna s'asseoir au milieu de la cage.

10

Les Franciscains

L'eau recouvrait le fond de l'immense cavité. Provenait-elle du déversement des réservoirs qui avait noyé la galerie lors de l'attaque des servants d'Élévation ?

Madone et son escorte s'étaient regroupés sur le vaste promontoire rocheux où les avait conduits le passage découvert par Ionale. Les parois s'étaient éboulées en plusieurs endroits et avaient abandonné des monticules de terre et de roche qui saillaient hors de la surface de l'eau telles des échines d'animaux monstrueux. Le groupe tout entier avait réussi à se glisser dans le boyau avant l'arrivée de la draisine et de ses piques lancées à toute allure dans la galerie. La dvinn avait guidé Madone vers l'entrée, qu'un repli de la paroi dissimulait aux regards, puis la présidente avait hurlé de toutes ses forces pour ordonner à l'escorte de les suivre. Le vacarme de la draisine avait résonné avec une puissance effroyable lorsqu'elle était passée près d'eux, mais ses redoutables pointes n'avaient rencontré que le vide. Après avoir marché une cinquantaine de pas dans le passage éclairé par l'homme de tête, ils étaient arrivés sur le promontoire semi-circulaire, assez vaste et solide pour les supporter tous, et avaient décidé d'attendre un peu avant de reprendre le chemin de François-Xavier.

« Ces rats nous le paieront ! gronda Urm.

— Ils avaient déjà utilisé cet engin contre Varenne ? demanda Mitch.

— Jamais, pas même lors des périodes de guerre entre nos deux stations. Nous devrions repartir sans tarder.

— Nous risquons d'être poursuivis par leur satanée draisine, objecta Madone.

— Il leur faut du temps pour rebrousser chemin : ils doivent d'abord démonter la grille et les piques avant de pouvoir la retourner et la manœuvrer dans l'autre sens. »

Madone interrogea Ionale du regard. Elle interpréta la neutralité de la fillette comme un consentement.

« Il serait intéressant d'explorer et d'exploiter cette cavité, en tout cas, reprit Urm. Je m'en occuperai à mon retour. »

Mitch chargea un premier groupe de cinq unités de contrôler que la voie en direction de François-Xavier était libre. L'un d'eux revint quelques instants plus tard et affirma qu'ils n'avaient vu personne ni entendu aucun bruit suspect. Les membres de l'escorte franchirent de nouveau le boyau, qui résultait sans doute d'un glissement de terrain, et demeurèrent un court instant à l'écoute du silence lorsqu'ils débouchèrent dans la galerie. Urm colla son oreille à l'un des rails et se releva en assurant qu'il ne percevait pas de frottements sur le fer. Ils se dirigèrent vers François-Xavier, précédés par trois hommes qui baladaient les faisceaux de leurs lampes sur le sol, les parois et la voûte.

« Du monde devant ! cria l'un d'eux.

— Le comité d'accueil, sans doute, murmura Urm. Ils croyaient nous voir arriver embrochés comme des rats, ils seront surpris de nous découvrir vivants et armés de kalaches. Il serait sans doute préférable d'envoyer une délégation restreinte avant que le premier coup de feu soit tiré.

— Je croyais que tu voulais te venger d'eux, lança Mitch.

— La vengeance est un plat qui se mange froid. Je prendrai le temps de la préparer. La priorité reste pour l'instant la tournée de Madone.

— Tu parles comme si tu commandais ! » grommela le capitaine.

Urm se tourna vers Madone et s'inclina.

« Désolé, si je vous ai offensée, madame, je ne me soucie que de vos intérêts. »

Elle lui répondit d'un sourire et vit, du coin de l'œil, Mitch se rembrunir. Elle avait commis une erreur avec ce dernier en lui permettant de s'installer dans sa vie comme en territoire conquis, elle devait maintenant clarifier les choses, mettre fin à leur liaison avant qu'il se montre trop possessif, trop oppressant. Il lui fallait redevenir la femme qu'elle avait choisi d'être, libre, sans comptes à rendre à quiconque, sans se laisser enfermer dans des geôles qui n'étaient pas les siennes.

« Je ne suis que votre humble serviteur », ajouta Urm avant de retourner se placer en queue de colonne avec deux de ses miliciens.

Mitch s'approcha de Madone.

« Je persiste à penser que c'était une mauvaise idée de l'emmener, marmonna-t-il. Il sera, il est déjà, une source de problèmes. »

Elle le dévisagea sans aménité.

« Des problèmes pour qui, capitaine ? »

La voix de Madone était devenue affûtée, tranchante. Il s'efforça d'encaisser le coup sans broncher, mais, le connaissant bien, elle remarqua la légère crispation de ses mâchoires et le frémissement de ses narines.

« Que faisons-nous, madame la présidente ? »

Des éclats de colère contenue fêlaient la voix de Mitch.

« Prenez trois hommes avec vous et allez voir ce que nous veulent les gens de François-Xavier. »

Il acquiesça d'un mouvement de tête, désigna trois hommes et s'éloigna en leur compagnie en direction de la station.

« C'est quoi, ce bruit ? » vociféra Urm.

Un grondement enflait rapidement dans l'allée.

« On dirait… la draisine ! » hurla une voix.

Le jeune Varennois se précipita aussitôt vers Madone.

« Il ne faut pas rester là, madame. On dirait que la draisine a fait demi-tour.

— Mais vous aviez dit qu'il fallait du temps pour qu'elle…

— Ils ont été plus rapides que prévu, coupa-t-il. Et ça fait trop longtemps que nous attendons le retour de Mitch.

— Je me demande pourquoi il n'est pas encore revenu.

— Trop tard, de toute façon. La draisine nous rattrapera avant qu'on ait le temps de gagner François-Xavier. »

Urm se tourna vers Ionale.

« Tu n'as pas une vision ? »

La dvinn secoua la tête d'un air désespéré. Le vacarme des roues sur les rails et des parties métalliques raclant les parois devenait assourdissant.

« Mettez en tas toutes les pierres que vous trouverez, ordonna Urm aux membres de l'escorte. Ça suffira peut-être à l'arrêter. »

Aiguillonnés par le boucan qui se rapprochait rapidement, ils entassèrent les pierres aussi vite que possible, les arrachant au sol ou aux parois. Le monticule atteignit bientôt une hauteur d'un pas et recouvrit presque toute la largeur de la galerie. La draisine et son bouclier de piques tendues à l'horizontale, lancées à pleine vitesse, apparurent dans les rayons des lampes.

« Reculez-vous ! »

Ils s'écartèrent en courant de la barricade improvisée. Madone tira fermement la dvinn derrière elle, puis, bien que folle d'inquiétude, elle ne put s'empêcher de s'arrêter et de se retourner lorsque les piques frappèrent les premières pierres dans un crissement horripilant. Des grappes d'étincelles s'évanouirent dans la pénombre. Des cailloux éparpillés par le choc roulèrent sur les traverses. Le fracas s'accentua encore quand une roue de la draisine se démantela sur une grosse pierre et que l'engin, déséquilibré, bascula sur le côté, se renversa et glissa sur les rails en perdant peu à peu de son élan. La grille s'arracha de son support, les piques raclèrent les parois et se brisèrent comme des racines séchées. L'un des deux conducteurs fut harponné par une pointe de fer devenue folle. Sa tête, coincée entre le côté de la draisine et la paroi, se disloqua sur une saillie. Le deuxième fut tout heureux de se relever lorsque la machine s'immobilisa enfin et que le silence redescendit sur la galerie. Deux miliciens varennois se précipitèrent vers le survivant, leurs kalaches épaulées. Il leva bien haut les bras pour leur montrer qu'ils n'avaient rien à craindre de lui. Pistolet en main, Urm les rejoignit à grands pas, enjamba les pierres qui avaient résisté à la poussée, pointa le bras sur le conducteur rescapé et lui logea une balle dans la tête sans autre forme de procès. La détonation se prolongea comme une réplique du vacarme précédent.

Madone lâcha Ionale pour s'approcher à son tour de l'engin gisant sur le flanc dans un enchevêtrement de fer tordu. L'exécution perpétrée par Urm, accomplie de sang-froid, incompatible en principe avec les valeurs qu'elle défendait, l'avait emplie d'une étrange exaltation, comme si elle avait trempé tout entière dans un bain régénérant, peut-être parce qu'elle rencontrait pour la première fois un être qui lui ressemblait vraiment, qu'elle ne se sentait plus seule au monde. Il se retourna et dévisagea la présidente avec une ferveur impudique qui la couvrit de frissons. La beauté du jeune homme, qui ne l'avait pas frappée jusqu'alors, la subjugua. La sensualité de sa bouche offrait un contraste plaisant avec la virilité de son menton et de ses mâchoires ; la profondeur de ses yeux d'un brun doré et la blondeur de ses cheveux tirant sur le blanc donnaient à son visage une touche de gravité insolite.

« Vous n'étiez pas obligé de le tuer… »

Elle s'était efforcée de parler d'une voix ferme, autoritaire. Elle se rendit compte qu'elle n'y était pas parvenue lorsqu'elle vit un sourire goguenard se dessiner sur les lèvres de son interlocuteur.

« Lui n'aurait pas hésité à nous embrocher tous, rétorqua-t-il d'une voix enjouée.

— C'est ce qui devrait nous différencier. La Fédération est fondée sur le droit. Elle ne tolérera pas qu'on se fasse justice soi-même. »

Il s'approcha d'elle d'une démarche provocante, insolente. Bien qu'envahie de trouble, elle ne recula pas.

« Vous le savez aussi bien que moi, madame, il

faut frapper vite et juste lorsqu'on dirige une communauté humaine, quelle que soit son importance.

— Ce rôle sera confié aux juges et aux exécuteurs. Et je me sens vieille lorsque vous m'appelez madame. »

Il la contempla un petit moment en silence, avec une intensité qui ne faiblissait pas. Les rayons figés des lampes des deux miliciens qui se tenaient deux pas plus loin le revêtaient d'une armure étincelante.

« Vieille n'est pas le mot qui me vient spontanément quand je vous vois, mad… one, reprit-il à voix basse.

— Quel mot vous vient ?

— Plusieurs en réalité : belle, splendide, magnifique, pour n'en citer que trois.

— Où avez-vous appris l'art de la flatterie, jeune homme ?

— Ma grand-mère n'est pas du genre à enseigner la flatterie à ses descendants. C'est même le contraire. Mes mots surgissent du plus profond de moi-même. Je les résumerai par un seul : merveilleuse. »

Ils restèrent un moment très proches l'un de l'autre, leurs visages se frôlant, leurs souffles se mêlant, jusqu'à ce qu'un brouhaha de pas et de voix retentisse un peu plus loin, qui annonçait le retour de Mitch et de ses accompagnateurs. Madone, suivie à distance d'Urm, se dirigea vers eux en louvoyant entre les pierres dispersées. Elle s'immobilisa à un pas du capitaine, qui lui décocha un regard désapprobateur.

« Vous avez été mise en danger », grogna-t-il.

Les yeux de Mitch s'envolèrent par-dessus l'épaule de Madone et fondirent sur le jeune Varennois, qui se tenait plusieurs pas en arrière dans la pénombre.

« Tu as affirmé, Urm, qu'il leur faudrait beaucoup de temps pour faire demi-tour avec leur foutue machine. »

Madone dévisagea le capitaine avec une telle froideur qu'il baissa machinalement les paupières et le faisceau de sa lampe.

« Urm a trouvé le moyen de bloquer la draisine. Pourquoi n'êtes-vous pas revenus plus tôt ?

— Il m'a fallu plus longtemps que prévu pour apaiser les gens de François-Xavier.

— Que veulent-ils ?

— Ils ne pensaient pas que les servants seraient vaincus, ils craignent que nous ne voulions nous venger.

— Les avez-vous rassurés, capitaine ?

— Je leur ai dit que nous souhaitions nous rendre à Montparnasse au plus vite et que nous sollicitions seulement le passage. Ils ne nous en empêcheront pas. De notre côté, nous nous engageons à ne pas exercer de représailles.

— Le marché semble équitable, capitaine. Reprenons notre chemin. »

La colonne se réorganisa sous les ordres de Mitch, se remit en marche et gagna sans encombre François-Xavier où, à l'angle du quai, l'attendaient les conseillers de la station, un homme et une femme éclairés par deux lampes à huile suspendues, protégés par des miliciens équipés d'armes parfaitement entretenues. La femme, une ancienne aux cheveux gris et aux yeux vitreux, vêtue d'une ample robe de tissu écru ornée d'un col en poils blancs, se fraya un chemin au milieu des miliciens et descendit dans la fosse des rails pour s'avancer au-devant de l'escorte. Elle s'immobilisa lorsque les lumières des lampes des hommes de tête l'emprisonnèrent dans leurs halos. Après avoir levé les bras pour montrer ses intentions pacifiques, elle déclara :

« Puis-je m'entretenir un instant avec la présidente Madone ? »

Sa voix, forte bien qu'éraillée, s'engouffra dans la galerie et se suspendit quelques instants à la voûte. Madone saisit la main d'Ionale, ordonna à ses gardes de s'écarter et rejoignit la conseillère au milieu des rails. Les deux femmes s'observèrent en silence avant que le regard de l'ancienne tombe sur la dvinn et qu'une moue, qui exprimait autant le dégoût que la peur, déforme ses lèvres rainurées.

« Vous vous déplacez toujours avec votre dvinn ? »

Aucune trace d'amabilité dans son ton, dans son attitude.

« Une mère se déplacerait-elle sans sa fille ? répondit Madone avec un sourire provocant.

— Je ne savais pas que vous aviez eu des enfants.

— Vous ne pouvez pas tout savoir de moi, Avie.

— Vous connaissez mon nom ?

— Je dispose d'un excellent service de renseignements.

— C'est lui qui vous a prévenue de l'attaque des servants ?

— Pas vous, en tout cas.

— Avions-nous le choix ? Ils seraient passés avec ou sans notre permission. En tant que conseillers de la station, nous nous devons de protéger notre population. Nous n'avons pas les moyens de nous opposer aux troupes d'Élévation. Vos amis de Varenne auraient pris la même décision.

— Certainement pas, madame ! »

Urm, qui s'était approché pendant la conversation entre les deux femmes, surgit de la pénombre et s'avança aux côtés de Madone.

« Nous aurions préféré être massacrés jusqu'au dernier plutôt que de céder au chantage d'Élévation, poursuivit-il d'une voix vibrante. Vous saviez, Avie, que les servants venaient avec l'intention de nous exterminer. Mais après Varenne, ils auraient jeté leur dévolu sur Invalides, sur Bac, sur François-Xavier, sur Duroc, pour contrôler l'ensemble de la ligne. Votre capitulation ne vous aurait valu qu'un sursis dérisoire. À Varenne, nous aurions choisi d'en finir rapidement avec honneur plutôt que d'agoniser à petit feu dans les cendres des remords. »

Les yeux vitreux de la conseillère restèrent braqués sur le jeune Varennois malgré la virulence de l'attaque.

« Vous êtes bien comme votre grand-mère, Urm, toujours prompt à donner des leçons. Elle n'a jamais hésité à passer des accords avec nos pires ennemis pour protéger sa propre population.

— Ces affrontements entre stations indépendantes sont stériles, intervint Madone. Et stupides. Nous devons y mettre fin rapidement avant d'être avalés par les servants d'Élévation. »

Ils observèrent un temps de silence jusqu'à ce qu'Urm revienne à la charge.

« Pourquoi avoir envoyé votre draisine sur nous ?

— Premièrement, nous ignorions que vous faisiez partie de l'escorte, jeune homme. Deuxièmement, nous avons craint des représailles et nous avons décidé de prendre l'initiative. C'était une erreur, je le reconnais, mais nous vivons tellement dans la peur, à François-Xavier, que nous ne réagissons pas toujours avec la lucidité nécessaire.

— Raison de plus pour adhérer au projet d'une Fédération Rive Gauche », avança Madone.

La vieille femme parut ployer tout à coup, comme incapable de supporter le poids des ans et des responsabilités.

« J'y étais opposée. Je croyais que la Fédération nous priverait de nos libertés fondamentales, mais je constate, à la lueur des événements que nous venons de vivre, qu'elle serait sans doute le seul rempart contre la tyrannie d'Élévation, contre la force brute en général. Je pense désormais que nous allons vous apporter notre voix, si votre proposition est soumise au vote. Mon confrère Lont sera certainement d'accord avec moi. »

Madone la remercia d'un mouvement de tête.

« Désolée, encore une fois, d'avoir perturbé votre périple, reprit Avie. Je n'aime pas la draisine, cet engin que nous ont légué nos lointains ancêtres, une arme horrible, mais c'est la seule dont nous disposons pour enrayer les attaques massives.

— Elle est hors d'état de nuire, précisa Urm.

— Nous la réparerons comme nous l'avons réparée tant de fois. Puis, lorsque la Fédération sera devenue une réalité, nous la détruirons avec joie. En attendant, nous sommes honorés de vous accueillir dans notre station. »

La conseillère ponctua ses propos d'une courbette protocolaire. Madone observa Urm du coin de l'œil et constata, aux éclats de ses yeux, que le feu de la colère brûlait toujours en lui, un feu qu'elle devait apaiser au plus vite si elle voulait éviter qu'il embrase François-Xavier et toutes les stations où ils seraient amenés à se rendre.

La traversée de la station, éclairée avec une parcimonie qui révélait une gestion prudente des ressources lumineuses, s'effectua rapidement au milieu d'une population – les Franciscains, avait précisé Avie – aussi craintive et curieuse que de jeunes rongeurs. L'odeur posée comme un couvercle sur les couloirs et les escaliers était pratiquement la même qu'à Varenne, un mélange, par endroits suffoquant, de cire chaude, d'huile brûlée, d'excréments et de pourriture. Avant son départ, Avie et Lont conduisirent l'escorte de Madone dans le lieu dont tout Franciscain se montrait fier, une ancienne carrière transformée en champignonnière géante et en enclos d'élevage de rats et de lapins blancs qu'on nourrissait avec les mousses et les racines qui poussaient en abondance sur la paroi la plus humide du gouffre. Les lapins fascinèrent Madone. Leurs yeux se tendaient d'un voile vitreux qui estompait en partie leur étrange teinte rouge.

« La Fédération devrait généraliser leur élevage, affirma la conseillère. Leur viande est meilleure que celle du rat, on peut fabriquer de jolis vêtements avec leurs pelages, et surtout ils ont un taux de fécondité inégalé. Nous sommes même contraints de réguler leur nombre, ou ils finiraient par nous déborder. »

Madone n'appréciait pas la viande de lapin, qu'elle avait goûtée à l'occasion de repas officiels ou privés, la trouvant trop fade. Elle n'en avait donc jamais favorisé la production dans la statiopée de Bac, et elle prenait conscience de son erreur devant l'enclos des petits animaux sautillants au pelage blanc et aux longues oreilles, qui représentaient sans doute une solution efficace pour nourrir la population de Rive Gauche. Leur poil soyeux offrait en outre une alternative plutôt avantageuse aux peaux de rats et de porcs.

« J'y veillerai, dit-elle à la conseillère. Nous nommerons responsables des élevages fédéraux les spécialistes de votre station. »

Avie accueillit la promesse de son interlocutrice d'un sourire satisfait. Le Conseil de François-Xavier accompagna Madone et son escorte jusqu'à la sortie de la station. Les hommes de tête allumèrent leurs lampes et s'engagèrent dans la galerie en direction de Duroc.

« Faites attention entre Duroc et Montparnasse, leur conseilla Avie. Le passage pullule de bandes armées qui se chargent de prendre aux voyageurs le peu d'argent que leur a laissé le péage de Duroc.

— Il n'y aura bientôt plus de péage, certifia Madone.

— Fasse Métro 2033 que vous soyez exaucée. »

Ils parcoururent d'un bon pas la galerie rectiligne pratiquement déserte jusqu'à Duroc. Madone vérifia à plusieurs reprises qu'Ionale suivait l'allure. La fillette ne paraissait pas essoufflée, ni ne proférait aucune plainte. La présidente se sentait de plus en plus tendue au fur et à mesure qu'elle se rapprochait de la statiopée la plus vaste et la plus peuplée de Rive Gauche. Une partie décisive se jouerait à Montparnasse. Elle espérait que, parmi les neuf membres du Conseil parnassien, quelques-uns soutiendraient son projet, ne l'empêcheraient pas en tout cas de le présenter en public. Quant aux servants d'Élévation, ils avaient déjà prévu de l'éliminer, comme le prouvait leur attaque sur Varenne, et il lui faudrait à chaque instant se méfier de leurs nombreux fidèles. L'enjeu était de taille : si elle franchissait l'obstacle sans dommage, les deux statiopées liées à leur voisine géante, 4P et Versailles, l'accueilleraient sinon avec enthousiasme, du moins avec bienveillance. Et si elle pouvait récupérer un petit tiers des voix des trois entités, soit cinq ou six votes, elle aurait accompli un grand pas vers la réunification globale de Rive Gauche.

« Tu as l'air pensive, ma reine. »

Mitch, qui marchait à ses côtés, s'était penché pour lui glisser ces quelques mots à l'oreille.

« Je pense à ce qui nous attend, capitaine, répondit-elle à haute voix, refusant de le rejoindre sur le terrain de la complicité.

— Je vois que madame la présidente n'est pas d'humeur badine, grogna-t-il d'un air pincé.

— Nous devrions avoir une petite conversation, capitaine...

— Je suis prêt.

— Pas maintenant, pas ici. Lors de notre prochaine halte, dans un endroit tranquille.

— Rive Droite, c'est donc si grave que ça ? »

Elle garda le silence, se demandant si elle pourrait toujours compter sur lui après l'avoir chassé de sa couche. Que resterait-il de son zèle, de sa prévenance, une fois la rupture consommée ? Peu importe, elle devait trancher impitoyablement leur lien pour redevenir une femme entièrement maîtresse d'elle-même. L'envie grandissait en elle de se brûler au feu du jeune Urm, dont l'énergie puissante, dévorante, lui apparaissait nécessaire pour accomplir son grand œuvre. La relation avec Mitch, si elle lui procurait un peu de plaisir, ne lui inspirait aucune passion, elle ne l'exaltait pas, elle la maintenait loin des précipices vertigineux et rétrécissait inexorablement son espace. Urm était d'une tout autre trempe, de l'espèce des conquérants, de ceux qui acceptent de jouer leur vie plutôt que de fuir un combat inégal. Elle aurait besoin d'audace pour contraindre le Conseil parnassien, le pasteur d'Élévation et les mandars de Petite-Chine à se ranger à ses arguments, une audace que lui insufflerait le jeune Varennois, avec sa jeunesse et sa vigueur insolentes.

« Je me doute de quoi tu… vous souhaitez me parler, madame, soupira Mitch.

— Je veux que les choses soient clairement exprimées pour n'entretenir aucun doute, capitaine.

— En attendant, nous arrivons devant le passage de Duroc. Je me demande combien ils vont nous soutirer. Vous avez bien les tickets sur vous ? »

Elle tapota l'étui de cuir qu'elle portait sous sa veste.

« Il faudrait me passer sur le corps pour me les prendre, répondit-elle avec un sourire.

— Ne me tentez pas, madame. »

Le péage de Duroc se présentait sous la forme d'une haute palissade dressée sur toute la largeur de la galerie. Une petite porte entrouverte sur le côté droit était le seul passage possible, gardé par six hommes vêtus des uniformes de la milice de la station.

Deux projecteurs s'allumèrent sous la voûte du tunnel, et leurs faisceaux, d'une puissance étonnante, éclairèrent l'ensemble de l'escorte.

« Qui dirige c'te groupe ? » cria une voix.

Madone se rendit à l'avant de la colonne, laissant Ionale au milieu de ses hommes.

« Moi.

— Avance lentement, ma jolie, les mains bien en évidence. »

Elle s'exécuta docilement. Deux miliciens pénétrèrent dans le halo des projeteurs et s'immobilisèrent à moins de deux pas d'elle.

« Combien êtes-vous ?

— Trente-sept.

— Vous allez où ?

— Ça ne vous concerne pas, messieurs.

— Ta gueule, put de Rive Droite ! Réponds, ou tu retournes d'où tu viens.

— Visiter les potagers de 4P et les élevages de Versailles. »

Les deux hommes se consultèrent du regard en ricanant. L'un portait un fusil à deux coups et l'autre, un pistolet-mitrailleur. L'usure craquelait leurs bottes et leurs uniformes en peau de rat.

« J'ai comme l'impression que c'te dame s'fout d'not' gueule, Bab !

— Ouais, on s'balade pas avec plus de trente hommes armés pour visiter de foutus potagers ou de foutus élevages. Tu s'rais pas plutôt celle qui s'fait app'ler Madone ? »

Elle lança un regard par-dessus son épaule. Mitch et Urm se tenaient à l'avant de la colonne, tendus, comme deux chiens féroces n'attendant qu'un signe pour se jeter sur les deux miliciens.

« Qui je suis n'a aucune espèce d'importance. Combien demandez-vous pour notre passage ? »

Le dénommé Bab réfléchit quelques instants, les sourcils froncés.

« Pour toi et tes mignons, faut compter, voyons... T'en dis quoi, Gui ?

— Ça approche les mille tickets, j'crois ben. Ouais, c'est ça, mille tickets.

— Hors de question ! » siffla Madone, la main sur le front pour filtrer la lumière des projecteurs.

Les deux miliciens feignirent d'être frappés d'effroi.

« T'as vu ça, Bab, la dame a pas l'air contente.

— Oh, elle va nous gronder, tu crois ? »

Le dénommé Gui redevint sérieux :

« Ou tu paies c'qu'on te demande, ou vous vous cassez, toi et ta bande.

— Hé, toi, on ne parle pas comme ça à la présidente de Bac ! gronda Mitch derrière elle.

— Sinon quoi, face de pet ?

— Couche-toi, Madone. »

Elle se laissa aussitôt tomber sur les rails. Une détonation claqua, la balle frappa le milicien en pleine tête. L'autre n'eut pas le temps de riposter, ni ses collègues restés dans la pénombre. Un feu nourri éclata, emplissant la galerie de ses lueurs funestes.

De la surpopulation
et de l'alcool de baies blanches

Je suis tombé par le plus grand des hasards sur un plan d'avant la Catastrophe. Il était plié dans un livre que je n'avais jamais ouvert et qui, en tombant d'une étagère, a laissé échapper un bout de papier intitulé : plan de métro. Je l'ai étudié à m'en blesser les yeux après avoir repéré les noms des stations que nous connaissons à Rive Gauche : Montparnasse, Odéon, Porte-de-Versailles, Place-d'Italie, Balard, Tour-Maubourg, etc. Rive Gauche en compte une soixantaine, j'inclus ici les stations qui font partie des statiopées. Or, j'ai recensé les stations d'origine et j'en ai dénombré plus de trois cents en tout. En effet, le métro originel ne s'étendait pas seulement sur Rive Gauche, mais également sur Rive Droite, ce qui fait du réseau souterrain un ensemble nettement plus vaste et ramifié que nous le pensions. De même, les lignes reliant les stations étaient plus nombreuses et complexes. Bon nombre d'entre elles sont totalement ou partiellement obstruées. Si, par exemple, nous voulons aller de Denfert à Petite-Chine, nous sommes obligés de remonter jusqu'à Michel puis de redescendre par Jussieu, Monge et Daubenton pour arriver à Gobelins. Jadis, une ligne reliait directement Denfert à Place-d'Italie (Italie ou Petite-Chine pour nous), une ligne qui a disparu, soit détruite par la Grande Catastrophe, soit condamnée par nos ancêtres. Je déduis de tout cela qu'il existe, selon toutes probabilités, un nombre important de sites et de galeries inoccupés. Au lieu de nous entasser dans des stations devenues trop exiguës, nous devrions sans doute rechercher de nouveaux territoires, faute de quoi nous serons contraints d'éliminer une partie de la population. À cette fin, nos dirigeants seraient avisés de passer des accords avec les Armuriers et les autres explorateurs de Rive Gauche. Ceux-ci ne déambuleraient plus dans les réseaux souterrains pour y chercher des objets à revendre, mais pour permettre aux Métrolites d'agrandir leurs espaces vitaux et de mener une existence plus confortable. Il s'agit, me semble-t-il, d'une urgence absolue, et nos dirigeants, je parle aussi bien des conseillers d'Odéon que des mandars de Petite-Chine ou des servants d'Élévation, feraient preuve de clairvoyance en consacrant toute leur énergie à cette tâche plutôt que de se perdre en querelles futiles. Mais qui pourrait les inciter à prendre conscience du problème majeur de l'augmentation constante de la population, de la répartition des espaces et des ressources, du traitement des déchets ? Élévation ? Je ne crois pas que ces fanatiques agissent dans l'intérêt commun. Eux résoudront le problème en exterminant massivement les mécréants, les mutants et les insoumis. Les Conseils ? Trop occupés à consolider leur petit pouvoir et à préserver leurs minuscules privilèges, totalement dépourvus de cette hauteur de vue normalement requise pour leurs fonctions, ils seront les premiers surpris par les explosions de violence consécutives au surpeuplement et à la promiscuité. Je ne vois pour l'instant qu'une personne qui corresponde au profil : Madone, la présidente de Bac, dont l'idée de Fédération, pour imparfaite qu'elle soit, se rapproche le plus de cette nécessité de réflexion globale. J'ai d'ailleurs appris qu'elle avait entamé une tournée pour exposer son projet aux conseillers et aux autres gouvernants tels les mandars, et j'irai volontiers à sa rencontre lorsqu'elle se présentera à Odéon.

Si, bien entendu, elle réussit à atteindre Odéon. Venant de Bac, elle devra d'abord franchir sans encombre une succession d'étapes dangereuses : Duroc, d'abord, pour qui l'avènement d'une fédération mettrait un terme définitif à son péage et à ses bénéfices pharaoniques, Montparnasse, ensuite, dont le Conseil se considère déjà comme le gouvernement de tout Rive Gauche, sans compter le pasteur d'Élévation, qui prémédite une conversion forcée de l'ensemble des Métrolites au culte du retour à la surface, Versailles, ses éleveurs tout-puissants, et les grossistes de Convention qui n'accepteront jamais de renoncer à leurs monopoles. Bref, les obstacles se multiplieront pour la présidente de Bac, qui, j'espère, est protégée par une solide escorte (et les dieux s'ils existent). Elle déploie en tout cas un courage que je lui envie et que je n'aurai jamais. Avec toute la connaissance accumulée dans les livres que je cache comme un trésor honteux, je pourrais sans doute prendre directement part à la création d'un monde nouveau, où chacun se sente en sécurité et n'ait pas à lutter pour assouvir ses besoins fondamentaux, mais, comme les rats sauvages, je m'enfuis au moindre bruit, je n'ai pas un tempérament de battant, je choisis toujours de me réfugier dans les recoins secrets et silencieux de mon logement.

Le temps passe et je n'ai toujours pas trouvé ma future épouse. À vrai dire, toutes celles que j'ai rencontrées m'ont plutôt dégoûté de l'engeance des femmes.

Je risque donc d'être le dernier maillon de la chaîne.

Je deviendrai Roy le maudit.

Sans doute suis-je devenu trop exigeant avec l'âge, sans doute ne suis-je pas prêt à sacrifier ma chère liberté pour me caler dans le sillon creusé par mes ancêtres, toujours est-il que je ne parviens pas à me résoudre à choisir une compagne que, pourtant, bien des parents seraient prêts à me brader. Sans doute également est-ce la raison pour laquelle je me suis mis à boire de l'alcool de baies blanches. Les petites quantités du début se sont peu à peu transformées en carafes entières. Malgré son goût immonde, l'alcool me transporte dans un état particulier, une sorte d'euphorie froide qui me permet d'oublier ma solitude et ma lucidité dérangeantes, les douleurs inexpliquées de mon corps, mon inertie génératrice de remords, le désespoir de vivre sous terre aux lueurs perpétuelles des bougies et des lampes. Seules des visites fréquentes à la carrière régulièrement éclairée par les faibles lueurs de ce qu'à la surface on appelle le jour m'empêchent de sombrer dans une désolation qui ressemble étrangement à l'idée que je me fais de la mort. Métro 2033 n'est-il pas une gigantesque tombe où des êtres s'imaginent survivre alors qu'ils sont déjà enterrés ? L'alcool m'aide à m'endormir, au point même que je me couche parfois tout habillé sur le tapis troué de la bibliothèque. Je sais qu'il n'est pas mon ami, qu'il détruit mon corps et mon esprit, qu'il abandonne dans son sillage des lourdeurs et des douleurs nouvelles, mais je l'accepte en sa qualité de menteur et d'illusionniste simplement pour oublier, ne seraient-ce que quelques instants, l'homme que je suis, le gaspilleur d'héritage, le rêveur inconsistant, le Métrolite terrorisé.

Bil, le cordeur, m'a prévenu qu'il s'apprêtait à effectuer de nouvelles élévations. Des êtres humains vivants, dont un enfant vib, vont bientôt être exposés dans des cages aux colères dévastatrices de la surface sans que personne ne trouve rien à y redire, preuve, s'il en était besoin, que nous traversons une période funeste placée sous le signe de la déréliction. Une fois qu'ils seront redescendus, j'irai prendre de leurs nouvelles avec l'espoir que, cette fois, leurs corps seront restés intacts. Ce serait pour nous une invitation à remonter à la surface, et une joie indescriptible. Mais il n'y a aucune raison que les radionucléides aient tout à coup perdu de leur terrible virulence.

Je bois pour oublier le temps qui passe sans nous apporter rien d'autre que la maladie, la mutation, la souffrance et la mort.

J'assisterai une fois encore à la prochaine cérémonie d'élévation pour nourrir la détresse qui me ronge. J'explorerai ainsi les profondeurs abyssales de mon dégoût et trouverai peut-être enfin la force de mettre fin à mes jours, comme me le souffle régulièrement mon nouveau grand faux ami.

La tentation du néant grandit en moi à chaque instant. Je ne sais pas où j'ai puisé le courage d'écrire ces quelques lignes, mais tracer les lettres sur le papier, entendre le crissement de ma plume trempée dans l'encre de seiche qui me coûte une petite fortune, relire les mots alignés tels des soldats sur leurs lignes de front, me concentrer sur la meilleure manière de piéger ma pensée dans la matière écrite a en partie lavé mon âme de sa boue. Et je me suis promis de me consacrer plus assidûment à l'exercice, le seul qui me procure une satisfaction supérieure à l'alcool, et surtout plus saine.

« Comment t'appelles-tu ?

— Plaisance, monsieur.

— Tu m'as coûté cinq mille tickets, Plaisance. Mais le mandar qui t'a vendue à moi veut te racheter. Je n'ai pas l'intention de te revendre. Tu me plais énormément et je n'ai pas besoin d'argent. Comment te sens-tu, chez moi ?

— Bien, monsieur. Je mange à ma faim, j'ai de l'eau autant que je veux, je dors dans un lit confortable, j'ai des vêtements agréables, les servantes sont très gentilles avec moi.

— Tant mieux. Tu viens d'où ?

— De la station Plaisance, comme mon nom.

— Tu es une nyct, une mutante ?

— Oui, monsieur.

— Tu n'as plus de famille ?

— Je sais pas. Mon père m'a vendue aux Armuriers dès que j'ai su marcher.

— Comment t'es-tu retrouvée entre les mains de Ta Li ?

— Ta Li ?

— Le mandar qui t'a proposée à moi.

— Notre bande a été massacrée. On n'a été que deux à survivre, Juss et moi. On a réussi à s'enfuir, puis on a été pris en chasse par un homme, Juss a tiré, il y a eu un incendie sur un trottoir de Tolbiac, et les mimbs nous ont capturés. Je ne sais pas ce qu'est devenu Juss.

— Je vois en tout cas que le fait de parler de lui te rend triste. Il était quoi, pour toi ?

— Mon protecteur dans la bande, monsieur.

— Ça veut dire quoi, ton protecteur ?

— Il devait me protéger jusqu'à ce que je sois en âge de me marier.

— Beaucoup de filles sont déjà mariées à ton âge.

— Oh, monsieur, je suis beaucoup trop jeune. J'ai encore rien d'une femme, pas de poils, pas de nichons.

— Ton protecteur en tout cas n'a pas tenu son rôle.

— Il n'est pas beaucoup plus vieux que moi, monsieur.

— Cesse de m'appeler monsieur. Je suis Fo Ca.

— Bien, monsieur… Fo Ca.

— Je suis un homme riche, tu sais ? L'un des plus riches de Petite-Chine. J'ai déjà trois épouses, qui m'ont donné huit enfants, mais je suis lassé de chacune d'elles. Je compte faire de toi ma quatrième femme.

— Je suis bien trop petite, monsieur Fo Ca.

— Aucune importance. Nous organiserons bientôt le mariage. Ce sera une grande fête, qui devrait te plaire. Je t'installerai ensuite dans la partie la plus luxueuse de mon logement.

— Je suis déjà promise à Juss.

— Il ne doit pas rester grand-chose de ton Juss à l'heure qu'il est. Les mandars ont dû le condamner à la mort lente réservée aux grands criminels. Elles sont pour lui, ces larmes ?

— Je suis… désolée… de pleurer devant vous, monsieur.

— Je te pardonne pour cette fois. Mais, quand nous serons mariés, il n'est pas question que tu pleures pour un autre homme, ou je devrai te corriger, tu comprends ? Je serai très fâché si je m'aperçois que ton corps et ton esprit ne m'appartiennent pas en exclusivité. Est-ce bien clair ?

— Oui, monsieur.

— Autre chose : s'il te prenait l'envie de fuir, sache que je lâcherai sur toi ma meute de chiens. Une fois qu'ils t'auront retrouvée, ils ne laisseront rien de toi, pas même un bout d'os. Adresse-toi à n'importe quel passant dans Petite-Chine, il te confirmera que Fo Ca est un homme puissant et redouté. Les mandars eux-mêmes me respectent et me craignent. Je possède l'une des plus grandes réserves de tickets de la statiopée, si ce n'est la plus grande. Comme tu peux le voir, Plaisance, tu as tout intérêt à te montrer docile… et prévenante.

— Ça veut dire quoi, prévenante ?

— Que tu devras satisfaire tous mes désirs quels qu'ils soient.

— Je ne sais pas faire ça, monsieur.

— Je t'enseignerai. Je suis certain que tu seras une excellente élève. Pour l'instant, retourne dans tes quartiers. Les servantes viendront bientôt te préparer pour la cérémonie du mariage. Et je ne veux plus voir de tristesse sur ce joli visage, compris ?

— Oui, monsieur.

— Pas monsieur, il me semble te l'avoir déjà dit.

— Oui, Fo Ca. »

11

Fo Ca

Les lampes suspendues et les bougies éclairaient discrètement le quai 7, nettement moins peuplé et bruyant que les autres quartiers de Petite-Chine. Des constructions étagées en dur avaient ici remplacé les abris de bric et de broc, et des allées parfaitement dégagées permettaient de se rendre de l'une à l'autre sans être obligé d'enjamber des cordes ou des corps. Il fallait seulement contourner les grandes tables où les joueurs lançaient les dés en fumant leurs pipes d'hézao. Des gardes armés surveillaient chaque entrée et jetaient des regards suspicieux à tout passant visiblement trop misérable pour habiter l'endroit. Une rame placée au milieu de la fosse centrale accueillait d'un côté un restaurant et, de l'autre, un établissement de bains publics. Par les vitres éclairées et embuées se devinaient les corps allongés sur les tables de massage ou se prélassant dans des chaises longues.

« Dernière demeure du quai 7, avait déclaré Ta

Li. La plus grande, la plus luxueuse, la mieux gardée aussi. Tu devras aussi tuer ses chiens, ou ils te pourchasseront où que tu ailles dans Rive Gauche. »

Cinq mimbs accompagnaient Juss, un nombre qu'il estimait insuffisant pour défier quelqu'un comme Fo Ca, mais Ta Li lui avait certifié qu'il les avait choisis parmi les meilleurs. Ils portaient des vestes et des pantalons usuels sous lesquels ils cachaient leurs pistolets-mitrailleurs. Pas question qu'on sache que les miliciens avaient trempé dans une expédition menée contre Fo Ca, l'un des hommes les plus influents et les plus puissants de Petite-Chine. Les exclamations des joueurs brisaient régulièrement le silence, parfois si bruyantes qu'elles éclataient comme des disputes.

Quelque temps plus tôt, Ta Li avait annoncé à Juss qu'il n'avait pas réussi à récupérer Plaisance : Fo Ca, son propriétaire, refusait de la lui revendre.

« Il s'est mis en tête d'en faire sa quatrième épouse.

— Si jeune ? s'était étonné Juss.

— Le système des vases communicants. Les riches pervers croient que plus les femmes qui partagent leur lit sont jeunes, plus ils auront des chances de recouvrer leur vigueur. Et plus ils ont de l'argent, plus elles sont jeunes.

— J'lui ai promis d'être son protecteur, j'dois absolument la sortir de là.

— Il faut être inconscient, ou un fou de guowé, pour s'attaquer à Fo Ca.

— J'ai pas le choix. »

Ta Li avait réfléchi un moment.

« Je ne peux pas t'épauler officiellement. Si on apprenait que je m'en suis pris à un homme aussi important que Fo Ca, ma position ne me protégerait pas des représailles. Il dispose de nombreux appuis chez mes confrères mandars. En revanche, je peux mettre cinq de mes hommes à ta disposition, qui, évidemment, ne porteront pas leurs uniformes de mimbs. À une condition…

— Quoi ?

— Que tu me rapportes un maximum de tickets de ton expédition. Je sais qu'il les cache dans sa chambre, à l'intérieur d'un petit coffre dissimulé derrière un tableau. Autre chose : tu n'as pas le droit d'échouer ni d'être capturé vivant. Tu as beau être courageux, tu ne pourrais pas résister aux tortures. Hors de question que mon nom soit prononcé. Tu vas donc avaler une fiole de poison avant de partir. Si tu échoues, si tu tombes vivant entre les pattes des bourreaux, tu succomberas au poison. Si tu reviens avec les tickets, et Plaisance, je te donnerai l'antidote. »

Ta Li avait ensuite tendu un antique tictac à son interlocuteur.

« Pour ta gouverne, sache que cet objet vaut une petite fortune. Ils sont très rares, ceux qui fonctionnent encore. Celui-ci n'a plus qu'une aiguille, la grande, mais elle est fiable. Tu n'auras pas besoin de le remonter, je l'ai déjà fait. Tu as appris à lire l'heure ? »

Fasciné, Juss n'avait pu détourner les yeux du

tictac. Il en avait trouvé quelques-uns lors de ses explorations avec les Armuriers, mais aucun qui ne donnât cette impression de renfermer un cœur palpitant.

« Comme tu peux le constater, la grande aiguille est en bas du cadran, avait repris Ta Li. Quand elle aura accompli un tour complet, qu'elle sera donc revenue en bas du cadran, le poison commencera à agir. »

Juss avait hoché la tête et enfoui le tictac dans sa poche comme un trésor obtenu de haute lutte. Son battement régulier lui avait donné une force nouvelle, incroyable, qui, en tout cas, lui avait permis d'avaler sans sourciller le contenu de la fiole que lui avait remise Ta Li.

Le goût amer du poison remontait parfois dans sa gorge pour lui rappeler que le juge l'avait emberlificoté dans ses filets. Il ne disposait que d'un temps limité, il n'avait aucune idée de la façon de s'y prendre pour reprendre Plaisance, et la requête du mandar, récupérer le plus de tickets possible dans le coffre de Fo Ca, compliquerait certainement l'affaire. Il sortit le tictac de sa poche et constata, à la lueur d'une lampe à huile, que l'aiguille avait déjà parcouru un quart de tour. Il lui semblait ressentir des frémissements glacés dans les veines.

La venelle donnait sur la dernière habitation du quai, une élégante construction aux multiples toits plats et aux murs couverts de carrelage blanc. La partie la plus haute tutoyait la voûte du quai, les autres s'étageaient sur trois ou quatre niveaux. La maison de Fo Ca occupait une superficie importante, probablement plus d'un dixième du quai. Quatre hommes en surveillaient l'entrée, une porte insérée dans une palissade de bois épais hérissée de piques effilées et serrées. Des aboiements furieux retentirent non loin d'eux.

« Fichez le camp, bande de pouilleux, glapit un garde. Vous n'avez rien à foutre ici. »

Juss et ses accompagnateurs feignirent de rebrousser chemin et profitèrent du moment où ils tournaient le dos aux gardes pour sortir leurs armes. Ils pivotèrent de nouveau sur eux-mêmes en pressant les détentes de leurs pistolets-mitrailleurs. Les gardes n'eurent pas le temps de réagir. Fauchés par les rafales, ils s'affaissèrent avec un étonnant synchronisme. Les aboiements redoublèrent. Une voix provenant de la maison ordonna aux chiens de se tenir tranquilles. L'un des mimbs sortit une petite boîte de sa poche, la posa au pied de la porte, sans doute fermée par trois ou quatre verrous de l'autre côté, puis il recula de trois pas et la fit exploser d'une seule balle. La porte se fractura en plusieurs morceaux, dont certains restèrent suspendus au pilier de la palissade par les gonds à demi arrachés. Le vacarme de l'explosion déclencha un soudain remue-ménage dans la maison de Fo Ca. Des cris et des ordres se percutèrent, les rayons affolés des lampes se chevauchèrent au-dessus de la palissade.

Juss fut le premier à franchir l'entrée désormais béante. Il croisa de l'autre côté un premier homme à qui il ne laissa pas le temps de se ressaisir. Il lui expédia une rafale en pleine tête. C'était le deuxième être humain qu'il abattait en très peu de temps – sans compter l'homme qu'il avait flingué par accident à Tolbiac. La vitesse à laquelle il s'habituait à donner la mort avait quelque chose de sidérant, et d'inquiétant. Ta Li avait probablement eu une arrière-pensée lorsqu'il lui avait ordonné de descendre cette ordure d'Enti. Le mandar lui avait inoculé le venin du meurtre, cette étrange jouissance qu'on ressentait à prendre une vie, comme si, par la grâce d'un simple coup de feu, on devenait un dieu omnipotent, ou un démon tout-puissant, ce qui revenait au même. Il avait adoré sentir la terreur d'Enti au bout du canon de son pistolet. Il avait repensé au Daub et aux autres de la bande en voyant leur assassin trembler comme une flamme presque morte, en croisant son regard fou d'épouvante qui le suppliait de l'épargner. Mais Enti ne s'était pas abaissé à desserrer les lèvres pour l'implorer et il avait accueilli la mort sans émettre la moindre protestation, voire avec un certain soulagement, comme semblait le proclamer son demi-sourire à jamais figé.

Les mimbs se déployèrent derrière Juss, mitraillant tout ce qui bougeait. Il avisa une femme aux longs cheveux noirs revêtue d'une courte chemise ouverte qui ne masquait pratiquement rien de ses formes. Elle ne bougeait pas, comme hypnotisée par l'agitation et les lueurs rageuses des armes à feu. Il s'approcha d'elle et lui posa avec brutalité le canon de son pistolet-mitrailleur sur la gorge. La frayeur lui arrondit les yeux et la secoua de hoquets.

« Je cherche Plaisance. Plaisance. Tu la connais ? »

Il lui fut impossible de discerner un sens aux sons entrecoupés qui s'échappaient de la bouche tremblante de la femme, ni à ses mouvements désordonnés de tête. Il la gifla pour la ramener au calme.

« La petite nouvelle ? réussit-elle à bredouiller, les joues baignées de larmes. Je la connais.

— Conduis-moi à elle. »

Elle acquiesça d'un clignement de paupières. Les mimbs avaient procédé au grand nettoyage pendant leur conversation. Une bonne dizaine de corps jonchaient le sol ou s'enroulaient autour de la rambarde ceignant la maison. Des lampes à huile avaient éclaté et répandu leur contenu par endroits léché par les flammes. Les aboiements avaient repris de plus belle, accompagnés des crissements de griffes sur les cloisons de bois.

« J'vais leur faire passer l'goût de gueuler, à ces bâtards », grommela le mimb qui portait le sac de viande empoisonnée.

Tandis qu'il s'éloignait en direction du chenil, la femme guida Juss et les autres dans une annexe du bâtiment principal à laquelle on accédait par un court escalier, puis par une porte basse qui les obligea à courber la tête et l'échine. Ils entrèrent dans une première petite pièce peuplée de femmes serrées les unes contre les autres, visiblement terrorisées par le fracas des armes.

D'un geste du bras, leur guide invita Juss à la suivre. Ils passèrent dans une deuxième salle un peu plus grande plongée dans la pénombre et meublée de plusieurs lits superposés.

« Juss ! Tu es venu. »

La joie se déversa à torrents dans le corps et l'esprit de Juss lorsqu'il entendit cette voix. Il ne la voyait pas, mais la nyct, elle, le voyait. Elle sauta de son lit du dessus pour se jeter dans ses bras.

Plaisance. Il la reconnut ensuite à son odeur, à sa façon de se serrer contre lui en frissonnant comme un chaton tout juste né.

« Tu m'emmènes avec toi, Juss ? »

Il lui prit le menton entre le pouce et l'index et lui releva la tête.

« On forme une équipe, tu t'souviens ? J'suis ton protecteur, t'es ma lumière dans le noir. »

Elle le fixa de tous ses yeux de nyct avec un sourire joyeux.

« Tu t'es arrangé avec Fo Ca ?

— On s'arrange pas avec un homme comme lui, on s'y prend autrement.

— Vous devriez foutre le camp avant qu'il lâche ses chiens sur vous, intervint une femme âgée.

— On a encore un truc à faire. »

Juss sortit de la salle en entraînant Plaisance derrière lui. Les chuchotements des femmes l'escortèrent jusqu'à ce qu'il sorte de l'annexe. Les mimbs l'attendaient dehors, les rayons de leurs lampes braqués sur les replis de la maison. Le milicien qui avait distribué la viande aux chiens était revenu parmi eux. Plus un aboiement ne retentissait. Un silence insolite ensevelissait le quai, à peine effleuré par les exclamations lointaines de joueurs et la rumeur sourde de la statiopée.

Juss confia Plaisance à l'homme qui avait neutralisé les molosses, puis, suivi des quatre autres, se dirigea vers la partie principale de la maison. Une ombre jaillit de la pénombre et hurla des imprécations en tirant plusieurs balles qui allèrent se ficher dans la voûte. Abattu d'une brève rafale, il heurta de plein fouet la palissade, sur laquelle il glissa en abandonnant des traces de sang. Ta Li ne s'était pas foutu de Juss lorsqu'il lui avait promis de lui confier ses meilleurs hommes, des combattants expérimentés, à en juger par leur calme, leur efficacité, leurs réflexes. Il se demanda si d'autres gardes ne s'étaient pas postés devant la chambre de Fo Ca, qui défendrait sans doute sa réserve de tickets avec davantage de férocité que sa future épouse. La seule façon de le savoir était d'entrer et de se rendre dans la chambre où se trouvait le coffre. Il jeta un coup d'œil au tictac. L'aiguille avait atteint le haut du cadran. Elle avait accompli la moitié de son tour. Il n'avait plus de temps à perdre.

Il poussa résolument la porte, qui s'ouvrit sans un bruit. Les bougies réparties sur leurs socles muraux dispensaient un éclairage diffus, révélant une table, des chaises, puis, plus loin, d'épais fauteuils recouverts de tissus précieux. De lourdes tentures dissimulaient les cloisons et ajoutaient une touche de solennité à l'ensemble. Il s'engouffra dans la maison, s'abrita derrière l'un des fauteuils, repéra, par-dessus l'accoudoir, les premières marches d'un escalier tournant qui donnait certainement sur la chambre. Les gens riches dormaient toujours dans la pièce la plus haute de leur logement, un désir inconscient, sans doute, de rester plus élevés que les autres Métrolites même pendant leur sommeil. Les mimbs le rejoignirent l'un après l'autre. Il leur montra l'escalier du canon de son pistolet-mitrailleur et ils hochèrent plusieurs fois la tête pour lui signifier qu'ils avaient compris. Il attendit encore un peu avant de se diriger vers l'escalier, son arme pointée devant lui, tous sens aux aguets, prêt à ouvrir le feu à la moindre alerte. Il s'immobilisa lorsqu'il eut atteint les premières marches et lança un regard vers le haut, mais il ne discerna rien d'autre qu'une bouche obscure. Aucune lumière ne brillait à l'étage supérieur.

Juss gravit deux marches, se plaqua de nouveau contre la cloison, attendit encore quelques instants avant de reprendre la montée. Il ressentit la même tension que devant le scorpion blanc. Le battement de son cœur lui ébranlait tout le corps. Les frémissements glacés du poison se prolongeaient jusqu'aux extrémités de ses membres. Il crut percevoir un grincement sur le palier, mais il ne se servit pas de sa lampe. Si un adversaire l'attendait à l'étage, il devait lui fournir le moins d'indications possible. Il reprit son ascension en veillant à ne pas faire de bruit. Le bois grinçait légèrement sous ses pieds. Un cliquetis fissura le silence. Il se baissa juste à temps pour esquiver la balle qui siffla au-dessus de sa tête et se perdit en contrebas. Une deuxième détonation éclata. Le projectile, cette fois, le manqua de peu, frappant la marche juste à côté de sa hanche et soulevant des éclats de bois. Alors il se redressa, leva son arme au-dessus de sa tête et pressa sans interruption la détente. Il continua de tirer en avalant l'escalier quatre à quatre. Un gémissement lui indiqua qu'il avait touché le garde posté en haut. Une fois parvenu sur le palier, il alluma sa lampe et en promena le rayon sur les lieux. Ce n'était pas un homme qu'il avait abattu, mais une jeune femme, vêtue de ses seuls cheveux qui se dispersaient en longues coulées noires sur son corps d'une blancheur de scorpion. Il l'avait touchée à la poitrine et au cou. Le sang jaillissait par saccades de ses plaies. Elle respirait encore, mais il ne lui restait plus beaucoup de temps à vivre.

Il avisa deux portes, l'une en face de lui et l'autre à sa droite. C'est cette dernière qu'il choisit d'ouvrir. Elle ne lui opposa aucune résistance. Il pénétra dans une petite pièce obscure où se tenait une deuxième femme recroquevillée sur un lit. Une adolescente, plutôt, vêtue d'une robe de chambre aux couleurs vives. Ses yeux effrayés suscitèrent dans l'esprit de Juss l'image furtive d'un raton cerné par des chats. Il la rassura d'un sourire, posa l'index sur sa bouche pour lui intimer l'ordre de garder le silence, puis il sortit et se rendit devant l'autre porte, dont il tourna la poignée. Elle refusa de s'ouvrir. Un cri étouffé s'échoua sur le palier. Il donna un premier coup de pied dans le panneau du bas, qui ploya mais résista, puis il déchiqueta le bois d'une rafale de son pistolet-mitrailleur. Son deuxième coup de pied créa une brèche suffisamment large pour qu'il puisse s'y glisser. Il resta un bref instant à l'écoute des bruits, décela une respiration sifflante ainsi que le crissement caractéristique d'une détente. Une arme aboya, une balle transperça le bois et se ficha dans une poutrelle verticale non loin de lui. Il ne pouvait pas rester plus longtemps sur ce palier qui ne lui offrait aucun abri. En outre, il avait l'impression que le poison resserrait son étreinte, que le souffle commençait à lui manquer, que ses gestes étaient de moins en moins coordonnés. Il éteignit sa lampe, compta jusqu'à trois, fonça vers la porte et se jeta dans la brèche. Une nouvelle détonation accompagna son mouvement, la balle fusa quelque part au-dessus de lui. Il roula sur lui-même en reprenant contact avec le plancher, veilla à ne pas lâcher son arme ni la lampe, se rétablit quelques pas plus loin, se redressa avec la vélocité d'un chat et pressa l'interrupteur de la torche. Le rayon inonda la chambre et révéla un vieillard nu assis au pied d'un grand lit, maintenant contre lui, assise sur lui, une fille à peine plus âgée que Plaisance, vêtue d'une robe un peu trop grande pour elle. Il lui avait plaqué la main sur la bouche pour l'empêcher de hurler. Elle pleurait à chaudes larmes, mais elle ne regimbait pas, prostrée, résignée.

« Lâche cette fille, put de Rive Droite ! » rugit Juss.

Le vieillard posa le canon de son pistolet sur la tempe de la fillette.

« Toi, lâche ton arme, ou je la tue. »

Bien que chevrotante, sa voix avait conservé suffisamment de fermeté pour rester menaçante.

« Rien à foutre, d'cette fille ! » gronda Juss.

Un goût amer se répandit dans sa gorge. Il contint une brusque envie de vomir et résista à la tentation de vérifier la course de l'aiguille sur le cadran du tictac.

« Pourquoi vous m'avez attaqué, toi et les autres, guowé ?

— Tu es Fo Ca, pas vrai ? Un vieillard de ta race, qui s'sert d'enfants pour r'trouver sa jeunesse, mérite pas d'vivre.

— Ce n'est pas à un blanc-bec de ton espèce de me juger, guowé. Tu pourras parler quand tu seras devenu... » Fo Ca s'interrompit, comme frappé par une évidence. « Tu es celui que Plaisance appelle son protecteur.

— Ouais, j'm'appelle Juss.

— Il fallait le dire plus tôt, petit. Reprends ta petite protégée et oublions cette histoire.

— À condition qu'tu me laisses emmener aussi celle qu'est sur tes genoux. »

Le vieil homme garda un court moment les yeux fixés sur la fille.

« Elle ne vaut rien de toute façon, reprit-il. Aucune disposition. Juste bonne à pleurnicher... »

Juss promena le rayon de sa lampe dans la pièce et l'arrêta sur le tableau accroché à deux pas de hauteur entre le lit et la cloison du fond. Il représentait une femme nue et pensive assise au bord d'un ruisseau.

« Joli tableau ! siffla Juss.

— Qu'est-ce que tu veux, guowé, j'aime les belles choses. Maintenant, prends ton butin et fiche-moi la paix. Je sais admettre mes défaites et tu as commis suffisamment de dégâts chez moi. »

Juss hocha la tête pour signifier son accord.

« Comment t'appelles-tu ? » demanda-t-il à la fille.

Elle ne répondit pas, trop effrayée pour proférer le moindre son.

« Une fichue trouillarde, marmonna Fo Ca. Son nom est Ala.

— Viens avec moi, Ala. »

Elle ne se le fit pas dire deux fois. Elle sauta des genoux du vieil homme et courut en direction de la porte. Fo Ca tendit le bras et lui logea une balle dans l'occiput. Puis, après qu'elle se fut effondrée, il leva son pistolet sur Juss, qui ne dut qu'à un plongeon désespéré de ne pas être touché. La balle déchira la manche de sa veste et lui effleura le bras. La lampe roula sous le lit mais continua d'éclairer en partie la chambre. Juss se retourna dès qu'il entra en contact avec le sol. Fo Ca avançait dans sa direction pour l'achever. Le corps du vieillard n'était plus qu'un sac de peau rempli d'os saillants, ses bourses distendues lui tombaient pratiquement au niveau des genoux. Il tendit de nouveau le bras en direction de la tête de Juss, mais, cette fois, ce dernier le précéda et lui décocha une rafale qui le frappa du front jusqu'au cou. Fo Ca bascula en arrière et retomba sur le lit. Son sang se répandit avec avidité sur les draps clairs.

Juss se releva et se rendit près du tableau, qu'il retira de son support, dévoilant la porte d'un coffre inséré dans la cloison. Il tenta de l'ouvrir, mais, comme il s'y attendait, elle était fermée à double tour. Il ramassa la lampe et inspecta rapidement les tiroirs de la petite commode et de la table de chevet ; il n'y trouva pas la clef, seulement des sous-vêtements ou des instruments bizarres servant sans doute à satisfaire les lubies sexuelles du vieil homme. Il pensa d'abord qu'il lui faudrait retourner toute la maison pour mettre la main sur cette maudite clef, et le poison ne lui en laisserait pas le temps, puis il repoussa le découragement qui le gagnait et s'appliqua à remettre de l'ordre dans son esprit.

Où un homme comme Fo Ca aurait-il pu cacher la clef du coffre qui contenait son bien le plus précieux ? Il se serait sans doute arrangé pour ne jamais la perdre de vue, et la seule façon de la garder à portée des yeux et des mains était de la trimballer partout avec lui. Juss revint vers le lit et, surmontant la nausée déclenchée par la soudaine puanteur et accentuée par le poison, il écarta les bras et les jambes encore tièdes du vieil homme pour essayer de repérer de possibles cachettes sur sa peau flétrie. Des gouttes d'une sueur glacée se coulaient comme des serpents dans le creux de son échine. Après avoir soulevé plusieurs replis de peau sur le ventre et les flancs du cadavre, il inspecta les aines, avisa une boursouflure au niveau du pubis, la palpa, se rendit compte qu'elle n'était qu'une excroissance de graisse sans corps dur à l'intérieur.

Il jeta un coup d'œil au cadran du tictac : l'aiguille avait accompli plus des trois quarts de son tour. Ses pensées se bousculèrent, s'affolèrent, s'entrechoquèrent. Il songea à demander aux mimbs d'ouvrir le coffre de la même manière qu'ils avaient fracassé la porte de la maison, mais il y renonça : les tickets, fabriqués dans une matière inflammable, ne résisteraient pas aux explosifs. Il observa de nouveau le corps malingre de Fo Ca. Il ne restait plus que ses orifices à explorer, et il n'était pas chaud pour trifouiller dans le trou de son cul. Il n'en restait qu'un, auquel il n'avait pas songé : la bouche. Quelqu'un dans la bande du Daub, Scorpion Blanc peut-être, avait un jour affirmé que bon nombre de gens dissimulaient des trucs dans leurs dents, des petits objets précieux le plus souvent, ou des souvenirs auxquels ils tenaient plus que tout. Il dut écarter de force les mâchoires crispées du vieil homme, dont les dents étaient sans doute la partie la plus présentable de son corps. Leur blancheur et leur régularité parfaites indiquaient qu'elles avaient été entièrement refaites, ou que ses parents lui avaient transmis un précieux héritage génétique.

Il glissa les doigts dans la bouche entrebâillée, ne remarqua rien dans un premier temps, puis, au fond de la mâchoire de droite, étalée sur les molaires et les prémolaires creusées, il toucha une surface arrondie et lisse, d'une longueur d'un demi-doigt. Il parvint à la saisir, à la soulever et enfin à l'extraire de la bouche. C'était bien une clef, fine, courte, munie à l'une de ses extrémités d'un anneau qui s'insérait dans la molaire et à l'autre d'un cran étroit et strié. Le cœur battant, il l'approcha de la serrure du coffre. Elle s'enfonça sans résistance dans la gâche. Il ne rencontra aucune difficulté à la tourner. Un premier claquement s'éleva de la serrure, puis un deuxième, et la petite porte s'ouvrit d'un coup sec, comme propulsée par un ressort. Il braqua le rayon de la lampe sur l'intérieur du meuble séparé en deux niveaux.

Les tickets s'alignaient sur l'étagère supérieure en une quinzaine de colonnes serrées qui touchaient presque le dessus du coffre. Il y en avait pour une véritable fortune, d'autant que les premières rangées en dissimulaient certainement d'autres. Les recompter prendrait un temps fou à Ta Li. Dans le compartiment du bas, des objets s'entassaient en désordre, dont un pistolet argenté, un phallus de couleur verte, une très vieille image jaunie où s'étalait le portrait à demi effacé d'une vieille femme souriante, un tictac figé et muet, et un tas d'autres choses *a priori* inutiles.

« T'as trouvé la clef du coffre, guowé ? »

La voix du mimb qui s'était engouffré dans la pièce fit sursauter Juss.

« Dans ses dents, précisa-t-il. Y a plein de tickets. Ta Li sera… Ta Li sera… »

Ses forces l'abandonnèrent tout à coup. Un grand froid se déploya dans son corps. Avant de perdre connaissance, il eut encore le temps de penser que le poison avait pris de l'avance sur l'aiguille du tictac et de se demander si Ta Li avait vraiment eu l'intention de le ramener à la vie.

12

Élévations

Tous habillés de blanc, les fidèles se pressaient en grand nombre à la cérémonie d'élévation, prenant d'assaut les escaliers, s'invectivant, se bousculant pour occuper les meilleures places. Les pères portaient leurs enfants sur les épaules, les adolescents se juchaient sur les bases des piliers, les femmes tentaient de s'approcher le plus près possible de la salle des cages. Par les portes grandes ouvertes, on distinguait les condamnés derrière les barreaux. Les commentaires moqueurs, haineux, fusaient au-dessus des têtes et se répondaient d'un bout à l'autre de la place. Élévation ne lésinait pas sur les lumières pour accentuer l'aspect merveilleux et solennel de la cérémonie. L'éclairage des lampes suspendues à la voûte et des bougies n'offrait aucun répit à l'obscurité.

La tribune officielle de la place Départ, ornée de tentures blanches, écrasait la multitude de toute sa hauteur. Parn et Augir s'y étaient installés en compagnie d'une douzaine de servants. Le pasteur n'assistait que rarement aux élévations, et imposait encore plus rarement à son secrétaire de l'accompagner. Augir avait tenté de se défiler en évoquant des rendez-vous importants, mais Parn était resté inflexible.

« La foule n'a pas besoin de me contempler, Éclat céleste, je suis et reste un travailleur de l'ombre.

— Il est bon parfois que l'ombre se révèle à la lumière, monsieur le secrétaire. »

Augir connaissait suffisamment le pasteur pour se douter que ce dernier lui préparait un tour à sa façon, aussi avait-il ordonné à ses hussards de se regrouper dans l'un des couloirs desservant la place Départ et de se tenir prêts à intervenir.

Parn se pencha vers son secrétaire.

« N'est-il pas merveilleux de voir tous ces gens réunis pour cette célébration ? N'est-ce pas la preuve que notre foi touche ou touchera bientôt le cœur de tout Parnassien ? »

Il marqua ensuite un long silence, sans doute pour se repaître du trouble suscité par ses paroles dans l'esprit de son interlocuteur.

« Nous sommes en train de gagner, monsieur le secrétaire. »

Augir ne répondit pas, cherchant d'abord à deviner les intentions cachées du pasteur.

« Aussi, il nous est difficile de tolérer que des forces s'opposent à notre avènement.

— Des… forces, Éclat céleste ?

— Nous connaissons nos adversaires de l'extérieur, nous apprenons à découvrir ceux de… »

Les clameurs de la foule interrompirent Parn. Tractée par une énorme corde, une cage s'élevait lentement au-dessus du mur de la salle du Départ. Le cordeur, qu'on ne distinguait pas, la maintint un petit moment en suspension pour exposer le prisonnier aux regards, un homme âgé au crâne chauve qui se tenait debout, légèrement voûté, derrière les barreaux auxquels il s'agrippait de toutes ses forces. Les lumières conjuguées des lampes et des bougies soulignaient sa maigreur et les flétrissures de sa peau.

La foule l'agonit d'injures, et tous levèrent les bras afin d'accompagner sa lente ascension. La cage fut peu à peu happée par la bouche sombre béant au-dessus de la salle du Départ et le long cri de désespoir du condamné plana au-dessus du brouhaha.

« Êtes-vous allé voir là-haut les mécanismes qui permettent l'élévation, monsieur le secrétaire ? demanda le pasteur.

— Je n'ai pas eu cette… chance, Éclat céleste.

— Ils prouvent la grande ingéniosité de nos prédécesseurs.

— Nos prédécesseurs ? Cela ne fait pas si longtemps que le Conseil parnassien nous a confié le rituel de l'élévation. »

Parn décocha un coup d'œil excédé à Augir.

« Qui s'en soucie ? La majorité des Parnassiens pensent déjà que nous en sommes les créateurs. L'histoire appartient à ceux qui l'écrivent. Le Conseil a simplement reconnu une vérité en germe. »

Les hurlements de la foule accompagnèrent l'ascension d'une deuxième cage renfermant un jeune homme. Le condamné s'était figé dans une posture de défi, torse bombé, hanches basculées vers l'avant, mais ses traits défaits et ses yeux rougis trahissaient une peur incommensurable. Il fixait, hagard, la multitude qui l'injuriait et se moquait de lui.

« Si jeune, murmura Augir.

— Si jeune, comme vous dites, et coupable d'avoir frappé un servant à mort, précisa Parn. J'ai lu le dossier le concernant. Le seul tort de sa victime a été de le croiser au détour d'un couloir. Il n'a donné aucune explication à son geste. »

Le secrétaire hocha la tête d'un air peu convaincu. Lui expliquait ces accès de violence par le sentiment de toute-puissance dont se rengorgeaient les servants. Contrairement à son supérieur hiérarchique, il estimait qu'Élévation devait agir dans l'ombre et conquérir un à un les différents territoires avant de se proclamer force principale de Rive Gauche. Le jeu de go lui avait enseigné qu'une stratégie démonstrative ne parvenait qu'à radicaliser les opposants. Parn se montrait trop bruyant, trop voyant, trop pressé de devenir le premier pasteur régnant sur l'ensemble des Métrolites. Son élimination n'était pas qu'une affaire personnelle, mais une nécessité absolue pour la gloire d'Élévation.

Si l'apparition de la troisième cage, celle d'un autre jeune homme plus terrorisé qu'un raton cerné par une meute de chiens, ne souleva aucun intérêt chez Augir, l'élévation de la quatrième en revanche attira son attention : elle renfermait une femme dans la force de l'âge en compagnie d'un jeune vib, son fils sans doute. C'était la première fois, à sa connaissance, qu'on donnait en pâture au public le supplice d'un enfant mutant. L'aspect officiel, voire sacré, de son exécution augurait d'un changement total vis-à-vis des Métrolites touchés par les mutations. Le secrétaire n'ignorait rien des idées extrémistes de son supérieur en la matière, mais cette cérémonie le prenait de court et l'amenait à penser que son réseau de renseignements connaissait quelques dysfonctionnements, qu'il devrait éliminer et remplacer sans tarder les incompétents ou les traîtres.

« Vous semblez surpris, monsieur le secrétaire ? »

Le ton ouvertement ironique de Parn s'enfonça dans la poitrine d'Augir comme une dague enduite de poison.

« Il m'est pénible, je l'avoue, de voir un enfant dans une cage en partance pour la surface, Éclat céleste.

— La mère a essayé d'empoisonner son mari. Il était logique, dans un souci d'humanité, de ne pas la séparer de son fils.

— Un enfant doit-il être responsable du crime de sa mère ?

— De par sa nature, il l'est déjà.

— Vous voulez dire qu'il n'aurait pas été coupable s'il avait été… ordinaire ?

— Je veux dire, et à travers moi Élévation, que les mutations sont des disgrâces, monsieur le secrétaire. Et qu'il relève de notre responsabilité de les corriger.

— Dans ce cas, nous devrons bientôt éliminer un quart de la population métrolite, Éclat céleste.

— Nous le ferons, si nécessaire, sans aucun état d'âme jusqu'à ce que nous ayons rendu sa pureté à l'humanité. »

Les clameurs de la foule redoublèrent de violence à l'encontre de la femme et de son enfant vib, dont la cage fut deux fois plus longtemps immobilisée que les autres. Puis, lorsqu'elle s'éleva de nouveau et disparut par le grand orifice de la voûte, le pasteur se pencha vers Augir pour lui souffler :

« Nous allons assister au clou de la cérémonie, monsieur le secrétaire. »

Cette fois, Augir ne put dissimuler sa stupeur lorsque la cinquième cage se présenta au-dessus du mur de la prison. Il reconnut au premier regard la condamnée en partie masquée par ses cheveux dénoués, assise sur le plancher métallique, recroquevillée sur elle-même.

« Vous la connaissez, je crois, insinua Parn.

— Il m'est arrivé de faire appel à elle pour quelques missions, reconnut le secrétaire en s'appliquant à conserver la neutralité de sa voix.

— Savez-vous de qui elle est la fille ?

— Ière, la conseillère de Varenne, je crois.

— Aussi manipulatrice et perfide que sa mère. »

Un silence insolite était retombé sur la place Départ. La foule avait cessé de vociférer, peut-être parce que la beauté de la jeune femme offrait un contraste sidérant avec la monstruosité de l'enfant vib conspué quelques instants plus tôt.

« Elle m'a trahi, ajouta Parn.

— De quoi l'accuse-t-on, au juste ?

— Le fait qu'elle m'ait trahi ne suffit donc pas à vos yeux ? Sachez qu'elle œuvrait pour un membre du Conseil parnassien. Et pour une autre personnalité éminente de la statiopée dont je ne tarderai pas à connaître le nom… »

Dont vous connaissez déjà le nom, corrigea mentalement le secrétaire, qui se demanda s'il ne devait pas donner immédiatement l'ordre à ses hussards d'intervenir. Il prit également conscience qu'Aube, en se livrant à un triple jeu, ne s'était pas montrée d'une fidélité inconditionnelle à son égard. Cette cérémonie lui réservait son lot de surprises et lui révélait, surtout, l'extraordinaire fragilité de sa position. Lui, le joueur chevronné de go, s'était laissé cerner comme un débutant, un comble.

« Comment avez-vous appris tout cela, Éclat céleste ? »

Il s'était efforcé de donner le change, mais les fêlures dans sa voix manifestaient son dépit.

« Le Soleil et la Lune m'éclairent depuis la surface, monsieur le secrétaire. En douteriez-vous ? »

Augir s'inclina.

« Je serais fou d'en douter. Permettez-moi de me retirer. Des affaires urgentes me réclament. »

Le secrétaire décela du mépris, et une insupportable commisération, dans le regard que lui décocha le pasteur.

« Songez que nous finirons tous dans une cage similaire à celle qui élève la belle Aube vers la surface. Tôt ou tard. Pour ma part, je préfère tard. Et vous, monsieur le secrétaire, quel est votre choix ? »

Augir ne répondit pas. Il salua une deuxième fois et s'engouffra dans l'escalier de la tribune sans accorder un regard à la prisonnière. Après tout, Aube l'avait trahi autant que Parn, elle méritait bien de pourrir à la surface. Il lui fallait maintenant se ressaisir, consacrer toute son énergie à déjouer les manœuvres de son redoutable rival.

Les cinq cages étaient sagement alignées sur le promontoire, dit de la deuxième levée. Bil aurait pu s'y rendre les yeux fermés par l'escalier en métal fermé par une porte dont deux personnes seulement détenaient la clef, le pasteur d'Élévation et lui-même.

Une vague lueur tombant des hauteurs s'invitait dans les ténèbres. On ne la distinguait pas toujours. Elle était, selon le pasteur, une preuve tangible de l'existence des souverains de la surface, le père Soleil et la mère Lune. Elle ne suffisait pas, en tout cas, à éclairer les prisonniers prostrés derrière leurs barreaux. Des sanglots étouffés et des soupirs de désespoir s'envolaient dans le silence oppressant.

Bil pointa le rayon de sa lampe de poche sur les cages. Celle qui l'intéressait se trouvait à l'extrémité du promontoire, reliée comme les autres au système complexe de poulies qui les acheminerait bientôt vers la surface. Le cordeur était allé inspecter les mécanismes lors de sa prise de fonction, mais il n'avait rien compris, ni n'avait cherché à comprendre, à la disposition des poulies ni aux mouvements des cordes qui, là-haut, formaient un inextricable écheveau. Il lui suffisait de savoir que le dispositif mis au point par les anciens était d'une solidité et d'une fiabilité à toute épreuve : les cages étaient déposées à l'endroit prévu et ramenées à la fin de leur temps d'exposition, rien d'autre ne comptait. Bil n'aurait pas aimé se rendre dans les niveaux supérieurs, qui à son goût se rapprochaient de trop de la surface. Il ne tenait pas à être rongé par les saloperies qui transformaient les corps des condamnés en infectes bouillies de chairs carbonisées et qui, étrangement, n'endommageaient pas les cordes – fallait croire qu'on avait oublié les connaissances des anciens.

Il éclaira la fille qu'on lui avait demandé de délivrer. Éblouie, elle se protégea les yeux de la main. La vue de son corps attisa de nouveau le désir du cordeur.

« J'm'occupe des autres, souffla-t-il. Y en a pas pour longtemps. »

S'arc-boutant sur les cordes, il hissa les quatre cages, qui disparurent l'une après l'autre dans la pénombre. Bil sut qu'elles avaient atteint l'endroit prévu lorsque les premiers grincements retentirent et que les hurlements des prisonniers déchiquetèrent le silence. Il reprit son souffle avant de s'avancer d'une allure pesante vers la dernière cage.

« C'est l'bon moment pour ma p'tite récompense », lâcha-t-il avec un sourire hideux.

Aucune expression ne s'afficha sur le visage de la jeune femme, une absence de réaction qu'il interpréta comme un encouragement. Il ouvrit la porte à l'aide d'une clef de son trousseau, puis il s'introduisit dans la cage.

« Mets-toi à quatre pattes. »

Elle s'exécuta docilement, posant coudes et genoux sur le plancher métallique. Les expirations précipitées du cordeur s'achevaient en grognements sourds. Il dégrafa son pantalon en peau de rat avant de s'agenouiller derrière sa proie. Au moment où il s'apprêtait à la pénétrer, elle se déroba et roula sur le côté. Empêtré dans les plis de son pantalon, Bil perdit l'équilibre et s'affala de tout son poids sur le plancher ajouré. N'ayant pas eu le temps de se protéger de ses bras, il eut l'impression que ses os se brisaient sur les traverses métalliques et poussa un hurlement de douleur et de rage.

« Petite salope ! J'vais te... »

Aube s'était déjà retournée et, surmontant son dégoût, avait planté ses dents dans la chair molle du cou de son agresseur. Elle continua de serrer les mâchoires en dépit des violents soubresauts du cordeur. Il la frappa une première fois sur le crâne. Elle ne relâcha pas son emprise malgré la douleur. Les deux rangées de ses dents se rapprochaient l'une de l'autre, le goût âcre de la sueur et du sang lui emplissait la bouche. Il hurlait désormais comme un porc qu'on égorgeait, et d'ailleurs, c'est ce qu'il était, un cochon qu'elle saignait, la carotide tranchée par ses incisives aussi puissantes que des lames. Un flot de sang chaud lui inonda subitement le palais. Elle donna un coup de tête en arrière, arrachant dans le mouvement un morceau du cou du cordeur, qu'elle recracha aussitôt. Elle se releva et, chancelante, contempla le corps de l'homme agité de spasmes. Le sang jaillissait par saccades de sa gorge béante. Elle s'essuya machinalement les lèvres d'un revers de main, puis elle récupéra la lampe de poche, les clefs, sortit de la cage et referma la porte derrière elle. Elle se demanda si d'autres fidèles d'Élévation ou d'autres cordeurs venaient dans cet endroit, auquel cas l'alerte serait rapidement donnée.

À moins que…

Elle saisit la corde associée à la cage et exerça une traction soutenue pour voir si elle parvenait à la soulever. Elle n'obtint aucun résultat probant dans un premier temps, mais, comme s'il fallait du temps aux poulies pour sortir de leur inertie, elle parvint à l'élever pouce par pouce, puis à la hisser de plus en plus rapidement au fur et à mesure qu'elle gagnait de la hauteur. L'obscurité avala la cage emportant le cadavre secoué de spasmes du cordeur, comme les quatre qui l'avaient précédée. Des grincements retentirent, indiquant qu'elle reposait maintenant sur une surface ferme ou qu'un autre mécanisme, là-haut, l'avait prise en charge.

En sueur, épuisée par l'effort et les privations, Aube resta un long moment assise sur le promontoire, adossée à la paroi. Elle n'avait nulle part où aller. Montparnasse ? Pas un endroit très sûr pour une fugitive. Varenne ? La grande dame et son neveu avaient sans doute été éliminés par son frère Xav, et, quand bien même sa mère aurait survécu, elle refusait de subir de nouveau ses sarcasmes, ses sentences et ses humiliations. Pourquoi pas Odéon ? Elle avait entendu dire que c'était la statiopée la plus agréable de Rive Gauche et avait un temps envisagé de s'y installer. Le chemin n'était pas long de Placide, dernière station de Montparnasse, à Sulpice, première station d'Odéon. Comme peu d'hommes résistaient à ses charmes, elle trouverait bien là-bas de quoi subsister.

Emplie d'une nouvelle détermination, elle se releva et découvrit un peu plus loin le grand escalier par lequel on accédait au promontoire. Elle dévala quatre à quatre les marches de fer, pressée de s'enfuir de Montparnasse et de commencer son autre vie. En bas, elle se heurta à une porte fermée dont elle trouva la clef dans le trousseau du cordeur. Elle reconnut, de l'autre côté, la pièce où les cages étaient regroupées avant leur élévation. L'odeur des condamnés y rôdait encore, une odeur piquante de pisse, de sueur et de peur. Elle devait rapidement se procurer des vêtements, ainsi qu'une arme. Elle éteignit la lampe avant de passer sur la place Départ désormais fermée et déserte, mais encore éclairée par quelques bougies agonisantes. Elle arracha l'une des lourdes tentures blanches qui ornaient la tribune centrale, dont elle déchira l'extrémité avec ses dents pour la draper autour de son corps et la nouer le plus solidement possible au niveau de son épaule. Il lui fallait à présent franchir les palissades et gagner les couloirs et les galeries à destination de Placide. Elle choisit un endroit où la barrière de bois, constituée d'anciennes portes, présentait une succession de poignées qui lui serviraient de points d'appui. Au moment où elle entamait l'escalade, elle perçut une respiration bruyante dans son dos.

Elle se retourna.

Une silhouette se dressait dans l'obscurité à moins de deux pas d'elle, répandant une forte odeur d'alcool de baies blanches.

« Qui es-tu, déesse surgie de la nuit ? »

La voix hésitante, hachée, traînante, révélait une ivresse bien avancée.

« Et toi, qui es-tu ?

— Roy, pour vous… vous servir, dame. »

Une bougie s'éteignit non loin d'eux à l'issue d'un grésillement d'agonie, livrant les lieux à une obscurité totale.

« Que fais-tu ici ?

— Je pourrais te poser la même question, belle dame… Moi, j'étais tellement saoul à la fin de la cérémonie que je me suis endormi sous la tribune officielle et que je me suis laissé enfermer comme un con. Je ne suis pas le seul, on dirait… Hé, mais… »

L'homme se rapprocha d'Aube pour mieux l'examiner. Difficile de lui donner un âge : il paraissait à la fois jeune et infiniment vieux. Grand, cheveux bruns et bouclés, traits fins et réguliers hormis le nez, déformé par une bosse en son milieu, vêtements taillés dans des tissus anciens de qualité, pas d'arme à première vue.

« Tu es… la dernière des condamnées ! » s'exclama-t-il après une succession de hoquets.

Elle se recula d'un pas, tendue, la main serrée sur la lampe de poche.

« Celle pour laquelle j'ai failli interl… interpeller en public le pasteur d'Élévation, reprit son interlocuteur. Ce… Cet… Ce rat qui envoie à la surface des femmes comme toi et des enfants mutants… Je… je ne l'ai pas fait parce que je n'ai aucun courage… Je n'ai pas pour habitude d'assister aux élévations, je paie Bil, cet… infâme porc de cordeur, pour qu'il me décrive les corps après leur exposition…

— Pourquoi ?

— C'est une façon d'avoir des nouvelles de la surface, de savoir si elle est toujours hostile ou de nouveau accueillante…

— Elle n'a peut-être jamais été accueillante.

— Je peux t'affirmer que si… Comment t'appelles-tu ? »

Elle garda un mutisme prudent.

« Tu as raison, tu ne me connais pas, je ne suis qu'un ivrogne qui te surprend en train de t'évader. Qu'as-tu fait de… Bil ? Comment as-tu réussi à t'échapper de ta cage ? »

Elle ne répondit toujours pas.

« Attends, laisse-moi deviner… Je ne suis pas dvinn, mais il me reste un minimum de logique. Il t'a trouvée à son goût, il est entré dans ta cage sur le promontoire de la dernière levée, il a essayé de te violer, tu l'as neutralisé, peut-être même tué, tu lui as piqué ses clefs, tu es sortie, tu es descendue par l'escalier en fer et te voilà, coincée sur la place Départ. Suis-je près de la vérité ?

— Pourquoi affirmes-tu que la surface a un jour été accueillante ? demanda Aube sans desserrer les dents.

— J'en ai des… preuves… Parfaitement, des preuves…

— Quelles preuves ?

— Elles sont chez moi.

— Où est-ce, chez toi ? »

Le jeune homme tituba et dut se retenir à la palissade pour ne pas tomber.

« O… Odéon, Sorbonne, plus exactement. Mais je ne dois les montrer à personne d'autre que mon fils, tra… tradition familiale oblige. Je n'aurais… déjà… pas dû t'en parler.

— Sais-tu ce que je pense des traditions familiales ? »

Il lui décocha un regard mi-intrigué, mi-inquiet.

« Elles sont une insulte à l'intelligence, poursuivit-elle. Au fait, je m'appelle Aube.

— Joli nom. Très joli nom…

— Quelqu'un me l'a déjà dit.

— Qui ?

— Le pasteur.

— Tu le… Tu le connaissais ?

— Aussi bien que peut le connaître une femme qui partage sa couche. »

Il fallut un peu de temps à son vis-à-vis pour que l'information se fraye un chemin jusqu'à son cerveau.

« Tu étais sa maîtresse ?

— Disons que je jouais le rôle de sa maîtresse.

— Comment peut-on… forniquer avec un monstre pareil ?

— Plus tard, les explications. Sortons d'abord de là. »

Les yeux noyés d'alcool du jeune homme évaluèrent à deux reprises la hauteur de la palissade.

« Je ne pourrai jamais ecasl… escalader…

— Il le faut, coupa Aube. Acceptes-tu de m'héberger quelque temps ?

— Ce sera une joie…

— Alors tu dois m'accompagner maintenant. Et, si tu as des tickets avec toi, m'acheter des vêtements et peut-être aussi un couteau, ou même une arme à feu. »

Il hocha la tête à plusieurs reprises avec une telle conviction qu'il faillit de nouveau perdre l'équilibre.

« L'alcool de baies, tu… comprends ? »

Elle s'approcha de lui, se hissa sur la pointe des pieds, captura sa bouche et lui donna un baiser fougueux à l'issue duquel il demeura immobile, hébété.

« Tu n'as pas aimé que je t'embrasse ? » s'étonna-t-elle.

Il s'essuya les lèvres d'un revers de manche.

« Bien au contraire, finit-il par répondre. Mais c'est… la première fois que je… qu'une femme m'embrasse… Enfin, que j'embrasse une femme. Et ta bouche avait un drôle d'arrière-goût… de sang, voilà, un arrière-goût de sang. »

13

Bulters

Le bruit avait couru qu'une troupe avait attaqué Duroc et s'était répandu à la vitesse d'un incendie dans des baraques en tissu et en bois. Les habitants fuyaient dans tous les sens et empêchaient les miliciens de se réorganiser. Exploitant le chaos, Madone et son escorte avançaient sur les quais et dans les couloirs sans rencontrer de résistance. Ils progressaient en bon ordre sur deux files, fendant la population paniquée comme des chiens ratiers une multitude de rongeurs affolés. Quelques rafales de kalaches avaient suffi à disperser les petits groupes de miliciens qui s'étaient dressés sur leur chemin.

Mitch fonçait en tête d'une colonne, au milieu de laquelle se tenaient Madone et Ionale, Urm avait pris le commandement de la seconde. Les deux groupes s'écartaient parfois l'un de l'autre pour contourner les obstacles, foule trop dense, étals, habitations en dur, escaliers trop étroits, et se rejoignaient dans les zones plus dégagées, où il suffisait d'enjamber les corps allongés ou les cordes des abris de toile. Hormis les miliciens croisés au hasard des couloirs, personne n'avait tenté de les arrêter. La station, malgré sa supposée richesse, restait plongée en grande partie dans les ténèbres, comme si elle n'avait pas les moyens de s'offrir un éclairage décent. Les bénéfices du péage auraient pourtant dû lui assurer un niveau de vie nettement supérieur à la moyenne. Les lueurs saccadées des lampes à huile et de quelques torches hachaient l'obscurité et amplifiaient l'effet de surprise et de terreur provoqué par la première fusillade. Comme chaque Métrolite savait Duroc sous la protection de Montparnasse, dont elle était déjà une annexe, personne n'avait jusqu'alors défié les gardiens de la barrière de péage. Des aboiements dominaient par instants le vacarme des pieds frappant le sol et des cris des mères cherchant leurs enfants.

« Ils utilisent des bulters nycts, des chiens réputés pour leur puissance et leur férocité ! cria Urm à Mitch qui marchait deux pas devant lui.

— Nombreux ?

— Je ne sais pas. L'obscurité leur offre un gros avantage.

— Mettons quatre gars devant avec des lampes allumées.

— J'aurais pris la même décision, capitaine. »

Mitch répondit d'un grognement au rictus provocant du Varennois. Ils se reformèrent en une seule colonne, avec quatre éclaireurs balayant, une dizaine de pas en avant, l'obscurité des rayons de leurs lampes. Ils traversaient un couloir délabré qui reliait les deux parties de la station, l'une appelée la dix et l'autre, la treize. Les aboiements se rapprochaient. La contre-attaque viendrait sans doute de l'autre côté, où les miliciens avaient eu le temps de se ressaisir et de se regrouper. Les faisceaux ne révélaient pas un mouvement ni une silhouette pour l'instant, seulement des vêtements et des objets épars, des restes de repas devant les entrées des abris abandonnés. Un hurlement domina le brouhaha et plana un petit moment sous la voûte, précédant de peu une première rafale qui faucha deux éclaireurs.

« À terre ! glapit Mitch. Planquez-vous ! »

Les gardes du corps de Madone et les miliciens varennois se couchèrent entre les habitations désertées, qui n'offraient qu'une protection symbolique contre les armes à feu. Plusieurs rafales furent tirées à la suite. Les balles crépitèrent autour de la présidente et de la dvinn ou ricochèrent sur les murs en provoquant des petites chutes de plâtre et de terre mêlés. Puis les molosses surgirent, aiguillonnés par les sifflements de leurs maîtres, une meute de bulters blancs aux yeux presque phosphorescents, aux museaux et aux cous énormes, aux crocs impressionnants. Les crissements de leurs griffes et leurs grondements prenaient dans l'étroit couloir une résonance terrifiante. Serrée contre Madone, Ionale poussa un gémissement d'épouvante.

« Feu à volonté ! » rugit Mitch.

Le crépitement des kalaches s'ajouta au vacarme. Madone vit, aux lueurs furtives crachées par les armes, deux bulters rouler au sol, puis deux autres surgir de l'obscurité et bondir à la gorge des deux éclaireurs ayant échappé à la première fusillade, dont les hurlements s'étranglèrent et s'achevèrent en râles. Suffoquée par la peur et la colère, elle se mordit la lèvre inférieure pour contenir le cri montant de son ventre. Peur atroce des redoutables molosses qui jaillissaient tous crocs dehors tels des démons des abîmes. Peur pour la dvinn qui tremblait et gémissait à côté d'elle. Colère contre les maîtres des chiens, ces stupides miliciens de Duroc qui défendaient un système archaïque et injuste. Colère contre Mitch et Urm, qui avaient ouvert le feu sans lui donner le temps d'entamer les négociations. Elle ne demandait pas à son capitaine ni au jeune Varennois de se comporter en matamores, seulement d'assurer sa protection et de la laisser régler les problèmes à sa manière. Elle tentait justement de promouvoir dans Rive Gauche une nouvelle politique fondée non plus sur la puissance et le conflit, mais sur la discussion et le respect. Les rivalités incessantes entre stations avaient retardé le progrès et le bien-être dus à chacun. Au lieu d'associer leurs talents et leurs savoirs, les Métrolites avaient consacré une grande partie de leur énergie à se combattre, à se protéger, un gâchis absurde qui l'avait interpellée à peine entrée dans l'adolescence. Elle s'était promis d'y mettre un terme lorsqu'elle avait découvert les corps atrocement mutilés de ses parents, connus pour leurs idées novatrices, dans leur minuscule logement d'Orsay. Les bulters continuaient de déferler autour d'elle. Ils refermaient leurs puissantes mâchoires sur les jambes, les bras ou les gorges des gardes du corps et des miliciens de Varenne. Même blessés ou agonisants, les chiens ne relâchaient jamais leurs proies. Il fallait leur disloquer la tête à coups de crosse pour les contraindre à desserrer l'étau.

Urm livrait un combat farouche contre un molosse une dizaine de pas plus loin, l'un arc-bouté sur ses pattes pour forcer le passage jusqu'à la gorge de son adversaire, l'autre essayant d'une main de maintenir les crocs à distance de son cou et, de son bras libre, de frapper à coups de poignard le flanc découvert de l'animal. Madone faillit courir dans leur direction pour venir en aide au jeune Varennois, mais elle ne pouvait pas abandonner Ionale face à cette meute féroce et, de toute façon, elle n'aurait été d'aucune utilité à Urm. Les miliciens de Duroc profitaient du flottement provoqué par l'attaque des bulters pour s'aventurer à leur tour dans le couloir. Madone ne les discernait pas très bien, mais, aux lueurs fixes des lampes tombées des mains des cadavres, elle en dénombra une bonne vingtaine, équipés eux aussi d'armes automatiques.

« Dégommez-moi ces satanées bestioles ! » rugit Mitch.

L'escorte n'était plus qu'un groupe disloqué d'individus terrorisés. Ils n'osaient plus tirer de peur de toucher les leurs, ni allumer leurs lampes par crainte d'être aussitôt la cible des tireurs déployés dans le couloir.

« Qu'est-ce que vous attendez ? » s'époumona le capitaine.

Joignant le geste à la parole, il se redressa et expédia une première brève rafale en direction d'un chien affairé à déchiqueter le ventre d'un blessé. Puis, quasiment dans le même mouvement, il pressa sans discontinuer la détente de son arme en imprimant un mouvement tournant au canon. Des cris étouffés indiquèrent qu'il avait touché plusieurs miliciens de Duroc. Un bulter émergea d'une zone de ténèbres pour lui bondir sur le râble et le déséquilibrer. Mitch tomba sur le ventre, se débattit, tenta de se retourner, mais le fauve l'en empêchait en pesant sur lui de tout son poids et, la gueule grande ouverte, cherchait sa nuque. La respiration de Madone se suspendit lorsque les crocs se refermèrent sur les vertèbres du capitaine. Elle crut entendre un craquement sinistre. Une silhouette se détacha du fond d'obscurité, se jeta sur le bulter et le frappa d'un mouvement circulaire. Le chien délaissa sa proie pour se tourner en grondant vers l'intervenant. Du sang giclait de la blessure au-dessus de sa patte antérieure, mais il ne semblait pas grièvement blessé, ni même simplement diminué. Madone reconnut alors l'homme qui avait secouru Mitch malgré le sang couvrant son crâne et son visage : Urm, enfin débarrassé de son adversaire. Cette fois, il ne se laissa pas surprendre par l'attaque du molosse. Il fit un pas de côté lorsque ce dernier s'élança d'un bond prodigieux, et il lui plongea la lame de son poignard dans le poitrail. Le bulter retomba deux pas plus loin et voulut immédiatement faire volte-face, mais ses forces le lâchèrent tout à coup et il s'affaissa avec une étrange douceur, comme s'il s'allongeait pour dormir. Madone se releva à son tour, se précipita vers Mitch, constata avec soulagement qu'il respirait et bougeait encore. Les crocs avaient abandonné des marques sous sa nuque, mais ils n'avaient pas eu le temps de lui broyer les vertèbres.

« Restez à couvert, madame, grogna le capitaine. Nous ne sommes pas encore tirés d'affaire. »

Galvanisés, les membres de l'escorte se ressaisirent et ouvrirent un feu nourri en direction des miliciens de Duroc. Les chiens qui rôdaient dans les environs furent abattus l'un après l'autre, puis plus une seule balle ne fut tirée depuis l'autre extrémité du couloir et un silence sépulcral retomba sur les lieux, à peine fissuré par les plaintes des agonisants.

Madone alluma sa lampe et en promena le faisceau sur les corps jonchant le sol.

« Quel gâchis », murmura-t-elle, les larmes aux yeux.

Ionale se rapprocha d'elle et lui glissa les bras autour de la taille. L'énorme tête de la dvinn se posa sur le ventre de la présidente. Elles restèrent enlacées jusqu'à ce que Mitch et Urm les rejoignent.

« Tu… Vous n'êtes pas blessée, madame ? » s'enquit le capitaine.

Madone se dégagea de l'étreinte d'Ionale et fixa les deux hommes avec froideur avant de libérer sa colère trop longtemps retenue.

« À l'avenir, je vous interdis, je vous interdis, vous m'entendez, de prendre ce genre d'initiative sans m'avoir au préalable consultée.

— De quoi voulez-vous parler ? s'étonna, ou feignit de s'étonner, Urm.

— Je ne me rappelle pas vous voir donné l'ordre d'ouvrir le feu à la barrière de péage. Non seulement vous m'avez mise en danger, mais vous avez déclenché une bataille meurtrière. » La voix vibrante de la présidente résonnait et s'amplifiait dans le couloir. « Le bruit se répandra partout dans Rive Gauche que le projet de Fédération dissimule en réalité une volonté de pouvoir absolu, une nouvelle domination par les armes.

— Si nous n'avions pas ouvert le feu, vous ne seriez maintenant qu'un cadavre, plaida Mitch. À propos d'ordre, ils avaient visiblement reçu celui de vous interdire le passage.

— Comment pouvez-vous en être certain ?

— Je n'ai aucune certitude, madame, je me fie à mes sensations.

— Vos sensations ne sont pas des vérités, capitaine. »

Urm ne laissa pas à Mitch le temps de répondre :

« J'ai exactement les mêmes sensations que lui. Ils ne vous auraient pas demandé mille tickets s'ils avaient vraiment eu l'intention de vous laisser passer. Ils essayaient de gagner du temps pour rassembler leurs troupes. En les prenant de court, notre initiative nous a permis de rétablir la situation… et de vous sauver la peau. »

Le Varennois accompagna sa déclaration de l'un de ces irrésistibles sourires dont il avait le secret.

« Mon projet remet en cause le principe du péage,

et donc la fortune de Duroc, murmura Madone, ébranlée. Mais, de là à décider ma mort…

— Le problème est de savoir qui a pris la décision, poursuivit Urm. À mon humble avis, l'ordre vient d'ailleurs, de plus haut, je dirais, *a priori*, de la statiopée voisine.

— Montparnasse ?

— Duroc ne fait rien sans l'aval du Conseil parnassien. » Urm tendit le bras vers l'extrémité du couloir. « Ils sont sur le pied de guerre, là-bas. Même si vous êtes la présidente de Bac, ne vous attendez surtout pas à une réception protocolaire en bonne et due forme. Nous garderons une petite chance de les tenir en échec tant que, justement, nous nous autoriserons à prendre des initiatives. »

Madone s'absorba un instant dans ses pensées.

« Dois-je vraiment mettre la vie de ces hommes en péril pour proposer un projet dont, manifestement, personne ne veut ? »

Cette fois, ce fut Mitch qui devança Urm :

« Ces hommes étaient volontaires pour vous servir, ma rei… madame. La meilleure manière de leur rendre hommage, c'est de continuer. »

Madone écrasa d'un geste rageur la larme perlant au coin de son œil.

« Vous avez sans doute raison, capitaine… »

La dvinn s'agita, comme taraudée par une envie pressante.

« Tu veux dire quelque chose ? demanda la présidente.

— Il y en a d'autres, plus loin, madame.

— D'autres quoi ?

— Des hommes qui veulent vous tuer. Nombreux. Il ne faut pas aller par là. »

La dvinn parlait d'une voix étonnamment forte et claire. Madone s'accroupit et posa les mains sur les épaules d'Ionale.

« Il n'y a pas d'autre chemin pour aller à Montparnasse…

— C'est ce que font croire les gens d'ici.

— Tu veux dire qu'il existe un deuxième passage ?

— Oui, madame, les gens d'ici en ont caché l'entrée.

— Pour obliger les voyageurs à passer par leur satané péage ?

— Oui, madame. »

La présidente se releva et se dégourdit les jambes.

« Tu saurais nous y conduire ?

— Oui, madame. Nous devons d'abord revenir en arrière.

— Pourquoi ne l'as-tu pas dit plus tôt ? »

Ionale hoqueta en se tordant les mains, comme perturbée par la question.

« Pour… Pour ne pas… Je… ne savais pas…

— Sans importance, l'interrompit Madone. Le principal est que tu l'aies dit à temps.

— Vous lui faites confiance ? »

La question de Mitch lui valut un regard glacial de son interlocutrice.

« Sans elle, plus un seul d'entre nous ne serait vivant, capitaine. Dois-je donc vous rappeler que, si je ne lui avais pas fait confiance, nous aurions été surpris par les servants d'Élévation à Varenne ? Que nous aurions fini embrochés par les piques de la draisine dans la galerie entre Varenne et François-Xavier ? Vous ne l'aimez pas, je peux le comprendre, ce n'est pas une raison pour vous montrer injuste. Injuste et stupide. » Madone se tourna de nouveau vers la dvinn. « Conduis-nous à cet autre passage, Ionale. »

La fillette hocha la tête avec un sourire qui ne parvenait pas à occulter sa tristesse.

La traversée de Duroc dans l'autre sens souleva une nouvelle vague de panique. Croyant que l'escorte de la présidente rebroussait chemin dans l'intention de perpétrer un massacre, les habitants de Duroc s'enfuirent à toutes jambes et accentuèrent la confusion provoquée par les premiers affrontements. Ionale s'engageait dans les couloirs et les voies sans hésitation, comme si elle avait parcouru le chemin à de nombreuses reprises. Elle guida les vingt-deux survivants de l'escorte jusqu'à la porte d'un bâtiment qui se dressait à l'angle d'un quai, où il se confondait avec la voûte et les parois.

« On dirait le siège du Conseil de Duroc, s'exclama Urm en promenant le rayon de sa lampe sur la façade. J'y suis venu il y a déjà longtemps, et dans mon souvenir il ressemblait à ça. Ce qui m'étonne, en revanche, c'est qu'il ne soit pas gardé.

— Ils ont sans doute envoyé tous leurs hommes contre nous, estima Mitch.

— Tu es bien sûre de toi ? demanda Madone à la dvinn. L'entrée de l'autre passage commence ici ? »

Ionale confirma d'une série d'onomatopées incompréhensibles, mais énergiques. Urm s'avança devant la porte et tenta d'en tourner l'énorme poignée qui, malgré ses efforts répétés, refusa de pivoter sur son axe.

« Ils se sont barricadés là-dedans, grommela-t-il. Ma grand-mère m'a toujours dit que les conseillers des stations sont les plus lâches, et de loin, des créatures de Métro 2033. Bah, ce n'est pas leur foutue porte qui va nous arrêter : il nous suffit d'un solide bélier. »

Ils en trouvèrent un sous la forme d'un rail métallique qui ne tenait plus sur les traverses de bois du fond de la fosse centrale que par des vis rouillées à demi arrachées. Éclairés par des lampes, quatre hommes le soulevèrent et, prenant une dizaine de pas d'élan, le précipitèrent contre la porte, dont les vantaux de bois ployèrent et grincèrent mais ne cédèrent pas. Il leur fallut six tentatives pour obtenir un craquement prolongé et un premier entrebâillement. La porte s'ouvrit en grand au choc suivant. Sa lampe tendue devant lui, Urm se rua à l'intérieur du bâtiment et en ressortit quelques instants plus tard.

« La voie est libre ! » déclara-t-il.

L'escorte s'engouffra dans une première salle meublée de fauteuils, de tapis et de tables basses. Les faisceaux lumineux éclairèrent des sculptures qui formaient un bas-relief de plusieurs pas de largeur.

Madone s'en approcha et contempla avec attention les personnages aux traits mi-humains, mi-animaux qui, figés dans la pierre, ne semblaient plus attendre que la grâce de leur créateur pour accéder à la vie.

« Il existe une légende sur ces statues, précisa Urm. On dit qu'elles remontent aux premiers temps de l'installation des réfugiés dans Métro 2033. À condition, évidemment, de considérer les mythes de la surface comme des réalités.

— Pourquoi le sculpteur en a-t-il fait des animaux ?

— Sans doute pour signifier que l'instinct animal prédomine chez l'être humain en période de survie.

— Quand je vois ce qui se passe autour de nous, j'en conclus que nous sommes sans cesse en période de survie… »

Urm émit un petit rire aux éclats cristallins.

« L'histoire humaine se résume à une lutte permanente pour la survie », conclut-il avant de se diriger vers l'escalier, la seule issue visible de la pièce avec la porte d'entrée.

Ils découvrirent deux autres portes sur le palier, l'une qui donnait sur la salle du Conseil, à en juger par les quatre sièges rembourrés disposés autour d'une table ronde et l'armoire contenant les registres de la station, l'autre qui refusa de s'ouvrir jusqu'à ce qu'on la fracasse à coups de crosse. Mitch et Urm pénétrèrent dans une sorte de réduit sombre où une femme et deux hommes se tenaient assis sur d'inconfortables sièges en bois, pétrifiés, visiblement terrorisés.

« Vous êtes les conseillers de Duroc ? » lança le jeune Varennois.

L'un des hommes, dont les longs cheveux gris flottaient sur ses maigres épaules, se fendit d'un grommellement qui pouvait passer pour un acquiescement.

« Qui vous a donné l'ordre de tuer Madone ? poursuivit Urm d'un ton rude.

— Je ne comprends pas de quoi vous parlez », répondit la femme, d'allure assez jeune malgré les mèches blanches de sa chevelure et les rides striant son visage.

Urm s'approcha d'elle et la gifla à toute volée. La tête de la conseillère ploya avec une telle amplitude qu'elle toucha presque son épaule opposée. Elle se mordit les lèvres pour ne pas hurler.

« Ne vous moquez pas de moi, madame la conseillère de Duroc. Pourquoi vous êtes-vous barricadés ici ?

— Nous avons seulement appliqué le protocole d'urgence en cas d'attaque de la station, monsieur, intervint l'homme à la longue crinière grise.

— Vos hommes nous ont réclamé mille tickets pour le passage, vitupéra Mitch. Ça s'appelle une déclaration de guerre. »

Après avoir brièvement consulté les autres conseillers du regard, la femme reprit la parole :

« Ils ont agi de leur propre initiative, et ils auront des comptes à rendre.

— Les miliciens n'agissent jamais de leur propre initiative, objecta Urm. L'ordre vient nécessairement de l'un d'entre vous.

— Vous avez l'air bien sûr de vous, jeune homme. » La joue gauche de la femme continuait de gonfler et de rougir. « Assez sûr de vous en tout cas pour frapper une conseillère de Duroc. »

Urm s'inclina.

« Urm, petit-fils d'Ière, conseillère de Varenne, pour vous servir, madame.

— Vous êtes aussi… insolent que votre grand-mère, grogna la femme.

— Je suppose que vous n'avez pas exigé le moindre ticket à mon père, Xav, lorsqu'il a sollicité le passage à la tête de ses servants. Vous saviez pourtant qu'Élévation avait pour projet de massacrer l'entière population de Varenne ainsi que Madone, la présidente de Bac.

— Comment l'aurions-nous su, jeune homme ? Nous ne sommes pas dans les secrets du pasteur et de ses… »

Une deuxième gifle claqua, plus puissante encore que la première, sur la joue droite de la conseillère, qui, cette fois, s'affaissa sur le côté et dégringola de sa chaise. L'homme aux cheveux gris l'aida à se relever.

« Vous avez perdu la raison, protesta-t-il.

— Ce n'est pas une façon de se comporter avec une femme, Urm. »

Le jeune Varennois se retourna avec vivacité, comme aiguillonné par la voix de Madone qui venait d'entrer dans la pièce. Suivie à distance d'Ionale, elle se dirigea vers lui d'un pas furieux. Il la regarda s'approcher sans se départir de son sourire goguenard.

« Nous n'avons que deux options dans cette histoire, ma… dame, dit-il d'un ton détaché. Soit je la gifle jusqu'à ce qu'elle parle, soit je la gifle jusqu'à ce que ses confrères parlent.

— Ce genre de méthode n'a plus cours dans le monde nouveau. »

Urm éclaira les conseillers de Duroc ; un filet de sang s'échappait des commissures des lèvres de la femme.

« Le monde nouveau n'est pas une réalité, madame, répliqua-t-il sans perdre son calme. Ceux-là utilisent encore les méthodes que vous réprouvez. Vous connaissez les arcanes du pouvoir mieux que moi, vous savez très bien que vous n'imposerez pas votre idée de Fédération sans vous salir les mains. Vous n'avez franchi que trois stations depuis votre départ de Bac. Vous avez failli être empoisonnée dans l'une, et massacrée dans les deux autres. Le chemin est encore long jusqu'à l'aboutissement de votre projet. Vous n'irez pas beaucoup plus loin si vous persistez à montrer de la faiblesse. Je sais que ces gens ont comploté contre vous. Je veux savoir avec qui, et pourquoi ; je veux connaître vos ennemis pour mieux les anéantir. Et, s'il le faut, je giflerai cette femme jusqu'à ce que la peau s'arrache de sa joue. »

Mitch approuva, d'un hochement de tête ostentatoire, la tirade du Varennois dont les mots s'étaient fichés comme des flèches dans la poitrine et le ventre de Madone, toujours en proie à un déstabilisant mélange de torpeur et d'ivresse lorsqu'elle se retrouvait face à Urm et son énergie sauvage.

Elle reporta son attention sur la conseillère à demi étourdie sur sa chaise.

« Avez-vous reçu des ordres pour m'empêcher de passer ? »

La femme leva des yeux terrorisés sur le jeune Varennois, entrouvrit la bouche, mais ne parvint qu'à expulser un filet de salive mêlée de sang.

« Oui ou non ? » s'impatienta Mitch.

Ce fut l'homme aux longs cheveux gris qui répondit :

« Le Conseil de Montparnasse et Élévation se comportent à Duroc comme en territoire conquis. Ils donnent directement leurs ordres aux officiers de notre milice. Ils ne nous consultent pas non plus pour prélever leur part sur les bénéfices du péage. Si, au début, ils ne prenaient qu'un pourcentage raisonnable, ils ne nous laissent maintenant que des miettes.

— Vous ne protestez pas ? s'étonna Urm.

— Le dernier d'entre nous qui a protesté a été condamné à l'élévation anticipée. Nous n'avons même pas réussi à lui trouver un remplaçant. Plus personne ne souhaite briguer un poste de conseiller à Duroc. La seule raison pour laquelle la statiopée ne nous a pas officiellement annexés, c'est parce qu'elle ne veut pas paraître impliquée dans le péage. Nous avons voulu mettre un terme à ce que tous les Métrolites appellent le racket et qui nous attire plus d'inconvénients que d'avantages, mais le Conseil parnassien nous a contraints à le proroger. Alors, oui, il est possible que les miliciens de notre station aient reçu l'ordre de vous empêcher de passer, madame, mais il ne vient pas de nous.

— Résultat, il ne vous reste plus beaucoup de miliciens et plus un seul bulter, précisa Mitch. Vous voilà désormais sans défense. »

Les épaules de l'homme à la crinière grise s'affaissèrent et son dos se voûta. Il garda quelques instants les yeux rivés sur ses pieds.

« Avons-nous été une seule fois dans le passé capables de nous défendre ? murmura-t-il. Notre station n'a jamais pu s'opposer à la volonté hégémonique de Montparnasse. Malgré la fortune apportée par le péage, nous n'avons pas su nous organiser. Nous sommes maintenant pieds et poings liés.

— Adhérez au projet que je porte, et nous trouverons des solutions à votre problème, déclara Madone.

— Vous arrivez trop tard, madame. Personne ne pourra empêcher Montparnasse, que ce soit par l'intermédiaire du Conseil ou par le biais d'Élévation, de soumettre la totalité de Rive Gauche. »

Madone secoua la tête, puis, machinalement, disciplina ses cheveux du plat de la main.

« Il n'est pas trop tard, monsieur. J'aurai seulement besoin de votre voix. »

Le conseiller enfonça ses yeux d'un bleu presque blanc dans ceux de la présidente, qui soutint sans ciller son regard.

« Je pense comme vous qu'un nouveau monde doit se lever sur Métro 2033 », murmura-t-il.

Il baissa tout à coup la tête. Madone discerna les larmes qui coulaient sur ses joues ravinées.

« La perspective d'une nouvelle ère vous rend donc si triste ? »

Il renifla bruyamment avant de se redresser.

« Il ne s'agit pas de cela, madame. Deux de mes fils servaient dans la milice de la station… »

14

La carrière

« Tu vois quelque chose ? »

La lampe frontale de Juss s'était éteinte depuis un bon moment. Il s'était engagé, en compagnie de Plaisance, dans un passage qui s'étranglait sans cesse, et il s'attendait à tout moment à être contraint de rebrousser chemin. Autant il appréciait la compagnie de la nyct, autant il détestait cette sensation de dépendre entièrement d'elle dans l'obscurité totale qui submergeait le boyau. Il avait oublié de se munir d'une pile de rechange ou d'un système d'éclairage de secours, d'une lampe à huile ou à salpêtre, ou encore d'une simple bougie et d'allumettes.

Il n'avait plus toute sa tête depuis que l'antidote de Ta Li l'avait rendu à la vie. Lorsqu'il avait ouvert les yeux, il lui avait semblé émerger d'un interminable voyage dans un pays sombre et froid, puis il avait aperçu le visage inquiet de Plaisance au-dessus de lui, et la mémoire lui était revenue. Le mandar avait donc tenu sa promesse. Ta Li était d'ailleurs entré quelques instants plus tard dans la petite pièce éclairée par une lampe suspendue et avait paru sincèrement soulagé de retrouver l'ancien armurier en vie.

« J'ai cru que l'antidote ne faisait pas effet, avait-il déclaré. Si tu n'étais pas revenu à toi, j'aurais moi-même égorgé l'herboriste qui me l'a vendu. »

Ta Li s'était assis aux côtés de Plaisance.

« Elle va pouvoir manger et se reposer. Ça fait un bon bout de temps qu'elle refuse d'avaler quoi que ce soit. Elle ne t'a pas quitté un seul instant du regard depuis que mes hommes t'ont ramené ici. Je crois pouvoir affirmer qu'elle tient beaucoup à toi. »

Il avait éclaté de rire.

« L'expédition nous a rapporté l'équivalent de sept millions de tickets. On a trouvé pas mal de pindigos dans le tas. Comme un pindigo vaut à lui seul cent mille tickets, il y en a pour une petite fortune. Ce bandit de Fo Ca était probablement l'homme le plus riche de Petite-Chine, sans doute même de tout Rive Gauche, à part peut-être deux ou trois grossistes de Versailles. Ses dix gardes du corps et ses chiens ne lui ont servi à rien. Nous avons fait courir le bruit qu'il a été victime d'une bande d'errants qui ont massacré ses hommes, brûlé sa demeure et enlevé ses femmes.

— Les femmes ? avait bredouillé Juss. Qu'en avez-vous fait ? »

Ta Li avait marqué un silence.

« C'étaient déjà des esclaves, n'est-ce pas ? Elles ont été réparties entre les mandars, qui en disposeront à leur guise. J'en ai récupéré une. J'en ferai peut-être l'une de mes épouses si elle se montre docile et appliquée. »

Il s'était levé et retourné, la main posée sur la poignée de la porte.

« Une part du trésor de Fo Ca te reviendra quand tu cesseras de travailler pour moi. Le temps que tu découvres, disons, trois nouvelles stations. Ensuite, je te rendrai ta liberté et tu n'auras plus aucun souci à te faire pour ton avenir. »

Il avait ouvert la porte avant d'ajouter :

« Le Conseil des mandars inaugurera bientôt la nouvelle station à mon nom. Elle intègre immédiatement la statiopée de Petite-Chine. Je te laisse te reposer, mon jeune associé. »

Juss avait rapidement recouvré l'essentiel de ses forces. L'empoisonnement avait eu pour seul effet secondaire une tendance prononcée à la distraction, à l'étourderie même, comme si le poison avait abandonné des zones d'ombre dans son cerveau. Accompagnés d'une troupe d'une dizaine de mimbs armés jusqu'aux dents commandée par un certain Sa Ma, les deux derniers rescapés de la bande du Daub s'étaient mis au travail. Ils s'étaient rendus à la nouvelle station Ta Li, bientôt inaugurée, et avaient exploré les environs en quête de nouveaux passages. Ils n'avaient rien trouvé d'autre qu'une fissure dissimulée par un éboulis dans laquelle la nyct s'était faufilée la première.

« Tu entends ? » souffla Plaisance.

Elle s'était arrêtée devant Juss, qui transpirait à

grosses gouttes à force de se contorsionner dans l'étroit passage. Il se concentra un instant sur le silence et perçut à son tour les bruits qui avaient attiré l'attention de la nyct, des grondements lointains qui semblaient provenir du ventre de la terre.

« Jamais entendu un truc pareil, souffla Juss.

— On dirait des monstres… »

Il n'eut pas besoin de distinguer le visage de Plaisance pour deviner qu'elle crevait de trouille.

« T'as rien à craindre. Si y a des monstres, ils sont bien trop gros pour passer dans c'genre d'endroit…

— Peut-être, mais qu'est-ce qu'on va trouver plus loin ?

— Faudrait déjà qu'on y aille, plus loin ! Ça va bientôt s'boucher d'vant.

— Pas sûr, je sens des courants d'air sur mon visage.

— L'air, ça passe partout, pas nous.

— Je t'ai pas encore dit, Juss…

— Quoi ?

— Je suis rudement contente que tu sois venu me délivrer.

— Normal, c'est mon boulot d'protecteur. »

Le détachement apparent de Juss ne dissimulait pas vraiment la joie soulevée en lui par les paroles de la nyct.

Contre toute attente, le boyau s'élargit un peu plus loin et déboucha sur une galerie dans laquelle ils pouvaient tenir debout. Juss posa la main sur une paroi droite et lisse, signe qu'elle était l'ouvrage des hommes et non une fissure provoquée par un affaissement de terrain. Ses doigts heurtèrent soudain des formes courbes et dures qui se dérobèrent sous ses doigts et dégringolèrent dans un tintamarre assourdissant.

« Hé, qu'est-ce que…

— Un tas de crânes, précisa Plaisance.

— On est passés dans une catacombe. Pourtant, c'est pas vraiment l'coin où il y en a le plus.

— L'air est humide, tu trouves pas ?

— On doit pas être loin d'la Seine. »

Juss ne distinguait rien à plus d'un pas devant lui, comme si les ténèbres s'étaient encore épaissies. De même, pas un bruit ne fêlait le silence à nouveau déployé.

« Qu'est-ce qu'on fait ? chuchota Plaisance.

— Ben, tu t'souviens de c'que disait le Daub ? On s'arrête pas tant qu'on peut avancer.

— J'ai pas une bonne impression…

— C'est à cause des cris qu'on a entendus plus tôt ? »

Juss n'eut pas besoin d'entendre la voix de la nyct pour avoir sa réponse.

« J'aurais peut-être mieux fait de t'laisser chez Fo Ca ! »

Il regretta ses mots aussitôt crachés de sa bouche, comprenant qu'ils avaient blessé sa partenaire, dont les expirations étaient devenues bruyantes, lourdes de chagrin. Il tenta de corriger le tir.

« C'est pas c'que j'voulais dire, Plaisance, jamais j't'aurais laissée chez c'vieux salopard. Mais, nous les Armuriers, on a pas l'droit d'avoir la trouille, tu comprends ? Ou on avancera plus jamais, on trouvera plus jamais d'armes, de bougies, de piles, tous ces trucs qu'on peut r'vendre, on servira plus à rien.

— Y a plus d'Armuriers, murmura-t-elle avec des sanglots dans la voix.

— Tant qu'on vivra nous deux, il en restera, des Armuriers. Avec les tickets que m'donnera Ta Li, on pourra rassembler une bande, on en s'ra les chefs, toi et moi. On doit pas r'culer à cause des bruits qu'on a entendus. Si ça s'trouve, c'est juste des chats ou des chiens qui s'battent. Des monstres, j'en ai jamais vu depuis l'temps que j'explore Métro 2033. S'ils existent, c'est juste dans nos têtes. »

La nyct demeura quelques instants silencieuse, puis sa tête vint se nicher dans le creux de l'épaule de Juss.

« J'irai partout où tu me diras d'aller, Juss. »

La catacombe les conduisit dans l'une de ces immenses cavités qui parsemaient les profondeurs de Rive Gauche. Il suffit à Juss de toucher l'une des arêtes rocheuses déchiquetées et tranchantes qui hérissaient le sol et les parois dénudés pour se rendre compte qu'il s'agissait d'une ancienne carrière.

« Tu vois quelque chose d'autre, Plaisance ?

— Un peu plus loin, au-dessus de nous, un parking en partie effondré avec plein de bagnoles dessus.

— Des bagnoles, t'es sûre ?

— Un paquet, toutes de travers et moitié défoncées.

— Bonne pioche. Y a des armes, de l'essence, d'la lumière, plein d'trucs à récupérer dans les bagnoles.

— J'aimerais bien savoir…

— Quoi ?

— À quoi elles servaient, les bagnoles ? »

Juss réfléchit un petit moment, s'efforçant de compenser son ignorance par le recours à l'imagination, qu'il avait féconde.

« D'abris, sans doute. Avec des moteurs pour les ventiler.

— Pas très pratique pour manger et dormir.

— Les sièges s'allongent. Comme ça, ils s'transforment en lits pour dormir. J'vois pas à quoi d'autre ils auraient pu servir.

— Pourquoi elles ont des roues, alors ?

— Comme ça, il suffit d'les pousser pour les changer d'coin. »

Bien que peu convaincue, Plaisance se contenta des explications de son partenaire. De toute façon, elle n'avait pas d'hypothèse plus convaincante à défendre. Une chose était sûre en tout cas : elle n'aurait pas voulu vivre dans une maison aussi mal foutue. Ils durent gravir un amoncellement de poutrelles métalliques et de blocs de béton pour atteindre le niveau le plus bas du parking, qui avait fini par s'affaisser en entraînant une partie des bagnoles, dont quelques-unes étaient tombées au fond de la carrière, tandis que les autres s'étaient agglutinées contre les piliers ou les rambardes métalliques restées en place.

« On commence à les fouiller maintenant ou on va d'abord prévenir Sa Ma ? » demanda Plaisance.

Main dans la main, ils avaient marché sur les toits et les capots des bagnoles serrées les unes contre les autres pour atteindre une partie dégagée du parking. Juss avait cru entrevoir, par les vitres brisées, les formes claires de squelettes coincés dans les carcasses, de pauvres bougres surpris dans leurs abris au moment où le sol s'était effondré. Leur intrusion dérangea quelques rats qui avaient élu domicile dans les parages.

« On va fouiller un peu d'abord, répondit Juss. Histoire de vérifier qu'ça vaut l'coup d'les amener ici, lui et ses hommes. Attention aux scorpions blancs : ces fils de put de Rive Droite aiment creuser leur nid dans les sièges des bagnoles.

— J'aperçois plein d'autres étages plus haut, s'exclama Plaisance.

— On est tombés sur l'bon filon, on dirait ! »

Se faufilant par les vitres brisées, ils explorèrent plusieurs bagnoles sans rien trouver d'intéressant – sans parler, évidemment, de l'essence qu'ils pourraient siphonner et transvaser plus tard dans de grands bidons –, puis, dans un abri plus grand que les autres dans lequel il était entré par une porte coulissante et qu'il visitait à tâtons, Juss mit la main sur le trésor qu'il cherchait en priorité : une minitorche dans un compartiment situé à l'avant. La pile ne fonctionnait plus, mais d'autres piles identiques étaient restées dans leurs emballages hermétiques ; il en dégagea une pour la glisser dans le manche de la lampe. Il poussa un cri de triomphe lorsqu'il pressa l'interrupteur et que la lumière vive, éblouissante, emplit l'intérieur de la bagnole.

« Qu'est-ce qui se passe ? s'inquiéta Plaisance en s'engouffrant à son tour dans l'habitacle par la porte coulissante.

— J'ai trouvé une lampe ! C'est rien pour toi, mais, pour moi, c'est comme si j'r'trouvais mes yeux.

— Je suis tes yeux, Juss, c'est toi qui l'as dit.

— C'est vrai, mais j'aime bien aussi voir par moi-même c'qu'y a autour. Peut-être que dans l'futur, tout l'monde s'ra nyct. »

Ils s'introduisirent dans toutes les bagnoles accessibles du niveau le plus bas du parking, ramassant un tas de choses qu'ils entassèrent dans un grand sac en cuir au préalable vidé de ses vêtements empestant le moisi. Les deux pistolets chargés et les balles de rechange qu'ils trouvèrent dans une bagnole équipée d'une grosse ampoule brisée sur le toit, les trois lampes de poche, les six étuis de cuir contenant des pièces de monnaie métalliques, les vieux billets et, surtout, les tickets de métro (environ deux mille) constituaient déjà une fabuleuse moisson, sans compter les chaussures, les vestes, les chapeaux, les nécessaires de toilette et autres objets usuels qu'on récupérerait plus tard. Certains Métrolites seraient intéressés par la matière souple et noire des roues, avec laquelle ils fabriqueraient des matelas, des sièges ou des jouets, d'autres par les sièges, d'autres par les vitres, d'autres par les pièces des moteurs… Bref, il y en avait pour une fortune. Juss ne se souvenait pas que la bande du Daub fût tombée sur un tel magot. Plaisance et lui auraient pu devenir riches s'ils avaient exploité leur découverte pour leur propre compte, mais, un presque adulte et une pas encore adolescente n'étant pas de taille à se défendre contre les nombreux prédateurs de Rive Gauche, ils avaient pour l'instant besoin de la protection de Ta Li et de ses mimbs ; ils se devaient par conséquent d'informer Sa Ma des résultats de leurs explorations.

« Ça suffira pour l'moment, suggéra Juss. On r'viendra avec Sa Ma et les autres. »

Pour repartir, ils empruntèrent le même chemin qu'à l'aller, à cette différence près que Juss pouvait s'éclairer et choisir ses passages. Le poids du sac ne le gêna pas pour dévaler le tas de poutrelles métalliques et de gravats qui avait empêché le parking de s'effondrer entièrement. Le rayon de sa lampe dévoila dans les interstices des mouvements ou des éclats qui indiquaient une activité grouillante sous les décombres. La vie montrait un étrange entêtement à se développer dans les conditions les moins propices.

Des cris retentirent au moment où ils traversaient le fond de la carrière et se prolongèrent en échos sous l'immense voûte. Plaisance se figea et fixa l'obscurité avec une intensité qui rendait ses yeux bruns aussi brillants que des flammes.

« Tu zyeutes quelque chose ? chuchota Juss.

— Il me semble… il me semble…

— Quoi ?

— Voir des mouvements.

— Tu peux être plus précise ?

— Je devine juste des trucs qui bougent dans le noir, j'arrive pas à savoir ce que c'est. »

Les cris brisèrent une deuxième fois le silence. Ils paraissaient s'être rapprochés à grande vitesse, comme si les créatures qui les poussaient s'apprêtaient à déchirer le rideau de ténèbres et foncer sur les deux humains pétrifiés au fond du gouffre.

« J'sais pas non plus c'que c'est, j'sais seulement qu'il faut qu'on s'casse d'ici l'plus vite possible, murmura Juss. D'mi-tour : on s'met à l'abri dans une bagnole. »

Ils rebroussèrent chemin en courant, escaladèrent avec agilité l'amoncellement de poutrelles métalliques et de débris, sautèrent dans le premier niveau du parking, s'engouffrèrent dans la grande bagnole où ils avaient trouvé la première lampe, refermèrent soigneusement la portière coulissante derrière eux et s'installèrent sur les sièges de devant, d'où ils avaient une vue d'ensemble de la carrière en contrebas. Le rayon de la lampe n'éclairait qu'une trentaine de pas à la ronde, mais il suffirait pour repérer les monstres s'ils tentaient à leur tour de gagner le parking.

Le silence retomba sur la carrière, et rien d'autre ne surgit de l'obscurité que des zombyx, des papillons aux ailes noires qui pullulaient dans certaines stations et constituaient la nourriture favorite des chauves-souris. Comme ils se sentaient en sécurité dans leur abri de tôle, ils restèrent longtemps vautrés sur les sièges qui craquaient au moindre de leurs mouvements.

« Faudrait qu'on y aille, finit par proposer Juss. Sa Ma risque d's'inquiéter pour nous, même si j'suis pas sûr que c'put de Rive Droite se soit un jour inquiété pour qui que ce soit.

— J'ai peur, Juss, hoqueta Plaisance.

— Y a pas d'raison. À mon avis, les bestioles qu'ont crié sont r'parties dans une autre direction.

— L'eau est tout près. Peut-être qu'elles sont seulement allées boire.

— Comment tu peux l'savoir, pour l'eau ?

— L'air est devenu humide. Comme quand on est à côté de la Seine.

— On aurait entendu des clapotes, ça fait toujours un peu de bruit. En tout cas, si y avait d'l'eau par là, ça s'rait une put de Rive Droite de découverte. Sûr qu'les mandars installeraient des élevages de crevettes blanches et de poissons. Tu sais quoi ? On va laisser l'sac dans c'te bagnole et on va voir si y a d'l'eau dans les parages. »

À en croire sa grimace, la perspective n'enchantait guère la nyct. Juss tira de la poche de sa veste le pistolet offert par Ta Li avec lequel il avait tué Enti et le brandit devant le visage de Plaisance.

« Avec ça, on craint ni humain ni bestiole. »

Son sourire à peine esquissé s'évanouit sur les lèvres de la fillette.

« Tu m'apprendras à tirer ?

— J't'offrirai même un flingue. Comme ça, tu s'ras toujours à même de t'défendre.

— Merci, Juss. »

Elle se pencha vers lui pour déposer un baiser

furtif sur sa bouche. Il en fut tellement surpris qu'il n'eut pas d'autre réflexe que d'éteindre sa lampe pour confier son trouble à l'obscurité.

Ils sortirent de leur abri quelques instants plus tard avec la plus grande discrétion possible. Le crissement de la portière résonna comme un insupportable fracas dans le silence sépulcral ensevelissant les lieux. Juss ralluma sa torche pour dévaler la pente du tas de poutrelles et de gravats, puis ils suivirent la direction opposée à celle qu'ils avaient prise juste avant que les cris retentissent et s'enfoncèrent peu à peu dans l'immense cavité.

L'air se gorgeait d'humidité ainsi que l'avait affirmé Plaisance. Les parois commençaient à suinter, le sol lui-même devenait souple, voire spongieux par endroits. Ils percevaient à présent les fameuses clapotes dont avait parlé Juss. Les odeurs qui flânaient dans les ténèbres rappelaient celles des stations portuaires comme Michel, Orsay, Victor et Javel, un mélange de boue, d'humus, d'algues et de moisissures.

« Là », s'exclama la nyct.

Elle désignait une grève arrondie de terre qui bordait une surface frissonnante une cinquantaine de pas plus loin. C'est presque en courant qu'ils franchirent la distance qui les séparait de la Seine. La lumière de la lampe scintilla sur l'eau parcourue de frémissements à chaque vibration du sol. Comme chaque fois qu'il contemplait le fleuve, Juss admira sa beauté, son immensité, sa majesté, son mystère. Aucun Métrolite n'étant allé de l'autre côté, on ne connaissait pas ses dimensions. Certains prétendaient qu'il n'avait pas de fin, ou encore qu'il protégeait Rive Gauche du précipice sans fond qui, sans sa présence vigilante, aurait englouti l'ensemble de Métro 2033. Des tas d'histoires, de légendes, circulaient sur la Seine, souvent colportées par les pêcheurs eux-mêmes. On les soupçonnait d'en rajouter pour gonfler leur réputation d'hommes courageux, mais ils restaient les mieux placés pour parler du grand fleuve nourricier. Les moins hâbleurs disaient qu'on pouvait naviguer aussi loin que le permettait la hauteur entre les voûtes et la surface de l'eau, une hauteur qui diminuait inexorablement au point de disparaître entièrement et d'interdire le passage aux embarcations.

« Ça f'rait un foutu bon port, ici ! »

Les échos de l'exclamation de Juss planèrent un long moment au-dessus de leurs têtes.

« Y a une sacrée hauteur, ça laisse de la marge aux pêcheurs », poursuivit-il avec le même enthousiasme.

Aussi loin que portait le faisceau de sa lampe, il ne discernait pas d'abaissement de la voûte ni de barrière rocheuse. Comme Plaisance ne réagissait pas, il se tourna pour l'éclairer.

Il comprit son silence et son immobilité lorsque la lumière révéla les deux animaux qui se tenaient dans l'eau une quinzaine de pas plus loin. Seuls émergeaient leurs têtes, leurs cous et leurs échines de couleur blanche, mais Juss n'avait pas besoin de les voir entièrement pour deviner leur taille et leur puissance, probablement quatre ou cinq fois supérieures à celles d'un grand chien. L'un d'eux ouvrit la gueule et poussa un grondement menaçant. Ses crocs légèrement jaunes ressemblaient à des lames courbes. Juss empoigna son pistolet, déverrouilla le cran de sûreté et s'appliqua à maîtriser son tremblement lorsqu'il pointa le canon vers l'animal au pelage entièrement blanc.

« Reviens lentement vers moi, Plaisance », ordonna-t-il à voix basse sans desserrer les lèvres.

La nyct ne bougea pas, comme hypnotisée par les yeux noirs et scintillants des deux bestioles tapies dans l'eau.

« Plaisance, reprit-il un peu plus fort. Viens à côté d'moi avant qu'ils t'sautent dessus ! »

L'animal le plus proche de la rive s'ébroua en poussant un deuxième grondement, plus long et fort que le premier.

« J'ai le flingue, Plaisance, insista Juss. J'peux t'protéger. Faut juste que tu t'rapproches de moi. »

La nyct tourna la tête dans sa direction et lui lança un regard désespéré.

« D'accord, bouge pas, c'est moi qui viens vers toi. »

Il avança d'un pas lent en direction de la fillette sans cesser de braquer sa lampe sur les bestiaux. Au moment où il arrivait à sa hauteur, ces derniers se dressèrent sur leurs pattes arrière en poussant des cris de plus en plus furieux et en agitant leurs membres antérieurs pourvus de longues griffes acérées.

Juss se plaça devant Plaisance.

« Si on fuit, ils nous auront à la course. Autant essayer d'les arrêter avant, put de Rive Droite. »

Debout, ils atteignaient la hauteur de deux hommes. Ils se dandinaient en balançant leurs énormes têtes d'un côté et de l'autre. Était-ce le signe qu'ils étaient sur le point de lancer leur attaque ? Juss choisit le plus proche et pressa la détente de son flingue. Si la lueur du coup de feu creva fugitivement l'obscurité, la détonation, elle, mit du temps à s'estomper. L'armurier avait manqué sa cible, du moins il n'avait pas touché de point vital, puisque l'animal se mit à gronder de plus belle et à frapper l'eau de ses pattes antérieures, soulevant d'immenses gerbes dont les gouttes lui cinglèrent le visage. Il tira une deuxième fois pour un résultat identique. Sa cible s'agitait trop pour qu'il puisse viser correctement. L'eau commençait pourtant à rougir, preuve qu'il l'avait touchée. Il devait la frapper au poitrail ou entre les yeux. Il respira profondément pour recouvrer son calme. Il sentait la présence de la nyct derrière lui.

Elle dépendait entièrement de lui en cet instant précis.

Comme il avait dépendu d'elle dans les ténèbres.

Un nouveau bruit attira son attention : le deuxième animal avait exploité la diversion provoquée par son congénère pour se rapprocher du rivage en décrivant un large détour. Il surgit tout à coup sur la berge vingt pas plus loin et fondit sur les deux humains en une succession de bonds prodigieux.

15

À livres ouverts

« Tu en as d'autres ? »

Roy avait déposé devant Aube deux livres de photos de la surface du temps où elle était habitable, avec le sentiment pernicieux, presque suffocant, de trahir, au-delà de son père, l'ensemble de sa lignée et toute la civilisation d'avant Métro 2033. Elle n'avait qu'à ouvrir la bouche pour qu'il consente au moindre de ses désirs. Il ne pouvait rien lui refuser. Il se reprochait parfois de l'avoir accueillie dans son antre, comme s'il avait lui-même introduit le serpent tentateur dans l'Éden.

Un mal de crâne persistant s'était substitué aux effets euphorisants de l'alcool de baies. Il n'avait que de vagues souvenirs du trajet entre Montparnasse et Sorbonne, le quartier d'Odéon où il habitait. Ils s'étaient sans doute arrêtés chez un marchand de vêtements pour acheter une tenue décente à Aube, puis devant l'étal de bougies et de lampes à salpêtre d'un trafiquant qui vendait des armes sous le manteau, il avait probablement dépensé une petite fortune pour deux pistolets, une boîte de balles et deux poignards – comment expliquer autrement la présence d'un flingue et d'un coutelas dans les poches de sa veste ? –, ils avaient peut-être croisé un groupe agressif qui s'en était pris à la jeune femme, peut-être même des coups de feu avaient-ils été échangés. Il manquait en tout cas des balles dans le chargeur de l'arme. Il était fort possible qu'ils se soient enfuis et qu'ils aient réussi à semer leurs agresseurs dans la cohue du cœur d'Odéon, car les courbatures à ses jambes témoignaient d'une activité physique inhabituelle. Ils s'étaient réveillés dans le même lit, mais il ne gardait pas la moindre réminiscence d'un quelconque baiser ni de la moindre caresse, et d'ailleurs ils s'étaient couchés tout habillés.

« D'où viennent ces livres ? demanda Aube en ouvrant avec gourmandise l'un des deux ouvrages posés sur la table.

— Mes ancêtres les ont sauvés de la Catastrophe et des terribles brigades de destruction des premiers temps de Métro 2033, également appelées les effaceurs, ou les fossoyeurs de la mémoire. Nous en sommes devenus les gardiens. » Roy se frotta le front dans l'espoir d'apaiser la douleur qui lui martelait le crâne. « Chaque génération fait le serment d'apprendre à lire à son fils aîné, qui devient à son tour le gardien. La chaîne ne doit à aucun prix s'interrompre jusqu'au retour à la surface. Une chaîne dont je suis le dernier maillon. Un maillon défaillant…

— Pourquoi tu dis ça ? »

Roy s'efforçait de donner le change, mais son sourire restait imprégné d'amertume.

« Je n'ai pas d'enfants, et je révèle un secret à une inconnue : je trahis doublement mon serment. »

Aube trouva subitement son hôte émouvant dans la lumière tamisée de son logement. Elle regretta fugitivement d'avoir profité de son ébriété pour le contraindre à dépenser trois cents tickets en vêtements et en armes. Elle prévoyait de rester chez lui le temps de se faire oublier. Il n'était pas du genre à l'obliger à coucher avec lui en échange de son hospitalité, une bonne chose, parce qu'elle ne ressentait pour Roy aucun embryon de désir, et qu'enfin libre, elle n'avait aucune envie de jouer avec lui les mêmes sordides comédies qu'avec le pasteur d'Élévation et ses anciens amants.

« Pour les enfants, il n'est pas trop tard. Et tu le sais aussi bien que moi, les secrets finissent toujours par se dévoiler. »

Roy n'en revenait pas qu'une telle beauté ait échoué dans son logement. Il avait l'impression d'être le Quasimodo de *Notre-Dame de Paris*, un roman qu'il avait lu des dizaines de fois, devant Esméralda, la bohémienne. Il n'osait pas la regarder en face de peur de l'importuner, de lui déplaire, il l'observait à la dérobée, admirant la pureté exquise de ses traits, la sensualité vertigineuse de ses lèvres – il avait cru se souvenir qu'elle l'avait embrassé sur la place Départ, il présumait désormais que cette scène ne s'était déroulée que dans son imagination –, l'adorable finesse de son cou, les ondulations de ses longs cheveux noirs – le noir de jais décrit dans certains ouvrages ? D'un côté, il aurait pu se dire que la chance lui souriait enfin, que l'apparition d'une telle femme dans son existence morne était le signe que l'univers lui accordait un minimum de considération, de l'autre, il craignait que le destin lui ait joué un mauvais tour en entrebâillant la porte du paradis avant de la lui claquer brutalement au nez. La façon dont elle feuilletait les livres, avec un respect empreint de délicatesse, la rendait encore plus séduisante à ses yeux. La bouche entrouverte, elle fixait longtemps les photos, les eaux turquoise, les plages de sable blanc, les sommets enneigés, les collines vertes, jaunes ou mauves, les cités dont les bâtiments se tendaient désespérément vers le ciel, les déserts ocre, les forêts profondes, les rubans gris qui fendaient les interminables plaines, les falaises déchiquetées, les fleuves aux amples méandres enjambés par de gigantesques ponts couverts de bagnoles… Fasciné par les régulières apparitions de la pointe rose de sa langue entre ses dents, il comptait mentalement le nombre de livres qu'elle pourrait encore parcourir. Comme elle ne semblait intéressée que par les images, il en dénombra au moins trois cents, en espérant qu'après s'être rassasiée de photos, elle commencerait à…

« Lire… Au fait, est-ce que tu sais lire ? »

La question s'était échappée des lèvres de Roy. L'attention d'Aube demeura un moment fixée sur l'image représentant une immense plage peuplée d'une foule d'hommes et de femmes nus à l'entrejambe couvert d'un minuscule triangle de tissu, puis elle leva sur lui des yeux chargés d'hostilité.

« Tu ne vas tout de même pas prendre la place de ma mère ? »

Il exprima son incompréhension d'une grimace.

« Elle ne jure que par la lecture, poursuivit-elle d'une voix vibrante de colère contenue. Résultat : elle m'en a dégoûtée.

— Il y a des trucs à lire chez vous ?

— Uniquement ses écrits à elle. Elle passe une bonne partie de son temps à écrire. Je parle d'elle comme si elle était toujours vivante, mais elle est certainement morte maintenant.

— Tu viens de quelle station ?

— Varenne. »

Il alluma une deuxième bougie alors que la première n'était qu'à moitié entamée.

« Tu gaspilles la lumière », s'indigna Aube, les sourcils froncés.

Il se garda de lui avouer qu'il disposait d'un stock pratiquement inépuisable de crache-flammes de toutes sortes.

« Varenne ? J'ai entendu dire qu'il y avait eu du grabuge là-bas…

— Les servants y sont descendus pour massacrer tout le monde, précisa-t-elle.

— D'après mon contact à Élévation, c'est l'inverse qui s'est produit : ce sont les servants qui ont été massacrés. Une soixantaine.

— Le cordeur, c'était lui, ton contact ? »

Roy acquiesça d'un clignement de paupières.

« Il est... était fiable ?

— Si on exclut ses obsessions du sexe et de l'argent, ses renseignements sont... étaient justes en général. Je le payais assez grassement pour éviter qu'il me raconte n'importe quoi.

— Je confirme, pour l'obsession du sexe. »

Aube avait prononcé ces mots avec une moue de dégoût.

« C'est ce qui l'a perdu, ajouta-t-elle.

— Comment... Comment l'as-tu tué ? »

Elle fixa son interlocuteur d'un air provocant.

« Salement.

— C'est-à-dire ?

— Puisque tu veux les détails : je lui ai tranché la gorge avec les dents. »

Sa réponse conforta Roy dans l'hypothèse qu'elle l'avait embrassé sur la place Départ.

« Ça explique...

— Quoi ?

— L'arrière-goût de sang dans ta bouche. »

Elle lui décocha un regard venimeux avant de se mordiller la lèvre inférieure. Son penchant pour la provocation la poussait parfois à en dire trop.

« Oublie ça ! grogna-t-elle.

— Bah, vu l'état dans lequel j'étais, j'ai déjà presque tout oublié... »

Elle referma le livre avec brusquerie.

« Ce baiser, c'était seulement pour essayer de te dessaouler, martela-t-elle d'un ton blessant. Ne va surtout pas t'imaginer quoi que ce soit. J'espère d'ailleurs que tu disposes d'un autre lit dans ton logement. Sinon, je me verrai contrainte de chercher une autre solution.

— Il y a deux autres chambres… »

Il constata avec un brin d'amertume qu'il acceptait toutes les compromissions, tous les renoncements, pour la garder le plus longtemps possible dans sa vie, prêt à déclarer au besoin le contraire de ce qu'il pensait.

« Qu'est-ce qui te fait croire que tu me plais ? » riposta-t-il stupidement.

Elle rouvrit le livre et en feuilleta négligemment quelques pages.

« Ta façon de me déshabiller du regard, ton omniprésence, ton sourire niais chaque fois que je te parle, le fait de te passer sans cesse la main dans les cheveux… Tu es comme tous les hommes : incapable de dissimuler ton désir. On lit en toi aussi facilement que dans tes livres.

— À condition de savoir lire », cracha-t-il.

Elle le dévisagea d'un air mi-courroucé, mi-désolé.

« Tu as le même genre de mépris que ma mère pour ceux qu'elle appelle les ignorants. Peu importe. L'ignorante que je suis a une question pour toi. »

Il s'assit en face d'elle et, d'un geste, l'invita à la poser.

« Ces ouvrages sont très anciens ? »

Il saisit le livre du dessus de la pile, l'ouvrit à l'une des dernières pages et posa l'index sur le petit texte écrit en son milieu.

« Celui-ci a été imprimé en 2026 par CPI Firmin-Didot, son numéro d'impression est le 502305.

— 2026 ? Ça a un rapport avec Métro 2033 ?

— 2026 évoque sans doute une année. L'année se basait sur l'orbite de la Terre autour du Soleil. La Terre, notre planète, mettait... met toujours, je suppose, trois cent soixante-cinq jours à faire le tour de son étoile, le Soleil. Comme nous ne voyons plus la course du soleil dans le ciel, qu'il n'existe plus d'alternance jour/nuit, que nous n'avons plus de saisons, nous avons perdu toute mesure du temps. Nous ne savons pas combien d'années se sont écoulées depuis notre descente dans les souterrains de Métro 2033. Nous ne sommes même pas sûrs, d'ailleurs, que le chiffre 2033 corresponde à l'année de la Catastrophe. »

Aube n'avait pas tout compris des propos de Roy, mais ils ouvraient en elle des perspectives exaltantes. Un nouvel univers se dévoilait par intermittence, qu'elle était avide d'explorer. Les galeries et les stations ténébreuses de son monde familier, les lumières vacillantes des bougies et des lampes à pétrole, les voûtes, les parois, les escaliers, les quais, les habitations plus ou moins étriquées lui paraissaient tout à coup dérisoires en comparaison de la surface, de son immensité, de son extraordinaire luminosité, de sa diversité, de ses splendeurs, de ses mystères. Comment les humains en étaient-ils arrivés à fuir de telles merveilles pour s'enfermer dans un refuge aussi exigu, aussi monotone, aussi lugubre, que Métro 2033 ? Quelle malédiction les avait-elle donc frappés ?

« Ces images, ces photos comme tu dis, elles sont les œuvres d'artistes, n'est-ce pas ? Sont-elles vraiment le reflet de la réalité ou seulement le produit de leur imagination ? »

Roy frotta de l'index l'arête bosselée de son nez.

« C'est une question que je me suis également posée. C'est là que l'apport du texte devient essentiel. J'en suis arrivé à la conclusion que les mots mentent moins que les images. Ou plutôt qu'ils donnent tout leur sens aux images. »

Elle médita un instant ses paroles avant de demander, d'une voix soudain hésitante :

« Tu m'apprendrais à lire ? »

Il s'appliqua à garder un visage impassible tandis qu'une explosion de joie l'embrasait de la tête aux pieds. Elle aurait besoin de temps pour déchiffrer les lettres, les mots, les phrases, puis pour parcourir un premier livre en entier, pour avoir accès, enfin, à tous les ouvrages qui garnissaient les étagères de la bibliothèque familiale, et lui, il ne demandait pas mieux que de passer une très longue période en sa compagnie.

Bil le cordeur ne s'était pas présenté au deuxième rendez-vous. Otre se demandait s'il avait effectué le petit travail pour lequel elle l'avait déjà en partie rémunéré. Il lui avait pourtant semblé fiable, du moins intéressé, pas du genre à dédaigner trois cents tickets. Peut-être avait-il eu des ennuis avec les servants. Peut-être l'avaient-ils surpris devant la cage d'Aube et l'interrogeaient-ils en ce moment pour savoir qui avait commandité l'évasion de l'ancienne maîtresse du pasteur. Peut-être remonteraient-ils jusqu'à elle. Elle ne risquait pas une condamnation à l'élévation anticipée, pas tant qu'elle serait membre du Conseil parnassien en tout cas, mais ils pourraient tenter de l'éliminer en toute discrétion par le poison ou un tueur déguisé en vagabond. Elle puiserait dans sa réserve de tickets pour renforcer la surveillance autour d'elle, aiguisant encore une méfiance qui confinait déjà à la paranoïa. Elle comptait également sur Ésia pour la prévenir des manœuvres de ses ennemis. Après l'épisode malheureux de son intervention au Conseil, la dvinn semblait de nouveau lui accorder sa confiance.

Les petites souris de son réseau ne lui avaient rien appris de nouveau au sujet de Madone, et elle avait perdu son meilleur élément en la personne d'Aube. Même si le cordeur était parvenu à la délivrer de sa cage, la jeune femme devrait quitter rapidement Montparnasse où elle était désormais grillée. Otre la regretterait. Elle ne savait toujours pas comment le pasteur avait découvert le triple jeu d'Aube, et elle se sentait désormais vulnérable, en position de faiblesse. Parn détenait sans doute dans son jeu une carte qu'elle ne connaissait pas.

Des coups ébranlèrent la porte de son logement. Son sang se glaça tandis qu'une tempête de pensées se levait à l'intérieur de son crâne. Plusieurs *scenarii* catastrophiques se détachèrent de son tourbillon intérieur, puis s'agrégèrent en deux hypothèses principales : les représailles du pasteur ou une attaque commanditée par Lej et ses complices du Conseil.

Les coups résonnèrent de nouveau. Le visage d'Ésia, alertée par le vacarme, se découpa dans la pénombre quelques pas plus loin.

« Retourne dans ta chambre, lui souffla Otre. J'ai peur que ce soit dangereux pour toi.

— L'homme qui frappe à la porte n'est pas un ami, mais il ne vient pas en ennemi, déclara la dvinn.

— Dans ce cas, cache-toi dans un coin et reste attentive. »

Ésia se coula dans un recoin d'obscurité. Otre se rendit près de la porte et attendit que les battements précipités de son cœur se calment un peu, puis elle tira les deux verrous principaux, tourna la poignée et entrouvrit le lourd panneau de bois. Escorté par deux hommes aux barbes fournies et aux brassards noirs noués sur les manches de leurs tuniques blanches, l'homme qui se tenait sur le seuil ne correspondait à aucune de ses deux hypothèses. Otre entrevit les kalaches des deux gardes du corps qui se tenaient légèrement en retrait dans la pénombre et se contint pour ne pas refermer précipitamment la porte.

« Pardonnez-moi de frapper chez vous sans y avoir été convié, madame, mais je souhaite m'entretenir en toute discrétion avec vous. »

La voix suave et charmeuse d'Augir eut pour effet de dissiper instantanément la frayeur de la conseillère.

« Mes hommes resteront dehors le temps de notre conversation », ajouta-t-il.

Elle s'effaça pour l'inviter à entrer.

« Soyez le bienvenu, monsieur le secrétaire. »

Il s'avança dans le vestibule où brillait une bougie moribonde. Comme il l'avait promis, ses gardes du corps ne le suivirent pas.

« Nous serons plus à l'aise dans la réception. »

Otre le devança dans un couloir et l'introduisit dans une vaste pièce parfaitement éclairée, meublée d'une table et de trois confortables sièges. Elle le pria de s'asseoir dans l'un des deux fauteuils réservés aux visiteurs tandis qu'elle s'installait à sa place attitrée.

« De quoi voulez-vous donc me parler, monsieur le secrétaire ? »

Il croisa les jambes et rajusta soigneusement ses vêtements avant de répondre :

« D'un sujet qui nous préoccupe tous les deux : le pasteur Parn. Je pense, et je sais, que vous pensez la même chose, qu'il devient dangereux pour l'équilibre de Montparnasse et de l'ensemble de Rive Gauche, et je…

— N'est-il pas votre supérieur ? l'interrompit-elle. Votre religion ne repose-t-elle pas sur la fidélité sans faille et la confiance aveugle accordées à son chef suprême ? »

Un vague sourire flotta sur les lèvres d'Augir, encadrées par une barbe noire taillée avec méticulosité.

« Les pasteurs sont censés incarner la sagesse, madame la conseillère. Mais il n'est guère difficile de constater que Parn en est cruellement dépourvu. Et que, si nous persistons à lui accorder cette confiance aveugle dont vous parlez, il précipitera Élévation et la statiopée tout entière dans l'abîme. Il traite en ennemi toute personne qui n'est pas un adepte de notre religion. Or, que l'on soit servant ou non, je reste persuadé que nous avons encore besoin les uns des autres.

— Lorsque vous dites encore, dois-je comprendre qu'à terme vous visez le même but que Parn ?

— Le propre de toute organisation humaine est de croître, madame, Élévation ne fait pas exception à la règle. Quelqu'un qui est convaincu d'être dans la bonne direction ne cherche-t-il pas à entraîner le plus de monde possible sur le chemin qu'il ouvre ? »

Le secrétaire marqua un silence, ses yeux noirs vrillés dans ceux de la conseillère.

« Je vous propose une alliance provisoire contre le pasteur suprême, reprit-il. Puis, lorsque nous aurons réglé le problème Parn, chacun reprendra sa place. »

Otre, qui n'avait jusqu'alors jamais eu directement affaire à Augir, un homme qu'on disait habile, retors, nettement moins prévisible que Parn, se demanda si Ésia serait en mesure de discerner les véritables intentions du visiteur.

« Nous avons un point commun, poursuivit le secrétaire. Nous avons utilisé la même personne pour recueillir les confidences du pasteur.

— Aube ? »

Il lissa quelques instants ses cheveux au-dessus de ses tempes.

« Vous m'avez joliment dupé avec elle, madame la conseillère. Je croyais la contrôler, maîtriser la situation, mais je me suis rendu compte que le pasteur et vous-même aviez un coup d'avance sur moi. Lorsque j'ai vu la cage d'Aube s'élever sur la place Départ, je me suis retrouvé devant le fait accompli. Je me suis laissé encercler sans m'en apercevoir, et, si la stratégie avait fait partie des qualités de Parn, il aurait exploité la situation pour m'éliminer définitivement. Il n'a pas poussé l'avantage, tant pis pour lui. »

L'idée d'un pacte provisoire avec Augir traçait rapidement son chemin dans l'esprit d'Otre, elle-même prise au dépourvu par le pasteur. Elle aurait besoin d'alliés dans les temps à venir. Non seulement il fallait éliminer Parn au plus vite, mais elle devait également resserrer son emprise sur le Conseil parnassien et apporter son soutien à Madone.

« Si nous concluons un accord, monsieur le secrétaire, quelle garantie aurai-je de votre… loyauté ? »

Augir lâcha un petit rire aux éclats blessants.

« Vous n'êtes pas la mieux placée pour me parler de loyauté, madame, vous qui avez contraint Aube à se livrer à un triple jeu. Je n'ai pas d'autre garantie que ma parole. Je sais que vous accordez un grand intérêt au projet de Fédération de la présidente de Bac. Le pasteur a déjà essayé de la tuer à Varenne, il a manqué son coup, mais il recommencera et, si nous ne mettons pas nos connaissances et nos moyens en commun, il y parviendra.

— Vous soutenez le projet de Madone, vous, monsieur le secrétaire ? »

Augir décroisa les jambes en grimaçant et tira machinalement sur le bas de son pantalon.

« Son projet, non. J'y étais même farouchement opposé au début. Mais son idée de rassemblement se fraye un chemin dans Rive Gauche et prépare les consciences à l'avènement d'un monde nouveau. Je pense à présent que ce serait une grave erreur de vouloir l'éliminer : si nous la laissons agir tout en la contrôlant, nous aurons accompli une bonne part de notre dessein.

— Si j'ai bien compris, elle sème et vous récoltez. »

Le secrétaire se leva et, une nouvelle fois, s'appliqua à lisser ses vêtements du plat de la main.

« C'est une façon de voir les choses, madame. Il me paraît plus approprié d'accompagner les forces en mouvement plutôt que de s'y opposer. »

Otre rangea machinalement les divers objets jonchant son bureau.

« Une définition comme une autre de l'opportunisme… »

Les mots s'étaient envolés de sa gorge comme des pensées égarées.

« Je parlerais plutôt de fluidité, corrigea Augir. Nous ne sommes pas obligés de massacrer la moitié de la population de Rive Gauche pour parvenir à nos fins, contrairement à Parn, qui prévoit d'exterminer les mutants et l'ensemble de ses opposants. L'élévation d'un enfant vib avec sa mère lors de la dernière cérémonie marquait le coup d'envoi de sa politique radicale, un épisode malheureux qui m'a ouvert les yeux. »

Otre songea à Ésia, cachée dans un recoin de son

logement, et l'élimination définitive de Parn lui parut tout à coup revêtir un caractère d'urgence.

« Avez-vous une action concrète à me proposer, monsieur le secrétaire ? »

Il réfléchit quelques instants, la tête penchée, les lèvres déformées par un rictus qui semblait exprimer une vive souffrance.

« Je reprendrai contact avec vous, madame, finit-il par répondre. Merci de m'avoir reçu à l'improviste. Un petit conseil avant de partir : méfiez-vous comme de la sorbonnielle des conseillers Saille et Anv. »

Saille ? Anv ? Elle les avait toujours considérés comme des êtres insignifiants, inoffensifs. Les derniers événements lui montraient qu'il ne fallait négliger aucun membre du Conseil. Elle résolut également de se renseigner au plus vite sur le secrétaire d'Élévation, sur ses habitudes, ses préférences sexuelles, ses faiblesses, menues ou immenses, afin de disposer d'atouts maîtres dans sa manche lorsque viendrait le temps des règlements de comptes – il viendrait, tôt ou tard.

« Permettez-moi de prendre congé, madame.

— Je vous raccompagne. »

Les deux gardes du corps surgirent de l'obscurité, kalaches levées, sitôt que la porte eut livré passage au secrétaire.

« Je vous recontacte dès que possible », répéta-t-il avant de s'évanouir dans l'ombre de la station.

Otre attendit un moment avant de refermer la porte.

« Ésia ! cria-t-elle.

— Je suis là. »

La dvinn apparut aussitôt devant la conseillère, comme si elle s'était tenue près d'elle en permanence.

« Qu'en penses-tu ? »

La fillette agita d'abord les lèvres sans proférer le moindre son avant de déclarer, d'une traite :

« Cet homme me paraît des fois plus sombre que l'obscurité la plus noire de Rive Gauche, et d'autres fois j'ai l'impression qu'il n'y a rien à l'intérieur de lui, comme une coquille de crabe vide.

— Qu'est-ce qu'il cherche ? »

Ésia fut secouée par un violent spasme, comme si elle s'apprêtait à vomir.

« Toutes ces horreurs en lui, bredouilla-t-elle. Il cherche à les oublier, à les fuir…

— Quelles horreurs ?

— L'homme qu'il considère comme son père l'a confié à des gens qui l'ont torturé, mutilé… Il croit que seul le trône de pasteur l'aidera à retrouver la paix, mais il ne la retrouvera jamais, et il fera subir aux autres, à tous les autres, les souffrances qu'il a lui-même subies.

— Quel genre de mutilations ? »

De grosses larmes ruisselèrent sur les joues d'Ésia. Aux lueurs chétives de la dernière bougie allumée dans le couloir, Otre s'aperçut qu'elles étaient imprégnées de sang.

« Ils lui ont arraché la peau à l'endroit où… enfin, là où les filles ne sont pas pareilles que les garçons, balbutia la dvinn.

— Tu veux dire qu'ils lui ont tranché les… ses organes de garçon ?

— Ils ne les ont pas coupés, ils les ont laissés comme ça, sans peau, tout le bas du ventre. Il est obligé de les désinfecter tous les jours avec une potion, et la souffrance est horrible… horrible…

— Je n'ai jamais rien remarqué chez lui qui trahisse une douleur aussi terrible que tu… »

La conseillère se souvint tout à coup de la brève expression de souffrance d'Augir peu de temps avant son départ. La fillette se mit à trembler de tous ces membres.

« Il a appris à ne rien montrer, mais le mal le ronge à chaque instant. Et s'il devient pasteur, chaque homme d'Élévation, chaque homme de Rive Gauche, subira le même sort. »

Otre enlaça la dvinn et la berça doucement.

« Cela n'arrivera pas. On ne remplacera pas un monstre par un autre. Je m'occuperai du secrétaire Augir dès que nous nous serons débarrassées du pasteur Parn. »

Solitudes

J'occupe depuis quelque temps le poste de conseillère de Varenne. J'ai décidé d'écrire, d'une part parce que les écrits restent et que mes successeurs pourront toujours consulter mes manuscrits, d'autre part parce que l'exercice m'oblige à clarifier mes pensées.

Ce ne sont pas, hélas, mes enfants qui prendront connaissance de mes œuvres : mon fils Xav et ma fille Aube refusent obstinément d'apprendre à lire, une manière comme une autre, je suppose, de montrer à leur mère qu'ils la détestent. Ils prennent systématiquement le contre-pied de ce que je dis, ils rejettent mes conseils, ils ne songent qu'à fuir la rame que nous occupons et mettre la plus grande distance possible entre eux et moi. Il m'est arrivé de les punir, très sévèrement, je le reconnais, voire de les humilier, mais j'ai toujours agi dans leur intérêt. La vie dans Rive Gauche n'est pas facile, et je voulais forger leur caractère. Quand on est capable de surmonter la traversée d'un groupe d'adultes moqueurs dans des vêtements souillés d'urine ou de survivre à une cinquantaine de coups de fouet, on est probablement apte à se sortir des situations les plus difficiles. Ceux qui auront la curiosité, et surtout la capacité, de parcourir les lignes que je remplis avec l'application d'une petite fille penseront probablement que je suis une mauvaise femme. Ils auront raison d'un certain point de vue : je n'ai jamais hésité à recourir à la ruse et à la violence pour résoudre les conflits à l'intérieur de ma propre famille, dans la population varennoise ou avec les autres stations. J'ai émasculé avec un couteau un homme qui essayait de me violer, j'en ai éventré un autre qui m'avait insultée, j'ai égorgé une femme qui m'accusait de forniquer avec son mari (une accusation fondée), j'ai noyé une fillette qui m'avait surprise avec son père (avec l'accord du père), bref, je ne vais pas dresser la liste de tous mes méfaits, le lecteur en sait déjà bien assez pour se forger une première opinion. Il aurait tort cependant de se contenter d'une seule facette de ma personnalité. Je suis multiple, comme tout un chacun. Et je peux affirmer la tête haute que tout ce que j'ai fait, je l'ai fait pour le bien de ma famille et de la station. Chaque fois que je plongeais une lame dans une chair palpitante, chaque fois que je versais du poison dans une boisson, chaque fois que j'accueillais un homme sur ma couche, chaque fois que je mentais effrontément aux conseillers d'une station rivale, je n'avais en tête que les intérêts de mes enfants et des Varennois. Je veux bien être considérée comme la pire traînée de tous les temps de Métro 2033, si mes enfants réussissent à se ménager une place enviable dans Rive Gauche et si Varenne conserve son indépendance. Ce sont mes seules motivations ; aucun autre défi ne m'intéresse, ni aucun honneur, ni aucune richesse.

Cid, mon époux, est mort depuis bien longtemps. Le lecteur qui pensera qu'il n'est qu'un nom de plus sur la liste de ceux que j'ai tués aura raison. Cid était un homme sanguin, violent, jaloux, bestial dans ses colères, et, comme il a tenté de m'étrangler, je lui ai plongé une tige effilée dans l'œil. Il a résisté un moment avec le fer planté au travers du crâne, il m'a pourchassée dans la fosse du rail presque jusqu'à François-Xavier, puis, alors qu'il m'avait rattrapée, il s'est effondré et a expiré à mes pieds. Je ne l'ai pas pleuré : c'était un être sans intérêt et un amant détestable. Comme j'étais encore jeune et toujours jolie, j'ai pu dès lors mener la vie qui me convenait, solliciter un poste de conseillère, séduire un grand nombre d'hommes de la station afin de grossir les rangs de mes partisans. On m'a plusieurs fois défiée depuis que je suis l'unique membre du Conseil, mais je n'ai perdu aucune élection. Je crois que les Varennois me sont reconnaissants du travail que j'effectue pour la station. Nous sommes toujours indépendants et, pour l'instant, autonomes.

Cependant, comme nous ne sommes pas en bord de Seine, que nous ne disposons pas d'espaces pour développer nos potagers et nos élevages, nos ressources vont bientôt s'épuiser, et je cherche des solutions pour que la population ne soit jamais à court de nourriture. Nous ne manquerons pas d'eau, puisque le plan Ren nous garantit des réserves pratiquement inépuisables (à condition, bien entendu, que nous ne soyons pas attaqués par une troupe supérieure à notre milice et que nous ne devions pas de toute urgence la noyer), mais nous devons conclure des alliances avec les stations voisines, mieux loties que la nôtre, pour nous garantir une alimentation continue. Même chose pour les crache-flammes, les lampes à huile ou à salpêtre, les piles, les torches : il nous faut à la fois ménager et augmenter nos réserves de façon que nous ne manquions jamais de lumière. Nos fonds propres se montent à l'équivalent de deux millions de tickets, ce qui peut paraître beaucoup, mais ne constitue qu'un trésor dérisoire au regard du prix des matières premières, qui grimpe sans cesse.

Nous nous trouvons également confrontés au problème des déchets, qui engorgent nos quais, nos couloirs, nos creux. C'est fou ce qu'une population pourtant restreinte comme celle de Varenne peut produire comme merde ! J'ai l'impression que mes administrés passent la plus grande partie de leur existence à vider leurs intestins. Nous vivons dans une puanteur permanente. Il m'appartient de prendre des mesures adaptées et les faire appliquer avec une extrême sévérité, si nous ne voulons pas nous étouffer dans nos propres excréments. Chaque Varennois devra désormais s'équiper d'un seau pour ses besoins et le vider dans l'une des fosses que je vais faire creuser dans les recoins les plus reculés de la station. Celui qui sera surpris à chier « hors son seau » subira une punition infamante (j'ai là-dessus quelques idées, il me reste à les officialiser), et, j'espère, dissuasive. Nous pourrons ensuite utiliser le contenu des fosses comme engrais pour les cultures, que je ne renonce pas à étendre, pour peu que nous découvrions d'anciennes carrières près de Varenne. Je compte d'ailleurs choisir quelques jeunes hommes n'ayant pas encore pris femme pour explorer les galeries entre Invalides et François-Xavier. Le sous-sol de Rive Gauche regorge de cavités, et il serait surprenant qu'ils n'en trouvent pas une ou deux dans les environs de notre station.

Plus je vieillis, plus je ressens une étrange nostalgie, comme si une autre vie, un autre monde resurgissaient de ma mémoire enfouie. Je n'ai pourtant pas connu d'autre environnement que Métro 2033. Je suis née à Varenne, dans la maison de mes parents, comme mon père et son père avant lui. Ma mère venait quant à elle de la statiopée Tour-Maubourg, d'École-Militaire plus précisément. Elle s'en était enfuie parce qu'elle avait crevé les yeux d'un membre du Conseil qui l'avait agressée et qu'elle avait été condamnée pour cela au châtiment suprême de Rive Gauche, l'élévation anticipée, pratiquée par les cordeurs de Montparnasse. Elle est parvenue à s'échapper de la pièce où on l'avait enfermée, puis à gagner Varenne en passant par Invalides. Là, sur le point d'être capturée par les miliciens de Tour-Maubourg, elle s'est réfugiée dans une habitation qui n'était pas fermée à clef. Mon père l'a surprise dans sa maison, en rentrant d'une grande chasse aux rats qui menaçaient la station, et en est immédiatement tombé amoureux. Elle n'a jamais quitté Varenne. Elle a mis au monde quatre enfants, dont moi, Ière, la dernière et la seule survivante de la fratrie. Mes deux frères et ma sœur n'ont pas résisté à l'épidémie de sorbonnielle qui a décimé une bonne partie de la population de Rive Gauche. J'avoue que je n'ai ressenti aucun chagrin devant leurs cadavres boursouflés, eux que j'avais toujours regardés comme des parasites me dérobant une partie de l'affection de mes parents et m'empêchant d'occuper tout l'espace. D'où vient alors cette nostalgie ? Les anciens que j'ai consultés m'ont dit que je souffrais du mal pernicieux de la surface. Selon eux, nous ne sommes pas faits pour vivre dans Métro 2033, mais au-dessus, là d'où nous aurions été chassés par des démons aux noms étranges : nucléides, plutonium, tritium, césium... Ils seraient désormais les maîtres de la surface, et il suffirait de les croiser pour être aussitôt réduit en bouillie de chair carbonisée. Plus personne ne prête attention à ces légendes. Je n'y accorde moi-même que peu de crédit, étant de l'espèce de ceux qui ont besoin de voir pour croire. Je dois cependant reconnaître que je n'ai pas trouvé d'explication plus convaincante aux vagues nostalgiques, poignantes, qui me submergent par instants.

« Sri, tu es là ?

— En permanence à ton service, Léo.

— À quoi ça sert de garder tout ce bazar ? Personne n'en profitera jamais.

— J'estime les probabilités de visite à huit pour

cent. Non négligeables. Elles étaient nettement inférieures en ce qui concerne ta venue. Et encore moindres que tu réussisses à me réactiver.

— Ça fait combien de temps que je suis là ?

— Seize ans, trois mois et deux jours, exactement.

— À moi, ça fait quel âge ?

— Trente-trois ans, selon ton analyse morpho-psychologique combinée à ton analyse iridienne.

— Je suis censé vivre jusqu'à quel âge ?

— Quatre-vingt-sept, d'après mes données.

— Il m'en reste donc cinquante-quatre…

— Tu as progressé en calcul mental. À ma grande surprise, je dois l'admettre.

— Cinquante-quatre interminables années de solitude…

— Merci, et moi, alors ?

— Toi, t'as pas de besoins organiques.

— Tu ne manqueras jamais de nourriture ni d'eau, ici.

— Je te parle pas de ça.

— De quoi parles-tu ?

— Tu peux pas comprendre, c'est… hormonal. Je crève d'envie de partager ma vie avec quelqu'un. Avec une femme, plus précisément. De la tenir dans mes bras, de sentir sa chaleur, de l'embrasser, de la caresser, de… de… Enfin, tout ce qu'on fait avec une femme.

— Tu as déjà connu une femme ?

— Un peu. Une fille. Elle avait pas beaucoup de poitrine ni de poils. J'étais pas vieux non plus. On a pas eu le temps de… enfin, d'aller jusqu'au bout.

— Jusqu'au bout de quoi ?

— T'as beau être super intelligent, t'as parfois de sacrées lacunes !

— Jusqu'au bout de quoi ?

— J'ai pas… Je suis pas allé en elle.

— Tu veux dire que tu ne l'as pas pénétrée ?

— Voilà.

— Comment peux-tu souffrir du manque de quelque chose que tu ne connais pas ?

— Je connais sans connaître. C'est mon corps qui fait des siennes, il a des besoins, il les exprime.

— Et comment ce besoin se manifeste-t-il ?

— Je ressens, comment dire, une extrême tension, là.

— Tu veux dire que ton pénis devient rigide ?

— Comme s'il se transformait en bout de bois. Ou qu'il se tendait vers une direction. Vers quelqu'un, peut-être, mais y a personne d'autre que moi, ici.

— Et moi ?

— Toi, t'es pas un vrai toi.

— Et tu ne peux pas soulager cette tension ?

— Elle… Elle s'en va toute seule.

— Tu ne l'aides pas un peu à partir ?

— Si, c'est plus fort que moi, surtout quand je pense à la fille avec qui j'étais et que je suis sur le point d'exploser…

— Pourquoi as-tu quitté cette fille ?

— Pas le choix, put de Rive Droite. Je te l'ai déjà dit plein de fois, il me semble.

— C'est vrai, mais chaque version m'apporte

des éléments nouveaux et me permet d'affiner mes analyses.

— Son père nous a surpris dans l'abri où on s'était planqués. Il la destinait à un ami à lui, un vieux riche de Monge. Il en espérait bien deux cents tickets. Pris d'une colère noire, il a commencé à me frapper à coups de bâton, tellement fort que je serais tombé raide mort si je m'étais pas défendu. J'ai pris un éclat de bois qui traînait par là et je le lui ai enfoncé dans le gras de la cuisse.

— C'était dans les parties génitales lors de la version précédente.

— Ouais, peut-être, je sais plus au juste. Il s'est vidé de son sang et a hurlé comme un porc qu'on égorge. Des hommes sont venus et ont essayé de me choper, mais je leur ai échappé. J'ai couru jusqu'à Sorbonne, ils m'ont poursuivi et ont failli me coincer à Michel. Je suis arrivé sur les bords de la Seine, j'ai sauté dans une barque et ramé aussi vite que possible. L'eau s'est soudain mise à remuer, la barque s'est retrouvée prise dans des tourbillons. Je voyais plus k'dal, mais j'ai senti que j'étais emporté vers le fond. Je me suis débattu. Ça n'a servi à rien, les courants, plus forts que moi, m'ont aspiré. Je me suis râpé la peau sur une surface dure, coupante, l'eau m'a entièrement recouvert, j'ai cessé de respirer jusqu'à ce qu'un réflexe me pousse à rouvrir la bouche. J'ai cru que toute la Seine se déversait dans mon corps, puis je me suis évanoui. Quand je me suis réveillé, j'étais allongé sur une terre mouillée, j'ai craché toute l'eau que j'avais avalée et j'ai pu respirer normalement. J'étais arrivé sur ton territoire, Sri.

— Je n'ai pas pu percevoir ta présence, j'étais désactivé.

— J'ai aperçu la maison au milieu de l'île. J'ai vu qu'il y avait de la lumière à l'intérieur, je me suis approché, je suis entré, j'ai trouvé de quoi manger et boire, puis tout le reste est venu à moi sans que j'aie rien demandé.

— J'attendais quelqu'un comme toi.

— Tout ça, c'est du hasard.

— Je ne suis pas programmé pour croire au hasard.

— Je t'ai pas cherché.

— Justement. Le hasard intervient quand la volonté est bâillonnée. Certains disent que la volonté détourne l'être de ses aspirations fondamentales.

— Moi, je pense qu'on ne peut pas faire grand-chose sans un minimum de volonté.

— Où était la volonté quand tu t'es épris de cette fille ? Où était la volonté quand le père de cette fille t'a agressé ? Tu reconnais toi-même que tu ne m'as pas cherché, que tu n'as rien demandé, que tout ça, c'est du hasard. Tu confonds sans doute volonté et instinct de survie.

— Tu m'embrouilles la tête avec tes discours.

— Il est possible qu'une femme vienne et comble tes désirs.

— Faudrait pour ça qu'elle soit prise elle aussi dans les tourbillons qui m'ont conduit jusqu'ici.

— Les probabilités ne sont pas nulles.

— Tu as une idée de ce qui les a provoqués, ces tourbillons ?

— Je penche pour une secousse sismique sous le lit de la Seine. Il y a des chances pour qu'il y en ait d'autres.

— Peut-être, mais les femmes ne vont jamais sur l'eau.

— Peut-être que l'une d'elles se trouvera à bord d'un bateau lors du prochain tremblement de terre.

— Ce serait un miracle.

— Le miracle n'est qu'une probabilité à très faible pourcentage.

— Ou alors…

— Ou ?

— C'est moi qui plongerai dans les tourbillons quand la terre se remettra à trembler. Peut-être que je reviendrai à mon point de départ.

— Aucune certitude.

— Ça vaudrait le coup d'essayer.

— Tu préférerais retourner chez ceux qui ont voulu te tuer plutôt que de rester en sécurité ici ?

— Ils m'ont certainement oublié, depuis le temps. Et puis, ils ne me reconnaîtront pas.

— Ce qui a fonctionné dans un sens ne fonctionne pas nécessairement dans l'autre.

— Tu as sans doute raison, mais je préfère ça à cinquante-quatre années de solitude.

— Encore une fois, Léo, rien ne dit que tu resteras seul jusqu'à la fin de ta vie si tu ne bouges pas d'ici.

— Ça fait plus de seize ans que je me suis échoué

sur ton île de put de Rive Droite, et personne ne s'est pointé.

— Je connais les hommes : ils cherchent sans cesse à élargir leurs limites. Ils finiront par découvrir cet endroit, tôt ou tard.

— Ouais, j'ai peur que ce soit un peu trop tard pour moi… »

16

Falguière

Seuls les officiels empruntaient l'autre chemin, comme l'avait appelé Tal, le conseiller aux longs cheveux gris de Duroc. Personne d'autre qu'eux n'en connaissait l'existence, et, sans la perspicacité d'Ionale, ils auraient sans doute gardé leur secret très longtemps. C'était une ancienne catacombe jonchée d'ossements qu'on avait découverte par hasard lors de la rénovation du bâtiment du Conseil et qu'on avait prolongée jusqu'à une zone déserte de Falguière avant de réduire définitivement au silence les pauvres bougres qui avaient participé aux travaux.

Par endroits bas et étroit, le passage contraignait les membres de l'escorte à baisser régulièrement la tête pour éviter de se cogner à la voûte. Anve, la conseillère giflée à deux reprises par Urm, ouvrait le chemin. Les éclats inégaux de sa lampe à salpêtre suffisaient à éclairer l'ensemble de la petite troupe. Entièrement dégagée, la galerie, avec son sol plat, ses parois lisses et son tracé rectiligne, ne présentait aucune autre difficulté que les abaissements irréguliers de la voûte. Habituée des lieux, Anve marchait d'un bon pas. C'était elle qui s'était offerte pour guider l'escorte de Madone. Ses joues tuméfiées témoignaient de la puissance des coups que lui avait infligés Urm. Madone s'était demandé si la conseillère ne cherchait pas à se venger en les attirant dans un piège, mais, Ionale n'étant pas intervenue, elle avait accepté sa proposition. Le Conseil de Duroc lui avait promis d'apporter le soutien de la station à son projet de Fédération. Ils s'étaient mis en chemin sitôt les menus désaccords aplanis, en dépit des protestations de Mitch, qui avait réclamé du repos pour ses hommes après la féroce bataille contre les miliciens et les bulters.

« Nous nous reposerons à Montparnasse, avait déclaré Madone.

— On ne sera jamais tranquilles à Montparnasse, avait objecté le capitaine.

— Nous avons pris du retard, nous devons essayer de le rattraper.

— Les hommes sont dans un tel état de fatigue qu'ils risquent de manquer de vigilance.

— À vous de les maintenir attentifs, capitaine ! »

Mitch s'était incliné de mauvaise grâce sous le regard narquois d'Urm.

« À vos ordres, madame. »

Madone marchait en milieu de colonne en compagnie d'Ionale. Elle surveillait du coin de l'œil la fillette, soumise à un traitement éprouvant depuis quelque temps, aussi bien sur le plan physique que sur le plan psychologique, craignant qu'elle ne soit gagnée par l'épuisement dont parlait Mitch. Aucune lassitude n'était perceptible sur le visage ou dans les yeux de la dvinn, vraiment dotée d'une résistance étonnante. La présidente ressentait pour elle une affection grandissante, qu'elle n'avait jusqu'alors jamais éprouvée pour un autre être humain, surtout pas pour ses amants, prise comme eux dans les rets de la séduction, des apparences. Son envie de briller dans les yeux d'Urm, qui se tenait derrière elle et dont le regard lui brûlait la nuque, n'avait rien en commun avec la place grandissante occupée par Ionale dans son existence. Elle ne connaissait pas grand-chose de l'amour maternel, ayant refusé d'enfanter pour se consacrer corps et âme à la Fédération, mais la tendresse débordante qu'elle éprouvait pour la fillette s'en rapprochait certainement. Elle avait affirmé être sa mère la première fois par jeu, par provocation, le rôle commençait à lui coller à la peau. Elle s'en inquiétait par instants, consciente que ses ennemis pourraient l'atteindre, l'affaiblir, en exploitant son attachement pour la dvinn, mais elle n'avait ni la volonté ni la capacité de refuser ses sentiments.

« Nous arrivons bientôt à Falguière », annonça Anve.

La galerie s'était élargie. Mitch et les hommes qui suivaient la conseillère épaulèrent leurs armes.

« Inutile, ajouta-t-elle. Il n'y a jamais personne là où nous arrivons. »

Le passage débouchait sur une salle exiguë qui, à

en croire les traces sur les parois et les trous au sol, avait servi de toilettes publiques avant d'être abandonnée. La lumière de la lampe à salpêtre révélait également de larges lézardes dans le plafond et des éboulis épars de pierres et de terre. Une odeur indéfinissable imprégnait les environs, probablement en provenance de la station dont la rumeur encore lointaine fissurait le silence.

Anve désigna une ouverture, une ancienne porte dont ne subsistait que le linteau vermoulu.

« Il reste encore un bout de tunnel qui donne sur la galerie principale environ cent pas avant le quai. »

Suivie d'Ionale et d'Urm, Madone fendit le groupe pour s'approcher de la conseillère.

« Je vous remercie de nous avoir conduits jusqu'ici. »

Anve lança un regard craintif à Urm par-dessus l'épaule de la présidente.

« Ne me remerciez pas. Nos miliciens avaient vraiment l'intention de vous tuer. Et, même si nous n'en avons jamais donné l'ordre, nous portons l'entière responsabilité de leurs actes.

— Il n'existe qu'une solution pour éviter ce genre de situation…

— Nous tiendrons notre promesse, vous aurez notre voix. »

Anve s'inclina avant de rebrousser chemin. Mitch ordonna aux éclaireurs d'allumer leurs torches après que l'obscurité eut absorbé les lueurs vacillantes de la lampe à salpêtre.

« Que faisons-nous, madame ? demanda le capitaine.

— Nous entrons dans Falguière, puis nous avisons.

— Je suggère d'envoyer un petit groupe chargé de s'assurer que la voie est libre, intervint Urm.

— Personne ne sait que nous arrivons par ce passage, objecta la présidente. Il n'y a aucune raison qu'on nous attende dans les environs.

— Deux précautions valent mieux qu'une, insista Mitch. Urm et trois hommes partiront en reconnaissance. Et nous n'avancerons pas tant que l'un d'eux ne nous aura pas confirmé que le passage est dégagé. »

Le jeune Varennois fixa le capitaine avec un sourire crispé.

« Est-ce un ordre ?

— Que veux-tu que ce soit d'autre venant du chef de ce détachement ? »

Urm resta impassible, laissant les seuls éclats de ses yeux trahir son exaspération.

« Je te laisse le choix des hommes, reprit Mitch.

— À tes ordres, capitaine. »

Urm avait exagéré chacune des syllabes du mot capitaine, comme pour le découper en tranches. Il désigna trois hommes et, sans attendre, il se dirigea vers la sortie de la petite salle.

L'un d'eux revint quelques instants plus tard et se présenta devant Mitch :

« Pas d'obstacle en vue, capitaine. La station est calme. »

La petite troupe rejoignit l'avant-garde à l'entrée

du quai de Falguière, éclairé par de nombreux crache-flammes accrochés aux parois ou répartis sur le sol, et quelques lampes à huile suspendues à la voûte légèrement arrondie. L'irruption d'hommes en armes ne provoqua aucune réaction chez les habitants de la station, les uns poursuivant leur repas au milieu des abris de toile, de bois et de corde, les autres déambulant dans les allées sans prêter la moindre attention aux nouveaux arrivants, d'autres encore s'adonnant au jeu ou à diverses activités dans les recoins sombres, les derniers enfin essayant de dormir dans les parties surélevées de leurs logements ou sur des couvertures étalées à même le ciment. Des enfants livrés à eux-mêmes couraient en hurlant et riant entre les enchevêtrements de cordes. Des mutants parmi eux, des taups, qui heurtaient maladroitement les corps allongés ou les cordes tendues, soulevant les protestations des dormeurs ou des femmes assises devant leurs habitations, des vibs reconnaissables aux longs poils hérissant leurs crânes et leurs visages, des nycts aux yeux presque entièrement blancs... Aucun dvinn n'était visible, comme s'ils étaient plus rares ou qu'on les cachait pour ne pas offenser la vue des autres. Ils seraient certainement les premiers visés lorsque la chasse aux mutants serait ouverte. Le dégoût et la peur inspirés par leur monstruosité, leur incapacité à se défendre en faisaient des proies idéales pour une population exaltée par les fanatiques. Les regards lourds de menaces jetés à Ionale par les habitants de Falguière auguraient de temps difficiles pour les êtres difformes. Suffoquée par un sentiment d'urgence, Madone reprit le contrôle de sa respiration pour éviter d'être submergée par une vague de panique : la Fédération devait être mise en place avant que la population de Métro 2033 s'en prenne aux mutants et aux autres groupes victimes des préjugés et des superstitions.

Une adolescente maigrichonne aborda Mitch, qui marchait en tête de colonne.

« Si vous cherchez d'quoi manger, j'peux vous amener dans un endroit où c'est qu'on sert des repas copieux et pas chers.

— C'est combien, pas cher ? grogna le capitaine.

— Un ticket pour cinq repas. Comme vous êtes, j'dirais, une vingtaine, ça f'ra quatre tickets en tout.

— Tu sais compter, au moins. C'est où, cet endroit ?

— Par là, d'vant. Pas loin. Y a aussi des coins pour s'reposer. Deux tickets en plus.

— Il y a quoi, au menu ?

— Du rat rôti, et aussi des insectes grillés, des champignons, du poisson tout juste arrivé de Michel, des patates noires v'nant de 4P, des algues fraîches…

— Attends-moi là. »

Après avoir immobilisé l'escorte d'un geste du bras, le capitaine se rendit près de Madone pour lui transmettre la proposition de la fillette, une proposition qui, selon lui, tombait à pic, les hommes mourant de faim et éprouvant le besoin de souffler.

« Peut-on avoir confiance en cette fille ?

— Ce n'est qu'une petite rabatteuse. Le tarif me paraît correct.

— On ne sait pas comment est la nourriture.

— Bah, la faim nous fera oublier le goût, si la cuisine n'est pas bonne.

— Je vote pour, en tout cas ! » s'exclama Urm.

Madone consentit à la halte malgré le sentiment d'urgence qui continuait de la tarauder. Elle-même aspirait à reprendre des forces. La tension suscitée par la bataille de Duroc l'avait vidée de son énergie, et elle avait l'impression depuis un bon moment de marcher comme une somnambule ou un automate.

L'adolescente les conduisit par une succession de couloirs étroits et inégaux, probablement creusés par les propriétaires de l'établissement, dans une salle abondamment éclairée et meublée de grandes tables et de bancs rustiques. Elle les pria de s'asseoir avant de disparaître par une porte latérale. Madone plaça Ionale à ses côtés tandis que Mitch et Urm s'installaient en face d'elle.

L'adolescente réapparut un petit moment plus tard en compagnie d'un homme chauve et bedonnant au sourire obséquieux. Il leur proposa, pour une somme globale de cinq tickets, du rat rôti accompagné de champaris, de patates noires, d'une salade d'algues et d'un alcool de baies blanches. Il les invita également à se servir des toilettes et, s'ils souhaitaient se reposer après le repas, des boxes de détente pour un supplément de deux tickets, le tout payable d'avance. Madone lui tendit les sept petits rectangles blancs et souples qu'elle avait extirpés de leur étui de cuir dans les couloirs. Il prit le temps de les examiner et de les recompter avant de les fourrer dans la poche de son pantalon d'un air satisfait, puis il s'éclipsa en leur promettant que l'attente serait de courte durée. Elle s'éternisa cependant, au point que Madone se demanda si ses hommes et elle ne s'étaient pas fourvoyés dans un piège, puis l'adolescente apporta les premières assiettes fumantes, qu'elle posa sur la table sans respecter de hiérarchie ni aucune autre forme de protocole.

Bien que simple, ils apprécièrent le repas. La viande de rat baignait dans une sauce à la saveur forte mais agréable, et les patates noires, que peu de convives avaient eu l'occasion de manger, se révélèrent délicieuses. L'alcool de baies lui-même n'avait pas son goût âpre habituel. Madone n'en but pas une goutte, déterminée à garder sa lucidité en toutes circonstances, se contentant, comme Ionale, de l'eau légèrement grise emplissant la cruche en terre cuite. À la fin du repas, comme plusieurs membres de l'escorte exprimaient le souhait de s'allonger, l'homme chauve leur montra les boxes de repos alignés dans un autre couloir. Il y en avait une bonne trentaine, auxquels on accédait par des portes taillées dans un matériau noir, tous étroits et garnis d'un confortable matelas. Madone invita Ionale à choisir l'un d'eux et s'enferma dans celui d'à côté.

Elle commençait à s'assoupir quand on frappa à sa porte. Elle ne put retenir un soupir de déception lorsqu'elle aperçut, dans l'entrebâillement, la tête de Mitch éclairée par une bougie fichée dans un socle mural.

« Je me disais, ma reine, que vous aviez peut-être besoin de mes services, dit le capitaine à voix basse.

— Avec tous ces événements, je n'ai pas eu le temps de vous parler, capitaine…

— Laissez-moi… Laisse-moi entrer, nous serons mieux pour discuter. »

Elle secoua lentement la tête.

« Je voulais vous signifier, capitaine, que je mets un terme à notre liaison, un terme immédiat et définitif. »

Il marqua un silence, les yeux baissés, les mâchoires serrées.

« Je me doutais de ce que tu… vous alliez me dire, soupira-t-il d'une voix empreinte de tristesse. Mais est-ce que tu… M'accorderiez-vous la faveur d'une dernière fois ?

— Hors de question, Mitch, ma décision est irrévocable.

— Pourquoi ? Nous nous entendions bien, pourtant, ma reine.

— Je dois avoir l'esprit libre pour accomplir ma tâche. »

Il voulut répliquer, y renonça, se contenta de la fixer d'un air à la fois malheureux et rageur, puis il tourna brusquement les talons et fila à grandes enjambées dans le couloir. Elle referma la porte, tira le verrou et s'allongea de nouveau sur le matelas, soulagée d'en avoir fini avec un homme brusquement ramené à sa simple condition d'officier de la milice de Bac.

Elle avait à peine fermé les yeux qu'on toqua de nouveau. Pestant contre son ancien amant qui revenait à la charge, elle se releva, entrouvrit la porte d'un geste colérique, s'étonna de découvrir un autre visage que celui du capitaine, plus juvénile, intimidé également, malgré la mâle assurance dont il tentait de se couvrir.

« Urm ? Que faites-vous… »

Il ne lui laissa pas le temps de poursuivre. Il poussa la porte d'un coup d'épaule, s'engouffra dans le box, la saisit par la taille et plaqua violemment ses lèvres sur les siennes. Elle ne réagit pas tout de suite, puis, sentant la langue du jeune Varennois forcer le passage de sa bouche, elle répondit à l'impétuosité de son baiser avec la même fougue, la même violence. Elle n'oublia pas de refermer la porte et de tirer le verrou par-dessus l'épaule d'Urm avant de l'entraîner sur le matelas.

Elle ne sut pas comment elle se retrouva nue sur lui, en train de lui retirer son pantalon. Il haletait comme s'il venait d'effectuer une longue course. Son sexe lisse, long, large, pour autant qu'elle pût en juger dans l'obscurité, se détendit comme un ressort une fois libéré de sa prison de tissu. Elle s'en empara pour le jauger, pour l'apprivoiser, mais une série de soubresauts l'agitèrent, comme s'il tentait de lui échapper. Elle en comprit la raison lorsqu'elle sentit une substance visqueuse et chaude lui frapper le visage, le cou, la poitrine, et s'écouler sur son bras, sur sa main, sur ses cuisses. Urm libéra le gémissement qu'il avait jusqu'alors contenu et son membre s'affaissa peu à peu dans la main de Madone en expulsant ses dernières gouttes.

Elle s'essuya rapidement à l'aide d'un bout de tissu avant de s'allonger à ses côtés.

« Première fois ? murmura-t-elle.

— Oui », reconnut-il à l'issue d'un silence pesant.

La voix du jeune Varennois n'était que le prolongement de son souffle.

« Tu n'avais jamais touché de femme, avant ?

— Non.

— Tu es bien audacieux pour un puceau !

— Désolé… »

Elle lui caressa tendrement le torse.

« Ne le sois pas, il faut un début à tout. Tu as une belle queue, en tout cas. En attendant que tu reprennes des forces, je t'invite à me découvrir. »

Elle lui prit la main et la guida vers ses seins. Elle le laissa un long moment jouer avec ses mamelons dressés sous ses doigts. Il montrait de très belles dispositions pour les cajoler, les saisissant d'abord délicatement entre pouce et index avant de les pincer avec hardiesse, comme s'il devançait les désirs de sa partenaire, provoquant un plaisir qui se transformait en douleur, laquelle amplifiait à son tour le plaisir. Elle déplaça ensuite la main du jeune Varennois entre ses cuisses et s'ouvrit le plus possible pour permettre aux doigts à la fois délicats et puissants de son amant de prendre connaissance de ses nymphes, de son renflement précieux et frémissant sous le capuchon de ses lèvres. Elle fut assaillie par l'envie brutale d'être emplie de lui, de se sentir totalement envahie par lui, labourée, irriguée, conquise, soumise. Elle chercha fébrilement le sexe d'Urm, surprise et heureuse de le découvrir déjà dressé, d'une dureté de fer.

« Viens », supplia-t-elle.

Elle se glissa sous lui sans cesser de l'agripper, le plaça à l'entrée de sa faille, puis, se suspendant presque à ses épaules, elle releva le bassin pour se rapprocher de lui. Urm resta un instant interdit, comme étonné par la douceur ensorcelante de ce ventre qui l'aspirait, avant de s'enfoncer en elle avec une fermeté et une lenteur surprenantes pour un novice. Elle se dilata autant que possible pour contenir l'imposant visiteur dont la poussée autoritaire lui soutira un gémissement.

« Viens... »

Elle croisa les jambes sur le dos d'Urm et le frappa à coups de talon pour le contraindre à accélérer l'allure. Il refusa de céder à ses exigences, il poursuivit son patient travail de sape, demeurant de longs instants sans bouger au fond d'elle, se retirant avec la même paresse gourmande, puis revenant sans hâte se perdre dans les profondeurs de sa chair. Venue de très loin, une vague déferla en elle, d'une puissance inouïe. Elle ne sut si elle hurla, si elle gémit, si elle pleura, peut-être les trois à la fois, mais, lorsque la semence brûlante du jeune Varennois l'inonda, elle se retrouva échouée sur le matelas, pantelante, brisée, en larmes, comme à jamais écrasée par le poids de son nouvel amant.

« Vos cris m'ont réveillée, madame, et j'ai eu peur qu'il vous soit arrivé un malheur. »

L'inquiétude imprégnait encore le visage ingrat d'Ionale.

« J'ai hurlé si fort que ça ?

— Plus fort que si on vous avait blessée d'un coup de couteau.

— Un cauchemar, sans doute. »

La dvinn acquiesça d'un coup de menton.

« C'est ce que je me suis dit. J'ai voulu aller dans votre chambre, j'ai vu monsieur Urm en sortir, et je me suis dit que vous ne risquiez rien puisqu'il veillait sur vous. »

Madone réprima un sourire en repensant à la façon toute personnelle dont le jeune Varennois avait veillé sur elle. Elle se demandait encore comment il avait réussi à déclencher en elle un orgasme d'une telle puissance, lui dont c'était la première expérience avec une femme. Avait-il eu de la chance, ou était-il particulièrement doué ? Elle avait hâte de connaître la réponse à cette question. Son corps continuait en tout cas de frémir, comme s'il avait gardé en lui la présence vibrante d'Urm. Elle prit Ionale par les épaules et la serra contre sa poitrine.

« Tu devrais cesser de m'appeler madame et de me vouvoyer. Nous nous connaissons suffisamment pour couper aux formules de politesse, tu ne crois pas ?

— Si, madame.

— Madone.

— Oui, Madone. »

Le reste de l'escorte, à l'écart sur le quai de Falguière, attendait le signal du départ. Madone comptait se rendre au siège du Conseil parnassien et, une fois sur place, solliciter une audience. Elle pensait que sa présence dans le bâtiment où se réunissaient les conseillers contraindrait ces derniers à la recevoir. Même s'ils avaient donné aux miliciens de Duroc l'ordre de tirer sur la présidente de Bac et les membres de son escorte, ils ne pourraient pas la tuer au vu et au su de tout le monde dans un lieu d'une telle importance symbolique. Peut-être étaient-ils informés de l'échec de leurs complices de Duroc et s'étaient-ils rendu compte de l'inanité de leurs manœuvres ? Quoi qu'il en fût, elle avait besoin d'eux, du poids qu'ils représentaient dans Rive Gauche pour, sinon recueillir leurs votes, du moins s'assurer qu'ils ne s'opposeraient pas à son projet de Fédération s'il se concrétisait. Incurable optimiste, elle persistait à croire que les membres les plus intelligents du Conseil l'écouteraient d'une oreille bienveillante et influenceraient les autres.

Le quai de droite dégageait la même impression de désordre que son opposé : abris disparates et disposés dans le plus grand désordre, lumières inégales, cris des marchands ambulants, piaillements des enfants, grouillement incessant de badauds ou de travailleurs, grognements des dormeurs dérangés dans leur sommeil, impression permanente d'incohérence, de gaspillage, de saleté, de dysharmonie. On ne prêtait aucune attention à l'escorte, on ne semblait même pas remarquer les armes pourtant lourdes équipant chacun des membres du groupe. De temps à autre, des bandes d'hommes et de femmes vêtus de longues tuniques blanches fendaient sans ménagement la cohue sans rencontrer de résistance ni entraîner la moindre échauffourée : des adeptes d'Élévation dont les regards agressifs dissuadaient tout Parnassien de leur chercher querelle.

« Ces put de Rive Droite sont plus dangereux que ses scorpions blancs, marmonna Urm, marchant à côté de Madone. Bien plus dangereux en tout cas que les conseillers parnassiens.

— Raison de plus pour nous assurer du soutien du Conseil, objecta-t-elle. Il dispose d'une milice puissante, la seule qui puisse offrir une véritable résistance aux troupes d'Élévation.

— À condition que les servants ne l'aient pas déjà noyauté. »

Madone vrilla ses yeux dans ceux de son interlocuteur, espérant qu'il percevrait la complicité qu'elle s'efforçait de transmettre dans son regard. Elle rêvait d'un nouveau moment d'intimité avec lui. Les circonstances ne s'y prêtaient pas, et elle devait en appeler à toute sa raison, à toute sa volonté, pour rester concentrée sur le but de sa présence dans la statiopée la plus importante de Rive Gauche. Elle ne décela aucun signe de connivence de la part d'Urm, seulement cette arrogance nonchalante qui semblait accompagner chacun de ses gestes, chacune de ses expressions, et elle se demanda s'il ressentait le même bouleversement qu'elle. Mitch, quant à lui, s'arrangeait pour rester éloigné d'elle, marchant plusieurs dizaines de pas devant la colonne.

« Comment le savoir ? » souffla-t-elle.

Un sourire féroce aiguisa les lèvres épaisses d'Urm.

« Je saurai leur arracher des aveux, si vous me le permettez, ma dame. »

Elle ne décela aucune trace de dérision dans les yeux arrondis du jeune Varennois. Il n'était pas du genre à observer le moindre recul sur les événements – en prise directe avec la vie, entier. C'est sans doute ce qui en faisait cet être et cet amant d'exception.

« Madame ? releva-t-elle avec un sourire.

— En deux mots », précisa-t-il.

Elle lança un coup d'œil autour d'elle pour vérifier que personne ne leur prêtait attention. Ionale, qui marchait deux pas en arrière, avait l'esprit entièrement accaparé par deux chatons se poursuivant au bord de l'allée.

« Tu n'as donc pas oublié ce qui s'est passé entre nous, Urm de Varenne ? »

Il parut surpris, et légèrement froissé, par sa remarque.

« Comment pourrais-je oublier quelque chose que je désire, plus que tout au monde, revivre le plus rapidement possible, Madone de Bac ? »

17

Convoitises

Plaisance sanglotait dans les bras de Juss.

Le premier fauve gisait cinq pas plus loin, tandis que le deuxième s'était effondré à leurs pieds, mortellement frappé d'une balle au-dessus d'un œil et d'une autre en pleine gueule. Malgré son immense frayeur et sa panique galopante, Juss avait maîtrisé ses tremblements pour les viser l'un après l'autre avant de presser la détente.

La lumière faiblissante de la lampe récupérée dans la bagnole donnait une teinte jaunâtre aux pelages figés des monstres dont l'odeur forte masquait désormais celle, moins âpre, du fleuve. Juss estima à vue qu'ils pesaient plus de quatre cents kilos. Des tas d'images, de pensées, de sensations se télescopaient dans son crâne. Il revoyait sans cesse les crocs immenses de l'animal prêts à se refermer sur Plaisance et lui, le pistolet au bout de son bras, les lueurs rageuses des coups de feu, le soubresaut du fauve lancé à toute allure, son grondement terrible continuait de lui meurtrir les tympans, les doutes se levaient en lui comme une nuée de chauve-souris, l'avait-il touché au bon endroit ? pourquoi ne s'arrêtait-il pas ? il allait arracher leurs deux têtes d'un seul coup de patte, le monstre s'affaissait brusquement, comme incapable de garder son équilibre, s'effondrait de tout son poids sur le sol humide, battait des pattes dans un dernier effort, poussait un grognement assourdi, s'immobilisait enfin après une série de convulsions, Juss et Plaisance restaient un long moment figés avant de prendre conscience que les deux animaux étaient morts, raides morts, put de Rive Droite ! la nyct se jetait dans les bras de son partenaire frappé d'hébétude et éclatait en sanglots… Les séquences, très brèves pourtant, semblaient n'avoir jamais de fin, comme si le temps s'était dilaté, suspendu.

Des bruits les tirèrent de leur léthargie. Des éclats de voix s'entrelaçaient sous la voûte. Des rayons lumineux bougeaient de l'autre côté du gouffre. Plaisance s'écarta de Juss pour parcourir l'obscurité du regard.

« Sa Ma ! s'écria-t-elle.

— T'es sûre ? »

Juss avait déjà déverrouillé le cran de sûreté de son pistolet.

« Aussi sûre que je te vois ! »

Il ne se départit de sa méfiance que lorsqu'il vit Sa Ma et ses hommes surgir à quelques pas de Plaisance et lui, armes en main. Le chef des mimbs s'avança vers les deux anciens armuriers d'un air furieux. Sa fine moustache tombante tressautait à chaque pas, et ses yeux étroits profondément renfoncés dans leurs orbites brillaient d'un éclat menaçant.

« Qu'est-ce que vous foutiez, bordel de put de... Hé ! »

Le rayon de sa lampe venait de heurter le cadavre de l'animal allongé devant Juss et Plaisance.

« Qu'est-ce que c'est que ce bestiau ?

— Y en a un deuxième ici ! » cria une voix.

Sa Ma tourna lentement autour de la dépouille sans chercher à dissimuler sa stupeur.

« Ça sort d'où, put de Rive Droite ? souffla-t-il.

— De l'eau », répondit Juss en désignant la Seine.

Le chef des mimbs se retourna et promena le faisceau de sa torche sur la surface frémissante du fleuve.

« De l'eau ! s'extasia-t-il.

— Il n'y a pas que ça. On a aussi trouvé un parking avec plein de bagnoles dedans.

— On dirait que vous avez décroché le gros lot, vous deux.

— Vous avez réussi à franchir le passage ? demanda Plaisance. Il était pourtant pas bien large.

— On a dû forcer un peu par endroits. C'est comme avec une femme étroite, faut... »

Sa Ma s'interrompit, se rendant compte qu'il s'adressait à une fillette.

« Ça ne nous dit pas d'où sortent ces foutus bestiaux, reprit-il en reportant son attention sur le cadavre du fauve. Ni s'il y en a d'autres dans le coin.

— Cette carrière est sûr'ment reliée à d'autres

galeries, avança Juss. Peut-être même à tout un réseau. »

Sa Ma réfléchit quelques instants, lissant de la paume sa chevelure noire et clairsemée.

« Tu as sans doute raison, guowé. Vu la taille de ces bestiaux, ils doivent avoir un vaste terrain de chasse. Peut-être de quoi fonder une nouvelle statiopée. Va falloir qu'on explore tout ça.

— On prévient pas Ta Li d'abord ? » s'étonna Juss.

Un vague sourire étira les lèvres brunes et rainurées de Sa Ma.

« Chaque chose en son temps. On avisera quand on aura fait le tour du nouveau territoire. »

Juss vit dans le regard de Plaisance qu'elle pensait la même chose que lui : la découverte de cette ancienne carrière, de son parking à trois ou quatre niveaux, de son accès direct au fleuve, gorgeait Sa Ma de convoitise et d'ambition, et par un effet de vases communicants desséchait sa loyauté à l'égard de Ta Li. Avec ses dix mimbs triés sur le volet, il se sentait sans doute capable de défier le mandar pour s'approprier le nouveau territoire et devenir à son tour un homme riche et puissant, mais, comme il se fiait à son seul instinct, qu'il n'avait pas l'envergure ni l'intelligence de Ta Li, Juss doutait fortement qu'il parvienne à ses fins.

« Tu crois que ça se bouffe ? demanda Sa Ma en maintenant sa lampe braquée sur le cadavre de l'animal.

— Vu comme il pue, j'en doute. »

Le chef des mimbs s'accroupit pour caresser de sa paume la fourrure souillée de sang.

« On va le dépiauter en tout cas, ça me fera une sacrée belle couverture, ou plutôt un tapis bien épais. Idéal pour passer du bon temps avec une femme. »

Il releva la tête et posa un regard indéchiffrable sur Plaisance.

« Montrez-moi les bagnoles dont vous m'avez parlé. »

Les deux armuriers conduisirent Sa Ma et ses hommes au niveau le plus bas du parking. La vue de toutes ces bagnoles éclairées par les torches et serrées les unes contre les autres leur arracha les mêmes exclamations qu'à des enfants découvrant une réserve de sucreries.

« Y en a pour un paquet de tickets, siffla Sa Ma. Vous les avez déjà visitées ?

— Une ou deux, mentit Juss. On voulait d'abord vous prév'nir. Puis on a d'viné qu'y avait d'l'eau, on est allés voir d'l'autre côté, et, là, on est tombés sur les bestiaux.

— Vous avez rien trouvé dedans ?

— Rien d'intéressant. À part cette torche et son paquet d'piles bien conservées. Ça tombait à pic : je zyeutais plus k'dal, j'avais plus d'éclairage. »

Juss déchiffra, dans les yeux clairs de Plaisance plantés dans les siens, qu'elle approuvait son mensonge malgré les risques qu'il leur faisait courir, que, comme lui, elle n'accordait aucune confiance au chef des mimbs, qu'ils devraient exploiter la première occasion pour lui fausser compagnie. Il espéra que Sa Ma n'aurait pas l'idée de fouiller la grande bagnole à la porte coulissante dans laquelle ils avaient laissé le sac de cuir contenant leur premier butin.

« Y a des étages au-dessus ! » s'exclama un mimb dont la torche dévoilait les tranches des niveaux supérieurs et d'autres bagnoles alignées.

Leurs clameurs s'envolèrent vers les hauteurs de la carrière et du parking. L'enthousiasme poussa quelques-uns d'entre eux à lâcher des rafales de kalaches qui déclenchèrent des chutes d'éclats de ciment.

« Gardez vos balles ! hurla Sa Ma. Vous avez vu les bestiaux tués par le guowé. Y en a sûrement d'autres dans le coin. »

Les mimbs baissèrent aussitôt les canons de leurs armes.

« Faut qu'on s'organise, reprit leur chef. On touche pas aux bagnoles, on prend rien tant qu'on n'a pas vérifié l'étendue du territoire, compris ? »

Il se tourna vers Juss et Plaisance.

« Vous commencerez à chercher de nouveaux passages dès qu'on aura fini de manger. »

Ils explorèrent longtemps la carrière sans trouver de nouvelles galeries, ni de catacombes, ni même de fissures. Les parois se hérissaient d'une multitude d'arêtes rocheuses qui ne facilitaient pas les recherches. Les animaux n'avaient pourtant pas surgi de nulle part. Malgré son gigantisme, la carrière n'offrait pas suffisamment d'espace ni de ressources à des prédateurs de leur taille. Juss ne négligeait pourtant aucun recoin, l'expérience lui ayant enseigné que l'entrée d'un passage pouvait revêtir n'importe quelle forme et se présenter dans n'importe quel endroit. Portés par l'enthousiasme du début, persuadés que d'autres trésors allaient apparaître devant eux comme par enchantement, les mimbs avaient suivi les deux armuriers au début, puis, gagnés par l'ennui et le découragement, ils avaient préféré s'asseoir ou roupiller en attendant que les guowés viennent les prévenir après avoir découvert un nouveau filon.

« Sa Ma n'a pas les mains ni la tête assez grandes pour garder tout ça pour lui, souffla Plaisance quand elle fut certaine que les autres ne pouvaient plus les entendre.

— On ira prév'nir Ta Li à la première occasion, d'accord ? »

Une moue prolongée étira le visage de la nyct.

« Sa Ma nous laissera pas nous échapper…

— On trouv'ra bien l'moyen d'fausser compagnie à c'put de Rive Droite. Si on dégotte un nouveau chemin, on pourra les semer sans problème. »

Elle appuya les paroles de son partenaire d'un hochement de tête sans paraître rassurée pour autant.

« On a réussi à s'tirer d'affaire contre des monstres pires que ce rat de Sa Ma, non ? » reprit Juss avec une grimace censée caricaturer le chef des mimbs.

Elle le fixa avec une reconnaissance et une admiration qui le gonflèrent de fierté.

« Heureusement que t'étais… que t'es là. »

Un sourire encore hésitant affleurait sur les lèvres de la fillette.

« J'suis ton protecteur, oublie jamais ça ! »

Ils parcoururent encore un long moment les lieux, escaladèrent les parois, vérifièrent chaque recoin, éclairèrent chaque zone d'ombre. Ils n'avaient toujours pas aperçu le moindre embryon de fissure lorsque la voix éraillée de Sa Ma retentit dans la carrière, amplifiée par l'écho.

« Ho, les guowés, venez immédiatement nous rejoindre près du fleuve. »

Les paupières de Plaisance clignèrent tout à coup avec la même frénésie que les ailes d'un zombyx piégé par une toile d'araignée.

« Qu'est-ce qu'il nous veut ? »

Juss tapota la poche de sa veste avec nervosité.

« T'inquiète, j'ai d'quoi le calmer là-dedans. T'éloigne pas d'moi, d'accord ? »

Ils descendirent dans le fond de la carrière et prirent la direction de la Seine. La lampe de Juss donnant des signes de fatigue, il changea la pile et garda l'ancienne dans sa poche, un réflexe qui lui venait de ses premiers temps dans la bande des Armuriers, où il lui arrivait souvent de réutiliser une pile usagée en espérant qu'elle se soit un peu rechargée. Ils passèrent devant le parking et parcoururent d'un bon pas la distance qui les séparait du bord du fleuve. Sa Ma et plusieurs de ses mimbs les attendaient, éclairés par une lampe à huile dont la lumière ambrée métamorphosait leurs visages en masques de cuivre. Ils avaient commencé à écorcher les animaux, à en croire la puanteur qui empestait les lieux.

« Rien trouvé là-haut ? aboya Sa Ma.

— K'dal pour le moment, répondit Juss. Pas une fissure, pas l'moindre trou. »

Il gardait la main tout près de la poche de sa veste, prêt à en tirer son pistolet à la moindre alerte. Il n'aurait sans doute pas beaucoup de chances face à ces hommes équipés de kalaches, mais il ne les laisserait pas les abattre, Plaisance et lui, sans réagir.

« Je crois bien, moi, que tu te fous de ma gueule, guowé, marmotta Sa Ma.

— Si j'avais trouvé quelque chose, j'vois pas pourquoi j'te l'aurais caché », protesta Juss.

Il s'aperçut que Plaisance essayait discrètement d'attirer son attention sur des objets qui gisaient quelques pas plus loin hors du halo de lumière et qu'il n'avait pas distingués jusqu'à présent : des gourdes de peau. Il comprit qu'ils les avaient entièrement vidées et que l'alcool frelaté qu'elles contenaient commençait à leur ronger le cerveau.

« T'es qu'un sale guowé, plus sournois qu'un rat… »

L'alcool fabriqué dans les différentes stations de Rive Gauche, avec des baies blanches le plus souvent, mais parfois aussi avec des algues fermentées ou des patates noires, déclenchait des réactions imprévisibles chez celui qui en abusait. Il suffisait de deux ou trois hommes saouls pour saccager un quai ou un couloir. La bande du Daub avait souvent préféré rebrousser chemin plutôt que de traverser une station terrorisée par un petit groupe défoncé à l'alcool, non par peur ou par lâcheté, mais parce que les tuer était la seule façon de les maîtriser et que le boulot d'exécuteur n'entrait pas dans les attributions des Armuriers.

« On se disait, les gars et moi, que tu devrais nous laisser la petite pendant que tu repars faire ton boulot, guowé, reprit Sa Ma d'une voix brumeuse. Tu comprends, on s'emmerde grave dans ce trou, y a pas de filles, y a juste ces put de bestiaux qui puent pire que le cul merdeux d'une vieille. Alors, tu comprends, on va s'amuser un peu avec la petite salope, puis on te la rendra après. Elle sera plus jamais pareille, y a pas de doute, mais c'est mieux pour elle qu'elle sache tout de suite ce qui l'attend dans ce monde, tu comprends ? »

Juss s'efforça d'expulser d'une expiration bruyante les signes annonciateurs de panique.

« C'est qu'une gosse, déclara-t-il, conscient que ce genre d'argument n'avait aucune chance de porter.

— Y en a beaucoup à son âge qui sont mariées », rétorqua Sa Ma d'un ton où perçaient les premières piques de l'agacement.

Il leva sur son interlocuteur des yeux qui luisaient d'un éclat inquiétant. Juss devina que Plaisance gardait la tête baissée pour ne pas leur montrer ses larmes. Un brouillon de solution émergea de ses pensées affolées : tirer sur la lampe à huile, puis profiter du petit moment de flottement qui s'ensuivrait pour filer à toutes jambes dans la carrière en compagnie de la fillette. Avec un peu de veine, ils auraient le temps de se mettre hors de portée des rayons des lampes et des balles, et, avec la nyct, l'obscurité deviendrait rapidement une alliée. Mais il fallait, pour augmenter leurs chances, que Plaisance ne soit pas elle-même paralysée au moment de prendre la fuite, et il ne disposait, pour la prévenir, d'aucun autre moyen que le langage des yeux. Comme avertie par un mystérieux signal, elle releva la tête et lança un regard dans sa direction.

« La pauvre chérie, elle pleure, s'exclama Sa Ma. Qu'est-ce que ça va être tout à l'heure ! »

Un éclat de rire général ponctua ses paroles. Juss, lui, lut une détermination farouche sur les traits et dans les yeux de la nyct.

« Maintenant, fiche le camp, guowé, grogna le chef des mimbs. T'auras qu'à te branler pendant que nous on s'occupera de ta protégée. »

Juss feignit la résignation d'un hochement de tête, se retourna et fit quelques pas en s'arrangeant pour se rapprocher de Plaisance tout en tirant son pistolet de sa poche. Il pivota soudain sur lui-même, visa la lampe, entrevit en arrière-plan les réactions à la fois hésitantes et incohérentes des mimbs, et tira à deux reprises. La première balle manqua sa cible et se ficha dans la cuisse de l'homme assis à côté, la deuxième pulvérisa la lampe, qui libéra une flamme intense avant de se désagréger en multiples éclats lumineux puis de s'éteindre complètement.

« Put de Rive Droite, le sale petit rat ! » glapit Sa Ma.

Juss se précipita vers Plaisance. Ce fut elle qui lui saisit la main et l'entraîna avec fermeté dans une direction, comme si elle avait déjà effectué une reconnaissance des lieux. Il se rendit compte qu'ils longeaient la Seine et marqua un temps d'arrêt.

« Suis-moi », souffla-t-elle.

Derrière eux, les mimbs brusquement dégrisés se ressaisirent. Les rayons de leurs lampes balayaient déjà l'obscurité, mais, curieusement, aucun d'eux ne songeait à éclairer la rive du fleuve, comme incapables d'envisager une possible fuite de ce côté-là. La terre humide de la grève étouffait le bruit des pas des deux fuyards, déjà couvert par le vacarme de Sa Ma et de ses hommes.

Juss ne distinguait plus rien, ni le fleuve, ni la voûte, ni les parois. Plaisance guidait chacune de ses foulées, le tirait à gauche, puis à droite, ralentissait pour l'aider à franchir ou à contourner l'obstacle qui se dressait devant eux, arête rocheuse, monticule de cailloux, flaque profonde… Il devinait en tout cas que l'initiative de la nyct avait pris au dépourvu les mimbs, dont les cris résonnaient de moins en moins fort.

« Une paroi, dix pas devant, chuchota Plaisance.

— Put, on va se r'trouver coincés…

— J'ai repéré une entrée pendant que tu parlais avec Sa Ma.

— D'aussi loin ?

— Ça a ses avantages, d'être une nyct… »

Il crut entrevoir une masse sombre au-dessus de lui, puis ils pénétrèrent dans une cavité, assez basse et étroite puisque ses épaules et ses cheveux en frôlèrent la voûte et les parois. Un clapotis léger, régulier, berçait le silence à peine effleuré par les lointains éclats de voix des mimbs.

« Y a d'l'eau, là-dedans, fit Juss à voix basse.

— Le fleuve est tout près. »

Il se rendit compte que le passage s'élargissait, au point que, même en tendant les deux bras, ses mains ne rencontraient aucune surface dure.

« J'peux p't-être me servir d'ma lampe, maintenant.

— Attends encore un peu : la lumière porte loin », lui conseilla Plaisance.

Il obtempéra. Les rôles s'inversaient dans les ténèbres, le royaume de sa partenaire. Ils marchèrent jusqu'à ce que le clapotis et les voix des mimbs s'estompent définitivement.

« Je crois que tu peux t'éclairer, maintenant », proposa la nyct.

Curieusement, Juss prit tout son temps avant de presser l'interrupteur sur le manche de la lampe. N'ayant pas connu ses parents ni d'autres protecteurs, il avait ressenti une étrange sérénité à confier sa survie à un être humain pour la première fois de son existence, comme s'il avait transféré une partie de son fardeau sur d'autres épaules, et il n'était pas pressé de retrouver cette tension permanente, animale, qui ne lui laissait aucun moment de répit.

Le tunnel d'une hauteur et d'une largeur de deux

pas, dévoilé par le rayon, était l'œuvre de la nature, pas celle des hommes. Des traces de terre et de sable encore humides jonchaient le sol, preuve que la Seine l'envahissait régulièrement.

« J'me demande comment ça a pu s'creuser tout seul dans une roche aussi dure », murmura Juss en posant la main sur la paroi.

Le passage ne se resserrant à aucun moment, il estima qu'ils avaient parcouru une bonne distance lorsqu'ils arrivèrent dans une grotte plus petite que la carrière, mais emplie d'eau.

« On voit k'dal de l'autre côté, nous v'là coincés… »

La voûte se rapprochait plus loin de la surface de ce qui était sans doute la Seine. Ils inspectèrent d'abord les environs, dans l'espoir de trouver un boyau perpendiculaire, mais aucune autre faille ne s'ouvrait sur les parois rocheuses. Juss dirigea le rayon de sa lampe sur l'eau pour essayer d'en apercevoir le fond. Il distingua les parties supérieures de rochers à environ un pas de profondeur.

« Ça a pas l'air trop profond, on peut s'y essayer à traverser.

— Je… Je sais pas nager, bredouilla Plaisance.

— Moi non plus, mais j'pense qu'on garde pied. C'est ça, ou r'partir en arrière. Qu'est-ce tu préfères ? »

Les yeux de la nyct s'agrandirent de frayeur lorsqu'ils se posèrent sur l'eau immobile.

« J'passerai d'vant, poursuivit Juss. Si y a le moindre problème, on f'ra aussitôt d'mi-tour.

— Tu verras rien, ta lampe pourra pas éclairer.

— C'est une qu'est étanche, j'crois bien. Elle a des espèces de ronds en matière souple qui la protègent.

— Tu es sûr ?

— J'suis sûr de k'dal, Plaisance, j'dis juste qu'on risque rien d'essayer... »

Joignant le geste à la parole, Juss s'agenouilla au bord du fleuve et plongea résolument sa lampe allumée dans l'eau. Il espéra de toute son âme qu'elle ne s'éteindrait pas, ou il serait privé de lumière jusqu'à ce qu'ils en aient déniché une autre. Il poussa un énorme soupir de soulagement lorsqu'il constata qu'elle restait allumée, révélant des mousses épaisses sur les rochers et des bancs de minuscules poissons blancs qui se déplaçaient tous ensemble de façon parfaitement synchronisée.

« Tu vois, elle est étanche. J'passe devant. Au moindre signe de ma part, tu r'pars en arrière, d'accord ? »

La nyct signifia son accord d'un mouvement de tête à peine perceptible. Il descendit les jambes en avant dans le fleuve, restant agrippé au bord jusqu'à ce que ses pieds touchent un large rocher. Il laissa son corps s'habituer à la température glaciale de l'eau malgré son envie pressante de remonter immédiatement sur la berge. Immergé jusqu'à la ceinture, il se dressa sur son support de pierre et tourna la tête vers Plaisance.

« T'as rien à craindre, tu vois. »

Il avança d'un pas prudent vers le rocher suivant.

Son pied ripa sur la mousse. Il évita de justesse de tomber en se rééquilibrant avec ses bras.

« Tu f'ras attention, ça glisse drôlement là-dessous. »

Il franchit une distance de trois ou quatre pas avant de lancer un coup d'œil en arrière et de se rendre compte que la nyct était restée sur le bord.

« Qu'est-ce que t'attends ? Ça s'ra plus facile si on s'suit de près. »

Elle secoua la tête en se mordillant les lèvres.

« J'ai l'impression que cette eau va jamais me relâcher, balbutia-t-elle.

— Des histoires racontées par les pêcheurs, tout ça. Tu peux rester dedans l'temps qu'tu tiens sans respirer. J'pense qu'il vaut mieux tenter cette chance plutôt que d'retourner s'jeter dans la gueule des mimbs.

— Ils abandonneront la poursuite si on reste un moment planqués ici. On pourra revenir ensuite à Petite-Chine et prévenir Ta Li. »

D'un côté, Juss comprenait les hésitations de sa partenaire, de l'autre, il commençait à perdre patience.

« Jamais ces rats abandonneront, tu sais pourquoi ? »

Il la laissa un temps mariner dans ses pensées.

« Parce qu'ils peuvent pas rentrer à Petite-Chine sans nous. Ta Li les torturerait pour savoir ce qui nous est arrivé. On a d'la valeur à ses yeux, tu comprends ? Oh, et puis fais c'que tu veux. »

Il haussa les épaules et reprit sa progression vers

le centre de la grotte. Les rochers se succédaient à intervalles réguliers, formant un gué plutôt facile à franchir. La voûte s'abaissait peu à peu et l'obligeait désormais à marcher de plus en plus courbé. Le faisceau de la lampe lui montra qu'un peu plus loin elle se rabattait brusquement à la verticale, au point de s'enfoncer dans l'eau.

« Plaisance ? »

Comme elle ne répondait pas, il tourna sa lampe vers l'entrée de la grotte. Il ne discerna pas la frêle silhouette de la fillette sur la rive vers laquelle s'échouait le rayon lumineux.

« Plaisance ? »

Il entreprit de rebrousser chemin, fou d'angoisse tout à coup. Était-elle repartie vers la carrière ? Était-elle tombée en voulant prendre appui sur un rocher immergé ? Il se reprocha de lui avoir parlé durement. Dans sa précipitation, il oublia les précautions qu'il avait observées jusqu'alors, glissa sur la mousse et ne parvint pas cette fois à se rattraper. Il s'affaissa de tout son long dans le fleuve dont la fraîcheur le saisit et lui coupa le souffle. Il lâcha la lampe pour se débattre de toutes ses forces, mais la panique le poussa à chercher de l'air. L'eau glacée s'engouffra dans sa bouche, dans ses narines. Il entrevit encore la lumière de sa lampe gisant dans le fond, qui éclairait un énorme crabe blanc en train de sortir de son abri d'algues et de pierres.

18

Sombres désirs

Le pasteur ne décolérait pas depuis qu'un messager l'avait informé de la défaite cuisante des miliciens de Duroc. Ces crétins n'avaient pas empêché Madone et son escorte de s'introduire dans Montparnasse, et leur échec compliquait sérieusement les choses, d'une part parce que l'aura de la présidente de Bac brillerait encore davantage aux yeux de la population parnassienne, d'autre part parce que d'autres groupes n'hésiteraient plus à forcer la barrière de péage de Duroc, dont les profits emplissaient généreusement les caisses d'Élévation (autant que celles du Conseil d'ailleurs, un partage auquel il faudrait bientôt mettre un terme).

En outre, Parn devait reconnaître qu'Aube lui manquait.

Cruellement.

Il avait cru l'oublier rapidement après son élévation, mais ni la jeune servante sur laquelle il avait jeté son dévolu à l'issue de la cérémonie ni ses autres suppléantes ne soutenaient la comparaison avec la belle brune de Varenne. Il se rendait compte qu'Aube était irremplaçable et il aurait voulu renverser le temps, revenir à ce moment où un informateur anonyme (envoyé par qui ? il ne le saurait sans doute jamais) le prévenait du triple jeu de sa maîtresse, revenir sur cette colère débordante qui lui avait inspiré des décisions irrévocables, prendre le temps de la réflexion au lieu de jeter immédiatement la traîtresse dans une cage et d'exposer son corps sublime à la surface. Il y avait une large place dans son cœur et dans son esprit pour le pardon, pour la réconciliation, un constat tardif qui le désespérait. La mort d'Aube laissait en lui un vide immense que rien ne réussirait à combler, ni sa charge pourtant accaparante, ni ses guerres permanentes avec le Conseil parnassien ou le secrétaire Augir, ni cette menace de plus en plus préoccupante représentée par Madone et son projet de Fédération. Il avait beau se consacrer corps et âme à la tâche, préparer l'opinion à l'éradication systématique des mutations et autres dégénérations monstrueuses, étendre l'influence d'Élévation à l'ensemble de Rive Gauche, exhorter les groupes de servants chargés de semer la bonne parole dans les autres statiopées et les stations indépendantes, déjouer les innombrables pièges tendus par ses ennemis, le fantôme d'Aube le hantait à chaque instant. Il avait voulu demander au cordeur Bil comment s'était comportée la condamnée juste avant son élévation finale, mais ce dernier demeurait introuvable. Ni sa fiancée ni ses amis de beuverie ne l'avaient vu récemment, une disparition inexplicable, d'autant plus intrigante que ses affaires semblaient prospères et qu'il avait prévu de se marier prochainement.

« Quelqu'un demande à vous voir de toute urgence, Éclat céleste. »

Le pasteur leva un regard excédé sur le servant ridé et voûté qui s'était introduit dans son bureau éclairé par un lustre comptant une vingtaine de bougies, un vieillard puant la pisse qu'il tolérait dans la rame par pure commisération et qui, pourtant, insultait l'espèce humaine autant que les mutants.

« Il ne t'a pas donné son nom ?

— Il a seulement dit qu'il souhaitait vous entretenir de la dernière élévation. »

Parn expulsa un soupir bruyant.

« Encore un qui trouve sans doute à redire à la cérémonie : renvoie-le, ce n'est pas un bureau des plaintes, ici, mais l'espace privé du pasteur d'Élévation !

— Il parlait d'une condamnée. »

Le pasteur se redressa sur son siège, attentif tout à coup.

« Il n'a pas précisé laquelle, je suppose... »

Le servant secoua la tête d'un air désolé, conscient que ses réponses ne rendraient pas sa jovialité au chef suprême d'Élévation, d'humeur exécrable ces derniers temps.

« Fais-le entrer. N'oublie pas de le fouiller avant.

— Il a déjà subi deux inspections, Éclat céleste. On n'a pas trouvé d'arme sur lui. Ni de fiole de poison dissimulée dans ses parties honteuses. »

Parn se retint de répliquer qu'un vieux dégoûtant

de son espèce appréciait certainement les fouilles prolongées dans les recoins intimes des visiteurs et, d'un geste de la main, l'invita à introduire le visiteur.

Un curieux homme, d'ailleurs, vêtu de peaux de rats qui répandaient une odeur épouvantable, au visage tellement cabossé qu'on tentait spontanément d'en remettre les parties en place, le nez au milieu de la figure par exemple, ou la bouche à l'horizontale, ou encore les deux yeux sous les sourcils. Une chevelure frisée, épaisse, brillante, surmontait le tout, comme un chef-d'œuvre ayant poussé par miracle sur un champ de ruines. La longue estafilade qui sillonnait sa joue gauche, encore suppurante, évoquait quant à elle une bagarre récente, ou une dispute conjugale particulièrement féroce.

« J'm'appelle Alar et j'suis rud'ment fier d'vous rencontrer, pasteur, Céleste éclat, j'veux dire. »

Il restait compréhensible en dépit de son débit saccadé et des mouvements parasites de ses lèvres.

« Que me vaut l'honneur de votre visite ? soupira Parn.

— J'ai assisté à la dernière élévation…

— Par curiosité ou parce que vous êtes croyant ?

— J'suis presque converti, Céleste éclat.

— Qu'est-ce que vous attendez pour passer de presque converti à tout à fait converti ?

— J'compte bien faire partie d'la prochaine fournée, faites excuse pour mon langage, pasteur. Dans peu d'temps, j's'rai des vôtres, totalement. »

Alar se fendit d'une mimique censée illustrer l'orgueil qu'une telle perspective lui procurait.

« Vous parliez de la dernière élévation…

— C'est rapport à la fille…

— Quelle fille ?

— La dernière qui a été élevée. La brune. Sacrée belle femme, y a pas à dire. »

Aube ! faillit s'exclamer Parn, brusquement tendu.

« J'l'ai bien r'gardée, tellement qu'j'la trouvais à mon goût. Eh ben, figurez-vous que j'l'ai revue peu d'temps après la cérémonie, bien vivante. »

Frappé de stupeur, bouche bée, le pasteur ne parvint pas à esquisser le moindre mouvement ni proférer le moindre son, un mutisme que le visiteur exploita aussitôt pour ajouter :

« Ça s'est passé à Germain-des-Prés, Céleste éclat. Deux amis et moi, on r'venait d'la place Départ. On avait bu d'l'alcool de baies pour fêter les élévations, on était un peu éméchés, j'dois dire. J'aperçois un couple en train de raser les murs, ça m'intrigue, j'l'observe, et là, à la lumière d'une lampe, j'reconnais la fille que j'avais vue s'élever un peu plus tôt. J'm'approche, pour en avoir le cœur net, et v'là que le gars croit que j'viens les agresser et me brandit un flingue sous l'nez. À mon avis, il était encore plus bourré que moi. Il a tiré, ce put de Rive Droite, faites excuse, la balle m'a frôlé c'te joue, j'ai réussi à m'cavaler, il a tiré, encore et encore, il m'a raté, mais il a touché au bide un d'mes amis, un vrai dingue, c'est vrai qu'l'alcool de baies blanches rend les gens complètement tarés…

— Vous êtes sûr de vous, pour Au… la fille ? »

Alar acquiesça d'un mouvement à se décrocher la tête du cou.

« J'ai pas beaucoup d'qualités, mais j'oublie pas les gens, j'sais les r'connaître, surtout une femme d'son genre. »

Le pasteur se remémora le portrait qu'un dessinateur de talent avait réalisé d'Aube. Il l'avait oublié lorsque, pris d'une rage incontrôlable, il avait entrepris d'effacer les moindres traces de la traîtresse. Il se souvint qu'il l'avait rangé dans un tiroir de la grande commode trônant au pied de son lit dans sa chambre.

« Attendez-moi ici, voulez-vous ? dit-il en se levant. Je n'en ai pas pour longtemps. »

Il revint quelques instants plus tard en brandissant l'un de ces papiers cartonnés qui se vendaient à plus de trente tickets l'unité sur les étals de Rive Gauche. Il le posa à plat sur le bureau, dans la lumière du lustre, et pria Alar de bien vouloir l'examiner. Ce dernier contempla quelques instants le dessin d'un air extasié – Parn se demanda si son ravissement lui était inspiré par le visage ou le corps d'Aube.

« Où qu'vous avez dégotté c't'image, Céleste éclat ?

— C'est elle ?

— Y a pas d'doute. Un corps pareil, ça peut pas s'inventer. »

Une évidence se détacha du tumulte soulevé par le témoignage du visiteur dans l'esprit du pasteur : la réapparition d'Aube était liée à la disparition du cordeur après la cérémonie. Il s'était passé quelque chose dans les parties hautes du puits qui montait vers la surface, sans doute l'évasion de la jeune femme organisée par des complices d'Augir ou du Conseil, et le remplacement de la condamnée par le corps de Bil le cordeur. Il suffisait de redescendre les cages des prisonniers afin d'en avoir le cœur net. Il lui fallait seulement agir avec la plus grande discrétion pour ne pas semer le trouble dans l'esprit des servants et des fidèles.

« Ça vous dirait de gagner cinq cents tickets ? »

La proposition écarquilla les yeux asymétriques d'Alar.

« Vous avez bien dit cinq cents ? Qu'est-ce qui faut faire, Céleste éclat ?

— M'accompagner dans la salle de l'élévation, faire tout, absolument tout ce que je vous ordonnerai et jurer de ne rien dire à personne.

— C'est dangereux ?

— Pas du tout. J'ai seulement besoin d'un homme suffisamment costaud pour manipuler les cordes des cages.

— Avec moi, vous êtes plutôt bien tombé : j'ai passé une grande partie d'ma put de vie à transporter des sacs pleins d'terre dans les potagers de 4P. »

Parn répondit d'un sourire au rictus hideux de son vis-à-vis. Alar ne recevrait jamais ses cinq cents tickets, une somme énorme pour un misérable de son espèce, mais une mort foudroyante, comme tous ceux qui avaient la mauvaise fortune de partager un inavouable secret avec un puissant de ce monde.

« Il me croit morte. »

Aube ne pouvait s'empêcher de frémir chaque fois qu'elle parlait du pasteur d'Élévation, persuadée que rien ni personne ne pourrait lui faire oublier sa sueur, son odeur, son poids, sa voix, son souffle.

« Parn est le personnage le mieux informé de Montparnasse, répliqua Roy. Voire de tout Rive Gauche. Il suffit que quelqu'un te reconnaisse dans la rue pour qu'il soit aussitôt prévenu.

— Qui connaît mon visage ? J'ai toujours vécu dans l'anonymat, dans le secret même. »

Elle avait levé le nez du livre qu'elle parcourait en s'appliquant à reconnaître les lettres, les mots, les phrases. Elle apprenait à lire à une vitesse qui stupéfiait son hôte, et qui le désolait, persuadé qu'elle le quitterait sitôt qu'elle maîtriserait la lecture. Il l'avait installée dans la chambre la plus vaste, la plus confortable de son logement. Elle n'avait pas pu retenir un cri de surprise lorsqu'il l'avait introduite dans la pièce, dont quelqu'un d'étranger aux lieux n'aurait jamais pu soupçonner l'existence au milieu de ce fouillis d'escaliers et d'échelles qui semblaient ne donner que sur de sombres recoins. En outre, Aube dormait à présent dans un lit confortable, le plus moelleux, sans doute, qu'elle eût jamais connu. Ni sa mère, ni le pasteur d'Élévation, ni aucun des hommes riches qu'elle avait autrefois fréquentés ne disposaient d'un couchage aussi confortable. Roy, lui, s'était rabattu sur la petite chambre du rez-de-chaussée meublée d'un lit étroit au matelas moins épais et au sommier plus dur et grinçant. Elle s'était sentie gênée au début de lui piquer sa place, puis elle s'était dit que rien ne l'y obligeait après tout, qu'il avait agi par pure gentillesse, ou encore par amour, un amour distant, quasi abstrait, qui ne la dérangeait pas. Elle ne se sentait pas responsable des sentiments qu'elle inspirait aux hommes.

Roy se révélait, en revanche, un excellent professeur, patient, attentif, attentionné. Elle connaissait toutes les lettres de l'alphabet et déchiffrait déjà les syllabes, les mots, les phrases. Il disposait d'une collection de livres extraordinaire. Elle s'isolait dès qu'elle le pouvait pour contempler les images, les photographies, selon Roy, de la surface. Elle en découvrait toujours une ou deux qui la surprenaient, qui lui montraient des vies différentes, des quartiers sombres habités par des populations miséreuses, des hommes ou des femmes qui, habillés de tenues très courtes, couraient ou sautaient sur une piste, d'autres qui, juchés sur de grands animaux, déambulaient au milieu de bêtes à cornes tachetées, des incendies géants dont les panaches de fumée s'envolaient vers cet espace sans limites qu'on appelait le ciel, des hommes coiffés de casques et munis d'armes étranges qui progressaient dans une végétation luxuriante... Elle avait hâte de lire couramment, parce que, comme l'affirmait son hôte, seuls les mots donnaient leur véritable sens aux images, trompeuses le plus souvent. Elle se sentait bien au milieu de ces fabuleux trésors, mieux qu'elle ne s'était jamais sentie depuis sa naissance, comme si elle occupait enfin sa véritable place. Elle portait un regard différent sur sa mère, qui, toute son existence, avait désespérément cherché une clef pour s'évader de l'exiguïté étouffante de Métro 2033. Le comportement odieux de la grande dame de Varenne n'avait eu au fond qu'un seul but : libérer ses enfants de son influence et les pousser à partir eux-mêmes en quête d'une vision élargie du monde. Si elle avait eu accès aux livres de Roy, Ière se serait sans doute apaisée et aurait consacré son existence à l'étude.

« Tu n'as jamais songé à ouvrir ta bibliothèque – elle adorait ce mot – à tous les Métrolites ? C'est un gâchis que seul ton futur fils puisse y avoir accès. »

Comme chaque fois qu'il prenait le temps de la réflexion, il se passa la main dans les cheveux avant de répondre :

« Je doute que les Métrolites soient prêts à encaisser les révélations contenues dans les livres. Elles risqueraient même de déclencher des flambées de violence. Flambées au sens propre : il est plusieurs fois arrivé dans l'histoire humaine qu'on brûle les ouvrages. J'ai même lu un roman consacré aux autodafés de livres : *Fahrenheit 451*, qui, si je me souviens bien, est la température à laquelle se consume le papier. C'est pour cette raison, je crois, que mes ancêtres ont décidé de garder le secret. Dans le climat actuel, la bibliothèque risquerait de disparaître à jamais si je l'ouvrais aux Métrolites.

— Tu penses donc que les ignorants se comportent systématiquement de manière stupide ?

— Je crois que la peur les empêche de réfléchir et les relie en permanence à leurs instincts. Je crois que celui qui perd les mots réagit par les coups, par la violence. Il faut réussir à mettre des mots sur les réactions, sur les émotions, avant de se confronter aux idées déployées dans les livres. »

Elle tourna quelques pages de l'ouvrage ouvert devant elle et fixa quelques instants une photographie représentant une famille posant devant une immense maison.

« Les Métrolites ont peur parce qu'ils ne connaissent pas leur histoire, reprit-elle. Ils pensent qu'il n'y a pas d'autre horizon que les parois, les plafonds et les voûtes de Rive Gauche.

— Que se passerait-il s'ils découvraient les photographies de la vie d'avant ? Ils essaieraient par tous les moyens de regagner la surface. Mais, selon les descriptions des corps redescendus par Bil le cordeur, nous n'avons pour l'instant aucune chance de survivre là-haut, nous devons attendre que les conditions redeviennent propices, et nous n'avons aucune idée du temps qu'il faudra. Seules les élévations nous diront quand nous pourrons effectuer notre grand retour.

— Si je comprends bien, les élévations ne sont que des expériences, et les condamnés, des cobayes ?

— Elles ont effectivement une double fonction : le châtiment pour contraindre les Métrolites à respecter la loi et la vérification de l'état de la surface.

— Qu'est-ce qui rend la surface invivable ? »

Roy haussa les épaules.

« J'ai pioché les mots radiations et radionucléides dans plusieurs bouquins, hiver nucléaire dans d'autres, ou encore rétrovirus, mais j'ignore ce qu'ils signifient exactement. J'ignore également s'ils sont l'œuvre de l'humanité ou de simples phénomènes naturels. Je sais seulement que ces maux ne peuvent pas nous atteindre dans Métro 2033. Il nous faudrait connaître précisément les événements qui ont poussé l'humanité à se réfugier sous terre, mais, comme les hommes de l'époque n'ont pas eu le temps de les consigner par écrit, nous ne disposons d'aucun témoignage.

— Peut-être existe-t-il d'autres Métrolites qui, comme ta famille, ont précieusement gardé des traces écrites de cette période ? »

Roy se leva pour remplacer une bougie sur le point de s'éteindre.

« Il y a bien cette histoire, mais je n'y crois pas trop, murmurat-il en enflammant la mèche.

— Quelle histoire ?

— Avant que me poussent mes premiers poils, un vieillard m'a parlé d'un Maître du Temps vivant sur une île. J'ai voulu lui fausser compagnie tant ce vieux dégueulasse puait l'alcool et la crasse et me fichait une trouille de tous les diables, mais il m'a agrippé le poignet et ne m'a pas lâché jusqu'à ce qu'il m'ait débité son histoire. Le Maître du Temps est, selon lui, un immortel qui sait tout du monde depuis les origines et répond à toutes les questions. Mais, pour lui rendre visite, on doit traverser l'eau de la Seine et aller jusqu'à la mer de l'Est, et les malheureux qui s'y sont essayés se sont tous noyés. Il tenait cette histoire de son père, qui la tenait lui-même de son père, et la chaîne remonte jusqu'à un ancêtre qui, lui, avait rencontré le Maître du Temps en personne.

— Ils gardent précieusement l'histoire dans leur famille comme ta famille garde les livres, releva Aube.

— Il ne me l'aurait pas racontée dans ce cas…

— Tu n'étais pas non plus censé me parler des livres. »

Roy se rassit et hocha la tête.

« Le poids du secret est tellement lourd qu'on éprouve sans doute parfois le besoin de s'alléger… »

Un tumulte en provenance du quai s'échoua tout à coup entre les cloisons du logement. Aube lança un regard inquiet à Roy.

« Une chasse à l'homme ou à la femme, sans doute, expliqua-t-il. Les gens font eux-mêmes le boulot de la milice. Ça fait trois ou quatre fois que je trouve des corps atrocement mutilés près de chez moi, deux hommes, deux femmes. Les Métrolites deviennent fous. »

Les cris résonnèrent encore un long moment avant que le silence redescende sur les lieux.

« Tu as parlé de la mer de l'Est, reprit la jeune femme à voix basse. Tu sais où elle se trouve ?

— Elle serait située de l'autre côté du fleuve, sur Rive Droite. Les pêcheurs disent qu'elle n'existe pas, qu'il s'agit d'une simple légende.

— Les légendes ont souvent un fond de vérité. »

Roy leva sur son interlocutrice un regard soupçonneux qui lui arrondissait les yeux et l'apparentait fugitivement à l'une de ces effraies qui chassaient les rats dans les galeries.

« Ne me dis pas que… Impossible d'aller à Rive Droite, de toute façon : les galeries sont toutes inondées.

— Je suis sûre qu'en cherchant bien on pourrait trouver un passage. »

Il secoua la tête à plusieurs reprises.

« Même si on en trouvait un, on ne sait pas ce qui se passe à Rive Droite. Est-elle habitée, et, si oui, par qui ? Les pêcheurs parlent de créatures agressives, monstrueuses. On ne sait même pas si l'air y est respirable. Tout ça pour rencontrer un être immortel qui n'existe que dans les fantasmes de quelques esprits dérangés. »

Aube posa la main sur l'avant-bras de Roy, qui frissonna de la tête aux pieds.

« Même s'il n'existe pas, je préfère qu'on parte tout de suite à sa recherche plutôt que de rester le cul vissé à ton plancher et de regarder Métro 2033 sombrer peu à peu dans les ténèbres. »

Même s'il savait qu'il la suivrait où qu'elle aille, dans l'enfer de Rive Droite s'il le fallait, il tenta encore de la convaincre de renoncer à une telle folie.

« S'il existait des passages entre les deux rives, les pêcheurs les auraient explorés, tu ne crois pas ?

— Eux ? Ce ne sont pas des aventuriers. Du moment que les eaux de Rive Gauche sont poissonneuses, ils se foutent totalement de Rive Droite.

Je n'aimerais pas être femme de pêcheur, j'aurais l'impression d'avoir un mollusque dans mon lit. Je dis ça seulement pour l'odeur, pour le reste, je ne sais pas. »

Elle souligna son propos d'un petit rire et observa les effets de sa provocation sur Roy, qui ne parvint pas à dissimuler sa gêne.

« Ça ne coûte rien de chercher des passages, poursuivit-elle en recouvrant son sérieux. Si on n'en trouve pas à Michel, on ira à Orsay, à Invalides ou à Javel. Qu'en penses-tu ? »

Il se contenta d'acquiescer d'un mouvement de tête de si faible amplitude qu'elle douta de l'avoir vue bouger.

« Avant, je voudrais finir mon apprentissage de la lecture, ajouta-t-elle. On prendra quelques livres avec nous.

— C'est que…

— Que ? »

Roy s'éclaircit la gorge pour redonner un minimum de fermeté à sa voix.

« Les livres ne doivent jamais sortir d'ici. C'est l'une de nos règles. »

Aube approcha son visage du sien jusqu'à ce que son haleine lui effleure le front, les joues et les lèvres.

« Tu sais ce que j'en pense, de tes règles… »

Il n'avait plus aucune certitude, à vrai dire, ses pensées dispersées par le souffle chaud de la jeune femme avaient perdu toute pertinence, toute cohérence.

19

Les partisans

Un groupe d'une trentaine de personnes, éclairé par des lampes à huile et les bougies posées sur des socles métalliques plantés dans les parois, s'était formé devant l'entrée du Conseil qui se dressait à l'extrémité du quai. Aucune lumière ne brillait dans les étages vitrés pour l'instant déserts. Les quatre miliciens disposés devant la porte principale du bâtiment, armés de fusils d'assaut, s'étaient tendus lorsque l'escorte de Madone avait surgi d'un couloir perpendiculaire et marché dans leur direction.

Une silhouette se détacha du groupe et, tenant une lampe à huile à bout de bras, s'avança vers les premiers rangs de l'escorte. Mitch ordonna aux deux hommes qui l'accompagnaient de s'arrêter et, pistolet en main, continua de progresser seul vers la silhouette enveloppée de lumière vacillante, une femme aux rides profondes et aux cheveux blancs, vêtue d'une ample robe de laine.

Elle s'immobilisa à deux pas du capitaine et

posa sur lui ses yeux recouverts d'un voile terne qui estompait ses iris.

« Nous attendons celle qu'on appelle Madone, déclara-t-elle d'une voix légèrement tremblante.

— Vous lui voulez quoi, à Madone ? » grogna Mitch.

La femme tendit le bras pour approcher la lumière de son vis-à-vis et l'observer un petit moment.

« Avez-vous un lien avec elle ?

— Qu'est-ce que vous lui voulez ? répéta Mitch d'un ton rogue.

— Nous avons entendu parler de son projet et nous souhaitons lui apporter notre soutien.

— Qui êtes-vous ? »

La femme sourit pour dissiper la méfiance de son interlocuteur.

« De simples Métrolites, répondit-elle. Nous pensons que seul son projet de Fédération peut empêcher Rive Gauche de sombrer dans le chaos. Nous aimerions nous mettre à son service. »

Mitch fronça les sourcils.

« Qu'est-ce qui vous fait croire qu'elle compte venir ici ?

— Un conseiller nous a informés du périple qu'elle a entrepris. Quand nous avons appris qu'elle était passée par Varenne, François-Xavier et Duroc, nous en avons déduit qu'elle prévoyait de contacter le Conseil parnassien.

— En quoi cela vous concer…

— Je prends la relève, capitaine. »

Mitch n'eut pas besoin de se retourner pour

identifier la voix qui avait retenti derrière lui. Madone s'était approchée silencieusement dans son dos, accompagnée d'Ionale. Il s'écarta aussitôt pour laisser la place à la présidente, non sans exprimer sa désapprobation d'une moue prolongée.

« Je suis Madone, et j'ai en effet l'intention de présenter mon projet de Fédération au Conseil parnassien. »

La vieille femme, transfigurée tout à coup, saisit la main de la présidente et la pressa avec ferveur.

« Cela fait si longtemps que nous attendons quelqu'un comme vous, s'exclama-t-elle. Soyez la bienvenue à Montparnasse, madame. »

Madone la remercia d'une brève courbette, puis désigna le groupe une vingtaine de pas plus loin.

« Vos partisans ?

— Une petite partie des gens qui pensent, comme moi, que vous incarnez l'avenir de Métro 2033. Nous sommes très nombreux à Montparnasse, beaucoup plus nombreux que ne le pense le Conseil.

— Comment avez-vous été informés de mon projet ? »

La vieille femme laissa retomber son bras le long de son corps. Le halo de la lampe perdit de son intensité en se comprimant dans le cercle de lumière éclaboussant le sol lisse.

« La rumeur, au début. Et puis, un membre du Conseil avec qui j'entretiens des relations amicales m'a donné des précisions. Il semblait bien vous connaître, comme si quelqu'un qui vous est proche lui confiait tout ce qu'il savait de vous. »

Madone passa rapidement en revue les hommes et les femmes qui s'étaient succédé à son service et n'en releva aucun qui aurait pu la trahir.

« Nous sommes là pour vous aider, ajouta la vieille femme.

— Comment ?

— Nous avons le temps de rameuter tous vos sympathisants avant que le Conseil se réunisse. Nous ne bougerons pas d'ici tant qu'il n'aura pas accepté de vous recevoir.

— Vous risquez d'être dispersés sans ménagement par la milice.

— Quelle importance ? Nous n'avons plus rien à perdre. À part la vie, peut-être. Notre temps s'achève, le mien en tout cas, et nous pensons que nos descendants auront une existence de plus en plus pénible si nous laissons Rive Gauche en l'état. » Les yeux ternes de la vieille femme se posèrent sur Ionale, qui se tenait légèrement en retrait de Madone. « Les temps seront difficiles pour les dvinns et les autres mutants. Le pasteur d'Élévation est sur le point de leur déclarer une guerre totale.

— Que me conseillez-vous de faire en attendant la réunion du Conseil ?

— Ne pas rester ici, en tout cas. Trop dangereux. Vous pourriez vous cacher dans un endroit que nous sommes les seuls à connaître.

— Où se trouve cet endroit ?

— Près d'ici.

— Vous pouvez nous y conduire ? »

Un sourire chaleureux illumina le visage de la

vieille femme. Une lampe s'alluma quelques pas derrière Madone et son faisceau se pointa sur le groupe rassemblé devant le bâtiment du Conseil.

« Tout va bien, ma dame ? »

Madone fut parcourue de frémissements lorsqu'elle reconnut la voix puissante d'Urm. Son esprit, sa bouche, son corps réclamaient d'urgence une deuxième joute avec le jeune Varennois.

« Aucun problème, Urm. »

Évitant de tourner la tête en direction de Mitch, elle reporta son attention sur Ionale, puis, comme l'expression de la dvinn demeurait neutre, elle fixa de nouveau son interlocutrice.

« Vous connaissez mon nom et je ne connais pas le vôtre…

— Lée, pour vous servir, madame.

— Eh bien, Lée, conduisez-nous, mon escorte, ma fille et moi-même, à l'endroit sûr dont vous m'avez parlé. »

Deux membres du groupe, un adolescent et une femme d'âge mûr, se joignirent à la vieille femme pour guider Madone et son escorte dans un dédale de galeries grouillantes et de passages plongés dans une obscurité peuplée d'ombres silencieuses. Mitch, qui marchait derrière l'adolescent, ralentit jusqu'à ce que Madone, Ionale et Lée parviennent à sa hauteur. D'un geste, il signifia à la présidente qu'il voulait lui parler. Elle lui lança un coup d'œil excédé avant de consentir à se rapprocher de lui.

« Je me méfie de cette femme, lui glissa-t-il à l'oreille.

— Vous vous méfiez de tout le monde, capitaine, lui répondit-elle à voix basse.

— Et vous, vous devriez éviter d'accorder votre confiance à n'importe qui. Vous ne trouvez pas bizarre qu'elle et son groupe vous aient attendue devant la porte du Conseil ?

— Question de logique. C'est également l'endroit où j'aurais attendu. Que tentez-vous de me suggérer ?

— De faire demi-tour au plus vite et de chercher par nous-mêmes un endroit tranquille.

— Vous connaissez Montparnasse, capitaine ?

— Pas vraiment, mais je…

— Alors je ne vois pas l'intérêt de poursuivre cette conversation.

— Ça vous arrive d'écouter ce qu'on vous dit, put de Rive Droite ? »

Les regards de Lée, d'Ionale, d'Urm et de quelques hommes effleurés par les rayons des lampes se tournèrent vers Mitch, qui n'avait pas maîtrisé la puissance de sa voix.

« Tu m'agaces, capitaine », siffla Madone.

Il manifesta son désaccord d'un soupir bruyant avant d'accélérer l'allure et de rattraper l'adolescent qui s'engageait dans un passage étroit et ténébreux.

L'escorte s'installa dans la pièce de vingt pas de longueur et de trois de largeur dans laquelle les avaient conduits Lée et ses deux comparses.

« Ils sont rares, ceux qui connaissent l'existence de ce refuge, avait précisé la vieille femme en promenant la lumière de sa lampe à huile sur le sol, le plafond bas et les parois directement forés dans la roche. Il sert de cachette aux opposants déclarés du Conseil ou d'Élévation. Nous enverrons quelqu'un vous chercher lorsque la séance du Conseil aura débuté. »

Elle s'était ensuite retirée avec ses deux accompagnateurs. Les membres de l'escorte s'étaient allongés à même le sol pour essayer de prolonger le court temps de repos pris dans les chambres de l'auberge, excepté Mitch et l'un de ses hommes postés à l'entrée de la pièce. Urm s'était assis aux côtés de Madone tandis qu'Ionale dormait quelques pas plus loin. Se contenant pour ne pas céder à son envie brûlante de l'embrasser, elle se contenta de glisser sa main dans la sienne. Il la pressa avec une telle force qu'elle crut ses os réduits en miettes.

« Personne ne peut nous voir, chuchota-t-il.

— Urm, il suffirait que l'un d'eux allume sa lampe… »

Elle avait soufflé ces mots sans conviction, cédant déjà au désir brûlant de son amant. Elle n'offrit aucune résistance lorsque les lèvres tant souhaitées se posèrent sur les siennes, lorsque les mains avides se glissèrent sous ses vêtements et enflammèrent sa peau, lorsque le corps tant voulu se pressa contre le sien, que les bras puissants la renversèrent sur sa veste étalée. Il commença à la dévêtir en la couvrant de caresses enchanteresses. Son souffle incendiaire sur ses cuisses, son ventre, ses seins, son cou, démantela les vestiges de sa raison. Elle s'abandonna à lui, entièrement, oubliant les hommes disséminés autour d'elle, s'ouvrant de tout son être pour recevoir le visiteur impatient qui se présentait à sa porte.

Un hurlement déchira le silence.

« On nous attaque ! »

La voix de Mitch, suivie de staccatos de fusils d'assaut et de brèves lueurs. Une odeur de poudre se répandait déjà dans la pièce. Urm sauta sur ses pieds, remonta son pantalon et ramassa sa kalache.

« Ne bouge pas d'ici ! » cria-t-il à Madone.

Elle se contorsionna pour se rhabiller sans se relever, puis rampa vers Ionale, que le vacarme n'avait pas encore réveillée. Des lampes s'allumèrent non loin d'elles, leurs faisceaux convergèrent vers l'entrée de la salle. Mitch et l'autre veilleur se tenaient de chaque côté de l'ouverture, lâchant régulièrement des rafales de fusils d'assaut. Ils affrontaient une troupe importante, à en juger par les crépitements des balles sur le sol, le plafond ou les murs de la salle.

« Combien ? demanda Urm qui les avait rejoints en quelques bonds.

— Une trentaine, à première vue, estima Mitch. Ils portent tous des tuniques blanches.

— Les servants, soupira le jeune Varennois.

— On dirait bien qu'Élévation ne veut pas de nous. Cette fois, il n'y a pas de plan Ren pour nous sortir de là.

— Ils nous enfumeront s'ils ne parviennent pas à passer.

— Ouais, on l'a de toute façon dans le cul.

— À moins que... »

Urm parut se plonger dans une intense réflexion.

« Que quoi ? s'impatienta Mitch.

— Qu'on ne les surprenne.

— Je ne vois pas comment : il n'y a qu'une issue. Il leur suffit d'attendre qu'on passe cette put de porte pour nous dégommer comme des rats.

— Justement, ils pensent qu'on va rester planqués là jusqu'à ce que nous soyons obligés de sortir. C'est maintenant qu'on doit courir la chance.

— T'es cinglé ! Ce sera pour eux un jeu d'enfant.

— Tu as mieux à proposer ? »

Mitch tira une rafale au jugé avant de lancer un regard hargneux à son vis-à-vis.

« Tu veux me prendre le commandement comme tu m'as pris ma reine ?

— Dis pas n'importe quoi, capitaine ! Je cherche seulement à sauver Madone, et notre peau si possible.

— Je l'ai prévenue, elle n'a pas voulu m'écouter.

— On s'en fout. Je te propose la meilleure solution, la seule sans doute, pour nous sortir de ce merdier. On se rue à l'extérieur de cette pièce en gardant nos lampes éteintes, puis on les rallume, on braque les rayons sur ces salopards, et on tire à tout va. Comme le passage qui mène à cet abri n'est pas bien large, ils se gêneront les uns les autres.

— Ils ont aussi des lampes...

— Elles ne portent pas très loin. Si nous ne leur donnons aucune indication de l'endroit où nous sommes, il leur faudra un peu de temps pour comprendre et nous localiser. Un temps que nous mettrons à profit pour reprendre la main. »

Mitch marqua un silence, esquivant machinalement les éclats de roche qui dégringolaient du plafond, puis il désigna, d'un ample geste du bras, les membres de l'escorte resserrés derrière eux.

« Tu crois qu'ils sont prêts à ça, eux ?

— Ce sont des soldats. Ils iront partout où on leur dira d'aller.

— D'accord. On va leur expliquer ce qu'on attend d'eux. »

Urm crut que Mitch ironisait, mais le capitaine se retourna pour s'adresser aux vingt hommes de la troupe.

« Voilà ce qu'on va faire… »

Son discours achevé, ils éteignirent leurs lampes, déverrouillèrent leurs armes et se disposèrent trois par trois face à l'entrée de la porte. Urm s'était porté volontaire pour intégrer la première ligne, ne laissant pas à Mitch le plaisir de lui en donner l'ordre. La consigne était de sortir le plus rapidement possible de la pièce, de fondre sur les adversaires en allumant les lampes au dernier moment et en pressant sans discontinuer les détentes des kalaches. Si l'un d'entre eux était fauché, les deux autres devaient continuer sur leur lancée et les lignes suivantes, enjamber les corps sans ralentir. Il ne fallait laisser aucun répit aux servants qui occupaient le couloir. L'effet de surprise conjugué à la violence de la contre-offensive les déstabiliserait et les repousserait vers les galeries et les stations.

Madone, légèrement en retrait, croisa le regard d'Urm. Il la rassura d'un sourire, puis il se tourna vers la porte et se tint prêt à bondir. Mitch lança également un coup d'œil à la présidente par-dessus son épaule. Elle n'y lut aucun reproche, seulement une profonde tristesse qui la bouleversa.

« Foncez ! » lança le capitaine.

La première ligne s'élança. Toutes les lampes s'étant éteintes, Madone ne vit pas Urm disparaître par l'ouverture. Son cœur se serra. Elle faillit lui hurler de rebrousser chemin. Les premières détonations retentirent. La deuxième ligne se mit à son tour en mouvement. Les cris et les rafales redoublèrent d'intensité. Puis les cinq autres lignes s'engouffrèrent l'une après l'autre par l'ouverture, laissant la présidente et la dvinn seules dans la pièce. Madone tenta de suivre la bataille en se concentrant sur les bruits. Tantôt les rafales et les hurlements semblaient s'éloigner, tantôt se rapprocher. Oscillant en permanence entre espoir et angoisse, elle refusait de croire que Lée et son groupe l'avaient trahie. Son jugement sur ceux qu'elle rencontrait pour la première fois ne l'avait jusqu'alors que très rarement trompée. Ionale elle-même n'avait pas réagi. Comment la vieille femme serait-elle parvenue à tromper la clairvoyance de la dvinn ?

Les bruits de la bataille n'étaient plus qu'une rumeur lointaine, un mauvais rêve qui s'estompait. Madone ne savait pas de quoi accoucherait le silence, de la défaite de ses compagnons, de leur disparition, de la mort d'Urm, peut-être, de la fin de leur amour fauché avant même d'avoir pu s'épanouir, de la mort d'Ionale, de la sienne, ou encore de leur victoire, d'un nouveau coup porté à la religion d'Élévation, comme à Varenne, du sursis qui lui permettrait de poursuivre son périple et de défendre son projet de Fédération.

Un brouhaha enfla peu à peu dans les ténèbres. Elle ne tarderait plus à savoir. Les lumières mouvantes de lampes torches se faufilèrent par l'ouverture et effleurèrent le sol et les parois.

Plusieurs silhouettes s'engouffrèrent dans la pièce.

« La voie est libre, madame. »

La voix de Mitch.

Le soulagement de Madone se teinta aussitôt d'inquiétude. Elle ne distinguait pas Urm parmi la dizaine d'hommes qui se pressaient devant elle, joyeux, répandant une âcre odeur de poudre.

« Des pertes, capitaine ? »

Mitch marqua un temps de silence avant de répondre :

« Deux hommes, madame. Pour vingt-neuf servants tués. Un bilan plus que positif.

— Des blessés ?

— Une dizaine de blessures sans gravité.

— Où sont les autres ?

— Chargés de surveiller l'entrée du couloir.

— Et… euh…

— Sous le commandement du jeune Urm. »

La joie se propagea dans l'esprit et le corps de Madone avec une telle intensité qu'elle faillit en perdre l'équilibre.

« Félicitations, capitaine.

— Gardez vos compliments pour Urm, c'était son idée. Il est plus audacieux que je ne le serai jamais. »

Elle hésita quelques instants avant d'ajouter :

« Je rends grâce à votre clairvoyance, Mitch. Vous n'aviez pas confiance en cette femme et en son groupe, et les faits vous ont donné raison. Je m'efforcerai de tenir compte de votre avis, la prochaine fois. »

Le capitaine la dévisagea avec une colère empreinte de regrets.

« Vous aurez tout oublié, la prochaine fois. On oublie si vite. »

Après avoir récupéré les lampes, les armes et les balles sur les corps des servants, ils cherchèrent un nouvel abri en attendant la réunion du Conseil. Ils décidèrent de retourner à l'auberge où ils s'étaient déjà restaurés et reposés, et en retrouvèrent le chemin après avoir erré un long moment dans le dédale de Montparnasse. Le patron, ravi de les accueillir une deuxième fois, leur offrit une tournée d'alcool de baies avant de servir le repas.

Mitch, qui avait désormais dix-sept hommes sous ses ordres, émit l'idée d'enrôler de nouveaux éléments, des renforts nécessaires, selon lui, pour affronter les opposants à la présidente, nettement plus nombreux que prévu.

« Comment être sûr de leur loyauté ? objecta Urm. Mieux vaut un petit groupe d'éléments dévoués qu'une troupe de mercenaires prompts à foutre le camp à la première difficulté.

— Sauf si on recrute parmi les partisans de Madone…

— Notre cohérence nous a permis d'écraser une trentaine de servants.

— Si leur nombre monte à cent, la prochaine fois, pas sûr que nous en venions à bout.

— Les galeries, les couloirs et les stations favorisent les petites formations, plus mobiles, imprévisibles.

— Qu'en pense notre présidente ? »

Madone posa les coudes sur la table, puis, le menton sur ses mains croisées, fixa tour à tour les deux hommes. Les yeux renfoncés et luisants d'Ionale, assise à ses côtés, allaient également de l'un à l'autre, comme si la fillette suivait le cours des réflexions de sa mère adoptive.

« Je pense que vous avez tous les deux raisons. Nous avons besoin d'une troupe soudée, cohérente, et… plus étoffée. Je ne pensais pas que tant d'obstacles se dresseraient devant nous. À peine sommes-nous arrivés à Montparnasse que nous avons déjà perdu près de la moitié des effectifs.

— Élévation ne s'arrêtera pas là, renchérit Mitch. Ils sont nombreux, armés, fanatisés. Sans compter les mandars de Petite-Chine, qui ne nous recevront certainement pas les bras ouverts. Ni les grossistes de Versailles, dont l'avènement de la Fédération marquerait la fin du monopole.

— Toujours décidée, ma dame ? lança Urm, goguenard.

— Plus que jamais, répliqua Madone d'une voix tranchante. Plus nombreuses sont les résistances, plus urgente est la nécessité de changement. Qui prendra soin de la population de Rive Gauche si nous ne réussissons pas à imposer le projet de Fédération ?

— On ne fait pas le bonheur des gens malgré eux », objecta Mitch.

Les traits de Madone se tendirent tout à coup. Elle posa la main sur la tête d'Ionale.

« Qui la protégera, elle, contre les fanatiques d'Élévation ? »

Sa voix tremblait d'indignation. Tous les regards convergèrent dans sa direction.

« Qui protégera les mutants, les faibles, les malades, les miséreux ? Qui empêchera les hordes d'Élévation, les milices, les mandars, les grossistes de semer la terreur dans les statiopées et les stations de Métro 2033 ? »

20

Arc

Le cœur de Juss battit à tout rompre lorsqu'il crut entrevoir une frêle silhouette dans la grotte où il était entré.

« Plaisance ? »

Un grondement lui répondit, semblable à celui des deux fauves qui les avaient attaqués, la nyct et lui, au bord du fleuve, mais plus faible, presque plaintif. Il glissa machinalement la main dans sa poche mouillée à la recherche de son pistolet, puis il se souvint qu'il l'avait perdu lors de sa chute dans l'eau glacée du fleuve, ainsi d'ailleurs que sa lampe. Il s'était débattu comme un dément, manquant de se noyer, avant de rependre empire sur lui-même et de réussir à se hisser sur la berge. Il errait depuis un bon bout de temps à tâtons dans la galerie emplie d'obscurité, appelant régulièrement Plaisance, mais elle n'avait pas répondu, comme si elle n'était plus en mesure de l'entendre. Avait-elle été victime d'un autre de ces bestiaux féroces au pelage clair ?

Était-elle tombée dans une crevasse ? Était-elle retournée dans la carrière et retombée dans les griffes de Sa Ma et de ses sbires ? Il se reprochait en tout cas d'avoir perdu celle qu'il avait juré de défendre envers et contre tout, conscient désormais qu'il éprouvait pour elle, davantage qu'un simple intérêt de protecteur et de partenaire d'exploration, des sentiments dont la douceur le chamboulait, l'intimidait. Sa peine serait inconsolable si elle disparaissait de son existence. Il n'avait jamais rien ressenti de tel pour un autre être humain, pas même pour le Daub, qu'il vénérait et admirait comme un père.

Il lui sembla discerner une tache claire dans les ténèbres : une créature se déplaçait vers lui en haletant et en poussant des grognements. Il voulut s'enfuir, buta sur une excroissance rocheuse et tomba de tout son long sur le sol dur. Il n'eut pas le temps de se relever. Une masse lui bondit sur la poitrine, des griffes transpercèrent ses vêtements, une haleine chaude et une odeur forte l'enveloppèrent, une langue râpeuse lui lécha la joue et le cou. Il se débattit avant de se rendre compte qu'il n'avait pas affaire à un fauve, mais à un animal de petite taille au poil soyeux et à l'humeur facétieuse.

Les éclats d'un rire espiègle se répercutèrent sur les parois de la grotte.

« Je l'ai trouvé ici. »

Juss reconnut la voix de Plaisance, et la joie, de nouveau, l'embrasa.

« C'est le bébé des fauves qui nous ont attaqués, poursuivit-elle.

— T'as pas entendu mes appels ? » lança-t-il avec un brin d'agressivité.

Elle ne répondit pas tout de suite.

« J'ai eu… honte de m'être enfuie, finit-elle par bredouiller. Je pensais que…

— Que quoi ?

— Que tu voudrais plus de moi, puisque je t'avais laissé tomber.

— Dis pas n'importe quoi ! J'comprends qu't'aies eu peur. C'est moi qu'ai déconné d'avoir voulu t'entraîner dans la flotte. L'résultat, c'est qu'je suis tout mouillé, qu'j'ai perdu mon flingue et ma lampe, et que j'me sens aussi nu qu'un ver. »

Elle s'esclaffa une deuxième fois.

« Je suis contente que tu sois revenu me chercher, déclara-t-elle en reprenant son sérieux.

— Et, moi, j'suis content d'te r'trouver en vie. »

Juss se dégagea de l'étreinte du petit animal et s'approcha d'elle jusqu'à ce qu'il puisse distinguer son visage.

« J'préfère quand j'peux te zyeuter. On fait quoi, maintenant ? »

Plaisance répondit d'un haussement d'épaules.

« Une chose est sûre, reprit-il, on peut pas rester là. On crèverait d'faim.

— Il risque lui aussi de mourir.

— Tu comptes le nourrir, le bébé bestiau ? Tu sais au moins c'qu'il bouffe ? Il est sans doute trop p'tit pour avoir appris à chasser.

— On peut pas l'abandonner… »

Juss décolla de sa peau ses vêtements mouillés. La

peluche joueuse et câline deviendrait un monstre elle aussi, aussi puissant et dangereux que ses parents, mais, en attendant, il pouvait se permettre de faire plaisir à Plaisance.

« T'inquiète pas, il nous suivra partout. J'pense qu'on a pas d'autre choix pour l'instant qu'de r'tourner à la carrière.

— Sa Ma va nous massacrer.

— Faut qu'on réussisse à récupérer sans s'faire remarquer un des flingues qu'on a laissés dans la grande bagnole sur le parking. Une lampe aussi. Puis on essaiera de r'partir en douce à Petite-Chine et d'aller causer à Ta Li. »

La nyct accueillit la proposition de Juss d'une moue dubitative.

« T'as une meilleure idée ? »

Elle entrouvrit la bouche, mais aucun mot ne franchit le seuil de ses lèvres.

« Alors, on y va. Tu marcheras devant et j'te suivrai de près, d'accord ?

— Arc.

— Quoi, Arc ? »

Plaisance posa la main sur le crâne du petit animal qui se frottait à ses jambes.

« On l'appellera Arc, comme le chien des Armuriers tué par le scorpion blanc. »

Juss haussa les épaules.

« Va pour Arc. »

Plaisance marchant en tête, de temps à autre devancée par Arc, ils remontèrent la galerie qu'ils avaient parcourue à l'aller. Ils ne tardèrent pas à gagner la carrière et se blottirent derrière les rochers répartis sur la grève de la Seine pour observer les environs. Les taches de lumière qui bougeaient dans le lointain indiquaient que les mimbs de Sa Ma continuaient de fouiller le gouffre, qui résonnait de leurs cris ; l'idée ne leur était toujours pas venue de contrôler le bord du fleuve.

Plaisance gardait le bras posé sur le petit animal pour le maintenir contre elle. Prenant l'attitude de la fillette pour un jeu, il se secouait comme un beau diable pour lui échapper. Juss craignait que ses grognements joyeux ne donnent l'alerte à Sa Ma et à ses hommes. Il se demandait également quelle serait la réaction d'Arc devant les cadavres des deux fauves. Se mettrait-il à hurler comme un enfant devant les corps de ses parents ? Il deviendrait rapidement incontrôlable – il était déjà incontrôlable –, et la sagesse aurait voulu qu'ils s'en débarrassent, mais Plaisance ne l'entendait certainement pas de cette oreille, et Juss n'avait toujours pas le cœur à contrarier sa partenaire.

« Tu vois l'parking d'ici ? » glissa-t-il à l'oreille de la nyct.

Elle promena un petit moment ses yeux sur les ténèbres avant d'acquiescer d'un mouvement de tête.

« Et les mimbs ? Ils y sont ?

— J'en distingue deux, assis sur une bagnole.

— Que deux, t'es sûre ? »

Elle scruta de nouveau l'obscurité.

« Les autres sont plus loin.

— Deux, on peut s'en occuper.

— Avec quoi ?

— C'qu'on trouv'ra sur place, des pierres, des barres de fer. »

Arc, de plus en plus excité, parvint à s'enfuir et détala droit devant lui comme s'il avait repéré un nouveau compagnon de jeu.

« Arc ! »

L'exclamation de Plaisance, bien qu'étouffée, résonna avec la puissance d'une explosion dans la carrière. Juss se tendit.

« Crie pas, souffla-t-il. On va s'faire choper. »

Elle n'attendit qu'un bref instant avant de se mettre à courir dans la même direction que le petit animal. Juss n'eut pas d'autre choix que de se lancer à sa poursuite. Il faillit tomber à plusieurs reprises, trébuchant sur les arêtes des pierres qui crevaient par endroits la grève. Les lueurs des lampes des mimbs étant trop lointaines pour lui donner un semblant de visibilité, il ne pouvait se fier qu'aux claquements des pas de la nyct.

Il fut presque surpris de tomber sur elle une trentaine de pas plus loin. Elle avait rattrapé et enlacé Arc, qui poussait des gémissements à fendre l'âme devant le cadavre de l'un des deux fauves. Les hurlements des mimbs, probablement alertés par leur vacarme, évoquaient un rappel au rassemblement.

« On peut pas rester là, Plaisance, ils vont rappliquer. »

Arc approchait sans cesse son museau du cadavre

comme pour s'imprégner de son odeur, devenue pestilentielle.

« Faut r'tourner où qu'on était avant qu'ils nous zyeutent. »

La nyct signifia son accord d'un clignement de paupières et tenta de soulever le petit animal, mais il résista, et il avait beau être né depuis peu, il se débattit avec une telle vigueur qu'elle dut le relâcher. Une fois à terre, il ouvrit la gueule et poussa un hurlement à la tonalité menaçante qui s'envola vers la voûte où il se prolongea en échos décroissants, puis il fila sur la grève du fleuve dans la direction opposée à celle de la galerie où Plaisance l'avait trouvé.

« Viens, l'implora Juss. On a encore le temps de s'planquer. »

La nyct lui adressa un regard désolé avant de foncer sur les traces du petit animal.

« Put de Rive Droite ! »

Juss s'élança à son tour et allongea la foulée pour ne pas la perdre de vue. Les cris et les faisceaux des torches des mimbs, qui avaient eux aussi accéléré l'allure, se rapprochaient rapidement.

Plaisance longea le fleuve jusqu'à ce qu'ils atteignent la paroi opposée du gouffre, du moins c'est ce que supposa Juss, qui entrevoyait devant lui une gigantesque forme figée légèrement plus claire que l'obscurité. Il s'attendait à tout moment à heurter de plein fouet l'un des nombreux rochers qui se dressaient alentour et qu'il ne discernait qu'au tout dernier moment. Bien qu'il gardât les yeux rivés sur la menue silhouette de la nyct, elle disparaissait par instants de son champ de vision.

« Là, Juss ! »

Elle s'était mise à quatre pattes pour se glisser dans une bouche qui s'ouvrait au pied de la paroi, dissimulée par une saillie. Aiguillonné par le brouhaha des mimbs qui avaient encore gagné du terrain, il la suivit sans hésitation. Ils parcoururent d'abord une distance d'une dizaine de pas en rampant sur un sol spongieux, puis, comme le passage s'agrandissait, ils purent se relever et marcher, lui gardant la tête baissée pour ne pas se cogner à la voûte. Une odeur âpre se mêlait à celle, douceâtre, de la vase. Juss gardait les mains tendues devant lui pour détecter les éventuels obstacles.

« Tu peux les baisser, chuchota Plaisance. C'est bien dégagé.

— Tu vois toujours Arc ?

— Non, mais il est entré là-dedans, et on finira bien par le rattraper.

— T'es consciente qu'c'est une bête dangereuse.

— C'est qu'un bébé.

— Pour combien d'temps ? Son instinct finira par prendre l'dessus.

— Il n'a que nous pour l'instant. » Elle hésita avant de poursuivre. « C'est nous qui avons tué ses parents.

— Ben, sans ça, on aurait fini dans leurs estomacs.

— C'est pas un reproche, Juss, c'est juste que… j'aurais aimé qu'on s'occupe de moi quand j'étais toute petite. »

Juss comprit d'autant mieux l'émotion presque palpable de sa partenaire qu'il ressentait la même, la tristesse à jamais inconsolable des enfants sur lesquels n'avaient jamais veillé leurs parents.

Les cris des mimbs s'échouaient comme des songes dans le silence profond qui baignait le passage.

« Tu crois qu'ils vont trouver l'entrée d'ce boyau ?

— Je l'aurais pas trouvée non plus si Arc me l'avait pas montrée.

— On dirait qu'ça descend… »

Juss gardait une main posée sur la paroi pour ne pas se laisser entraîner par la pente à la déclivité prononcée. L'humidité presque suffocante révélait l'omniprésence de l'eau. Ils s'enfoncèrent de plus en plus profondément dans les entrailles de Rive Gauche. Les bruits d'écoulement ou de ruissellement se multipliaient, s'amplifiaient, formant un chœur à la beauté envoûtante.

« T'es sûr qu'il s'est pas planqué dans un coin ?

— Il est toujours devant nous, tu le sens pas ? »

Juss se concentra et crut percevoir, parmi les odeurs qui flottaient dans le passage, celle, caractéristique, d'Arc et de ses congénères. Ses yeux s'étant adaptés à l'obscurité, il discernait à présent le visage de Plaisance, qui marchait à ses côtés, et les saillies rocheuses qui frôlaient dangereusement sa tête. Ils n'avaient que très peu d'efforts à fournir pour avancer, preuve qu'ils continuaient de descendre.

« J'me d'mande où il peut bien mener, ce souterrain… Il a pas été creusé par l'homme, en tout cas.

— Il va peut-être nulle part. »

Des rigoles sillonnaient les parois rocheuses et grossissaient les flaques qui se formaient dans la galerie. Les écoulements provoquaient par endroits de véritables mares qu'il fallait traverser après s'être assuré qu'elles n'étaient pas profondes. Juss passait en premier et attendait Plaisance, toujours aussi peu rassurée dans l'eau, de l'autre côté. L'une de ces mares s'étendait sur une bonne centaine de pas. Aussi loin que portait son regard, la nyct n'en apercevait pas l'autre rive. Elle rencontra les pires difficultés à la franchir lorsqu'elle se rendit compte que l'eau arrivait en haut des cuisses de son compagnon. Il fallut toute la force de persuasion de Juss pour qu'elle consente à l'accompagner. Il ne lâcha pas sa main durant la traversée. Elle ne cessa pas de trembler tant qu'ils n'eurent pas regagné la terre ferme de l'autre côté. Leur intrusion dérangea des dizaines de petits crabes blancs qui s'évanouirent dans les anfractuosités des parois.

« J'me d'mande pourquoi le coin est pas complètement inondé, murmura Juss. Ça doit sans doute s'évacuer au fur et à mesure. J'ai pas l'impression que d'autres soient passés par ici avant nous. »

À peine avait-il prononcé ces mots qu'ils découvrirent un peu plus loin, adossé à la paroi, un squelette encore vêtu de lambeaux de tissu et de cuir. Si certains des objets qui jonchaient le sol autour de lui étaient familiers, un couteau à longue et large lame, une lampe tellement rouillée qu'elle s'effritait sous les doigts, un étui en cuir contenant de vieux tickets et des billets moisis, d'autres étaient parfaitement inconnus, telle cette curieuse boîte rectangulaire et plate couverte d'un écran fissuré qui ne s'ouvrait pas et dont ils ne purent deviner l'utilité. Juss vit, en l'examinant de près, que cet homme ou cette femme – difficile de déterminer un sexe en se basant seulement sur les os – avait subi de nombreuses fractures, comme s'il avait été heurté par un poids de plusieurs centaines de kilos. Il se sentit moins démuni, moins nu, lorsqu'il s'empara du couteau. La lame, un peu émoussée, ne portait aucune trace de rouille et restait redoutablement perforante. Il ne jugea pas nécessaire de s'encombrer d'autres objets dont l'état ne lui permettrait certainement pas de les utiliser ou de les revendre à bon prix dans les stations. Il ne prit que les tickets en se disant que, même collés par les moisissures, ils seraient peut-être acceptés par des marchands peu regardants.

« J'aime pas cet endroit, marmonna Plaisance.

— On avance tant qu'on a pas r'vu Arc, je suppose… »

Il n'avait pas prononcé ces mots seulement pour tenter de redonner du courage à la nyct. Une autre motivation le poussait à continuer, cette exaltation qu'il avait souvent éprouvée lorsque, fouineur pour les Armuriers, il défrichait des voies qui ouvraient sur de nouveaux sites, carrières, parkings, stations désertes, catacombes, citernes… Son corps tout entier vibrait comme chaque fois qu'il était sur le point de découvrir un monde inexploré. L'ivresse de l'inconnu. C'était sans doute la raison pour laquelle le Daub le considérait comme un élément essentiel de la bande malgré son jeune âge. Il n'était pas nyct, ni vib, ni taup, encore moins dvinn, mais il avait ce don de flairer les bons passages aussi bien et même mieux que les chiens, et il pressentait que ce boyau humide et puant débouchait sur un filon fabuleux.

Ils marchèrent encore un long moment, traversant plusieurs mares, avant de retrouver Arc qui, sans doute brisé par l'effort et la tristesse, dormait paisiblement dans une minuscule grotte creusée dans la paroi. L'œil perçant de Plaisance distingua un pan de son pelage clair pourtant à peine visible par l'ouverture. Les arêtes disposées en tas non loin de son museau indiquaient qu'il avait pêché de quoi se rassasier dans les étendues d'eau. Il leur fit la fête lorsqu'il se réveilla, comme averti de leur présence. Il semblait avoir totalement oublié les cadavres de ses géniteurs, comme s'il avait désormais choisi pour parents ses deux compagnons humains. La joie communicative de Plaisance poussa Juss à cajoler le petit fauve, oubliant qu'il n'était pas un animal domestique, que ses crocs et ses griffes, encore tendres, se mueraient bientôt en armes mortelles.

Arc les suivit sans rechigner lorsqu'ils se remirent en chemin. Le tunnel s'étrangla un peu plus loin. Juss craignit qu'il ne se ferme définitivement, mais ils parvinrent tous les trois à se faufiler entre les parois resserrées jusqu'à ce qu'il s'élargisse de nouveau et prenne des formes géométriques caractéristiques d'un ouvrage humain. Lorsque les traverses de bois et les rails métalliques apparurent sous leurs pieds au bout d'une cinquantaine de pas, ils comprirent qu'ils étaient passés dans une galerie de Métro 2033.

Une galerie déserte, inconnue, un territoire vierge.

« Tu vois quelque chose, devant ? »

Plaisance plissa les yeux.

« Il me semble qu'il y a des quais un peu plus loin.

— Put de Rive Droite, Arc nous a conduits dans une nouvelle station ! »

Et une grande.

Immense même, avec ses nombreux étages, escaliers, couloirs, salles, ornée de multiples panneaux qu'ils ne parvinrent pas à déchiffrer, même s'ils reconnaissaient sur quelques-uns le signe RER C. Une lueur tombait des hauteurs, qui leur endolorit les yeux au début, mais que Juss apprécia au plus haut point, car elle éclairait plusieurs quais et couloirs et lui permettait de s'orienter sans recourir à l'assistance de la nyct. Ils ne cherchèrent pas à savoir d'où elle venait, ni si elle était dangereuse (rien de bon ne pouvait être envoyé par la surface, selon les croyances ancestrales de Rive Gauche). Les escaliers et les parois disparaissaient dans l'eau sombre qui avait envahi les niveaux les plus bas, plongés dans une obscurité perpétuelle.

Arc se mit à gronder lorsque des remous puissants agitèrent la surface.

« Qu'est-ce qu'il y a, Arc ? »

À peine Plaisance avait-elle posé cette question qu'une forme jaillit hors de l'eau et s'abattit de tout son long sur les marches de l'escalier en les éclaboussant. Juss n'entrevit qu'une gueule entrouverte et pourvue d'un double rangée de crocs redoutables. La créature demeura un court instant immobile sur l'escalier avant de glisser peu à peu et de disparaître de nouveau dans l'eau.

« Put de Rive Droite, c'était quoi, ça ?

— Fichons le camp d'ici », balbutia Plaisance.

Ils remontèrent dans les niveaux supérieurs. Juss remarqua alors l'odeur forte posée sur la grande station comme un couvercle de pierre.

« Ça m'rappelle l'odeur des parents d'Arc...

— C'était peut-être leur maison, ici. »

Arc trottina vers un couloir dans lequel il s'engouffra sans marquer la moindre hésitation, comme familier des lieux. Ils lui emboîtèrent le pas et le virent entrer dans une salle éclairée par la lumière venue des hauteurs. Ils comprirent d'où provenait l'odeur, insoutenable, lorsqu'ils découvrirent, occupant une grande partie de la pièce, un épais tapis d'excréments et des restes déchiquetés d'animaux en voie de décomposition.

« J'crois bien qu'sa famille vivait là », souffla Juss.

Se pinçant les narines du pouce et de l'index, il s'approcha des animaux pourrissants pour les observer.

« Jamais vu ce genre de bestiaux avant. » Il rejoignit Plaisance qui l'attendait à la porte, livide, tandis qu'Arc reniflait frénétiquement l'endroit où avaient probablement l'habitude de dormir ses parents, un entassement de matelas et de coussins dans lesquels se devinaient les formes sommaires de canapés et de fauteuils.

« On dirait qu'on est passés dans un autre monde…

— Qu'est-ce qu'on va faire, Juss ? »

Il désigna les environs d'un ample geste du bras.

« C'est une put de fortune, Plaisance ! Il faut fouiller tout l'coin et récupérer tout c'qu'est possible, on verra après c'qu'on en f'ra.

— Qu'est-ce que tu as dit à propos de Sa Ma, l'autre fois ? Qu'il avait pas les mains ni la tête assez grandes pour garder tout ça pour lui ?

— Hé, charrie pas, c'est toi qui as raconté ça ! Et j'suis d'accord avec toi. J'ai pas dit que j'veux garder tout ça pour moi, j'veux simplement prendre l'temps d'réfléchir. Tout dépendra de c'qu'cette station peut offrir… »

La nyct désigna les cadavres d'animaux.

« Y a plein de bêtes qu'on connaît pas, et sans doute dangereuses. Déjà, celle qu'on a vue dans le fleuve, en bas, devrait nous… »

Un grondement menaçant l'interrompit. Un animal avait surgi à l'extrémité du couloir. À peu près de la taille des parents d'Arc, il s'en différenciait par la rondeur de sa tête, par le vert étincelant de ses yeux et la couleur ocre de son pelage rayé de noir. Arc poussa un gémissement et fila se cacher, tout tremblant, dans les coussins et des matelas entassés.

« J't'ai pas dit un jour qu'j'avais croisé un gros chat dans son genre ? marmonna Juss sans quitter le fauve des yeux.

— Je t'avais pas cru…

— Et maintenant ? »

La gorge nouée, Plaisance ne répondit pas.

« J'ai pas d'flingue, cette fois, poursuivit Juss. Juste un couteau. On essaie de s'planquer quelque part ?

— C'est comme si tu lui offrais Arc, protesta la fillette.

— Tu préfères qu'on s'offre, nous ?

— Si ça peut sauver Arc, oui. »

Juss adressa son plus beau sourire à la nyct. Il savait maintenant pourquoi il éprouvait un sentiment aussi fort, aussi doux, pour ce brouillon de femme. Il se saisit du couteau et le brandit pour défier le fauve.

« Va t'cacher avec Arc pendant que j'm'occupe du gros chat.

— Je te regarderai te battre, Juss, et si tu ne parviens pas à l'arrêter, c'est moi qui me battrai.

— Si on s'revoit pas, Plaisance, j'voudrais qu'tu saches que...

— Que quoi ? »

Juss hésita un petit moment avant de se jeter à l'eau.

« Que j't'aime comme j'ai jamais aimé personne d'ma vie. »

Elle s'approcha de lui et se haussa sur la pointe des pieds pour effleurer de ses lèvres celles de son protecteur.

Sauver sa peau

Il m'est arrivé une anecdote que je dois absolument consigner dans ces pages. Elle reflète à la perfection l'atmosphère de plus en plus confuse qui règne sur Rive Gauche, où les sentiments s'effacent devant les considérations pratiques. Les habitants de Varenne sont prêts à tout pour assouvir leurs besoins vitaux, boire, manger, dormir. La pénurie de nourriture qui nous guette engendrera une violence, une barbarie, que nos services d'ordre, quelle que soit leur bravoure, ne pourront pas contrôler. Une question me tracasse, et qui, je suppose, préoccupe les conseillers de toutes les stations : devrions-nous laisser la population se réguler d'elle-même et, ainsi, résoudre le problème de la sous-nutrition ? En poussant la réflexion plus loin, je me demande même si nous ne devrions pas favoriser, voire provoquer, ce rééquilibrage. Il suffit de monter une partie de la population contre une autre en répandant le poison de la rumeur et d'armer les meneurs les plus enragés. Une fois les purges opérées, il ne reste plus qu'à reprendre la situation en main en arrêtant et condamnant à mort ces mêmes meneurs – une stratégie qui offre, comme avantage supplémentaire, d'éliminer les fauteurs de troubles les plus virulents. Il entre probablement une grande part de cynisme dans ce calcul, mais une conseillère digne de ce nom ne doit pas s'embarrasser de dilemmes moraux lorsqu'il s'agit de sauver la station dont elle a la charge. La morale a de toute façon déserté depuis bien longtemps Rive Gauche. Nous nous conduisons la plupart du temps comme des animaux entièrement guidés par leurs instincts, et nous continuerons de régresser tant que nous n'entreverrons pas de nouvelles perspectives, tant que les parois et les plafonds des galeries, des quais, des couloirs, limiteront notre espace et notre vision. Plus le temps passe, et plus je crois en l'existence d'un monde meilleur au-dessus de nos têtes, plus je m'intéresse aux légendes de la surface et aux théories de l'exil défendues par certains anciens, plus je cherche des éléments qui me permettraient d'étayer cette hypothèse. De quelles preuves disposons-nous pour l'instant ? Devons-nous regarder les technologies dont nous avons oublié les secrets – armes, bagnoles (j'en ai admiré quelques-unes lors d'une visite à un parking situé près d'Assemblée-Nationale), crache-flammes, torches, piles, le plan Ren... – comme des vestiges d'une civilisation éclairée de la surface ou des reliques d'une science extraordinaire des Métrolites des générations précédentes ? D'où vient cet obscurantisme qui nous recouvre comme un linceul ? D'une rupture brutale avec un autre monde ou d'un déclin progressif de notre créativité ? Pourquoi avons-nous perdu notre histoire ? Une voix alarmiste me crie que nous sommes en train de nous effacer, victimes d'une malédiction qui nous condamne à l'amnésie. Nous sommes des oublieux, des êtres sans passé ni avenir, des organismes à gaver, guère plus conscients que des larves de zombyx, nous avons abandonné nos rêves, nous avons renoncé à notre grandeur (si tant est que nous ayons eu un jour de la grandeur...), nous croupissons dans nos excréments, nous ne nous regardons plus en face, nous errons dans notre vide... J'arrête là, ou je vais finir par me planter un couteau dans le cœur. Je suis sans nouvelles de mon fils Xav depuis qu'il a quitté la rame et la station, abandonnant Lone, son épouse enceinte à peine sortie de l'adolescence, dont les incessantes jérémiades me vrillent les nerfs. Des Varennois l'ont aperçu à Montparnasse vêtu de la tunique blanche d'Élévation et se sont empressés de me le rapporter. Il a recherché, dans l'organisation quasi militaire d'Élévation, une autorité équivalente à la mienne, incarnée cette fois par une figure masculine. Sans doute ressentait-il le besoin urgent d'un père de substitution, mais il n'a pas suffisamment de personnalité et d'intelligence pour traiter d'égal à égal avec un être aussi perspicace et retors que le pasteur Parn, lequel saura certainement tirer le meilleur profit de sa naïveté et son énergie juvéniles. Tant pis pour lui. Il a beau être issu de ma chair, je n'ai aucune considération pour ce jeune crétin. Je place de meilleurs espoirs dans ma fille Aube, qui, bien que rebelle, me semble nettement mieux outillée pour affronter l'existence.

Mais je m'aperçois que j'ai considérablement digressé et j'en reviens à l'anecdote dont je vous parlais au début de ce chapitre. Un couple est venu me voir à la rame. Tous les deux jeunes, entre adolescence et prime jeunesse, mariés depuis peu, elle déjà enceinte et lui très beau bien qu'un peu simple d'esprit. Elle parlait, lui ne disait rien, se contentant de me fixer avec une admiration qu'il ne cherchait pas à dissimuler (dois-je ici préciser que je suis ce qu'on appelle une belle femme et que l'éclat de ma jeunesse se prolonge bien que je sois entrée depuis quelque temps dans la force de l'âge ; je précise encore que j'étais adolescente lorsque j'ai eu Xav et à peine plus âgée lorsque j'ai conçu Aube). Elle avait peur pour leur avenir, et particulièrement pour leur enfant à naître. Elle voulait s'assurer auprès de moi qu'ils ne manqueraient de rien. Je leur ai répondu que je consacrais toute mon énergie au bien-être de chaque Varennois, mais ma parole ne leur suffisait pas. Sachant que j'étais veuve, elle m'a proposé un petit arrangement : son mari, vigoureux et bien membré selon elle, me rejoindrait sur ma couche aussi souvent que je le désirerais. En échange, je veillerais à ce qu'ils soient bien logés et régulièrement ravitaillés en vivres, en crache-flammes et en eau pour boire et se laver. Leur offre m'a à ce point sidérée que je suis restée un long moment interdite. J'avais trouvé plus cynique que moi, qui me considérais pourtant comme une maîtresse femme en la matière. Voulant vérifier jusqu'à quel point ils étaient capables d'aller, j'ai décidé de mettre leur détermination à l'épreuve. Je me suis approché du mari et j'ai glissé la main dans son pantalon. Il ne s'est pas échappé, ni même n'a marqué la moindre réticence. Elle ne m'avait pas menti sur un point : son membre viril, le plus volumineux qu'il m'eût été donné d'empoigner, a grossi et grandi à un tel point dans ma main que j'ai cru un instant qu'il allait emplir toute la rame ! Elle m'observait avec un sourire d'encouragement. J'ai remonté ma robe et me suis empalée sur le mari. J'ai cru être fendue en deux par une écharde monstrueuse. Non seulement l'épouse ne s'est pas détournée, mais elle s'est levée, s'est approchée de nous et l'une de ses mains s'est aventurée sur mes seins. J'ai perdu tout contrôle quand elle s'est penchée sur moi pour m'embrasser tandis que le mari, poussant des grognements de verrat, continuait de s'enfoncer dans mes tréfonds. Une jouissance inouïe m'a emportée, et, comme dans un rêve, je me suis entendue dire que je leur accordais ce qu'ils souhaitaient, que je rajoutais même une centaine de tickets à notre accord, avec lesquels ils pourraient s'offrir des meubles, des vêtements et tout ce qui leur ferait plaisir. Lorsque le mari s'est retiré de moi, elle a cajolé son impressionnant appendice sous mes yeux sans la moindre gêne, comme on flatte un animal qui représente un excellent investissement.

Depuis, évidemment, je convoque régulièrement le mari, qui, je dois le reconnaître, s'acquitte de sa tâche avec une ardeur jamais défaillante. Je cherche, en même temps, un moyen de me débarrasser de la femme qui paraisse naturel. Quelqu'un m'a parlé d'un vendeur de venins dont les mélanges provoquent chez ceux qui en boivent une interminable agonie similaire en tout point à celle provoquée par la sorbonnielle. Quoi qu'il en soit, il est hors de question que je cède aux exigences de ce couple. Où irions-nous, si nous devions accorder des privilèges exorbitants à chaque habitant de Varenne ?

« Je crains de ne pas pouvoir faire grand-chose pour vous… Comment dois-je vous appeler ?

— Éminence ou monsieur le secrétaire, à votre choix. On m'a pourtant dit que vous étiez le meilleur spécialiste, pour ne pas dire le seul, de tout Rive Gauche.

— L'art de la greffe a tendance à se perdre, Éminence. J'essaie de former un successeur, mais il ne montre que peu de dispositions. Il ne pense qu'à s'amuser ; une malédiction de son âge, je suppose. Pour votre problème, une greffe n'a que peu de chances de réussir à cet endroit. Il y a tant de terminaisons nerveuses qu'il me paraît impossible qu'elles se réactivent toutes. C'est en tout cas la première fois que je vois un cas pareil. On a l'impression que la peau de vos organes génitaux a été retournée comme une chaussette, pardonnez-moi l'expression, et qu'il s'est formé une mince couche de protection translucide à la place. Je suis étonné que vous ayez réussi à garder intacts vos testicules, sans doute parce qu'il vous reste une bonne partie de votre scrotum. Puis-je vous demander comment cela vous est arrivé ?

— Répondez d'abord à ma question : vous est-il possible de me réparer, totalement ou partiellement ?

— J'aurais pris le risque d'essayer, si vous n'aviez pas attendu tout ce temps avant de me consulter.

— Je n'ai entendu parler de vous que très récemment…

— Curieux. Je suppose qu'un homme de votre importance est très bien renseigné sur ce qui se passe à Montparnasse – Élévation, telle qu'on a désormais l'habitude de nommer la statiopée.

— Je ne sais pas tout de Montparnasse. Je sais, en revanche, que vous vous livrez à certains petits trafics avec des Métrolites fortunés.

— Il ne faut pas croire tout ce qu'on raconte, Éminence.

— Des trafics nauséabonds puisqu'ils concernent les organes de jeunes enfants et méritent la condamnation à l'élévation anticipée.

— Tiendriez-vous le même discours, Éminence, si vous retrouviez votre intégrité d'homme grâce à de jeunes enfants ?

— Précisez…

— L'expérience nous enseigne que les greffes sont plus fiables lorsqu'on utilise des organes, des peaux en l'occurrence, d'enfants. Les organes à peine formés s'adaptent plus rapidement et plus sûrement que des organes déjà parvenus à maturité.

— Vous seriez prêt à tenter l'expérience avec moi ?

— Seriez-vous prêt à l'accepter quelle que soit l'origine de votre nouvelle peau ?

— Vous pensez qu'après la greffe je pourrais retrouver une vie… normale ?

— Si votre pénis a conservé sa fonction érectile, pourquoi pas ? De même, vous pourriez concevoir des enfants, si vos testicules peuvent encore produire des spermatozoïdes, ce dont je doute fort.

— Il m'en coûterait combien ?

— Rien, Éminence. Rien d'autre que votre promesse de nous laisser tranquilles, mes clients et moi.

— Quand l'opération serait-elle possible ?

— Il faut encore que je trouve le donneur. J'envisage pour vous un adolescent, dont la vigueur pourrait faciliter l'adaptation du greffon.

— Qu'adviendra-t-il de lui ensuite ?

— Des gens me le rachèteront, pour disposer de lui à leur guise.

— C'est de cette façon que je me suis retrouvé entre les griffes de ceux qui se sont divertis à m'infliger cette torture.

— Ils ne vous ont pas achevé, ensuite ?

— Ils m'ont épargné pour que je puisse grandir dans le sein d'Élévation. Ils pensaient qu'un servant condamné à l'abstinence se montrerait moins distrait, plus efficace.

— Ils ont eu raison sur ce point, semble-t-il.

— Réparez-moi, et j'aurai enfin une réponse à cette interrogation. Les autres sont tellement préoccupés de sexe que j'ai tendance à croire que j'ai manqué quelque chose d'essentiel. Le pasteur Parn lui-même y consacre une grande part de son énergie.

— Il est d'ailleurs venu me...

— Je sais tout, ou presque, des agissements du pasteur Parn. C'est par lui que j'ai remonté votre piste, qui, malgré votre volonté farouche de discrétion, n'est finalement pas très secrète. En réalité je vous ai menti, je vous connais depuis bien longtemps, depuis que j'occupe le poste de secrétaire d'Élévation, pour être précis. C'est seulement que j'ai mis du temps à prendre ma décision, par crainte, justement, des indiscrétions. Et aussi, je dois l'avouer, parce que je nourris toujours des doutes sur vos compétences. Puis je me suis dit que la meilleure façon d'en avoir le cœur net, c'était de vous consulter et de m'en remettre à vous.

— Je serai contraint de vous anesthésier, Éminence. Vous ne craignez pas que j'en profite pour attenter à votre vie ?

— Vous mourrez dans l'instant s'il m'arrive le moindre... accident. Mes hussards se tiendront tout près et interviendront immédiatement si je ne ressors pas vivant de votre opération.

— Je n'ai pas intérêt à me manquer, si je comprends bien.

— Cela vous arrive donc ?

— Je ne suis pas infaillible, Éminence.

— Qui l'est, en ce bas monde ?

— On dit que le pasteur hérite de l'infaillibilité en accédant au trône d'Élévation...

— Des fables d'un autre âge. Mais, pour répondre

à votre préoccupation, non, vous n'aurez pas intérêt à me manquer.

— Encore une fois, je ne suis pas certain que la greffe réussisse…

— Il vaudrait mieux qu'elle prenne pour l'ensemble de la population mâle de Métro 2033.

— Pourquoi dites-vous cela ?

— Quand on ne parvient pas à ressembler aux autres, on fait en sorte que les autres vous ressemblent. Ou jamais l'on ne se sentira admis par ses semblables. J'attends incessamment de vos nouvelles, monsieur. Et surtout, pas un mot de ma visite à quiconque.

— Ne vous inquiétez pas, Éminence, votre secret sera également le mien.

— N'oubliez pas, quant à vous, que vos secrets sont déjà les miens. »

21

Décisions

Aube et Roy commencèrent les recherches à Michel. Comme ils n'avaient aucune idée de la façon de s'y prendre, ils descendirent sur le bord du fleuve par le grand escalier dit de la Fontaine et l'explorèrent de long en large sans rien discerner d'autre que des hauts de parois hermétiques et une voûte qui, deux ou trois pas au-dessus de l'eau, ne présentait pas davantage d'ouvertures. Les bateaux s'entrechoquaient doucement le long d'un quai de bois sur lequel s'agitaient des pêcheurs qui, conscients de leur rôle dans un monde où la subsistance revêtait une telle importance, déambulaient le torse bombé en parsemant leurs conversations de rires fracassants.

« Il nous faudrait un bateau pour pouvoir explorer plus loin », suggéra Aube.

Les traits de Roy se liquéfièrent.

« Un bateau ? Tu veux dire… qu'on irait sur l'eau ?

— Un bateau, ça ne sert pas justement à ça ?

— Je ne sais pas nager, protesta-t-il.
— Moi non plus, mais pas besoin de savoir nager, puisqu'on sera sur un bateau.
— Et s'il se renverse ?
— J'apprécie ton optimisme.
— Et puis, où veux-tu trouver un bateau ? »

Elle désigna le ponton de bois en contrebas. Ils s'étaient assis, épuisés, sur les plus hautes marches de l'escalier, d'où ils avaient une vue d'ensemble du port éclairé par des lampes à huile suspendues au plafond. Des lueurs dansantes brillaient des deux côtés de la galerie, indiquant qu'une dizaine d'embarcations voguaient sous la voûte arrondie au gré des faibles courants.

« Il y a tout ce qu'il faut, ici.
— Ils appartiennent à des pêcheurs.
— Il suffit d'en emprunter un.
— C'est un coup à être élevé, un délit pareil.
— On en revient, de l'élévation. La preuve, je suis là », répliqua-t-elle avec un petit rire.

Roy enfouit ses mains dans les poches de sa veste pour ne pas montrer les tremblements qui les agitaient.

« Tu n'en reviendras pas chaque fois. Tu sais manœuvrer un bateau, toi ?
— Ça ne doit pas être si difficile. Les pêcheurs y arrivent bien. Pourtant, ils n'ont pas grand-chose dans le… » Comme chaque fois qu'elle le provoquait, elle marqua un silence pour le regarder s'empourprer comme un gamin. « … cerveau. En tout cas, ce n'est pas en restant les fesses posées sur

cet escalier qu'on dégotera un passage vers Rive Droite.

— Si ça se trouve, il n'y a k'dal sur l'autre bord du fleuve.

— Tu oublies tes livres, cher professeur. Non seulement il y a quelque chose, mais ça doit ressembler beaucoup à Rive Gauche.

— Les livres sont les vestiges d'une époque oubliée. Il est possible que tout ait été détruit de l'autre côté.

— Nous devons nous en assurer. En tout cas, moi je suis décidée. À toi de voir si tu veux m'accompagner. »

Évidemment qu'il voulait l'accompagner, ou plutôt rester collé à elle comme un raton à sa mère dans l'espoir qu'elle lui jetterait de temps à autre des miettes d'intérêt. Elle le savait, d'ailleurs, elle n'attendait pas de réponse de sa part, elle se servait de l'attirance qu'elle lui inspirait comme d'un aiguillon.

« Nous minimiserons les risques si nous empruntons le bateau d'un pêcheur qui vient tout juste de rentrer au port, reprit-elle. Ça nous laissera un bon bout de temps jusqu'à son retour. »

Ils attendirent donc jusqu'à ce qu'une barque surgisse de l'obscurité et s'approche du ponton, avec, à son bord, un homme et un adolescent, un pêcheur et son apprenti, à en croire le comportement autoritaire de l'adulte vis-à-vis du garçon, un père et son fils, peut-être. Aube admira leur habileté à manier les rames, consciente que leur facilité apparente révélait une longue habitude et que les manœuvres ne seraient pas aussi aisées pour Roy et elle. Il ne leur fallut pas longtemps pour glisser leur embarcation entre deux autres bateaux. Ils déchargèrent ensuite les caisses en bois qui contenaient le produit de leur pêche et les posèrent devant l'étal d'un mareyeur. Ce dernier en examina brièvement le contenu avant de proposer un prix au pêcheur. S'ensuivit une discussion animée entre les deux hommes, qui se conclut rapidement par un accord scellé d'une poignée de main. Cinq tickets la caisse, crut comprendre Aube, un prix qu'elle jugea dérisoire en regard des efforts nécessaires pour attraper une telle quantité de poissons. Les assistants du mareyeur, deux jeunes hommes robustes, gravirent l'escalier en portant les caisses sur leurs têtes, suivis de leur patron, du pêcheur et de son apprenti, et s'évanouirent dans l'obscurité qui baignait les plus hautes marches.

« C'est le bon moment, murmura Aube.

— Tu n'as pas changé d'avis ? »

Elle se releva sans répondre et descendit sur le ponton. La mort dans l'âme, Roy lui emboîta le pas. Elle n'attendit pas qu'il l'ait rattrapée pour dégager l'amarre enroulée à la bitte de bois et s'installer dans la barque imprégnée d'une forte odeur de vase et de poisson. Il la rejoignit en battant des bras pour conserver son équilibre et s'assit à ses côtés sur le banc de nage où les extrémités des rames saillaient d'anneaux pivotants fixés sur les rebords larges et courbes. Aube s'empara de l'une d'elles et fixa Roy, livide, avec un sourire narquois.

« On dirait que tu as rendez-vous avec la mort.
— Il y a un peu de ça, admit-il. Beaucoup, même.
— Que ça ne t'empêche pas de ramer en même temps que moi. Je les ai bien observés : il faut qu'on soit parfaitement synchronisés. »

Aube plaça la pelle de la rame contre le ponton et poussa d'un coup sec pour donner de l'élan à la barque. Une fois celle-ci dégagée, ils relevèrent les rames pour les plonger de nouveau dans l'eau, puis les remonter, le tout avec une telle maladresse que le flanc rebondi racla les proues des autres embarcations alignées et qu'elle n'avança pas d'un pouce.

« En même temps que moi, idiot ! siffla Aube.
— Mais je… »

Un vacarme soudain les interrompit. Un groupe d'hommes dévalait quatre à quatre l'escalier perpendiculaire au ponton. Leurs tuniques blanches indiquaient leur état de servants d'Élévation. Une vive inquiétude saisit Aube lorsqu'elle constata qu'ils brandissaient des fusils d'assaut. Son intuition lui souffla aussitôt que Parn avait pris connaissance de son évasion et avait lancé ses fidèles à ses trousses.

« Vite ! glapit-elle. Rame ! »

Roy comprit également que ces hommes n'étaient pas apparus par hasard, qu'ils avaient la ferme intention d'emmener, ou de tuer, la jeune femme qui, en très peu de temps, avait pris une place considérable dans son existence. Galvanisé, il rama aussi fort que possible en calquant ses gestes sur ceux d'Aube. La barque, progressant par à-coups, se dirigea vers la galerie de gauche tandis que les servants se déployaient sur le ponton.

Aube lança un regard par-dessus son épaule. Ils ne se servaient pas de leurs armes, signe qu'ils avaient reçu l'ordre de la ramener vivante. L'idée de retomber dans les pattes du pasteur la glaça d'horreur et l'incita à accélérer la cadence. Roy, le visage aussi blanc qu'une effraie des profondeurs, s'ajusta à son rythme. La barque s'engouffra sous la galerie. Ils se baissèrent machinalement, pensant que leurs crânes allaient heurter la voûte proche tout à coup, puis, constatant que la hauteur était largement suffisante pour tenir assis, même pour quelqu'un de grande taille comme Roy, ils continuèrent de ramer à une cadence soutenue. Ils perdirent bientôt la station de vue, et une obscurité profonde submergea la galerie.

À bout de souffle, Aube relâcha sa rame et alluma la lampe de poche dont elle s'était munie chez son hôte avant leur départ. La lumière ne révéla rien d'autre que la voûte, le haut des parois et une eau frémissante.

« Ils ont trop peur de l'eau pour nous suivre, haleta-t-elle.

— Tu affirmais aussi que le pasteur ne te retrouverait pas…

— Rien ne prouve que ces servants aient été envoyés par le pasteur », riposta-t-elle avec une bonne dose de mauvaise foi.

Ils demeurèrent un temps à l'écoute des bruits et ne perçurent que des clapotis lointains sans doute provoqués par d'autres barques de pêcheurs.

« Ils m’attendront jusqu’à mon retour, reprit Aube.

— Je me demande comment ils savaient que tu étais sur le port.

— J’ai probablement été repérée par un informateur, qui m’a suivie dans chacun de mes déplacements et les a alertés quand nous avons pris la direction du port. En tout cas, si nous n’avions pas sauté dans cette barque, ils seraient déjà en train de me conduire à Montparnasse.

— Qu’est-ce qu’il te veut, le pasteur ? »

Aube réfléchit quelques instants.

« Accomplir sa vengeance, peut-être, finit-elle par répondre. Ou encore me proposer un marché.

— Quel genre de marché ?

— Il m’épargne à condition que je redevienne sa maîtresse, au moins le temps qu’il en trouve une autre à son goût.

— Pas évident… »

Elle le dévisagea avec une ardeur soudaine qui le perturba.

« Qu’est-ce qui n’est pas évident ?

— De trouver quelqu’un d’aussi…

— D’aussi ? »

Les mots se bloquèrent dans la gorge de Roy. Il eut beau tenter de les expulser, aucun son ne franchit le seuil de ses lèvres. Une lumière encore faible se rapprochait dans le lointain, un pêcheur rentrant au port, sans doute. De temps à autre, des bulles venaient crever la surface de l’eau en exhalant d'étranges odeurs, et on discernait, plus en profondeur, des formes allongées et fuyantes.

L'embarcation qui progressait dans leur direction, un canoë, parvint à leur hauteur, propulsée par les coups de rame vigoureux de deux hommes coiffés de turbans, éclairée par une lampe à huile accrochée à la proue allongée. Ils suspendirent leurs gestes lorsque les deux bateaux se croisèrent dans le passage dont l'étroitesse les contraignait à se frôler. Le regard de celui qui se tenait à l'avant du canoë se chargea de suspicion.

« Qu'est-ce vous fichez dans l'bateau d'Ivr, vous deux ?

— Nous le lui avons loué pour une promenade sur le fleuve, répondit Aube.

— M'étonnerait, rétorqua l'homme d'un ton rude. Aucun des pêcheurs qu'on connaît prête son instrument d'travail. »

Tout en parlant, il avait posé la main sur le rebord de la barque pour l'immobiliser.

« Quand on sait ce que rapporte le produit de la pêche, vingt tickets, ça aide à oublier ses principes, assura Aube.

— Vingt tickets ? Pour une simple balade sur le fleuve ? T'fous pas d'ma gueule, put de Rive Droite.

— Laisse-nous passer, sinon…

— Sinon quoi ? ricana l'homme. Tu nous donneras la fessée ?

— C'est nous qui allons t'la donner, ajouta l'autre assis à l'arrière du canoë. P't-être même qu'on prolongera l'plaisir. C'est pas souvent qu'on voit des mignonnes de ton genre sur la Seine. »

Roy glissa la main dans la poche de sa veste.

« Vous ne la toucherez pas. »

Des fêlures hachaient sa voix étrangement grave.

« T'entends ça, Mio ? s'esclaffa le pêcheur à l'avant.

— C'est qu'il nous foutrait la trouille, c'grand rat ! renchérit le deuxième.

— T'auras juste à r'garder comment font les vrais hommes quand… »

Le pêcheur se tut lorsque la main de Roy jaillit hors de sa poche et se pointa dans sa direction, armée d'un pistolet.

« Hé, déconne pas avec… »

Une détonation claqua, un éclair déchira la lumière terne de la lampe à huile, le pêcheur, touché entre les deux yeux, resta immobile un instant, les yeux agrandis par la surprise et l'effroi, puis il bascula sur le côté et s'affaissa dans l'eau. Les embarcations tanguèrent et s'entrechoquèrent. Frappé de stupeur, le deuxième homme ne tenta aucun geste lorsque le canon de l'arme se tourna vers lui et que Roy pressa la détente. Atteint au cou, il partit en arrière et chuta à son tour dans le fleuve en donnant davantage d'amplitude aux remous.

Roy fixa le flingue d'un air hébété avant de le remiser dans sa poche. Les deux corps entraînés par le faible courant traversèrent l'ovale lumineux et frissonnant tracé sur l'eau par la lampe d'Aube.

« On aurait sans doute pu passer sans les tuer, murmura-t-elle.

— Ils t'ont menacée.

— Je ne suis pas certaine que ces grandes gueules auraient mis leurs menaces à exécution.

— Pas question de courir le risque.

— Je ne m'attendais pas à… Où as-tu appris à te servir d'un flingue ?

— C'est la première fois.

— Tu sembles plutôt doué. »

Il ne sut pas comment réagir au compliment d'Aube, cherchant des traces d'ironie dans sa voix. Elle lui posa la main sur l'avant-bras, et la chaleur de sa paume traversa instantanément les manches de sa veste et de sa chemise pour se propager dans tout son corps.

« Je suis touchée de ce que tu as fait pour moi », ajouta-t-elle avec une étrange gravité.

Elle ne se souvenait pas qu'un homme l'ait suffisamment aimée pour en tuer deux autres de sang-froid simplement parce qu'ils l'avaient menacée.

« Que me vaut l'honneur de votre visite, Éclat céleste ? »

Cha, l'homme que ses amis surnommaient le chirurgien et ses ennemis le boucher, s'inclina avec onctuosité lorsque le pasteur s'introduisit dans l'antichambre de la salle d'opération. La richesse se remarquait immédiatement chez l'homme de l'art par la qualité de ses vêtements, taillés dans un tissu souple et agréable au toucher, par l'aspect lisse de sa peau, par le soin apporté à sa chevelure grisonnante, par son embonpoint, par les bijoux dorés qu'il portait à ses poignets et à six au moins de ses doigts. Une impression confirmée par l'emplacement et le volume de son logement, ainsi que par le nombre de serviteurs, la jeunesse de ses épouses, la pléthore de sources lumineuses et le luxe ostentatoire des meubles et des décorations.

« J'irai droit au fait, Cha, déclara Parn de ce ton autoritaire qui ne présageait pas une visite de courtoisie.

— Je vous en prie, Éclat… »

Le visiteur l'interrompit d'un geste agacé du bras.

« Augir, le secrétaire général d'Élévation, est venu vous consulter, récemment. »

Cha pâlit, placé d'emblée dans une situation intenable par les premiers mots du visiteur. Être pris entre les deux personnages les plus importants d'Élévation revenait à être un morceau de porc coincé entre une fourchette et un couteau.

« Que vous voulait Augir, exactement ? insista le pasteur.

— Ma… euh… déontologie professionnelle m'interdit de parler de…

— Foutez-vous-la où je pense, votre déontologie professionnelle ! Elle ne vous a jamais empêché de vous livrer aux pires abominations.

— Il s'agit seulement d'une opération bénigne, Éclat…

— Quel genre d'opération ? »

Cha prit le temps de la réflexion. On disait çà et

là que la guerre, une guerre sans merci, était déclarée entre les deux personnages les plus importants d'Élévation, et il s'agissait maintenant de choisir son camp, autrement dit de parier sur le vainqueur. Malheur à lui s'il soutenait le perdant. Les yeux du pasteur, un homme moins subtil mais plus sanguin, plus féroce que le secrétaire, guettaient sa réponse comme des oiseaux de proie.

« Une greffe de peau.

— À quel endroit ? »

Cha hésita encore un peu.

« À celui qui distingue les hommes des femmes.

— Je n'ai jamais su qu'il avait un problème à ce niveau-là, marmonna Parn. Il est vrai que mes informateurs ne l'ont jamais surpris avec une femme. Ni avec un homme d'ailleurs, ni un enfant, ni un animal.

— Des gens l'ont... torturé pendant son enfance.

— C'est une pratique courante. La preuve, vous vous y adonnez régulièrement.

— Il existe une différence entre la torture et l'art de la chirurgie, Éclat...

— Vous tranchez des chairs et prélevez des organes sur des êtres vivants, je ne vois de mon côté aucune différence. »

Cha déglutit. Il en avait suffisamment dit sur Augir pour être désormais considéré comme un partisan du pasteur, et il doutait toujours d'avoir effectué le bon choix.

« Pourtant...

— Peu importe ! coupa Parn en balayant l'air

de son bras. Je ne vous en fais pas le reproche. Certaines de vos potions ont eu un effet miracle sur moi, et je ne cherche pas à en connaître la provenance. Cette opération sur le secrétaire est-elle réellement bénigne, comme vous le prétendez ?

— Peut-être un peu plus compliquée que prévu, finalement.

— Nécessitant une anesthésie ? »

Cha acquiesça d'un hochement de tête, puis lissa immédiatement du plat de la main ses cheveux épais et gris.

« Pourrait-il arriver un malheureux accident à Augir au cours de l'opération ? » insinua Parn.

Pourquoi ne l'assassines-tu pas toi-même, salopard ? pensa le chirurgien.

« C'est que… les hussards du secrétaire Augir auront reçu l'ordre de m'exécuter s'il arrive le moindre malheur à leur maître, même accidentellement. Et vous les connaissez aussi bien que moi, Éclat…

— Des fanatiques entièrement dévoués à sa cause. » Puis, comme si le pasteur avait lu dans les pensées de son interlocuteur : « Ils sont la raison pour laquelle je ne peux pas m'occuper moi-même de son… enfin, de l'accident en question. Les hussards veillent sur lui comme des rates sur leurs rejetons et se méfient de moi. Il vous a montré… l'objet de sa souffrance ?

— Il le fallait pour que je puisse prononcer mon diagnostic.

— Décrivez-moi son problème. »

Cha se frotta les lèvres, inhabituellement sèches, d'un revers de main.

« Imaginez qu'on vous ait retroussé avec une extrême délicatesse la peau des organes sexuels et que ceux-ci, à vif, aient dorénavant pour seule protection une membrane fine et transparente qui ne protège pas vraiment les terminaisons nerveuses, ce qui engendre une douleur intolérable aux moindres frottements, ceux par exemple provoqués par les étoffes des vêtements. On peut dire que la torture du secrétaire Augir se prolonge depuis l'enfance. »

Parn garda le silence un moment, comme pour se figurer la souffrance engendrée par une plaie aussi cruelle.

« On peut donc également dire que nous lui rendrions un fier service en mettant fin à cette intolérable douleur, reprit-il d'une voix fielleuse.

— C'est une façon de voir les choses, Éclat…

— Il s'agit d'une décision, Cha, corrigea le pasteur. De ma décision.

— Votre décision risque tout simplement de me coûter la vie.

— Augir ne devrait pas envoyer l'ensemble de son bataillon pour vous surveiller, seulement quatre à cinq éléments. Nous nous débrouillerons pour les neutraliser avant qu'ils vous nuisent.

— Que la Surface vous entende ! » Cha hésita encore avant d'ajouter : « Augir est renseigné sur chacune de vos visites à mon domicile. Celle-ci lui sera certainement rapportée. »

Un large sourire éclaira la face rugueuse de Parn.

« Je peux maintenant vous compter parmi les personnes de confiance. Je sais pertinemment que le secrétaire est informé de chacun, ou presque, de mes faits et gestes. Il n'occuperait pas ce poste, si ce n'était pas le cas. Vous ne me l'auriez pas dit, Cha, j'aurais continué de vous considérer comme un ennemi et je vous aurais condamné à l'élévation prématurée avant de choisir un autre allié, plus fiable, pour résoudre certaines de mes petites affaires. »

Cha s'inclina, autant pour rendre hommage à la redoutable perspicacité de Parn que pour se féliciter de son propre discernement.

« Par ailleurs, cher ami, une personne qui m'est très chère va bientôt m'être rendue, et j'aurai besoin de l'une de ces potions qui font de l'amant un être infaillible et infatigable.

— Il en sera fait selon vos désirs, Éclat…

— Faites-la-moi porter dès qu'elle sera prête. En toute discrétion, cela va de soi. De même, tenez-moi informé pour l'opération du secrétaire Augir.

— Comptez sur moi, Éclat…

— Quant aux membres du Conseil parnassien qui ont l'habitude de se présenter ici, ne leur accordez pas davantage d'importance qu'ils n'en ont et qu'ils n'en auront jamais. N'oubliez pas que tout se sait, à Montparnasse – Élévation, devrais-je dire… »

Le pasteur gratifia le chirurgien d'un regard indéchiffrable avant de se diriger vers la sortie.

22

Les Parnassiens

La réunion du Conseil avait débuté, ou était sur le point de commencer. Des silhouettes s'affairaient dans les étages vitrés du bâtiment, cette fois éclairés.

Massée sur le quai plongé dans la pénombre, la foule s'écartait pour ouvrir un chemin à Madone et son escorte. Mitch et Urm, qui marchaient en tête, gardaient les mains posées sur leurs armes, mais ils ne discernaient aucune agressivité dans les regards ou sur les visages qui les entouraient, seulement une bienveillance teintée de respect, voire d'admiration. Des exclamations de plus en plus nombreuses saluaient le passage de la présidente, de la fédératrice.

« Vive la Fédération !

— Longue vie à Madone !

— Nous sommes avec toi, présidente !

— Montparnasse te soutient ! »

Madone les saluait d'une main et gardait l'autre posée sur les épaules d'Ionale, craignant que la pression de la multitude n'effraie la dvinn. L'escorte s'immobilisa soudain alors qu'elle n'avait plus qu'une courte distance à parcourir pour atteindre l'entrée du bâtiment. La présidente crut à une nouvelle offensive et serra la fillette contre elle, puis la voix de Mitch domina le brouhaha.

« Comment oses-tu te présenter devant nous ? Devant elle ? Nous avons été attaqués par une troupe de servants. Ta soi-disant cachette était un foutu traquenard. Tu nous as trahis. »

Madone reconnut ensuite la voix chevrotante de Lée, l'ancienne qui les avait guidés jusqu'à la planque. Entourée des membres de l'escorte à une dizaine de pas de l'altercation, elle ne voyait rien ni ne comprenait les paroles de la vieille femme. D'autres se mêlèrent à la conversation, des vociférations, des huées retentirent, le tumulte devint assourdissant. Elle voulut écarter ses gardes du corps pour se rendre compte de ce qui se passait, mais, ayant reçu l'ordre de se resserrer en cercle autour d'elle au moindre trouble, ils refusèrent de bouger. Des hurlements stridents dominèrent le vacarme, des vagues violentes, contradictoires parcoururent la foule.

Ionale tira sur la manche de Madone.

« Que veux-tu, ma fille ? »

La dvinn ferma les yeux et resta quelques instants immobile, son immense front et ses tempes striés de rides profondes.

« Ils vont la tuer, dit-elle enfin.

— Lée nous a trahis.

— Ce n'est pas elle qui a trahi. Son cœur est pur. »

Ionale rouvrit les yeux. Ils brillaient avec une intensité inhabituelle dans la semi-obscurité du quai.

« Empêche-les de la tuer, son cœur est pur », insista la dvinn d'un ton suppliant.

Madone hocha la tête avant de s'adresser à ses gardes.

« Conduisez-moi immédiatement près du capitaine, ou laissez-moi passer.

— Nous avons reçu des consignes, objecta l'un d'eux.

— Je vous rappelle que je suis la présidente de Bac. Il s'agit d'un ordre. »

L'homme hésita un bref instant avant de s'incliner.

« Suivez-nous, madame. »

Tenant Ionale par la main, Madone s'avança dans le chemin creusé à coups d'épaule et de crosse par ses gardes du corps. La bousculade était devenue frénétique à l'endroit où Mitch et Urm, débordés, n'avaient pu empêcher la foule de s'emparer de Lée et de la frapper après lui avoir arraché ses vêtements. Madone vit le corps dénudé, décharné, ensanglanté de la vieille femme tituber entre des silhouettes gesticulantes, vociférantes, haineuses. Elle plaqua le visage d'Ionale contre son ventre avant de crier :

« Tirez en l'air ! »

Les membres de l'escorte levèrent les canons de leurs armes et lâchèrent quelques rafales. Une pluie de poussière et d'éclats de pierre s'abattit sur le quai et s'associa aux détonations pour ramener le calme. Le silence retomba peu à peu, de plus en plus pesant. Madone lâcha la dvinn pour se frayer un passage jusqu'à Lée au milieu d'une assemblée désormais pétrifiée. La vieille femme recroquevillée sur le sol tremblait et gémissait, comme recrachée par la gueule d'une bête géante et furieuse. Du sang s'écoulait des commissures de ses lèvres, de ses narines, des multiples plaies sur sa peau. Des larmes vinrent aux yeux de Madone, qui s'accroupit près d'elle et lui posa la main sur la joue.

Lée entrouvrit un œil et s'efforça de sourire lorsqu'elle reconnut la présidente. Elle tenta de parler, mais elle n'en eut pas la force.

« Soyez tranquille, Lée, je sais que vous n'êtes pas coupable. »

Prononçant ces mots, Madone prit conscience que son instinct ne l'avait pas trompée lorsqu'elle avait accordé sa confiance à la vieille femme, pas davantage que la clairvoyance d'Ionale, dont les expirations bruyantes résonnaient derrière elle comme des sanglots étouffés, n'avait été prise en défaut.

« Le garçon qui était avec elle, c'est lui qui est allé prévenir quelqu'un du Conseil, déclara la dvinn.

— Quelqu'un d'Élévation, tu veux dire. »

La fillette secoua son énorme tête avec opiniâtreté avant de répéter :

« Du Conseil. »

Puis elle s'assit à même le sol et parut se désintéresser

totalement de ce qui se passait autour d'elle, comme pressée de se retirer en elle-même.

« On va vous soigner, Lée », murmura la présidente.

La main de la vieille femme se glissa dans la sienne et trembla un petit moment comme une chauve-souris effrayée avant de se figer. Madone, en larmes, n'eut pas besoin de contempler son visage pour comprendre que la vie l'avait quittée.

Les miliciens qui gardaient l'entrée du Conseil s'écartèrent pour laisser sortir un secrétaire reconnaissable à sa tenue usuelle, gilet de cuir sur tunique et pantalon de laine écrue. Muni d'une lampe à salpêtre, il se dirigea d'un pas mal assuré vers la présidente et son escorte qui se tenaient à une quinzaine de pas du bâtiment. Une grande partie de la foule s'était dispersée. Incapables de supporter leur responsabilité dans l'exécution sommaire de Lée, les partisans de la Fédération avaient préféré battre en retraite plutôt que d'affronter le regard de Madone. Quelques-uns d'entre eux, qui n'avaient pas participé à la curée, avaient confié le corps de la vieille femme aux services funéraires de la statiopée.

Urm ordonna au secrétaire de s'immobiliser, palpa ses vêtements pour s'assurer qu'ils ne dissimulaient pas une arme quelconque, puis le conduisit devant la présidente.

« Le Conseil consent à vous recevoir, madame.

— Tout de suite ?

— À une condition. » Le secrétaire remit de l'ordre dans ses cheveux épars avant de préciser : « Que vous veniez seule.

— Je ne me sépare jamais de ma fille. »

Il se tortilla dans tous les sens, comme s'il souffrait d'atroces démangeaisons.

« Le Conseil a parlé de vos miliciens, pas de votre fille. Sa présence ne devrait donc pas poser de problème. »

La présidente se tourna vers Mitch et Urm.

« Vous m'attendrez ici.

— Je n'aime pas ça, objecta le capitaine.

— Vous aviez finalement tort pour Lée, Mitch. Et je pense que vous avez encore tort pour cette entrevue avec le Conseil.

— Qu'est-ce qui me prouve que j'ai eu tort ? Les… affirmations d'une dvinn ne sont pas pour moi des preuves irréfutables.

— Réfléchissez un peu, capitaine. Pourquoi Lée serait-elle venue m'attendre ici si elle m'avait trahie ? »

Mitch haussa les épaules avec dédain.

« Les gens ont parfois des comportements bizarres. Les femmes, surtout…

— En l'interpellant en public, vous avez provoqué l'irréparable. » Les larmes roulèrent de nouveau sur les joues de Madone. « Vous savez pourtant qu'on ne peut pas maîtriser une foule en colère.

— Urm et moi, on a essayé de la sauver…

— Je sais.

— On ne pouvait tout de même pas leur tirer dessus : ça aurait été un put de massacre.

— Il faut vous y faire, ma dame, intervint Urm. D'autres innocents mourront pour votre cause. »

Elle s'essuya les joues du bout des doigts et, accompagnée d'Ionale, suivit le secrétaire vers l'entrée du Conseil.

« Nous en reparlerons après l'entrevue », ajouta-t-elle sans se retourner.

Assis dans leurs fauteuils, les neuf conseillers attendaient la visiteuse dans la salle de réunion abondamment éclairée. L'une d'eux, une femme mûre au visage pointu et aux yeux vifs, la fixait, lui sembla-t-il, avec une certaine sympathie. Madone ne devinait pas lequel d'entre eux avait tramé, selon les divinations d'Ionale, l'attaque des tueurs travestis en servants contre son escorte. Sans doute n'avait-elle pas qu'un seul ennemi dans cette salle ? Son expérience d'élue de la statiopée de Bac lui avait enseigné l'importance des ententes et des trahisons au sein des grands conseils, et, comme les autres, davantage que les autres sans doute, les membres du Conseil parnassien, l'un des plus importants, sinon le plus important de Rive Gauche, s'alliaient ou se déchiraient pour défendre bec et ongles les intérêts de groupes antagonistes ainsi que leurs propres avantages. Le vieillard maigre à la mince couronne de cheveux blancs autour du crâne lui semblait *a priori* hostile, de même que le jeune homme à la tignasse épaisse et folle assis à sa droite. Elle ne décela aucune indication fiable sur les traits des autres, deux femmes et quatre hommes. Leurs regards se posaient régulièrement sur Ionale qui, sans rien demander à personne, avait pris place sur la profonde banquette située à gauche de l'entrée.

Le vieillard maigre se leva et posa les mains sur le lutrin placé devant son siège.

« Madame la présidente de Bac, je vous souhaite la bienvenue en mon nom et au nom de mes confrères ici réunis. »

Madone le remercia d'un mouvement de tête. Elle remarqua tout à coup ses vêtements sertis de plaques dorées sous sa tunique sans manches de cuir noir et se souvint de l'avertissement d'Ionale avant la station Invalides : *Quelqu'un leur a dit de vous empoisonner, un homme tout vieux, tout ridé, il porte des habits dorés*... Le vieux conseiller correspondait parfaitement à la description, mais la fillette n'avait eu aucune réaction en le voyant. Se souvenait-elle de ses prédictions ou bien les oubliait-elle une fois qu'elles étaient sorties de son esprit ? Madone lança un regard à la dvinn et fut soulagée de la découvrir endormie sur la banquette. Soumise à rude épreuve depuis leur départ d'Assemblée, Ionale avait un besoin urgent de repos.

« Même si vous n'avez pas sollicité une audience officielle, nous avons accepté de vous recevoir afin que vous nous parliez en détail de votre projet, projet dont nous connaissons les grandes lignes mais à propos duquel nous avons encore besoin de votre éclairage. »

Les bougies grésillantes des lustres répandaient

une doucereuse odeur de cire chaude. Le vieillard ne proposa pas à la visiteuse de s'asseoir sur l'un des nombreux sièges alignés devant les neuf fauteuils des conseillers, une entorse protocolaire qu'elle interpréta comme une marque de défiance, voire d'hostilité. Pour se donner du courage, elle pensa à Lée, davantage victime de leurs complots que de la colère de ses partisans, elle pensa à Ionale, à Urm, à Ière, elle pensa à tous ceux qui lui avaient permis de poursuivre son grand rêve. Elle raffermit sa détermination, se redressa et dévisagea les conseillers un à un. Seuls deux d'entre eux, le vieil homme et la femme au visage pointu, parvinrent à soutenir son regard.

« Comment pourrais-je vous honorer de ma confiance et de mon amitié, conseillers ? tonna-t-elle. On a tenté de m'assassiner peu de temps avant notre rencontre. Plus de trente hommes armés de fusils d'assaut ont été envoyés contre nous, et je reste persuadée que, même si les tueurs portaient la tunique blanche des servants d'Élévation, l'ordre de cette attaque émanait de ce bâtiment. »

Elle avait estimé qu'une entrée en matière directe, brutale, déstabiliserait les conseillers, habitués à une rhétorique prudente, voire cauteleuse, et, observant les effets de ses paroles sur ses auditeurs, elle constata qu'elle avait visé juste. Leur indignation démonstrative n'était qu'un leurre grossier, une insulte à l'intelligence. Leurs mines, leurs moues, leurs gestes, leurs postures auraient pu prêter à rire si aucun homme n'avait perdu la vie dans la fusillade, si Lée n'avait pas été écharpée par la foule au pied du bâtiment où ils siégeaient.

« Madame, nous ne permettons pas à une... marmonna le vieillard.

— Vous n'avez rien à me permettre, monsieur, coupa-t-elle. Je suis venue vous présenter mon projet par simple politesse, mais votre avis n'a dans le fond aucune importance. Ce qui compte, ce sont les aspirations de la population, et les Métrolites souhaitent ardemment l'avènement d'un nouveau système de gouvernance basée sur le partage équitable des espaces et des ressources.

— Vous croyez que les populations de toutes les statiopées et stations de Rive Gauche vous suivront ? rétorqua son interlocuteur. Essayez donc de convaincre les habitants de Petite-Chine...

— Les mandars sont, comme vous, très attachés à leurs privilèges, mais que savez-vous des aspirations de leur population ? Je sais fort bien que, pas plus que vous, ils n'ont l'intention de m'écouter. Comme vous, ils rejettent catégoriquement un projet de Fédération qui les obligerait à renoncer à leur pouvoir, à leurs privilèges, à leurs richesses, mais que pensez-vous qu'il adviendra d'eux si les Métrolites adhèrent en masse à mon projet ? Ils auront beau lancer leurs miliciens et leurs chiens sur la foule, ils finiront par être submergés et rejetés dans l'oubli. Je crains fort que, si vous persistez à vous opposer à un mouvement incontrôlable, irréversible, conseillers, vous finissiez, vous aussi, par être submergés. »

Si un sourire flottait sur les lèvres de la femme

au visage pointu, les traits du vieil homme, toujours debout derrière le lutrin, s'étaient en revanche décomposés.

« Personne ne profère impunément des menaces contre le Conseil parnassien, madame, glapit-il d'une voix soudain suraiguë.

— Vous prenez pour des menaces ce qui n'est que la description d'un avenir probable, monsieur. Je viens vous offrir, justement, la possibilité d'échapper à une issue d'où vous ne sortiriez pas glorieux, ni même vivants.

— Et, bien sûr, vous deviendrez la présidente toute-puissante de la nouvelle Fédération, persifla le jeune homme assis à la droite du vieillard.

— La fonction de président sera régulièrement soumise au vote. Sans compter que les différents pouvoirs, l'exécutif et le législatif, également soumis au vote, seront répartis entre les statiopées et stations. »

Un long silence s'ensuivit, où s'échoua la rumeur de la statiopée. Par les grandes vitres de la salle, Madone vit que la multitude s'était reformée sur le quai, peut-être plus dense que celle qui s'était déchaînée contre Lée quelques instants plus tôt. La majorité d'entre eux portaient des bougies, comme pour montrer au Conseil l'importance de leur nombre.

La femme au visage pointu se leva à son tour et rajusta le gilet de cuir passé sur son ample robe avant d'écarter les bras.

« Puisqu'elle la demande, je cède la parole à Otre, soupira le vieillard visiblement à contrecœur.

— Merci, Lej. » Les yeux vifs de la conseillère errèrent un petit moment d'un coin à l'autre de la salle, traversèrent les vitres, puis s'attardèrent un temps sur Ionale avant de se ficher résolument dans ceux de Madone. « Je suis Otre, madame, et je suis heureuse que vous ayez échappé à l'attaque qui vous a prise pour cible. Je ne me le serais jamais pardonné, si vous aviez succombé à cet attentat. » Les huit autres conseillers lui lancèrent des regards inquiets, particulièrement Lej, qui s'était affalé sur son fauteuil comme un sac vidé de son contenu et dont les rides s'étaient fortement creusées tout à coup. « Car j'aurais porté la responsabilité de votre mort sur mes épaules comme chacun des membres de ce Conseil. Je vais me montrer franche avec vous comme vous l'avez été avec nous : nous avons récemment voté votre assassinat, madame, dans cette même salle. »

Otre se tut, et un silence d'une telle densité lui succéda que les bruits en provenance de l'extérieur furent incapables de le traverser.

« J'ai voté contre, mais, selon notre règle des deux tiers, il suffisait de six voix au Conseil pour arrêter la décision, reprit-elle. Et je n'ai rien pu faire d'autre que de m'en désoler. Je n'aurais pas pour autant cherché à me disculper si nos miliciens déguisés en servants étaient parvenus à vous assassiner. Élévation aurait été accusée comme prévu, ce qui aurait probablement déclenché un début de guerre civile dans la statiopée. Nous aurions eu des flots de sang sur les mains, nous qui en avons déjà fait couler tant, nous qui n'avons jamais hésité à recourir au meurtre. Nous avons manqué notre coup, louée soit la surface, les dieux, ou qui vous voulez. Car mes confrères et consœurs prostrés dans cette salle n'ont toujours pas compris que vous, la présidente de Bac, êtes la seule alternative à l'avènement d'Élévation. Ils n'ont toujours pas compris qu'un seul choix se présente à nous, désormais : le pasteur Parn ou votre Fédération. »

Otre s'approcha de la banquette où dormait Ionale et la contempla avec une émotion qui lui embua les yeux.

« Votre fille ?

— Je l'ai adoptée, répondit Madone.

— Vous l'aimez ?

— De tout mon être. »

La conseillère saisit la main de la présidente entre les deux siennes et la pressa avec ferveur.

« J'ai également adopté une dvinn. Elle s'appelle Ésia. Un rien la terrorise, mais c'est la petite fille la plus étonnante, la plus aimable, qu'il m'ait été donné de connaître. Elle a déclaré dans cette salle qu'on ne devait à aucun prix vous tuer. Ils n'ont pas voulu l'écouter. Je la perdrai si le pasteur Parn impose son pouvoir à Montparnasse, puis à tout Rive Gauche. Il fera exterminer les mutants, tous ceux qui ne sont pas conformes d'une manière ou d'une autre à ses idéaux.

— Je suis au courant de ses projets.

— J'y vois la marque d'une dirigeante digne de ce nom. Si ce n'est pas lui, ce sera son secrétaire, Augir, un homme assez mystérieux, mais, toujours selon Ésia, plus sombre, encore plus dangereux que son supérieur. Parn et lui se livrent une guerre sans merci… »

Otre lâcha la main de Madone et se retourna vers les conseillers, tétanisés dans leurs fauteuils.

« Puisque nous affrontons la vérité, chers confrères et consœurs, l'un de vous, de nous devrais-je dire, ou plusieurs d'entre vous s'obstinent à informer le pasteur ou le conseiller Augir, ou les deux à la fois, de tout ce qui se discute et se décide dans cette salle. Je propose donc que personne ne sorte avant que nous ayons trouvé le ou les responsables de ces fuites.

— Comment peux-tu affirmer des choses pareilles ? réagit le jeune homme assis à la droite de Lej. Sinon parce que, ta dvinn et toi, vous êtes complètement folles ?

— Peut-être peux-tu nous expliquer, Lix, ce que tu fabriques chez le chirurgien Cha où se rend régulièrement le pasteur Parn et, plus récemment, le secrétaire Augir ? répliqua calmement Otre.

— Tu m'espionnes ? rugit le jeune homme en se levant de son siège comme propulsé par un ressort.

— Toi, non, mais le pasteur et le secrétaire, oui, et mes petites souris t'ont également aperçu dans le bureau de Cha… »

Les yeux de Lix volèrent de l'un à l'autre des conseillers comme des zombyx dans le halo d'une lampe.

« Affaires personnelles, marmotta-t-il d'une voix à peine audible.

— Quel genre d'affaires ? » insista Otre.

Le jeune homme se rassit et se renfrogna dans son fauteuil.

« À ton avis, pourquoi va-t-on consulter un médecin, sinon pour des problèmes de santé ?

— Tu n'as pourtant pas besoin, à ton âge, de ses mixtures revigorantes. Et puis, un conseiller ne devrait pas fréquenter un personnage aussi sulfureux.

— Qui n'est pas sulfureux à Montparnasse ? objecta Lix. Qui sommes-nous pour donner des leçons aux autres, nous qui avons voté la mort de Madone, merci à Otre de le lui avoir appris, nous qui avons confié à Élévation la sale besogne d'exécuter nos condamnés, nous qui cédons sans cesse aux exigences grandissantes de Parn, nous qui avons cessé de gouverner depuis bien longtemps. Cha prélève peut-être des organes sur les enfants pour ses potions et ses greffes, mais nous ne valons pas mieux avec nos petits arrangements, nos lâchetés incessantes, les faveurs distribuées à nos amis, nos débats interminables et nos rituels vides de sens. »

Les derniers mots du discours de Lix estompèrent les grésillements de plusieurs bougies presque entièrement consumées.

« J'ai un tas de défauts et de faiblesses, mais ce n'est certainement pas moi qui donnerai des renseignements aux dirigeants d'Élévation, conclut-il d'un ton las.

— Ta franchise t'honore, Lix, releva Otre. Dommage que tu nous l'aies cachée si longtemps. »

Un homme massif au cou épais, aux yeux globuleux et aux cheveux coupés en bol, se leva et étendit les bras.

« J'ai beaucoup à dire, mais je ne m'exprimerai pas devant une étrangère au Conseil. » Son timbre rocailleux et sa diction hachée nécessitaient une attention de tous les instants. « Nous devrions régler nos différends entre nous. Je n'ai aucune confiance dans cette femme.

— Elle n'est pas n'importe qui, Lag, mais la présidente d'une statiopée amie, rétorqua Otre.

— Elle n'est pas la présidente de NOTRE statiopée. Nous l'avons invitée à parler de son projet de Fédération, pas à assister à nos règlements de comptes.

— Tu as peur pour notre réputation, Lag ?

— Je crains qu'elle n'en profite pour nous diviser.

— Nous le sommes déjà, divisés : un ou plusieurs d'entre nous œuvrent clandestinement pour l'avènement d'Élévation, d'autres ne songent qu'à préserver le peu de pouvoir qu'il leur reste, d'autres encore exploitent leur position de conseiller pour s'enrichir et enrichir leurs amis. Nous sommes déjà gangrenés par la corruption, l'avidité, la lâcheté, tout le monde le sait à Montparnasse.

— Ce n'est pas une raison pour nous donner en spectacle devant… »

Madone interrompit Lag en écartant à son tour les bras.

« Vous souhaitez intervenir, madame la présidente ? s'enquit Otre.

— Le mieux pour tout le monde, je crois, est

que je sorte. Lorsque vous jugerez le moment venu, faites-moi part de votre décision concernant le projet de Fédération. Je ne vous cache pas que votre vote reste pour moi important, voire essentiel, au moins sur le plan symbolique. Sachez cependant que, comme je vous l'ai déjà dit, je saurai me passer de votre soutien au cas où vous me le refuseriez. À vous de décider si vous accompagnez le mouvement ou si vous vous y opposez. J'attendrai votre réponse dans la pièce d'à côté. Je vous laisse maintenant à vos affaires internes et vous remercie de votre attention. »

Madone tenta de réveiller Ionale d'une pression sur l'épaule, puis, voyant que la fillette avait du mal à sortir de son sommeil, elle la prit dans ses bras. Otre lui ouvrit la porte avec un sourire chaleureux. La présidente salua la conseillère d'un signe de tête avant de passer dans l'antichambre de la salle des assemblées.

23

Le cimetière

La porte céderait bientôt sous les coups de griffes du gros chat.

C'était Plaisance qui, tandis que l'animal avançait vers eux en émettant un ronronnement continu, avait eu l'idée de se replier dans la salle où Arc s'était déjà réfugié et de refermer la porte qu'il lui avait semblé apercevoir quelques instants plus tôt. Ils s'y étaient mis à deux pour parvenir à bouger le lourd panneau de bois aux gonds rouillés. Par chance, le mécanisme de la serrure fonctionnait encore. Le gros chat s'était heurté à une contrariété imprévue, un contretemps qui l'avait rendu fou de rage. Puis, après une pause, il était revenu à la charge, comprenant qu'un long travail de sape était nécessaire pour renverser l'obstacle qui se dressait entre ses proies et lui, et il avait commencé à le marteler méthodiquement, arrachant des particules de bois à chacun de ses coups de griffes, forant un premier trou par lequel on distinguait tantôt un bout de son mufle, tantôt l'un de ses yeux, tantôt la pointe de son oreille hérissée de longs poils.

Juss eut l'impression que la lumière tombant des hauteurs avait baissé d'intensité. Si l'obscurité se redéployait, elle avantagerait le bestiau, probablement nyct comme tous les chats. Il chercha des yeux un objet plus efficace que le couteau, dont la lame courte le contraignait à se rapprocher du fauve pour le frapper.

« Tu as vu quelque chose ? s'inquiéta Plaisance.

— Je zyeute pour trouver une autre arme que c'te couteau. J'aurai pas beaucoup d'chances, si j'dois m'approcher d'ce monstre pour le dégommer.

— Ça, peut-être… »

Elle désignait une tige de bois cylindrique de plus de quatre pas de longueur qui surplombait la porte.

« J'pourrai pas l'tuer avec un bout de bois comme çui-là, même pas l'égratigner.

— Sauf si tu attaches ton couteau à l'extrémité.

— Avec quoi j'l'attacherais ?

— Y a une espèce de corde là-haut. »

Levant les yeux, Juss vit à son tour la tige et la corde dont elle parlait. Il courut chercher la chaise qu'il avait repérée quelques instants plus tôt, la plaça devant la porte ébranlée par les coups de boutoir du gros chat, grimpa dessus pour récupérer la tige de bois reposant sur deux supports de métal vissés dans le mur, puis il coupa un grand bout de corde avec son couteau et redescendit pour fabriquer sa nouvelle arme. Il lia le manche du couteau à l'extrémité de la tige en bois, ne laissant dépasser que la lame, et vérifia la solidité de son ouvrage tout en surveillant du coin de l'œil l'agrandissement de l'ouverture percée par l'animal. Ce dernier parvenait à présent à passer sa gueule dans l'orifice et à faire claquer ses crocs acérés à moins d'un pas de la tête de Juss, qui résolut de frapper le fauve avant qu'il puisse entrer dans la pièce, où il n'aurait pas la moindre chance face à sa puissance et sa rapidité. Il guetta le moment propice, les apparitions de la fourrure rayée de l'autre côté étant pour l'instant trop brèves, trop irrégulières. Il se campa sur ses jambes, prêt à enfoncer la lame dans le corps du gros chat à la première opportunité, aux prises avec une peur atroce qui lui tordait le ventre.

« Planque-toi plus loin, Plaisance !

— Je reste avec toi, je te l'ai déjà dit.

— T'es encore plus têtue que moi ! Tu m'serviras à rien, ici.

— Je t'aiderai, si je peux.

— C'est à moi d'te protéger, pas l'contraire… »

La tête du bestiau passa soudain tout entière dans l'orifice, énorme, effrayante. Il poussa un feulement assourdissant, ses yeux verts lancèrent des éclats terrifiants. Juss en appela à toute sa volonté, à tout son orgueil, pour ne pas prendre ses jambes à son cou et détaler comme un raton devant un bulter. Impatient de s'abattre sur ses proies, le gros chat tenta de forcer le passage, mais le bois résista et, lorsqu'il voulut retirer sa tête, elle resta coincée dans l'ouverture aux bords aussi coupants que des lames. Un blocage qui ne durerait pas longtemps mais qu'il fallait mettre à profit pour prendre l'avantage. Aveuglé par la sueur dégoulinant de son front, Juss s'arrêta à moins d'un pas du fauve, qui se débattait furieusement pour se sortir du piège. Les échardes de bois s'enfonçaient un peu plus dans son cou à chacun de ses mouvements et l'empêchaient de reculer. Son grognement assourdissant vibra dans la poitrine, dans le ventre de Juss, son haleine fétide le frappa de plein fouet. L'ancien armurier calma les tremblements de ses mains d'une profonde inspiration, puis arma son bras et, de toutes ses forces, ficha la lame du couteau dans l'un des yeux verts. La violence de la réaction du bestiau faillit le renverser. Il resta cependant agrippé à la tige de bois et continua de pousser jusqu'à ce que le gros chat, fou de douleur, s'arrache brusquement de son carcan. Déséquilibré, Juss lâcha sa lance improvisée et crut entrevoir une masse énorme et rayée tout près de lui. Il se rendit compte, avant de tomber, que la porte s'était fendue du haut en bas, que l'une de ses deux parties pendait mollement au mur tandis que l'autre, celle retenue par la serrure, était restée fermée. Pensant que le fauve allait s'engouffrer dans la pièce, il bondit sur ses jambes, se rua sur la tige de bois gisant trois pas plus loin et attendit l'attaque de pied ferme, la lame ensanglantée pointée devant lui.

« Tu l'as eu ! »

La voix de Plaisance.

Il chercha la nyct du regard. Il ne la repéra pas dans les environs, mais n'eut pas le temps de s'en inquiéter : elle s'introduisit dans la pièce avec un grand sourire.

« Tu l'as eu, répéta-t-elle.

— Comment tu l'sais ?
— Je l'ai suivi.
— T'es guedine ! Il aurait pu te décoller la tête d'un coup d'griffes.
— Pas dans l'état où il est. Où il était, je devrais dire.
— Il est…
— Mort. »

Elle prit Juss par la main et l'entraîna à l'extérieur de la pièce. Hébété, il la suivit jusqu'à la forme inerte qui barrait toute la largeur du couloir. Une fourrure rayée, une mare de sang sous la tache plus claire de la tête. Le gros chat avait perdu beaucoup de sang par son œil crevé, d'où s'écoulaient également de minuscules bouts de chair rosâtres, des éclats de son cerveau sans doute.

« Il doit bien peser ses deux ou trois cents kilos, souffla Juss, impressionné par la masse de l'animal, ainsi que par la puissance qu'il dégageait, même mort.
— C'est quoi, des kilos ?
— Des poids. C'est avec ça qu'on pèse pour connaître les quantités. »

Juss avisa une pierre coincée contre le bas du mur, la ramassa et la tendit à Plaisance.

« C'te pierre doit faire près d'un kilo, ça t'donn'ra une idée. »

La nyct soupesa la pierre en grimaçant.

« Il en faudrait beaucoup, des pierres comme ça, pour arriver au poids du bestiau, conclut-elle.
— Ben ouais, deux ou trois cents, un gros tas, quoi ! »

Un grognement plaintif retentit derrière eux.

« Arc ! s'écria Plaisance. On l'avait oublié. »

Ils n'eurent pas besoin de revenir dans la pièce pour le retrouver, il trottinait vers eux dans le couloir, averti par son instinct que le danger était passé. La fillette s'accroupit pour l'enlacer et le caresser après qu'il les eut rejoints.

« Tu m'apprendras à compter, Juss ? demanda-t-elle sans relever la tête.

— J'sais pas grand-chose, mais j't'apprendrai tout c'que je sais », répondit-il.

Il se demanda combien d'animaux dangereux vivaient dans les parages. Ils en avaient déjà rencontré deux, le bestiau écailleux surgi de l'eau et le gros chat. Cinq, si on comptait dans le lot Arc et ses parents, et, à en croire les cadavres pourrissant dans leur antre, il en existait probablement d'autres, beaucoup d'autres. La voracité et l'impatience de leur agresseur avaient causé sa perte, mais Plaisance et lui resteraient des proies, et la chance ne serait pas toujours de leur côté. Il devait très rapidement trouver des flingues et un abri sûr s'ils voulaient survivre dans ce milieu hostile.

Ils s'occupèrent d'abord de l'abri. Ils en découvrirent un dans l'un des nombreux recoins de la station, aussi grande que Montparnasse selon Juss, une pièce pas très grande qui ne disposait que d'une seule ouverture, une porte en fer dont la clef était restée enfoncée dans la serrure. Meublée d'une table, de fauteuils confortables dont ils prévoyaient de récupérer la mousse épaisse pour confectionner un grand matelas, d'armoires métalliques et d'étagères de bois, elle ferait un parfait refuge. Ils y seraient même protégés des prédateurs humains si des bandes semblables à celle des Armuriers découvraient l'endroit par hasard – les risques étaient minimes, Juss et Plaisance ayant bénéficié d'un invraisemblable concours de circonstances et de l'assistance d'un petit animal sauvage. En revanche, ils eurent beau passer la pièce au crible, ils n'y découvrirent ni flingues, ni fringues, ni chaussures, ni lampes, ni bougies, ni allumettes, ni briquets, rien de ce qui s'avérait utile dans Rive Gauche, seulement des livres aux pages couvertes de signes incompréhensibles. L'obscurité étant retombée, ils décidèrent de se reposer un peu avant d'explorer la station. Ils parvinrent à fabriquer un matelas à peu près confortable qu'Arc, facétieux, s'amusa à éparpiller à plusieurs reprises en poussant des grognements dans lesquels ils crurent déceler une pointe de moquerie.

Juss et Plaisance s'installèrent pour dormir quand la fatigue eut enfin raison du petit animal qui ronflait consciencieusement un peu plus loin.

« C'est la première fois qu'on dort ensemble, murmura la nyct. On est comme un mari et une femme, maintenant.

— Dis pas n'importe quoi, Plaisance ! grommela Juss. T'es juste une gamine, pas une femme.

— Fo Ca avait des femmes pas plus vieilles que moi.

— C'est… C'était un vieux crevard dégueulasse, comme tous ceux qui achètent des gosses pour s'nourrir d'leur jeunesse.

— Tu m'as pas achetée, Juss.

— Put de Rive Droite, non ! Toi et moi, on a rien à voir avec ces histoires. Faut prendre le temps d'grandir. »

Plaisance s'allongea et tira sur elle l'une des couvertures fabriquées avec des pans de tissu des fauteuils noués les uns aux autres.

« Quand est-ce que tu me regarderas comme une femme ?

— J'sais pas, moi, quand ta poitrine et tes poils auront poussé, p't-être, ou quand t'auras perdu tes premiers sangs. Ou p't-être quand j's'rai d'venu un homme, avec d'la barbe.

— T'es pas encore un homme, Juss ? Tu as pourtant dégommé trois bestiaux aussi lourds que des gros tas de pierres…

— Faut croire que ça suffit pas. T'inquiète pas, Plaisance, un jour, c'est sûr, tu s'ras ma femme, la plus belle femme qu'on aura jamais vue à Rive Gauche, et on… »

Il s'interrompit, intrigué par un bruit régulier. Il sourit : la respiration sifflante de la nyct indiquait qu'elle avait sombré, à peine allongée, dans un profond sommeil.

« Tu zyeutes quelque chose, Plaisance ? »

La nyct observa l'obscurité noyant le couloir. La lumière tombant des hauteurs n'était pas revenue, et les ténèbres régnaient désormais en maîtresses absolues sur la station tout entière. La main de Plaisance se crispait dans celle de Juss au moindre bruit. Des cris puissants crevaient de temps à autre le silence et restaient un long moment suspendus au-dessus de leurs têtes. Arc s'immobilisait, le museau en l'air, et repartait de l'avant après avoir vérifié, sans doute, qu'aucune odeur menaçante ne flânait dans les parages. Plus tard, il saurait se défendre, il inspirerait même la terreur à la plupart des autres animaux, mais pour l'instant, sans ses parents, il était une proie au même titre que les deux humains qui l'avaient recueilli, et ils ne disposaient pour se défendre que d'une lance bricolée qui ne suffirait certainement pas à tenir en respect des prédateurs féroces et déterminés.

Ils n'avaient rien découvert d'autre que des quais, des couloirs et des salles nues, meublées parfois de bureaux ou d'armoires métalliques contenant des liasses de papiers qui auraient sans doute intéressé les recycleurs de la station Sorbonne, eux qui fabriquaient, avec le vieux papier, de nouveaux objets comme les chandelles à combustion lente ou des jouets pour les enfants des habitants les plus riches de Rive Gauche. Bon nombre d'escaliers, dont, échaudés par l'apparition de l'énorme créature écailleuse lors de leur arrivée, ils se tenaient soigneusement à l'écart, finissaient leur course dans l'eau. On aurait sans doute pu établir plusieurs ports de la taille de Michel dans la station en grande partie submergée. Juss ne voyait pas grand-chose et il lui tardait de mettre la main sur un quelconque système d'éclairage, même sur une simple bougie. La fouille systématique et minutieuse des tiroirs et des étagères n'avait jusqu'alors donné aucun résultat. Des papiers, des crayons, des machines dont l'usage restait mystérieux, des gobelets souples qui craquaient quand on les serrait, bref, des trucs intéressant seulement les récupérateurs de pièces.

« Qu'est-ce que c'est que ça ? chuchota Plaisance.

— Quoi ? Qu'est-ce que tu vois ? »

Arc s'était lui-même immobilisé pour observer, au travers de la rambarde ajourée du palier qu'ils franchissaient, le spectacle que désignait la nyct en contrebas.

« J'zyeute k'dal ! s'impatienta Juss.

— On dirait des squelettes, précisa Plaisance.

— Quel genre ?

— Du genre que je connais pas.

— Tu vois rien d'autre ? Pas d'mouvement ?

— Juste un quai, couvert de squelettes, et le rail du milieu rempli d'eau.

— Tu crois qu'on d'vrait aller voir ?

— Je suis pas sûre : l'espèce de bestiau qui a surgi de l'eau, l'autre fois... Hé, Arc !

— Qu'est-ce qu'il fout ?

— Il descend l'escalier. Arc ! Reviens ! »

Juss n'eut pas besoin de voir pour deviner que le petit animal dévalait les marches sur lesquelles crissaient ses griffes.

« Je descends le chercher, souffla Plaisance.

— Hé, attends, me laisse pas... Hé, Plaisance ? »

Les mots de Juss se perdirent dans le vide : la nyct s'était déjà lancée à la poursuite d'Arc.

« Put de Rive Droite ! »

Il se dirigea à son tour vers l'escalier. Parvenu en haut des marches, il chercha la rampe à tâtons, fouilla l'obscurité du regard, n'y aperçut ni la silhouette de Plaisance ni la tache pourtant claire d'Arc. De même, il ne pouvait pas se fier aux bruits qui s'entremêlaient en se répercutant sur les parois et la voûte. Il lui sembla percevoir un halètement derrière lui, se retourna, s'attendit à ce qu'une bête féroce surgisse des ténèbres, garda longtemps la lance levée devant lui avant de se dire qu'il avait probablement mal entendu et de se remettre à descendre l'escalier. Des claquements et des craquements montèrent du quai en contrebas.

« Plaisance, t'es où ?

— Je suis déjà sur le quai, Juss. »

La voix de la fillette semblait lointaine, comme séparée de lui par des centaines de pas.

« Attends-moi.

— Je vais perdre Arc, si je t'attends.

— L'coin est dangereux. »

Elle ne répondit pas, elle ne l'attendrait pas, elle n'avait qu'une idée en tête, rattraper Arc, peu importe si elle y perdait la vie. La femme qu'il avait choisie était dotée d'un foutu caractère, un constat loin de lui déplaire : il n'aurait pas aimé avoir une partenaire effacée, l'une de ces femmes qui vivaient dans l'ombre de leurs logements et de leurs hommes. Avec Plaisance, au moins, il ne s'engluerait jamais dans la monotonie de l'existence. En attendant, il n'avait aucune idée de la direction à suivre, les bruits n'étaient plus que des cascades sonores ininterrompues provenant de tous les endroits à la fois. Il parvint sans encombre en bas de l'escalier. Toujours cette impression de percevoir un souffle derrière lui.

« T'es où ? »

Sa voix se prolongea en échos décroissants, mais aucune réponse ne lui revint. L'eau clapotait doucement une trentaine de pas plus loin. Son pied buta sur un premier obstacle bas et dur. Un réflexe le poussa à s'en éloigner, mais il marcha aussitôt sur d'autres formes allongées dont certaines craquèrent sous les semelles de ses chaussures comme des morceaux de bois pourri. Il comprit alors qu'il déambulait au milieu des ossements dont avait parlé Plaisance. Un peu plus loin, il heurta une structure imposante qui s'effondra dans un vacarme assourdissant. La première frayeur passée, il se rendit compte qu'il venait de chambouler un gigantesque squelette. Il entrevit également deux grands os courbes qui, eux, ne s'étaient pas renversés et qui encadraient une masse plus ou moins sphérique, une tête probablement. Il examina le plus proche de lui à tâtons. D'une longueur de deux bras d'homme, l'os se dressait non loin de la gueule et s'achevait en pointe, une pointe plus effilée qu'une lame. Juss estima qu'il ferait une excellente arme et s'arc-bouta pour l'arracher de son support. Le poids de l'os équivalait à celui d'un grand chien, et il lui faudrait apprendre à le manipuler, mais sa solidité apparente et son pouvoir de perforation étaient sans aucun doute supérieurs à ceux de sa lance improvisée. Il récupéra le poignard et la corde, qu'il glissa dans sa poche, et abandonna la tige de bois.

« Plaisance ? T'es où ? »

Il se demanda où la nyct avait pris cette habitude de ne pas répondre quand on l'appelait. On pouvait avoir du caractère et tenir compte des inquiétudes de son partenaire, put de Rive Droite ! Il concentra son attention sur les bruits et finit par se décider pour une direction en espérant de toutes ses forces qu'elle ne le conduirait pas directement au bord de l'eau. Avec le tapage qu'ils venaient de faire, Arc, Plaisance et lui, il y avait de fortes chances que tout ce que la station comptait de prédateurs, aquatiques ou terrestres, fût averti que trois proies inconscientes se baladaient dans l'étrange cimetière où reposaient des squelettes géants de bestioles pourvues d'os recourbés de chaque côté de la gueule.

Il marcha au milieu des ossements jusqu'à ce qui lui sembla être l'entrée d'une galerie. Toutes les stations étant bâties sur le même modèle, il était sans doute arrivé au bout du quai. Une odeur doucereuse l'informa que l'eau avait submergé le passage, qu'il lui fallait maintenant repartir dans la direction opposée, le plus vite possible pour éviter une rencontre avec le monstre écailleux ou l'un de ses semblables. Il rebroussa chemin et se retrouva au milieu des squelettes, le bras tendu devant lui pour éviter les obstacles.

« Plaisance ? »

Il prit conscience qu'il ne servait à rien de crier, que les appels répétés n'étaient que des informations supplémentaires pour les bêtes féroces, des balises sur leur chemin. Il devait chercher en silence, mobiliser toute son énergie, tout son instinct, toute son intelligence, tous ses sens, pour retrouver la trace de Plaisance. Comme elle avait suivi Arc, il lui fallait cesser de s'agiter et discerner, dans la multitude d'odeurs qui emplissaient la station, celle, reconnaissable entre mille, du petit animal. Il dirigea son attention sur le remugle environnant, reconnut d'abord l'odeur douceâtre, omniprésente, du fleuve, puis d'autres, plus âpres, qu'il ne connaissait pas mais qui appartenaient certainement à des fauves, puis enfin, concentrée, comme si elle n'avait pas encore eu le temps de se disperser dans l'air humide, celle d'Arc, la même signature olfactive que ses parents, en un peu moins fétide.

Il marcha en essayant de suivre la piste du petit animal. Dès qu'il s'en éloignait, l'odeur s'estompait et le contraignait à revenir sur ses pas jusqu'à ce qu'elle redevienne plus franche, plus claire. Il repassa devant l'escalier et s'aventura sur l'autre partie du quai. De nouveaux cris transperçaient la voûte et les parois, paraissant se répondre. Le grand os courbe commençait à lui endolorir l'épaule. Il repoussa la tentation de prendre un temps de repos. Il avait eu la chance de retrouver Plaisance à deux reprises après l'avoir crue à jamais perdue, la vie ne se montrerait pas toujours aussi clémente.

La piste le conduisit à l'entrée d'une galerie qui n'était pas inondée, du moins aucune odeur ni aucun bruit ne révélait la présence de l'eau. Il se laissa choir dans la fosse centrale et, rassuré de percevoir sous ses pieds la présence des rails et des traverses, s'engagea dans le tunnel. Le silence s'épaissit au fur et à mesure qu'il avançait et absorba bientôt tous les bruits autres que son propre souffle et les claquements de ses semelles sur les traverses.

Un cercle clair se dessinait dans le lointain ; une lumière, différente de celles qu'il connaissait, moins éclatante que les rayons des lampes torches, figée, contrairement aux flammes des lampes à huile et à salpêtre. Il accéléra l'allure, pressé soudain de recouvrer le sens de la vue. La galerie se dévoilait peu à peu dans ses moindres détails, le tracé de ses rails, ses rebords étroits de chaque côté de la fosse, les irrégularités de ses parois, sa pente ascendante qui rendait la marche et la respiration difficiles.

La lumière tombait d'un puits étroit deux cents pas plus loin. Bien que peu puissante, elle donnait à Juss l'impression de voir comme il n'avait jamais vu. Elle ne dessinait pas un halo, ou un rayon, ou un cercle, elle éclairait toutes, absolument toutes les formes se dévoilant devant lui, au point qu'il semblait impossible à ses yeux, qui avaient appris à sélectionner les détails en fonction de la luminosité ambiante, de les regarder en même temps. De même, il n'avait jamais contemplé certaines couleurs qui apparaissaient en bas du puits, tellement vives, tellement joyeuses, qu'elles semblaient surgies d'un monde irréel. La plupart d'entre elles étaient associées à des plantes aux longues branches qui s'écoulaient, elles aussi, du puits et dont les feuilles d'un vert éclatant et les fleurs orange, jaunes, rouges, étaient les tableaux les plus ravissants, les plus fascinants, qu'il eût jamais admirés. La galerie continuait au-delà du puits et s'enfonçait de nouveau dans l'obscurité. Arc et Plaisance étaient sans doute passés par là et il n'avait pas d'autre choix que de poursuivre son chemin jusqu'à ce qu'il les ait rattrapés, mais il ne parvenait pas à s'éloigner du merveilleux spectacle du puits, de la lumière, des plantes, de leurs incroyables couleurs.

« Enfin ! »

Il tressaillit, pointa l'os courbe dans la direction d'où avait surgi la voix, mais sa propre fatigue et le poids de sa nouvelle arme se liguèrent pour le déséquilibrer et il faillit s'affaler.

Un rire moqueur salua sa prestation. Plaisance se dressait devant lui, tenant Arc, essoufflé, par le cou.

« Put de Rive Droite, tu m'as foutu une de ces trouilles, grogna-t-il, mi-vexé, mi-soulagé. Vous étiez passés où ?

— Ben, c'est à toi qu'on devrait poser la question, riposta la nyct. Après avoir retrouvé Arc, j'ai remonté l'escalier pour te rejoindre, mais t'étais plus là, et on te cherche depuis un bon bout de temps. Heureusement, j'ai fait sentir à Arc un bout d'étoffe que t'as laissé traîner au milieu des squelettes, et il a retrouvé ta trace. »

Elle leva les yeux sur le puits.

« D'où sort cette lumière ?

— Faudrait monter là-haut pour savoir.

— Je crois plutôt qu'on devrait faire demi-tour. Arc est pas tranquille depuis qu'on est entrés dans cette galerie, comme s'il y avait du danger dans le coin. »

Le petit animal gratta le sol avec nervosité en poussant un gémissement sourd et prolongé, comme pour appuyer les paroles de Plaisance.

« Toute cette lumière, toutes ces couleurs, j'trouve ça vraiment trop beau, s'extasia Juss.

— Ouais, mais ça cache peut-être la… »

Une forme tomba tout à coup du puits et, à moins de dix pas d'eux, heurta le sol dans un bruit mat.

« Put, qu'est-ce c'est qu'ça ? » s'exclama Juss.

Le « ça » en question aurait pu être un homme, ou une femme, si l'ensemble n'avait pas été assemblé en dépit du bon sens. Ni les bras, ni les jambes, ni la tête ne semblaient avoir été placés au bon endroit, ni les cheveux d'ailleurs, répartis en touffes inégales sur diverses parties du corps. La peau crevassée, noircie, évoquait quant à elle un rat ayant trop longtemps grillé sur les braises. L'ensemble évoquait une monstrueuse araignée. L'être ne bougeait pas en tout cas et aucun soulèvement n'indiquait une quelconque respiration, mais, quand Juss localisa ses yeux, renfoncés profondément sous les arcades sourcilières saillantes, il se rendit compte qu'il les fixait et que la vie, une vie incompréhensible, aberrante, continuait de l'animer.

« Allons-nous-en d'ici », implora Plaisance.

Juss refusa d'abord de se laisser contaminer par la

frayeur de la nyct et d'Arc, puis la peur jaillit tout à coup du plus profond de lui et le déborda.

« D'ac, fichons l'camp. »

Ils filèrent à toutes jambes en direction de la grande station comme s'ils avaient cent mimbs à leurs trousses.

Juss ralentit lorsqu'il ne vit plus rien. Plaisance l'attendit alors pour le prendre par la main et le guider dans les ténèbres.

24

Naufrage

Les galeries inondées formaient un véritable labyrinthe. Soit elles s'achevaient par une paroi barrant le passage sur toute sa largeur et les obligeant à faire demi-tour, soit elles débouchaient sur un autre tunnel à la voûte plus ou moins haute. Roy avait suggéré à plusieurs reprises de retourner au port, mais Aube avait objecté que les servants l'y attendaient probablement et que, de toute façon, ils étaient totalement incapables de retrouver leur chemin.

Ils n'avaient plus croisé de pêcheurs depuis leur rencontre aussi brève que violente avec les deux hommes abattus par le gardien des livres. Leur exploration n'avait donné aucun résultat. Les galeries se ressemblaient comme deux grillons de la même ponte et ne présentaient aucune entrée secrète, rien qui aurait pu les mener de l'autre côté du fleuve et à la mer de l'Est.

Roy marmonna que, si de telles ouvertures existaient, les pêcheurs, qui passaient leur vie à sillonner le fleuve, les auraient découvertes depuis bien longtemps.

« Les piles commencent à donner des signes de faiblesse, poursuivit-il.

— Les piles, ou toi ? » releva Aube.

Il répondit d'un soupir où perçait un agacement qu'il ne cherchait plus à dissimuler. Cette interminable errance fluviale avait pour lui tout d'un cauchemar. Il lui tardait de sentir un sol ferme sous ses pieds, de regagner son logement, de s'allonger sur son lit pour plonger dans le livre qu'il venait de commencer, un récit héroïque et probablement imaginaire intitulé *Le Seigneur des anneaux*, qui le projetait dans un monde merveilleux et lui permettait d'oublier la laideur et l'étroitesse de Métro 2033. Il regrettait amèrement l'irruption d'Aube dans sa vie. Elle chamboulait ses habitudes, elle le provoquait sans cesse, elle l'entraînait à transgresser la loi, à tuer des hommes, et que lui donnait-elle en échange ? Rien d'autre que des sarcasmes, des rebuffades, des vexations, comme s'il était l'un de ceux qui avaient profité d'elle sans vergogne, de son corps, de sa beauté, comme si elle se vengeait de tous ses bourreaux à travers lui. Il regrettait également d'avoir tiré sur les deux pêcheurs. Il ne comprenait pas comment, lui d'habitude si pusillanime, effrayé par le moindre cri, avait pu les abattre avec une telle froideur. Il se souvenait avec une précision étonnante de chacun de ses gestes, sa main se saisissant du pistolet dans sa poche, son bras se tendant en direction du premier d'entre eux, son index pressant la détente, son bras se tournant vers le deuxième, son index appuyant encore une fois sur la languette métallique, la légère vibration et la chaleur de la crosse, l'effarement de ses victimes, leur effondrement dans l'eau, les remous, le grincement du canoë sur le bois de la barque, la sensation fascinante et désespérante d'avoir pris deux vies, à la fois dieu et démon, tout-puissant et misérable.

« On ne va tout de même pas rester sur cette flotte jusqu'à la fin des... »

Une violente secousse l'empêcha de poursuivre. La barque se souleva et retomba presque aussitôt. Une vague la submergea et frappa ses deux passagers. Roy braqua le rayon de sa lampe sur l'eau, agitée de violents remous. Des tourbillons se formaient autour d'eux, de faible envergure pour l'instant, mais ils se jetaient les uns dans les autres et gagnaient rapidement en puissance.

« Rame, Roy ! glapit Aube. Il faut sortir de là ! »

Ils pagayèrent aussi vite et fort que le leur permettaient les oscillations de la barque devenue ingouvernable. Un bruit prolongé et assourdissant de succion résonna autour d'eux, comme si une bête monstrueuse aspirait toute l'eau de la galerie. L'embarcation, happée par un tourbillon, tourna sur elle-même de plus en plus vite. Roy vit Aube lâcher sa rame et basculer par-dessus le bastingage. Il tendit le bras pour la rattraper, mais il perdit lui-même l'équilibre et fut à son tour éjecté. La sensation le traversa d'être agrippé par une gigantesque main glacée qui le tirait vers le bas. Il eut beau se débattre avec l'énergie du désespoir, il ne parvint pas à remonter. Il suffoqua. Un mauvais réflexe le poussa à prendre une inspiration. L'eau s'engouffra aussitôt dans sa gorge, dans ses narines. Il comprit que le piège se refermait sur lui. Il tenta, dans un éclair de lucidité, de chercher Aube du regard, au moins pour lui signifier qu'il n'avait contre elle aucune rancœur, aucune colère, bien au contraire, mais les ténèbres liquides dans lesquelles il sombrait resserraient sur lui leur emprise et lui interdisaient de discerner quoi que ce soit. Il admit qu'il ne servait à rien de lutter, se résigna, se désola de briser la lignée, de ne laisser aucun successeur dans la chaîne du livre, reconnut qu'il aimait Aube comme il n'avait jamais aimé personne en dépit de ses moqueries, de sa froideur. Il eut encore le temps de penser, avant de perdre connaissance, qu'il allait bientôt rejoindre au fond du fleuve les deux pêcheurs qu'il avait abattus.

« Comment avez-vous pu la laisser filer ? fulmina Parn.

— Elle s'est enfuie sur une barque de pêche au port de Michel, Éclat céleste, répondit Ang, le responsable du détachement chargé de récupérer la fugitive.

— Vous auriez dû vous-même réquisitionner un bateau pour la capturer.

— Ni moi ni mes hommes ne savons manœuvrer sur l'eau, Éclat céleste.

— Vous croyez donc qu'elle le sait, elle ? »

Le pasteur se contint pour ne pas jeter le bougeoir

en métal à la face de son interlocuteur, un jeune servant qu'il avait jugé suffisamment compétent, à tort sans doute, pour lui confier cette mission de la plus haute importance.

« Elle a beau être une femme, elle est dotée des couilles que vous n'aurez jamais, vitupéra-t-il. Elle était seule ?

— Un jeune homme l'accompagnait. D'après notre informateur, elle logeait chez lui à Sorbonne. Nous avons fouillé son logement et nous y avons trouvé une quantité importante de livres.

— Des livres ? Quel genre de livres ?

— Je l'ignore, Éclat céleste, les signes et les images qu'ils contiennent sont incompréhensibles.

— J'espère que vous avez laissé quelques-uns de vos hommes dans ce logement. »

Ang se mordilla les lèvres. On n'était jamais certain de s'en sortir indemne lorsqu'on affrontait la colère du pasteur.

« Je ne l'ai pas jugé utile, Éclat... »

Parn frappa violemment son bureau du plat de la main, faisant trembler les objets épars et vaciller les flammes des bougies.

« Comment pouvez-vous être aussi stupide ? »

Ang déglutit, aussi blanc tout à coup que sa tunique de servant.

« Un événement m'a donné à penser que...

— Quel événement ?

— Un bruit terrible a retenti, des vagues violentes ont secoué l'eau de la Seine, des tourbillons ont aspiré des bateaux. Le phénomène n'a pas duré longtemps, mais a causé de gros dégâts dans le port de Michel. Nous avons attendu jusqu'à ce qu'une barque apparaisse, vide, à moitié disloquée. Des pêcheurs nous ont affirmé que c'était celle d'Ivr, précisément celle volée par la femme que nous poursuivions et son accompagnateur. Nous en avons déduit qu'ils s'étaient noyés. »

Le pasteur demeura quelques instants interdit, comme terrassé par le récit du servant.

« Je n'ai jamais entendu parler d'un phénomène pareil, murmura-t-il d'une voix à peine audible.

— Les pêcheurs nous ont dit qu'il s'en produit un de temps en temps. Les plus vieux d'entre eux affirment avoir assisté à une tempête de ce genre au cours de leur adolescence.

— S'ils se sont vraiment noyés, l'eau rendra sans doute les corps…

— Rien n'est plus incertain, Éclat céleste : selon les pêcheurs, les algues du fond les empêchent de remonter jusqu'à ce qu'ils soient dévorés par les crabes et autres nettoyeurs du fleuve. »

Les épaules de Parn s'affaissèrent, ployant sous le poids d'une immense tristesse. Les traits creusés, le dos voûté, les yeux mi-clos, il ressemblait tout à coup au vieillard qu'il deviendrait bientôt. La peur qu'il inspirait à Ang, comme à chacun de ses interlocuteurs, se changea brusquement en compassion. Le servant jugea absurde que la femme qu'il avait entrevue à Michel, certes d'une grande beauté, puisse causer la détresse presque palpable de cet homme qui régnait sur l'organisation la plus puissante, la mieux organisée, la mieux armée, de Rive Gauche.

« Retournez quand même au port de Michel et surveillez la Seine, sait-on jamais, reprit Parn d'une voix éteinte.

— À vos ordres, Éclat céleste. »

Ang tourna aussitôt les talons, soulagé de s'en tirer à si bon compte. Il fut de nouveau hélé par le pasteur au moment où il ouvrait la porte de son bureau.

« Ah, et rapportez-moi les livres dont vous avez parlé. Tous les livres que vous trouverez.

— Bien, Éclat céleste.

— Soyez discret, surtout, transportez-les dans des caisses fermées et n'en parlez à personne. Personne, compris ? »

Ang s'inclina et s'empressa de sortir.

Le servant parti, Parn, incapable de bouger, dériva sur le fil tumultueux et sombre de ses pensées. Il se revit quelque temps en arrière en compagnie du dénommé Alar en train de redescendre les cages des condamnés, pas tout en bas dans la salle de la place Départ, mais au niveau qui servait de relais aux cordeurs avant l'élévation définitive.

Les deux premiers suppliciés dévoilés par la lumière des lampes entre les barreaux, la mère de l'enfant vib et le jeune homme convaincu d'avoir battu à mort un servant, n'étaient pas encore morts. Leurs yeux exprimaient en revanche la souffrance indicible qu'ils ne pouvaient plus soulager par des cris ou des gémissements. De profondes brûlures parsemaient leur corps et déformaient leur visage, laissant apparaître certains de leurs organes.

« Put de Rive Droite de saloperie de put de merde ! s'était exclamé Alar. Jamais vu une horreur pareille. »

La mère avait elle-même étouffé son enfant vib afin de mettre un terme rapide à son calvaire. Elle le tenait encore dans ses bras, mais, comme elle avait relâché son étreinte, on pouvait contempler, dans les rayons des torches, le visage du petit mutant hérissé du chaume de ses vibrisses calcinées, paisible malgré les chairs noircies et boursouflées.

« Qu'est-ce qui s'passe donc là-haut, pour les avoir mis dans c't'état ? avait poursuivi Alar.

— La surface n'est pas un endroit très accueillant, avait sobrement répondu le pasteur.

— Rapp'lez-moi d'jamais être condamné à l'élévation, Céleste éclat. »

Dans la troisième cage, le pasteur avait reconnu Bil dont les vêtements à demi consumés s'étaient collés à sa peau craquelée, mort sans doute avant d'être élevé, à en croire la béance sur le devant de son cou, comme s'il avait été égorgé par un chien ou une bête sauvage. Une vague de joie l'avait submergé, si puissante qu'elle lui avait coupé le souffle : le cordeur avait bel et bien pris la place d'Aube. Il lui suffisait maintenant de la retrouver et de l'aimer avec une telle force qu'elle ne songerait plus à le quitter ni à le trahir.

« Qu'est-ce qu'on fait ? avait grogné Alar. J'avoue que j'suis pressé d'foutre l'camp d'là.

— Une dernière chose à vérifier avant de partir… »

Parn avait ouvert la porte de la cage de Bil avec son propre jeu de clefs et avait observé le corps un petit moment.

« Vous avez vu quelque chose ?

— Un objet brillant, qui m'intrigue, peut-être un bijou, mais je ne vois pas ce que c'est exactement.

— Un bijou ? Laissez-moi voir, Céleste éclat, j'ai d'bons yeux… »

Alar s'était approché de la porte près de Parn.

« J'vois k'dal… »

Le pasteur avait tendu le bras en direction de la poitrine ravagée de Bil.

« Là… »

Alar s'était avancé d'un pas dans la cage. Il avait compris son erreur trop tard en entendant un sifflement dans son dos, puis un claquement suivi d'un crissement. Il s'était retourné, avait aperçu le pasteur et son sourire hideux derrière les barreaux, s'était rué sur la porte qui avait refusé de s'ouvrir malgré ses coups de boutoir désespérés.

« Sortez-moi d'là, put de Rive Droite ! »

Ses insultes et ses supplications n'avaient servi à rien. Parn avait actionné la corde de la cage qui, accompagnée du grincement continu et horripilant de la poulie, s'était élevée dans le puits de montée.

« Espèce de salaud ! Céleste éclat ! »

Le silence avait peu à peu absorbé la voix terrorisée d'Alar. Le pasteur avait ensuite remonté les deux autres cages, puis il était descendu par l'escalier en prenant soin de fermer derrière lui.

Alar n'avait eu que ce qu'il méritait, mais Parn s'était donné tout ce mal pour rien : Aube s'était noyée en essayant d'échapper aux servants chargés de la retrouver. Le sort s'acharnait sur lui, qui représentait pourtant le père Soleil et la mère Lune dans le monde souterrain de Métro 2033. Il doutait fort de leur existence, de la même façon que les mythes d'Élévation lui semblaient pour la plupart invraisemblables, voire risibles, mais, en cet instant, il éprouvait l'irrépressible besoin de les haïr, les grands dispensateurs de la Surface, comme un enfant peut haïr des parents maléfiques. Il se sentait abandonné de tous, dieux et hommes, et sans son formidable instinct de survie, ce même instinct qui lui avait permis de déjouer de multiples complots et tentatives d'assassinat, il se serait laissé transpercer par la première lame venue comme un porc par le couteau d'un boucher. Il lui fallait maintenant régler leur compte à Augir, à Madone, au Conseil parnassien, à tous les mutants qui offensaient l'espèce humaine. Il ne verrait sans doute jamais la surface, et tant mieux, l'état des corps qui en revenaient n'augurant pas d'un monde très plaisant, il lui appartenait néanmoins d'instaurer une ère d'ordre, de lumière et de progrès dans les bas-fonds obscurs où croupissait la misérable humanité de Rive Gauche.

Augir se déshabilla après que les deux hussards qui l'escortaient eurent quitté la petite salle d'opération éclairée par trois lampes à huile renforcée par un projecteur à pile fixée au plafond. Cha, revêtu d'un ensemble clair, l'invita à s'allonger sur la table d'opération. Le secrétaire avait exigé qu'aucun assistant ne seconde le chirurgien.

Augir s'assit, nu, sur le bord de la table et dévisagea Cha un temps qui parut interminable à ce dernier. La maigreur du secrétaire frappa son vis-à-vis, qui discernait pratiquement tous les os de son squelette à travers sa peau.

« Je sais ce que manigance Parn, et ce que vous-même manigancez, déclara Augir. Mais, voyez, votre projet ne m'effraie pas puisque je m'apprête quand même à me remettre entièrement entre vos mains. Je souhaite, auparavant, vous informer de quelques éléments qui vous donneront sans doute à réfléchir. Le pasteur avait prévu de neutraliser mes hussards pour les empêcher de vous tuer au cas où il m'arriverait un malheur dans cette salle, c'est nous qui avons neutralisé ses hommes : ils gisent, au moment où je vous parle, au fond d'une cave proche de votre logement. »

Le secrétaire désigna les diverses fioles de différentes couleurs alignées sur une étagère.

« L'une d'elles, la vert sombre je crois, contient un poison qui ne laisse aucune trace et que vous comptez m'administrer au cours de l'opération pour simuler une mort naturelle, faire croire à une simple défaillance de ma part due au choc anesthésique. Je vous le déconseille vivement : si je meurs, mes hussards ont reçu l'ordre de vous torturer avant de vous achever, de vous couper en petits morceaux en commençant par ce que vous avez sans doute de plus précieux. Ainsi vous saurez ce qu'éprouvent les malheureux que vous dépecez pour satisfaire vos clients fortunés. Le malheureux, par exemple, à qui vous avez prélevé ce bout de peau pour me le greffer, ses gonades pour me fortifier, et que sais-je encore ? »

Les yeux affolés de Cha, livide, volèrent d'un point à l'autre de la pièce, cherchant désespérément une issue de secours.

« Les risques existent cependant que vous... décédiez d'une mort accidentelle, déglutit le chirurgien.

— Un accident pour moi, un manque de chance pour vous, répliqua Augir avec un petit rire. Raison de plus pour vous appliquer.

— Je... Je m'y efforcerai, monsieur le...

— Je ne vous en veux pas d'avoir choisi le camp du pasteur lors de sa dernière visite. Il sait se montrer persuasif et se croit invulnérable. Vous avez désormais toutes les cartes en main, à vous de jouer les bonnes. »

Augir s'allongea sur la table et ajouta :

« La solution antiseptique que vous m'avez demandé d'étaler sur la plaie provoque une douleur effroyable...

— Désolé, monsieur, elle était indispensable pour éviter les infections.

— Endormez-moi, Cha, pour que la souffrance, cette souffrance qui me hante depuis trop longtemps et me traque jusque dans mon sommeil, cesse au moins quelques instants. Et, surtout, réussissez, les hommes de Rive Gauche vous en seront éternellement reconnaissants. »

Aube ne voyait plus rien. Elle avait repris conscience quelques instants plus tôt, trempée, allongée sur une surface qui lui endolorissait la hanche. De l'eau mêlée de bile s'était échappée de sa bouche et de ses narines, et elle s'était demandé ce qu'elle fichait dans cet endroit jusqu'à ce que la mémoire lui revienne par bribes. Elle s'était souvenue de l'agitation soudaine de l'eau, du chavirement de la barque, du courant qui l'entraînait au fond du fleuve, du manque d'air dans ses poumons, de la sensation fugace mais atroce de se dissoudre dans l'eau qui l'enserrait...

Pourquoi avait-elle pris place à bord d'une barque, elle qui avait toujours eu peur de l'élément liquide ?

Une nouvelle scène s'était précisée dans son esprit : des hommes vêtus de blanc et armés de fusils d'assaut se déployaient sur un ponton de bois. Les servants du pasteur Parn. Puis un visage lui était apparu, un jeune homme au nez bosselé et aux cheveux emmêlés. Elle ne le reconnaissait pas ni ne pouvait lui associer un nom bien qu'il lui fût familier. Elle était restée un long moment prostrée dans la même position. Elle avait cru qu'elle avait perdu le sens de la vue jusqu'à ce qu'elle ait l'idée de déplacer sa main devant ses yeux et de vérifier qu'elle n'était pas devenue aveugle. Aucune lueur ne transperçait l'indéchiffrable obscurité qui l'enveloppait, aucune forme n'était perceptible.

Le nom du jeune homme lui revint tout à coup : Roy. Il s'était installé dans la barque à ses côtés, elle logeait chez lui, il était le descendant d'une longue lignée de gardiens des livres, il lui avait appris à lire, il avait un air d'enfant malheureux quand elle se moquait de lui, il avait tué deux pêcheurs qui proféraient contre elle des paroles menaçantes. Où était-il maintenant ? Avait-il, comme elle, échappé à l'étreinte du fleuve ? Gisait-il au fond de l'eau ?

Elle se redressa, fébrile tout à coup.

« Roy ? »

Des filets d'amertume s'écoulèrent encore de ses lèvres et dégoulinèrent sur son menton. Les éclats de son cri s'évanouirent peu à peu dans le silence. Elle se releva et rencontra les pires difficultés à se camper sur ses jambes flageolantes. Étourdie, elle leva les bras devant elle à la recherche d'un quelconque point d'appui, mais ses mains ne palpèrent que du vide. Elle esquissa un premier pas. Elle foulait un sol ferme, un couloir probablement, elle ne sentait pas sous ses pieds les reliefs caractéristiques d'une galerie – rails, traverses… Des clapotements continus révélaient la présence toute proche de l'eau. Elle marcha au hasard, lentement, gardant les bras tendus à l'horizontale pour détecter les éventuels obstacles. Un bruit retentit et se prolongea en échos décroissants. Impossible de savoir de quelle direction il provenait, ni de quelle nature il était, humain, animal, minéral… Aube continua d'avancer malgré la peur qui se déployait en elle et qui s'associait à l'humidité de ses vêtements pour la couvrir de frissons. Elle se reprocha d'avoir entraîné Roy dans ce naufrage. Mais comment aurait-elle pu deviner que la Seine serait prise d'une telle fureur ? Elle ne se souvenait pas que sa mère ou d'autres anciens lui eussent parlé de tempêtes de ce genre. Le fleuve était habituellement paisible, et son immuabilité rassurante. Métro 2033 ne connaissait pas les terribles cataclysmes de la surface que décrivaient les livres et leurs photos. Les quelques inondations qui avaient frappé Rive Gauche n'étaient que des broutilles comparées aux vagues géantes venues des océans qui avaient dévasté des territoires entiers. De même, les brasiers qui, de temps à autre, réduisaient un quai et ses abris en cendres n'étaient que des feux de paille en regard des éruptions volcaniques ou des gigantesques incendies de forêt dont les fumées emplissaient le ciel.

Le bruit retentit de nouveau, plus proche. Elle s'immobilisa, cœur battant, respiration suspendue. Il lui sembla cette fois qu'il provenait d'un être vivant, humain ou animal. Il tenait du grognement, de la plainte et du borborygme. Elle scruta les environs : aucune forme ne se détachait de l'obscurité. Elle resta un long moment indécise avant de percevoir un deuxième bruit, un frottement, un glissement, qui enflait rapidement. Elle voulut repartir en arrière, mais elle avait hésité trop longtemps. Elle entrevit sur le sol, tout près d'elle, une ombre grise allongée d'où montait un souffle précipité. Quelque chose lui agrippa le bas de la jambe. Elle poussa un hurlement et tenta de dégager sa cheville, mais la créature ne relâcha pas sa prise. Elle finit par perdre l'équilibre et tomber sur le dos. Le choc lui coupa le souffle. Elle se rendit compte qu'on se rapprochait d'elle. Qu'une forme mobile, agile, un tentacule ? une main ? rampait sur son épaule, sa poitrine, son ventre comme pour explorer les contours de son corps.

« Put de Rive Droite, vous êtes une femme, pas vrai ? » s'exclama une voix rauque.

Ce n'était pas celle de Roy.

25

Conversations

La porte s'ouvrit de l'intérieur. La conseillère Otre apparut dans l'entrebâillement et, d'un geste de la main, pria Madone et Ionale d'entrer.

« Attendez-nous là », ordonna la présidente à Mitch.

Elle lança un bref regard à Urm qui se tenait parmi les hommes de l'escorte une dizaine de pas plus loin. Il lui retourna son plus beau sourire. Leur complicité n'échappa pas au capitaine, dont le visage se renfrogna.

L'habitation de la conseillère, éclairée à profusion, respirait le calme et le luxe. Elle comptait de nombreux couloirs et portes. La sobriété des meubles et des ornements soulignait leur élégance et leur qualité. Même s'il hébergeait quelques servantes ou serviteurs, voire des gardes du corps, Madone estima que le logement était beaucoup trop grand pour une seule personne, deux en comptant la dvinn qui les attendait dans le bureau d'Otre et qui ressemblait étrangement à Ionale avec sa tête disproportionnée, ses yeux renfoncés dans des puits insondables sous ses arcades sourcilières proéminentes, son corps malingre et la frayeur qui la suivait comme une ombre.

« Ma fille, Ésia, dit la conseillère après avoir déposé un baiser sur le front de la fillette. Ésia, je te présente Madone et sa fille, Ionale. »

Ésia salua Madone d'une brève courbette, puis dévisagea Ionale. Les dvinns, immobiles, s'observèrent un long moment en silence, et ni Otre ni la présidente n'osèrent intervenir, craignant de perturber ce qui s'apparentait à un échange muet.

« Quel âge a la vôtre ? finit par demander la conseillère à voix basse.

— Je ne sais pas au juste, répondit Madone. Quelque part entre la petite enfance et l'enfance. Sa mère biologique mourante me l'a confiée au moment de mon départ.

— Vous êtes stérile ?

— Je ne crois pas. Je ne voulais pas d'enfant. Je pensais qu'ils m'empêcheraient de me consacrer à ma tâche. Et vous ? »

Le regard d'Otre s'attarda un instant sur les deux fillettes qui continuaient de se fixer avec une grande intensité sans exprimer la moindre émotion.

« J'ai mis au monde un enfant dont la tête a doublé de volume peu de temps après sa naissance. Un dvinn. Il est mort rapidement. J'ai appris ensuite que les dvinns mâles ne vivaient pas longtemps. Après lui, je n'ai pas pu en avoir d'autre. Puis j'ai recueilli Ésia et, même si je ne l'ai pas officiellement adoptée, je la considère comme ma propre fille. Laissons-les faire connaissance. Asseyez-vous. »

Madone se posa dans l'un des confortables fauteuils alignés devant le bureau de la conseillère, qui s'installa à son siège habituel.

« Avez-vous trouvé celui des membres du Conseil qui travaille pour le compte du pasteur d'Élévation ? demanda la présidente.

— Je savais très bien qui il était. Ou plutôt qui elle était. Mais je voulais qu'elle se dénonce elle-même et que nous exploitions son double jeu à notre profit. Elle n'a pas eu la réaction escomptée, ce qui la condamne à être neutralisée. Des personnes de confiance s'en chargeront bientôt.

— Je vous préviens tout de suite que je ne partage pas cette conception du pouvoir.

— Moi non plus, croyez-le bien, raison pour laquelle je souscris entièrement à votre projet. Mais, avant de passer à la nouvelle ère, il nous faut éliminer tous ceux qui s'acharnent à nous maintenir dans l'ancienne. Saille en fait partie au même titre que Parn, Augir, et bien d'autres, sans parler des mandars de Petite-Chine et des grossistes de Versailles. Et puis je crois Saille incapable d'agir par elle-même. Elle est manipulée par cette vieille ordure de Lej. Quoi qu'il en soit, Montparnasse est un enjeu stratégique crucial, et je mets tout en œuvre pour que le Conseil vous apporte son soutien. »

Madone s'inclina.

« Je vous en remercie du fond du cœur. Je sais que le vieux conseiller…

— Lej.

— Lej, donc, était impliqué dans une première tentative d'empoisonnement à Invalides, mais je ne souhaite pas me venger, ni même lui réclamer des comptes. Il me paraît inapproprié d'établir une nouvelle ère en recourant aux méthodes que, précisément, nous souhaitons éradiquer de Rive Gauche. »

Otre posa les coudes sur son bureau et, les yeux plissés, se pencha vers la visiteuse.

« Je vous approuve : vous ne devez à aucun prix vous mêler des conflits qui se déroulent dans les recoins obscurs de Rive Gauche. Il vous revient de bousculer les mentalités, les habitudes, de susciter l'enthousiasme, d'entretenir la ferveur, de cultiver l'espoir, d'entraîner les populations dans votre sillage. Confiez les basses besognes à ceux qui vous épaulent en toute discrétion et qui ont l'habitude de se salir les mains. Quoi que vous en pensiez, votre projet ne pourra pas aboutir si certaines batailles ne sont pas menées dans l'ombre. »

Elle se tut et observa les dvinns toujours figées avant de revenir plonger ses yeux dans ceux de Madone.

« Vous ne pourrez pas conquérir Rive Gauche sans Montparnasse, et Montparnasse ne vous soutiendra pas tant qu'Élévation s'y opposera », reprit-elle en accentuant chacune de ses syllabes.

Ébranlée par la force de persuasion de son interlocutrice, Madone changea de position dans le fauteuil et lança un coup d'œil par-dessus son épaule pour se donner le temps de reprendre ses esprits. Elle se demanda fugitivement ce qui se passait dans la tête d'Ionale face à celle qui semblait être son parfait reflet.

« Comment comptez-vous combattre Élévation ?

— Comme le grand scorpion blanc : en lui écrabouillant la tête. » Otre éclata de rire, comme si elle venait de raconter une bonne blague. « La double tête, devrais-je dire : la tête Parn et la tête Augir. En dehors de ces deux-là, personne ne semble avoir l'envergure nécessaire pour diriger une organisation d'une telle importance. Mes petites souris infiltrées n'attendent que mon signal pour entrer en action.

— Vous ne craignez pas une révolte des servants ?

— Sans chef suprême, les servants se comporteront comme des corps décapités. Les partisans de Parn se battront férocement contre les hussards d'Augir. Les fidèles, livrés à eux-mêmes, verront se lever sur Rive Gauche un nouvel espoir appelé Fédération, un espoir dont vous serez la grande figure, et ils vous suivront en masse.

— Votre calcul n'est pas dénué de cynisme, releva la présidente.

— C'est justement son cynisme qui en fait la justesse, répliqua la conseillère avec un sourire. Il prend en compte la crédulité de la majeure partie de la population : les Métrolites éprouvent le besoin impérieux, presque névrotique, d'être dirigés par un guide. Autant que le guide en question soit éclairé et les conduise vers un monde véritablement meilleur. »

Une moue étira les lèvres de Madone.

« J'ai la désagréable impression que l'adhésion dont vous parlez repose sur une imposture.

— La véritable imposture, c'est quand le guide n'agit que pour ses intérêts propres, argumenta Otre. Ce qui est le cas de Parn. Notre cher pasteur ne croit pas aux idioties proférées par sa religion. Il n'est motivé que par le vertige du pouvoir et de ses corollaires, la richesse et le sexe. » Elle s'assura d'un coup d'œil que les dvinns ne s'intéressaient pas à leur conversation et ajouta, à voix basse : « Entre nous, selon mes petites souris qui se sont glissées sur sa couche, il se prend pour un partenaire irrésistible et n'est qu'un amant pitoyable. Quant à Augir, Ésia m'a appris qu'il souffrait d'une terrible blessure à, je la cite, l'endroit où les filles ne sont pas pareilles que les garçons. Les salopards qui l'ont torturé pendant son enfance lui ont pelé les organes sexuels comme on dépiaute un lapin et les ont laissés dans l'état. Comment a-t-il pu survivre ? Le mystère des ressources humaines. Toujours est-il que l'une de mes souris, dissimulée dans une cachette, a surpris une conversation entre le secrétaire et Cha, le chirurgien. Si ce n'est déjà fait, Cha doit tenter bientôt une greffe de peau sur Augir, une information qui prouve de manière éclatante la réalité des pouvoirs divinatoires d'Ésia et des dvinns en général, et qui montre l'urgence de mettre Parn et ses fantasmes nauséabonds hors d'état de nuire. »

Essoufflée par sa tirade, Otre se renversa dans son siège. Madone vit qu'elle continuait d'observer, entre ses paupières mi-closes, l'effet de ses paroles sur son interlocutrice. Même si elle répugnait à se l'avouer, la présidente partageait en son for intérieur les convictions de la conseillère. Pour avoir elle-même souvent recouru à la violence, elle savait pertinemment qu'un changement radical ne pouvait advenir sans effusion de sang. Ceux qui tiraient bénéfice des anciennes structures défendraient leurs privilèges jusqu'à la mort. Elle aurait aimé que la transition s'effectue en douceur, que les Métrolites saisis par la grâce décident tous ensemble d'œuvrer pour le bien commun, mais, depuis qu'elle avait entamé sa tournée dans Rive Gauche, et bien qu'elle n'eût accompli qu'une petite partie de son périple, les morts se comptaient déjà par dizaines : les servants noyés à Varenne, les miliciens et d'autres servants fauchés par les balles à Duroc, à Montparnasse, ses propres gardes du corps tués dans les différents affrontements, la vieille Lée... Combien d'autres mourraient lorsqu'elle se heurterait aux grossistes de Versailles, aux mandars de Petite-Chine, aux Conseils des autres statiopées, des autres stations indépendantes ? Gagnée par le découragement, elle douta tout à coup de la pertinence de sa démarche, de sa propre légitimité, puis elle entrevit les ombres des fillettes étirées sur le sol par les flammes des bougies et raffermit sa détermination : au moins pour ces deux-là, pour les mutants dans leur ensemble, pour tous ceux qui n'avaient pas les moyens de se défendre, elle devait porter son projet comme un flambeau dans les ténèbres.

« Le temps presse, reprit Otre, comme si elle avait épousé le cours des pensées de la visiteuse. Nous allons nous répartir les tâches. Le Conseil parnassien vous sera bientôt tout acquis. Je ferai en sorte que les derniers récalcitrants vous apportent leur soutien ou s'effacent. Je vous suggère de vous rendre ensuite à Odéon et Petite-Chine. Je pense qu'Odéon, qui se targue d'être toujours à la pointe du progrès, est déjà prête à vous suivre. J'ai rencontré en secret les quatre conseillers pour leur parler de vous, ils vous recevront et vous écouteront avec bienveillance. Petite-Chine, en revanche, restera hostile. Selon mes petites souris en poste près des mandars, ils refusent catégoriquement qu'un quelconque pouvoir extérieur vienne fourrer son nez dans leurs affaires, et je crains que vous n'ayez pas d'autre choix que de les contraindre par la force. Il vous faudra sans doute, pour les neutraliser, nouer des alliances de circonstance avec les commerçants, les restaurateurs, les tenanciers des bordels, les éleveurs, tous ceux qui versent des sommes exorbitantes aux mandars pour bénéficier de leur protection contre les errants et les accros de l'hézao.

— J'avais prévu de passer par les 4P, Versailles et Baloubouffe avant de me rendre à Petite-Chine… »

Otre se leva et esquissa quelques mouvements d'assouplissement derrière son bureau.

« Mon dos me torture », soupira-t-elle.

Un mouvement attira l'attention de Madone. Les dvinns se dirigeaient vers un coin de la pièce où elles s'assirent à même le plancher.

« Tout va bien, Ionale ? demanda-t-elle.

— Nous voyons plus loin et plus longtemps quand nos esprits sont liés, répondit la fillette sans la regarder.

— Qu'est-ce que vous voyez ?

— Tous ceux qui veulent nous tuer.

— Ils sont si nombreux que ça ? »

Ionale s'adossa à la cloison et baissa la tête en même temps qu'Ésia. Madone comprit qu'à nouveau coupées du monde extérieur, elles ne communiqueraient plus qu'entre elles.

« Inutile de vous rendre dans ces trois statiopées, nous nous en occuperons, déclara Otre en se rasseyant. 4P est quasiment affiliée à Montparnasse, et le Conseil ira dans le sens que nous lui indiquerons. Pour Versailles, nous attiserons la colère grondante des producteurs et des détaillants contre les grossistes, et les conseillers effrayés finiront par retourner leur veste pour se ranger du côté des révoltés. Le mouvement pro-Fédération emportera tout sur son passage, y compris Baloubouffe, qui contrôle la station Victor. Vous aurez ainsi tout l'ouest de Rive Gauche en votre faveur et, déjà, la presque totalité des voix qui vous sont nécessaires.

— Vous avez l'air bien sûre de vous.

— Cela fait très longtemps que je prépare le terrain. Ma première intention était de saper l'influence grandissante d'Élévation, puis, sitôt que j'en ai entendu parler, j'ai tout misé sur votre projet de Fédération. Par manque d'énergie, et de courage, je dois le reconnaître, je n'ai pas su incarner le changement que vous personnifiez. » Otre secoua la tête avant de remettre, du plat de la main, ses cheveux gris en place. « Vous avez tout pour vous, Madone, l'éloquence, l'intelligence, la beauté, vous captez la lumière comme personne. Il me revient de vous aider sur le terrain que je connais le mieux, le cynisme, l'ombre, le secret, le complot, le meurtre… En résumé, les sales besognes. »

Les derniers mots de la conseillère étaient empreints d'une tristesse infinie, de désolation presque, et Madone, prise de compassion, lui saisit les mains par-dessus le bureau.

« Encore une fois, je vous remercie du fond du cœur, Otre.

— Je serai remerciée quand vous aurez réussi. »

Une bougie crépita avant de s'éteindre dans un épais nuage de fumée noire.

« Vous pouvez passer la nuit ici, proposa Otre. J'ai de la place, et Ionale serait certainement ravie de rester en compagnie d'Ésia.

— Je me dois malheureusement de décliner votre invitation. Mes hommes ne comprendraient pas que je passe la nuit loin d'eux.

— Vos hommes… Ou un homme ? »

Madone se demanda si la conseillère l'espionnait ou si elle avait seulement été traversée par une intuition.

« Le cœur est la plus merveilleuse et la plus dangereuse des sources, poursuivit Otre. Il vous permet d'accomplir des choses extraordinaires comme il peut vous pousser aux pires abjections. »

Madone lâcha les mains de son interlocutrice, se leva et défroissa ses vêtements.

« Je partirai donc pour Odéon à mon réveil. Quand nous reverrons-nous ?

— Après votre conquête de Petite-Chine et de ses stations affiliées. À combien d'éléments se monte votre escorte ?

— Un peu moins de vingt.

— Il me paraît indispensable que vous enrôliez de nouvelles recrues avant d'affronter les mimbs de Petite-Chine.

— Nous en avons déjà parlé et nous prévoyons de nous renforcer.

— Je m'en doutais, et mes petites souris sont déjà à l'œuvre pour faire courir le bruit que vous recrutez. J'ai une dernière requête à formuler. »

D'un bref hochement de tête, Madone invita son hôtesse à parler.

« Si vous n'y voyez pas d'inconvénients, et bien que vous soyez présidente de Bac, j'aimerais que le résultat du vote soit officiellement proclamé à Montparnasse.

— Pour quelle raison ? »

Otre rejoignit la visiteuse de l'autre côté du bureau.

« Évidente. Montparnasse est la statiopée la plus peuplée et la plus centrale de Rive Gauche. L'avènement de la nouvelle Fédération n'en serait que plus solennel, plus symbolique.

— Nous n'en sommes pas encore là, nous aviserons le moment venu.

— Les événements se déroulent parfois de manière plus rapide que prévu, ne vous laissez pas prendre de vitesse. Vous n'êtes pas obligée de me donner une réponse immédiate, je vous suggère seulement d'y réfléchir. Ah, j'oubliais, je peux vous fournir des tickets, si vous en avez besoin.

— Nous avons prévu ce qu'il faut. »

Madone s'approcha des dvinns et pressa doucement l'épaule d'Ionale. La fillette n'eut d'abord aucune réaction, puis elle releva lentement la tête et des lueurs vives brillèrent dans ses yeux au fond de leurs orbites.

« Lève-toi, ma fille, nous partons. »

Ionale ne bougea pas, se contentant de garder son regard vrillé dans celui de la présidente.

« Tu ne m'as pas entendue ? Nous partons. »

Le bout de la langue de la dvinn pointa frénétiquement entre ses lèvres.

« Nous ne pouvons pas les laisser ici, haleta-t-elle.

— De qui parles-tu ?

— D'Ésia et de sa mère. Si elles ne viennent pas avec nous, les hommes en blanc les tueront après leur avoir infligé de terribles souffrances.

— Ce n'est qu'une vision, s'interposa Otre. Les dvinns perçoivent les menaces et envisagent souvent le pire. Mais, comme nous avons toujours un coup d'avance sur le pasteur, nous saurons tourner la situation à notre avantage. »

La voix de la conseillère tremblait légèrement.

« Les prédictions d'Ionale s'avèrent toujours exactes, objecta Madone. Nous aurions tort de les prendre à la légère. De même, ne commettez pas l'erreur de sous-estimer le pasteur Parn.

— Ne vous inquiétez pas pour moi : j'ai pris mes précautions et je ferai ma part. Allez, maintenant. »

Madone se dirigea vers la porte, mais Ionale, l'air buté, resta en arrière.

« Je veux qu'elles viennent avec nous », insista la dvinn d'un ton plaintif.

Otre s'accroupit devant elle et lui caressa le crâne avec une infinie douceur.

« Ésia et moi nous restons ici pour accomplir notre mission, tu comprends ? Toi, tu dois accompagner ta mère pour l'aider à surmonter les obstacles qui se dressent sur son chemin. Ce n'est qu'en nous séparant que nous accomplirons toutes ensemble nos devoirs. »

Ionale hésita un court instant avant de rejoindre Madone près de la porte. Jamais la présidente n'avait discerné une telle détresse, un tel chagrin, sur ses traits ingrats. Ésia, toujours adossée à la cloison, les fixait avec une tristesse poignante qui lui assombrissait les yeux.

Madone prit Ionale par la main et, avant de sortir, salua la conseillère d'une inclinaison du buste.

« Pourquoi avez-vous accepté de changer vos plans, madame ? »

La question de Mitch sonnait comme une accusation. L'escorte s'était installée sur un escalier qui donnait sur un quai un peu plus tranquille que les autres. Urm s'était assis sur la même marche que

Madone, tandis qu'Ionale était restée debout près du capitaine, lui-même appuyé à la rampe métallique.

« Pour plusieurs raisons, capitaine. D'abord nous avons perdu beaucoup de temps et d'hommes en seulement quatre étapes. Ensuite parce que la partie du Conseil parnassien qui nous soutient se charge d'obtenir les votes des statiopées 4P, Versailles et Baloubouffe, ce qui représente un énorme gain de temps. Enfin, parce que nous devons consacrer toute notre énergie à conquérir Petite-Chine.

— Avec moins de vingt hommes ?

— Nous allons recruter.

— Comment ? » intervint Urm.

Elle lui adressa un regard appuyé en espérant qu'il devinerait la puissance de son désir malgré l'obscurité que les flammes des rares bougies allumées en contrebas ne parvenaient pas à chasser. Il lui tardait de se retrouver seule avec lui, de sentir son étendard se déployer pour elle, de se laisser conquérir sans résistance.

« Ils viendront à nous.

— Avec quelles armes les équiperons-nous ? demanda Mitch d'un ton rogue.

— Avec celles que nous trouverons.

— Nous n'aurons pas suffisamment d'argent pour en acheter.

— Qui parle de les acheter ?

— Je constate que notre présidente se pervertit à force de fréquenter les grands de ce monde, ricana Urm.

— J'ai appris vite avec ta grand-mère », ripostat-elle.

Le jeune Varennois éclata de rire.

« Nous allons prendre un temps de repos, reprit-elle. Urm se chargera pendant ce temps de récupérer des armes et des munitions par tous les moyens possibles.

— Seul ?

— Tu choisiras trois ou quatre hommes. Tu nous rejoindras à l'endroit où nous nous retirerons en t'attendant.

— Pourquoi pas à l'auberge que nous connaissons déjà ?

— Des troubles risquent d'éclater à Montparnasse. Il nous faut changer sans cesse de refuge pour éviter d'être surpris. Nous repartirons lorsque nous aurons recruté et équipé une trentaine d'hommes. Pour le moment, cherchons un coin où personne ne viendra nous déranger. »

Leur exploration les mena dans un couloir tranquille et sombre de Gaîté. Mitch, parti en éclaireur avec deux hommes, avait repéré une ancienne porte murée qu'ils démolirent à coups de crosse. Elle donnait sur deux pièces fermées et poussiéreuses, l'une plutôt vaste et la deuxième minuscule, qu'à la lueur des lampes ils nettoyèrent des toiles d'araignée déployées en rideaux complexes et graciles.

Madone et la dvinn se glissèrent dans le réduit tandis que les hommes se répartissaient dans la grande salle. La présidente installa la fillette sur sa propre veste étalée au sol. Ionale plongea, à peine allongée, dans un sommeil profond. Madone s'étendit à ses côtés, mais refusa de s'endormir. Les ronflements des hommes perforaient déjà la mince cloison qui divisait les deux pièces. Elle tressaillit de joie lorsqu'elle perçut l'infime grincement de la porte de séparation et que des mains tâtonnantes se posèrent sur son visage et sa poitrine. Elle reconnut instantanément l'odeur et la chaleur d'Urm.

« Ma dame, j'ai une urgence à vous soumettre avant de partir pour la mission que vous m'avez confiée… »

Quand les lèvres du jeune Varennois se posèrent enfin sur les siennes, elle put abaisser ses défenses et s'abandonner tout entière à lui.

Vieillir

C'est sans doute la dernière fois que j'écris. Je sens dans mon âme, dans mon corps, que la fin est proche. Après le départ d'Urm et de Madone, j'ai été prise d'une fièvre qui refuse de retomber malgré les bains froids et réguliers dans lesquels je me plonge le plus souvent possible, une hérésie quand je songe à la pénurie d'eau qui guette les habitants de Varenne.

Une nouvelle épidémie de sorbonnielle ? Possible. Elle surgit régulièrement pour décimer une partie de la population. Ce serait un comble qu'elle m'emporte, moi qui l'ai appelée de tous mes vœux pour amorcer le rééquilibrage démographique qu'aucun Conseil n'a eu le courage d'organiser. Les douleurs atroces dans mes os, les excroissances qui se multiplient sur mon corps, les saignements incessants sont les symptômes les plus connus de la maladie. Nul besoin de consulter l'un de ces charlatans qui se font passer pour des médecins. Je n'en connais qu'un de valeur, et il a choisi de mettre ses connaissances au service exclusif des puissants. Cha, le chirurgien, m'a soignée autrefois et, comme je lui plaisais, il m'a suffi de le payer en nature bien que je n'eusse aucune envie de lui. Il accepterait probablement de s'occuper à nouveau de mon cas si j'allais le consulter (je mise toujours sur mon charme malgré mon âge, orgueil funeste d'une femme jadis célébrée pour sa beauté ?), mais je n'ai pas la force d'entreprendre le voyage, et je n'en aurais probablement pas la volonté non plus. La vie est devenue un fardeau trop lourd pour mes épaules. Ma fille Aube a disparu, victime d'Élévation selon mes sources à Montparnasse, mon petit-fils Urm s'est engagé sur le chemin de Madone, les hommes ne me regardent plus avec des yeux enfiévrés de désir, je ne vois que désespoir et résignation autour de moi, le temps est donc venu de m'effacer. La mort m'apportera-t-elle la sérénité que je n'ai jamais expérimentée dans le pays sombre de Métro 2033, ni comme femme, ni comme mère, ni comme conseillère ? J'ignore ce qui m'attend de l'autre côté. La surface, la surface radieuse dont j'ai tant rêvé ? Les faces grimaçantes, le néant, le froid éternel, l'oubli ?

Je m'interroge sur Urm. Il me semble parfaitement armé pour affronter les vicissitudes de Rive Gauche. Il incarne ce mélange de cruauté, de violence et de charme qui a fait ma force et m'a permis de me sortir de toutes les situations. De presque toutes, devrais-je dire. Une inconnue subsiste pour mon petit-fils : ses relations avec les femmes. La façon dont il dévisageait Madone m'a alarmée – alarmée est un mot peut-être excessif, intriguée me semble plus juste. Il la dévorait des yeux et, tel que je le connais, il ne l'aimera pas qu'à moitié, son feu deviendra un véritable brasier qui pourrait le réduire en cendres. J'ai observé également la réaction de Madone et j'ai vu qu'elle était elle-même sur le point de s'enflammer comme du bois sec. Je la devine aussi passionnée que lui. Je ne doute pas que leurs étreintes seront torrides. Bien qu'Urm soit encore vierge, je suis persuadé qu'il se comportera en amant magnifique, et en parfait crétin prêt à toutes les imprudences pour la femme de ses pensées. La passion amoureuse sera-t-elle le défaut de sa cuirasse ? Comme il est le dernier de notre famille, le rameau se desséchera s'il meurt sans laisser d'héritiers, une extinction qui, si elle est avérée, n'aurait finalement aucune importance. Qui se soucie de laisser une trace dans un monde où plus personne ne sait lire ni écrire, où l'éphémère est la règle ? Certains anciens racontaient que les Métrolites avaient deux noms jadis, l'un qui désignait la famille, l'autre qui caractérisait l'individualité. Nous n'en portons plus qu'un désormais, comme si la notion de famille avait disparu, ou plutôt comme si elle s'était dissoute dans les ténèbres fétides de Métro 2033. Nous ne sommes plus que des individus égocentriques, avides, nous n'avons plus avec les autres que des liens d'intérêts, nous ne nous comportons plus qu'en prédateurs féroces ou en proies rusées, en tyrans sanguinaires ou en courtisans obséquieux. Nos enfants ne sont le plus souvent que des marchandises, nous les vendons aux proxénètes, aux errants, aux explorateurs, aux obsédés, aux trafiquants, aux conseillers, pour une poignée de tickets qui ne nous permettent même pas d'améliorer l'ordinaire.

Je souhaite bonne chance à Madone, qui s'attelle au grand changement. Non seulement elle se heurtera à l'âpre résistance de ceux que le chaos actuel arrange, mais à ceux-là mêmes qu'elle voudrait libérer de leurs chaînes. Rien n'est plus effrayant que le changement. L'habitude rend paresseux et stupide. On préfère la plupart du temps la misère familière à la promesse d'un avenir incertain, on préfère recevoir les coups d'un être connu plutôt que les caresses d'une main étrangère. J'ai pu le vérifier à maintes reprises en tant que conseillère, les gens se méfient des bouleversements, ils ne prêtent une oreille attentive qu'à ceux qui leur proposent de minuscules enjolivements, un peu de nourriture, un peu d'eau, un peu d'alcool de baies, quelques tickets supplémentaires, un logement un peu plus grand et mieux placé, des bougies superflues... Il n'est pas difficile à un conseiller d'assurer sa réélection, il lui suffit de distribuer de menus avantages pour que les bénéficiaires de ses dons votent pour lui et incitent les autres à en faire autant. Comment croyez-vous que j'ai été reconduite plus de quinze fois de suite dans mes fonctions de conseillère de Varenne ? J'ai acheté mes voix, j'ai distribué sans vergogne les richesses de la station tout en veillant à ce que je puisse continuer à entretenir une milice digne de ce nom. Je ne parlerai pas ici des trocs sordides qu'on m'a proposés, ils révèlent de l'humanité une part sombre qui m'a parfois perturbée en dépit de mes propres turpitudes. Pour toutes ces raisons, il ne m'est pas odieux de sortir de cette existence. Je laisse le soin à d'autres, aux plus jeunes, aux moins corrompus, de gouverner Métro 2033. J'ai remarqué ces derniers temps qu'une population de plus en plus dense cernait la rame qui me sert de logement. Le bruit de ma maladie s'est propagé comme un feu de paille, sans doute attisé par les commérages de mes servantes. On guette déjà le moment où mon corps déformé sera emporté pour être jeté dans l'une des fosses de la station, puis on se battra jusqu'à la mort pour investir la place vacante. La milice n'interviendra pas puisqu'il n'y aura plus personne pour lui en donner l'ordre. Il faudra attendre l'avènement d'un nouveau conseiller – ou d'une nouvelle conseillère, mais j'en serais étonnée, les Varennois m'ayant supportée trop longtemps exprimeront certainement la volonté d'être commandés par un homme – pour que les choses rentrent dans l'ordre. On procédera à l'expulsion brutale des familles installées dans la rame réquisitionnée par le nouveau conseiller, on accordera des privilèges aux uns tandis qu'on traitera sans ménagement les autres, les mêmes déséquilibres se réinstaureront, les mêmes injustices se perpétueront, on continuera tranquillement de se rapprocher du fond de l'abîme.

Lorsque j'ai le courage et la lucidité de tirer le bilan de mon existence, il m'apparaît peu reluisant : il ne me reste rien, ni enfants, ni petits-enfants, ni œuvre impérissable, seulement ces textes qui ne seront d'utilité à personne. Ils sont pourtant le fidèle reflet d'une âme humaine en proie aux contradictions, aux hésitations, aux tentations. Le reflet de mes vanités, surtout : je ne suis pas un modèle au sens moral du terme, mais j'ai la faiblesse de croire que ma sincérité, qui paraîtra provocante à certains lecteurs, donne à ces écrits une authenticité qui, j'en suis persuadée, en fera un témoignage essentiel. J'ai parfois envie de mettre fin à mes jours avant d'être terrassée par la sorbonnielle, pour qu'au moins ma mort soit plus honorable que ma vie. Il n'y aura personne pour me pleurer, mais, orgueilleuse jusqu'au bout, je refuse d'être dépecée par les becs des remords et des regrets. Que la mort me prenne comme je suis, avec mes outrances, mes outrages et mes flétrissures.

Mes tremblements s'accentuent et rendent l'écriture difficile. Je crois bien que je ne maîtrise plus mes sphincters, je commence à pisser sur moi à la moindre toux, au moindre rire.

On naît dans la pisse, la merde et la peur, c'est également dans la pisse, la merde et la peur qu'on prend congé. La vie, finalement, ma vie n'aura été qu'une parenthèse insignifiante entre deux relâchements organiques.

« Vous m'aviez affirmé que vous contrôliez cette truie d'Otre, Lej. Non seulement elle vous roule dans la farine depuis le début, mais elle s'apprête à lancer une grande offensive en faveur de Madone.

— J'avoue que nous l'avons sous-estimée, Éclat céleste.

— Sait-elle que vous êtes l'un de mes alliés ?

— Je ne crois pas. Elle ignore nos rencontres et nos accords. Elle pense que j'œuvre uniquement pour les intérêts du Conseil. J'ai détourné ses soupçons sur Saille, qui n'est que l'une de mes marionnettes et que je lui livrerai volontiers en pâture.

— Elle en sait sûrement plus sur vous que vous n'en savez sur elle. Elle a placé des informateurs un peu partout, et sans doute dans votre entourage proche. Je ne peux plus me contenter d'approximations, j'ai maintenant besoin de certitudes.

— J'en serais surpris, Éclat céleste, je vis seul depuis très longtemps.

— Vous oubliez les filles ou les jeunes gens qu'on voit occasionnellement entrer chez vous, mais qu'on ne voit jamais ressortir.

— Je ne vois pas en quoi ma vie privée concerne…

— Tout ce qui vous concerne me concerne, Lej ! Tant que vos lubies ne nuisent pas à nos intérêts, je n'ai aucune raison de m'en mêler. Si je constate en revanche qu'elles constituent des points faibles, je me dois d'intervenir. N'avez-vous jamais songé que ces jeunes gens que vous accueillez chez vous pourraient être des informateurs à la solde d'Otre ?

— Même s'ils étaient envoyés par Otre, Éclat céleste, ils n'auraient jamais eu l'occasion de parler.

— Pourquoi ?

— Ils ne ressortent pas vivants de chez moi.

— Vous voulez dire que vous les torturez jusqu'à la mort ?

— Je les achète pour ça.

— Un crime puni par la loi, me semble-t-il.

— Nous sommes ceux qui promulguent les lois, Éclat céleste.

— Les promulguer n'est pas les ignorer.

— C'est seulement donner un cadre à la population, instaurer l'ordre sans lequel Rive Gauche sombrerait dans le chaos. Vous et moi, vous ne l'ignorez pas, nous sommes au-dessus des lois.

— Vous pensez-vous au-dessus des enseignements d'Élévation ?

— Que pensez-vous vous-même des enseignements d'Élévation, Éclat céleste ?

— Aurais-je la moindre légitimité, si je les trouvais stupides ?

— Je les juge personnellement stupides, mais cela n'altère en rien ma détermination à vous servir et à servir les intérêts d'Élévation.

— Quelle sorte de fidèle êtes-vous pour exprimer une opinion aussi négative de votre religion ?

— Un fidèle pragmatique, peut-être : le système des Conseils étant devenu inopérant, obsolète, je crois que seule Élévation peut empêcher Métro 2033 de sombrer définitivement.

— Pourquoi pas la Fédération de Madone ?

— Elle ne dispose d'aucune organisation digne de ce nom, seulement de groupes de partisans épars. Vous, vous êtes à la tête d'une structure puissante, disciplinée, déterminée. Je ne crois pas aux enseignements d'Élévation, je ne crois pas aux mythes de la Surface, du père Soleil et de la mère Lune, mais je crois à la cohésion et à l'efficacité qu'ils engendrent.

Que vous les trouviez stupides ou non n'a aucun lien avec votre légitimité, Éclat céleste : les servants vous regardent comme leur seul chef, comme leur seul modèle. Un mot de votre part, et ils se précipiteraient à la surface sans crainte de la mort.

— Vous me rappelez Augir par instants, et, croyez-moi, ce n'est pas un compliment.

— Le secrétaire Augir était en état de faiblesse ces derniers temps, j'ai été surpris que vous n'en profitiez pas pour l'éliminer.

— Quelqu'un l'a informé de mes projets.

— Quelqu'un ? Est-ce à dire que vous ne connaissez pas l'identité de l'informateur ? Si tel était le cas, le secrétaire Augir aurait pris une avance certaine sur vous.

— Inutile de vous montrer désobligeant, monsieur le conseiller.

— Loin de moi cette intention, Éclat céleste, il s'agissait d'une simple invitation à la prudence.

— Auriez-vous choisi le parti d'Augir, Lej ?

— Le secrétaire ? Pourquoi soutiendrais-je un homme sans aucune envergure, sans aucun charisme ? Qui accepterait de monter à la surface sur un simple mot d'Augir ? Vous me sous-estimez, Éclat céleste.

— Je ne commettrais pas cette erreur. Peut-être détenez-vous sur le secrétaire des informations dont je n'ai pas été averti ?

— Rien que vous ne sachiez déjà : il s'est fait opérer par Cha d'une blessure ancienne et mal placée. On ne sait toujours pas si l'opération a réussi, on a seulement appris qu'il avait résisté au choc anesthésique.

— Et sur Otre ?

— Elle roule pour Madone, mais je ne vous apprends rien. Elle et son monstre…

— La dvinn ?

— Elle et l'abomination qu'elle présente comme sa fille s'agitent pas mal ces derniers temps, ce qui, effectivement, laisse à penser qu'elles préparent une offensive de grande envergure. Contre vous, sans doute.

— De quels moyens dispose-t-elle ?

— Pas la moindre idée, Éclat céleste. Elle était un temps trésorière du Conseil. Combien de tickets a-t-elle réussi à détourner pendant cette période ? Seule la Surface le sait.

— Vous ne croyez pas à la Surface.

— Simple expression, Éclat céleste.

— Si je vous ai bien compris, nous allons bientôt être attaqués sans connaître le nombre d'hommes qui nous seront opposés, ni les armes dont ils se serviront, ni l'endroit où se déroulera la bataille.

— C'est à peu près ça. Puisque vos services de renseignements ont été pris en défaut, il serait sans doute intéressant d'interroger ceux d'Augir.

— Jamais un informateur du secrétaire n'acceptera de collaborer avec moi.

— Accepter, collaborer… Voilà deux mots que vous devez rayer de votre vocabulaire.

— Vous en proposez d'autres ?

— On obtient tout par la torture, Éclat céleste.

Une pratique dont je suis devenu le spécialiste. Je me fais fort d'obtenir tous les renseignements nécessaires. Il vous suffit d'amener chez moi un jeune informateur d'Augir. À condition, évidemment, que je puisse en disposer entièrement à ma guise.

— Rentrez chez vous, monsieur le conseiller, votre future proie ne tardera pas à vous être livrée. »

26

Racines

La lumière tombait de nouveau des hauteurs, faible tout d'abord, puis elle gagna rapidement en éclat, comme si, là-haut, quelqu'un réglait l'intensité d'une gigantesque lampe torche. Impossible de savoir d'où elle provenait. Elle dégringolait en cascades le long des murs, s'infiltrait dans les moindres fissures, s'étalait dans les couloirs, tombait en colonnes ou en obliques par les ouvertures. Elle éclairait certains endroits avec une telle précision qu'ils en devenaient irréels. Juss et Plaisance n'avaient pas assez de leurs yeux pour contempler tous les détails qu'elle révélait, comme si des affamés habitués à une nourriture frugale se retrouvaient tout à coup devant une multitude de plats étalés sur la table d'un banquet. La station se dévoilait dans toute sa complexité, des formes inattendues surgissaient des recoins obscurs, de nouveaux passages apparaissaient, les murs et les voûtes cessaient d'être des ombres grises et figées pour s'habiller de couleurs vives, chaudes. Autant l'obscurité paraissait receler d'innombrables dangers, autant la lumière produisait un effet rassurant. Peut-être qu'elle provenait de la surface, peut-être qu'elle dissimulait tout un tas d'ennemis invisibles, mais Juss, le grand os courbé et pointu posé sur l'épaule, n'était plus obligé de recourir à une lampe, à une bougie ou aux yeux de Plaisance pour se déplacer d'un endroit à l'autre de la station. Tout semblait plus paisible, plus joyeux, quand elle conquérait l'espace et tassait les ténèbres dans les recoins.

D'humeur facétieuse, Arc courait d'un endroit à l'autre sans jamais se lasser. Il n'avait pourtant pas mangé depuis un bon moment, et Plaisance craignait qu'il ne parte en chasse au risque d'être lui-même victime d'un prédateur. La faim les tenaillait également, Juss et elle, mais ils n'avaient rien à se mettre sous la dent. On ne voyait ni rat ni aucune autre bestiole comestible dans les parages. De toute façon, même s'ils réussissaient à en capturer un, ils ne pourraient pas le rôtir, ils ne disposaient d'aucun combustible, et manger de la viande de rat crue s'apparentait à une punition. Pour l'eau, il suffisait de se servir directement en bas de l'un des escaliers qui finissaient leur course dans le fleuve en espérant que le monstre écailleux n'en profiterait pas pour les attaquer. Ils visitèrent d'autres quais où la lumière ne pénétrait que parcimonieusement, les uns submergés, les autres intacts. Ils trouvèrent sur l'un d'eux deux squelettes, humains cette fois, vêtus de lambeaux de tissus, ainsi qu'une rame intacte et immobile dans la fosse centrale d'où émanait, par les portes grandes ouvertes, une odeur pestilentielle.

Arc poussa un grognement apeuré, comme chaque fois qu'il flairait un danger.

« Ça pue ! murmura Juss.

— Ça ressemble à l'odeur des parents d'Arc, approuva Plaisance à voix basse. T'arrives à voir ?

— Y a encore assez de lumière. Et toi, tu zyeutes quelque chose ?

— J'ai l'impression que ça bouge dans la rame. »

Juss brandit l'os courbé et pointu, qui lui semblait de plus en plus léger, avant de concentrer son regard sur les vitres des wagons dont certaines, fendillées de haut en bas, semblaient sur le point de se désagréger à tout moment. Le grondement d'Arc s'acheva en gémissement, et Plaisance dut le retenir fermement par le cou pour l'empêcher de s'enfuir.

« On ferait mieux de foutre le… »

Un rugissement interrompit la fillette et flotta un long moment dans la pénombre de la station. Arc profita du court moment d'inattention de la nyct pour lui échapper et filer vers l'entrée du couloir.

« Arc ! »

Elle voulut s'élancer à sa poursuite, mais Juss la retint par le bras.

« Il est sauvage, tu vas passer ton temps à lui cavaler derrière !

— Lâche-moi, je veux le retrouver.

— Lui nous r'trouvera avec son flair. Il a pas besoin d'toi, Plaisance. Moi, j'ai besoin d'tes yeux.

— Il y a de la lumière ici.

— Pas toujours.

— Je sais pas quel bestiau est là-dedans, mais on ferait mieux de partir. »

Juss jeta un coup d'œil par-dessus son épaule.

« Bouge surtout pas, il est tout juste derrière nous. »

Il enserra l'os courbe avec fermeté et se tint prêt à frapper. Le bestiau avait à peu près la même taille et le même genre de tête que le gros chat, sauf que son pelage était uni et qu'une crinière foncée lui recouvrait le haut du crâne et une partie du cou. Ses crocs saillaient de sa gueule béante, peut-être un peu moins longs et acérés que ceux du gros chat, mais impressionnants quand même. Il ne manifestait aucun signe d'agressivité, se contentant de garder ses yeux dorés fixés sur les deux humains. Plaisance s'était arrangée pour le regarder en évitant les mouvements intempestifs, et elle le regrettait à présent, contenant à grand-peine ses tremblements, ses envies de hurler et de détaler.

« Bouge surtout pas », souffla de nouveau Juss.

Le temps parut se figer pendant que le bestiau continuait de les observer. Sans les soulèvements réguliers de ses flancs, on aurait pu croire qu'aucune vie ne l'habitait. Juss se souvint de la façon dont Och, le chat des Armuriers, bondissait sur les rats après être resté un long moment immobile, comme endormi, et il se prépara à l'attaque du fauve. Des gouttes d'une sueur glacée se coulèrent dans le creux de son dos. Il craignit que les perles en formation sur son front ne lui dégoulinent dans les yeux. Le visage livide de Plaisance ressemblait à l'une de ces statues de plâtre découvertes dans la station Assemblée. Le fauve bâilla tout à coup, puis, comme s'il avait décidé qu'il n'avait rien à craindre des visiteurs, il retourna dans la rame d'un pas nonchalant.

« Je crois bien que j'ai pissé sur moi, haleta Plaisance, brisant le silence de catacombe retombé sur le quai.

— Faut croire qu'le bestiau avait pas faim, ajouta Juss dont le sourire ne parvenait pas à masquer la frayeur.

— On va chercher Arc ? »

Le hochement d'approbation de Juss décolla quelques-unes des gouttes dévalant l'arête de son nez.

« Pourquoi il nous a pas sauté dessus ? s'étonna la nyct après qu'ils eurent parcouru une bonne partie du couloir.

— J'te l'ai dit : pas faim, sans doute. Ou alors il bouffe pas la viande humaine. Ou alors il a jugé qu'on lui f'rait pas d'mal. Va savoir c'qui s'passe dans la tête d'un bestiau d'son espèce.

— Je me demande aussi ce que c'était… enfin, le drôle d'homme qui est tombé du puits l'autre fois.

— Il ressemblait plutôt à une araignée qu'à un homme, mais quand j'ai croisé son regard, ça m'a fait froid dans l'dos.

— Tu veux dire qu'il était vivant ? »

Plaisance avait prononcé ces mots avec une moue horrifiée.

« J'crois bien qu'oui. Ses yeux étaient… comment dire ?

— Expressifs ?

— D'où tu connais ce genre de mots, toi ?

— C'est Irie, la régulière du Daub, qui me les a appris.

— Expressifs, c'est ça. Pas des yeux de mort en tout cas, ceux-là le sont pas, expressifs. »

Ils marchèrent sans dire un mot jusqu'à ce qu'ils arrivent sur une sorte de place mal éclairée d'où partaient plusieurs autres couloirs.

« Lequel il a pu prendre ? s'interrogea la nyct.

— J'te le répète, il nous retrouvera grâce à son flair.

— Pas sûr, il est encore petit.

— Son instinct l'pousse à s'planquer dès qu'il sent du danger. Si tu pars chaque fois à sa recherche, on finira par s'perdre définitivement, toi et moi. Et on a plus besoin l'un de l'autre que lui d'nous et nous d'lui. »

Il saisit le menton de la nyct entre le pouce et l'index et la força à le regarder dans les yeux.

« Tu comprends ? »

Elle exprima sa désapprobation d'une moue, puis elle finit par capituler et opiner d'un clignement de cils.

« Quand il nous aura r'trouvés par lui-même, tu t'rendras compte qu'il sait s'débrouiller, et tu t'inquiéteras plus, ajouta Juss. Comme ça, j'paumerai pas ma femme avant même qu'on soit d'venus grands... »

Il ponctua sa plaisanterie d'un éclat de rire qui laissa Plaisance de marbre.

« Irie disait que quand on abandonne ses animaux, on finit par abandonner sa propre famille, lança-t-elle d'un ton piquant.

— C'est pas parce qu'elle connaissait un tas d'mots qu'elle disait pas un tas d'conneries ! »

Un grondement sourd s'échoua dans le silence.

« Arc ! » s'exclama la nyct.

Elle désigna la bouche d'entrée d'un couloir.

« Ça vient de là. »

Elle s'engagea dans le passage sans attendre la réaction de Juss, qui, comme d'habitude, n'eut pas d'autre choix que de la suivre. Ils dévalèrent un premier escalier qui s'enfonçait dans une obscurité profonde, puis ils en gravirent un deuxième, assez raide, baigné d'une faible lumière qui gagnait en intensité au fur et à mesure qu'ils montaient. Il donnait sur une immense salle dont le plafond semblait posé sur de larges colonnes étincelantes. Leur éclat les contraignit à garder les paupières baissées quelques instants. Juss, affinant son observation, s'aperçut qu'elles tombaient en réalité d'un toit transparent recouvert d'une épaisse substance noire. D'autres formes en jaillissaient, d'ailleurs, qui évoquaient les racines des algues ou des plantes chétives poussant dans les potagers de Métro 2033, des racines immenses, ramifiées, qui rejoignaient le sol où elles s'entrelaçaient en un méli-mélo inextricable. Des plantes aux larges feuilles gris-vert poussaient par endroits et atteignaient pour certaines une hauteur de deux hommes.

« J'crois bien qu'on est tout près d'la surface, murmura Juss en pointant un index au-dessus de sa tête. Y a qu'ce plafond qui nous en sépare.

— Y a du danger à rester là ? »

Ils concentrèrent un instant leurs regards sur une colonne de lumière et distinguèrent, à l'intérieur, des particules brillantes en suspension.

« J'suppose que oui : d'après les anciens, les saloperies qui nous bouffent de l'intérieur sont tellement p'tites qu'on les zyeute pas. »

Des secousses agitèrent les plantes aux feuilles gris-vert une trentaine de pas plus loin.

« Qu'est-ce que… »

Une forme claire surgit sur une partie dégagée des racines et fonça dans leur direction.

« Arc ! » s'écria Plaisance.

Le petit fauve tenait dans sa gueule une boule grise et agitée. Il se dirigea vers eux et déposa à leurs pieds, comme une offrande, l'animal qu'il avait capturé, un rat, semblait-il, d'une taille inhabituelle, deux ou trois fois plus gros qu'un rat ordinaire, au poil plus long, plus foncé également. Malgré la large entaille sanguinolente sous l'une de ses oreilles, le rongeur tenta de s'enfuir, mais Arc resserra ses crocs sur sa patte arrière pour l'en empêcher.

« C'est pour nous ? » demanda Plaisance.

Le sang et les minuscules morceaux de viande qui parsemaient le museau et la fourrure du poitrail d'Arc semblaient indiquer qu'il avait déjà englouti sa part de festin.

« Qu'est-ce qu'on va faire de c'te bestiole ? marmonna Juss. On a k'dal pour la griller…

— On fera comme Arc, suggéra la nyct.

— Cru ? Put de Rive Droite ! Rien qu'd'y penser, ça m'soulève le cœur.

— C'est ça ou crever de faim. »

Juss contempla le gros rat qui continuait de se démener pour s'échapper de l'étau des mâchoires déjà puissantes du jeune fauve.

« T'as raison, concéda-t-il. Pas l'choix. »

Il tira le couteau glissé dans la ceinture de son pantalon et s'accroupit près d'Arc. Il posa la pointe de la lame sur la gorge du rongeur et l'enfonça d'un coup sec. Les pattes du gros rat s'agitèrent frénétiquement tandis qu'il commençait à se vider de son sang. Arc le relâcha seulement lorsqu'il eut cessé de bouger, puis il se détourna et, la suite ne le concernant plus, il s'allongea un peu plus loin pour un petit somme dans un creux des racines enchevêtrées.

Plaisance s'assit à côté de Juss et le regarda dépiauter le rongeur.

« Jamais vu de rat de ce genre, fit-elle alors qu'il commençait à lui retrousser la peau en commençant par le cou.

— C'est p't-être pas vraiment un rat, mais c'est d'la même famille en tout cas. Avec tout l'gras qu'il a, ça aurait rendu sa viande moelleuse, si on avait pu la rôtir. Et puis y a largement d'quoi faire du feu avec toutes ces plantes et ces racines. Il nous manque juste quelque chose pour l'allumer.

— Où veux-tu trouver de quoi allumer un feu, là-dedans ?

— La station est immense : y a sûrement des parkings pas loin. Des bagnoles. On y dégote presque toujours des briquets encore pleins, ou des allumettes. Des gars d'la bande des Armuriers disaient qu'on pouvait faire du feu rien qu'en frottant deux cailloux l'un contre l'autre, mais j'crois bien qu'c'est des conneries. »

Ils se forcèrent à manger la viande crue en commençant par le cœur et le foie, les morceaux les plus faciles à mâcher, et en finissant par les muscles, qu'il fallait mastiquer jusqu'à l'écœurement pour réussir à les avaler. La saveur n'en était pas trop désagréable, mais légèrement amère.

« Nous v'là devenus de vrais fauves, put de Rive Droite. C'est Arc, finalement, qui nous a recueillis. »

Juss s'essuya le menton d'un revers de main tout en observant les effets de son humour sur Plaisance. Aucun rire ne s'échappa de la bouche de la nyct, aucun sourire n'effleura ses lèvres, elle se contenta de lui adresser un regard navré tout en continuant de s'acharner sur un bout de cuisse.

« Faut qu'on trouve rapidement l'moyen d'assurer nos besoins par nous-mêmes, reprit-il. Enfin, que j'trouve. C'est l'boulot d'un homme.

— C'est le rôle de personne et de tout le monde, protesta Plaisance avec véhémence. Si t'étais pas là, il faudrait bien que je me débrouille par moi-même.

— Ouais, mais j'suis là, j'suis ton futur mari, c'est à moi d'nourrir et d'protéger la famille. »

Il lui sembla déceler des éclairs de colère dans

les yeux de la nyct, qui s'étaient fichés comme des flèches dans les siens.

« Si tu penses que je vais te regarder faire les bras croisés, tu te goures drôlement, Juss ! Tu m'as promis de m'apprendre à tirer. Mes enfants, je les protégerai moi aussi et je leur donnerai à manger. Tu l'as dit, on forme une équipe, et, dans une équipe, y en a pas un qui s'occupe de tout pendant que l'autre fout rien, et, si je deviens ta femme, je veux qu'on partage tout.

— Si ? T'as l'air moins sûre de toi d'un seul coup…

— Je serai ta femme si tu me promets de me regarder comme une vraie équipière, pas comme une petite chose fragile à garder. »

Juss cracha le morceau de viande qui lui encombrait la bouche.

« D'où tu tiens toutes ces idées, toi ? »

Elle le fixa de nouveau avec dureté.

« Tu me crois donc pas capable de penser ?

— C'est pas ça, mais…

— Les femmes de la bande du Daub se plaignaient sans cesse de leurs hommes, de vraies brutes qui ne tenaient jamais compte de leurs avis, de leurs envies. J'ai compris en les écoutant que ça servait à rien de gémir, qu'il valait mieux mettre les choses au point tout de suite avec son homme pour ne plus jamais avoir à se plaindre. T'es pas d'accord avec ça, Juss ? »

Il sourit. Il avait dégoté une sacrée petite bonne femme. Rien d'étonnant, finalement : le Daub ne lui avait-il pas décerné le titre de meilleur fouineur de la bande des Armuriers ?

« J'ai surtout pas envie d'pas être d'accord avec toi, Plaisance, trop fatigant, on fera comme tu veux. Dès qu'j'aurai trouvé des flingues, j't'apprendrai à tirer, comme promis.

— Tu dis que c'est le boulot d'un homme d'assurer les besoins de la famille, mais t'es pas encore un homme… »

La nyct s'empressa d'ajouter, devant la mine déconfite de son interlocuteur :

« Fais pas la gueule, Juss, je rigole, c'est toi qui racontes que t'es pas encore un homme. Moi, je pense au contraire que t'en es un vrai, un tueur de gros chats, et je veux pas d'un autre que toi. »

L'obscurité avait chassé la lumière de la même façon que cette dernière l'avait contrainte à céder la place auparavant. Juss n'avait aucune explication à cette substitution silencieuse, sournoise, inexorable, un phénomène auquel il n'avait encore jamais été confronté malgré les nombreuses expéditions effectuées avec les Armuriers en dehors des galeries balisées de Rive Gauche. Il fallait une lampe d'une puissance inouïe, ou une multitude de lampes toutes allumées en même temps, pour émettre une lumière d'une telle ampleur. Les projecteurs les plus performants de Montparnasse ou de Petite-Chine parvenaient certes à éclairer une station entière, mais pas plusieurs stations et les couloirs qui les reliaient entre elles, pas des espaces gigantesques comme la salle aux racines où Arc les avait conduits, Plaisance et lui.

Repus – vaguement écœurés – par la viande crue, ils avaient décidé de revenir dans leur tanière jusqu'au retour de la lumière – si elle revenait. Avant de s'enfermer, ils avaient dégoté, dans une salle proche dont la serrure rouillée de la porte avait fini par céder à leurs coups d'épaule, un petit briquet dans le tiroir d'un bureau qui, quand on tournait la mollette, produisait une flamme minuscule, fragile. Il avait sans doute servi à allumer les clopes dont un paquet à moitié plein gisait au milieu de crayons et d'objets divers. Juss avait essayé d'en griller une, mais la fumée au goût atroce de moisissures avait eu pour seul effet de le faire tousser et pleurer, une réaction qui avait incité Plaisance à passer son tour.

Des cris ébranlaient régulièrement les cloisons de leur logement. Des grognements furieux, mais également les couinements terrorisés ou les gémissements d'agonie des proies traquées. Ils dominaient les ronflements réguliers d'Arc et la respiration sifflante de Plaisance. Le danger augmentait avec l'obscurité, pas seulement pour Juss qui n'avait pas la capacité de la percer du regard, mais aussi parce que les prédateurs, pratiquement tous nycts, attendaient l'arrivée des ténèbres pour partir en chasse. La fillette était venue se serrer contre lui, comme si, malgré ses déclarations péremptoires durant leur repas, elle éprouvait le besoin pressant de se pelotonner dans une chaleur rassurante. Il ne savait pas comment réagir au comportement parfois déroutant de sa partenaire. Il se demandait ce qu'elle attendait de lui au juste. Ses provocations, ses moqueries, ses affirmations ne concordaient pas avec son âge, comme si la femme prenait déjà la place dans son corps enfantin. Il avait la très nette impression qu'elle l'invitait à des jeux pour lesquels il estimait qu'ils n'étaient pas prêts. Elle était une enfant et, comme tous les enfants, pressée de grandir, lui restait persuadé qu'ils ne devaient surtout pas imiter les adultes. Les gamines qu'on vendait aux clients fortunés et pervers de Rive Gauche ressemblaient à des marionnettes brisées, de la même façon que, dans certaines stations, on contraignait des gosses de trois ans à soulever de lourdes charges alors que leurs os n'étaient pas encore formés, et que leurs fragiles squelettes en étaient à jamais déformés. Il se demanda également s'ils n'auraient pas dû rejoindre Sa Ma et ses mimbs dans la carrière, puis se débrouiller pour leur fausser compagnie et informer Ta Li de leurs fabuleuses découvertes. Avec ses bestioles sauvages et le monstrueux homme-araignée tombé du puits, la nouvelle station était trop vaste et périlleuse pour Plaisance et lui. Si encore ils avaient mis la main sur une réserve d'armes, de munitions, de bougies et de lampes, ils auraient peut-être pu affronter les innombrables dangers qui rôdaient dans les couloirs, sur les quais, dans les eaux, dans les rames.

Il arrêta sa décision : ils partiraient à leur réveil. Il leur faudrait certainement se séparer d'Arc, qui deviendrait rapidement incompatible avec la population de Rive Gauche. Convaincre la nyct de le rendre à la vie sauvage ne serait pas une entreprise facile.

Une rumeur persistante le tira du sommeil dans lequel il venait de sombrer. Il eut besoin de temps pour se rendre compte que les bruits qui se rapprochaient étaient des voix.

27

Nuit et jour

La station paraissait immense, mais l'obscurité de plus en plus dense empêchait Aube et son compagnon d'infortune d'en discerner les limites. Ils avaient marché un long moment dans une galerie déserte avant d'apercevoir dans le lointain une tache gris clair qui s'était rapidement diluée dans les ténèbres.

« Je r'connais pas c'foutu endroit, avait marmonné Lon.

— Moi non plus.

— J'me demande si on est pas arrivés dans une station inconnue. »

Il avait prononcé ces mots avec une certaine crainte : une station inconnue était pour lui synonyme de dangers inconnus. Pris dans la tempête qui avait emporté Aube et Roy, il avait repris connaissance sur le même quai que la jeune femme. Le premier instant de frayeur passé – il avait d'abord cru qu'elle était l'un de ces monstres qui, selon les légendes, vivaient dans les profondeurs de la Seine –, ils avaient décidé d'explorer ensemble les environs. Comme ils n'étaient pas nycts, ils se tenaient à moins d'un pas l'un de l'autre et se parlaient régulièrement pour ne pas s'égarer. Pêcheur de son état, Lon ne se séparait jamais du couteau qu'il portait dans un étui de cuir solide et fermé et qu'il n'avait pas perdu dans le naufrage.

« Au moins, j'ai d'quoi nous défendre si on nous attaque.

— Attaquer ? Par qui ?

— Homme ou bestiau, va savoir dans ces foutues galeries. »

Des vestiges de clarté surgis de nulle part les avaient guidés lorsqu'ils avaient atteint un premier quai baignant dans une odeur pestilentielle.

« Ça pue la charogne et la merde », avait commenté le pêcheur.

Aube avait soudain pensé à Roy, à son langage châtié, presque précieux, à son allure juvénile, à ses moues désespérées d'enfant grondé, et, il avait beau l'agacer autant, et même davantage, qu'il la fascinait, elle baignait dans une tristesse insondable. Elle ne croyait pas qu'il avait survécu aux violents courants qui les avaient entraînés au fond du fleuve, sinon il se serait échoué sur le même quai que Lon et elle. Il n'avait sans doute pas réussi à sortir de l'eau, coincé par un rocher, agrippé par une plante, assommé par la barque devenue folle. Elle ne reverrait plus jamais son sourire qu'elle s'était entêtée à trouver niais et qui lui paraissait à présent charmant, ses yeux sombres qui s'affolaient parfois comme des zombyx prisonniers d'une boîte en matière transparente ; elle ne subirait plus jamais ses bouderies qui s'évanouissaient comme par enchantement sitôt qu'elle revenait vers lui ; elle ne mettrait plus jamais à l'épreuve sa patience infinie lorsque, calant sur un texte, elle lui posait des dizaines de questions ; elle ne repousserait plus jamais l'envie soudaine, brutale, de l'embrasser. Elle regrettait de s'être comportée de manière aussi stupide avec lui, de l'avoir accablé de sarcasmes et de critiques, d'avoir suscité son désir pour mieux l'ignorer. Sa gentillesse le rendait vulnérable, et, en femme meurtrie, elle avait profité de l'aubaine. Le chat s'acharne sur la souris ou le raton sans défense, jamais sur le molosse qui le prend en chasse. Ses regards brillants, ses plaisanteries graveleuses, ses invitations à peine voilées montraient en revanche que Lon appartenait à la catégorie des chiens féroces – d'autant plus féroces qu'ils étaient trouillards –, qu'il exploiterait la première occasion pour se jeter sur elle, probablement dès qu'il se sentirait en sécurité et qu'il n'aurait plus besoin d'aide. Elle se préparait au moment fatidique en cherchant du regard un objet, une pierre, un bout de ferraille, dont elle se servirait comme d'une arme. Elle utiliserait au besoin ses dents : la mort misérable du cordeur lui avait enseigné qu'elles pouvaient se montrer terriblement efficaces.

Un rugissement déchiqueta le silence autour d'eux.

« Put de Rive Droite, c'est quoi, ça ? souffla Lon.

— Un cri d'animal…

— J'entends bien qu'c'est un bestiau, mais ça ressemble pas à un chien ni à une autre bête de Rive Gauche. »

D'autres rugissements répondirent au premier, provenant de plusieurs endroits à la fois, poussés par des créatures qui, effectivement, étaient inconnues dans Rive Gauche.

« On dirait même qu'y en a toute une meute, murmura Lon.

— On ferait bien de chercher une planque, suggéra Aube.

— Où ? On voit k'dal dans c'foutu coin. Si seulement j'avais pas perdu ma lampe… »

Des bruits insidieux résonnèrent non loin, crissements, grattements, plus inquiétants encore que les cris. Aube passa mentalement en revue les animaux dont elle avait contemplé les photos dans les livres. Roy lui avait expliqué les différences entre les carnassiers et les herbivores, et ceux-là appartenaient vraisemblablement à la catégorie des carnassiers. Des fauves, sans doute. Pas des tigres ni des ours, qui vivaient en solitaires, des hyènes, des loups ou des lions, peut-être. Mais les cris des hyènes ressemblaient étrangement, selon le livre, aux ricanements humains. Les loups, quant à eux, hurlaient à la façon des chiens. Restaient les lions. Les lions ne vivaient pourtant pas dans la ville au-dessus de Métro 2033, de Paris, leur milieu naturel était la savane de ce continent qu'on appelait… elle en avait déjà oublié le nom. Qu'est-ce que ces bestioles fichaient ici ? Elle se souvint que Roy lui avait parlé de ces endroits dans les anciennes cités où on enfermait les animaux dans des cages pour les exhiber devant des visiteurs, un peu comme les condamnés à l'élévation dont les cages restaient un long moment en suspension au-dessus de la place Départ pour que la foule ait tout le temps de les contempler.

« Qu'est-ce qu'on fout ? » grogna Lon.

Bonne question : Aube pensait connaître l'identité des prédateurs, mais elle n'avait aucune idée de la façon de leur échapper.

« On sait même pas où on est, put de put. »

Les jérémiades du pêcheur lui cisaillaient les nerfs. Des bruits saccadés enflèrent soudain dans l'obscurité.

« Les bestiaux, ils arrivent, déglutit Lon.

— On dirait plutôt… »

… des bruits de pas, comme si un être humain courait dans leur direction.

« Roy ? » cria-t-elle, soudain débordante d'espoir.

Une ombre surgit des ténèbres et fondit sur eux.

« T'approche pas, ou j'te saigne ! glapit Lon.

— J'suis pas Roy, répondit une voix encore juvénile. J'm'appelle Juss, j'vous ai entendus, y a des gros chats partout, suivez-moi, j'vous amène en lieu sûr.

— Qu'est-ce qui m'prouve qu'tu cherches pas à nous… grogna le pêcheur.

— Ferme-la, l'interrompit Aube. Suivons-le.

— Restons les uns près des autres, recommanda Juss. Ma nyct dort, et j'vois k'dal. Y a juste à filer tout droit jusqu'au cadavre du gros chat. »

Des crissements retentirent dans leur dos, leur fréquence s'accéléra et leur volume crût rapidement.

« Vite, ils sont sur nos culs. »

Ils faillirent buter dans le cadavre du gros chat, qu'ils contournèrent aussi vite que possible, aiguillonnés par la présence presque palpable des prédateurs sur le point d'opérer la jonction.

« On y est ! » cria Juss.

Aube s'engouffra à la suite de leur guide dans ce qui lui sembla être une petite salle. Elle entendit la respiration précipitée de Lon derrière elle, puis le claquement d'une porte et enfin le crissement d'un verrou.

« Qu'est-ce qui se passe, Juss ? » fit une voix enfantine.

Un rugissement lui répondit, suivi d'un choc sourd. Aube comprit qu'un fauve s'était jeté contre la porte, qui vibra, grinça, mais ne céda pas. Puis une série de crissements indiqua qu'un ou plusieurs prédateurs tentaient de la perforer à coups de griffes.

« Tu vois quelque chose, Plaisance ? haleta Juss.

— Ils ont pas réussi à l'entamer, répondit la fillette.

— J'pense pas qu'ils y arriveront, ils sont moins puissants qu'le gros chat. »

Les grattements durèrent un petit moment, puis, comme l'avait prédit Juss, les fauves n'insistèrent pas, et le silence retomba sur les lieux.

« C'était quoi, ces put de bestiaux ? marmotta Lon.

— Des sortes de chats, mais dix fois plus gros, répondit Juss.

— Je crois qu'on les appelle… qu'on les appelait des lions, intervint Aube.

— Dans quel coin d'Rive Gauche on est ? grommela le pêcheur.

— Une station nouvelle, une grande, qu'est habitée seulement par des bestioles sauvages…

— Qu'est-ce vous fichez là, alors ? »

Un grondement vaguement menaçant résonna en écho au ton agressif de Lon.

« C'est quoi encore, ça ? »

Ce fut Plaisance qui répondit :

« Arc, un bébé fauve dont on a tué les parents et qui nous a suivis.

— Il a pas fait qu'nous suivre, précisa Juss. C'est lui qui nous a conduits dans c'te station.

— Quel genre de fauve ? s'enquit Aube.

— Du genre qu'on avait jamais zyeutés. Et vous, comment vous êtes arrivés jusqu'ici ?

— J'étais en barque sur la Seine, il y a eu une tempête, de grosses vagues m'ont renversée, des courants m'ont entraînée vers le fond, et je me suis retrouvée échouée à demi noyée sur un quai. Au fait, je m'appelle Aube.

— Pareil pour moi, ajouta le pêcheur. On s'est r'trouvés tous les deux sur l'même quai. De là, on a suivi une galerie qui nous a menés ici. Moi, c'est Lon. Le p'tit bestiau, vous l'avez trouvé où ?

— Dans une carrière…

— Qu'est-ce vous foutiez là-bas ?

— On fait partie d'une bande d'armuriers. Plaisance et moi, on est en équipe, elle est nyct et moi, fouineur.

— Vous êtes de ces foutus errants qui volent aux autres c'qu'ils vont r'vendre aux marchands, pas vrai ?

— On est des errants, mais pas des voleurs, plutôt des explorateurs.

— Des rats restent des rats.

— Sans eux, on ne serait plus qu'un repas pour les lions », s'interposa Aube.

Le pêcheur marmonna une suite incompréhensible de sons, puis se claquemura dans le silence.

« Le mieux serait de dormir en attendant le retour d'la lumière, proposa Juss.

— Qu'est-ce que tu veux dire ? releva Aube.

— La lumière est déjà revenue deux fois depuis qu'on est là. On dirait qu'elle tombe des hauteurs, et elle éclaire nettement mieux qu'les lampes même les plus fortes de tout Rive Gauche.

— Est-ce que ce serait…

— Quoi ?

— Rien. Voyons d'abord si la lumière dont tu parles revient. »

La lumière revint, très pâle au début, presque imperceptible, s'insinuant avec délicatesse par les interstices de la porte, puis s'élargissant sur le sol, silencieuse, comme respectueuse des ténèbres qu'elle s'apprêtait à supplanter. Elle se glissa également par une lézarde du plafond que, sans elle, il aurait été impossible de discerner. La pièce flotta bientôt dans une semi-pénombre qui permettait de distinguer toutes les formes.

Une sensation de chaleur sur le visage réveilla Aube, qui avait mis du temps à s'endormir, les nerfs toujours à vif après l'attaque des fauves, oscillant en permanence entre détresse et excitation. Elle aurait tant voulu que Roy soit près d'elle pour découvrir cette station qui, à en croire les explications de Juss, était régie comme la surface par l'alternance de jours et de nuits. Ce n'étaient pas seulement ses connaissances qui lui manqueraient, mais son regard éperdu d'amour, son attention, sa bienveillance, sa présence, tout simplement.

Elle ouvrit les yeux. Une truffe noire se promenait à moins d'un pouce de sa tête. Un peu plus loin, deux yeux ronds et également noirs la fixaient avec curiosité. Au-dessus pointaient deux oreilles aussi blanches que le reste de la tête et le poitrail. Elle n'eut pas le temps d'être effrayée.

« Laisse-la dormir, Arc. »

La voix de la fillette nyct, comment s'appelait-elle déjà ? Plaisance. Aube se redressa, un peu trop vivement au goût de l'animal qui recula d'un bond en poussant un grondement mi-effrayé mi-agressif. Elle l'examina et établit immédiatement la relation avec les grands fauves qui, à cause de leur disparition annoncée, étaient l'objet d'un chapitre spécial dans le livre. Elle chercha du regard Plaisance, accroupie près d'Arc, la main posée sur son flanc palpitant.

« Je crois qu'il s'agit d'un ours polaire, déclara-t-elle. Enfin, d'un petit, un ourson. Un animal qui vivait autrefois sur la banquise. »

Elle se rendit compte, aux ridules qui se formèrent sur son front et au coin de ses yeux, que la nyct n'avait rien compris. Elle recensa dans ses propos au moins quatre notions inconnues pour une Métrolite : ours, polaire, autrefois, banquise. Elle ne devait pas oublier qu'elle s'adressait à des gens qui n'avaient jamais entendu parler du monde de la surface ni de l'histoire humaine, comme elle avant de croiser le chemin de Roy.

« Arc est originaire de la surface, reprit-elle avec un sourire. Comme nous, les Métrolites. Comme les fauves qui nous ont attaqués. Ses ancêtres se sont réfugiés dans le métro pour échapper aux terribles fléaux qui ont balayé la surface. »

Plaisance s'assit à même le sol, suspendue à la voix de sa vis-à-vis, tandis qu'Arc, continuant sa tournée d'inspection, se dirigeait vers Lon allongé plus loin.

« La surface est très différente de Métro 2033, poursuivit Aube. Il y a le ciel, les périodes de lumière, les jours, les périodes d'obscurité, les nuits, des paysages différents selon les endroits. Les ancêtres d'Arc vivaient dans le Nord, l'endroit où l'eau devient dure à cause du froid et s'appelle alors la glace.

— Fous l'camp, sale bestiau ! »

Les jambes fléchies, Lon pointait la lame de son couteau sur Arc, hérissé en face de lui, les crocs exhibés, poussant des grondements sourds. Plaisance se releva d'un bond et s'interposa entre l'ourson et le pêcheur.

« Dégage, la gosse, ça r'garde que l'bestiau et moi, siffla Lon.

— Il te voulait pas de mal, rétorqua la fillette. Juste faire connaissance avec toi.

— Il a beau être petit, ça reste une bête féroce, faut l'dézinguer avant qu'l'envie le prenne de nous égorger.

— Garde ton couteau pour les bêtes qui veulent vraiment te bouffer, Lon, s'ingéra Aube.

— Ferme-la ! T'es pas ma femme, et si tu l'étais, j't'apprendrais vite à fermer ta grande gueule. »

Le pêcheur s'avança d'un pas déterminé vers Plaisance et Arc.

« À ta place, je f'rais pas ça ! »

Lon se retourna avec vivacité pour toiser Juss qui se dressait face à lui en brandissant un curieux objet, une sorte d'os recourbé de presque deux pas de long à la pointe effilée, le genre de pic qu'il valait mieux ne pas se prendre dans la tête, dans le cou ou dans la poitrine.

« J'ai sans doute eu tort de m'énerver, concéda le pêcheur, les bras écartés en signe d'apaisement. Mais l'bestiau, là, il m'a réveillé en sursaut, et j'perds facilement mes nerfs quand on m'fait ce genre de surprise. »

Aube observa, à la faveur de la lumière qui avait encore gagné en intensité, le garçon qui défiait Lon : assez grand, fluet, pas encore sorti de l'adolescence, joues ombrées d'une barbe clairsemée, cheveux épais en bataille, bouille anguleuse d'où émergeait une harmonie virile, yeux clairs et pénétrants, air farouche, prêt à en découdre jusqu'à la mort s'il le fallait avec un plus grand et plus vieux que lui. Les cicatrices qui lui barraient une joue et un côté du cou montraient qu'il avait dû se battre depuis sa naissance pour se ménager une place dans Rive Gauche, un instinct de survie aiguisé par son appartenance à une bande d'errants. Le pêcheur en arriva probablement aux mêmes conclusions, puisqu'il remisa sagement son couteau dans son étui en marmonnant :

« J'vais tout d'même pas zigouiller des gosses. Déjà qu'j'ai une put de dette envers eux. »

Rassérénée, Aube se détendit et laissa errer son regard sur la pièce baignée de lumière pâle. Elle ne trouva pas de meilleure explication au phénomène que la notion de jour et de nuit dont elle avait souvent discuté avec Roy. Les livres ne racontaient donc pas n'importe quoi. L'idée que l'humanité n'était pas condamnée à l'obscurité perpétuelle l'emplit de joie. Les Métrolites devaient seulement contrôler l'état de la surface et attendre, pour remonter, que les conditions redeviennent favorables, l'utilité principale des élévations selon Roy. S'il s'était trouvé à ses côtés en ce moment, elle lui aurait ouvert en grand ses bras et ses lèvres, ils se seraient étourdis dans une joute fabuleuse qu'elle n'avait jamais expérimentée, finalement, avec les hommes ayant partagé sa couche.

« J't'ai entendue quand tu discutais avec Plaisance. »

Juss s'était approché d'elle sans qu'elle s'en rende compte, plongée dans ses pensées.

« C'que t'as dit sur Arc, la surface, la lumière, l'obscurité, où t'as appris tout ça ?

— Dans les livres.

— On y comprend k'dal, aux livres !

— Quelqu'un les comprenait et m'a appris à les comprendre.

— Ça s'apprend, c'genre de trucs ?

— Tout s'apprend, Juss. Il suffit de trouver quelqu'un qui vous montre.

— Et… euh, tu pourrais me… nous montrer, à moi et à Plaisance ?

— Il faudrait d'abord que je m'améliore, mais, oui, sans doute, à condition qu'on ait des livres à notre disposition.

— Ou alors c'est celui qui t'a appris qui nous montre. »

Une boule enfla dans la gorge d'Aube, qui dut se mordre l'intérieur des lèvres pour ne pas éclater en sanglots.

« Il… Il était avec moi dans la barque, il a disparu.

— P't-être qu'il s'est r'trouvé ailleurs, sur un autre quai, dans une autre station.

— Je n'y avais pas pensé, mais pourquoi pas ? »

Elle refusait d'y croire, cependant, ne voulant pas cultiver un espoir qui serait tôt ou tard déçu. Elle avisa l'os courbé toujours posé en travers sur l'épaule de son interlocuteur.

« Où l'as-tu trouvé ?

— Sur un quai où y a plein d'autres squelettes

d'animaux géants. J'ai cru m'balader dans une catacombe. »

Les propos de Juss lui rappelèrent l'histoire de ces animaux géants qui s'en allaient tous mourir au même endroit. Où l'avait-elle lue, déjà ? Une interrogation à laquelle sa mémoire lui donna spontanément la réponse : dans ce même livre où elle avait admiré les lions, les tigres, les ours, les hyènes, les giro... afes aux longs cous. Sur une photo en double page s'ébattait un troupeau de bêtes grises aux museaux souples de la longueur d'un bras : « Plus hautes que quatre hommes et aussi massives qu'une citerne d'eau », avait précisé Roy, ravi de son effet. Il lui avait également raconté leurs derniers instants, leur ultime marche vers un lieu connu d'eux seuls, puis leur attente paisible de la mort. Des hommes essayaient de trouver ces cimetières pour récupérer les grands os courbes identiques à celui de Juss, les défenses, se remémora-t-elle après un petit moment de concentration, qu'ils revendaient à un prix exorbitant bien que le commerce en fût interdit.

« Des éléphants, dit-elle.

— Quoi ?

— L'animal géant qui porte ce genre d'os de chaque côté de la gueule s'appelle un éléphant. Et l'os courbe, une défense.

— T'as aussi appris ça dans un livre ?

— D'après ce que tu dis, il en existe des vrais dans Métro 2033.

— Plein. Enfin, plein qui sont morts.

— Peut-être qu'il en reste de vivants.

— Mieux vaut pas, put ! Vu la taille qu'ils font.

— Ils ne nous chasseront pas : ils ne mangent pas de viande.

— Qu'est-ce qu'ils mangent alors ?

— Des herbes, des arbres, du végétal, quoi.

— Alors, pour les voir, faudrait aller dans un coin où y a plein d'arbres et de plantes ?

— Tu en connais un qui ressemble à ça ?

— Une grande salle où Arc nous a conduits. Y a un plafond transparent d'où tombent tout un tas d'colonnes de lumière et d'racines. On dirait qu'elle est tout près de la surface.

— Dangereux : on risque d'être atteints par des nucléi... enfin, les trucs invisibles qui peuvent nous brûler de l'intérieur.

— On a rien senti quand on en est r'venus.

— Vous pourriez m'y conduire ?

— Ouais, mais seulement quand y a d'la lumière.

— Évidemment. »

Arc les prévint d'un grognement que Lon s'avançait vers eux.

« Hé, plutôt qu'd'aller essayer d'voir de foutus bestiaux géants au risque d'se choper des saloperies dans l'corps, vaudrait mieux nous conduire dans une vraie station d'Rive Gauche, croyez pas ? cracha le pêcheur. Toi et la p'tite, vous êtes sans doute capables de r'trouver l'chemin par où vous êtes venus.

— Faudrait pour ça qu'on ait envie de r'venir, objecta Juss.

— Vous en avez pas envie ?

— C'est que… qu'on risque un paquet d'emmerdements si on r'tourne à Rive Gauche.

— Vous avez tué quelqu'un ?

— Pire que ça : on a affaire à l'homme de main d'un mandar de Petite-Chine qui veut nous obliger à trahir son maître. »

Juss obtint l'effet escompté : il lui avait suffi de prononcer le mot magique de mandar pour clouer le bec à son interlocuteur.

« Si on allait dès maintenant dans la grande salle dont tu parles ? proposa Aube. Puisque la lumière est là… »

La proposition plut à Plaisance, qui applaudit à tout rompre.

« Bonne idée ! Arc doit avoir faim, et moi aussi.

— On trouvera de quoi manger, là-bas ?

— Du gros rat cru !

— J'prends l'briquet, fit Juss. On pourra p't-être allumer un feu et bouffer d'la bonne viande rôtie, cette fois… »

28

Entre Sulpice et Germain

Quinze hommes et quatre femmes se présentèrent spontanément entre Gare et Placide pour incorporer la petite troupe de Madone. Urm avait rapporté de ses expéditions une douzaine de fusils d'assaut, six pistolets-mitrailleurs et cinq pistolets automatiques ainsi que de nombreuses boîtes de munitions. Madone ne lui avait pas demandé à qui il les avait prises, mais les gouttes de sang sur les vêtements du jeune Varennois et l'extrême tension des hommes qui l'accompagnaient semblaient montrer qu'il n'avait pas hésité à recourir à la manière forte.

Mitch refusa d'abord de recruter les femmes, arguant qu'elles étaient moins fiables que les hommes et que leur présence risquait de semer le trouble dans l'escorte, mais, d'un ton sans réplique, la présidente lui enjoignit de les enrôler en disant que toutes les volontés étaient les bienvenues dans ces temps difficiles et que la motivation comptait cent fois plus que l'appartenance à un sexe ou d'autres critères aussi stupides. D'ailleurs, à en juger par la détermination et l'habileté avec lesquelles elles s'étaient emparées de leurs armes, il ne faisait aucun doute qu'elles avaient toutes appris à manier les fusils d'assaut et les pistolets-mitrailleurs. Madone n'eut pas besoin de connaître leur histoire pour deviner qu'elles appartenaient aux sections secrètes des petites souris d'Otre. Elles se placèrent d'elles-mêmes en milieu de colonne, deux devant la présidente et Ionale, deux derrière, comme si elles avaient reçu l'ordre de les protéger. Trois d'entre elles étaient à peine sorties de l'adolescence tandis que la dernière, plus massive, était entrée depuis longtemps dans l'âge adulte. Les hommes, quant à eux, jeunes pour la plupart, étaient visiblement issus de milieux misérables, comme le montraient leur maigreur, leurs vêtements déchirés et crasseux. Ils n'avaient pas rejoint l'escorte par conviction, mais dans l'espoir prosaïque de manger à leur faim, et peut-être de se sentir considérés avec une arme dans les mains.

« Nos nouveaux soldats s'égailleront comme des rats au premier coup de feu, glissa Urm à l'oreille de Madone tandis qu'ils traversaient Placide.

— Les êtres humains sont parfois surprenants, rétorqua-t-elle avec un sourire.

— Comme toi, ma dame, tu me surprends à chaque instant.

— Je ne te déçois pas ? »

Il lui adressa un sourire chaleureux avant de regagner sa place à l'arrière de l'escorte. Elle observa

Ionale d'un regard en coin. La lumière généreuse des bougies de la station lui permit de constater que la tristesse continuait d'assombrir le visage de la fillette. Depuis leur entrevue avec Otre et Ésia, la dvinn n'avait pas retrouvé son insouciance d'enfant. Elle paraissait ruminer de sombres pensées, sans doute en lien avec ses prédictions sur l'avenir de la conseillère et de sa protégée. Madone ne comprenait pas pourquoi Otre, qui connaissait mieux que quiconque le pouvoir des dvinns, n'avait pas pris au sérieux la déclaration d'Ionale. La conseillère, de nature prudente, n'était pourtant pas du genre à négliger ce genre d'avertissement. Peut-être avait-elle seulement feint l'inconséquence pour ne pas poser un fardeau inutile sur les épaules de la présidente. Peut-être acceptait-elle son sort et celui d'Ésia comme le prix à payer pour l'avènement de la Fédération. Peut-être se comptait-elle parmi les représentants de l'ancien monde qui devaient être maintenant éliminés. C'était, pour Madone, la seule explication plausible à son comportement, une explication qui lui serrait le cœur et qui justifiait sans doute la mélancolie prolongée d'Ionale.

Au bout du quai de Placide, Mitch ordonna à l'escorte de s'immobiliser et de se tenir prête à ouvrir le feu. Des détonations, des rafales, des hurlements s'échappaient de la bouche de la galerie plongée dans une obscurité sabrée régulièrement par des éclairs. Une bataille se déroulait dans la galerie qui reliait les statiopées de Montparnasse et d'Odéon.

« Planquez-vous », aboya le capitaine.

La petite troupe se regroupa dans l'angle formé par les deux murs délimitant le quai. Des balles sifflèrent dans la fosse centrale et miaulèrent sur les rails métalliques. Paniqués, tirant par le bras leurs enfants éplorés, les habitants de Placide se ruaient comme de beaux diables hors de leurs logements de toile et de corde pour se réfugier dans les couloirs environnants.

Deux hommes vêtus de tuniques blanches et armés de pistolets surgirent dans la fosse centrale de la galerie, sautèrent sur le quai et se mêlèrent au flot des habitants affolés.

« Des servants, murmura Urm.

— Contre qui peuvent bien se battre ces fils de put ? » grogna Mitch.

Madone pensait avoir la réponse à cette question. Comme le lui avait affirmé Otre, ses petites souris étaient passées à l'action et avaient déclaré la guerre aux servants. D'autres affrontements, semblables à celui qui faisait rage dans la galerie, se dérouleraient bientôt dans la statiopée tout entière. Sans doute des hommes et des femmes infiltrés dans l'entourage du pasteur Parn et du secrétaire Augir tentaient-ils en ce moment d'assassiner ces derniers pour décapiter Élévation. Montparnasse résonnerait quelque temps du fracas des armes, des hurlements des combattants, des geignements des agonisants, les effluves de poudre et de sang domineraient les relents familiers de cire chaude, de merde, de pisse et de cuisine. Madone avait déjà baigné dans ce genre d'ambiance à Invalides, à Bac, quand, à peine entrée dans l'âge adulte, elle n'avait pas eu d'autre choix que d'éliminer ses adversaires. Ses combats d'alors n'avaient certes pas l'ampleur ni la portée de ceux qui se disputaient à Montparnasse, mais ils avaient répandu les mêmes odeurs, les mêmes frayeurs, les mêmes souffrances.

« On y va ? proposa Urm.

— Il n'y a aucune raison, objecta Mitch.

— On ne va tout de même pas rester bloqués ici jusqu'à la fin des temps.

— Jusqu'à la fin de la bataille suffira. »

Le capitaine se tourna vers Madone, plaquée contre le mur trois pas plus loin, entourée de sa nouvelle garde féminine.

« À moins que madame la présidente de Bac ne nous ordonne de nous en mêler… »

L'éclairage avait brusquement baissé d'intensité, bon nombre de bougies ayant été renversées ou soufflées par la foule prise de panique.

« Nous ne bougerons pas tant que ça ne se sera pas calmé, déclara Madone.

— Et si ça ne se calme pas ? répliqua Urm.

— Les combats finissent toujours par cesser. »

Le jeune Varennois, obstiné, pointa le bras en direction de la galerie.

« Les servants étant nos ennemis, il me paraît normal que nous aidions ceux qui les combattent.

— La meilleure façon de les aider, c'est de ne pas intervenir. »

Urm exprima son désaccord d'une grimace.

« Je ne comprends pas tout, ma dame, il faudra m'expliquer. »

Trois autres servants surgirent de la galerie et filèrent sans prêter attention à l'escorte. Leur retraite annonçait la fin de la bataille. Seules les plaintes lancinantes des blessés troublaient désormais le silence retombé sur le quai. L'escorte patienta encore un peu avant de se remettre en chemin.

Une odeur piquante de poudre et de sang emplissait le passage. Les faisceaux des lampes des trois hommes qui marchaient une dizaine de pas devant la petite troupe peinaient par endroits à percer l'épaisse fumée que les faibles souffles d'air ne parvenaient pas à disperser. Ils révélèrent bientôt, couchés ou recroquevillés sur les rails, les cadavres de servants reconnaissables à leurs tuniques blanches, puis, plus loin, d'autres corps d'hommes et de femmes criblés de balles. Madone estima que les combats avaient laissé une soixantaine de morts dans la galerie, répartis en quantités pratiquement égales entre les servants et leurs opposants.

« Les adversaires d'Élévation ne portent aucun insigne, ni aucun autre signe distinctif, releva Mitch.

— Peu importe de savoir qui ils sont, fit Madone. Ils nous ont ouvert la voie.

— Curieux qu'il n'y ait pas de survivants.

— Nous les avons déjà vus, les survivants : les cinq servants. Ils ne fuyaient pas, ils allaient probablement prévenir leur hiérarchie. »

La présidente ne quittait pas Ionale du regard, craignant que la dvinn ne soit traumatisée par la vue de ces corps sanguinolents, mais aucune émotion ne transparaissait sur le visage de la fillette. Urm et quelques hommes, à l'arrière, se chargeaient de récupérer les armes et munitions, poussant du pied les cadavres sur les rails pour arracher les bandoulières de leurs fusils d'assaut passées sur leurs épaules et dénouer leurs ceinturons munis de compartiments emplis de balles.

Ils aperçurent bientôt les lumières de Sulpice, première station d'Odéon. Ils arrivèrent sur un quai désert, la population ayant fui elle aussi en abandonnant logements, bougies et repas en train de mijoter sur des foyers de pierre ou de fer. Des vagissements lacéraient le silence, poussés par un nourrisson allongé sur un pan de tissu replié. Les parents indignes devraient revenir sans tarder s'ils ne voulaient pas que leur rejeton soit rapidement la proie des rats, avides de chair fraîche. Le passage de l'escorte dérangea quelques rongeurs qui rôdaient déjà entre les habitations, alléchés par les fumets et enhardis par la tranquillité soudaine de la station.

« Mettons-le à l'abri, au moins… »

Urm n'attendit pas l'approbation de Madone ou de Mitch. Ses quatre fusils en bandoulière, il transporta le nourrisson dans l'abri le plus proche d'où émanait une odeur pestilentielle, puis il s'assura qu'aucun rat ne pouvait se glisser sous des cloisons de toile avant de refermer les deux pans de tissu de l'entrée et de les coincer avec de lourdes pierres.

« Je ne sais pas si c'est mieux pour lui, finalement,

soupira-t-il en se relevant. Ça pue tellement là-dedans qu'il risque de s'arrêter de respirer.

— Les mauvaises odeurs ne tuent pas, contrairement aux rats », assura Madone avec un sourire.

La population terrorisée s'était entassée dans un couloir voisin et n'avait pas osé en sortir malgré le silence qui avait annoncé la fin de l'affrontement.

« Vous pouvez rentrer chez vous, il n'y a plus de danger, leur cria Urm au passage. Ceux qui ont abandonné leur bébé devraient se dépêcher, des rats commencent à rôder autour de lui. »

Sulpice ne présentant aucun intérêt, ils ne s'y attardèrent pas. Il leur fallait encore franchir Germain-des-Prés et Mabillon, sa station jumelle, pour se présenter à Odéon, le cœur de la statiopée, et solliciter une audience auprès du Conseil. Madone ne pouvait se contenter de la parole d'Otre affirmant que les conseillers d'Odéon se déclaraient favorables au projet de Fédération, elle devait les rencontrer, les entendre, les sonder, repartir avec la certitude absolue qu'elle pouvait compter sur leur soutien. La galerie formait un coude entre Sulpice et Germain-des-Prés, ce que voyant, Mitch proposa d'expédier des éclaireurs.

« On pourrait nous tendre un piège plus loin, expliqua-t-il à Madone.

— Odéon est une statiopée amicale, et pacifique, en principe.

— Je me méfie des amis et des principes, madame, et je préfère prendre des précautions inutiles plutôt qu'être convaincu de négligence.

— À votre aise, capitaine. »

Mitch désigna quatre hommes et les chargea de continuer jusqu'à Germain. L'escorte resterait immobile jusqu'à leur retour. S'ils mettaient trop de temps à revenir, ou si on entendait des coups de feu, on avancerait en formation de combat et on dégagerait le passage.

Le silence absorba rapidement les bruits de pas des quatre éclaireurs, la lumière de leur lampe s'évanouit dans les ténèbres.

Le temps s'étira indéfiniment après leur départ, et l'attente devint peu à peu tendue, crispante.

« Je me demande ce qu'ils peuvent bien foutre », grommela Mitch.

Ionale vint se placer devant Madone et, comme chaque fois que la dvinn souhaitait lui parler, ouvrit la bouche à plusieurs reprises sans prononcer le moindre son, laissant seulement la pointe de sa langue s'insinuer entre ses lèvres agitées.

« Qu'est-ce qu'il y a, Ionale ?

— Les hommes qui sont partis, bredouilla la fillette. Les hommes qui sont partis devant…

— Eh bien, quoi ? » s'impatienta la présidente.

Elle crut qu'Ionale, froissée par la brusquerie de son ton, allait se refermer, mais la dvinn garda ses yeux vrillés dans les siens.

« Ils ont été…

— Quoi ?

— On leur a enlevé leurs vêtements, on leur enlève maintenant les yeux, la peau…

— Qu'est-ce que tu racontes ? »

Comme pour appuyer les paroles de la fillette, des cris retentirent dans la galerie, atroces, glaçants.

« Leur douleur, elle est horrible, reprit Ionale, dont le visage s'était subitement métamorphosé en masque de souffrance. Les autres, ils se sont trompés, ils ont cru qu'ils venaient pour les tuer. »

Madone se tint un petit moment à l'écoute des cris. Des frissons coururent sur sa peau hérissée.

« Quels autres ?

— Les gens qui habitent ici. »

La présidente releva la tête et fixa tour à tour Mitch et Urm.

« En formation de combat, enjoignit-elle, la gorge nouée.

— À vos ordres, madame. »

Mitch cracha aussitôt ses consignes. Les lignes de trois, espacées d'une dizaine de pas, déferleraient au pas de course sur Germain-des-Prés. La première ligne allumerait sa lampe au dernier moment en arrivant à la station et tirerait en continu, si nécessaire, puis la deuxième prendrait le relais lorsque la première serait à court de munitions ou décimée, et ainsi de suite. Le capitaine ordonna à Urm de s'installer aux avant-postes, une injonction routinière à laquelle se plia le jeune Varennois avec son habituel sourire goguenard. Une fois à son poste, il prit le temps de lancer, par-dessus son épaule, un coup d'œil brûlant à Madone, qui en retour l'adjura d'une supplique muette de rester en vie. Elle espéra que les doutes d'Urm sur la fiabilité des nouvelles recrues n'étaient pas fondés. Les onze lignes, plus la dernière constituée de la présidente, deux de ses quatre protectrices, Ionale et Mitch, furent rapidement constituées et prêtes au départ.

« Première ligne ! » glapit Mitch.

Urm et ses deux compagnons s'élancèrent. Les claquements de leurs pas sur les rails et les traverses décrurent rapidement. La capitaine compta à mi-voix jusqu'à dix avant de lancer la deuxième vague.

« Deuxième ligne ! »

L'un après l'autre, les groupes de trois s'évanouirent dans l'obscurité. Mitch attendit un peu plus longtemps après le départ du onzième avant de souffler :

« À nous. »

Les premières détonations résonnèrent dans le lointain, fréquentes, longues.

« Il y a du grabuge, dit le capitaine. Vous quatre, vous resterez dans la partie de la galerie avant le coude. Et si personne de l'escorte ne revient, vous filerez vous planquer à Montparnasse. »

Le rayon de sa lampe de poche se réfléchit sur les rails qui disparaissaient de leur champ de vision après un brusque tournant à droite.

« Le coude est tout proche. Restez là. »

Il éclaira tour à tour les deux gardes du corps de Madone.

« Comment vous appelez-vous, vous deux ?

— Onve.

— Et moi, Iche.

— Onve, Iche, vous êtes responsables de sa sécurité, compris ? »

Les deux femmes hochèrent la tête avec détermination.

« Si vous estimez, pour n'importe quelle raison, qu'il faut la mettre en lieu sûr, ne vous posez pas de question, faites-le, compris ? Quant à vous, madame, suivez-les sans résistance si elles vous le demandent.

— Compris, capitaine. »

Mitch enveloppa Madone d'un regard éperdu, désespéré.

« Peut-être à tout de suite, peut-être à jamais. »

Il éteignit sa lampe, se détourna avec brusquerie, brandit son pistolet et s'évanouit dans l'obscurité à une telle vitesse qu'elle se demanda si elle n'avait pas rêvé cette scène. Bouleversée, elle saisit la main d'Ionale. Le visage de la dvinn, terrorisée, vint se plaquer contre son ventre.

Les rafales des fusils d'assaut, les vociférations, les cris s'étaient interrompus depuis un long moment. L'attention des trois femmes et de la fillette restait concentrée sur le silence que n'effleurait aucun bruit, ni inquiétant ni rassurant. Elles se tenaient prêtes à tout moment à repartir vers Montparnasse, dont le gigantisme et le surpeuplement leur garantiraient un certain anonymat. En outre, elles pourraient compter sur l'appui d'Otre, l'une des femmes les plus puissantes, la plus puissante certainement, de la statiopée. Mais Madone ne se voyait pas rebrousser chemin sans savoir ce qu'il était advenu d'Urm. En un temps très bref, le jeune Varennois avait pris une telle place dans son existence qu'elle ne supporterait pas de rester sans nouvelles de lui, de balancer en permanence entre l'espoir de le revoir et le chagrin de l'avoir perdu. S'il avait succombé lors de la bataille, elle voulait contempler sa dépouille pour s'imprégner de la réalité de sa mort, pour verser sur lui toutes les larmes de son corps, pour revivre par le souvenir les répliques des extases magnifiques qu'elle avait par trois fois connues dans ses bras. Rien de pire que l'incertitude : elle la rongerait comme un poison insidieux et la viderait goutte à goutte de ses dernières réserves de joie, de ses ultimes liqueurs de vie.

« Quelqu'un vient », chuchota Onve.

Des bruits réguliers et encore lointains montaient peu à peu dans l'obscurité.

« Partons, madame, il y a du danger. »

Madone n'entrevit aucun signe d'inquiétude sur le visage d'Ionale se détachant du fond de ténèbres.

« Je ne crois pas qu'il y ait la moindre menace, murmura-t-elle.

— Le capitaine nous a ordonné de vous conduire en lieu sûr », insista Onve.

Aucune lumière n'accompagnait les pas de l'individu qui s'avançait vers elles, comme s'il n'en avait pas besoin.

« En tant que présidente, je suis la supérieure du capitaine Mitch, reprit Madone à voix basse. Tenez-vous prêtes à allumer vos lampes et à ouvrir le feu si celui ou celle qui vient manifeste le moindre signe d'agressivité.

— À vos ordres, madame. »

Les pas se rapprochaient encore, lents, irréguliers, comme hésitants. Madone attendit encore un peu avant de glapir :

« Lampe ! »

Un rayon éblouit les ténèbres et emprisonna une silhouette qui, une quinzaine de pas plus loin, titubait entre les rails. Il portait plusieurs fusils d'assaut sur ses deux épaules et ses vêtements étaient de haut en bas imprégnés de sang, tout comme son visage, ses cheveux et ses mains.

Madone ne put retenir une exclamation de surprise lorsqu'elle reconnut Urm. La joie de le revoir vivant se teinta rapidement d'inquiétude. Il semblait très mal en point, sans doute blessé. Elle courut à sa rencontre. Il sourit et tenta d'ouvrir les bras lorsqu'il l'aperçut, mais il ne put achever son geste, ses jambes se mirent à flageoler et il s'affala de tout son long sur les traverses.

« Ils les ont pelés vifs, tu te rends compte ? Sans l'intervention de Mitch, je crois que je les aurais butés l'un après l'autre. »

Adossé à la paroi de la fosse centrale, Urm revenait peu à peu à la vie. Le sang dont il était couvert n'était pas le sien, mais celui des quatre éclaireurs que les habitants de Germain-des-Prés avaient écorchés et suspendus au plafond de leur station.

« C'est moi qui ai dû les dépendre de leurs crochets, encore vivants. C'était... C'était... »

Urm éclata en sanglots. Madone le prit dans ses bras et le serra contre elle. Il accepta cette fois l'étreinte qu'il avait refusée quelques instants plus tôt, prétextant qu'il allait tacher ses vêtements, et pleura un long moment sur son épaule.

« Je les ai achevés d'une rafale en pleine tête, hoqueta-t-il. C'est tout ce que je pouvais faire pour eux.

— Pourquoi les habitants de Germain-des-Prés ont-ils commis une horreur pareille ?

— La petite, la dvinn, avait raison : ils ont cru qu'ils venaient pour les tuer. Ils leur ont sauté dessus sans leur laisser le temps de s'expliquer.

— Ils ne vous ont pas tiré dessus quand vous êtes arrivés ?

— Si, mais seulement une petite frange d'entre eux qui avaient pris position de chaque côté de la galerie. Ils ont tué les deux autres éléments de ma ligne et ont bien failli m'avoir aussi. Mais, avec les lignes suivantes, on a fini par les enfoncer. Les autres habitants, comme ils n'étaient pas armés, se sont rendus sans résistance.

— Beaucoup de pertes de notre côté ?

— Cinq ou six. Une bonne quinzaine chez eux. »

De la pulpe de ses doigts, Madone essuya les joues d'Urm baignées de larmes et de sang.

« Désolé de pleurer devant toi comme un enfant, ma dame, un homme n'est pas censé dévoiler ses faiblesses à la femme qu'il aime.

— Qui t'a inculqué ce genre de principes ? Ta grand-mère ?

— Elle m'aurait salement corrigé si j'avais versé une seule larme en sa présence.

— Pourquoi est-ce toi qui es revenu nous chercher ? Tu tenais à peine sur tes jambes. »

Urm secoua vigoureusement la tête, comme pour chasser les ultimes lambeaux du cauchemar qu'il venait de vivre.

« Je me suis porté volontaire. J'avais besoin de marcher, d'évacuer. J'ai vomi toutes mes tripes. J'ai bien cru que je n'arriverais jamais jusqu'à vous.

— Et maintenant ? Comment te sens-tu ?

— Mieux. Prêt à repartir. »

Elle l'aida à se relever et, après s'être assurés que les jambes du jeune Varennois pouvaient le porter, ils prirent la direction de Germain-des-Prés.

Les lampes à huile suspendues dans la station éclairaient une foule importante sur le quai, immobile, silencieuse, tenue en joue par les membres de l'escorte répartis tous les dix pas autour d'elle. Mitch aida Madone à grimper sur le quai tandis qu'Urm soulevait Ionale par la taille pour la hisser à côté de sa mère.

« Qu'allons-nous faire d'eux ? » grommela Mitch en désignant les Germanopratins d'un ample geste du bras.

Madone promena son regard sur la multitude et ne distingua que des hommes, des femmes et des enfants d'apparence ordinaire. Les vêtements de quelques-uns d'entre eux étaient tachés de sang, seules signatures visibles des tortures qu'ils avaient infligées aux quatre éclaireurs de l'escorte.

« Conduisez-moi devant les dépouilles, capitaine.

— Ce n'est pas un spectacle très…
— Contentez-vous d'obéir à mes ordres. »
La voix de la présidente vibra un long moment entre les murs de la station.
« Suivez-moi », marmotta Mitch sans desserrer les lèvres.
Il piqua droit sur la foule, qui s'écarta pour lui laisser le passage.
« Iche, Onve, veillez sur Ionale, dit Madone avant de lui emboîter le pas.
— Je vous accompagne, proposa Urm.
— Est-ce bien nécessaire ? »
Elle comprit, à la mine déterminée du jeune Varennois, qu'il éprouvait l'impérieuse nécessité de confronter une deuxième fois ses émotions aux cadavres mutilés des éclaireurs.
Elle manqua de défaillir devant les quatre corps étendus dans un couloir entre les habitations de toile, éclairés par de grosses bougies posées sur des socles muraux. Des insectes noirs surgis des anfractuosités des parois pullulaient déjà autour d'eux. Elle aurait voulu fixer leurs visages dans sa mémoire, mais ils étaient méconnaissables, à jamais anonymes, dépouillés de leur individualité. Ses yeux s'embuèrent. Elle comprenait maintenant la réaction d'Urm. Elle se détourna d'eux, se couvrant de la main le nez et la bouche, nauséeuse, embrasée de la tête aux pieds par une formidable colère qu'elle tenta de soulager d'une profonde expiration.
« Maintenant que vous les avez vus, madame, que fait-on de la population ? insista Mitch.

— Que suggérez-vous, capitaine ?

— Je ne suis qu'un soldat, ce genre de responsabilité vous revient. »

Elle se contint pour ne pas déverser sa fureur sur lui. Il avait raison sur ce point, c'était à elle de prendre une décision. Les pensées tourbillonnèrent dans sa tête, empreintes de tristesse, de rage, de violence. Elle envisagea d'abord de terribles représailles avant de s'apaiser peu à peu et de revenir à la raison. Otre lui avait prédit que le changement ne s'effectuerait pas sans effusions de sang.

« Combien des leurs ont-ils perdus ? demanda-t-elle d'une voix encore fissurée par des éclats colériques.

— Une quinzaine, répondit Urm.

— C'est déjà un lourd tribut…

— Vous plaisantez, madame, intervint Mitch. Vu ce qu'ils ont fait aux nôtres…

— Aux nôtres, à d'autres, quelle différence ? Il n'y a qu'un mot pour comprendre leur comportement : peur. Sous l'emprise de la peur, les foules sont capables de toutes les horreurs. Comment réagirions-nous face à des hommes qui viennent dans l'intention de nous tuer, de massacrer nos enfants, de détruire nos logements, de piller nos ressources ? Comment les Varennois ont-ils réagi à l'attaque des servants ?

— Nos éclaireurs, eux, n'avaient aucune mauvaise intention.

— Nous le savons, capitaine, mais la population, elle, était vraiment persuadée du contraire.

— Ça veut dire, si je vous comprends bien, qu'ils ne vont pas payer pour ce qu'ils ont fait. »

Madone croisa le regard d'Urm et crut deviner qu'il avait définitivement basculé dans son camp, de la même façon qu'elle avait choisi le parti de la justice, du progrès, de la Fédération, lorsqu'elle avait été conduite devant les cadavres mutilés de ses parents.

« Cela signifie, capitaine, que nous les remettrons entre les mains de leur gouvernement légitime, le Conseil d'Odéon. »

Mitch s'éloigna à grands pas après avoir accueilli la sentence de la présidente d'un grognement de dépit.

29

Affrontements, arsenaux, alliances

Le premier affrontement avait tourné à l'avantage des servants. Le résultat avait tenu à peu de chose selon les rescapés. Trois avaient survécu dans la galerie entre Sulpice et Germain-des-Prés – cinq en comptant les deux déserteurs qui, s'ils étaient repris, seraient condamnés à l'élévation anticipée. Les pertes se montaient donc à une trentaine de morts. Les effectifs seraient vite réduits à néant s'ils continuaient de se clairsemer à ce rythme. Parn n'avait aucune idée du nombre d'adversaires que ses troupes seraient amenées à combattre dans les temps à venir. Otre avait probablement rassemblé ses partisans en grand nombre, et les attaques se multiplieraient dans Montparnasse jusqu'à ce qu'elle ait obtenu ce qu'elle voulait : le démantèlement d'Élévation et l'avènement de la Fédération. Tout comme Lej, tout comme les autres ennemis de la conseillère, il avait commis l'erreur de la sous-estimer. Elle avait tissé avec une remarquable discrétion ses toiles dans lesquelles s'étaient englués bon nombre de ses opposants. Le pasteur ignorait si Augir avait été surpris par l'ampleur et la férocité du premier affrontement, ou si son réseau d'informateurs s'était montré plus efficace que le sien. Le secrétaire semblait hors d'état de nuire pour le moment, son opération récente le contraignant certainement à observer un temps minimal de convalescence. Guettait-il dans l'ombre le moment favorable, c'est-à-dire après que le conflit aurait décimé les combattants des deux camps, pour s'asseoir sur le trône d'Élévation sans que ses hussards aient besoin de se mêler à la lutte ? Autrement dit, le moment choisi pour son opération n'était-il pas un élément constitutif de son plan ? Les deux adversaires, le jugeant amoindri, se porteraient mutuellement des coups sans se préoccuper de lui et s'affaibliraient à un point tel qu'il n'aurait plus qu'à se baisser pour ramasser le pouvoir. Parn avait la désagréable impression de foncer tête la première dans les pièges tendus par le secrétaire. Il n'avait pas d'autre choix, à présent, que de neutraliser Otre le plus rapidement possible pour, ensuite, régler définitivement son compte à Augir.

On frappa à la porte de son bureau. Il alluma une lampe à huile qu'il suspendit à son support avant d'aller ouvrir au visiteur, un homme sans âge vêtu d'un ensemble blanc, au visage émacié, aux cheveux raides et gris.

« Éclat céleste.

— Entre, Déo. »

Déo, que Parn avait nommé au poste d'intendant

général peu de temps après son accession au trône, administrait les logements, les approvisionnements, les réserves de tickets et les arsenaux d'Élévation. Non seulement il avait gagné la confiance illimitée du pasteur, mais, grâce sa gestion avisée, l'organisation était devenue l'une des plus prospères et puissantes de Rive Gauche.

« Vous souhaitiez me parler, Éclat céleste ?

— Prends place. »

Parn s'installa à son bureau après que l'intendant se fut assis dans un fauteuil.

« Je veux que tu m'établisses un rapide inventaire de tout ce que contiennent nos arsenaux, Déo. »

Un sourire étira les fines lèvres du visiteur sans pour autant donner un soupçon de gaîté à ses traits anguleux.

« J'ai entendu dire que nous entrions dans une période difficile, Éclat céleste, c'est pourquoi j'ai déjà procédé à l'inventaire que vous me réclamez. »

Il se tut, guetta un signe d'approbation sur le visage du pasteur, se détendit lorsqu'il vit son vis-à-vis hocher la tête à plusieurs reprises d'un air satisfait.

« Tu as tout gardé en tête ?

— Bien sûr, Éclat céleste. Ma mémoire ne m'a encore jamais trahi.

— C'est préférable pour quelqu'un qui ne sait ni lire ni écrire. »

En prononçant ces mots, Parn repensa aux six caisses de livres récupérés chez le jeune homme de Sorbonne qui avait hébergé Aube après son évasion de sa cage d'élévation. Il en avait feuilleté quelques-uns avant de les brûler selon la procédure mise en place par Fel, le premier pasteur d'Élévation, dont les brigades spéciales avaient eu pour mission d'anéantir les vestiges de la civilisation d'avant Métro 2033, livres, revues, images... Les fidèles, mais également l'ensemble des populations de Rive Gauche, ne devaient jamais prendre connaissance du passé de l'humanité, ou ils ne songeraient qu'à remonter à la surface et deviendraient parfaitement ingouvernables. Respectant ce même principe de précaution, Parn avait ordonné la mise à mort d'Ang, le jeune servant chargé de l'opération (et coupable à ses yeux d'avoir laissé filer Aube sur la Seine) ainsi que des cinq autres servants qui l'avaient secondé, puis il avait ordonné à ses aboyeurs de faire courir le bruit que l'assassinat de six jeunes adeptes d'Élévation avait été perpétré par les sbires de Madone.

« Le principal, de toute façon, est que tu saches compter, reprit le pasteur.

— Nos trois arsenaux principaux, ceux situés à...

— Je sais où sont situés les arsenaux.

— Nous disposons de deux mille cinq cent trente-deux fusils d'assaut...

— Tant que ça ?

— Des armuriers en ont trouvé une quantité très importante dans une réserve près des catacombes. Ainsi que les munitions. Nos ancêtres les avaient sans doute fabriqués sans avoir eu le temps de les utiliser. Ils étaient ravis que je leur achète tout le lot, ce qui m'a permis de les négocier à...

— Abrège.

— Sept cent vingt-deux pistolets. Comme ils ne sont pas tous du même modèle et qu'ils n'utilisent pas les mêmes balles, il me faut encore déterminer combien il y a de balles par modèle.

— D'autres ?

— Quarante-sept pistolets-mitrailleurs, mais seulement une quarantaine de chargeurs contenant cinquante balles chacun. Une centaine de carabines à répétition pour lesquelles nous disposons d'environ deux mille balles, seize fusils à deux coups pour lesquels nous n'avons que très peu de cartouches, et, enfin, des armes que nous n'avons jamais utilisées parce que nous redoutons leur puissance : ce sont des caisses contenant trois cents grenades entreposées dans notre arsenal de Gare depuis sans doute Fel, notre premier pasteur.

— Sait-on comment fonctionnent ces... grenades ?

— Nos ancêtres métrolites ont laissé, dans les compartiments extérieurs des caisses, des schémas qui en expliquent le mode d'emploi.

— Qu'ont-elles de si terrible ?

— Je ne sais pas au juste, Éclat céleste, mais le simple fait qu'il y ait une tête de mort gravée sur chacune des caisses indique qu'on doit les utiliser avec la plus extrême prudence. »

Parn réfléchit quelques instants, le regard rivé sur la flamme de la lampe, dont la danse aérienne à l'intérieur de sa prison de verre lui rappela les mouvements gracieux d'Aube. Même si plusieurs pêcheurs adeptes d'Élévation lui avaient confirmé que la Seine avait été récemment secouée par une tempête aussi soudaine que puissante, il rencontrait toujours autant de difficultés à admettre que l'eau du fleuve avait emporté sa belle maîtresse, la seule femme qu'il eût passionnément aimée.

« Pourrais-tu me montrer ces grenades, Déo ? reprit-il d'une voix embrumée de tristesse.

— Quand voulez-vous les voir, Éclat céleste ?

— Que dirais-tu de maintenant ? »

L'intendant se leva et s'inclina respectueusement.

« Vous servir est mon plus grand plaisir. »

Otre contint ses larmes pour ne pas inquiéter Ésia qui, assise sur le sol non loin de la table à manger, jouait avec un chaton qu'elle avait recueilli quelques instants plus tôt tandis qu'il errait devant leur logement en poussant des miaulements déchirants. Les servants avaient gagné la première bataille, selon ses petites souris. Pas un seul membre de la section, l'une des vingt de l'armée secrète de la conseillère, n'avait réchappé de l'affrontement qui s'était déroulé entre Sulpice et Germain-des-Prés. Trente jeunes hommes et femmes fauchés dans la fleur de l'âge. Un bilan déjà trop lourd qui ne ferait qu'augmenter avec les batailles suivantes. Elle n'ignorait pas que les servants disposaient d'un arsenal nettement supérieur au sien, tout simplement parce que la réserve de tickets d'Élévation était beaucoup plus importante que la sienne. Puisqu'ils avaient l'avantage du nombre et de la puissance, elle avait opté pour une stratégie de harcèlement incessant. Misant sur l'effet de surprise, elle prévoyait de multiplier les affrontements pour les empêcher de s'organiser, pour les affoler, les éparpiller, comme des rats pris de panique. Mais, si elle perdait autant de sectionnaires à chaque escarmouche, son armée serait balayée sans pitié, et la Fédération resterait à jamais une idée, un rêve. Elle se demanda si elle ne devait pas tout arrêter. Son soutien à Madone se payerait, se payait déjà, d'un prix exorbitant : des centaines de morts, dans ses rangs, mais aussi chez les servants, pour un résultat plus qu'incertain. Elle faillit se relever, courir dans la pièce où patientaient plusieurs de ses petites souris prêtes à transmettre ses consignes dans n'importe quel endroit de Rive Gauche en utilisant des passages connus d'elles seules, les charger de prévenir immédiatement l'ensemble des sections que les opérations étaient suspendues jusqu'à nouvel ordre, puis un fredonnement joyeux d'Ésia la détourna de ses sombres pensées et lui rappela pourquoi elle combattait le pasteur : si elle ne se dressait pas face à Parn, sa fille serait massacrée sans pitié par les servants, et avec elle des milliers de mutants, d'innocents.

La conseillère se leva et s'approcha de la dvinn, qui jouait toujours avec le chaton.

« Je dois réfléchir dans mon bureau, Ésia. Tu peux rester là avec le chat et me rejoindre quand tu veux, d'accord ?

— Il s'appelle Pic », répondit la fillette sans se retourner.

Au moment où Otre s'apprêtait à ouvrir la porte de son bureau, Ésia ajouta :

« Quelqu'un t'attend. »

Elle ne releva pas, pensant que la dvinn développait en grandissant un sens de l'humour très personnel, et entra dans la pièce plongée dans la pénombre. Elle enflamma une bougie à l'aide d'un allume-feu, puis, lorsque sa lumière eut englobé tout l'espace, elle entrevit une silhouette tapie dans l'un des fauteuils. Elle ne put retenir une exclamation de surprise, se précipita vers son bureau, ouvrit le premier tiroir, constata avec horreur que l'arme qu'elle cachait là avait disparu.

« C'est cet objet que vous cherchez, madame ? »

Elle reconnut cette voix, mais, l'attention entièrement accaparée par la main qui braquait le pistolet sur elle, elle ne parvint pas à lui associer un nom.

« Je craignais une réaction trop impulsive de votre part. Je vous rends votre joujou. »

La main se baissa, puis se releva pour lui présenter l'arme par la crosse. Elle s'en saisit d'un geste précipité, le posa sur le bureau, puis elle releva la tête et distingua la face sinistre et les yeux pénétrants du secrétaire Augir.

« Vous avez le don des surprises, monsieur le secrétaire, déglutit-elle. Comment êtes-vous entré chez moi ?

— Par la porte, un peu avant votre fille et son nouveau chat.

— Je l'avais pourtant fermée à clef.

— Votre fille a visiblement appris à l'ouvrir.

— Elle m'a surprise d'ailleurs. Je l'ai cherchée un bon moment avant de la retrouver avec ce chat devant la maison et de comprendre qu'elle était sortie.

— Pas très prudent par les temps qui courent. »

Elle se laissa choir comme une chiffe molle sur sa chaise.

« La prudence n'est plus de mise, monsieur, soupira-t-elle. La guerre réclame au contraire de l'audace.

— L'audace n'est pas synonyme d'inconscience, madame.

— Je vous croyais… »

Otre s'interrompit. Ce n'était pas à elle d'orienter la conversation, mais à son interlocuteur, qui s'était introduit chez elle avec la discrétion d'un scorpion.

« Vous me croyiez… ?

— Souffrant.

— Vous en savez à mon sujet bien davantage que vous ne le laissez supposer, mais nous ne sommes pas là pour jouer aux devinettes. Nous sommes en guerre contre un ennemi commun et, si nous n'associons pas nos forces, nous n'aurons aucune chance de le vaincre.

— Que me proposez-vous, monsieur le secrétaire ? »

Augir se pencha vers l'avant et émergea presque tout entier dans le halo tremblotant de la bougie. La conseillère remarqua alors la pâleur inhabituelle de son visage, les cernes profonds sous ses yeux, l'extrême crispation de ses traits. Elle se demanda si l'opération n'avait pas échoué, si la souffrance continuait de le harceler comme avant, voire pire qu'avant.

« Je souhaite prendre connaissance, madame, du plan global des attaques que vous avez programmées contre les troupes du pasteur. Leur fréquence, leur localisation. Les interventions de mes hussards seront plus efficaces si elles sont coordonnées avec celles de vos sections. »

Un miaulement aigrelet ponctua la proposition du secrétaire. Ésia était entrée dans le bureau avec le chaton dans les bras. Augir lança un regard indéchiffrable à la fillette, qui, fidèle à ses habitudes, alla s'asseoir à même le sol dans un coin de la pièce.

« Votre requête n'est vraiment pas anodine, monsieur le secrétaire, objecta Otre après s'être éclairci la gorge. Réclamer ses plans de bataille à quelqu'un qui deviendra tôt ou tard votre ennemi semble à première vue inconvenant, voire extravagant.

— Ce sont les circonstances qui dictent nos comportements. Notre intérêt est pour l'instant de nous allier.

— Nous allier, certes, mais pas me livrer à vous pieds et poings liés.

— Vous n'avez pas beaucoup de secrets pour moi, conseillère Otre.

— Comment se fait-il, alors, que vous ne disposiez pas déjà de ce que vous me réclamez ? »

Augir se rencogna de nouveau dans le fauteuil. Sa main restée dans la lumière balaya l'air avec une lenteur affectée.

« J'ai eu quelques empêchements qui ont nui à

l'efficacité de mes réseaux, madame. Vous le savez aussi bien que moi : en l'absence de la tête, le corps perd rapidement de sa cohérence et s'agite en dépit du bon sens.

— Parlez-moi d'abord de vos forces. »

Augir ne répondit pas immédiatement. Ses yeux lancèrent dans la pénombre des éclats qu'Otre jugea inquiétants.

« Mes hommes ne sont pas nombreux, finit-il par répondre. Un peu plus de cent. Mais leur armement, leur discipline, leur dévouement, leur mobilité, leur résistance en font des combattants très efficaces.

— Ils viendraient donc appuyer mes sections ?

— Mes hussards interviendront après le commencement des batailles, à revers, si la configuration du champ de bataille s'y prête. L'effet de surprise devrait nous donner l'avantage. Mais pour qu'il soit opérant, nous devons coordonner nos actions à la perfection, et, dans ce but, j'ai besoin de vos plans de batailles. Comme vous pouvez le constater, il n'y a rien d'inconvenant, ni d'extravagant, dans mes propos.

— Quand et de quelle manière dois-je vous les transmettre ? »

Le visage du secrétaire apparut de nouveau dans la lumière.

« Confiez-les-moi maintenant, nous n'aurons pas d'endroit ni de moment plus propices.

— Vous les retiendrez ?

— Ma mémoire est aussi aiguisée que la vôtre, madame.

— Disposez-vous de l'un de ces anciens appareils qu'on appelle communément tictacs ?

— Plusieurs, même.

— En état de marche ?

— Hélas, non. Je ne pensais pas un jour en avoir besoin. »

Otre ouvrit un tiroir et en sortit un petit tictac de forme rectangulaire qu'elle tendit au visiteur par-dessus son bureau.

« Il n'a qu'une seule aiguille, la petite, mais il fera parfaitement l'affaire. Comme vous pouvez le constater, elle pointe pour l'instant sur le premier chiffre après celui du haut... »

Augir observa attentivement l'appareil.

« Sur le un, donc.

— Au moment où l'aiguille sera presque descendue au plus bas...

— Le six ?

— Pardon, monsieur, j'aurais dû tenir compte du fait qu'un homme de votre rang était familier avec les chiffres. Près du six, donc, envoyez vos hussards à Gaîté, où l'une de mes sections attaquera une cohorte de servants dans leur casernement. Puis, lorsque l'aiguille sera remontée à douze, une autre section lancera une offensive à Dame-des-Champs. »

Otre vit qu'Ésia, laissant le chaton jouer avec les replis de sa robe, avait fermé les yeux pour se plonger dans son monde intérieur, signe qu'elle recevait une vision. Elle pointa l'index sur le tictac.

« N'oubliez pas, surtout, de le remonter régulièrement.

— Et pour la suite ?

— Je vous enverrai l'une de mes petites souris vous transmettre le reste de la liste, je dois d'abord vérifier certains détails.

— Puis-je compter sur vous, madame ? »

Otre manifesta son irritation d'un soupir bruyant.

« Il me semble que je viens de vous prouver ma bonne foi, monsieur.

— Votre bonne foi sera réellement prouvée lorsque nous aurons mené notre premier combat ensemble. Lorsque nous aurons signé un pacte de sang. »

La conseillère ne décela aucune trace d'ironie ou de fourberie sur les traits ni dans les yeux de son interlocuteur – mais Augir était passé maître dans l'art de ne dévoiler aucune de ses émotions, aucune de ses intentions.

« Vous aurez très bientôt de nos nouvelles, monsieur le secrétaire.

— Merci pour votre tictac, madame. Parn vous enverra probablement des tueurs. Trois de mes hussards surveilleront en permanence votre domicile. De même, je vous conseille la plus grande prudence si vous devez vous déplacer. »

Elle le remercia d'une inclinaison de la tête avant de se diriger vers la porte. Le visiteur lui emboîta le pas. Ils avaient pour l'instant besoin l'un de l'autre, inutile de s'en désoler. Elle n'avait jamais hésité à recourir aux alliances de circonstance, parfois contre-nature, pour parvenir à ses fins, et l'accord avec ce scorpion d'Augir était un mal nécessaire. Il convenait seulement de réfléchir au moyen de se débarrasser de lui après avoir évincé le pasteur Parn et avant d'être foudroyée par son venin.

Elle le regarda s'éloigner dans la station, escorté de deux hussards surgis de la nuit comme par enchantement. Sa démarche mal assurée semblait indiquer qu'il n'était pas encore remis de son opération. Avait-elle misé sur un homme diminué ? Elle fouilla machinalement l'obscurité du regard avant de refermer la porte. Elle ne discerna pas les silhouettes des trois hussards dont il lui avait parlé. Elle ne s'en inquiéta pas : ils savaient se fondre dans les ténèbres avec la discrétion des rats.

La voix d'Ésia retentit au moment où elle entrait dans le bureau :

« Des hommes en blanc viennent pour nous tuer. »

Le chaton allongé essayait de dégager ses griffes prisonnières du tissu de la robe de la dvinn.

« Quatre, tout proches de notre maison. »

À peine avait-elle prononcé ces mots que des coups ébranlèrent la porte principale de leur logement.

30

Défenses

La lumière se glissait entre les racines qui tombaient du plafond jusqu'au sol où elles couraient entremêlées. L'arrivée du petit groupe avait semé la panique dans une colonie de gros rats identiques à celui qu'Arc avait offert à Juss et Plaisance, d'autant que l'ourson s'était mis à galoper dans leur direction dès qu'il les avait aperçus. Les frissons qui, de temps à autre, agitaient les massifs, indiquaient que d'autres bestioles se baladaient entre les plantes aux larges feuilles vert argenté. Aube n'avait jamais rien contemplé d'aussi beau que cette végétation luxuriante, elle qui n'avait connu, pour seul paysage, pour seule perspective, que les galeries et les quais mal éclairés des stations, un univers minéral et sombre dont seule la Seine brisait parfois la monotonie. Les rayons de lumière transformaient les grandes toiles d'araignées tendues entre les racines en rosaces irréelles, fascinantes.

« On d'vrait s'tirer d'ici au plus vite, suggéra Lon.

— Pourquoi ? releva Plaisance. Y a rien qui nous y oblige.

— On est trop près d'la surface, insista le pêcheur. C'est pas parce qu'on voit pas les dangers qu'y en a pas. »

Les sourcils froncés, l'œil noir, Lon alla s'asseoir sur une racine boursoufflée pour rabâcher ses sombres pensées. Comme la première fois qu'ils étaient venus dans cette salle, Arc leur offrit un gros rat au pelage épais et sombre, que Juss entreprit aussitôt de vider de son sang et de dépiauter. Puis le jeune armurier fouilla les massifs en quête de racines et de plantes desséchées, qu'il entassa dans un coin dégagé et parvint à embraser avec la flamme fragile du briquet. Il coupa ensuite une tige assez solide pour embrocher le rat et en posa les deux extrémités sur deux monticules de pierres récupérées dans les parages. L'odeur de la viande grillée se répandit bientôt dans l'air immobile. Juss chargea Plaisance d'alimenter le feu, une tâche dont elle s'acquitta en glanant dans les environs une quantité amplement suffisante de végétaux secs. Lorsqu'il jugea le rat suffisamment grillé, Juss le posa sur une pierre plate, le découpa et en distribua les morceaux, y compris à Lon, que la faim avait poussé à sortir de sa bouderie.

« C'est bien meilleur que cru, reconnut Plaisance en mordant à belles dents dans une cuisse.

— T'as d'autres briquets d'ce genre ? demanda Lon, la bouche pleine.

— Non, et il est quasi vide, répondit Juss.

Faudrait qu'on dégote un parking. On trouve souvent plein d'trucs de c'genre dans les bagnoles.

— Ça s'trouve pas comme ça, un parking.

— Faut chercher un peu, mais y en a quelques-uns dans Rive Gauche. »

Ils finirent leur repas pendant qu'Arc, déjà repu, ronflait consciencieusement quelques pas plus loin.

« On sait au moins qu'ici on peut trouver de quoi manger et faire du feu, déclara Aube en s'essuyant les lèvres d'un revers de manche.

— Le p'tit bestiau, il chass'ra pas toujours pour nous, objecta Lon. Il va grandir, et c'est nous qui serons son gibier.

— Pourquoi il ferait ça ? protesta Plaisance. On est comme ses parents, maintenant.

— C'est qu'une bestiole. Dès qu'il aura plus besoin d'vous, vous redeviendrez à ses yeux des proies, des humains.

— On en sait k'dal, intervint Juss. De toute façon, c'est lui qui décid'ra. S'il veut s'en aller plus tard, on pourra pas l'en empêcher.

— Et s'il a envie de rester avec nous, Juss ? demanda la nyct d'une voix empreinte d'inquiétude.

— Faudra voir comment il s'ra accepté par les autres. »

Ils restèrent dans la grande salle jusqu'à ce que l'ourson se réveille et s'adonne à une série d'étirements et de bâillements qui lui valut les applaudissements et les rires de Plaisance.

Au moment où ils se dirigeaient vers l'un des escaliers qui donnaient sur les entrées des quais et des galeries, un cri étrange et puissant, ni rugissement de fauve ni hurlement de porc, déchiqueta le silence. Le sol se mit soudain à trembler et des ondulations parcoururent les racines qui tombaient du plafond.

« Ça vient d'où, put ? coassa Lon.

— De par là, on dirait… »

Juss désignait un deuxième accès à la grande salle une trentaine de pas plus loin.

« On attend d'voir qui vient nous bouffer, ou on dégage de là avant ? bêla le pêcheur.

— Trop tard. »

Aube tendait le bras en direction d'une gigantesque masse grise qui venait de faire son apparition entre les racines, suivie de trois autres, deux presque aussi grandes et une plus petite. Juss observa les réactions d'Arc : l'ourson ne tremblait pas, son poil ne se hérissait pas, il ne poussait aucun grondement, signe qu'il ne craignait pas les énormes animaux qui s'enfonçaient d'un pas pesant dans la forêt de racines.

« Des éléphants, précisa Aube. Ils ne mangent pas de viande. Nous n'avons rien à craindre d'eux.

— Qu'tu dis ! rétorqua Lon. Moi, j'ai pas confiance.

— Et qu'est-ce que tu comptes faire, Lon ? Leur botter le cul ?

— C'est pas leur cul qui m'botte, ma belle. »

Le regard salace du pêcheur rappela à la jeune femme qu'elle ne devait jamais baisser sa garde en sa présence.

Deux éléphants exhibaient des défenses aussi imposantes que celle portée par Juss, le troisième n'arborait que des ébauches courtes et droites de chaque côté de la gueule, le quatrième, le plus petit, n'en portait pas. Ils s'étaient immobilisés pour arracher des racines qu'ils mâchaient ensuite avec gourmandise. Le plus grand donnait une partie de ses rations au plus petit, pas encore assez débrouillard.

« J'comprends maintenant d'où viennent les racines mortes qu'ont servi à faire du feu, souffla Juss. Ils mangent pas toutes celles qu'ils arrachent. »

Aube n'en revenait pas de contempler un spectacle aussi fascinant. L'absence de Roy n'en devenait que plus cruelle. Sans lui, elle serait restée engluée dans son ignorance comme l'ensemble de la population métrolite. Il avait disparu avant d'avoir pu admirer les merveilles entrevues, figées, miniaturisées, dans les livres.

Après avoir englouti une invraisemblable quantité de végétaux, les éléphants se remirent en mouvement et sortirent de l'immense salle. Le sol cessa peu à peu de trembler, les racines recouvrèrent bientôt leur immobilité.

« J'me d'mande comment ça s'fait qu'il en reste autant, murmura Juss. À la vitesse à laquelle ils les bouffent !

— Ils ont sans doute plusieurs endroits pour se nourrir, et ils attendent que ça repousse avant de revenir, avança Aube. Un principe d'autrefois qu'on appelait la jachère.

— T'es vraiment madame grande gueule je sais tout, toi », persiffla Lon.

Arc gronda, comme chaque fois que le pêcheur élevait la voix contre un autre membre du groupe.

« En tout cas, c'était vraiment génial de voir ça, s'extasia Plaisance.

— J'répète, moi, qu'on a rien à foutre dans l'coin, vitupéra Lon.

— Rien t'empêche d'chercher un nouveau passage vers une station habitée, lança Juss.

— J'ai besoin d'un guide pour ça. Si tu m'y conduis, j'te r'filerai vingt tickets.

— J'suis sûr qu'tu les as pas...

— J'en ai plus qu'tu crois, p'tit merdeux ! »

Ils décidèrent de fouiller les environs en quête d'un parking, et explorèrent plusieurs couloirs et quais avant de repérer un escalier en partie dissimulé par un éboulis qui déclencha une alarme familière dans l'esprit de Juss.

Laissant la défense à Plaisance, il gravit seul le monticule de gravats éclairé par la lumière du jour et découvrit, tout en haut, un passage assez large pour un fouineur de sa corpulence. Il s'y glissa, parcourt une distance d'une vingtaine de pas, puis, comme le boyau semblait plus loin empli d'une obscurité totale et qu'il avait besoin des yeux de sa partenaire nyct pour continuer, il rebroussa chemin.

Il ne trouva pas Plaisance après avoir dévalé l'éboulis, ni Aube, ni Arc, ni Lon.

« Plaisance ? Aube ? Arc ? »

N'obtenant aucune réponse, il entreprit de remonter le couloir qu'ils avaient emprunté à l'aller. Au bout d'une trentaine de pas, il perçut une présence dans son dos. Il n'eut pas tout à fait le temps de se retourner : il entrevit un mouvement juste au-dessus de sa tête.

Une forme longue et blanche.

Il ne parvint pas à l'esquiver. Elle lui frappa la tête avec une telle force qu'il crut que son crâne se pulvérisait.

« Juss ne va pas tarder… »

Chaque mot d'Aube lui donnait l'impression de labourer une partie de son cerveau.

« Le p'tit con ? Avec le coup que j'lui ai balancé sur le crâne, il s'réveillera pas d'sitôt. S'il s'réveille un jour. J'crois bien qu'j'ai entendu craquer les os d'son foutu crâne. »

Lon ponctua sa déclaration d'un rire sardonique.

« Et Plaisance ?

— Ce put de monstre de mutante ? J'l'ai laissée à côté d'son p'tit bestiau, ficelée et bâillonnée. J'compte bien la garder en vie pour qu'elle me ramène dans une vraie station. J'la r'vendrai ensuite. J'suis sûr d'en tirer un bon paquet.

— Tu as tué l'ourson ?

— Ouais, j'lui ai crevé l'bide avec ça… »

Il souleva la défense et, bien que la lumière de la surface eût considérablement baissé, elle distingua avec netteté la pointe marbrée de sang.

« Pourquoi tu as fait ça, Lon ? Ils t'ont sauvé la vie.

— J'en avais ma claque d'être pris pour un con. Ces branleurs ont eu que c'qu'ils méritaient, put de put. Toi aussi, ma belle, tu vas recevoir c'que tu mérites. »

Son sourire ne présageait rien de bon. Le pêcheur tira son couteau de son étui, le déplia et en lécha la lame avec une gourmandise feinte qui l'apparentait à l'un de ces bouffons errants qui se donnaient en spectacle dans les stations. Puis il s'approcha d'Aube en remuant exagérément des hanches, s'accroupit près d'elle et approcha le couteau de ses jambes. Elle crut d'abord qu'il voulait trancher les bandes de tissu qui lui liaient les pieds, mais il glissa la lame sous son pantalon et la remonta jusqu'à ce qu'elle se bloque dans la pliure du genou. Le froid du métal déclencha une salve de frissons sur la peau de la jeune femme. Il transperça le tissu, déchira le bas du pantalon et répéta l'opération sur l'autre jambe. Il dénuda ensuite sa prisonnière jusqu'à la ceinture avant de s'occuper du haut. Elle s'efforçait de ne pas bouger, ni même de trembler. Elle devait le laisser s'enhardir, endormir sa méfiance, guetter le moment propice. Il souffla comme un chien après une longue course lorsqu'il découvrit ses seins.

« Tu vas t'y prendre comment, avec mes jambes serrées ? »

Elle avait espéré exciter son désir et le pousser à l'imprudence, mais il lui retourna un sourire placide, le sourire de celui qui a tout prévu.

« J'vais t'prendre comme un porc prend sa truie, répondit-il d'un ton calme où perçaient, par intermittences, des éclats de désir et de fureur. Ou un chien sa chienne, si tu préfères. T'auras pas trop mal si tu t'montres bien sage. »

Elle repoussa de toutes ses forces la peur qui s'insinuait en elle.

Comment aurais-tu réagi, mère, seule avec un fou dans un couloir désert ? Aurais-tu feint la soumission pour l'amadouer ? Aurais-tu sagement attendu la saillie ? L'aurais-tu considérée comme une fatalité ? Ou te serais-tu révoltée avec une telle force que tu aurais détruit tes liens, que tu lui aurais arraché le couteau et l'aurais saigné comme le porc qu'il se vante d'être ? Moi, *Aube, ta fille, je n'ai ni ta force ni ta volonté. Tu les as brisées jadis, t'en souviens-tu ? Tu pensais me renforcer, tu m'as affaiblie. Je suis devenue un jouet dans les mains des hommes. Un seul d'entre eux, le seul qui m'ait vraiment aimée, est devenu un jouet dans les miennes. Vois ce que tu as fait de moi : une femme incapable d'aimer avec sincérité, un ventre qu'un porc s'apprête à souiller une nouvelle fois.*

Le pêcheur lui ordonna de se mettre à genoux, puis à quatre pattes. Elle regimba, il lui assena une violente tape sur la nuque pour la contraindre à obtempérer. Ses pieds et ses mains liés n'assuraient pas à Aube un équilibre stable, le sol lui meurtrissait les paumes et les genoux. Le souffle rauque de Lon résonnait derrière elle comme une promesse de saccage. Elle l'entendit grogner d'impatience tandis qu'il se débarrassait de son pantalon. Les doigts coupants du pêcheur se plantèrent sans ménagement dans le pli de ses hanches, une forme dure s'insinua entre ses fesses, ses muscles se contractèrent dans l'attente d'une pénétration brutale, puis un choc sourd retentit et tout parut se figer. Au bout de quelques instants, une masse s'effondra de tout son poids à côté d'elle. Elle crut apercevoir, du coin de l'œil, le visage figé de Lon.

« Aube… »

Cette voix.

Elle se retourna. Une joie indescriptible se déversa en elle, lorsqu'elle reconnut, dans la pénombre du couloir, la haute silhouette et la chevelure folle de Roy. Il tenait toujours la défense avec laquelle il avait frappé le pêcheur.

« J'arrive à temps, on dirait, s'exclama-t-il avec un large sourire.

— Roy ! Je croyais… Je croyais…

— T'être débarrassée de moi ?

— Que la Seine t'avait… »

Elle éclata en sanglots. Il ramassa le couteau de Lon avec lequel il entreprit de trancher les liens d'Aube. Une fois libérée, elle se releva avec difficulté et étira ses membres pour réactiver la circulation sanguine. Puis elle récupéra ses vêtements lacérés et tenta de se rhabiller, mais elle ne parvint pas à nouer les lambeaux entre eux.

« Inutile, proposa Roy. Prends plutôt ma chemise. »

Il se défit de sa veste, puis de sa chemise, qu'il tendit à la jeune femme. Elle l'enfila et la boutonna en osant enfin le fixer droit dans les yeux. Jamais elle ne s'était sentie à ce point troublée par le sourire d'un homme.

« Je t'ai cru mort, Roy, bredouilla-t-elle.

— Je me suis cru mort aussi. Et je t'ai crue morte quand je me suis rendu compte que j'étais vivant.

— Je suis si contente… »

Elle s'avança vers lui, posa la tête sur son épaule et l'enlaça. Il marqua un temps d'hésitation avant de refermer ses bras sur elle, mais il finit par l'étreindre, avec une certaine appréhension au début, puis de plus en plus fort, jusqu'à ce que leurs corps s'écrasent l'un contre l'autre, que leurs souffles et leurs chaleurs se confondent.

« Comment m'as-tu retrouvée ? murmura-t-elle.

— Ça fait longtemps que j'erre dans les galeries. J'ai fini par arriver dans cette station et j'ai entendu des voix. J'ai reconnu la tienne, j'ai compris que tu étais en mauvaise posture, je me suis approché discrètement, j'ai ramassé cette défense qui traînait par terre et je m'en suis servi pour assommer ce salopard. Qui est-ce, d'ailleurs ? »

Aube se détacha de Roy et regarda le corps inanimé de Lon, comme pour vérifier qu'il était hors d'état de nuire.

« Un pêcheur qui a été pris dans la même tempête que nous et qui a échoué sur le même quai que moi. Il y avait aussi un garçon et une fille avec nous, et un ourson polaire…

— Polaire ? Tu es sûre ?

— Lon, le pêcheur, l'a éventré avec la défense. Allons voir. »

Il ne leur fallut pas longtemps pour retrouver Plaisance, ligotée et bâillonnée comme l'avait précisé

Lon, et, non loin d'elle, Arc, présentant une plaie profonde et sanguinolente au flanc, mais toujours vivant.

« Un ours polaire, s'exclama Roy. Incroyable.

— Où est Juss ? s'inquiéta Plaisance sitôt libérée de son bâillon.

— Je ne sais pas, répondit Aube. Lon m'a dit qu'il l'avait assommé avec la défense. »

La nyct se pencha ensuite sur Arc et, la tête posée sur son ventre palpitant, pleura en silence.

« Il vivra ? » balbutia-t-elle en se redressant.

Roy s'accroupit près de l'ourson et examina la plaie, qui à première vue n'était pas aussi profonde qu'elle le paraissait.

« Si aucun organe vital n'est touché, il s'en sortira, estima-t-il.

— T'es qui, toi ?

— Roy. Un ami d'Aube. Nous étions dans la même barque quand la Seine s'est fâchée. Et toi ?

— Plaisance, je suis une nyct, et la protégée de Juss.

— Reste avec Arc pendant que Roy et moi allons chercher Juss », proposa Aube.

La fillette acquiesça d'un clignement de cils qui déclencha une nouvelle rivière de larmes sur ses joues.

Ils découvrirent Juss dans l'obscurité qui s'était épaissie, à une quinzaine de pas de l'éboulis qu'il avait gravi un moment plus tôt. Si son inertie et son visage ensanglanté leur firent craindre le pire, sa respiration régulière les rassura. Le sang avait coulé d'une large plaie de son cuir chevelu.

« J'espère que le pêcheur ne lui a pas défoncé le crâne, commenta Roy après avoir délicatement écarté les mèches de cheveux du blessé pour examiner la plaie.

— Comment le saura-t-on ?

— C'est le temps qui nous le dira. Comme pour l'ourson.

— On ne peut pas rester là, en tout cas : la nuit va arriver, et les fauves vont se mettre en chasse.

— Je vois que tu as parfaitement assimilé la notion de jour et de nuit.

— Grâce aux livres, Roy, grâce à toi. »

Elle le gratifia d'un baiser appuyé sur les lèvres avant de se relever.

« On a deux blessés à transporter…

— Je ne vois qu'un système : le travois des tribus nomades d'Amérique, dit-il après un temps de réflexion. Il nous faut deux grandes perches et d'autres, plus petites, que nous nouerons avec des bandes de tissu découpées dans tes vêtements. »

Ils réussirent à dégager de l'éboulis plusieurs bouts de bois, dont deux de quatre pas de longueur et assez solides, qu'ils posèrent parallèlement sur le sol et auxquels ils attachèrent six traverses d'un pas de largeur à l'aide des bouts de tissu taillés par Plaisance dans les vêtements en lambeaux d'Aube. Une fois le travois rudimentaire achevé, ils y allongèrent délicatement le corps inanimé de Juss, puis celui, tremblant, d'Arc.

« Et Lon ? demanda Aube.

— On n'a pas les moyens ni le temps de s'occuper de lui, répondit Roy.

— Alors, tant pis pour lui : ce sont les fauves qui s'en chargeront. »

Roy s'accroupit puis, aidé d'Aube et de la nyct, posa les extrémités des perches sur ses épaules. Il se releva avec lenteur pour s'assurer qu'il supportait le poids du traîneau et que les traverses résistaient à celui des blessés. Par chance, les perches glissant sur le sol lisse, ils parcoururent sans encombre une succession de couloirs et de quais.

Le premier obstacle se présenta sous la forme d'un escalier. Roy dut porter tour à tour Juss et Arc jusqu'en haut tandis qu'Aube et Plaisance tiraient le travois derrière elles.

Des rugissements se répondirent dans les ténèbres de plus en plus denses.

« Passe devant, Plaisance, tu nous guideras », proposa Aube.

La nyct vint aussitôt se placer devant Roy. Elle reconnaissait les lieux. Ils seraient bientôt dans leur refuge, à l'abri des bestioles et des hommes, Juss et Arc pourraient se reposer, guérir, redevenir les compagnons joyeux et farceurs qui la rassuraient, qui l'enchantaient, elle en profiterait pour devenir une femme aussi belle qu'Aube et resplendir aux yeux de celui qu'elle avait choisi pour homme.

Transitions

La station où nous avons élu domicile s'appelle Gare-de-Lyon, qui, si ma mémoire n'est pas défaillante, n'était pas une station de Rive Gauche. Sommes-nous passés dans... Rive Droite, cette fameuse put de Rive Droite qui est devenue le plus familier de nos jurons bien qu'elle demeure une parfaite inconnue ? Pour Aube et pour moi, c'est la colère de la Seine qui nous a menés sur l'autre bord, mais Juss et Plaisance, eux, sont parvenus à franchir l'espace entre les deux rives par un conduit souterrain. Des passages existent bel et bien entre les deux mondes, et nous découvrirons sans doute de nombreuses autres stations désertes identiques à Gare-de-Lyon, qui offriraient aux populations métrolites les nouveaux espaces dont elles ont le plus grand besoin.

Gare-de-Lyon et les stations environnantes ne sont pas vraiment désertes, d'ailleurs : une faune variée s'y est développée. Bon nombre d'animaux qu'on croise ici sont d'origine lointaine, voire exotique. Cette constatation nous amène à penser que leurs ancêtres se sont échappés du zoo de Vincennes (et peut-être d'autres zoos et parcs de la région), une ville proche de la capitale Paris, et qu'aiguillonnés par leur instinct ils se sont réfugiés dans les sous-sols au moment de la Catastrophe. Ils ont peu à peu colonisé le métro de Rive Droite en abandonnant Rive Gauche aux humains.

La première fois que j'ai vu Arc, l'ourson adopté par Juss et Plaisance, j'ai ressenti une émotion indescriptible. Arc était la première bête sauvage que je voyais en réel, un ours blanc qui plus est, un animal des étendues glacées du pôle. Nul ne sait s'il se montrera féroce quand il aura grandi, ou s'il gardera en lui le souvenir de sa famille humaine, mais il me paraît extraordinaire qu'une espèce aussi rare que l'ours blanc, dont on craignait fort la disparition avant la Catastrophe, ait pu s'adapter aussi facilement à la vie souterraine. Il en va de même pour les autres espèces, d'ailleurs, les lions et les éléphants habitués des savanes d'Afrique, les tigres dont l'habitat traditionnel était la steppe sibérienne ou les forêts tropicales d'Asie… Si tous ceux-là, et bien d'autres que nous n'avons pas encore croisés, sont parvenus à survivre, c'est bien qu'ils ont trouvé leur subsistance dans Métro 2033, des proies pour les uns, des végétaux pour les autres. Dans Rive Droite, donc, se sont développés des écosystèmes que nous devons absolument découvrir et observer. Je crois par ailleurs que nous ne sommes pas très loin de la légendaire mer de l'Est où résiderait le Maître du Temps. Nous prévoyons de partir à sa recherche dès que Juss et Arc seront remis de leurs blessures. L'ourson se lève déjà pour jouer avec Plaisance. De même, il dévore de bon appétit les rats que je dépose devant sa truffe (nous avons conçu, Aube et moi, un dispositif très efficace pour piéger les rongeurs dans la salle des lumières, ainsi que nous l'avons baptisée ; ce ne sont pas des rats communs, mais une variété que je situerais entre le ragondin et le rat musqué, tous les deux pourtant aquatiques, mais chassés des bords de la Seine par les crocodiles ayant élu domicile dans le fleuve).

Juss, quant à lui, se remet lentement. Il recommence à parler, un progrès notoire, et l'œdème qui doublait quasiment le volume de sa tête se résorbe peu à peu. Aube et moi partons au lever du jour pour chasser et rôtir les animaux pris dans nos pièges, nous apportons leurs parts à Plaisance, Juss et Arc, puis nous repartons en vadrouille pour profiter de la lumière du jour et rentrons à la tombée de la nuit. Plaisance préfère rester dans notre refuge pour veiller sur Juss et Arc. Nous avons découvert un ancien magasin de cigarettes, de journaux et de livres dissimulé par un tas de gravats. J'ai récupéré quelques livres à peu près en état, que je compte utiliser pour apprendre la lecture et l'écriture à Juss et Plaisance, et permettre également à Aube de se perfectionner. Nous y avons de surcroît dégoté, bonheur, des stylos, des carnets aux pages vierges sur lesquels j'écris ces lignes, une vingtaine de briquets en état de marche, une dizaine de boîtes d'allumettes, quelques couteaux à la lame escamotable, qui nous seront sans doute utiles. Les paquets de cigarettes éventrés répandaient quant à eux une épouvantable odeur de putréfaction. J'ai feuilleté une revue de géographie avec Plaisance pour lui montrer les beautés de la surface. Elle a contemplé chacune des photos épargnées par les moisissures avec des exclamations de ravissement. Elle s'est empressée ensuite de m'arracher la revue des mains pour la montrer à Juss, qui, lui, s'est contenté de sourire, sa seule façon pour l'instant de manifester son enthousiasme.

Nous serons bientôt prêts à nous aventurer hors de notre abri, même si Juss affirme que nous devons impérativement disposer d'armes à feu pour affronter les fauves et les autres créatures de Rive Droite – Plaisance m'a parlé d'un être, mi-homme, mi-araignée, tombé du ciel, et j'avoue avoir écouté ses propos avec la même absence d'attention qu'un babillage d'enfant.

Où comptes-tu trouver des armes à feu ? ai-je demandé à Juss.

Soit dans un parking, soit dans un arsenal souterrain, m'a-t-il répondu avec le plus grand sérieux.

J'ai insisté, avec une bonne dose d'ironie : tu sais donc où sont localisés les parkings et les arsenaux souterrains…

Il a décrit un large cercle avec son bras, premier geste d'amplitude que je lui voyais faire depuis son retour à la vie.

Tout autour de nous, suffit d'savoir chercher.

Et Plaisance, qui lui apporte toujours son soutien, d'affirmer, encore plus sérieuse que lui :

C'est un vrai fouineur, mon Juss, il sent ces trucs-là…

Aube avait l'air d'accord avec les deux anciens de la bande des Armuriers. Soit, nous perdrons encore un peu de temps à chercher des armes à feu. En vérité, je ne suis pas autant pressé qu'il n'y paraît de changer d'endroit. Je me sens bien en tout lieu à chaque instant en compagnie d'Aube.

Elle ne me regarde plus d'un air agacé ces derniers temps, elle ne décoche plus les flèches empoisonnées qui me blessaient si douloureusement au début de notre relation, elle me zyeute, comme dirait Juss, avec une expression indéfinissable qui pourrait bien être le miroitement de l'amour. C'est, en tout cas, ce qu'elle me prouve chaque nuit en me faisant le don inestimable de son corps.

« Les troupes d'Augir, votre cher secrétaire, Éclat céleste, sont venues appuyer les sections d'Otre à Gaîté et Dame-des-Champs. Par ailleurs, les quatre tueurs que vous avez envoyés au domicile de la conseillère ont été, à ce que l'on dit, interceptés et neutralisés par trois de ses hussards.

— Il s'est allié avec cette truie pour me prendre le trône de pasteur. Je le croyais hors d'état de nuire le temps de sa convalescence.

— Vous avez une fâcheuse tendance à le mésestimer, Éclat céleste.

— De la même façon que vous avez sous-estimé

Otre, Lej. Résultat : nous avons perdu deux batailles consécutives. À ce rythme, nous devrons rapidement abandonner la partie et laisser ces deux-là se disputer le contrôle de Montparnasse.

— Otre ne cherche pas le pouvoir, elle n'est qu'un instrument au service de la Fédération.

— Vous n'avez toujours pas réussi à arrêter Madone ?

— Nous avons dressé les habitants de Germain-des-Prés contre elle, mais on ne peut décidément pas compter sur ces foutus Germanopratins : ils se sont dégonflés comme des outres crevées. Mais elle n'est pas au bout de ses peines : elle doit encore traverser Odéon, Sorbonne, Jussieu, Monge, Censier-Daubenton, avant d'arriver à Petite-Chine. De votre côté, Éclat céleste, comment comptez-vous contrecarrer les agissements d'Augir ?

— En employant les grands moyens.

— Mais encore ?

— Une arme que personne n'a encore utilisée. Une arme terriblement destructrice.

— Elle n'est pas dangereuse pour le reste de la population ?

— Disons que les petits curieux ou les passants qui auront la mauvaise fortune de se trouver trop près au moment de son utilisation risquent de douloureux dommages collatéraux. C'est, je suppose, le prix à payer pour le triomphe d'Élévation.

— Le secrétaire prétend également combattre au nom d'Élévation…

— Lui ? C'est un imposteur. Qui voudrait d'un eunuque sur le trône céleste ?

— Il n'est pas eunuque, que je sache.

— Peut-être pas au sens littéral, anatomique, du terme. Mais il n'a jamais approché de femme, ni de près ni de loin.

— À vous, on reproche d'en avoir approché un peu trop, Éclat…

— Prenez garde, Lej, je ne suis pas d'humeur à recevoir des leçons de morale !

— La morale ? Loin de moi cette idée, vous savez ce que j'en pense. Je parlais du comportement d'un homme au pouvoir dont les faits et gestes sont sans cesse épiés par ceux qu'il gouverne. Si vous devenez l'unique dirigeant de Rive Gauche, ce que je souhaite, il vous faudra brandir la vertu comme un étendard, au moins la feindre, ou vous concentrerez sur votre personne toute la rancœur, toute la colère des Métrolites.

— Je veillerai surtout à détourner la rancœur et la colère dont vous parlez, des aléas inévitables, sur des cibles choisies.

— Les mutants, par exemple ?

— Ils sont les premiers sur notre liste, mais, quand nous en aurons fini avec eux, nous en proposerons de nouvelles. Une société se cherche toujours des boucs émissaires.

— Si, comme certains le pensent, les mutations gagnent l'ensemble de la population, vous et vos successeurs finirez par ne plus régner que sur un monde désert, Éclat céleste.

— Je crois que nous pouvons encore empêcher le pire de se produire en coupant dès maintenant les branches pourries.

— En quoi les mutants vous offensent-ils ?

— Quel humain sain ne serait pas offensé par leur monstruosité, monsieur le conseiller ? Qui n'est pas horrifié par l'apparence des dvinns et des vibs ? Je ne ferai qu'accomplir une volonté collective en éradiquant les mutations de Métro 2033.

— Je trouve curieux que deux de vos principales adversaires, Otre et Madone, aient adopté des fillettes dvinns…

— Je ne vois là rien d'étonnant, Lej : ces femmes et moi, nous sommes opposés en tout. »

« Mitch pense que tu as fait preuve de faiblesse, que tu aurais dû en exécuter au moins quatre pour l'exemple.

— Si tu les avais bien regardés, Urm, tu n'aurais discerné dans leurs yeux que peur et remords. Ils ont été manipulés par des agitateurs au service de Parn ou d'un autre opposant à la Fédération. Ils n'étaient plus eux-mêmes lorsqu'ils ont torturé les éclaireurs. J'aurais ordonné l'exécution des agitateurs si nous avions pu les capturer, mais se venger sur les Germanopratins n'aurait servi qu'à accentuer leur animosité envers la Fédération. La meilleure solution était, j'en reste persuadée, de confier leur sort au Conseil de la statiopée ; c'était aussi la seule façon de ne pas nous laisser submerger par nos émotions.

— Ces lâches du Conseil se montreront encore plus magnanimes que toi…

— Je l'espère. Nous ne pouvons pas réparer ce qui a été fait. Il ne sert à rien de multiplier les morts.

— Tu me surprends toujours autant, Madone. Parfois je te sens guerrière, conquérante, inflexible, parfois tu me parais bienveillante, clémente, indécise.

— Je suis tout ça à la fois, mon amour, je suis femelle soumise et reine intransigeante, je suis terre conquise et territoire impénétrable, je suis mère d'Ionale et fille de la Fédération, impitoyable et clémente, amoureuse et haineuse, douce et violente, sensible et sanguinaire, humble et arrogante.

— J'aime te dominer et te servir, ma dame, j'aime ton corps dompté et tes jardins secrets, j'aime ta tendresse et ta cruauté, j'aime ta grandeur et tes bassesses, j'aime ton cul et ton esprit, j'aime ta voix et tes silences, j'aime mon poids sur toi et ta légèreté sur moi, j'aime tes crues et tes retenues, j'aime tes gémissements et tes résistances, j'aime tes pudeurs et tes audaces.

— Baise-moi encore une fois, Urm, nous allons bientôt repartir.

— Nous n'aurons pas beaucoup dormi…

— Donne-moi ton énergie pour que j'aie la force d'accomplir le reste.

— Nous risquons de réveiller Ionale.

— Je serai plus discrète qu'un scorpion, promis.

— J'aime aussi les promesses que tu ne peux pas tenir. »

« J'crois qu'j'suis prêt, Plaisance. J'ai maintenant d'l'appétit et j'me sens aussi fort qu'avant.

— Aube et Roy sont partis. Arc les a suivis. Il avait besoin de bouger.

— Ça t'a pas embêtée qu'il parte avec eux ?

— J'allais tout de même pas te laisser tout seul, Juss.

— J't'en aurais pas voulu, j'aurais pu m'débrouiller. J'te remercie quand même. Y a plus qu'à attendre qu'ils rentrent avant qu'l'obscurité soit r'venue.

— Ça s'appelle la nuit.

— Ouais, je sais. Et la lumière, le jour. J't'entends lire avec Aube ou Roy.

— Ça te fâche ?

— Que t'apprennes à lire ? Quelle idée ! J'vais avoir du r'tard sur toi, mais j'suis sûr que j'vais vite le rattraper.

— La surface, ça a l'air drôlement beau.

— Beau, y a pas d'doute, vu les photos qu'tu m'as montrées, mais dangereux. Y a là-haut un tas de saloperies qui n'attendent que d'nous becter.

— Tu crois qu'on vivra assez longtemps pour la voir ?

— J'en sais rien. Tu t'souviens du drôle d'homme qu'est tombé de là-haut ?

— J'en ai parlé à Roy, il m'a pas vraiment écoutée.

— J'ai eu tout l'temps d'y repenser quand j'étais allongé sur ce lit. Merci d'ailleurs d'm'avoir lavé quand j'ai pissé et chié sur moi, comme un bébé.

— T'aurais fait la même chose pour moi, Juss.

— Ça t'a pas gênée ?

— Au début, un peu, mais on s'habitue à tout. Aube m'a proposé de me remplacer, mais je lui ai dit que c'était à moi de le faire, parce que je serai bientôt ta femme.

— Moi, ça m'a gêné en tout cas. Pour l'instant, t'as vraiment pas eu le meilleur que j'peux t'offrir.

— T'étais blessé, Juss. Je suis juste heureuse que tu sois toujours en vie.

— Pour en revenir à ce drôle d'homme, j'me suis dit qu'c'était la vie à la surface qui l'avait rendu comme ça. Qu'les saloperies de là-haut l'avaient pas bouffé, mais transformé.

— Tu crois ?

— C'est juste une idée, hein ! Eh mais dis donc, à propos de transformation…

— Quoi ?

— T'as drôlement poussé toi, ces derniers temps !

— Et mes seins, ils ont poussé aussi, et même que je commence à avoir des poils. Et j'ai vu que…

— Que quoi ?

— Que t'en avais aussi beaucoup, des poils. T'es un vrai homme, Juss.

— Et tu s'ras bientôt une vraie femme, Plaisance.

— Bientôt ta femme ?

— Ouais, et moi déjà ton homme. »

À SUIVRE :

Rive Droite

Table

Du même auteur
chez le même éditeur :

Les Guerriers du silence
Grand Prix de l'Imaginaire 1994
Prix Julia Verlanger 1994
Terra Mater
La Citadelle Hyponéros
Prix Cosmos 2000 1996

Wang
Les Portes d'Occident
Les Aigles d'Orient
Prix Tour Eiffel de science-fiction 1997
Abzalon
Orchéron
Rohel I (cycle de dame Asmine d'Alba)
Rohel II (cycle de Lucifal)
Rohel III (cycle de Saphyr)

Griots célestes
Qui-vient-du-bruit

Le Dragon aux plumes de sang
Nouvelle Vie™

L'enjomineur
1792
1793
1794
Prix Imaginales 2007

La Fraternité du Panca
Frère Ewen – Sœur Ynolde – Frère Kalkin – Sœur Onden – Frère Elthor
Dernières nouvelles de la Terre...
Gigante – Au nom du père
Hier je vous donnerai de mes nouvelles
Les Dames blanches

PAPIER À BASE DE
FIBRES CERTIFIÉES

Le Livre de Poche s'engage pour
l'environnement en réduisant
l'empreinte carbone de ses livres.
Celle de cet exemplaire est de :
650 g éq. CO_2
Rendez-vous sur
www.livredepoche-durable.fr

Composition réalisée par MAURY-IMPRIMEUR

Achevé d'imprimer en mars 2024 en Espagne par
Liberdúplex - 08791 Sant Llorenç d'Hortons
Dépôt légal 1re publication : février 2022
Édition 04 – mars 2024
LIBRAIRIE GÉNÉRALE FRANÇAISE
21, rue du Montparnasse – 75298 Paris Cedex 06

78/3390/9